KB115347

하버링
hovering

하버링

초판 1쇄 찍은 날 | 2014년 04월 01일
초판 1쇄 펴낸 날 | 2014년 04월 08일

지은이 | 다미레
펴낸이 | 서경석

편 집 장 | 권태완
편집책임 | 손수화
편 집 | 장미연
디 자 인 | 이혜정

펴낸곳 | 도서출판 청어람
등록번호 | 제387-1999-000006호
등록일자 | 1999. 5. 31
어람번호 | 제5-0367호

주소 | 경기도 부천시 원미구 부일로 483번길 40 서경B/D 3F (우) 420-822
전화 | 032-656-4452 팩스 | 032-656-4453
http://www.chungeoram.com
E-mail | chungeorambook@daum.net

ISBN 979-11-5681-954-7 03810

하버링

hovering

다미레 장편 소설

Chungeoram romance novel

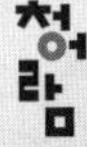

Contents

※ 본문 중 [ ]는 영어로 진행되는 대사입니다.

Prologue

드디어

날

봤다.

그녀의 시선 안에 내가 있다.

유은조는 미간에 살짝 주름을 잡은 채 경계하듯 조심스레 그를 쳐다보았다.

온기 가득한 바람에 둘러싸여 살짝 찡그린 그 모습조차 더없이 싱그러워 보였다. 하지만 그것도 잠시, 그를 향했던 호기심과 짤막한 시선을 망설임 없이 접었다.

그 같은 무심함과 단정함이 못내 아쉬웠다.

조그만 더 날 봐주지. 난 당신과 조금 더 마주 보고 싶은데. 그 덩치를 보고 웃던 해맑은 웃음과 해사한 미소를 다시 보고 싶었는데. 당신 모르지. 당신을 처음 본 그 순간 내가 얼마나 놀랐는지, 또 얼마나 설레었는지.

빙하기처럼 잠자고 있던 내 연애 세포가 순식간에 최고치로 활성화돼 당신을 향해 터무니없이 전력질주를 시작한 그날, 내가 얼마나 내 자신에게 안도하며 행복해했는지.

평소에는 그리도 길고 지루하던 국기하강식이 순식간에 끝나고 유은조는 걷기 시작했다.

아쉽게도 저니는 따라갈 수 없었다. 오늘은 본국에 간 연합사령관이 돌아오는 날.

성남비행장으로 가야 했다. 지금 당장.

발걸음이 좀처럼 떨어지지 않았지만 지금은 정반대 방향으로 갈 수밖에 없었다.

멀어져 가는 유은조의 뒷모습을 보니 순식간에 모든 게 되살아났다.

더운 열기로 인해 한낮에 신기루인가 하고 의심했던 그 기억이…….

처음 유은조를 본 건 메인포스트가 아닌 다리 건너 사우스포스트 쪽이었다.

평소 K—16(성남 미군 비행장)에서 알고 지내던 조종사가 121(용산 내 위치한 미군 병원)에 왔다고 얼굴이나 보자는 연락이 왔다. 자신은 발목이 날아간 환자니 발목 팔팔하고 시간 널널한 저니에게 오라고 했다. 구형 레인지로버를 끌고 몇 번쯤 오가는 군인들과 눈인사를 하며 영내를 규정 속도 이하인 거북이걸음으로 운전해 121에

도착했다.

주차장에 차를 세우고 들어가려는데 구석에서 헉헉거리는 거친 숨소리가 들렸다.

'헉헉!! 뭐야. 에이, 설마 아니겠지. 지금 내가 상상하는 건 절대 아닐 거야. 아무리 내 상황이 척박하고 죽을 만큼 절박해도…….'

변명으로 호기심을 지그시 누르고 지나치려는데 이내 청명한 여자의 웃음소리가 들렸다.

사실 웃음소리는 그리 크지 않았다. 하지만 묘하게 듣기 좋았다.

문득 그 어울리지 않는 소리의 조합이 궁금해 슬쩍, 아니, 엄청 몸을 비틀고 고개를 쭉 빼 소리 나는 쪽을 보았다.

장난을 치는 여자보다 크면 컸지 절대 작지는 않은 세인트버나드 종이 여자 앞에서 정말이지, 말도 안 되게 엉성하고 더티한 춤을 추고 있었다. 그건 마치 구애하는 것처럼도 보였다. 그에게는 그렇게 보였다. 이 더운 날씨에 저 큰 덩치로 투톤으로 된 털옷을 껴입고 뒤로 돌고 앞으로 돌며 아주 침을 질질 쏟아내고 있었다.

그 더러운 꼴을 보면서 여자는 그저 쿡쿡 웃기만 했다. 마치 '너 참 하는 짓이 귀엽구나' 그렇게. 사실 덩치 큰 개가 세상에서 제일 싫었다. 그렇다고 사이즈가 작은 강아지가 귀여우냐, 그건 절대 아니었다. 하여튼 그때 어디선가 그 침 질질이를 부르는 소리가 들렸다.

그때였다. 바로 그 순간이었다.

그가 유은조라는 여자를 모든 오감과 가슴에 깊게 각인시킨 그 마법 같은 순간이자 사랑이란 유령이 그를 온전히 지배하고 장악한 순간은.

차가운 우유를 좋아해 매일 마시기는 하지만 정말 그런 우윳빛 뽀얀 피부는 난생처음 보았다. 백인들은 그저 밋밋하게 하얗다 뿐 뽀얀 피부는 거의 없었다.

어쩌다 창백하게 하얀 애들은 얼굴과 바디까지 온통 주근깨투성이였다. 아니면 대다수는 알코올에 의한 일시적 착시거나 절묘한 화학 성분의 조합인 경우가 많았다.

여자는 뽀얗고 매끄러운 피부에 한 번 보면 절대 잊을 수 없을 정도로 아름다운 얼굴선을 가진 서늘한 미모의 소유자였다. 그 미소. 환하게 웃는 그 모습은 흡사 생크림 같았다. 그 생크림은 한 번쯤, 아니, 백 번 천 번쯤 핥아보고 싶을 만큼 매혹적이었다.

그때 건물 뒤쪽에서 덩치를 부르는 소리가 다시 들렸다. 그러자 그녀는 덩치에게 살짝 웃어 보이곤 슬림한 몸을 돌려 감쪽같이 사라져 버렸다. 그때서야 정신을 차린 저니는 후다닥 뛰어 덩치 앞으로 달려갔다. 그러자 놀란 세인트버나드 종은 미친 듯 짖어댔다.

그 소리에 놀란 저니는 움찔해 그 자리에 철근마냥 얼어붙었다. 그 상태는 덩치의 자그마한 백인 주인이 와 그놈을 데리고 멀리 사라질 때까지 쭉 유지됐다.

그렇게 어이없고 황당하게 여자를 놓쳐 버렸다.

'천하에 몹쓸…… 개베이비 같으니라고.'

한참 동안 그 일대를 뒤졌지만 여자는 보이지 않았다. 그 다음날 출근하자마자 연합사 사무실에 쌩 하니 눈도장 찍고 차를 끌고 어제 그 일대를 헤매고 다녔다.

군복을 입지 않았으니 미군은 아니고, 그럼 둘 중 하나다. 한국 군무원이거나 에스코트해서 들어온 외부인. 놀러 온 외부인 같지는 않았다.

여자를 봤던 121은 에스코트하는 게이트에서 한참 먼 구석진 구역이었다. 또한 그렇게 순식간에 사라졌다면 분명 그 일대를 잘 아는 사람이다.

'그럼 답은 KSC(미 국방부에서 고용한 사람)나 KN(미8군 자체에서 고용한 사람) 군무원! 그렇지만 부대에 한국인 군무원이 한둘도 아니고…….'

답답했다. 시계를 보니 연합사령관과 오산캠프에 갈 시간이 되었다.

저니는 발걸음을 돌리며 곰곰이 생각했다.

'정말 매직인가. 내가 본 건 한낮의 뜨거운 열기가 만든 매직일까. 신기루였나. 그런가. 그 청아한 웃음소리와 사르르 녹아내리듯 매혹적인 미소는…….'

의지와 상관없이 영혼이 사로잡혀 얼빠진 채로 터널터널 연합사로 돌아왔다.

K-16에 전화해 사령관 전용 헬기 조종사와 비행 스케줄을 확인하고 오후에 있을 한국대사관 파티 스케줄까지 꼼꼼히 확인했다. 사령관 드라이버에게 인사하고 옆에 타 대기하는데 실무비서에게 전화가 왔다. 오늘 모든 일정이 취소됐으며 사령관이 오산을 통해 본토 미국으로 들어가니 얼른 사무실로 오라고.

'이 변덕이 죽 끓는 망할 할아범!'

미스터 김은 생각지도 못한 장기휴가가 생겼다고 좋아했다. 생각해 보니 그 말이 맞았다.

영감이 미국으로 가면 4~5일 휴가가 생긴다. 그럼 생크림을 찾을 시간이 생긴다.

후다닥 연합사령관실로 비행하듯 날아갔다. 저니는 사령관이 미스터 김에게 전해주라는 서류를 들고 연합사 운전병들이 모여 있는 사무실로 향했다. 아직 근무 시간이 세 시간 남았으니 미스터 김은 분명 그곳에서 자고 있을 것이다.

평상시 저니는 사무실에 출입하지 않았다. 그곳은 육군 카투사와 스페셜 드라이버들이 많았고, 미스터 김이 편하게 쉬는 유일한 곳이라 가급적이면 발걸음하지 않았다.

다행히 사무실은 소란스러웠다. 저니가 사무실에 들어서는 것도 모르고 카투사들은 미스터 김과 한데 모여 웅성거렸다.

"미스터 김!"

힘 있는 목소리에 웅성거림이 일시에 정적을 만들었다.

"무슨 일이에요? 여기까지."

싫은 기색은 아니었지만 김은 제법 놀란 얼굴이었다.

"사령관님이 이 서류 전해주라고 하셔서요."

들고 있던 서류 봉투를 건넸다. 미스터 김은 고맙다며 봉투를 받으려 들고 있던 작은 액자를 옆에 있던 카투사에게 주었다. 그러다 무슨 생각인지 '잠깐만' 하며 서류를 받아 테이블에 놓고 카투사에게 다시 액자를 건네받았다. 그러곤 저니 옆으로 바싹 붙어 이 액자를 한 번 보라며 수선을 떨었다.

"이 사진 좀 봐봐요, 저니. 여기 고참 운전병 중 한 놈이 목매는 여잔데 난 이 용산부대에서, 아니, 머리털 나고 이런 미인은 보다 처음 봐."

저니는 웃으며 그래요, 하며 슬쩍 사진을 보았다.

스치듯 보았지만 단번에 알 수 있었다. 자신이 앞으로 목을 매고 찾으려던 그 여자란 걸.

"이미 부대 안에선 나름 유명한 여잔데, 장원표 저놈이 몰래 사진 찍어서 맨날천날 보는 것 같아. 응큼한 자식. 사진 속 여자가 알면 얼마나 징그럽고 싫을 거야."

사진 속 인물은 머리를 넘기며 입을 살짝 내밀고 한곳을 응시하는 무심한 표정을 짓고 있었다. 하지만 분명 그가 찾는 그녀가 맞았다.

"뺀질이가 1년 가까이 쫓아다니는데 안 넘어오나 봐. 사실 짝사랑이니 넘어오고 자시고도 없지, 뭐. 근데 정말 미인이지? 내 입에서 미인이란 소리 나오기 쉽지 않은데, 거참, 예쁘네. 저니가 봐도 예쁘지? 우리 용산기지 공식 지정 미남 저니가 인정하면 정말 미인이란 소린데. 안 그러냐, 애들아?"

그 소리에 옆에 있던 카투사들이 일제히 흥분했다. 하지만 그에겐 옆에서 떠드는 소리가 전혀 들리지 않았다. 그저 사진 속에서 어딘가를 응시하는 여자의 존재만 온몸으로 느끼고 있었다.

'당신 진짜 매직이었구나. 그랬어…….'

"뭐야, 저니, 넋이 나간 거야? 아님 안 예쁘다는 거야? 왜 말이 없어?"

"……아름다워서 말이 안 나오네요."

살짝 얼빠진 그에 표정을 보며 미스터 김은 공감한다는 표정을 했다.

"그지, 엄청 미인이지? 근데 이 사진 속 여자 아무래도 우리 KSC 같아. 중대에서 들었는데 19중대에 기가 막힌 인물이 들어왔다고……."

무언가 곰곰이 생각하듯 미스터 김은 기억을 더듬어갔다.

"4개 국어 능통에 토익 만점까지. 살벌하게 미인인데 하우징(미군, 미군 가족 숙소 관리사무소. 가구, 집기류 관리)에 처박혀 부서 이동 없는 전무후무한 인물이라고. 사실 그 실력에 하우징 창고에서 산다는 게 말이 돼? KGS—11(한국 군무원 사무직. 외부에선 이사급)급이면 또 몰라도."

미스터 김은 도통 이해할 수 없다는 표정으로 말했다.

"하우징이면……."

"그래, 사우스포스트에 커미서리(식품 판매하는 곳) 옆에 있는 슬레이트 가건물 창고 있잖아. 귀퉁이에 121 있는 거기."

121이란 말에 그제야 그날의 만남과 그렇게 찾아도 도무지 찾을 수 없었던 이유를 알 수 있었다. 한순간 모든 게 다 설명이 됐다.

"하우징 일이 얼마나 빡센데. 거기 완전 노가다야. 저니도 알지? 워커 말이야. 근데 이런 여자가 하우징이라니 가당키나 하냐고, 글쎄. 뭔가 남모를 스토리나 미스터리가 있을 거야. 아님 말이 안 돼. 그지, 애들아?"

혈기왕성한 카투사들은 저마다 한마디씩 하며 미스터 김의 의견에 적극 동조했다.

저니는 미스터 김과 카투사들이 떠드는 소리를 듣다 어영부영 사무실을 빠져나왔다. 자신이 무슨 정신으로 책상 앞에 앉아 있었는지조차 잘 기억나지 않았다.

❶ Starting Engine

"우, 우리 은조 씨 어디 있어요?"

흡사 해외 유명 슈트처럼 군복이 잘 어울리는 장원표의 다급한 물음에도 그저 묵묵부답인 장 씨는 연신 주름진 목덜미를 타고 흐르는 끈적한 땀을 닦느라 바빴다. 그 익숙하고도 무심한 모습에 더욱 애가 단 원표는 주위를 샅샅이 살폈다.

잠시 후, 찾는 이의 모습은커녕 그 사람의 흔적조차 보이질 않자 원표는 당황스러우면서도 무척이나 걱정스런 표정으로 재차 물었다.

"아저씨! 우리 은조 씨요!"

그처럼 안달하는 모습에도 장 씨는 강 건너 불구경하듯 별다른 동요가 없었다.

"짱 아저씨!!"

기어이 인내심에 한계를 느낀 원표가 안 그래도 큰 목청을 있는 대로 높였다.

"그놈 참…… 느그 은조 씨 아까 인사처장이 전화로 불러싸서 중대에……."

말을 끝맺기도 전 원표는 중대 쪽으로 죽어라 내달렸다.

그 모습을 지켜보던 김 씨는 질렸다는 듯 고개를 설레설레 저었다.

"저 자식은 언제가 제대야? 얼른 제대해야 내가 더는 저 꼴통 활개 치는 꼬라지를 안 보고 살지. 내 두 쪽 달고 저놈처럼 불알값 못하는 못난 놈은 처음 봐. 징한 놈."

도대체가 이해 안 간다는 표정으로 김 씨가 옆에 있는 장 씨에게 동의와 지지를 구하려 할 때, 슬레이트 가건물 창고 쪽에서 살벌한 표정을 한 김 기사가 장 씨와 김 씨를 사납게 불러댔다.

"안의 사람들이 두 사람 빨리 짐 실으라고 난리도 아니에요, 지금."

곱상한 생김과 달리 고압적인 말투로 안의 상황을 전한 김 기사는 대답도 듣지 않은 채 제 할 말만 하고 곧바로 어두운 창고로 사라졌다.

그 살벌한 말투에도 전혀 감흥이 없는 듯, 아니, 그 정도는 이제 일상인 듯 두 남자는 느긋하게 일어서 먼지 가득한 엉덩이를 툭툭 털어냈다.

두 사람 중 조금 더 여유로워 보이는 인상의 장 씨가 한마디 보탰다.

"난 천방지축 깨방정 떠는 원표 놈보다 저놈 새끼가 더 꼴 보기 싫어. 젊은 놈이 어찌 저리 매사 사납고 예의를 쌈 싸 처먹었는지 원.”

아까부터 입이 근질근질한 김 씨가 이때다 싶어 맞장구를 쳤다.

“내 말이. 저 지랄 맞은 성격만큼 일을 잘하는 것도 아니고.”

“저 자식 작은아버지가 평택인지 의정분지 관리장이라고 그러던데, 믿는 구석이 있어 그러나 보지.”

“누군 좋겠네. 관리장 그거 아무나 하는 거 아닌데.”

“그럼, 아무나 하는 거 아니지. 아니야.”

하우징에서 보낸 시간만큼이나 아는 것도 많고 제법 쿵짝도 잘 맞는 두 사람은 버릇 같은 한숨을 내쉬며 창고 쪽으로 무거운 발걸음을 돌렸다.

두 남자가 떠난 자리 주위로 아직은 이른 아지랑이가 어지러이 춤을 추었다.

평범한 오피스 분위기와는 다른 모습의 컨테이너 사무실.

사무실 군데군데 최소한의 물건과 꼭 필요한 집기만이 비치되어 있고, 주인이 따로 있는 듯 보이는 두 개의 책상 위에는 각종 서류 뭉치와 색색의 볼펜이 어지럽게 펼쳐져 있다.

비어 있는 책상 옆 외따로 놓인 건실한 데스크를 사이에 두고 앉아 있는 이준성과 서 있는 유은조의 시선이 하나로 이어졌다.

“아직도 핸드폰 없습니까?”

“네.”

"집 전화는?"

"없습니다."

대답만큼 간결하고 청아한 목소리가 조용한 사무실 안에 낮게 울렸다. 그런 유은조를 올려다보던 준성은 그녀만큼이나 낮은 목소리로 한숨을 내쉬며 자리에서 일어났다.

"이쪽으로 와 앉아요."

사무실 중앙에 위치해 분위기를 더 휑하게 만드는 회색 소파에 앉은 준성은 유은조가 가까이 오길 기다렸다. 그사이 건조한 양손을 깍지 끼며 마른 입술을 한 번 적셨다.

유은조가 맞은편에 앉았다. 긴장한 그와 다르게 무릎에 두 손을 적당히 올리고 담백한 갈색 눈을 반짝이며 무심히 그를 바라보았다.

맑은 듯하면서도 깊은 수렁과도 같은 저 기이한 눈빛에 사로잡힌 게 벌써 1년 전이다. 그 1년 동안 제대로 잡지도, 온전히 놓지도 못한 채 염탐에 탐색만 하고 있는 꼴이라니.

준성은 순간 자신도 모르게 삼켰던 숨이 새어 나왔나 보다. 젠장.

한숨의 정확한 근원을 모르는 유은조가 미간에 섬세한 주름을 잡았다.

"처장님 난처하신 거 압니다."

준성은 끝까지 변명조차 없는 유은조를 바라볼 뿐 말을 아꼈다.

"하지만……."

"앞으로도 핸드폰이랑 집 전화를 둘 생각은 없다, 이 말이죠?"

유은조는 대답 대신 고개를 끄덕였다. 준성은 그런 그녀에게서 시선을 떼지 않고 미리 준비한 작은 종이를 건넸다. 내민 종이를 슬쩍 쳐다보다 결국 쪽지를 받아 든 유은조가 종이의 출처와 용도를 묻듯 준성에게 건조한 시선을 주었다.

"종이에 적힌 번호는 내 핸드폰 번호랑 집 전화예요. 유은조 씨 인적사항 란에 그 번호를 기입할 생각이에요, 난."

지금까지와는 다른 준성의 확고한 음성에 유은조의 표정이 티 나게 굳었다.

"싫어도 할 수 없어요. 은조 씨가 연락처를 주지 않는 이상 나도 더 이상 다른 대안이 없어요. 만약 중대나 하우징 쪽에서 찾는 일이 생기면 바로 나에게 먼저 연락이 올 거예요. 그러니 유은조 씨는 내 번호를 외우고 있어야 해요. 갑자기 아프거나 집에 일이 생겨 피치 못할 사정으로 오프가 아닌 날에 쉰다거나 할 때 누구보다 나에게 먼저 연락을 줘요."

면접을 보던 그녀보다 더 긴장하던 남자. 그 후 이렇게까지 감정을 드러낸 적이 한 번도 없었다.

잠시잠깐 갈등했지만 대안이 없단 말에 수긍했다.

지금도 앞으로도 연락처를 만들 생각은 없었다. 그럼 어찌 됐건 답은 하나다.

"알겠습니다. 말씀대로 하겠습니다. 번거롭게 따로 연락드리는 일은 만들지 않도록 주의하겠습니다."

은조가 일어나자 이준성도 따라 일어섰다. 건네받은 종이를 그대로 손에 쥔 채 간단히 목례를 하고 뒤돌아 문 쪽으로 향했다.

"유은조 씨."

듣기 좋은 저음에 목소리가 낮게 울려 뒤돌아보았다. 그러자 이준성은 아주 잠깐 망설이더니 이내 은조와 눈을 정면으로 맞추며 말했다.

"그 번호 외우면 좋겠어요."

조금 전보다 한 발 더 앞으로 움직이고 있다.

"유은조 씨랑 나, 같은 아파트 사는 거 모르죠?"

몰랐다, 전혀. 근데 알았어도 별 상관없지 않을까.

"물론 알았다 한들 당신은 상관없겠지……."

씁쓸하게 내뱉은 이준성과 시선이 부딪쳤다. 혼란스러워 보인다. 불안하게도 보인다. 그러면서 얼마쯤은 자신의 돌발행동을 후회하는 듯 보이기도 했다.

애매한 분위기가 불편해 은조는 인사를 하고 서둘러 사무실을 나섰다.

유은조가 나가고 조용해진 사무실에 홀로 남은 준성은 뒤늦게 찾아든 당황스런 감정에 연거푸 마른세수를 했다. 깊은 한숨이 절로 나온다. 이미 엎질러진 일, 후회해도 소용없었다.

후회를 하려면 1년 전 그때, 유은조를 자신의 의지로 뽑은 그날을 후회해야 했다.

후회의 근원을 거슬러 올라가니 자연스레 여신을 처음 본 그날이 떠올랐다.

한마디로 오륙십 년대 고전 영화에나 나올 법한 미모였다, 앉아 있는 여자는.

실핏줄 하나 없는 투명한 피부에 영롱한 호박빛을 발하는 영민해 보이는 갈색 눈동자. 유난히 크거나 작지도 않으면서 신기할 정도로 오뚝한 콧날. 아름다운 얼굴에 방점을 찍듯 꼭 다문 입술은 탐스러울 정도로 붉은 기가 돌아 자꾸 눈길이 갔다.

사실상 하우징 실무와 하등 상관없는 미군 면접관들은 모두 할 말을 잃은 듯 보였다.

인터뷰어 중 유일한 한국인인 19중대 인사처장 준성도 이들과 별반 다르진 않았다.

우성인자란 인자는 모조리 뽑아 절묘하게 섞어놓은 듯 보이는 여자는 인종을 초월해 누가 보아도 단번에 인정할 만큼 아름다웠다. 어딘가 이런 사람이 존재했고 오늘 그 모습을 실제로 보았음을 신기해하고 고마워할 정도로 여자의 외모는 빼어났다.

어찌 보면 외양보다 미묘한 존재감과 독특한 분위기가 더욱 그랬다.

심지어 실체를 증명하는 서류조차 뛰어났다. 각종 특수 기계 장비와 지게차 일급 자격증, 1종 보통 운전면허, 무엇보다 기가 막힌 건 고졸 출신에 토익 만점자란 남다른 이력.

이 자리와는 정말이지 전혀 어울리지 않는 터무니없는 조합이었다.

묘하게 가라앉은 분위기를 깨듯 굳은 표정의 커맨더(대대장)가 질문을 던졌다.

[당신이 지원한 이 자리에 대해 정확히 알고는 있습니까?]

[네, 알고 있습니다.]

처음 듣는 여자의 목소리는 대체로 높지 않은 톤으로 은은했지만 자신의 생각과 의사를 분명하게 전달하고자 하는 의지가 담겨 있었다.

[그런데도 이 일이 당신에게 적합하다고 생각합니까?]

[네, 전 잘해낼 거라 생각합니다.]

여자에 대답에도 커맨더는 전혀 공감하는 표정이 아니었다.

[어느 면으로 그렇다는 거죠?]

[전 이 일을 오래 하고 싶고 또 열심히 할 개인적인 이유가 있기 때문입니다. 미리 말씀드리지만, 전 이 자리를 시작으로 타 부서로 부서 이동을 할 생각이 전혀 없습니다.]

8군의 인력 관리 시스템을 어지간히 파악하고 지원한 발언이었다.

나지막하지만 확고한 대답에 대대장은 잠시 여자를 응시했다.

대대장은 성인 남자인 준성이 봐도 무척이나 사나운 인상의 소유자였다.

190㎝에 다다른 거구, 아메리카 흑인이라고 보기에는 유난히 검은 얼굴, 거기다 각 잡힌 군복을 입은 그는 기실 두려움 그 자체였다. 여자는 그런 대대장의 날카로운 시선을 피하지도 않고 차분히 받아냈다. 대단한 강심장이다. 아니면 이런 상황이 꽤나 익숙하던가.

다음은 엑소(부대대장)가 물었다.

[이 일은 힘이 많이 드는 일입니다. 여자로서 버티기 무척이나 힘들 테고 함께 일하는 사람들도 당신보다 나이가 많은 남자들인데, 정말 그들과 함께할 수 있겠습니까?]

부대대장은 대대장보다 훨씬 부드러운 톤으로 물었다. 부드럽게 말을 하게끔 만드는 절묘한 미모인지라 준성도 그런 반응이 어느 정도 이해가 됐다.

[타인과 함께 일을 한다는 건 직위와 나이 상관없이 그들과 얼마나 잘 지낼 것인가 하는 마음가짐과 깊은 고민이 먼저라 배웠습니다. 또한 각오한 이상 미리부터 걱정하기보단 실제 생활하면서 현장에서 함께하는 동료들과 차차 풀어갈 일이라 생각합니다.]

엑소는 여자의 완벽하고도 고급스런 영어 능력이 도무지 믿을 수 없다는 듯 고개를 내저으며 다음 질문을 던졌다.

[지금 우리가 하는 질문, 또 당신이 하는 대답, 이 모두 고도의 영어 실력이 기본입니다. 그런데도 타 부서 이동 없이 그 자리만 지키겠다는 말입니까?]

여자는 조금 비꼬는 듯이 묻는 부대대장의 질문에도 차분히 말을 이었다.

[네. 전 차후 그 어떤 부서 이동도 원치 않습니다.]

이번에는 갑자기 끼어든 커맨더가 꽤나 흥미로운 표정으로 물었다.

[이유는?]

여자는 이번에는 잠시 숨을 골랐다. 그리곤 이전처럼 또박또박 담담하게 답했다.

[전 머리와 계산이 아닌, 제가 직접 동료들과 부딪치며 땀 흘리는 일을 하고 싶습니다. 또한 그에 필요한 체력은 이 자리에서 말로 자신하기보다 꾸준한 노력과 반복으로 최대한 끌어올릴 수 있다고 봅니다. 무엇보다 전 체력을 끌어올리기 위해 최선을 다할 생각입니다.]

여자라는 단점과 체력의 한계를 걱정하는 걸 알고 미리 자신의 의지와 생각을 밝히고 있었다. 무척 현명하면서도 지혜로운 사람이다. 또한 긴 대답은 아니었지만 질문과 퍽 어울리는 성실한 답안이라 생각했다. 사실 그 어떤 질문도 앞에 앉은 여자의 의지와 신념을 꺾을 순 없을 거란 생각이 들었다. 완벽한 외모만큼 철저히 준비했거나 아님 타고난 언변과 풍부한 어휘력을 가진 여자였다, 유은조란 이 여자는.

외부에 있는 한국 기업들을 모두 제치고 왜 이곳 8군, 그것도 이 거칠고 단순한 잡(Job)에 올인하는지 준성은 그 이유가 몹시도 궁금했다.

하우징은 단순한 노동, 그 이상도 이하도 아니었다.

본토에서 온 신병이나 타 부대로 전출 가는 미군들의 살림을 빼고 채우며 군내를 뺑뺑 도는 일밖에 없었다. 그런데 도대체 왜일까? 미군부대가 목표였다면 이 여자는 충분히 KGS—9(한국 군무원 사무직 계급. 부장급)나 KGS—11(이사급)을 달 수 있는 능력자였다. 평이한 워커(Worker)를 하기엔 실력이 너무도 출중했다.

준성은 다소곳이 맞잡은 여자의 두 손에 시선이 갔다.

빛 한 번 제대로 보지 못한 공예품 같은 손이다. 길고 가는 손. 그 손은 분명 떨고 있었다. 일체의 동요 없는 표정으로 야무지게 답하는 냉랭한 목소리와는 다르게 그 손은 긴장과 함께 알 수 없는 절실함을 토로하고 있었다. 도대체 이 앞뒤가 맞지 않는 기막힌 상황이 혼란스럽기만 했다.

버티기 힘들 거라는 단점을 빼면 인터뷰어 모두 여자에게 마음이 기울고 있었다. 사실 정확히 말하면 홀렸다는 말이 맞았다. 하지만 오늘 인터뷰에서 가장 중요한 자격 요건은 인정하기 싫지만 힘이 남아돌아 언제라도 힘을 쓸 수 있는 젊은 남자란 조건이 가장 큰 강점이었다.

결국 준성은 한마디도 질문하지 못하고 인터뷰를 마쳤다.

인터뷰를 마친다는 커맨더의 사인에 여자가 깍듯이 인사를 하고 사무실을 나갔다.

여자의 모습이 사라지자 대대장과 부대대장은 동시에 준성을 쳐다보았다. 마치 우린 포기하겠으니 같은 민족인 네가 이 부담스런 상황을 말끔히 종료하라는 듯.

사실 실무를 함께하지 않고 인사 권한을 가진 그들에게 남자, 여자는 중요하지 않았다. 현장에서 함께 일할 동료에게 여자란 존재가 부담스럽고 번거로울 뿐이지 안 된다는 규정도 그 어떤 근거도 없었다. 그렇게 운명의 주사위는 준성에게 넘어왔다.

그때 한 결정을 후회하지는 않는다.

입사 후 처음은 지독히도 말도 많고 탈도 많았지만 유은조는 매번 현명하게 고비를 넘겼다. 물론 여자의 미모는 늘 문제와 화젯거리가 되었고, 심하게 무심한 성격과 너무도 깍듯한 예의범절이 함께 일하는 사람들을 질리게도 만들었지만 유은조는 아슬아슬한 선 위에서 절묘하게 균형감을 유지했다. 하우징 내에서 그 누구보다 성실하게 일하면서 자신이 만든 모든 상황을 지혜롭게 헤쳐 나갔다. 그 누구의 도움 하나 없이.

되레 준성이 그런 일련의 사건들이 답답하고 견디기 힘들 정도였다.

유은조가 하는 모든 행동이 늘 뾰족한 바늘 끝처럼 그의 예민하고 팽팽한 신경을 자극했다.

외면하려 해도 유은조는 그만큼 준성에게 절대적인 영향력을 발휘하는 존재였다.

중대 사무실 앞을 빠르게 걸어 내려가던 은조는 안에서 뱉지 못한 한숨을 내쉬었다. 동시에 속이 쓰리고 신물이 넘어왔다. 오전 내내 빈속이었는데 그게 문제였나 보다.

요즘 들어 수시로 이런 속 쓰림이 반복되고 있었다. 입사하고 1년. 이전보다 규칙적으로 더 잘 먹고 있다고 나름 생각했는데 아니었나 보다.

"병원 가라는 신호 같은데……."

이준성의 어울리지 않는 도발을 딱히 걱정하지는 않는다. 하나 앞으로가 문제다. 이준성은 섣불리 감정 도발을 할 스타일은 아니었지만, 시작한 이상 자신의 감정에 충실할 성격이다. 이 세상 그 어떤 단어보다 성실과 충실이라는 단어의 막강한 힘을 잘 안다.

주어진 상황과 그 본인의 의지가 맞아떨어진다면 기실 그 두 단어처럼 놀라운 힘을 발하는 것도 없다. 그로 인해 앞으로의 상황이 짐작되질 않았다. 이런저런 생각을 하며 길을 따라 내려가는데 저 밑에서 이름을 부르며 올라오는 익숙한 목소리가 들렸다.

"은조 씨!"

"하아, 은조 씨라……."

사실 의외의 도발남 이준성보다 현재 은조의 생활을 버라이어티하게 만드는 문제적 인물은 심한 유아기적 집착을 보이는 카투사 장원표였다.

180㎝이 넘는 남다른 기럭지에 모델 저리 하게 만드는 슬림한 몸매, 순진한 듯 보이는 훈훈한 눈웃음, 오목조목한 시디만 한 얼굴, 거기다 속없을 것 같은 저 천진한 표정. 하지만 저 아이의 겉모습은 쇼며 엄청난 트릭이었다. 자신의 이기심과 욕심을 채우기 위한 위험천만한 가식. 지금 이 아이를 내치지 않고 두고 보는 이유는 딱 하나.

제대가 겨우 3개월 남았다는 사실. 어찌어찌 참아줄 만한 시간이다.

"우리 은조 씨, 점심은 먹었쪄용? 안 먹었으면 내가 사다 줄까요? 아님 우리 타운하우스 가서 입맛 당기는 거라도 같이 먹을까요? 넹?! 나의 여신 은조 씨, 대답 좀 해보아용!"

대답하지 않았다. 말 안 듣는 아이들은 원래 어른이 대답하지 않아도 알아서 척척 묻고 답하며 재잘재잘 칭얼거릴 테니까, 이렇게.

"근데 중대 이준성 인사처장은 왜 우리 은조 씨를 찾았써용? 왜일까? 혹시 나의 그대를 향한 흑심의 발로?"

매번 무한 반복이라 익숙하지만 좀처럼 넘겨지지 않을 때도 있다, 지금처럼.

"장원표 씨, 제대 전에 그 말투 좀 바꾸면……."

고양이처럼 눈을 한껏 반짝이며 능글거리는 이 사악하고 지능적인 카투사.

"바꾸면? 바꾸면 뭐요, 은조 씨?"

"바.꾸.면."

은조는 곁에 바짝 붙는 장원표의 얼굴을 길고 가느다란 검지로 힘껏 밀어냈다.

밀어도 밀어도 좀처럼 밀리지 않고 밀려 나가지도 않는 이 덩치 큰 철부지.

“좋을 것 같아요.”

기대에 못 미치는 대답인지 장원표가 살짝 실망한 표정을 지었다. 그러거나 말거나 은조는 서둘러 하우징으로 향했다. 시간이 많이 지체됐다고 생각하는데 장원표가 떡하니 앞길을 막아섰다.

“그럼 오늘부로 바꿀 테니까 가끔 나랑 점심 먹어줘요. 혼자 밥 먹는 거 신경 쓰지 않는 거 알지만 내가 싫어요. 부대 내 미군이나 카투사들이 나의 그대를 힐끔거리는 거 정말 싫단 말이에요. 또 혼자보다는 나랑 다니는 게 훨씬 안전해요. 사람들 눈에 더 띄지도 않고.”

나쁜 제안은 아니었다. 혼자가 편하긴 하지만 미군도 아니고 사복 차림으로 혼자 영내를 어슬렁거리는 게 결코 좋은 그림은 아닐 것이다.

나쁘다면 자신의 불순한 동기를 순진한 척하며 눈 가리고 아웅 하는 이 철부지가 나빴지. 늘 칭얼거리고 더없이 사악하지만 영 케어 못할 정도는 아니다.

“그래요. 가끔이면 괜찮아요.”

“정말? 정말, 정말?”

“……”

제발 절제, 자중 좀 하라는 표정으로 장원표를 흘겨보았다.

“알았어요. 고쳐요, 고쳐. 말투도 고치고 무한 반복하는 이 애끓는 투정도 꾹꾹 누르고.”

은조는 고개를 절레절레 젓다 그를 무시하고 빠르게 걷기 시작했다. 그러자 장원표도 그녀 옆에 최대한 바짝 붙어 보폭을 맞춰 걸었다.

"사람들은 우리 은조 씨가 이렇게 은은한 눈빛으로 사람 막 째려보고 매몰차고 매사 시큰둥하고 겁나게 계산적인 거 아무도 모를 거야. 그죠? 그냥 외양만 보면 정말 천사 그 자첸데……. 아니다. 아무도 모르는 게 좋겠다! 나만, 정말 나만 이런 달콤살벌한 은조 씨의 면모를 안다는 게 정말 너무 좋아요."

이처럼 이해할 수 없는 거북스런 표현들이 더욱 장원표와의 거리를 유지하게 만들었다.

상대가 자신을 대놓고 무시해도 그 무시조차 자신의 편의대로 모른 척 능숙하게 받아넘기는 장원표가 새삼 보통이 아니란 생각이 들었다. 그러면서 앞으로 남은 3개월이 지난 1년보다 더 피곤할 수도 있겠단 불길한 생각이 들었다.

대리석과 천연 가죽으로 꾸며져 더없이 넓고 화려한 사무실.

창밖으로 보이는 희뿌연 서울 시내가 마음에 들지 않는지 유창식 회장은 벌써 30분 전부터 목 빼고 기다리고 있는 아들 유재환 사장을 벌세우고 있었다.

아직 50대 초반인 유창식 회장은 중년이란 말이 무색하게 탱탱한 젊음을 유지했다.

모체인 유성그룹이 아닌 형제 그룹인 해성그룹의 회장 직을 맡고 있는 그는 세 명의 아들 중 유독 큰아들 재환을 못 미더워하면서도, 늘 그의 능력에 비해 많은 일을 지시하곤 했다.

오늘 부른 이유만 해도 재환은 긴 시간 동안 그 어떤 단서나 흔적을 유추할 수 있는 작은 실마리조차 찾지 못하고 있었다.

'제대로 오픈한 채로 찾는 것도 아니고 그 약아빠진 계집애가 어디 가서 처박혀 있는지, 작정하고 숨은 년을 CIA도 아니고 내가 무슨 수로 찾아내느냐고.'

재환은 곁에 있으나 없으나 늘 그 존재만으로도 자신을 비참하게 하고 고역스럽게 만드는 명목상 사촌에게 새삼 이가 갈렸다.

벌써 3년이다, 유은령이 종적을 감춘 지. 보통 계집애도 아니고 작정을 했다면 그룹 전체 회장이신 할아버지가 발 벗고 나서도 찾을 수 없는 괴물 중의 괴물이 바로 유은령이었다. 한데 그건 또 아니란 생각이 들었다. 정말 회장님은 3년이 다 되어가는 지금까지 은령의 거취를 모르실까? 다른 사람도 아니고 당신이 그토록 죽고 못 사는 유은령인데.

"재환아."

"네, 아버…… 회장님."

"이 회사, 이 자리, 이 의자까지 이대로 다 물려받고 싶으면 은령이 그 아이, 빨리 찾아야 한다."

"……."

재환은 꿀 먹은 벙어리가 되었는지 가타부타 말이 없었다. 유창식은 한껏 기죽은 아들을 답답한 듯 쳐다보았다.

늘 부실하고 모자란 인물, 가문의 장남, 내 모든 걸 물려주고픈 내 새끼, 내 아픈 손가락. 회장님도 사라진 은령에게 바로 이런 마음이겠지.

막강한 종친 어른들의 입김으로 유정남 회장의 재혼을 대신해서 먼 인척이란 터무니없는 명분으로 시골 촌구석의 자식만 많은 무지렁이 인간의 똑똑하고 야심 많은 장남이 하루아침에 대 유성그룹 유정남 회장의 양아들이 되었다. 하지만 그건 빛 좋은 개살구에 허허로운 허울뿐.

유정남 회장은 늘 유은령만 자신의 진정한 혈육이자 그룹을 승계할 후계자로 인정했다.

늘 창식을 목마르게 한 직계손이란 대단한 자존심과 자긍심, 그 피 끓는 절절한 애정.

나 또한 내 아들에게 모두 물려주리라. 비록 아이의 그릇이 종지라 해도 유성의 신성이자 실세라고 불리는 유은령에게 단 하나도, 그 어떤 자리도 절대 허용하지 않을 것이다.

"아무리 비밀리라고 하지만 자금이 부족한 것도 아니고 부릴 사람이 없는 것도 아닌데, 지금처럼 번번이 허탕 치는 이유가 뭔 것 같냐, 넌?"

재환은 속이 바싹바싹 타들어갔다.

'내 말이. 아니, 돈 받아 처먹은 놈들은 도대체 뭐 하는 거냐고. 죽은 놈 불알도 찾을 수 있고 만들 수 있다더니 도대체 지금까지 뭣들 하는지, 젠장.'

"재환아?"

"네. 아버지, 아니, 회장님."

"할아버지보다 우리가 먼저 찾아야 한다."

유창식 회장의 말은 부탁이나 당부가 아닌 절대적인 명령 그 자체였다.

"그건 저도 알지만 아시다시피 그 계집애가 그렇고 그런 무개념, 무재능에 하릴없이 일 벌리며 놀고먹는 재벌 상속녀도 아니고, 난다 긴다 하는 정재계 인물들도 눈 하나 깜짝 않고 찜쪄먹는 몬스턴 중의 몬스턴데……."

도대체 나보고 어쩌라고요. 도저히 이렇게는 말할 수 없었다.

"그 아이는 할아버지를 닮아서 성향 자체가 검소하고 소박해. 자기 신분과 지휘와는 정반대의 인물이지. 그래서 매사 소란스럽고 정신없는 걸 무척 싫어한다."

재환은 그렇듯 유난스럽고 별나서 그녀가 더욱더 꼴 보기 싫었다. 뭐 하나 평범하거나 일반적인 게 없는 계집애. 그로 인해 늘 자신의 의지와 상관없이 비교당하며 번번이 지독한 패배감과 절망감에 무릎을 꿇어야 했다.

"너도 잘 알 거다. 너랑 딱 반대니까. 내가 움직이면 내일이라도 찾을 수 있겠지만, 그러면 네 할아버지께서도 아시게 될 거다. 아직까지 회사에는 우리 식구보다 큰 회장님 사람이 많아. 윤 이사가 나서는 건 너나 내가 바라는 일이 아니다."

유정남 회장님의 최측근. 죽어라 우리 패밀리를 디스하고 반목하는 그 징그러운 인간.

"그러니까 이제부터는 네가 알고 평소 노는 구정물이 아닌, 전혀 다른 곳을 뒤져라. 네 상식으로는 도저히 생각할 수도 상상할 수도 없는 곳, 그런 곳에 있을 거다, 그 아인."

뚜렷한 실마리도 없이 버거운 짐만 떠안아 뭐 씹은 얼굴을 한 재환이 사무실을 나가자 유창식은 아까부터 경련이 이는 두 눈을 지그시 감았다.

서울이다, 그 아이가 있는 곳은.

출국한 흔적이 없으니 분명 이 도시 어딘가에 있다.

유리 화원 속 유리 꽃이 아무리 각성해 태양을 꿈꾸고 달빛을 받으며 무수한 별빛에 혼몽하였다 해도, 그깟 일에 거대 유성그룹을 포기하고 하나밖에 없는 혈육이자 절대자인 할아버지를 저버릴 인물이 아니다. 기껏 이름 모를 잡초 하나 꺾였다고 자신의 지위와 신분을 망각할 그런 풋대기가 절대 아니지. 유은령이 돌아와 회장님께 무슨 말이라도 하기 전에 반드시 찾아야 한다. 누구보다 나 유창식이 먼저.

은조는 후회했다.

사악한 장원표를 얕봐도 너무 얕봤다. 말년 1호 병장의 그 무궁무진한 시간과 넘치는 여유를 몰랐다고 해야 하나. 핑계를 대다 대다 오늘 비로소 밥을 함께 먹기로 했다. 연합사령관 소속 비서실 운전병이 이다지도 한가한지 예전엔 미처 몰랐다.

대한민국 군인은 부대에서 무료로 급식이 나오지만 미군은 전혀 그렇지 않았다. 우리나라처럼 의무병도 아니고 각자 자신들의 상황과 소신으로 군인이란 직업을 택한 이들에게 모든 것은 다 돈으로 계산되고 귀결됐다. 하지만 그만큼 받는 혜택도, 누리는 자유도 어마어마했다. 군에 있으면서 학교도 다닐 수 있고, 기술도 마음껏 배울 수 있었다. 물론 이 모두가 국가가 그들에게 하는 지원이며, 무료였다.

이 모든 혜택을 그들만큼이나, 아니, 그들 이상으로 누리고 있는 사람 중 하나가 바로 그녀 앞에서 무한 수다와 폭풍 애교를 떨고 있는 대한민국 육군 소속 카투사 장원표였다.

한국인 군무원, 또는 오랜 한국 생활을 한 미군들은 밥을 사 먹었다. 지금 그들이 있는 곳이 아닌 다리 건너 메인포스트 내 타운하우스에서 밥을 사 먹자는 장원표의 은근한 요구를 무시하고, 하우징에서 가까운 카투사 전용 식당에서 밥을 먹기로 했다.

사각과 원형의 여덟 개의 테이블. 군데군데 검은 머리 틈 사이 이제는 익숙한 미군이 보였다.

맨 처음 8군에 입사해서는 군복을 입은 미군들이 그렇게 낯설 수가 없었다. 하지만 이제는 되레 사복이 더 낯설고 현란하게 보일 정도이니 꽤나 익숙해진 건 사실이다.

은조는 계산대 옆 창으로 보이는 밖을 응시하며 오징어볶음밥을 먹었다. 어서 빨리 먹고 징징거리는 장원표에게서 벗어나야지 생각하면서도 밥은 좀처럼 줄지 않았다.

바로 그때, 굳은 어깨를 아주 살짝 스치고 지나가는 기묘하고도 생소한 느낌을 받았다. 그 느낌은 마주 미약해 무어라 한마디로 규명 지을 수 없었다. '뭐지? 아닌가?' 하며 밥을 한 수저 뜨려 했다. 그때 보았다. 자신의 쟁반 옆 방금 전까지도 없던 주황색 오렌지를.

은조는 오렌지를 내려다보다 고개를 들어 주위부터 살폈다. 앉아 밥을 먹고 있는 사람들 사이 상당히 키가 큰 미군이 출입문 앞에 서 있었다.

뒷모습에 저절로 시선이 갔다. 남자는 빈손이었다. 잘 접어 올린 군복 밑으로 잔 근육이 돋보이는 팔이 보였다. 또한 연한 갈색의 긴 손가락도.

그렇게 멍한 사이 미군은 어느새 시야에서 사라지고 없었다.

"이래서 혼자 밥 먹으면 안 된다는 거예요, 은조 씨는."

여전히 멍한 표정을 한 채 흥분해서 떠드는 장원표를 응시했다.

"내가 이렇게 떡하니 앉아 있는데 대체 어떤 모자란 인사가 이런 걸 놓고 가는 거야?"

분기탱천한 장원표가 들고 있는 오렌지를 보았다. 방금 전까지 그녀 앞에 있던 오렌지.

"기왕 줄 거면 뭐 좀 색다른 걸로 하지, 웬 오렌지? 미군부대에서 제일 흔하고 흔한 게 오렌진데. 성의 없는 자식. 안 그래요, 은조 씨?"

혼자 북 치고 장구 치는 원표를 보다 그의 손에서 심하게 롤러코스터를 당하고 있는 오렌지를 쳐다보았다. 그래, 정말 흔한 오렌지네.

"이거 기분 나쁘니까 내가 가져갈게요. 혹시 여기 이상한 가루라도 묻어 있으면 어떡해요? 찜찜해. 이런 건 내가 가져가서……."

그녀가 공중에 뜬 오렌지를 단숨에 낚아챘다. 그러자 장원표가 꽤나 놀란 표정을 지었다.

"정신없어요. 내려놓고 말해요."

원표는 방금 전 그녀의 표정처럼 약간 멍하다 이내 정신을 차리고 고집했다.

"하여튼 이 오렌지는 내가 가지고 갈게요."

은조의 대답도 듣지 않은 채 서둘러 오렌지를 군복 바지 안에 집어넣었다. 그러면서 장원표는 자신을 무시한 처사네 어쩌네 하며 엄청 투덜거렸다.

그렇게 시작된 오렌지 투척은 일주일 넘게 이어졌다.

이상한 건 단 한 번도 남자의 얼굴을 정면으로 보지 못했다는 것이다.

아득바득 오늘은 꼭 봐야지 하며 기회를 노리진 않았지만 이상하게 남자의 얼굴도 직위도 정확히 확인하지 못했다. 그저 남자의 늘씬한 뒷모습, 스치듯 지나가는 옆모습, 이제는 익숙해진 팔 정도였다. 그러면서 남자의 긴 손가락은 무척이나 선명히 기억났다.

그때마다 함께 있던 장원표는 미군을 아는지 모르는지 말은 않고 오렌지를 바지주머니 안에 넣기 바빴다. 물론 남자의 행동이 무얼 뜻하는지 대충 알 것도 같았다.

어릴 적부터 인문학보다 행동심리학이나 정신분석 서적을 섭렵해 어느 정도는 짐작했다. 자신을 각성시키려는 행동. 일종의 초두효과를 노리는 듯했다.

단순히 호감을 표하거나 장난으로 치부하기에는 남자는 반복적으로 아련하면서도 안타까운 이미지를 각인시키고 있었다. 하지만 은조는 자신을 직접 드러내지 않는 남자에게 먼저 호기심을 갖고 다가가는 그런 유형이 아니었다. 이젠 그럴 수 없는 사람이 돼버렸다.

원표는 말없이 걷는 데 집중하는 유은조의 뒤를 졸졸 따르며 고민했다.

자신이 아는 사실을 말할까 말까, 아니, 정확히는 말을 하는 것이 나을까, 하지 않는 것이 자신에게 더 유리할까. 먼저 말하지 않으면 아마 유은조는 영원히 모를 것이다. 그러다 궁금해진 유은조가 그를 찾기라도 하면? 아니다. 절대 그럴 일은 없다.

8군 안에서도 자신을 꽁꽁 감추지는 않지만 결코 드러내려 하지 않았다. 은신, 은둔. 뭐, 그렇게까지 왜곡하고 곡해하고 싶진 않지만 아니라고도 말할 수 없었다. 1년 가까이 관찰하고 지켜본 여신은 그랬다.

나름 원표가 치열하게 고민하고 계산기를 두드리는 사이 하우징 창고가 눈앞에 보였다.

유은조는 짧게 인사를 하고 어두운 창고 쪽으로 걸어갔다.

“그 오렌지맨, 저니 소령이에요.”

느닷없는 멘트에 유은조가 걷기를 중단하고 뒤돌아보았다. 일말의 동요와 의문 없이 늘 그렇듯 차분한 눈동자. 원표는 그 눈빛을 믿었다.

“내가 있는 연합사령관 행정비서관이라고요.”

“…….”

“원래는 K—16(성남비행장)에 있던 육군 조종산데 몇 달 전부터 우리 연합사에 있어요. 무슨 이유로 조종사가 민사관으로 둔갑했는지는 모르겠지만, 당신에게 지금껏 무성의하게 오렌지 투척하는 그 인간, 저니 맥컬리 소령이라고요.”

갑작스레 정보를 쏟아낸 장원표는 퉁명스레 말을 던지고는 성큼성큼 뒤돌아갔다.

순간적으로 은조는 정원표의 뒷모습에서 미군의 뒷모습이 겹쳐 보였다. 왜인지는 모르겠지만 그 남자의 익숙한 뒷모습이 분명 보였다. 아무래도 남자가 노린 초두효과가 제대로 빛을 발하는 모양이다.

계속 직진하는 장원표를 한동안 바라보다 하우징으로 향했다.

운전은 성정만큼이나 무례하고 거칠었다.

누군가는 운전하는 뒷모습만 봐도 그 사람 인성이 파악된다고 하던데 이건 노골적이다 못해 저급한 매너였다.

"젠장, 오늘은 하루 종일 운전만 하고 앉았네. 내가 드라이버도 아니고."

"젊은 놈이 하우징에 짱박혀 있는 것보다 낫지 뭘 그래? 바람도 쐬고."

"전 짱박혀 핸드폰 갖고 노는 게 더 좋거든요!"

김 기사가 버럭 소리를 지르며 자신보다 한참 나이 지긋한 장 씨를 째려봤다. 한 소리 할 만도 한데 장 씨는 은조를 보고 그러려니 하는 듯 윙크를 하며 이내 말을 이었다.

"인마, 너 그러다 장가 못 가. 핸드폰에서 나오는 전자파가 그렇게 안 좋다잖냐, 사람한테."

자신을 진심으로 걱정해 주는 말에도 터무니없이 인상을 쓰며 날을 세웠다.

"아, 진짜, 난 전자파가 흘러넘쳐도 운전보다 핸드폰이 좋다구요! 그러니 상관 마시라고요!"

폭발 직전의 김 기사가 운전을 하고, 은조와 매우 각별하다고 소문이 자자한 장 씨는 버커타워로 향했다.

오늘처럼 외부에서 작업하는 게 은조에게는 흔치 않았다. 늘 하우징 창고를 안방인 듯 사수하고 지켰다. 가끔 하우징 식구들은 그런 그녀에게 물류창고에 무슨 보물이라도 숨겨놓았냐며 농을 칠 정도로.

버커타워는 메인포스트에 위치한 건물로 장교 전용 고급 아파트다. 원래 군내에는 높은 건물을 짓지 않았다. 이 메인포스트에만 해도 10층짜리 드래건 호텔과 버커타워가 가장 높은 건물이다.

예민하게 날을 세우던 김 기사는 무슨 건물 이름이 햄버거랑 비슷하냐며 혼자 이죽거렸다.

버커타워 주차장에 트럭을 세우고 장 씨와 김 기사를 도와 보기에도 어마무시한 사각의 테이블을 7층으로 실어 날랐다.

사전에 약속을 하고 왔는데도 집주인 미군 장교는 없었다. 통화를 시도했지만 통화조차 되지 않았다.

"꺼져 있어요. 어쩌죠?"

"아, 정말! 하루 종일 짜증 나 돌아버리겠네!"

김 기사가 벽을 칠 듯 부르르 화를 냈다. 은조는 이에 장 씨를 봤다.

"어쩌긴, 기다려 봐야지."

종종 있는 일인지 장 씨는 김 기사와 달리 반응이 덤덤했다.

그렇게 남의 집 앞에서 널따란 가구를 사수하고 앉아 매너도 기약도 없는 미군을 기다렸다.

15분, 20분이 지나자 유독 땀이 많은 장 씨는 기분이 상했는지 차에 가서 기다리자고 제안했다. 가구는 집 앞에 둔 채 엘리베이터를 기다리는데 장 씨가 김 기사 모르게 은조에게 은밀한 신호를 보냈다. 뭔가 해서 가까이 가려는데 엘리베이터 문이 열렸다. 김 기사는 핸드폰에 시선을 집중하며 차 있는 쪽으로 갔다. 그러자 장 씨가 얼른 은조 팔을 잡아당겼다.

"여긴 내가 저 진상이랑 있을 테니까 타운하우스(중식, 한식, 양식과 슈퍼, 카페가 있는 큰 식당) 가서 내가 부탁하는 것 좀 사다 줘."

"그럼 일 끝나고 같이 가세요. 제가 맛있는 저녁 사드릴게요."

장 씨는 별소릴 다 한다는 듯이 손을 내저었다.

"아니야, 저녁은 무슨. 그냥 여기 적은 몇 가지만 좀 사다 줘. 운동할 겸 천천히 걸어갔다 하우징으로 곧장 와. 여기 일은 우리가 깨끗이 마무리하고 갈 테니까."

"그래도……."

은조는 차 안에서 핸드폰 오락을 하는지 방금 전과는 판이하게 다른 얼굴을 한 김 기사를 슬쩍 쳐다봤다. 혹시라도 그가 아저씨께 난리칠까 걱정이 됐다.

"걱정 말라니까. 저놈, 아무리 구시렁거려도 아직 애야. 슬슬 구슬리면 돼. 그것보다 걸으려면 꽤 먼 거리라 내가 미안하네."

"아니에요."

얼른 가라는 장 씨의 눈짓에 타운하우스로 발길을 돌렸다.

이렇게 혼자 걷기는 실로 오랜만이다. 가급적이면 영내를 돌아다니지 않았다. 남에 눈에 띄는 행동도 일절 하지 않았다. 그렇기에 오늘 같은 경우는 특별했다.

8군은 유독 크고 아름다운 위용을 자랑하는 나무들이 많았다. 이곳 사람들은 여간해서 나무를 베거나 옮기지 않았다. 그저 처음 그곳 그 자리에 그냥 둔다. 그 쉬운 선택과 생각의 여유가 이렇게 시원한 바람을 선물하고 있었다. 시원한 나무 그늘과 바람으로 인해 더운 열기가 조금 덜했다. 큰 나무 밑에 서서 한껏 신선한 바람을 만끽했다. 오랜만에 마음까지 평온했다.

걷다 보니 어느새 연합사 앞길 부근이다. 시계를 보니 정각 5시. 금세 두 번의 대포가 발포되고 주위 사람들의 발걸음 소리가 하나둘 멈추었다. 익숙한 음악 소리가 흘렀다. 그 소리에 몸을 돌려 연합사 쪽을 응시했다. 성조기가 절도 있고 경건한 분위기 속에서 천천히 내려오고 있었다.

이제는 제법 친숙한 저 모습이 처음엔 무척이나 생소했었다. 입가에 슬쩍 미소가 배었다.

그때, 낯선 시선 하나가 전신을 관통하는 느낌을 받았다.

분명 낯설지만 묘하게 친근한 느낌. 착각인가.

시선이 느껴지는 쪽을 향하니 넓은 공간 속 홀로 서 있는 미군이 보였다. 자연스레 그 미군과 시선이 하나로 엉켰다.

분명 처음 보는 이다. 그런데도 묘하게 분위기가 낯설지가 않았다. 왜일까 하며 남자의 전신을 빠르게 훑었다. 그런 그녀를 남자도 똑같이 훑었다. 남자는 은조의 시선 한 톨도 자신을 벗어나길 허용치 않겠다는 듯 시선을 옭아맸다.

순간 숨이 멈춘 듯 뭔가 어색하고 불편했다.

미군이 은조를 보며 아주 환하게 웃었다. 정말이지, 너무나 환하고 따뜻해서 무척이나 아름다운 미소였다. 그때 알았다. 아니, 알아졌다.

저 남자가 바로 저니 맥컬리, 오렌지맨이라는 사실을.

❷

Engine Run Up

거침없이 창문을 치며 끊임없이 타고 내리는 빗소리가 무척이나 듣기 좋았다. 거실 스탠드 조명만 켠 채 부대를 내려다보았다.

딱 이 자리. 그때도 이 자리에서 결정했다.

창밖으로 보이는 너무도 낯선 장소, 용산 미8군. 서울 정중앙에 있으면서도 그 누구도 쉽게 들고 날 수 없는 제한적 공간. 분명 존재하지만 한국 주소도 없고 국내 우편도 배달되지 않는 곳. 좀비 같은 존재. 미군이 아니면 정부에서 채용한 군무원밖에 출입하지 못하는 외딴섬. 완벽한 세이프 존.

저 안에 있으면 아무도 날 못 찾겠구나. 저 안으로 가야겠다. 순간적인 판단이었다.

용산구 한강중학교 옆 아파트. 왜 이곳에 집을 얻었는지는 지금도 생각나지 않는다. 숨기로 작정했을 때 기록 없이 현금으로 얻을 수 있는 아파트를 찾아 얻은 집이 이곳이다. 그때 단 하나의 조건을 걸었다.

월세는 시세보다 더 줄 테니 공인중개사 이름으로 집을 계약해 달라고. 말도 안 된다는 걸 1년 치 월세를 한꺼번에 주고 결국 돈으로 다 해결했다.

그녀가 가진 유일한 능력은 돈을 불리고 사람을 조종하는 일. 많은 사람에게는 무척이나 탐나고 부러운 일이겠지만 분명 아닌 사람도 있었다.

꼬리에 꼬리를 물고 이어지던 잡념은 오후에 본 한 남자에게까지 가 닿았다.

"오렌지맨, 저니 맥컬리……."

미군인 줄은 알았지만 혼혈인 줄은 몰랐다.

부모님 중 한 분이 우리나라 사람 같았다. 아시아 혼혈은 많지만 미묘하게 그 생김이 조금씩 달랐다. 은조는 오랜 미국 생활로 알 수 있었다. 말로써 설명할 수 있는 것도 아니고 단순히 짐작이나 추정이 아닌 촉이며 느낌으로.

남자는 한 번 보면 다시 돌아볼 정도로 기막히게 잘생긴 사람이었다. 하지만 그녀의 깊은 곳 무언가를 자꾸 치고 건드리는 건 얼굴이 아닌 그 환한 미소와 웃는 모습이었다. 그 천진하고 계산 없는 미소. 그 웃음이 자꾸 목에 걸렸다.

기억 속 누군가의 미소를 빼닮은 웃음.

불편해 토하고 게우고 싶지만 도무지 내 의지론 아무것도 할 수 없는 지독한 고통. 아프기만 한 추억. 잊을 수도 없는 잔인한 기억. 틀어막아도 어느새 저절로 나와 버리는 한숨처럼 기억은 그렇게 끊임없이 재생되고 있었다.

"휴우, 지금 무슨 생각을 하고 있는 건지."

시계를 보니 8시가 조금 넘었다. 보나마나 냉장고는 텅 비어 있을 테니 오늘은 무조건 장을 봐야 했다. 한 끼 굶는 게 그리 어려운 일은 아니지만 요사이 계속 속이 울렁거렸다.

일전에는 배앓이도 제법 심하게 했다. 규칙적으로 먹는다고 먹는데 타협도 의리도 없는 뱃속은 그리 생각하지 않는지 꽤 반복적으로 쓰리고 아팠다.

"이번엔 정말 병원에 가야지."

식탁 위의 지갑과 카디건을 주워 들었다.

대형마트를 축소해 놓은 슈퍼는 혼자 사는 이에겐 더없이 편한 시스템이었다.

반항하듯이 쓰린 속을 생각해 여러 종류의 죽을 사고 유제품 코너 앞에 섰다. 필요한 건 우유, 치즈, 요구르트, 또…….

"우유 하나 사는 게 그렇게 고민스러워요?"

무슨 소리지? 설마 나한테 하는 소린가? 정신을 차리고 옆을 보았다.

"이웃사촌 맞죠?"

인사처장이다. 순간적으로 터진 자신의 감정에 스스로가 더 놀라던 남자.

"안녕하세요."

"슈퍼 올 때마다 혹시나 하고 기대했는데 오늘에서야 만나게 되네요, 우린."

할 말이 없었다. ‘네’ 하기도 그렇고, ‘그냥 하던 대로 하세요’ 그러기도 그렇고.

이준성이 고민에 빠진 은조를 보며 피식 웃었다.

“유은조 씨 머릿속은 참 고단하겠어요. 아무렇지 않게 ‘네, 저도 반가워요’ 하면 될걸.”

그런가? 그냥 그러면 되는 건가? 그렇게 그 정도로만 대응하면 이 사람이 더 이상 동요 없이 흔들리지 않고 그대로 비켜가는 건가? 정말 그러면 좋겠는데.

“장 보고 커피 마셔요, 우리.”

거절할 수 있었지만 그러지 않았다.

어찌 됐건 같은 중대 소속의 상사다. 계속 무시하고 거절하기도 불편하고 어려웠다. 그래, 아직 이 사람 마음 전부를 아는 건 아니니까. 이러다 이렇게 비켜가겠지.

아파트 1층의 슈퍼 옆에 붙어 있는 작은 카페는 대체로 조용했다.

인사처장은 그녀의 취향을 묻고 주문을 하러 갔다. 그사이 자연스레 창밖으로 시선이 갔다.

얼마나 퍼붓는지 앞도 잘 보이지 않았다. 이러다 부대 잠기는 거 아니야. 하우징의 물건들은 전부 다 괜찮을까. 습기 잔뜩 차겠다. 물은 잘 빠지려나. 아, 내 전용 지게차는…….

순간 이런저런 걱정을 사서 하는 자신이 우스워 피식 웃음이 났다. 내가 하우징을 이렇게나 걱정하는 사람이 된 건가.

여의도 본사 건물에서는 상상도 못할 일이다. 사실 비교 자체가 그랬다. 돈으로 쌓은 초고층 마천루 빌딩과 대충 지은 플레이트

가건물에 먼지 풀풀 날리는 하우징을 비교하다니.

"단것을 좋아할지 몰랐어요. 보기엔 쓰디쓴 커피만 마실 것 같은데."

인사처장은 주문한 커피와 예쁘게 장식된 케이크 두 조각을 앞에 놓아주었다.

고맙다는 인사를 하고 뜨거운 커피잔을 들었다가 잔이 너무 뜨거워 다시 내려놓았다. 대신 포크를 들어 치즈케이크를 잘라 입에 넣었다. 배가 고파 그런지 맛있었다. 또 한입 잘라 먹었다. 이러다 내가 다 먹겠는데. 그러고 보니 먹으란 말도 안 했는데 혼자 먹고 있었다.

'뭐, 둘 중 하나 먹으라고 앞에 놓았겠지.'

"저녁 안 먹었어요?"

"아, 네, 아직."

무의식중에 혼잣말처럼 작게 중얼거렸다. 그러자 이준성이 자리에서 벌떡 일어났다.

돌발행동에 놀란 은조는 왜 그러냐는 표정으로 올려다보았다.

"일어나요. 밥 먹으러 갑시다."

괜찮으니 앉으라고 말하고 케이크에 손을 뻗었다. 그때까지도 이준성은 자리에 앉지 않고 은조가 일어서기를 기다렸다. 절대 그냥 앉을 것 같지는 않아 보였다. 할 수 없이 포크를 내려놓고 구슬리듯 말했다.

"앉으세요. 지금은 케이크가 당겨요. 말도 없이 제가 먼저 먹었네요. 먹은 김에 이거 제가 다 먹을게요. 그럼 저녁 먹은 만큼 배부를 거예요."

"전부 다 먹어도 저녁은 안 돼요. 제대로 된 저녁 먹어요."

은조는 커피를 마시러 온 자신을 책망했다. 하지만 후회하기에는 이미 늦었다.

"처장님이 커피 마시자고 해서 온 거예요. 저녁 먹자고 했으면 따라오지 않았어요. 그러니 그만 앉으세요."

잠시 후 이준성은 다소 굳은 얼굴로 자리에 앉았다.

아직도 비는 무섭게 내리고 있었다. 은조는 아직까지 멀쩡한 모양을 한 다른 케이크를 한입 맛보았다. 상큼한 요구르트 맛이다. 어색함에 말없이 케이크만 베어 먹었다.

"나랑 밥 못 먹을 이유 있어요? 아님 나랑 밥 먹기가 싫어요?"

빤히 바라보며 묻는 이준성으로 인해 결국 포크를 내려놓았다.

인사처장은 하우징이나 카펜터, 부대 내 나이 든 모든 하위직 노무자들에게 친절했다. 하우징 사람들도 늘 이 사람을 칭찬했다. 사람이 좋다, 윗사람을 위할 줄 안다, 가식이 없다는 등 항상 이 사람을 말할 때는 왠지 다들 훈훈하게 인정하는 분위기였다. 사실 하우징 사람들이 누군가를 그렇게 대놓고 칭찬하는 건 매우 드문 일이었다.

그런 평을 듣는 사람한테 내가 까칠하게 굴 이유가 뭐가 있을까 싶었지만 지금 너울대고 있는 이 사람의 감정 선을 보면 마냥 좋고 편하게 대할 수는 없었다.

"그런 거 없어요. 그저 오늘은 이것만으로도 충분해서 그래요."

뭐, 믿을 것 같진 않지만 일단은 그 정도로 설명했다.

"그럼 다음에 유은조 씨 만났는데, 밥 안 먹었으면 그때는 나랑 밥 먹으러 가는 겁니까?"

나름 심각하게 물었다. 그런 모습이 조금쯤은 비장하게도 보였다. 은조는 상황과 그리 어울리지 않는 비장미에 약간 웃음이 났다.

"네, 다음에 제가 밥 사드릴게요. 오늘 저녁 만찬은 처장님이 사셨으니까요."

당신의 심란한 감정은 전혀 모른다는 얼굴로 가볍게 받아주었다.

"아니죠. 다음에 우리가 밥을 먹는다면 그건 오늘 거 빚 갚는 거죠. 저녁을 사는 게 아니라. 내가 말하는 저녁은 빼고 더하는 가감 없이 순수하게 함께하는 저녁을 말하는 거예요."

"……."

"그럼 우리 두 번 밥 먹는 거예요. 오늘 거 한 번, 정말 순수하게 또 한 번. 어때요?"

달리 반박할 말이 없었다. 한편으로는 어쩌면 이 사람 쉽지 않겠구나 하는 생각이 들었다. 그런 걱정을 숨기고 차분히 평소처럼 답했다.

"네."

약간 상기된 표정으로 약속이라기보다 거의 다짐을 받아낸 이준성은 그제야 커피잔을 들었다. 은조도 그때서야 커피와 남은 케이크 조각을 편하게 먹을 수 있었다.

며칠째 속이 좋지 않았다.

지난번 비 오는 날 저녁, 인사처장이 자아내는 미묘한 신경전에 불편한 마음까지 보태 빈속에 먹은 케이크와 커피가 위 속에 방점을 찍은 모양이다.

아침에 일어나 속을 달래려 죽을 먹었는데도 한참 동안 속이 쓰리고 아프더니, 도통 나을 기미가 없었다. 진통제를 두 알 먹고 부대로 향했다. 이럴 땐 부대가 가깝다는 게 선물 같았다.

출근하고 일하면서 좀 나아지는 듯하더니 이내 속이 칼로 도려내듯 아팠다. 참으며 오전 내내 하우징 창고에서 지게차를 운전해 물건을 쌓고 물품 보관증을 챙겼다. 일을 끝내고 보니 11시가 다 되어갔다. 8군은 11시 30분이 점심시간이다.

아무래도 아파트에 있는 내과를 다녀와야겠다는 생각이 들었다. 이대로 있다가는 사람들 앞에서 추태를 보일 것만 같았다. 장씨 아저씨에게 30분 먼저 나가보겠다고 언질을 하고 매무새를 정리하고 게이트 쪽으로 걸었다. 걸으면서도 속은 전혀 나이질 기미 없이 계속 아팠다. 얼굴에 저절로 힘이 들어갔다.

'하아, 조금만, 그래, 조금만 참자.'

숨을 고르는데 난데없이 팔을 거칠게 잡아끄는 이가 있었다. 은조는 힘없이 당기는 쪽으로 끌려갔다. 정신을 차리고 보니 생각지도 못한 인물이 눈앞에 있었다.

단단한 체격의 작은아버지는 그녀를 건물 한편으로 이끌었다. 거칠게 잡힌 팔을 뿌리친 은조는 서둘러 주위부터 살폈다. 다행히 아무도 보이지 않았다.

무척이나 흥분한 유창식은 은조의 창백한 안색은 상관없는지 자기 할 말만 쏟아냈다.

"도망칠 생각 같은 건 아예 하지 마라. 네가 도망치면 난 여기서 소란을 피울 테고, 그럼 사람들이 모여들겠지. 그건 네가 절대 바라는 일이 아니지 않니?"

한 손으로 아픈 배를 부여잡고 조롱하며 협박하는 유창식을 노려보았다. 마지막으로 얼굴 본 지 3년이 다 되어가지만, 인격과 상관없이 젠틀하고 훈훈한 외모는 변함없었다.

지금 유창식은 조카를 찾았다는 반가움보다는 그간에 쌓은 분노가 훨씬 더 커 보였다. 뽀얗고 멀끔한 그의 얼굴의 자잘한 근육이 요동쳤다.

"고작 숨은 곳이 여기냐?"

순간 뱃속이 칼끝으로 도려내듯 아팠다.

유창식은 은조의 고통은 보이지 않는지 독백하듯 떠들었다.

"아니지. 이런 곳에 숨을 생각을 할 수 있는 사람이 도대체 몇이나 되겠니? 역시 천재라고 불리는 아이답다. 너 닮은 사람을 봤다는 지경그룹 유 여사 말을 재환이 녀석처럼 흘려들었으면 어쩔 뻔했는지. 정상적인 사람이라면 누가 이런 곳에 숨을 생각을 했겠냐?"

다시 생각해도 어이가 없는지 유창식은 허공에 탄식과 야유를 해댔다.

"정말 대단하다. 미군부대라니, 그것도 천하의 유은령이."

대단하기보단 대범한 행동에 기가 찬지 연신 고개를 저으며 그녀를 매섭게 노려보았다.

스스로 강약을 조절하던 통증은 또다시 속이 끊어질 듯 저항하며 몸부림쳐 댔다. 이젠 숨 쉬기조차 힘에 부쳤다. 장소도 그렇고 빨리 이야기를 끝내야 하는데 그게 가능할 것 같지 않았다. 일단은 무엇보다 이곳에서 벗어나야 한다. 하우징이나 다른 부서 사람이 본다면…… 그건 생각하기도 싫었다. 배라도 괜찮으면 상황을 풀기가 훨씬 쉬울 텐데.

"누구 에스코트를 받으셨는지 모르지만 당장 부르세요. 우선 나가요. 나가서 얘기해요. 여긴 제 직장이에요. 그러니까 나가서 이야기하세요."

유창식은 그녀의 말은 제대로 듣지도 않고 있었다. 흥분하면 자기 말만 해대는 건 예나 지금이나 똑같았다. 도통 자신의 치부와 단점을 숨기지도, 고치지도 못하는 전형적인 인물이다. 그러니 아직까지도 할아버지와 이사진의 절대적인 신임을 받지 못하고 있는 것이겠지만.

뱃속이 또다시 비명을 지르며 신음한다. 어서 자신에게 처방을 내려달라고.

"천하를 발아래로 보는 네가 이런 곳이 가당키나 하니? 여길 오면서도 내가 미쳤지 했는데 결국은 내가 이런 황당한 곳에서 널 보는구나. 하, 정말 재밌어! 나서부터 온갖 사람 부리기나 하던 위인이 이런 데서 노가다라니, 회장님이 이런 널 보시면……."

"작은아버지!"

말을 끊고 먼저 게이트 쪽으로 빠르게 움직였다. 그러자 유창식이 그런 그녀의 팔을 또다시 사납게 잡아챘다. 악 소리가 절로 나려는 걸 이를 악물고 참았다. 그러나 조금씩 새어 나오는 신음 소리는 그녀도 어쩌지 못했다.

"그사이 네가 또 사라지면?"

의심 많은 유창식은 그녀를 전혀 믿지 못하고 있었다. 뭐, 당연하겠지만.

금세 숨이 끊어질듯 뱃속은 더 아파왔다. 아픔 때문인지 생각지도 못한 눈물이 차올랐다. 아직도 나한테 이런 얄팍한 물기가 남아 있었구나. 스스로를 향해 야차 같은 비웃음을 날렸다. 아, 근데 어쩌지. 숨 쉬기가 너무 힘들어. 하아!

"이 팔 좀……."

말을 다 끝맺기도 전에 몸이 거의 날듯이 누군가에게 당겨졌다.

놀란 은조는 고개를 들어 상대를 확인했다.

'아, 이 사람은 오렌지맨 저니 맥컬리. 근데 왜 이 사람이 여기 있지? 저 눈빛은 도대체 뭘까? 차라리 그때처럼 좀 웃어나 주지. 아주 환하게. 그럼 따듯할 텐데.'

여러 가지 의문과 바람 속에서 은조는 그때까지 힘들게 잡고 있던 의식을 놓아버렸다.

쓰러진 그녀를 감싸 안은 저니의 안색이 순식간에 화석처럼 굳어졌다.

누워 있는 유은조를 보며 저니는 깊은 한숨을 내쉬었다.

급한 대로 121(8군 내 미군 병원)로 데리고 왔지만 계속 여기 있을 수는 없었다. 의사와 간호사들 모두 유은조를 아는 듯 보였다. 이곳에 길게 있을수록 소문은 더 빠르게 돌 것이다.

'이 여자, 절대 그걸 바라지는 않을 텐데, 아까 들은 대화 내용으로 보면.'

군의관은 위경련도 문제지만 피로가 많이 쌓여 체력과 기력이 많이 상한 상태라 했다. 당분간 곁에서 지켜보며 영향 상태와 식습관도 철저히 체크해야 한다고 덧붙였다. 그렇지 않으면 오늘 같은 일이 또 일어날 수 있다고 경고 아닌 경고를 했다. 그래서 그런지 진통제를 맞고도 벌써 두 시간이 넘게 정신을 차리지 못하고 있었다.

역시 응급실보다 1인실로 오길 잘했다는 생각을 했다. 이런저런 잡다한 생각을 제쳐 두고 저니는 창가 쪽에 덩그러니 있는 철제 접이식 의자를 번쩍 들어 누워 있는 여자 곁에 최대한 바짝 붙어 앉았다. 거친 숨소리를 한없이 죽이고 숨도 안 쉬고 잠든 여자를 자세히 작품 보듯 들여다보았다.

"……기가 막히게 아름다운 사람이네."

혼잣말로 감탄에 감탄을 연발하는데 가슴에서 쿵 하고 낯선 소리가 났다.

첫눈에 반해 그렇게 찾아 헤맸는데 지금은 이렇게 내 앞에 누워 있다. 그날 햇살처럼 환한 미소가 그동안 잠자고 있던 그의 연애 세포를 깨웠다. 그리고 오늘 이 사람으로 인해 빛을 보게 된 연애 세포는 손끝으로 전해지며 이렇게 한 단계 더 발전하고 있었다.

교양 과목 한 구절인지 모르나 누군가 사랑은 죽음과 같은 것이라 했다. 언제 닥칠지 모르고, 어떤 규칙도 문법도 없다고. 그래서 죽음처럼 배울 수가 없다고.

기억은 하고 있었지만 내내 동감하지 못했던 그 명언을 요사이 피와 살처럼 곱씹게 됐다.

두 눈을 감고 있어도 유은조는 신기할 정도로 예뻤다. 피부도 연합사 카투사들 표현대로 예술이었다.

'아, 저 입술, 딱 한 번만 눈 감고 저 입술에……'

결연한 의지와는 상관없이 나약하고 유약한 입술이 자꾸 누워 있는 유은조 입술 쪽으로 다가가는 걸 분명히 인지할 수 있었다.

안 된다고 하면서도 정신을 차리니 어느새 붉은 입술이 눈앞에 보였다.

미세한 숨소리와 매혹적인 체향이 머릿속을 뒤흔들었다. 그것도 격렬하게.

카투사들이 말하는 소위 멘탈 붕괴와 심장 어택이 이런 거란 생각이 들었다. 오늘 정말 제대로 알았다. 맨 처음 헬기 조종할 때도 이러지는 않았는데.

정신력과 자제력이 심하게 충돌하는 사이 은조는 천천히 의식을 차렸다.

유은조가 힘겹게 눈을 깜박이자 저니는 얼른 자신의 이기적인 입술과 얼굴을 잡아당겨 의자에 정색하고 앉았다. 마저 정신을 차린 유은조는 천천히 주위를 둘러보았다. 그러다 옆에 앉은 그를 발견하곤 조금 놀란 기색을 했다.

"정신 들어요? 다행이에요. 여기 하우징 옆 121이에요."

유은조는 그의 유창하면서도 자연스러운 한국말을 듣고 꽤나 놀란 표정을 하더니, 이내 뭔가 생각하는 듯한 표정을 했다. 아무래도 아까 그 냉혹하고 무자비한 작은아버지라는 사람을 걱정하는 것처럼 보였다.

"그분은 가셨어요. 내가 나중에 이야기하라고 돌려보냈어요."

지친 표정으로 유은조는 듣기만 했다.

"하우징에는 위경련이 일어 병원에서 진통제 맞고 잔다고 했어요. 달리 할 말이 없어서."

하우징이라는 말에 비로소 주먹만 한 작은 얼굴에 표정이 생겼다. 그조차도 신기했다.

"고맙습니다."

힘겨운 듯한 목소리에 마음이 저렸지만 한편으로 낭창낭창한 목소리를 들어 좋았다. 조용조용하지만 묘하게 정감 있고 듣기 좋은 톤이라 생각했다.

"……몇 시쯤 됐나요?"

저니는 손목시계를 확인했다.

"1시 조금 넘었어요. 왜요? 하우징에 돌아가게요? 오늘은 아무래도 힘들 것 같은데."

유은조는 대답 않고 투명하고 아름다운 갈색 눈을 감았다 떴다. 그리고 작게 한숨을 내쉬었다. 어떻게 해야 하나 나름 고민하는 듯 보였다.

"그러지 말고 오늘 네 시간 휴가를 내요. 내가 병원에 있다고 했으니 전화로 신청해도 뭐라고 하진 않을 거예요. 이 상태로는 갈 수도 없겠지만 가도 당신 몸이나 정신이 버티기는 힘들 거라고 생각해요, 난."

유은조는 그가 하는 말을 조용히 들었다.

"내 말대로 오늘은 하루 쉬어요. 그래야 내일 또 일을 하죠. 다시 온다는 작은아버지가 무서워 도망갈 건 아니잖아요?"

그 소리에 유은조가 그를 물끄러미 바라보았다. 시선이 얽혔다.

저니는 이제껏 그 어디에서도 본 적 없는 미소천사처럼 최대한 환하게 웃었다. 그렇게 해주고 싶었다. 지금은 그렇게 해야만 할 것 같았다.

이곳 8군에서 도망가지 말라는 말 대신 환하게 웃었다. 그런 그를 조용히 바라보던 유은조가 착하게도 고개를 끄덕였다. 저니는 안도감에 자신도 모르게 웃음이 났다.

❖ ❖ ❖

호텔 로비로 들어서기 전 다시 한 번 마음을 가다듬었다.

엘리베이터 버튼을 누르고 기다리면서 전신을 살폈다. 오랜만에 입는 정장이라 어색했다. 거의 매일 무채색의 작업복만 입고 살았으니 이런 차림이 이상할 수도 있겠다 싶었다.

여전히 유창식 회장의 최측근이자 수족인 최 비서가 그녀를 보고 깍듯이 인사했다. 최 비서의 안내를 받아 룸으로 들어선 은조는 기다리고 있던 유창식을 보고 맞은편에 앉았다. 그렇게 서로를 마주한 두 사람은 한동안 말이 없었다. 사실 딱히 할 말이 없었다. 아무런 말도, 아무런 반응도 하고 싶지가 않았다, 은조는.

"몸은 괜찮은 거냐?"

아닌 척해도 작은아버지 목소리에선 숨길 수 없는 노기와 불만이 느껴졌다.

"네."

"입맛이나 체질이 예민하긴 했지만 딱히 어디 나쁘거나 하지는 않았는데, 병원에서는 뭐라고 하더냐? 검사는 제대로 받은 거야?"

"단순한 위경련이에요."

"왜? 날 보니 위경련이 일던?"

유창식은 부러 그녀를 자극하려는 듯 보였다. 그러거나 말거나 웬만해선 상대에게, 아니, 적에게조차 동요할 은조가 아니었다.

"제가 누구 보고 위경련 일으킬 사람은 아니죠."

이 자리에서 이런 소모적인 이야기로 길게 끌고 싶지 않았다. 말이 생각했던 것보다 거칠게 나와 자신도 놀랐지만 지금은 솔직히 그랬다.

유창식은 그런 은조를 보며 어이없다는 듯 웃었다.

"그래, 네가 누구를 본들 위경련을 일으킬 위인이냐? 널 기만하고 철저히 버린 그 유약하고 멍청한 놈이 다시 살아 돌아오지 않는 이상."

유창식의 도발에 아름다운 갈색 눈에 순식간에 날카로운 유리날이 섰다. 은조에 변화된 기운을 느꼈는지 유창식의 목소리는 더 소란스러워지고 격앙되었다.

"왜? 뭐? 내 말이 틀렸냐? 한꺼번에 몇백 명이 죽어 나자빠져도 뒤 한 번 돌아보지 않는 네 칼 같은 성격에, 벌써 3년이 지난 일을 가지고 아직까지 그런 눈빛을 하다니, 죽은 그 쥐새끼 같은 놈이 참 대단하긴 했구나, 너한테."

차갑게 응시할 뿐 아무런 말도, 그 어떤 액션도 취하지 않았다. 아직은 아니다. 아직 용서도 이해도 하지 못했다.

"그렇게 봐도 할 말은 해야겠다. 도대체 회사는 언제 복귀할 거냐? 설마 아직 시간이 더 필요합니다, 전 지금 있는 곳이 좋으니 그냥 두세요, 뭐 이런 쓸데없는 말 하려거든 아예 시작도 하지 마라. 그런 헛소리는 이미 3년 전에 다 들어 질리고 물린다."

유창식은 은조가 반응 않고 입을 다물고 있자 탄력을 받았는지 연설을 하듯 말을 이었다.

"너나 나나 큰 회장님 상태를 전혀 모르는 것도 아니고, 네가 돌아와 회사를 제대로 건사해야 회장님이 일선에서 완전히 손을 놓을 수 있어. 그건 내가 이렇게 말 안 해도 네가 제일 잘 알 거다."

절대 권력자인 할아버지의 빈틈을 호시탐탐 노리는 작은아버지 입장에서는 하루라도 빨리 권력이 이양되길 바라겠지. 킹보다는 애송이 격인 퀸을 접수하기가 훨씬 수월하다고 생각할 테니까…….

할아버지, 유정남 회장님, 이 지구상에 단 하나밖에 없는 내 혈육, 날 이끌어준 멘토, 든든한 지원군 그리고…… 너무도 잔인한 조력자.

"알겠지만 회사 주식이 아주 춤을 춘다, 춤을 춰. 그러니 이제 그만 허송세월 보내고 자리로 돌아와라. 사춘기도 아니고 평생 가슴에 끼고 사는 첫사랑도 아닌 놈 하나 때문에 이 난리를 친다는 게 도대체 말이나 되냐? 다 집어치우고 지금은 회사만 생각해. 종국엔 네가 갖든 남을 주든 일단 회사가 굳건해야 하지 않겠냐?"

유창식은 무척이나 답답하단 표정으로 주저리주저리 말을 이었다.

"전 아직 어떻게 할지 결정하지 않았어요."

"……!"

은조의 냉담한 전언에 유창식은 이제까지와 다르게 바짝 굳은 표정을 했다.

"회사는 그 후 문제예요. 저희 회사, 저 말고도 인재 차고 넘치게 많아요. 전 유성에 있어서 단지 상징적인 인물일 뿐이에요. 일종의 대외 과시용이죠. 그것보다 제 자신이 아주 조금 더 가치가 있고 영향력이 있다 해도 그건 제가 가지고 있는 주식과 지분 때문이니 아직은 아니에요. 저에게 필요한 건 진실이에요."

진실이란 단어에 일순간 유창식의 표정이 뻣뻣하게 굳었다.

"작은아버지가 제게 끝까지 숨기는 진실."

뼈 있는 말을 단번에 알아들은 유창식은 은조를 무섭게 노려봤다. 그녀를 향한 분노를 숨기지 않고 토해냈다. 3년 전과는 전혀 다른 방식이다.

"숨긴 진실이라니? 네가 알고 내가 아는 사실 말고 다른 거 뭐? 벌써 네 정보력으로 다 알아봤을 거 아니냐? 그런데 내가 너한테 뭘 숨겨? 설령 내가 숨긴다고 해도 네가 그걸 두고 볼 만큼 넉넉한 위인이냐? 그래?!"

비난하며 분노하는 유창식을 은조는 차갑게 응시했다.

"아니요. 제가 모르는 사실이 분명 있어요. 그건 작은아버지가 말하기 전에 전 절대 알 수가 없죠. 왜냐면 정우가 자살하기 전 마지막으로 만난 인물이 바로 작은아버지니까요!"

"……!"

이제껏 호기 부리며 큰소리치던 유창식의 표정이 화석처럼 굳었다.

"전 거기까지만 알아냈어요. 작은아버지와 정우가 나눈 마지막 대화, 전 전혀 알지 못해요."

유창식은 순간적으로 온몸을 부르르 떨었다. 은조는 그 모습을 보고도 눈 하나 깜짝하지 않으며 담담하게 말했다.

"작은아버지께서 먼저 저에게 말씀해 주세요. 정우의 유언, 그게 무엇이었는지, 왜 정우는 자살할 수밖에 없었는지, 내가 없는 그 일주일 동안 도대체 두 사람 사이에 무슨 일이 있었는지……."

은조는 피하려는 유창식의 시선을 놓아주지 않았다. 놓아줄 수가 없었다. 더 이상은 흔들리지 않고 이 짧지 않은 혼란과 방황에 마침표를 찍고도 싶었다.

"그럼 작은아버지께서 원하시는 만큼, 더 정확히 말하면 해성그룹은 물론 유성그룹의 절반을 소유하기 위해 필요한 제 지분과 주식, 깐깐한 이사들의 동의, 제게 있는 정계 로비 인물들과 그들을 옭아맬 증거 자료 전부 다 오픈할게요."

"……!"

"선택하세요, 어떤 패를 움켜쥐실 건지."

전부 내보였다. 이제 유창식이 그걸 물기만 하면 된다. 이 일에 후회는 없다.

언젠가부터 후계자란 이름은 회사란 존재와 함께 거부하고픈 버거운 짐이었다. 8군에서의 생활 후 그 사실은 더욱 명확하고 공고해졌다.

지금 당장은 유창식의 능력이 그녀보다 못할 수도 있겠지만, 그녀를 포함해 그 누구보다 회사에 대한 애착과 기업의 오너로서 가져야 할 공적인 책임감과 신뢰성에서는 부족함이 없다고 판단했다. 물론 이는 착각이며 대단한 오류일 수도 있다. 또한 이 같은 독단적인 결정이 할아버지께는 죄송한 일이지만 후회는 없었다.

은조의 이 같은 의지와 생각을 모르는 유창식은 한동안 그녀를 죽일 듯 노려보더니 결국 다 차려놓은 따뜻한 밥상을 뒤엎고 자리를 박차고 나갔다.

역시 정우와 작은아버지 사이엔 그녀가 모르는 일이 있었다.

그렇지 않다면 저렇게 뛰쳐나갈 일이 대체 뭘까. 평생 원하던 거 다 내어주겠다고 선언까지 했는데. 무엇이 평생 염원하던 숙원을 저렇게 주춤하게 하는 거지?

이런저런 생각에 빠져 벨보이가 잡아준 택시를 스스럼없이 타고 집까지 왔다. 다시금 뱃속이 소금에 절인 양 대책 없이 쪼고 아려왔다.

집에 돌아와 한참을 소파에 앉아 있었다. 그러다 그대로 소파에 미끄러져 누웠다. 약을 꼬박꼬박 먹었는데도 통증은 완전히 가라앉지 않고 시도 때도 없이 오장을 들쑤셨다.

'옷도 벗어야 하는데…….'

희미하다고는 할 수 없지만 조금씩 옅어지던 정우의 기억들이 작은아버지의 출현으로 다시금 지독한 광기를 불러일으켰나 보다.

딩동.

뭐지? 잘못 들었나? 눈을 감은 채 중얼거렸다.

딩동.

아닌데, 잘못 들은 게. 늘어지는 몸을 간신히 챙겨 현관 앞으로 다가갔다.

다시 딩동. 착각은 아니었다. 누굴까. 여길 아는 사람은 분명…….

"누구세요?"

"나? 당신 121에 데리고 간 저니 맥컬리."

저니 맥컬리……. 저니 맥컬리? 저 사람이 여길 어떻게 알고 왔지? 그날 분명 택시 타고 집에 왔는데. 은조는 눌린 머리를 한 번 쓸어 넘기며 현관문을 열었다. 문을 열자 검은 정장 차림의 저니 맥컬리가 환한 웃음과 그보다 더 화사한 빛깔의 꽃다발을 들고 서 있었다.

군복을 벗은 저니 맥컬리는 정말 위험스러울 정도로 잘난 남자였다.

조금 전에 본 투피스 정장에 급하게 청바지만 갈아입은 듯 보이는 유은조가 지갑을 들고 카페로 들어섰다. 앉아 있던 저니는 그녀와 눈이 마주치자 환하게 웃어 보였다.

유은조는 그가 있는 테이블로 와 커피를 고르라고 권했다. 자신을 찾아온 손님이니 커피는 자신이 사겠다고 말한 뒤 잠시 기다리라는 말과 함께 카운터로 향했다.

유은조의 선 고운 옆모습을 보며 어쩌면 저 모습이 진짜 모습일지도 모른다는 생각을 했다. 머리부터 발끝까지 마치 몸에 밴 듯이 자연스럽게 배어나는 기품 있는 모습에 과하지 않은 옷차림, 당당하지만 일부러 드러내지 않으며 과장하지 않는 존재감, 자신을 훔쳐보는 주위를 신경 쓰지 않는 듯 보이는 다소 오만한 눈빛과 무심한 표정까지.

지금의 저 여유로운 모습과는 첨예하게 다른 모습과 표정으로 한순간에 그를 사로잡았던 균열이 간 갈색 눈동자, 공허하면서도 흡입력 있는 눈. 아픔이 고스란히 느껴지는 갈색 눈동자를 보고 그 당시 충격을 받았다.

맨 처음 자신을 사로잡은 건 분명 그림처럼 아스라한 아름다움이었지만, 그를 한순간 뜨거운 열기와 욕망으로 휘감은 건 그날 그의 품속에서 무참히 부서져 내리던 처연한 눈망울의 유은조였다.

그날 병실에서 죽은 듯이 누워 있는 그녀를 보며 스스로에게 묻고 다짐했다.

'주인을 찾지 못한 채 내내 미라처럼 밀봉되어 있던 감정을 단 번에 기립하게 만든 당신의 그 파르라니 떨리던 눈동자를 내가 갖고 싶어졌어. 그래야 내가 당신의 아픔을 전부 지울 수 있을 테니까. 그러니까 유은조, 나에게 와서…… 당신을 나에게 줘.'

저니가 그날의 감정을 들추고 확인하는 사이 유은조가 쟁반을 들고 맞은편에 앉았다. 조심스레 커피를 그의 앞에 놓아주고 자신의 잔을 하얗고 긴 손가락으로 사뿐히 들었다. 차를 한 모금씩 호호 불며 천천히 마셨다. 아직 몸 상태가 정상이 아니라 그런지 모든 행동이 무척이나 조심스러워 보였다. 모든 게 유은조 같았지만 또 묘하게 그녀 같지 않았다.

부대 내에서 항상 대충 묶고 다니던 긴 머리는 웨이브를 살짝 넣어 자연스레 풀어 내린 상태이다. 길고 윤기 나는 풍성한 갈색 머리가 몹시도 탐스러워 보여 만지고 싶은 충동을, 아니, 갈증을 느꼈지만 안 되는 일이란 걸 알기에 대신 커피잔을 움켜잡았다.

"그렇지 않아도 저번에 도움받은 일에 제대로 인사드리고 싶었어요. 정말 감사드려요, 저니 맥컬리 씨."

저니 멕컬리 씨라고 비장하게 못 박는 모습이 귀여워 웃었다.

"그냥 저니라고 해. 나도 당신을 은조라고 부를 테니까. 당신 이름과 성을 같이 붙여 부르는 거 나 같은 사람한테 어렵다는 거 잘 알잖아."

허브차를 한 모금 삼키던 유은조는 갑작스런 말투에 놀란 듯 연신 작은 기침을 해댔다. 기침이 잦아들자 도전적인 갈색 눈빛을 숨기지 않고 물었다. 그 역시 아찔하게 매력적이다.

"왜 갑자기 미국식이죠? 병원에서는 안 그랬잖아요?"

"그땐 당신이 완전 아팠잖아. 아픈 사람한테 미국식은 안정감을 주지 못하지. 그땐 배려 차원에서 한 행동이고 이젠 편하게 말할 거야. 한국식 존대는 남녀 사이에 괜한 거리감만 생겨. 난 당신이랑 거리감 생기는 거 완전 싫거든."

그의 장난스런 주문에도 은조는 예의를 갖추고 담백하게 말했다.

"계속 환자 모드로 말씀해 주세요, 저니 맥컬리 씨."

잔을 내려놓으며 새치름한 표정을 지었다. 그 모습조차 귀엽고 색달라 보였다.

"인터뷰하는 유명인사도 아니고, 내 나이에 저니 맥컬리 씨는 안 어울려. 은조라고 부를 거니까 당신도 저니라고 해. 난 당신이 그렇게 불러주면 좋겠어. 저니라고."

"아니요. 전 저니 맥컬리라고 부를 거예요, 씨 자만 빼고."

아이 같은 반항에 웃음만 나왔다. 묘한 분위기만큼이나 왠지 성숙할 거라 생각했는데 착각이었나 보다. 아이 같은 여자였다. 아님 사춘기 소녀 같은 여잔가.

"섭섭하네. 난 곤경에 처한 당신을 구해주고, 당신 막 아프게 한 작은아버지도 한 방에 날려 보내고, 또 병원에 직접 안아 데려다 준 아주 고마운 사람인데, 고작 이름 불러달란 부탁이 그렇게 어려운가? 뭐, 아쉽지만 할 수 없지. 당신이 그렇게 저~엉 부담스럽고 싫다면야."

유은조는 기가 막힌다는 표정으로 노려보았다. 기대하지 않던 다양한 표정에 그는 터져 나오려는 웃음을 참았다. 그렇게 한동안 쏘아보더니 은조는 이내 잔을 내리고 결심한 듯,

"고마운 마음을 모~두 담아 이름을 부르는 걸로 하죠."

목소리는 담담했지만 말속의 뼈는 확실히 느낄 수 있었다. 그래도 좋았다.

"속은 어때? 정말 아직도 환자 모드인 거야? 병원에서는 뭐라고 해?"

은조는 허브잔에 시선을 두며 혼잣말처럼 말했다.

"밥 잘 먹고, 약 잘 먹으면 된대요."

저니는 은조의 시선이 잠깐이라도 자신을 벗어나는 게 싫었다. 함께일 때는 오롯이 자신만, 그만을 봐주었으면 하는 욕심이 난다. 이상하게 처음 봤을 때부터 그랬다.

모든 걸 다 독점하고 싶다는 이기적이고도 터무니없는 마음은 연애하면서 가장 기피하고 경계하는 감정이다. 연애할 때 그런 고집스런 마음이 부담스러워 그는 항상 일정한 거리를 두곤 했다. 적당한 거리감은 타인과 자신을 지켜주는 보호막 같아 그 안전장치가 좋았다.

한데 유은조에게는 그 안전거리가 왠지 상실감으로 느껴져 싫었다.

"저……."

"말해."

"궁금한 게 두 가지 있는데."

은조가 자신에게 궁금하다는 말을 하는 게 이토록 감동스러울지 몰랐다.

"달랑 두 개? 실버벨, 난 두 가지뿐 아니라 당신이 묻는다면 백 가지, 천 가지도 다 답해줄 수 있어. 그것도 완전 친절하게."

실버벨이라는 말에 그녀가 경악하는 표정을 하며 미간을 모았다. 모른 척했다.

이 사람, 이런 거 싫어하는구나. 아직 그 누구도 이 사람을 이렇게 부르지 않았다는 걸 단번에 알 수 있었다. 나만이 이 사람을 이렇게 부르고 부를 수 있는 거구나 하는 안도감과 행복감이 비누거품처럼 순식간에 목까지 차올랐다. 벨. 실버벨. 실버벨.

유은조는 간지러운 애칭을 전혀 들은 바 없다는 듯 냉담한 얼굴로 물었다.

"한국 사람이 영어를 잘하는 것만큼 그렇게 한국어를 잘한다는 게 절대 쉽지 않은데 어떻게 그렇게 발음이며 모든 걸 완벽하고 자연스럽게 구사하죠? 어감이 약간 독특하다는 건만 빼면 순수 우리나라 사람이라고 우겨도 믿겠어요."

"날 봐서 알겠지만 부모님 중 한 분이 한국 분이셔. 어머니는 영어만큼 한국어가 능숙하길 바라셨지. 사실 강요하셨어. 영어만큼 한국어를 못하는 게 말이 안 된다고 생각하셨거든. 뭐, 어릴 적부터 노출도 많았고 한국에 들어와 어학연수도 받았어. 결정적으로 8군에 있으면서 엄청 많이 늘었지."

"……."

"그 뭐라 그러더라……. 아, 맞다! 카투사들이 나보고 완전 용됐다고 하던데."

은조는 그렇구나 하며 고개를 끄덕였다.

"질문이 두 개라고 하지 않았어?"

"우리 집이요. 주소 어떻게 알았어요?"

이걸 뭐라고 설명해야 하나 잠시 생각했다. 솔직하게 말을 해야 하나 아니면 솔직하게 말하는 것처럼 꾸며 말해야 하나. 아무래도 이 여자 성향으로 봐서는 솔직한 게 답인데. 그럼 비정상적인 루트를 통했다는 걸 말해야 하는데. 싫어할 텐데…….

“이 부분에서 당신이 알아야 할 건 비록 비정상적인 루트를 통하긴 했지만, 당신이 소속된 KSC들이 알 정도로 요란하게 하진 않았으니 걱정하지 말란 거야. 당신이 걱정하는 건 부대에서 뒷말을 만들고 싶지 않은 거잖아.”

은조가 무언가 물으려다 그만두었다. 그 질문이 무언지는 알지 못하지만 그도 굳이 묻지 않았다. 그 대신 은조와 눈을 맞추며 진지하게 말했다.

“근데 정말 중요한 질문은 아직 하나도 하지 않았어, 당신.”

“중요한 질문이라는 게 뭐죠?”

저니는 깊어진 눈빛으로 순식간에 은조에 투명한 갈색 눈을 옭아맸다.

“당신과 나, 우리 둘에 관한 거. 내가 당신에게 어떤 마음을 품고 있는지, 우린 앞으로 어떤 식으로 데이트를 할 것인지, 그것도 아니면 내가 왜 당신에게 말이 아닌 오렌지를 주었는지, 뭐 이런 거.”

“…….”

“정작 궁금해야 하는 것들은 하나도 묻지 않았잖아. 아닌가?”

입으론 이런저런 말을 하면서도 은조가 이미 자신의 마음과 앞으로 할 모든 행동을 알고 있을 거란 생각이 자연스레 들었다. 참 이상했지만 정말 다 느껴졌다.

이번 체육 활동은 사회에서 처음 경험하는 생소한 체험이었다.

매주 하는 웰니스 프로그램이 있어 일주일에 두 시간씩 자유롭게 운동을 했지만 이번은 KSC 창립기념일에 맞추어 중대별로 날짜를 나누어 하루 종일 체육 활동을 했다. 중대별로 스케줄도 일의 성질도 다르기 때문에 상황을 고려해 탄력적으로 운동을 했다.

오늘은 족구 후 19중대 전부가 함께하는 청계산 산행이 계획되어 있었다.

사우스포스트 내 운동장에서 벌어지는 족구가 미군들에게 다소 생소한 운동이란 걸 안다. 지나가면서도 신기한 듯 구경하는 미군도 쉽게 눈에 띄었다. 운동장의 양 사이드 층계로 된 의자에 앉아 구경하던 은조는 음료수를 건네는 장원표를 보고 눈매를 사납게 모았다.

장원표는 이렇게 시도 때도 없이 불쑥불쑥 나타나 그녀를 놀라게 했다. 평소는 그렇다 쳐도 오늘처럼 중대 사람들이 모두 있을 때는 신경이 쓰였다.

며칠 전 쓰러져 121에 실려 갔었기 때문에 나름 몸을 사리고 있었다.

아직 별다른 말은 없지만 곧 말이 돌 수도 있고, 이렇게 천방지축 장원표가 바싹 붙어 희희낙락하고 있으니 중대 사람들 보기에 오해를 할 수도 있었다.

아무래도 꺼림칙해 보내려는데 눈치 없는 장원표가 먼저 일을 쳤다.

"짱 아저씨, 우리 은조 씨 몸도 약한데 청계산에 가는 거 빠지면 안 돼요? 아저씨들 술 마시면 또 몇 시간 징하게 판 벌리실 테고, 그러면 우리 은조 씨 간다는 말도 못하고 괜히 벌설 거 아니에요? 그 자리에 다른 여자라도 있으면 또 모르지만."

부탁을 넘어 은근히 강요가 묻어나는 말투에 장 씨는 '어이구, 저 팔푼이' 하며 한심한 듯 원표를 쳐다보았다. 그러다 삼키지 못하고 한 소리 내뱉고 말았다.

"야, 너 유은조가 어떤 사람인지 몰라?! 뭐, 말을 못해? 행여나! 그리고 느그 은조 씨는 하우징에서 제일 나이도 어리고 그 무거운 지게차도 한 손으로 날듯이 운전하고 다니는 사람이야. 그런 사람이 뭐? 약해서 산을 못 가?! 너 정말 오늘 나한테 죽고 잡냐?! 응?"

장 씨가 째진 눈을 부라리며 원표를 신랄하게 공격했다. 이에 기가 죽을 원표가 아니었다.

"지게차야 뭐, 우리 은조 씨 일이니까 할 수 없지만, 사실 청계산 가는 건 빠져도 전혀 티도 안 나고 상관없잖아요?"

'아이구, 지랄하네' 하며 장 씨가 결국 목소리 톤을 높였다.

"야, 왜 상관이 없어? 니네 은조 씨는 하우징 소속 아니야?! 불편하고 싫어도 자꾸 같이 다니면서 겪어봐야 정도 쌓이고 그러지, 인마!"

정이란 말에 장원표가 대경질색하며 대들었다.

"그런 각별한 정은 저랑만 쌓는 거구요, 아저씨들은 동료애 정도죠!"

"야, 인마, 니가 그렇게 감싸고돌면 은조 씨만 괜히 구설수에 올라. 넌 욕먹다가도 몇 달 후에 제대하면 그만이지만, 유은조는 여기가 직장이고, 이것도 엄연히 사회생활 중 하나거든. 좀 생각하고 말해라, 이 단순무식한 자슥아."

장 씨는 아이처럼 구는 장원표가 답답한지 구슬리듯 말했다.

"그러니까요, 짱 아저씨가 임 반장님한테 말해서 좀 빼달라고요! 그러다 우리 은조 씨 아름다운 다리에 말 근육 같은 알 배기면 어째요?"

원표는 그건 도저히 상상할 수도 없다는 듯 강하게 고개를 저으며 투정을 부렸다.

"어이구, 저 미친놈. 내가 아들 안 낳고 딸만 내리 셋을 낳아 다행이지, 내 아들놈이 저러면 어쩔 거야. 처박은 돈이 아까워 때려 죽이지도 못하고."

지켜보던 은조는 더 이상은 안 될 것 같아 이쯤에서 돌려보내기로 했다.

"그만 가요. 우리 나중에 같이 밥 먹어요, 내가 살게요."

장원표가 불편해하는 그녀의 의중을 정확하게 읽었는지 뭐라 말하려다 말고 알겠다고 바로 꼬리를 내렸다. 점심 약속은 꼭 지키라고 말하며, 장 씨와 그녀에게 인사하고 뒤돌아가던 그는 기어이 한마디 보탰다.

"짱 아저씨, 은조 씨 잘 부탁드려요. 이따 산에 가서 힘들다고 하면 쉬게 해주시고, 술 안 먹겠다고 하면 절대 주지 말고, 집에도 일찍 보내주세요. 부탁드려요."

장원표는 넙죽 인사를 하고 불쌍한 모습을 자아내며 운동장을 벗어났다.

"가지가지 한다. 저 자식 정말 미국에서 수재들만 다닌다는 대학교 다니는 거 맞아? 내 보기엔 완전 빙충이에 모자란 놈인데. 은조 씨야, 난 재 무지 걱정된다."

걱정하는 투로 나름 심각하게 말하는 장 씨를 보고 은조는 옅게 웃었다.

그런 은조를 준성은 한참 동안 지켜보고 있었다.

그가 멀리서 지켜보며 그녀가 서서히 변화하길 바라며 기다리는 스타일이라면, 패기 넘치고 자신만만한 장원표는 늘 자신의 존재를 확인시키고 그녀의 수족이 되어 좀 더 나은 환경을 제공하는, 그야말로 신세대 스타일이었다.

며칠 전 말을 들었을 때도 차라리 장원표와 관련되었으면 하고 바라기도 했다.

거칠게 싸우는 소리가 들렸다고 하고, 이곳 8군 안에서 상당히 유명한 인물이 유은조를 직접 안아 121로 옮겼다는 이야기도 있었다.

몇 시간 꼬박 곁을 지켰다는 그 인물은 준성도 어깨너머로 들어 알고는 있었다. 뛰어난 조종사에 싱글이며, 8군이나 K—16에서 그 사람을 모르면 간첩이란 말도 있었다.

그런 인물이 유은조의 곁을 지켰다는 말을 들었을 땐 사실 두려운 마음과 함께 엄청 긴장이 됐다.

'둘은 정말 서로에게 아무런 호감도 그 어떤 느낌도 없었을까?'

준성은 그들에 감정을 알 수 없고 짐작할 수도 없어 답답했다.

점심은 19중대에서 마련한 도시락으로 해결하고 사람들은 부서별로든 개인별로든 1시까지 청계산 입구에서 모여 산행을 하기로 했다.

시작하고 무사히 마치기까지 총 세 시간이 넘게 걸린 산행은 다행히 아무 탈 없이 마칠 수 있었다. 유독 중대와 친분이 있는 하우징 사람들은 중대 사람들과 녹두전과 메밀국수가 유명한 식당으로 향했고, 다른 부서 사람들도 그들만의 오붓한 모임을 가졌다.

미리 약까지 챙겨 먹은 은조는 장 씨 옆에서 나름 질기게 생존하며 아픈 몸으로 행사에 참관한 일에 대해 하우징 사람들에게 칭찬받고 있었다. 장원표의 기우처럼 술자리는 모 방송국의 끝장토론이 무색하게 지루하게 지속되고 있었다. 이야기를 조용히 듣고 있던 은조는 장 씨 눈짓에 그를 따라 밖으로 나왔다.

"먼저 가. 아무래도 한두 시간은 더 갈 거야."

"괜찮아요. 이야기도 재밌고."

"이제 금방 저질 막장 수준으로 떨어진다. 그러니까 어여 가. 몸도 좋지 않잖아. 참, 아까 약은 챙겨 먹었지? 너무 무리한 거 아닌지 몰라."

괜찮다고 말하려다 그럼 먼저 들어가 보겠다고 인사를 하는데 식당 안에서 이준성이 나왔다.

"같이 가요. 나도 지금 가려는 참이에요."

이에 장 씨는 무척이나 반색하며 물었다.

"인사처장은 술 안 마셨어?"

"네. 다른 분들 챙기려면 저라도 멀쩡해야겠다 싶어서요. 근데 일이 생겨 먼저 가려고요."

장 씨는 '거 일이 알맞게 생겨 다행이네' 하며 준성에게 부탁하듯 말했다.

"그럼 인사처장이 우리 유은조 잘 좀 챙겨서 집까지 데려다 줘. 그 신사도냐 뭐시냐 발휘해서 꼭 집 앞까지. 사실 이 사람 몸이 좋지 않거든. 잘 부탁해."

장 씨는 은조를 인계하고 서둘러 식당 안으로 들어갔다.

이준성은 은조가 입을 열기도 전에 주차장 쪽으로 빠르게 걸었다. 같은 아파트에 사는 걸 뻔히 알기에 됐다고 사양하기도 민망했다.

차에 올라탄 그녀가 안전벨트를 매자 그가 잔잔한 클래식 음악을 틀었다.

"눈 감고 쉬어요. 도착하면 깨울 테니까."

이준성은 차를 돌려 좁은 주차장을 벗어났다.

말로는 괜찮다고 했어도 몸은 그러지 못했는지 유은조는 금세 잠에 빠져들었다.

땡볕에 몇 시간을 벌서듯 앉았다가 산행에 술판 벌린 아저씨들 상대까지, 아닌 척해도 많이 피곤했을 거다. 고개를 창 쪽으로 하고 잠이 든 유은조는 숨소리조차 잘 들리지 않았지만 잠에 빠진 건 확실했다. 준성은 4차선으로 빠져 태어나 처음으로 최저 속도로 운전했다.

대자연이 아닌 살아 있는 생명체, 그중 사람을 보고 아름답다고 느낀 건 처음이기에 신기해 자꾸 눈길이 갔다. 그 이후로는 마음속에 도둑이 든 것처럼 순식간에 빠져든 것 같다. 일말의 공기 저항도 없이 스며들었다. 공기처럼 부유하듯 보이는 단정한 유은조에게.

여전히 머리를 한쪽으로 기울이고 자는 유은조를 보며 준성은 작게 물었다.

"당신, 그대로지? 그대로인 거 맞지?"

유은조는 그 어떤 기척도 없이 잠에 빠져 있었다.

"……이대로만 있어줘."

준성은 심장이 멀미하는 것처럼 너울거리고, 손가락이 전기에 감전된 듯 떨려와 감히 유은조의 고운 얼굴에 겁쟁이처럼 손도 대지 못했다.

저니 맥컬리는 낯익은 죽집 브랜드의 종이가방 두 개를 들어 보이며 말했다.

"저녁 전이지?"

"몇 신데 저녁이에요?"

은조의 질문과 냉랭한 태도는 모르쇠하려는지 저니는 본인이 하고 싶은 말만 했다.

"이렇게 계속 세워둘 거야?"

은조도 지금 그 부분을 상당히 고민하고 있었다. 전화도 핸드폰도 없으니 연락 없이 왔다고 핀잔을 주기도 애매한 상황이다.

눈치 빠른 저니 맥컬리가 은조의 심리 상태를 읽었는지 먼저 해답을 냈다.

"당신, 조금이라도 먹는 거 보면 갈 거야. 괜히 고민 사서 하지 마."

아무리 그래도 저녁에서 밤으로 이어지는 얄궂은 시각에 타인을 집 안으로 들이기는 무리가 있었다.

"내가 못 미더운 거야, 아님 본인을 의심하는 거야?"

계속 이렇게 세워두는 것도 이상했다. 알지 못하는 이웃에게도, 자신에게도.

빠른 결단을 촉구하는 눈빛을 하는 저니 맥컬리에게 거실로 향하는 길을 내줬다. 그녀의 과감한 결단에 만족했는지 그는 미소로 화답하며 거실로 들어섰다. 마땅히 대접할 게 없는 은조는 부대에서 산 에너지 음료를 건넸다. 음료를 받은 그는 피식 웃더니 테이블에 내려놓고 본인이 들고 온 종이가방 두 개를 들고 부엌 테이블로 가서 세팅을 하기 시작했다.

"조금만 먹어봐. 1일분씩 세 개 준비했으니까 두 번 더 먹을 수 있을 거야."

세팅을 끝내고는 은조에게 어서 오라고 손짓했다.

반찬이 다섯 가지나 있었다.

'이상하다. 보통은 세 개밖에 안 주는데…….'

자세히 보니 반찬은 여섯 개나 됐다. 또한 반찬 수준이 남달랐다.

송이버섯조림, 더덕구이, 떡갈비 등등. 일반 죽 브랜드에서 챙겨주는 반찬들이 절대 아니었다. 마지막은 향이 좋은 전복죽으로 화룡점정을 찍고 있었다.

"앉아. 다 먹을 거라고는 기대하지 않으니까 맛이라도 봐. 어서."

그녀는 맞은편에 앉아 저니가 손에 쥐어주는 수저와 젓가락을 어느새 들고 있었다.

"떠서 먹어봐."

"이 많은 걸 어디서 사온 거예요? 가방은 일반 프랜차이즈 가방이던데……."

"반찬만 많으면 뭐 해? 입에 맞아야지. 먹어보라고."

닦달하고 안달하는 통에 한 수저 떠서 맛보았다. 딱 먹기 좋을 만큼 온기가 있었다.

일반 죽은 절대로 아니었다. 근래 먹어본 죽 중에 가장 입에 맞았다.

"어때? 입에 맞아?"

"……."

대답은 않고 은근 기대에 차 눈치를 살피는 저니 맥컬리를 빤히 쳐다보았다.

끈기 있게 오렌지를 건네며 자신을 어필하던 남자, 웃음과 미소가 너무도 아름다운 남자, 날 막다른 골목에서 주저 없이 꺼내 도와준 남자, 자신의 감정을 가감 없이 솔직하게 고백하던 남자…….

그리고 오늘 또 다른 얼굴과 이름으로 다가오고 있었다. 거침없이, 그러면서도 세심하게.

'당신, 무슨 생각을 하고 있는 거죠? 왜 이렇게 나를…… 흔들어요.'

"지금 무슨 생각해?"

이런 반응은 전혀 예상 못했는지 사뭇 걱정스런 표정으로 저니 맥컬리가 물었다.

"도대체…… 이런 맛있는 죽은 어디서 사왔을까, 이런 생각."

긴장하다 갑자기 맥이 풀리는지 저니 맥컬리가 눈을 게슴츠레 뜨고 째려봤다.

"당신은……."

"고마워요. 이렇게 맛있는 죽도 그렇고, 연락 없이 오는 거 쉽지 않았을 텐데."

"……."

"설마 당신이 직접 한 건 아니죠?"

유은조는 투명한 갈색 눈을 장난스럽게 반짝이며 엷은 미소를 지어 보였다.

그제야 안심이 되면서 목과 어깨 근육을 빼근하게 만들던 긴장이 풀렸다. 은조 말대로 오기 전까지 나름 고민해서 그런지 힘이 다 빠졌다.

"직접 만들고 싶었는데 한식은 자신 없어서 아는 한정식집에 부탁했어."

"보통 한정식집이 아닌 것 같은데요?"

은조는 의심스럽다는 표정으로 송이버섯조림을 맛보았다. 입에 맞는지 이번에는 나물도 맛보았다. 살면서 타인이 섭식하는 모습이 이다지도 흐뭇한 적이 있었나. 스스로 생각해도 이 정도라면 병이다 싶다. 그러면서 내가 이럴 수도 있구나 하며 웃음이 났다.

"당연히 아니지. 아픈 당신이 먹는데 보통이면 안 되지."

"……."

젓가락과 수저를 양손에 각각 든 채 은조는 굳어 있었다.

어머니가 자주 쓰시던 표현을 빌리면, 눈에 콩깍지가 단단히 씌어 그런지 은조는 마치 마리오네트 인형 같았다. 그 정도로 탐나게 예뻤다.

"왜 또?"

"……부담돼서요."

"부담 가지라고 한 소리야. 많이 가져."

진담 같은 농담을 하자 은조가 살짝 부아가 난 표정을 하며 입을 삐죽거렸다. 결코 표정이 많은 사람이 아닌데 오늘은 그간 보지 못한 표정을 상장처럼 남발하고 있었다.

"어서 먹기나 해. 식겠다."

"먹어봐요. 맛있어요."

"그래, 당신 먹는 거 보고."

상대의 생각을 읽거나 먼저 알아서 살피는 매너남도, 반응 하나에 짜릿하고 눈짓 한 번에 감동하는 펫맨도 아닌데 은조에게는 그렇게 됐다. 하루 종일 걱정하고 매 순간 궁금해하는 집착남은 싫은데 유은조에게는 그러고 싶었다.

당신이 날 무섭게 너무나 단번에 변화시키고 있어. 실버벨, 당신이.

"청계산이라고 했던가? 재밌었어?"

눈을 동그랗게 뜨고 쳐다보는 은조를 보니 그의 가슴이 미친 듯 두근거렸다.

과도한 관심과 가십에서 벗어날 수 있는 방법이 뭘까 은조는 이 문제에 깊이 빠져 있었다.

소문이 어떻게 누구를 통해 어디까지 돌았는지 아직 아는 게 하나도 없었다. 그저 사람들이 자신 뒤에서 끊임없이 수군거린다는 그 정도만 알 뿐.

사실 되짚어보면 짐작할 수도 있지만 굳이 그러고 싶지도 않았다. 8군을 퇴사하지 않는 한 근본적으로 바뀌지 않는다는 걸 누구보다 잘 알고 있었다.

은조가 내린 결론은 ALCPT(미군부대 자체 영어 수업)이었다.

8군에서 일하는 한국 군무원들은 정해진 테스트와 훈련이 꽤 많았다.

KSC는 미국 국방부 승인하에 우리나라 노동부에서 모집한 인력이다. 그래서 미군과 비슷한 수준의 훈련을 받고 일정한 테스트를 통과해야 했다. 기준 미달이 되면 붙을 때까지 계속 테스트를 봐야 했다.

고심하다 오전에 수업을 받기로 했다.

하우징 현장 감독인 임 반장에게도 허락을 받은 상태이고, 일단 사람들과 거리를 두는 것이 최선이라 생각했다. 물론 결과는 다를 수도 있지만 작은아버지 일로 신경이 분산된 그녀로서도 결코 나쁘지만은 않다고 생각했다. 거기다 이 모든 가십의 사단이라고 볼 수도 있는 저니 맥컬리 때문에 초긴장 상태였다.

죽을 사 들고 온 그날처럼 어디선가 나타나 특유의 장난스런 미소를 지으며 뒤흔들 것만 같았다. 하지만 걱정과 달리 서로 일하는 지역이 달라 그날 이후 볼 수가 없었다.

수업은 메인포스트에 위치한 중대교육실에서 이루어졌다.

강의를 신청한 사람은 총 여덟 명. 적당하다 생각했다. 첫날 수업 준비를 위해 일찍 움직인 은조는 창가 중간쯤에 앉았다.

프린트 수업으로 이루어진다고 해 노트와 필기도구만 책상 위에 준비하고 아직 약간의 새벽빛이 남은 창밖에 시선을 두었다. 새벽과 아침의 중간이라 할 수 있는 이 미묘한 시각. 선뜩한 기운과 파리한 공기가 의식을 붙들었다.

창밖으로 보이는 시간의 변화에 푹 빠져 옆에 앉은 이를 전혀 의식하지 못했다.

"아침은 먹고 온 거예요?"

목소리에 시선을 돌린 은조는 옆에 앉은 인사처장을 보고 무척이나 놀랐다.

이준성은 그런 그녀를 보고 피식 웃으며 플레인 요구르트를 건넸다. 요구르트를 받으면서도 이 사람이 왜 여기 있을까 하는 의문은 풀지 않았다.

"나도 KSC인데 뭘 그렇게 놀라요? 토익 만점인 유은조 씨가 옆에 있으니까 든든한데요. 그 요구르트는 잘 봐달라는 뇌물이에요."

이준성은 기분이 좋은지 평소 목소리 톤보다 높고 밝았다. 그만큼은 아니지만 모처럼 하는 공부와 새로운 시작이란 느낌이 좋아 은조도 기분이 다른 날과는 사뭇 달랐다.

"그 점수, 스물한 살 때 받은 성적이에요. 벌써 9년이 흘렀습니다. 든든한 어학 도우미를 찾으시려거든 그 세월을 감안하셨어야죠."

가볍게 말을 받아주었다. 그러자 이준성이 그녀를 빤히 쳐다보았다.

은조는 '왜 그렇게 보세요?' 하는 표정으로 이준성을 응시했다.

"왜 그런지는 유은조 씨가 더 잘 알 것 같은데요."

"모르겠는데요."

"유은조 씨, 하우징 사람들 제외하고 나를 비롯해 부대 내 누군가와 얘기하면서 그렇게 길게 받아준 적 없어요. 입사한 이래 지금까지. 그거 몰랐어요?"

은조는 준성의 말에 선뜻 답을 할 수가 없었다.

정말 그런가 하는 의문이 들었지만 인정할 만한 근거는 하나도 기억나지 않았다. 별로 말을 건 사람이 없었던 건 아닌가 하는 의심이 먼저 들었다.

"뭐, 과거는 그리 중요한 게 아니죠. 앞으로가 지난날과 다르다면."

"왠지 뼈 있는 말씀이네요."

"그래요? 난 기대되고 즐거워서 한 말인데. 아무래도 유은조 씨가 찔려서 하는 말 같은데요?"

생각지도 못한 반격에 놀란 은조는 준성에게서 시선을 떼지 않았다.

"그 눈부신 변화가 만약 다른 사람에게서 기인한 거라면 난 걱정되네요."

1차보다 2차가 더 강력했다. 지금까지와는 다르게 자신을 빤히 바라보는 이준성의 뜨거운 눈빛을 은조는 다 받아낼 수 없었다. 그때 강의실 문이 열리고 누군가가 입실했다.

두 사람은 동시에 강의실 앞에 선 자그마한 여자에게 시선을 모았다.

여자는 언어 스페셜리스트로, 오늘 강의를 맡은 교포 출신 혜나 김이라고 자신을 소개했다. 전체적으로 아담하고 무척이나 여성스런 스타일이었다. 하지만 목소리는 스타일과 판이하게 달라 크고 말투도 시원시원했다.

이번 타임을 등록한 총 여덟 명 모두가 입실하자 혜나 김은 각자 짧게 자신을 소개하는 시간을 가졌다.

혜나 김의 소개가 끝나고 모두 자신이 일하는 부서와 이름을 말하며 반갑다고 서로들 인사했다. 이준성을 지나 은조 차례가 되자 강의실이 다소 소란해졌다. 은조는 개의치 않고 담담하고 짤막하게 소개하고 앉았다.

강의는 예상보다 훨씬 쉬웠다. 쉬웠지만 열심히 들었다.

쉬는 시간이 되자 강의실을 벗어나 밖으로 나왔다. 9시. 10분의 여유가 있었다.

한쪽 편에서 간단한 스트레칭을 했다. 한결 몸이 개운했다. 그때 불쑥 종이컵을 내미는 손을 보았다. 익숙하고도 낯익은 손을 따라가니 역시나 저니 맥컬리가 서 있었다.

은조가 종이컵을 받아 들자 그는 들고 있던 커피를 한 모금 마셨다.

"녹차라떼야."

은조는 자신도 모르게 주위부터 살폈다. 그러곤 작게 소곤거렸다.

"저니 맥컬리 씨, 고마워요. 잘 마실게요. 그럼 전 이만."

서둘러 강의실로 들어가려 했지만 그에게 붙잡혀 꽤나 흉한 몰골로 건물 귀퉁이로 끌려갔다. 그는 정색하는 은조를 비웃듯이 보다 위협적으로 가까이 다가왔다.

"저.니. 맥.컬.리 씨?!"

그는 계속 고개를 들이밀어 은조를 구석으로 몰았다. 밀리는 상반신을 유지하려다 결국 등이 벽에 닿았다. 저니는 음흉한 미소를 지어 보였다.

"왜 또 저니 맥컬리 씨야?"

은조는 이런 난감한 상황이 당황스러워 고개를 돌리며 숨 죽여 말했다.

"저 환자 모드예요. 그리고 여긴 내가 수업받는 곳이고요."

"알았어. 갈게. 그 대신 라떼 마시면서 수업받아. 속 비면 위경련 일어나. 그리고 저녁에 시간 좀 내. 내가 당신 집으로 6시 반까지 갈게. 그럼 공부 열심히 해."

그리곤 뒤돌아갔다. 아니, 갔다고 생각했는데 어느새 옆으로 와 그녀의 양어깨를 꽉 부여잡고 이마에 쪽 하고 버드키스를 하고 사라졌다. 미처 생각지도 못한 역습에 무아지경이 되었다.

놀란 마음을 숨기고 얼른 주위를 살피는데 자신을 카펜터라고 소개한 50대 대머리 아저씨와 눈이 딱 마주쳤다. 나름 새로운 시작이라며 한껏 부풀었던 설렘이 한순간에 막장 두려움으로 뒤바뀌는 순간이었다.

11시 30분, 첫 수업이 모두 끝났다.

이준성은 할 말이 있다며 점심을 함께 하자고 했다.

첫날이고 메인포스트까지 왔으니 타운하우스에서 간단한 점심을 먹기로 했다.

각자 음식을 들고 식당에서 조금 외진 버거킹 매장 옆에 자리를 잡았다.

물을 마시려고 고개를 들었다가 버커킹 카운터 앞에 길게 줄을 선 사람들 속의 저니와 눈이 마주쳤다. 저니의 눈빛이 반가움으로 반짝여 은조는 반사적으로 시선을 돌렸다.

매정할 정도로 외면한 시선을 끝까지 유지하며 식사를 마치고 이준성과 채플 쪽으로 걸었다. 교회 앞 의자에 자리를 잡았다.

"그 잘생긴 카투사는 왜 안 보여요?"

"바쁜가 보죠."

영혼 없는 대답을 하고 교회 구경을 계속했다.

5월의 한가로운 교회 앞 전경이라니, 거의 처음 같았다. 그리 짧지 않은 인생에. 이 여유와 은은한 꽃향기가 더없이 좋았다. 늘 드는 생각이지만 8군 자연 환경은 좋았다. 패류와 오염 물질을 방류했다는 게 믿어지지 않을 정도로 8군 내 자연을 그대로 보존, 유지하고 있었다. 늘어진 나뭇가지 하나도 사사로이 쳐내지 않는 이들의 의식이 신기했다.

옆에 있는 이준성만 없다면 의자에 누워 이 순간을 제대로 만끽하고도 싶었다.

"지금 하우징이랑 중대에 도는 소문 알아요? 본인에 관한."

할 얘기가 있다고 했을 때 이미 예상해서 그런지 놀랍지는 않았다.

"아니요."

"안 궁금해요? 무슨 말이 도는지."

은조는 그제야 옆에 앉아 걱정스런 표정으로 자신을 주시하는 이준성을 보았다.

볼수록 신뢰가 가는 사람이다. 그래서 그토록 곁을 주지 않은 건데 본인은 영 그걸 모르는 눈치다. 아님 나처럼 타인의 시선은 무시하기로 한 건지.

"글쎄요. 소문을 제가 안다 한들…… 바뀔까요?"

"그럼 계속 무시하겠다는 말이에요?"

무척이나 안타까워하며 걱정하는 목소리다.

적나라한 욕망을 진심이라 말하며 그녀를 소유하고자 하는 사람을 참 많이도 겪었다. 그래서 진심이란 말을 앞에 내세우는 사람들을 은조는 경계했다. 하지만 무엇이 그리 불안한지 한껏 흔들리는 눈빛으로 자신을 걱정하는 이 남자에게는 그 진심이란 걸 느낄 수 있었다.

"하고 싶은 말씀 하세요."

이준성은 무심하게 내뱉는 은조를 보고 짧은 한숨을 쉬었다.

"소문은 그래요. 유은조 씨가 사회에서 큰일을 저지르고 이곳으로 숨어들었다고. 근데 그게 나이 많은 유부남과 그렇고 그런 일이라고. 또 따라다니는 그 카투사를…… 계획적으로 희롱한다는 말도 있어요."

이준성은 소문의 당사자인 은조보다 더 힘들어 보였다.

뭐, 어느 정도 예상한 스토리라 그리 무안하진 않았다. 또한 화도 나지 않았다. 쉬운 문제 해결 방법은 숨는 건데, 이 일이 숨을 만큼 큰 타격인가 하는 의문이 들었다.

조만간 작은아버지나 재환 오빠가 들이닥칠 수도 있고, 종국에는 할아버지께서 직접 움직일 수도 있었다. 그럼 소문은 더 몸집을 불려 돌고 돌겠지.

'결론은 그렇게 되기 전에 내가 먼저 나가는 건데…….'

"이 일로 회사를 그만두는 건 절대 하지 않았으면 해요."

"그 편이 가장 빠른 해결책일 수도 있죠."

"그건 인정하고 도망치는 거죠."

"가끔은 사실이 아니라 해도 인정해 버리고 도망치는 게 방법일 수 있다는 걸 모르시나 봐요? 숨어버리는 게 최선은 아니지만 차선쯤은 될 수 있어요."

이준성은 자칫 포기한 듯 보이는 은조를 무섭게 노려보았다.

"왜 그렇게 보세요?"

그녀의 반응에 이준성은 그나마 남은 이성이 전부 날아간 듯 보였다.

"도대체 당신은 뭐가 그렇게 시시해? 왜 자신을 방치하지? 왜 적극적으로 자신을 방어하지 않아? 어차피 스쳐 지나갈 사람들이라서 신경 쓰고 싶지 않은 건가? 정말 그래? 그게 정말 당신 진심이야?"

이준성은 거의 소리 지르다시피 했다.

"잠깐만요. 지금 오해하고 계세요."

흥분한 준성이 차분해지길 기다렸다. 그래야 할 것 같았다. 이 사람은 적어도 자신을 오해하지도, 자신을 상대로 끔찍한 상상을 하지도 않고, 무작정 걱정하고 아파하니 시간을 주고 싶었다.

이준성이 조금 진정된 모습을 보이자 눈을 피하지 않고 말했다.

"이미 여론의 모습을 한 다수의 사람들을 상대로 말로 변명하고 해명하는 건 한계가 있어요. 또한 해명한다 해도 그게 충분히 설명

될지도 의문이구요. 그래서 제가 택한 방법은 소란한 저들과 전혀 다른 형태인 침묵이에요. 어쩌면 오만한 외면일 수도 있고요."

"……."

"이곳에서 계속 일하고 싶지만 그건 제가 받아들일 수 있는 그 선까지만이에요. 제 자신을 상처 입히고 희생하면서까지 이곳에 남고 싶지는 않아요. 그만큼만 제 자신에게 시간을 주고 싶어요."

감정을 솔직하게 드러내자 이준성은 다소나마 이해한 듯 보였다.

은조가 소문으로부터 자신을 무기력하게 방치하고 있는 것이 아니라는 걸 수긍한 모양이다.

"카투사는……."

"그건 저도 딱히 말씀드릴 게 없네요. 물으면 답하고 말하면 들어주는 것뿐인데 그게 문젠가요? 또 그렇다 해도 할 수 없고요."

이준성은 은조의 연이은 토로에 약간 놀란 듯 보였다. 그러면서 연한 눈빛으로 교회를 응시하는 은조의 얼굴을 하염없이 바라보았다.

"내려오기만 하면……."

저니는 열불이 나는 걸 꾹꾹 눌러 참으며 엘리베이터를 뚫어지게 응시했다.

살면서 적지 않은 연애를 해봤지만 모든 연애가 항상 뜨겁지는 않았다. 연애의 대상과 그 기간이 저마다 다르듯 상대에 대한 감정의 폭과 온도도 달랐다.

친구처럼 편한 연애, 여행처럼 즐거운 연애, 미온수처럼 은근히 데워주는 연애, 칵테일처럼 톡 쏘는 연애, 그 모든 시절과 변화무쌍한 감정의 파고를 지나 드디어 유은조를 만났다.

실버벨은 그 모두와 처음부터 판이하게 달랐다.

정신을 차릴 여유도 없이 적정한 거리와 수위를 조절할 수 없을 정도로 빠져들었다. 이런 감정은 맨 처음 하늘을 비행하던 그 아찔한 감각보다 더 자극적이고 폭발적이었다.

한편으론 자신의 터무니없는 조급함에 겁도 나고 그 스스로 질색하기도 했다. 조급함과 성급함을 제어하기 위해 오렌지를 건네며 시선과 감정을 잡아두었다. 그렇게 나란 존재를 천천히 알리며 감정의 속도를 조절했다.

그와 같은 배려가 은조에게 어떤 형태와 수위로 내비쳐졌는지는 모르겠지만 저니는 그랬다.

지금이라도 그녀를 향해 대책 없이 자라난 열감과 열망을 이 자리에서 솔직히 꺼내 보이고 싶었다. 그런 그를 다잡게 만드는 건 균열이 가고 파열된 그때의 눈빛 때문이었다.

모른 척, 잊은 척하려 해도 자꾸 떠올라 참고 참으며 팔자에도 없는 진중하고 지순한 캐릭터로 위장하고 있는데 유은조는 그것도 모른 채 딴 놈이랑 여유롭게 점심을 즐겼다. 더불어 연하의 카투사와 가십의 중심에 서 있으니 기분이 말로 다 표현할 수 없을 정도로 쓰리고 아팠다.

"참, 어렵네, 어려워."

정각 6시 30분. 엘리베이터 문이 열리고 은조가 주차장으로 걸어오고 있었다.

길고 늘씬한 다리를 돋보이게 하는 흰 스키니 진에 물 빠진 청 남방을 입고 살짝 걷어 올린 팔엔 은색 시계를 차고 있었다. 그토록 만져 보길 원하던 머리칼은 아직 살짝 젖어 있었다. 이상한 건 가방이나 핸드백을 들고 있지 않다는 것이다.

은조는 전조등을 확인하고 차 앞으로 다가왔다. 그가 창문을 살짝 내리자 타지 않고 빤히 바라만 보았다. 젠장, 그 모습이 또 엄청 새치름하면서도 매력적으로 보인다.

'아, 저 여자를 어째야 하나. 미운데, 정말 미운데…….'

"어딜 가려고요?"

소심하기는. 낮에는 그렇게 조목조목 말도 잘하더니 그 샌님 같은 자식을 옆에 껴 차고.

"타. 배고파."

잠시 고민하더니 차에 올라탔다. 은조가 타자마자 은은한 향이 났다. 바디 젤이나 샴푸인 것 같다. 좋았다, 체향과 혼합된 미향이. 그러면서도 왜 가방이 없는지 내내 궁금했다.

데이트하는데 가방 없이 나오는 여자는 처음이다.

"가방은? 핸드백 같은 거 없어?"

"왜요? 사주는 거 아니고 더치페이였어요?"

"지금 그걸 조크라고 하는 거야?"

그가 으르렁거리자 은조가 흐릿하게 웃었다. 그 모습도 참 예뻤다.

"걱정 말아요. 신사임당 다섯 장 정도는 있어요. 부족해요?"

농담처럼 던지는 가벼운 응수에 괜히 발끈했다.

"안전벨트나 해. 그럼 작은 클러치라도 들고 오던가. 허전하지 않아?"

"가볍게 나오고 싶은 날은 가방 없이도 잘 다녀요. 핸드폰이 있는 것도 아닌데 가방이 꼭 필요한가요? 왜 그렇게 핸드백에 목을 매요? 핸드백 사줘요? 요즘 신사임당 다섯 장으로 살 수 있는 남성용 백이 뭐가 있으려나."

은조는 놀리듯 저니를 쳐다보았다.

'하, 여유다, 이거지? 좋아, 어디 두고 봐. 당신, 오늘 나한테 들킨 거 엄청 많은 사람이거든. 나 쌩까고 다른 놈이랑 점심 먹은 거 완전 후회하게 만들어줄 테니까. 기대하라고.'

저녁 시간이지만 식당은 대체적으로 조용했다. 철저히 예약제로만 운영하기 때문에 시간을 낭비하거니 따로 소요되는 시간이 적어 가끔씩 한식을 찾는 사령관과 오곤 했다.

안내를 받아 들어간 룸은 아담해 더욱 가정집 분위기를 자아냈다.

은조와 마주 앉은 저니는 이미 세팅되어 있는 차를 따라주었다. 그사이 은조는 따뜻한 손수건으로 손을 닦았다. 그때 손목에 찬 제법 묵직한 손목시계가 눈에 띄었다.

여자의 자존심인 핸드백을 무시하고 차가운 스틸로 된 시계를 차는 여자라……. 왠지 외양과는 전혀 맞지 않는 조합이라 생각했다. 다시 보니 또 묘하게 잘 어울렸다. 하얗고 얇은 손목에 굵직한 중량의 시계. 마치 저 가냘픈 손목을 보호하는 토르 같은 존재인가.

"시계나 팔찌 같은 액세서리 좋아해?"

"시계가 액세서리예요?"

"그럼 시계가 액세서리가 아니고 뭐야? 한국에선 부의 상징이라도 되나? 뭐, 그런 것 같기도 하던데, 기사 보니까. 하지만 당신은 그런 저급한 차원은 아닌 것 같고."

은조는 손목에 찬 시계를 가만히 내려다보았다.

"글쎄요. 나에게 시계는 그냥 옷을 입는 것처럼 자연스러운 거예요. 어릴 때 선물로 맨 처음으로 받은 게 시계였어요. 할아버지께서 선물해 주신 건데…… 내가 하기엔 좀 많이 컸죠."

그때의 기억이 새록새록 떠오르는지 쓴웃음을 지어 보인다.

"시계를 채워주시면서 시간을 유용하게 써야 한다고 말씀하셨어요. 그래야 모든 걸 손안에 넣을 수 있다고. 그러니까 항상 손 가장 가까운 곳에 시계를 차고 시간을 잘 활용하라고요. 그때부터 시계를 차고 다녔어요. 참 많이 잃어버리기도 했는데……."

시계를 만지며 속삭이듯 말하는 은조의 표정은 유년의 추억을 회상하는 사람답지 않게 건조하고 담담했다. 여자라면 무척 감성적인 부분일 텐데도 그러지 않았다.

시니컬한 유은조도 알고 싶었다. 지금 그가 보고 알고 있는 미약한 수준의 추측이나 상황이 아닌 은조가 말하는 자기 자신.

그 아이는 어떤 시간들을 보내고 나에게 온 걸까. 그 모든 게 기대됐다.

"왜 하필 손목시계를 선물하셨을까? 그땐 바비인형이나 무조건 프릴 달린 핑크 원피스지. 내 조카 중에 핑크 마니악이 있거든. 그 아이는 마니아 수준을 넘어 거의 광적인 집착을 보여서 우리가 마니악이라고 하지."

은조는 따라준 차를 한입 마시며 차분한 표정으로 일관했다.

"그래도 보석 박힌 핸드백을 선물하고, 미친 핑크 드레스의 존재를 알려준 할머니나 맘 정도는 계셨을 거 아니야?"

부러 이야기를 확장했다. 은조는 찻잔을 내려놓으며 떫게 미소 지었다.

"나에게 그런 존재는 없었어요. 내 주위에는 할아버지를 위시해서 가까운 종친회 어른들이나 작은아버지 정도만 계셨지. 저번에 봤잖아요. 무척 살갑게 터프하신 분."

결코 무겁지 않은 표정으로 말했다. 그리곤 무표정이 된 그를 보며 피식 웃었다.

"자꾸 무언가 캐내려고 하는데, 애쓰지 말아요. 난 여자아이들이 프릴 달린 핑크 드레스나 괴기스런 9등신의 바비인형을 가지고 놀 때, 할아버지가 들려주는 경제 이론이나 신문 서평, 아니면 실물 경제 뭐, 그런 걸 배우면서 자랐어요."

"……."

"참고로 심리학은 필수 코스였죠. 그러니까 굳이 알려고 하지 말아요. 알면 다치니까."

어마어마한 사실을 아무렇지 않게 말하며 상대를 위해 농담으로 끝을 맺는 은조가 낯설게도 느껴졌지만, 한편으로는 아이들의 유년이 다 같은 모습일 수는 없겠지 하는 자조적인 생각을 하기도 했다. 그렇게 이해를 하다가도 자신과는 너무나 다른 은조의 어린 시절이 자꾸만 상상돼 마음이 쓰였다.

'당신은 어떤 사람이야? 유년 시절 당신은 또 어떤 모습이었어? 도대체 어떤 시간을 지내고 견디며 나에게 온 거지?' 하며 속

시원하게 묻고도 싶었다.

"산속에 숨어 있는 고급 한정식집을 어떻게 알고 있어요? 미군 조종사는 산속도 뒤지고 다녀요? 연합사령관 행정비서라고 들은 것 같은데, 사령관을 위한 접대 뭐, 이런 건가? 아님 아부?"

다소 우울 모드였던 저니는 은조가 자신에 대해 알고 있다는 게 기분 좋았다. 꽤 흐뭇했다.

별스럽지 않았지만 자꾸 웃음이 삐져 나왔다.

"그렇게 티 나게 좋아하지 말아요. 아는 카투사가 저렴한 오렌지를 투척하는 찌질한 미군에 대해 몇 가지 알려준 것뿐이니까."

듣고 보니 기분이 상당히 나빴다. 오렌지가 어때서?

"난 과일 중에 오렌지를 가장 좋아해."

"……."

"흔하지만 맛도 좋고 휴대도 편하고, 또 보면 빛깔 때문에 기분도 업시켜 주거든. 그래서 당신에게 오렌지를 준 거야. 그 흔한 오렌지를 볼 때마다 그렇게 자주 날 생각하라고. 그 정도는 당신도 알지?"

은조는 대답 대신 웃었다. 그때 주문한 음식이 들어오기 시작했다.

모든 음식이 다 세팅되자 저니는 휘파람을 불었다. 그러고는 다짜고짜 은조 앞에 생선과 양념게장, 삭힌 깻잎을 선물처럼 잔뜩 밀어주었다.

"나 젓가락질 서툴러. 그러니까 당신이 생선도 먹기 좋게 발라주고 양념게장 살도 좀 빼주고 깻잎도 한 장씩 밥에 착착 올려줘. 저 깻잎이라는 풀이 은근 사람 잡아. 앞뒤가 딱 붙어서 도통 안 떨어지거든.”

저니는 노란 조가 든 흰밥을 알맞게 한술 떴다. 그다음 수저를 은조 앞에 떡하니 가져다 댔다. 그 행동에 기가 막히는지 은조는 아직 젓가락도 들지 않고 있었다.

“그러니까 이 자리가 젓가락질 못하는 찌질한 저니 소령 반찬 올려주는 자리군요?”

은근한 비꼼에 저니는 쌍심지를 켜고 노려보았다.

“낮에 당신도 대접 잘 받았잖아. 고기랑 젤리랑 다 받아먹던데, 뭐. 받는 게 있으면 주는 것도 있어야지. 안 그래?”

“그렇게 따지면 난 지금 인사처장이랑 있어야 해요.”

인사처장이란 말에 낮에 본 모습이 순식간에 떠올라 카투사들 말대로 열폭했다.

“그러게. 근데 지금은 나랑 데이트 중이잖아. 그러니까 나에게 해달라고.”

“이거 억지인 거 알죠?”

그와 달리 평소와 조금도 다르지 않은 은조를 보니 더욱 열이 뻗쳤다.

“이게 억지면 낮에 그 남자랑 헤헤거리면서 도시락 까먹고, 채플 앞에서 클래식한 데이트를 한 건 다 좋아서 했단 말이야, 지금?”

다소 벙찐 표정을 짓다 은조는 이해할 수 없다는 듯 쳐다보았다.

“이게 다 내가 낮에 한 행동에 대한 보복성 접대네요.”

하여튼 말은 완전 잘해요. 눈치도 완전 빠르고. 피곤한 스타일이야, 실버벨은.

"몰라. 배고파. 빨리 밥 줘. 당신 미행하느라 점심도 못 먹었어. 이 키, 이 말 근육에 지금까지 못 먹었다면 이유 불문하고 빨리 발라주고 얹어주고 먹여줘야지."

억지 편파 주장에 한동안 망설이던 은조는 결국 두 손을 들었는지 반찬을 발라 밥 위에 올려주었다. 그렇게 시작된 저녁 식사는 두 시간이 훨씬 지나서야 끝이 났다.

아파트 지하주차장으로 되돌아온 저니는 잔뜩 부은 상태였다.

그는 고집스레 앞만 본 채 시동도 끄지 않고 있었다. 은조는 그냥 내릴까 하는 생각도 했지만 그러지는 않았다. 저니도 그제야 시동을 끄고 은조에게 시선을 두었다. 그가 자신을 보는 시선이 무척이나 뜨겁고 집요하단 생각을 했다.

단지 이 불편한 순간을 피하고 싶은 건지, 아님 끝까지 이 사람의 감정 선을 모른 척하고 싶은 건지 아직 아무것도 명확하지가 않았다. 분명한 건 감정을 드러내기 시작한 이준성과 무조건 어리광에 직진만 하는 장원표와는 전혀 다른 성질에 생경하고 깔깔한 감정이 자꾸 그녀를 자극하며 어필하고 있었다.

이런 동요와 설렘이 단지 저 남자의 아찔하도록 아름다운 외모 때문인지, 아니면 자꾸 눈이 가는 따스한 미소 때문인지, 그것도 아니라면 이미 알고 있는 저 남자의 넓은 가슴과 따뜻하고 세심한 마음 때문인지 가늠이 되지 않았다.

사실 이 모든 건 핑계란 생각을 했다. 솔직히 저니 맥컬리에게 끌렸다.

그리 짧지 않은 시간, 기약도 없이 자책하며 은둔하던 여자 유은조가 망설임 없이, 그러면서도 섬세하게 다가오는 남자 저니 맥컬리에게 온 신경이 따갑도록 반응하고 있었다.

"그래서…… 서로에게 느끼는 감정이 뭐라고 결론 내렸는데?"

저니는 긴 저녁 식사 후 그들이 나눈 짧은 대화에 대해 또다시 묻고 있었다. 어색하면서도 스스로에게 확신할 수 없어 피하고 싶은 질문이었다.

잔뜩 가라앉은 분위기에 저니는 은조를 응시하다 다소 낮은 톤으로 말문을 열었다.

"난, 나는……."

지나치게 뜨거운 눈빛과 다르게 표현함에 있어 조심스러워했다.

한편으론 그 잠깐의 머뭇거림이 야속했다. 자신은 솔직히 표현하지 않으면서도 저니가 두는 그 몇 초의 간극이 몹시도 신경 쓰였다. 지독히도 이기적이고 솔직하지 못한 유은조.

"내 감정을 알아. 당신도 알 거라 믿어. 난 마음이 가는 대로 행동하고 느끼는 대로 표현했으니까. 그 모든 순간이 당신에게 스며들고 전해졌다고 생각해. 지금도 느낄 거야, 내가 이 순간 망설이고 주춤하는 당신을 어떻게 하고 싶은지."

맞다. 이상하게 이 남자의 감정 선은 매 순간 고스란히 느껴졌다. 처음부터 그랬고, 그렇기 때문에 이 남자와 하는 모든 행동이 가능했다. 열흘 가까이 오렌지로 자신의 존재를 어필하고, 횟수로 치면 고작 몇 번의 만남이 전부인 이 남자.

그런데도 남자는 어느샌가 머리가 아닌 가슴 안에 깊숙이 머무르고 있었다.

"당신이 나에게 느끼는 감정은…… 이미 알고 있다고 생각해."

"……."

"당신 말대로 당신, 남들과 조금 다르게 성장한 사람이잖아. 그리고 유.은.조. 미리 말하는데, 나 처음 본 순간부터 당신 원했어. 심장은 물론이고 머리에서 발끝까지 전부 다."

맞다. 이 순간도 느낄 수 있었다. 이 남자가 하는 말, 보내는 뜨거운 눈빛, 솔직한 마음.

저니는 보기 좋게 그을린 길고 아름다운 팔을 들어 은조 얼굴 앞으로 뻗었다.

눈에 보이는 것보다 훨씬 거대하고 엄청난 무언가가 거침없이 다가오는 것을 보면서도 은조는 피하거나 조금도 움직이지 않았다. 저니는 눈으로는 은조의 갈색 시선을 붙들고, 손끝으로는 꽉 다문 입술 선을 훑어갔다. 천천히, 아주 천천히.

그렇게 꽤 오랫동안 자신 안에 그녀를 새겼다. 그러면서도 시선은 절대 놓아주지 않았다.

ALCPT 둘째 날. 6시 29분.

맨 첫 번째로 입실했다. 어젯밤 한숨도 자지 못한 은조는 한 손에 커피를 들고 있었다.

속이 뒤집어진 이후로 가능한 한 커피는 피했다. 여전히 속은 제자리를 찾지 못하고 있었지만 오늘만은 커피 없이 수업을 받는 게 불가능하다 판단했다.

커피를 책상 한쪽 끝에 놓고 한쪽 뺨은 책상에 대고 스르르 눈을 감았다. 밤새 그렇게도 오지 않던 잠이 무슨 조환지 강의실 책상을 보자마자 미친 듯이 달려들었다.

눈을 떴을 때 은조는 자신이 자고 일어난 상태란 걸 알았다. 그런 황당한 상황에 있는 그녀를 이준성은 가만히 지켜보고 있었다. 손목시계를 확인한 은조는 다시 눈을 감았다. 이번에 감으면 강의 시간 전에 눈을 뜰 수 있을까 걱정은 됐지만 머리보다 부피가 큰 몸이 더 빨랐다. 몸은 정말 물 먹은 스펀지처럼 무겁고 버거웠다.

"계속 그러고 있으면…… 나쁜 행동 할 것 같은데."

미동 없이 간신히 눈만 떴다. 예상 못한 경고 조치에도 바로 정신이 들지 않았다.

"눈은 떴으니까 나쁜 행동은 못하게 됐네. 이제 좀 일어나 봐요. 당신 그러고 있는 거, 내가 정말 죽겠어서 그래."

이준성의 갈라진 음성이 티미한 정신을 사정없이 갈랐다.

상체를 일으켜 바로 앉아 옆에 놓인 커피를 한 모금 마셨다. 은조는 마신 커피를 삼키지 않고 일단 입안에 물고 있었다. 그 모습까지 고스란히 지켜보던 이준성이 마침내 참았던 말을 토해냈다.

"당신은 가끔 너무 무방비해. 그럴 때마다 난 생각해. 저 사람은 자신이라는 존재가 타인에게 어떤 영향을 끼치는지 알고 있을까? 알면 생각 없이 저러진 못할 텐데. 저 사람, 어쩌면 참 잔인한 사람이겠다. 조심해야지. 조심해야겠다, 이런 생각."

백 프로는 아니지만 어느 정도 정신을 차린 은조는 분명한 어조로 말했다.

"저 잔인한 사람 맞아요. 그러니까 처장님은 정신 똑바로 차리고 계세요."

그때 세 번째로 강의실에 들어온 사람은 혜나 김이었다.

은조는 게슴츠레한 눈으로 인사하고 손목시계를 확인했다. 수업 시작, 앞으로 7분. 다시 엎어져 눈을 감고 싶은 걸 간신히 참았다.

한 번 쉬는 타임을 지나 수업은 계속됐지만 진도는 제대로 나가지 못했다.

강의를 듣는 아저씨들이 자꾸 딴소리를 해대는 통해 강의는 지지부진한 상태였다. 그사이 은조는 마지막 남은 커피 한 모금을 마셨다. 목으로 넘기고 나서 금세 마신 걸 후회하는데 혜나 김에 목소리가 힘 있게 강의실에 울렸다.

"내일은 Training Holiday(미군 체력 단련 하는 날)라 수업이 없습니다. 그 다음날은 주말. 월요일은 Memorial Day(미국 현충일), 또 하루 쉬게 됩니다. 그래서 전 오늘 나갈 진도를 다 나갔으면 하는데, 두 분 계속 이렇게 흐름을 끊으실 건가요? 그럼 전 원활한 수업을 위해 두 분을 이 수업에서 완전히 빼고 가겠습니다. 괜찮으시겠어요?"

혜나 김은 별말 하지 않았다. 일종의 선택을 하라고 했을 뿐. 조용히 수업을 받든가, 아님 나가든가. 두 명의 수강생은 남기로 결정한 것 같았다. 그 후 수업은 원활하게 진행됐다.

도통 수업에 집중할 수가 없었다. 아무래도 어제 일의 여파라 생각했다. 어제 일이라…….

저니 맥컬리는 솔직했고, 은조는 그러지 못했다.

그는 전부를 원한다고 했지만 은조는 동요하는 감정을 숨겼다. 저니가 입술을 훑을 때 가슴은 타들어갔지만 아닌 척 냉정을 가장

하며 위선을 떨었다.

또 뭐가 있었지? 우습게도 뭐 하나 제대로 기억하는 게 하나도 없었다.

그저 저니가 그녀의 흔들리는 눈빛과 마음을 사로잡아 내내 불편하게 만들었단 것만 또렷이 기억났다.

창밖에서 은조를 지켜보던 원표는 뒤돌아 걷기 시작했다.

일주일 만에 유은조를 봤다. 그 빛나는 미모는 달라진 게 없는데 지금의 모습은 분명 낯설었다. 자신이 없는 그 일주일 동안 무슨 일이 있었다고 했더라, 임 반장이?

미처 몰랐는데 유은조가 121에 실려 갔었다고 했다. 체육대회가 있기 바로 전에. 그 후 추문이 돌아 인사처장과 상담을 했다고. 상담은 무슨.

이준성이 은조를 해바라기하는 건 어제오늘 일이 아니다. 그치의 시선 끝을 보면 그곳엔 꼭 은조가 있었다. 이준성이 진격하는 행동파나 나처럼 들이대는 막가파가 아니니 그리 견제할 건 아니고, 또 유은조도 전혀 관심없어하고.

제일 걸리는 건 121에 데려다 준 이가 바로 저니 맥컬리라는 사실이었다. 오렌지맨 저니. 용산 최고의 조종사. 현 한미 연합사령관의 하나밖에 없는 귀한 조카.

다니엘 헤니도 데니스 강도 명함조차 못 내밀게 만드는 인간.

정말 더럽게 잘생기고 징글징글하게 잘난 새끼. 그런 비주얼로 다가 한국말도 막힘없이 잘한다.

186㎝의 큰 키에 군살 하나 없는 탑 바디를 필두로 꽉 다문 입술 라인은 타투를 한 것처럼 선명해 보기만 해도 녹진녹진했다.

'아, 진짜 나쁜 새끼. 최고 걸작은 그 자식이 웃는 건데…….'

같은 연합사 건물에 있어 종종 보는데 그 자식이 지나가면 여군들이나 장교, 한국 KSC나 KN 여자들이 아주 생난리도 아니었다.

맨 처음 K-16에서 온 저니가 용산에서 근무할 때 큰 사건이 있었다고 했다.

그가 버커타워에 살 땐데, 같은 아파트에 사는 미군 대위가 러시아인 여자친구를 데리고 왔는데 그 여자가 문 열린 저니 방으로 뛰어 들어갔단다. 그것도 올 누드로.

여자는 처음부터 짝사랑하던 저니를 갖기 위해 거짓으로 대위와 사귀었다고 했던가.

어쨌든 자고 있던 저니는 영문을 몰라 했고, 미모의 여자친구를 뺏겨 눈이 뒤집힌 대위는 그를 거의 폭격 수준으로 가격했는데 도리어 그 대위가 121에 실려 갔다고 했던가 뭐라던가.

또 한 번은 이태원 미군 전용 클럽에서 폭력 사건이 터졌는데, 그 이유가 바로 저니 그 잘난 인간 때문이었다.

사건의 발단은 저니의 친구가 준위에서 대위로 진급해 프로모션 파티(진급 파티)를 하는데 이태원 어느 술집을 네 시간 통으로 빌렸단다. 보통 미군 장교는 개인 비용으로 친한 친구들을 불러 진급 파티를 하는데, 그날이 바로 사건이 터진 날이었다.

프로모션 파티인 줄 모르고 나이 어린 미군 세 명이 각자 여자친구를 한 명씩 데리고 술집에 온 모양이었다. 근데 술이 엄청 취한 상태였는지 남의 파티에서 진상을 부리고 그 여자 파트너들이 저니를 타깃으로 서로 훌러덩 쇼를 하며 자신들의 남자를 그 자리에서 차버렸던 것이다. 이에 화가 난 치기 어린 미군들이 파티를 하던 애들을 덮쳤다. 그 결과 미 헌병이 출동해 세 명이 영창 가고, 파티를 하던 주인공과 그 친구 두 명이 경고를 먹었다나 뭐라나. 하여튼 저니 때문에 터진 자잘한 사건, 사고가 수없이 많았다고 말했다, 나의 친절하고 훌륭하신 운전병 선임들은.

전설은 전설이다, 저니 맥컬리 나쁜 놈.

그런 인간이 나의 여신 유은조를 찍었다면 일이 정말 더럽게 꼬인 것이다.

엎친 데 덮친 격으로, 휴가에 맞춰 미국에서 부모님이 나오셨다. 제대는 앞으로 3개월. 은조를 데리고 미국으로 가려면 무조건 부모님께 잘 보여야 한다.

아직 졸업도 못한 상태에서 은조랑 미국으로 간다고 하면 분명 금전적 원조를 끊는 것으로는 끝나지 않을 것이다. 하지만 그 무엇보다 유은조를 포섭해야 하는데, 그게 정말 쉽지 않았다.

어디 가서 인물 빠진다는 말은 못 들어본 그가 1년 가까이 공을 들였건만 결과는 늘 똑같았다. 맨 처음 만났을 때 그 상태 그 거리. 유은조는 늘 일관되게 행동했다.

앞으로 5일만 참으면 되겠지. 그와 가십이 난 상태니까 섣불리 저니 맥컬리도 접근하진 못할 거다. 무엇보다 유은조가 그리 호락호락한 여자가 아니니 조급하게 생각하지 않아도 된다.

'지금 이 시간이 꼭 나쁘지만은 않아. 이참에 내 빈자리를 확 느끼게 되면 더 바랄 게 없을 텐데…….'

원표는 이런저런 생각을 하다 핸드폰을 꺼내 들고 메인 게이트 쪽으로 걷기 시작했다. 핸드폰을 귀에 대고 한참을 기다렸다.

"응, 엄마, 나. 일은 다 봤어. 우리 학교 선배도 여기 있다니까. 가을에 복학하는 거 때문에 물어보려고 왔지, 아니면 내가 이 지겨운 부대를 왜 오겠어? 근데 타코벨 사다 줄까? 응, 여기 부대 앞에 원조 타코벨 있거든. 역시 딸보다 하나밖에 없는 아들이 최고지? 알았어. 금방 갈게. 먹고 싶은 거 있으면 바로 전화하고."

발랄한 표정과 하이 톤으로 통화를 끝낸 원표는 다시 무섭도록 차분해졌다.

문이 부서져라 두드리는 소리에 간신히 정신을 차렸다. 문제는 정신은 차렸으나 몸뚱이는 전혀 행동 능력이 없었다. 일어나려고 해도 도무지 자의로는 몸이 움직여지지 않았다. 그사이를 못 참고 또 누군가 문을 가차 없이 발로 차고 있었다. 이대로 두다가는 쳐들어와 은조마저도 내려칠 것 같았다. 간신히 몸을 움직여 현관까지 어찌어찌 갔다. 근데 그 시간이 꼭 천년만년 같았다.

"누, 누구세요?"

딴엔 제법 큰 소리로 물었는데 답도 없이 또 문만 부서져라 두드린다.

도저히 저 소음을 들어줄 수도 없고, 목소리도 안 나와 현관 앞에 주저앉아 눈에 보이는 운동화를 냅다 집어 던졌다. 제법 큰 소리가 났다.

"실버벨, 나야. 당신 지금 거기 앞에 있어? 아파? 많이 아픈 거야? 내가 기다릴 테니까 정신 차리고 문 좀 열어봐. 언더 스탠?!"

"갑자기 웬 영어?"

집 나와 3년. 집 나오면 개고생이라고 CF에서 그러더니 그 말이 딱 맞았다.

3년간 지속된 부실한 식사와 제한된 환경, 하우징에서 그간 쌓인 체력적 한계에 부딪쳐 몸이 온몸으로 저항하나 보다 생각하며 드디어 철옹성 같은 문을 열었다.

하지만 곧바로 몸의 처절한 저항에 굴복하고 말았다. 순식간에 눈앞이 깜깜해졌다.

낯선 병실에서 눈을 뜨고 처음 느낀 건 살았구나 하는 안도감이었다.

이상했다. 한때는 죽지 못해 안달하던 적이 있었다. 그 이유가 정우에 대한 죄책감이었든 현실 도피였든 간에 한순간 죽음이란 달콤한 마력은 그녀를 칭칭 옭아매 다른 대안은 전혀 떠오르지 않았었다. 그러다 할아버지의 병을 알게 되었고, 그 누구보다 냉정하고 잔인한 멘토였지만 평생 자신을 키우고 성장시킨 그분 앞에서 차마 먼저 죽을 염치도, 용기도 없었다. 그래서 핑계를 만들어 포기했고, 결국은 죽음으로부터 도망쳤다. 그리고 3년.

죽음에서 살아 돌아온 난 안도하고 있었다.

지난 3년이란 시간이 날 성장시킨 걸까, 아님 완벽한 비겁자로 만든 걸까.

"실버벨, 내 말 안 들려?"

혹시 이 남자 때문일까? 거짓으로 점철된 무미건조한 일상에 신기루처럼 나타나 날 설레게 하고, 웃게 하고, 어느새 보편적이고 일반적인 연애를 꿈꾸게 하는 이 아름다운 남자 때문에?

"왜 그렇게 봐? 나 완전 설레게."

아닐 거야. 우린 아직 아무것도 시작하지 않았는데…….

당신도 나처럼 생각할까? 나만큼 생각하고 그만큼 변화하고 있는 걸까?

"아파 쓰러진 여자가 당신처럼 예쁘기도 힘들 거야. 아까 닥터가 진찰하는데 나 완전 돌아버리는 줄 알았어. 그 순간 생각했지. 아, 닥터나 될걸. 그럼 난 당신의 아름다운 바디를 완전 정복해 이렇게 불안하고 초조해하지는 않을 텐데 하고."

몹시도 아쉬운 듯 보이는 개구진 표정이 볼수록 우스웠다.

"완전이란 말은…… 누구한테 배워서 입에 달고 사는 거예요?"

돌발 질문에 놀란 그가 잡고 있던 은조의 손에 힘을 실었다.

"괜찮아졌어? 말 많이 하지 마. 당신 체력도 많이 상했고 위염도 장난 아니래."

"혼혈 교포가 하는 말이 어쩜 나보다 더 저렴하고 현지인다운지……."

비난 아닌 비난에 저니는 아이처럼 환하게 웃으며 말을 보탰다.

"내가 학습 능력이랑 카피 본능이 완전 좋아서 그래."

몇 마디 하니 입이 말랐다. 물이 마시고 싶어 물을 달라고 청했다.

기운은 없지만 기절한 동안 몸을 채워가는 수액 때문인지 제법 살 것 같았다.

일어나려 하니 저니가 먼저 침대를 조절해 상체를 세우게 했다. 어렵게 자리에 앉은 은조가 한쪽 손을 내밀며 물컵을 받으려는 순간, 딱딱한 물컵이 아닌 부드러운 입술과 뜨거운 숨결이 은조의 입술을 파고들었다.

전혀 상상도 못한 방법으로 물을 마셨다. 놀라 숨을 쉬기조차 어려운데 저니는 숨과 힘을 조절해 입안으로 물을 조금씩 넘겨주었다. 너무나 놀라 말도 못하고 쳐다보는 그녀를 보아 알면서도 저니는 망설임 없이 입안의 물을 은조에게 나눠주었다.

두 번에 걸쳐 저니의 입을 통해 물을 마신 은조는 그제야 갈증을 삭일 수 있었다. 저니는 그런 은조를 보며 다시 한 번 입술에 쪽 하고 버드키스를 했다. 그러곤 그녀의 얼굴선을 손가락으로 천천히 훑어 내렸다. 차 안에서처럼 그렇게 숨 막히게.

"이젠 안 참고 당신한테 하고 싶은 거 다 할 거야. 당신 두 번이나 쓰러지는 거 보면서 내가 느낀 건 딱 그거 하나야. 이 사람 안고 싶다. 내가 아프지 않게 따듯하게 안아줘야지."

은조는 그를 쳐다볼 뿐 싫다, 말도 안 된다, 미친 거냐, 그런 말은 하지 않았다. 그런 그녀를 저니가 가슴 깊이 끌어안았다. 가슴은 기억만큼 넓고 따듯했다. 금세 코끝을 자극하는 저니의 그윽한 살 내음이 났다.

"우리 연애하자. 묻고 싶은 건 많은데 하나도 안 물을게. 서로 건강 챙겨주고, 케어해 주고, 대화도 하고, 여행도 하고, 또 서울 시내도 손잡고 걷고, 당신 좋아하는 맛있는 것도 먹으면서 같이 웃고 그러자, 실버벨."

몸을 놓아준 저니는 눈을 맞췄다. 그의 눈동자가 또 열감에 뜨거워졌다.

"당신이랑 연애하면서 키스도 할 거고, 물론 안을 거야. 솔직히 말하면 난 매일 안고만 싶어. 근데 당신이 싫다고 하면 참고 기다릴게. 그러니까 하자, 연애."

은조는 두려우면서도 떨리고, 긴장되면서도 따듯해졌다.

"그렇다고 내가 당신 안는 거, 시도조차 하지 않는다는 건 절대, 네버 다이 아니야."

두 손으로 엑스 자를 만드는 시늉까지 하며 자신의 순수성을 강하게 부정했다.

"난 호시탐탐, 수시로, 매일매일, 적극적으로, 끈질기게 당신을 원할 거야. 그건 나도 어쩔 수 없어. 난 완전 퍼펙트하게 건강한 남자니까. 하지만 싫으면 말해. 그럼 난 또 기다릴 거야. 매일매일 순간순간 아쉬워하면서."

너무나 솔직하게 진심을 토로하고 있었다, 저니 맥컬리는.

은조는 자신의 마음이 그만큼 흔들린다는 걸, 소란스럽다는 걸 인정했다.

"연애하다 내가 겁먹고 사라지면……."

묻고 싶었다. 내가 피하고 싶어지면 당신은 어쩔 거냐고. 과거 괴물 같은 내가 되살아나 날 집어삼키면 두 손 들고 영원히 사라져 버릴 거냐고 묻고 싶었다.

"찾아야지. 찾아서 사랑하고 또 사랑하고 완전 사랑해서 결국은 당신이 나 없으면 절대 못살게 만들어야지. 내 온 마음과 온몸으로."

반복적으로 속삭이는 목소리가 차츰 잦아들고 저니는 은조의 입술을 삼켜 버렸다.

처음엔 장난치듯 윗입술 아랫입술 순서대로 찾아들더니 어느 순간 꼬마 아이가 생애 처음 달콤한 캔디를 빨 듯 그렇게 성급하게 빨아들였다. 또한 조금 더 깊게 맛난 사탕을 탐하며 모두 소유하고 남김없이 흡수하려 했다.

그 은밀하고도 집요한 행동에 여린 입술이 열리자 저니는 기민한 혀를 움직여 목 안으로 깊이 파고들었다. 사정없이 혀를 옭아매 거칠게 빨고 물며 모조리 헤집었다.

타액을 맛보면서 자극적으로 혀끝을 놀렸다. 거침없고 집요한 놀림에 순간적으로 어지러웠다. 뜨거운 열정과 터질 듯한 욕망을 고스란히 느낄 수 있는 이 숨 막히고 탐욕스런 키스에 은조는 온몸이 녹아내리는 듯했다.

한계를 느끼려 하자 비로소 매끄러운 혀와 터질 듯 부어오른 입술을 놓아주었다.

한순간 몰아치는 열기에 휩싸였다 애써 잦아들길 바라는 저니 역시 상기된 얼굴로 거친 숨을 고르는 은조를 빤히 바라보았다.

"미안. 내 자신도 어쩔 수 없어. 지금도 난 온몸이 타는 것처럼 뜨거워. 당신 때문에. 그러니까 빨리 몸부터 회복하자."

"회복하면……."

"회복하면?"

"……."

"연애해야지. 난 끊임없이 구애하고 투정부리는 아이처럼 사랑을 조르겠지. 오늘 한 키스보다 백만 볼트는 더 뜨거운 키스와 욕망에 사무친 애무를 퍼부으면서."

"놀라 도망간다니까요."

"도망 못 간다니까. 또 도망간다 해도 찾으면 돼. 최고의 전투조종사가 정글도 적국도 아닌 이깟 도시에서 유은조를 못 찾을까? 그것도 당신처럼 이렇게 아름다운 여자를. 사실 내가 당신 이 미모에 반한 사람이거든."

그러면서 또 버드키스를 했다. 연신 쪽쪽거리며 새처럼 쪼아댔다.

정신없이 쪼아대는 그를 물리치고 은조는 정색하고 물었다.

"집에 어떻게 온 거예요? 나 아픈 줄은 몰랐을 테고."

"아, 그거? 내가 당신 아파트 관리인 아저씨한테 특별히 부탁했거든."

저니는 대수롭지 않게 말했지만 은조는 상상도 못한 일이었다.

"혹시 당신 아픈 기색 있거나 무슨 일이 있으면 나한테 꼭 연락해 달라고. 그랬더니 연락이 온 거야. 당신 안색이 안 좋은 것 같다고. 그래서 왔지. 나중에 관리인 아저씨께 감사 인사 해야겠어. 당신, 큰일 날 뻔했어."

저니는 손을 꼭 쥐었다. 자신을 꼭 붙드는 그의 손을 내려다보았다.

갈색 피부에 아름다운 팔 라인을 가진 긴 손가락, 건조한 듯하면서도 따뜻하게 손을 감싸 쥐는 큰 손. 그 손을 들어 손등에 조심스레 입을 맞췄다. 손에서도 특유의 살 내음이 났다.

돌발적인 그녀의 행동에 힘이 들어가 손등에 핏줄이 섰다. 긴장한 모양이다.

은조는 저니를 보며 미소 지었다. 방금까지 자신을 압도하며 기막힌 키스로 도발하던 장신의 어른 남자가 지금은 어쩔 줄 몰라 하는 수줍은 소년 같았다.

"고마워요, 저니 맥컬리. 두 번씩이나 도와준 거, 진심으로 감사해요."

난처한 듯 어색해하는 저니를 빤히 올려다보았다.

"이거 굉장히 위험한 행동이란 거 알아? 난 지금도 당신을 거칠게 안고 싶은 남자야."

진심인지 저니는 무척이나 괴로운 표정을 했다.

"침대에서 링거 맞고 있어도 그런 마음은 변함없어. 이렇게 먼저 날 자극하고 도발하면 정말 본능대로 하고 싶다고."

그러면서 깊은 한숨을 내쉬었다. 정말 리얼하게, 푹푹.

"회복되면……."

그 한마디에 저니는 달콤하면서도 은밀한 눈빛을 반짝이며 기대감으로 그녀를 응시했다.

"회복되면? 회복되면, 뭐?!"

"……밥 살게요."

밥이라는 소리에 저니가 살벌한 표정으로 노려봤다.

"회복하고 얘기해요."

말 한마디에 바로 표정이 바뀌고 또 금세 눈빛이 깊어지는 저니가 아름다워 보였다.

이상했다. 숨이 막히게 섹시하고 경계하고 싶도록 성적인 페르몬을 내뿜는 남자인데 지금 이 순간은 그저 참 아름다운 사람, 고마운 사람이란 생각뿐이다.

그 아름다운 사람은 주말을 온전히 은조와 보냈다. 그가 원하던 스타일이 아닌 무척 건전하고 따뜻한 휴머니티가 빛을 발하는 그런 주말을.

저니는 관리인 아저씨께 부대 내 PX에서 LA갈비와 립스테이크 등 아저씨 가족이 보름을 먹고도 남을 양을 선물했다. 물론 고기와 곁들이는 모든 부재료와 음료도 함께 안겨 드렸다. 그러고는 다음 타깃인 은조를 먹이기 위해 갖은 노력과 보살핌을 아끼지 않았다.

눈물 나는 정성이 진하게 느껴질수록 은조는 불안했다. 종국엔 늑대가 어린 양을 한입에 잡아먹기 위해 살찌우는 것처럼 느껴졌기에.

주말 내내 그녀의 몸을 살피고 영양 상태를 신경 쓴 저니는 주말을 할애하고도 월요일(Memorial Day:미국 현충일)에도 어김없이 출근 도장을 찍었다.

그때까지도 은조는 알지 못했다. 휴머니티를 가장한 저니의 분명하고도 명백한 애정 행각을 이준성이 알게 되었단 사실을.

8군 메인포스트 내 연합사령관 거처. 살라볼 하우스.

저니는 월터와 함께였다. 부인 헬렌은 개인적인 일로 미국에 있었다.

저녁도 먹은 상태이고, 시각을 확인한 저니는 슬슬 본론으로 들어가려 했다. 그러자 월터는 무슨 기색을 느꼈는지 저니보다 먼저 자리를 뜨려 했다.

[1년…… 연장하려고요.]

자리를 뜨려던 월터는 살짝 당황스런 표정이다 이내 만족스런 표정이 되었다. 그러다 금세 뭔가 의미심장한 표정을 하고 한 소리 했다.

[1년 연장으로 뭔가 딜할 생각은 말아라. 난 네가 아무리…….]

[그런 거 없어요. 대신 조종사가 아닌 지금처럼 연합사령관 행정비서관으로 연장할게요.]

월터는 그에 말을 전혀 못 알아듣겠다는 표정으로 되물었다.

[그게 무슨 말이냐? 근무 연장은 해도 K-16으로는 가지 않는다는 말이.]

[성남보다는 용산본부에 남고 싶어요. 그렇게 아시고 월터가 클라라 문제 좀 처리해 주세요.]

[조종사가 성남이 아닌 용산에 남아야 하는 이유는?]

[아직은 말할 때가 아니에요. 그러니까…….]

그에 의뭉스런 대답이 마음에 안 들었는지 월터는 말을 자르고 태연히 말했다.

[그럼 할머니께는 네가 직접 말씀드리고 해결 봐. 난 클라라가 세상에서 제일 무서운 사람이니까. 난 네 아버지랑은 전혀 다른 종이다. 형제라고 해서 다 같지는 않아. 봐라. 교수와 군인이라는 조합만 봐도 그렇지 않니? 무엇보다 난 절대 권력 앞에서는 부끄러운 굴복과 충성스런 복종을 서슴지 않는 현명하고 유연한 아들이지.]

[월터!]

저니의 분노에도 그는 어깨를 으쓱하며 말을 이었다.

[할머니 눈 빠지게 기다리고 계셔. 내가 너 붙들고 계신 줄 아시

지. 지금 넌 조종사도 아닌 내 개인 비서로 용산에 머물겠다는 건데, 그럼 난 우리 어머니 이길 자신 없다. 네가 뛰어난 조종사이기 때문에 네 방패막이 돼준 거야. 그게 아니라면 난 모른다. 네가 직접 날아가서 해결해.]

[저도 열 번이라도 그렇게 하고 싶어요. 하지만 지금은…… 갈 수 없어요.]

월터는 묘한 눈빛을 반짝이며 혼자만의 생각에 빠진 조카를 바라보았다.

저니는 형을 많이 닮았지만 혼혈이라 그런지 그 분위기나 미모가 어릴 때부터 남달랐다.

남과 다르다는 게 녀석에겐 큰 상처이고 아픔이었지만 다 성장한 지금 그는 가족 모두에게 큰 자랑이자 기쁨이었다.

그런 아이를 어머니는 지난 20년 동안 외면했다.

남부 최고의 상류층이자 유명 정치인과 군인을 많이 배출한 명문가에서 아시아 혼혈이라니. 순혈 혈통에 유별난 자부심을 가진 어머니로서는 절대 용납할 수 없는 일이었다. 하지만 형제뿐인 그들에게 가문을 이을 손자는 저니 맥컬리 단 하나였다.

이에 어머니는 그가 가문의 후계자가 될 수 있는 명분을 제시했다. 군인의 신분으로 현재 진행 중인 전쟁에 나가 모두가 인정하는 수훈을 세우고 돌아올 것.

저니는 제안을 받아들였다. 아직까지 클라라에게 인정받지 못한 채 겉도는 어머니가 걱정돼 희생이 아닌 최선의 선택을 한 것이다. 다행히 탁월한 조종 능력과 판단력으로 아프가니스탄에서 폭격당하는 민간인을 구하고 동료까지 구한 조카는 무사히 본국으로 돌아올 수 있었다.

한데 고향으로 컴백할 줄 알았던 저니는 8군으로 전출을 신청해 용산으로 왔다.

[무슨 일인지 모르나 충분히 생각하고 결정하길 바란다. 클라라는 네가 오기만을 기다리셔. 뭐, 널 기다리는 게 순수한 이유만 있는 건 아니지만 허영과 이기심이 그녀의 전부는 아니야. 할머니는 널 자랑스럽게 생각하신다. 또 많이 사랑하시지.]

[…….]

[네 히피 스타일의 부모까지 포용하기까지는 아직 시간이 필요해. 할머니는 나서 지금까지 자신의 성에서만 사신 분이다. 넌 그걸 잊어서는 안 돼. 물론 그 시간을 단축시키는 것도 네 몫이지만.]

[알아요.]

[용산 근무는 내게 한 첫 부탁이니 생각 좀 해보자.]

인사를 한 저니는 살라볼 하우스를 나와 걷기 시작했다.

머릿속은 월터와 나눈 이야기를 되짚고 마음속으로는 은조의 모습을 그리고 있었다.

그녀의 곁에 있으려면 연장 근무밖에 없었다. 그것만이 시간을 벌고 동시에 할머니를 피할 수 있는 유일한 방법이었다. 아직 마음을 온전히 얻은 것도, 둘 사이 그 어떤 약속을 한 것도 아니었다.

그녀가 어떤 과거를 가지고 있건 그건 중요하지 않다. 하지만 지금은 무조건 몸과 마음이 불안정한 실버벨 곁에 있어야 했다. 연장은 필수다. 월터를 확실히 그의 편으로 끌어들일 방법을 찾아야 하는데.

할머니를 생각하니 저절로 어머니로 연결됐다.

할머니께서 평생 인정하지 않으신 며느리. 동양인이라는 그 이유 하나만으로.

흔하고 뻔한 이야기. 그 뻔한 스토리에 어머니는 평생을 상처받으며 가슴앓이하셨다.

알고 있다. 할머니와의 문제를 해결해야 한다는 걸. 하지만 지금은 은조가 먼저다.

그녀가 말한 것처럼 사라지는 상상을 하면 한순간 숨이 턱 막혔다. 이제 숨을 쉬려면 은조가 곁에 있어야 했다. 어느 순간 그렇게 되어버렸다.

살면서 가장 경외시하면서도 경계했던 감정. 부모님을 보면서도 결코 믿지 못했던 그 열병 같은 사랑이 지금 바로 그 앞에 있었다. 유은조란 이름으로.

사람들의 웅성거림으로 인해 정신을 차렸다.

고개를 드니 혜나 김이 강의실을 나가고 있었다. 9시. 쉬는 타임.

강의를 듣던 이들이 저마다 지치고 지루한 표정을 하고 하나둘 밖으로 나가고 있었다.

어제저녁 저니가 가고 늦은 시각, 할아버지의 심복인 윤 이사가 찾아왔다.

그가 움직였다는 건 할아버지께서 그녀의 거취를 아신다는 말과 같았다. 그녀의 눈빛을 읽었는지 윤 이사는 아직은 모르신다고 했다. 이상하게도 그 사실에 안도감보다는 압박감을 느꼈다.

할아버지 곁을 떠난 건 정우 때문이 아니었다. 정우는 자살을 한 것이고 그 이유는 할아버지께 있지 않았다. 그저 이제껏 자신이 살아온 방식이 진저리치게 싫었다.

한때는 군림하고 지배하는 걸 당연시 여겼다. 성장하면서 내내 그런 모습만 보아왔고, 보이는 그 모습이 다인 줄 알고 살았다. 조금 다른 길이 있다고 그 누구도 말해주지 않았다.

틀 안에서는 그 틀이 감수할 감옥인지 깨고 날아오를 창인지 전혀 알지 못한다. 운이 좋으면 누군가 창밖을 보라고 외치는 외지인이 있을 뿐. 은조에겐 그 사람이 정우였다.

지극히 평범한 일상의 고마움을 절절히 일깨워 준 친구. 낯설음과 새로운 경험을 두려움 없이 받아들이도록 지원해 준 든든한 오빠. 일탈과 존재의 가벼움의 미학을 알려준 장난꾸러기 퇴폐적인 동생. 이 모든 이름으로 명명할 순 있어도 분명 연인은 아니었다.

그의 절망이 무엇이었는지는 알지 못하지만 정우를 할아버지께서 모질게 잘라내신 건 안다. 그 후 이제껏 자신을 지켜주고 성장시켜 준 할아버지를, 그 큰 틀을 떠나 버렸다. 할아버지를 온전히 미워할 수도, 그렇다고 예전으로 돌아갈 자신도 없던 자의 실로 무책임한 결정이자 이기적인 행동이었다.

윤 이사는 핸드폰을 주고 갔다. 긴급한 상황이 생길 수도 있으니 일단은 소지하고 있으라고. 그 말이 전혀 틀리지는 않았다.

고개를 돌리니 이준성이 보였다. 이준성은 낯섦 그 자체였다.

작정을 하고 자신의 세상에 들어앉은 사람처럼 보였다. 생각해 보니 장원표도 보이지 않았다. 안 보여 딱히 관심이 가는 건 아니지만 왠지 조용한 것이 이상했다.

'설마…… 이 모든 게 폭풍 전야는 아니겠지?'

사람들이 들어오고 있었다. 다시 수업 시작이다.

수업이 끝나기가 무섭게 인사처장이 점심을 하자고 했다. 사실 그의 표정은 그녀와 밥을 먹을 정도로 편해 보이지 않았다. 간밤에 술을 했는지는 모르나 무척이나 까칠해 보이고 왠지 서늘해 보이기까지 했다.

인사처장이 이끈 곳은 일식집이었다. 미리 예약을 했는지 기다림 없이 룸으로 안내되었다. 안내한 직원이 나가고 은조는 이준성이 따라주는 차를 마셨다.

줄곧 드는 생각이지만 오늘 이준성은 무척이나 낯설고 불편했다. 딱히 잡히는 건 없지만 느낌이 그랬다. 순간적인 느낌만큼 믿을 만한 게 없다는 걸 안다.

"하우징에 미리 말해두었어요. 한 시간 휴가 신청하겠다고."

"……!"

"지금부터는 적정거리 유지하면서 나 혼자 걱정하고 배려하는 마음 좋은 직장 상사가 아닌, 당신이란 사람을…… 원하는 남자로서 이야기할 생각이야."

생각지도 못한 격한 고백에 이준성을 보았다. 그러자 그도 피하지 않고 은조를 응시했다. 의아한 시선과 담담함 시선이 부딪쳤다. 그리 편치 않은 분위기에서 식사를 끝냈다.

마침표를 찍듯 차를 마신 은조를 보며 이준성은 그제야 입을 열었다.

"저니 맥컬리와 함께 당신 집으로 들어가는 걸 보고…… 난 내 자신이 어떻게 해야 하나 주말 내내 생각했어. 한데…… 답이 없더군."

은조는 동요 없이 이준성을 지켜보았다. 그의 표정은 담담했다.

"그래서 난 이 상태로 가려고."

"……."

"오늘 이렇게 내 마음을 분명히 하는 건 당신이 날 어떤 식으로 대할지 알고 싶어서야. 날 피할지, 아님 이대로 끝까지 두고만 볼지."

이준성은 여전히 반응 않는 은조의 표정을 살폈다.

"당신이 그 남자를…… 사랑하는지, 아니면 이제부터 사랑하려 하는지 잘 모르겠지만, 적어도 내가 당신을 사랑하고, 나에게 오길 바란다는 걸 말해야 한다고 생각했어."

"……."

"저니 맥컬리가 나타나지 않았다면 이런 자리는 만들지 않았을 거야. 이런 방식, 이런 말, 당신 좋아하지 않을 테니까."

가만히 두면 지나갈 거라 생각했다. 유난스레 피하지 말고 섣불리 아는 척도 하지 않으면 그 감정이 스스로 빛을 잃을 거라 생각하고 나름 단정하게 처신했다. 그의 말처럼 저니를 보지 않았다면 사그라질 수도 있는 감정인 것을. 그 점이 못내 아쉬웠다.

생각을 정리해 보았다. 무슨 말을 해야 가장 적절하고 상처를 덜 받을지.

"당신, 지금 많은 생각을 할 거야. 알아. 날 상처 주지 않고 당신 감정을 분명하게 단 한 번에 전할 그런 말을 찾는 거."

이준성은 자조적으로 웃었다. 마치 그녀가 앞에 존재하지 않는 것처럼.

"그런데 말이야, 세상에 그런 단어, 그런 말은 없어. 상대방에게 상처 주지 않으면서 깨끗이 한 번에 단념시키는 방법 같은 건."

이 사람이 이 정도로 날, 나란 사람을 잘 알고 있었나.

"1년 가까이 지켜보고 혼자 감정을 키워가면서 알 수 있는 게 있었어."

"……."

"당신, 모진 사람은 아니라는 거. 그렇지만 쉽게 상대를 허락하거나 자신을 내어주는 사람도 아니란 걸 알아."

놀라움은 천천히 다른 감정으로 색이 변했다, 미안함으로.

생각할수록 쉽게 지워질 감정이 아니란 결론만 나왔다.

이준성이 계속 자신의 감정을 토해낼수록 그것만 뚜렷이 알 수 있었다.

"다시 말하지만, 저니 맥컬리만 있는 게 아니란 걸 말하고 싶었어."

"……."

"나 이준성도 여기 있다고. 용기가 없고 자신이 없어서 지켜보고만 있었던 게 절대 아니란 걸 말하고 싶었어. 그게 무엇이든 당신이 조금씩 나아지길 기다리고 있었어. 이게 내가 당신을…… 사랑하는 방식이야."

결국 그녀는 한마디도 하지 않았다. 아니, 못했다.

자신의 방식이 아니란 걸 알지만 할 말을 찾지 못해 그 어떤 말도 할 수가 없었다. 그간 이 사람이 자신을 어떤 마음으로 지켜보고 있었는지 고스란히 느낄 수 있었다. 그런 사람에게 섣불리 무슨 말을 어떤 말을 할 수가 있을까…….

저니는 부대장에게 연장 근무 의사를 밝히고 1년 연장 근무를 신청했다.

월터에게는 개인적으로 말했지만 정식 절차를 거쳐야 월터가 취하하는 일도 막을 것이고, 정식 절차가 얼마간 자신을 커버하고 보호해 줄 수도 있기에 반드시 해야 하는 과정이었다.

월터가 내치면 공중에 뜨기는 하겠지만 그전에 그를 움직일 방법을 찾으면 된다.

저니는 K-16에 직접 차를 몰고 가기로 했다.

실무 비서관에게 일정을 말하고 오후에 호텔에서 합류하기로 했다.

오늘 밤은 한국 기업에서 주최하는 VIP 행사에 연합사령관과 8군 사령관이 모두 초대를 받았다. 저니는 행사의 주빈으로 초대된 연합사령관의 통역과 대외 업무를 맡은 민정비서로서 참석해 주어진 임무를 다해야만 했다.

연합사령관이 한국 기업에서 여는 디너 행사에 초청되는 건 대외적으로 의미가 많았다. 한미가 전 방위적으로 협력 관계라는 것도 있었지만, 연합사령관이 참석했다는 것만으로 그 행사의 격은 엄청나게 수직 상승한다.

혹시라도 은조를 볼 수 있을까 싶어 부대 안을 돌아 이촌역 게

이트로 향했다. 하지만 게이트 앞에 도착할 때까지도 은조를 보지 못했다.

기대에 못 미쳐 실망하고 게이트에서 이촌 쪽으로 가는 신호를 기다리다 택시에서 내리는 은조를 보았다. 그녀를 따라 내리는 낯선 남자도 함께.

한눈에 보기에도 은조를 바라보는 남자의 시선이 묵직하니 남달랐다.

신호가 바뀌었는지 뒤차가 요란하게 경적을 울렸다. 게이트를 나와 이촌역 바로 앞에서 비상등을 켜고 그들을 지켜보았다.

은조의 시선이나 걸음걸이는 담백했다. 그에 반해 남자는 아스라한 눈빛으로 은조를 응시하다 놓칠세라 금세 따라잡았다. 그렇게 두 사람은 게이트 안으로 사라졌다.

그 모습을 고스란히 지켜본 저니는 단박에 알 수 있었다.

남자가 은조를 마음에 두었다는 걸. 자신과 같은 마음이란 걸.

남자의 깊이 있는 눈빛이 그렇게 말하고 있었다.

저니는 비상등을 켠 채 한동안 그 자리에서 떠나지 않았다.

윤 이사의 다급한 연락을 받은 건 오후였다.

〈회장님께서…… 쓰러지셨습니다.〉

너무 놀라 아무런 말도 할 수가 없었다.

3년의 공백이 할아버지께 치명적이란 건 알았지만 괜찮을 거라 내심 스스로를 위안했었다. 한데 그게 아니었나 하는 두려움과 함께 반성과 죄책감이 동시에 밀려왔다.

오늘 VIP 행사는 매우 중요한 자리였다.

기업인들에게 아직도 유성의 신 경영 철학이 빛을 발하고 있으며, 더불어 그 수장인 할아버지께서 그들 위에 존재한다는 상징적이고도 강력한 제스처.

업계에서는 후계자 유은령이 사라진 사실에 대해 긴가민가한 상태였다.

사실 그 누구도 명확히 확인하려 하지 않았다. 의심 자체가 유성과 척을 진다는 것이고, 사실 그렇다고 해도 유성이 하루아침에 곤두박질치는 것도 아니었다. 하지만 할아버지 뒤를 이어 유성을 이을 차세대 주인이 할아버지와 반목한다는 건 누구도 알아서는 안 되는 기밀 중의 기밀이었다. 수직 하강은 아니더라도 유성의 주식이 지금처럼 춤추는 건 이런 이유에 있었다.

더 이상 그 어떤 이유로도 숨어서 피할 수만은 없단 결론을 내렸다.

기분이 좋지 않았다. 그로 인해 술은 한 모금도 입에 대지 않았다.

낮의 일로 머릿속은 안개처럼 뿌옇고, 누군가가 시야를 가린 것처럼 답답했다.

지금은 다른 생각은 모두 접고 오로지 사령관의 민정비서로서 임무를 다해야 한다고 생각하면서도 의지만큼 잘 되지는 않았다.

불쾌하고도 의심스런 미장센이 영화처럼 계속 리플레이되고 있었다.

자신과 은조가 주인공이어야 할 그림에 알 수 없는 그림자가 자꾸 덧칠되고 있었다.

[오늘 밤은 유난히 정신이 없군.]

클래식한 턱시도 정장을 입은 저니는 주위의 시선에 짜증이 났다.

연합사령관을 보좌하는 그는 사령관보다 자신이 눈에 띄는 걸 절대 원치 않지만, 이런 자리에서 뭇 사람들의 시선을 일일이 신경 쓰며 피할 수만은 없었다. 더군다나 오늘 파티의 주체인 유성그룹 유 회장과는 아직 제대로 인사조차 나누지 못한 상태였다.

1년 전부터 유성그룹은 8군에 많은 기부와 지원을 아끼지 않고 있었다.

다음 주에 있을 카투사 위크 또한 이런 기업 후원이나 스폰서 없이는 꾸리기가 어려웠다.

한국 기업과 8군은 그렇게 협력과 협조를 하며 자신들의 이익을 챙기는 공생 관계였다. 저니는 이 둘의 관계를 더욱 원활하면서도 강하게 결속하게 하는 가이드 역할이었다.

"……앞으로 더 많은 발전은 물론 새로운 역사의 주인이 되실 유성의 얼굴, 유은령 이사님을 소개합니다. 많은 박수 부탁드립니다, 여러분."

흥분한 사회자가 유성그룹의 후계자를 소개하고 있었다.

베일에 싸인 유성의 후계자. 오늘 같은 공식 행사에 단 한 번도 나타난 적 없는 인물.

정재계에서 천재라는 찬사와 함께 어리지만 유성그룹의 유 회장만큼이나 카리스마 넘치고 공격적 스타일의 기업사냥꾼이라는 타이틀을 갖고 있는 인물.

파티장 안의 모든 조명이 일시에 꺼지고 현악기 연주에 맞추어 한줄기 영롱한 빛을 받으며 중앙 연단에 선 여자가 모두의 시선을 사로잡았다.

웨이브 진 윤기 나는 갈색 머리를 차분하게 늘어뜨리고 심플하면서도 페미닌한 블랙 드레스를 입은 여자가 그림처럼 서 있었다.

처음 모습을 드러내는 유성의 주인이자 유일한 정통 후계자 유은령.

파티장 곳곳에서 시기와 질투 서린 감탄사가 빠르게 오갔다.

미모와 맞물린 절묘한 카리스마로 소문만 무성했던 인물은 일련의 소문이 결코 거짓이 아니란 걸 지금 이 자리에서 여실히 증명하고 있었다.

저니는 연단 중앙에 서서 오늘의 파티 호스트로서 인사말을 하는 유은령을, 아니, 유은조를 바라보았다. 분명 은조였다. 자신이 이 세상에서 원하는 단 한 명의 여자, 실버벨.

"안녕하십니까. 전 유정남 회장의 손녀이자 유성그룹에서 전략기획실을 맡고 있는 유은령입니다. 오늘 밤 저는 이 자리에서 여러분께……."

연설은 짧지만 분명한 메시지를 전하고 있었다.

신 경영 방침의 가시적 성과와 현재보다 더 강력한 파워와 심미안으로 미래를 제시할 유성을 지켜봐 달라는 분명한 어조. 부탁이 아닌 정중한 통고이자 선언이었다.

저니는 오늘 은조의 유연하면서도 기품 있는 모습을 보고 알았다, 그녀의 진짜 삶을. 태어나서부터 사람을 부렸다는 그 말도 이제야 설명이 되고 이해됐다.

현재 8군에서 지내는, 하우징의 단순 워커 유은조와는 너무도 다른 최상류층 영애 유은령.

자신과는 너무도 먼 자리에서 영롱하게 빛을 발하는 여신이었다, 유은조는.

정신을 차리니 은조가 참모진을 양쪽에 거느리고 저니 앞에 서 있었다. 저니는 모든 혼란과 의문을 뒤로하고 지금 자신의 역할에 충실하기로 했다.

"안녕하십니까, 유은령 이사님. 전 8군 사령관 소속 저니 소령입니다. 처음 뵙겠습니다. 이쪽은 월터 맥컬리 연합사령관이십니다. 인사하시죠."

"네, 감사합니다, 소령님."

은조는 연합사령관에게 완벽하고도 고급스런 영어로 반갑게 인사를 했다.

변신한 모습으로 바로 앞에서 보는 은조는 정신을 차릴 수 없을 만큼 매혹적이었다.

슬림한 몸매와는 어울리지 않는 볼록한 가슴선, 블랙의 드레스를 더욱 빛을 발하게 하는 우윳빛 매끄러운 피부, 유리알처럼 빛나며 영민해 보이는 갈색 눈동자, 복숭아빛으로 상기된 뺨에 저고집스런 선홍빛 붉은 입술까지 전부 다.

느껴보고 싶었다. 만져 보고도 싶었다.

가까이서 보는 은조의 모습에 온몸이 전기라도 통한 듯 저릿저릿했다.

잡으려고 하면 충분히 잡을 수 있는 거리지만 지금의 상황과 유은조의 타이틀이 안겨준 복잡한 마음으로 인해 그러지 못했다.

뒤돌아서 저만큼 떨어져 서 있는 은조의 모습을 보며 묘한 상실감과 함께 그만큼의 거리감을 느꼈다. 8군에서의 모습과 지금의 모습이 판이하게 달라 그런 것일까. 순간 마음이 무거웠다. 또한 깊이를 알 수 없을 정도로 마음속 어딘가에 상처를 입었다.

"이사님, 이쪽으로 이동하시죠."

김 비서의 안내를 받으며 은조는 안면도 없는 정계 인물들이 모여 있는 곳으로 이동했다.

자신을 좇는 집요한 시선을 모르지 않지만 지금은 유성의 일원으로서 마땅히 해야 할 책임과 임무에 무게를 실었다. 연합사령관을 사이에 두고 저니와 시선을 나눌 때는 온몸이 타들어가는 것 같았다. 열망 가득한 눈빛으로 자신의 온몸을 훑으며 탐하는 뜨겁고 아득한 시선과 그에 반응하는 불편하고 낯선 감각으로 인해 은조는 내내 긴장했다.

보이는 것과 다르게 속을 알 수 없는 사람들 앞에 서서 그런지 금세 피곤을 느꼈다.

권 실장을 통해 저니의 핸드폰 번호를 받아 외운 은조는 망설였다.

오늘 연락을 할까, 아님 낯선 모습은 지우고 평소의 모습으로 내일 만날까.

파티가 완전히 끝날 때까지 결정하지 못하고 있었다. 결국 할아버지를 보러 가지도, 저니에게 연락을 하지도 못했다.

윤 이사는 할아버지께서 안정은 찾으셨지만 그녀의 자리가 공석인 동안 유창식과 그의 자식들이 벌인 회사 상황이나 회장님의 건강 상태가 3년 전과는 많이 다르다고 일러주었다. 이젠 시간과 여유가 없다는 윤 이사의 신실한 직언을 충분히 알아들었다.

얼마 후 파티장을 나온 은조는 권 실장이 운전하는 차를 타고 아파트로 돌아왔다. 차가 떠나고 낯익은 차를 보았다.

저니의 차. 구형 레인지로버. 그 사람처럼 단단하고, 그 사람처럼 강인해 보이는 차.

차 밖의 은조와 차 안의 저니는 한동안 서로를 응시했다.

파티장에서 본 블랙 원피스에 검은색 펄이 가미된 짧은 블레이저를 어깨에 걸친 은조는 다시 봐도 고아한 품위가 느껴졌다. 저기 서 있는 아름다운 여자가 정말 내 사람인가. 내 사람이 될 수 있을까. 질문과 답변 속에 자신 있게 내 여자라는 말이 나오지 않았다.

'우리 두 사람은 아직 이 정도만큼인 건가…….'

씁쓸한 마음에 허탈한 웃음이 나는데, 은조가 차 문을 열고 옆에 앉았다.

은조는 깊은 우물 같은 눈빛으로 자신을 응시하기만 하는 저니에게 가까이 가 얼굴에 가만히 손을 댔다. 생각지 못한 행동인지 저니의 눈빛이 흔들렸다.

무슨 뜻이냐며 저니가 눈빛으로 물었다.

은조는 눈으로, 입으로, 마음으로 말했다. 분명하게.

"당신이 그렇게 보기만 하니까 내가 불안해서……."

"……."

"안…… 되겠어."

늪처럼 은조를 끌어당기는 저니의 눈동자가 더없이 커지면서 또 한없이 침잠됐다.

"연애하자면서요? 우리, 해요, 연애. 그래야 이 불안한 마음이 사라질 것 같아."

"……."

아무 말도 하지 않고 아무런 움직임도 없지만 저니가 안도하는 걸 느낄 수 있었다.

"하는 거예요, 연애?"

환하게 미소 지으며 부러 밝은 톤으로 말했다.

저니는 뺨 위에 있는 은조의 가느다란 손을 그러쥐었다.

조용한 눈빛과 다르게 밖으로 뱉어낸 저니의 목소리는 무척이나 떨리고 있었다.

"……고마워, 불안하다고 말해줘서."

저니가 은조를 잡아당겨 안았다. 그러고는 가슴 안에 소중히 담았다.

안도의 한숨과 함께 정수리에 뜨겁게 입을 맞췄다.

"은조야, 은조야……."

"……응."

"실버벨……."

"……왜요?"

"유.은.조."

"……."

나지막한 음성으로 연거푸 부르며 품 안에 있는 그녀를 꼭 안았다.

마치 사라질까 두려워하는 사람처럼. 은조를 자신의 영혼에 새길 듯이 꼭꼭 안아 삼켰다.

숨도 못 쉬게 자신을 강하게 옥죄는 저니로 인해 은조는 오늘 하루 중 처음으로 마음이 무척이나 편안했다. 그러면서도 심장은 비정상적으로 뛰었다.

❸
Taking Off

중대 회식은 남영동 골목의 자주 가는 돼지고기 집에서 시작됐다. 이준성은 물론 19중대 관리장의 무한 권한으로 헤나 김까지 모두 함께 자리했다.

유은조는 하우징 사람들 쪽에 앉았지만 여자라는 이유로 헤나 김과 동석했고, 이준성은 헤나를 부른 관리장의 특별 배려로 헤나 맞은편에 앉았다. 관리장은 유은조와 헤나에게 맥주를 따라주었다. 다른 사람들은 소주를 마시고 있었다.

맥주는 관리장 나름의 특별 배려였다. 관리장이 잔을 들자 유은조도 헤나도 잔을 들었다. 이준성은 소주잔을 들었다. 맥주잔을 비운 관리장은 이미 거하게 취한 상태였다.

마주 보고 앉은 이준성과 헤나를 보며 관리장이 속삭이듯 말했다.

"야, 니들 그러고 앉아 있으니까 그림이다. 그러니까 잘들 해

봐. 우리 인사처장이 샌님 같아 보이지만 사람은 진국이야. 부대 KSC나 KN 여자들이 얼마나 눈독 들이는지 알아? 다들 인사처장을 노리고 있단 말이야."

관리장은 혜나에게 눈짓을 해가며 액션을 취하라고 부추겼다.

"그러니까 서로 꽉 잡으란 말이야. 같은 직장이니 따로 시간 내지 않아 좋고, 급수 높아 월급도 어마어마하겠다, 좀 좋아? 안 그런가, 유은조 씨?"

관리장은 이준성에게 소주를 따라주며 오지랖 넓게 오작교 노릇을 했다.

"사실 혜나는 내 조카야. 그래서 내가 우리 조카랑 인사처장 소개팅 해줬거든. 근데 이 답답한 인사들이 나이만 먹었는지 도통 진전이 없어. 내가 대신 해줄 수도 없고, 참."

유은조는 옅게 미소 지었고, 관리장은 답답하다는 표정으로 소주잔을 비웠다. 관리장의 느닷없는 폭로에도 이준성은 표정 변화 없이 그저 마시기만 했다.

그때 고맙게도 임 반장이 다가와 쓸데없는 말을 쏟아내는 관리장의 팔짱을 끼고 옆 테이블로 이끌었다.

혜나는 자신들의 이야기를 하는데도 그 어떤 반응도 없는 이준성을 보며 은근히 화가 났다.

유은조를 해바라기하기 바빠 자신을 배려하지 않는, 아니, 신경도 쓰지 않는 이준성이 괘씸해 혜나는 이 순간을 그냥 보낼 수가 없었다. 이준성이 자신의 반만이라도 무안하고 상처받길 바랐다. 그로 인해 말은 정말이지 순식간에 튀어나왔다.

"은조 씨는 인사처장 같은 스타일 어때요?"

누구도 예상 못한 돌발 질문에 묵묵히 술만 마시던 이준성이 멈칫했다. 경직되는 이준성과 달리 유은조는 지극히 담담한 표정으로 말했다.

"글쎄요. 고마운 직장 상사시라 평하기가 조심스럽네요."

'쳇, 별다른 감정 없다 이거구만. 딱하게 됐네, 이준성.'

혜나는 그 누구도 원치 않는 질문을 계속 짓궂게 이어갔다.

"뭐가 고마운데요?"

"조언을 해주시니까요."

"조언이라면 어떤……?"

"글쎄요. 굳이 예를 들자면 지금 같은 경우겠죠. 답을 하기도, 피하기도 애매한 상황에서 늘 상대에게 성의 있는 답을 하는 게 사회생활에서는 유리하다는 그런 조언이죠."

이준성은 유은조에게 잠시 시선을 두더니 다시 술을 따라 마셨다. 혜나는 이 타이밍에서 그만할 때라 생각은 했지만 방정맞은 입이 누구보다 먼저 움직였다.

"유은조 씨, 애인 있어요?"

"네."

"부럽네요. 은조 씨 같은 사람이랑 사귀는 남자는 어떤 분이에요? 보통 사람이면 유은조 씨 감당 못할 것 같은데. 애인도 보통 분이 아니신가 봐요."

이쯤에서 조신하려 했는데 담백하게 애인이 있다고 하니 도저히 멈출 수가 없었다.

"그냥…… 웃는 게 보기 좋은 사람이에요."

"잘 웃나 봐요, 그분이?"

"네, 잘 웃어요."

"……나도 잘 웃을 수…… 있는데……."

은조와 혜나가 동시에 이준성을 쳐다보았다. 이준성은 웃었다. 붉어진 얼굴로 어색하게.

"웃을 수 있다고 한 말이 이상한가?"

유은조는 이준성을 볼 뿐 별다른 반응은 하지 않았다. 이준성도 딱히 반응을 바라고 한 말 같지는 않아 보였다. 혜나는 자신을 배제한 듯한 이 몹쓸 분위기가 몹시 언짢았다.

"이준성 씨는 어떤 스타일 좋아하세요?"

소주잔을 들어 한입에 털어 마신 이준성은 질문을 한 혜나를 보다 다시 유은조에게 시선을 옮겼다. 눈도 얼굴도 온통 빨개진 채로.

"잘 웃는 남자를 좋아하는…… 여자."

쳇, 그냥 대놓고 말을 하던가. 이 음흉한 이준성! 그래, 당신이 어디까지 가다가 엎어지나 보자고, 오늘.

"그런 여자는 세상에 아주 많은데요?"

"그래요. 하지만 내가 아는 여자는……."

"야, 이준성! 너 우리 혜나한테 잘해줘! 아깝지만, 정말 아깝지만 내 너한테 넘긴다! 알았냐? 사실 내 조카지만 얼굴 예쁘지, 능력 있지, 너 진짜 땡잡은 거다!"

언제 왔는지 완전히 술 단지에 빠진 관리장이 큰 소리로 떠들었다. 관리장의 그림자이자 딸랑이인 부관리장이 와서 만취한 관리장을 다른 좌석으로 이끌었다.

다시 조용해진 분위기에서 세 사람도 조용했다. 이준성은 꾸준히 술을 마셨고, 유은조는 혼자만의 상념에 빠진 듯 보였다. 혜나는 그런 두 사람을 여유롭게 감상했다.

그러다 유은조가 자리에서 일어났다. 혜나를 향해 웃어 보이고 먼저 일어나겠다며 이준성에게도 두루뭉술하게 인사를 건넸다. 그리고 다른 테이블에 있는 관리장과 부관리장, 노조 임원들까지 두루두루 다 인사를 건네고 식당을 빠져나갔다.

어영부영 10시를 넘고 있었다. 그때까지도 지독하게 똑같은 자세로 앉아 술만 퍼마시는 이준성을 보다 못한 혜나가 물었다.

"말을 말든가, 아님 끝을 보든가. 이쯤에서 확실하게 정하는 게 어때요?"

"세상에…… 그 두 가지밖에 없는 줄은 몰랐네."

이준성은 표정만큼 흐릿한 답을 하곤 술을 마셨다. 본인은 인지하지 못하겠지만 지금까지 마신 양이 상당했다. 혜나는 그런 이준성이 적잖이 신경 쓰였다.

"이미 고백은 했는데 끝은 보지 않겠단 말은 짝사랑이든 외사랑이든 지금처럼 불철주야 주구장창 달리겠단 말로 들리네요."

"그런…… 가……."

말은 조금씩, 아주 조금씩 힘이 빠진 채로 엿가락처럼 늘어지고 있었다.

"그럼 이준성 씨는 잘 웃는 남자 좋아하는 여자한테 집중해요. 난 그 여자 짝사랑하는 남자 찔러보면서 옆에서 북 치고 장구 칠게요. 서로 각자가 좋아하는 방식으로 시간을 갖도록 하죠. 난 누구처럼 복장 터질 일도 없으니까."

이준성은 우열을 가릴 수 없이 빨개진 눈빛과 얼굴로 혜나를 볼 뿐 더 이상 아무런 말도 제스처도 하지 않았다.

❖ ❖ ❖

은조는 자신이 그렇게 술을 많이 받아 마셨나 하고 반성했다.

그렇지 않고는 이 상황을 이해하기가 쉽지 않았다. 지극히 편한 복장을 한 저니가 집으로 들어가려는 그녀를 납치해 은조의 집 바로 앞집으로 데리고 들어갔다. 앞으로 자신이 살 집이라고 말하며 잘 부탁한다는 정중한 인사도 잊지 않았다.

저니가 이끄는 대로 소파에 앉아 집 안을 둘러보았다. 집 안은 깔끔했다.

그는 주방으로 가 마실 물을 들고 와 건넸다. 은조는 컵을 받으며 물었다.

"도대체 언제 계획한 거예요?"

"당신 쓰러지기 전에 이미 생각은 했는데, 마음을 굳힌 건 당신 쓰러진 후. 뭐, 그다음은 일사천리로 진행됐고. 관리인 아저씨가 정말 많은 보탬을 주셨지. 난 한국 사람들 말처럼 인복이 많은 스타일인가 봐. 그지?"

저니는 컵을 받아 들고 자신을 올려다보는 은조의 입에 쪽 하고 입맞춤을 했다.

은조는 술 냄새 난다고 질색했다. 그러자 그는 컵을 은조의 무릎에 놓고 얼굴을 양손으로 감싸곤 키스를 퍼부었다. 깊은 키스는 아니었지만 감정적으로 휩쓸리기에 충분한 키스였다.

위험을 느낀 은조는 힘들게 저니를 떼어냈다. 간신히 숨을 고른 은조가 그를 흘겨봤다.

"뭘 그렇게 봐? 내가 얘기했잖아, 난 수시로 틈만 나면 당신 유혹할 거라고. 참, 회식은 어땠어? 즐거웠어?"

저니는 무릎에 놓인 잔을 치운 뒤 은조 옆에 바싹 붙어 앉아서 그녀의 머리를 자신에 무릎 위에 놓고 다리를 쭉 펴 눕게 만들었다. 대경질색하며 일어나려는 은조를 저니는 막무가내로 붙들어 눕혔다. 평소의 주량 이상으로 마신 상황에서 한참을 툭탁거려 진이 다 빠진 은조는 결국 그에 바람대로 누웠다. 저니는 얼른 눈을 감으라고 했다. 은조는 거부하다 결국 그의 뜻대로 눈을 감았다.

"이제 좀 쉬어. 꽤 마신 것 같은데."

눈을 감은 은조가 피식 웃었다.

"말이 되는 소리를 해요. 난 술을 마셨고 여긴 당신 집인데 쉬면 안 되죠."

"난 당신 연인이야. 우린 연인 사이라고. 애인 집에서 쉬지도 못해? 그리고 우리 사이에 날 큰일은 절대 큰일이 아니고 지극히 일상적이고 자연스러운 거야. 당신이 너무 엔틱하고 클래식한데다 심하게 아날로그적이라 그렇지."

저니의 말에 나름 수긍은 하면서도 전적으로 찬성할 수는 없었다.

"그런가? 그래도 할 수 없어요. 난 급하게 먹는 밥 싫어해요. 난 우리 집 유모가 주던 스타일대로 천천히 이것저것 다 맛보다가…… 맨 마지막에 밥 먹을 거예요."

"뭐야? 내가 밥이야?"

"당신 이제 내 밥이에요. 내가 먹고 싶을 때, 또 배고플 때 조금씩 나눠 먹을 거야."

"그냥 한 번에 과식하면 안 될까? 응? 그냥 지금 다 먹고 나중에 또 먹고 또 먹고 시도 때도 없이 먹어도 되는데. 응? 그러자, 실버벨?"

저니는 눈 감은 은조 앞에 자신의 얼굴을 들이밀며 있는 대로 떼를 썼다.

"그런 말도 있잖아, 밥도 고기도 먹어본 사람이 잘 먹는다고. 어때?"

은조는 저니가 귀여우면서도 아닌 척 말했다.

"안 돼요. 난 나만의 스타일이 있어요."

저니는 그런 은조에게 화난 목소리로 퉁퉁거렸다.

"그러다 밥 쉰다니까. 먹어보지도 못하고. 나중에 후회하지 말고 그냥 지금 먹자. 응?"

은조는 묵묵부답으로 말을 아꼈다.

"아마 먹어보면 왜 진작 이 맛난 걸 안 먹고 있었나 후회할 거야, 당신."

"아니에요. 쉬지도 않고 후회도 안 해요. 내가 그랬잖아요, 조금씩 아껴 먹을 거라고. 그때마다 내가 확인하는데 밥이 왜 쉬겠어요? 걱정 마요."

"밉상에 겁쟁이, 고집불통."

은조는 그제야 눈을 뜨고 안달하는 저니를 올려다보았다. 이 남자는 떼쓰고 투정부리는 표정조차 아름답다고 생각했다. 손을 들어 이젠 버릇처럼 손이 가는 저니의 얼굴을 쓸어보았다.

얼굴을 천천히, 아주 천천히 조심스럽게 매만졌다.

약간 파르스름한 기운을 띠는 턱 라인을 따라갔다. 살짝 들어간 턱 끝에 자연스레 손길이 멈췄다. 파인 부분을 부드럽게 쓸어보았다. 그러자 미묘한 굴곡에 오소소 소름이 돋았다.

은조가 굴곡과 색다른 느낌에 매료돼 정신없이 탐하는 사이 한 순간 몸이 들리고 긴 몸체가 그녀 위로 겹쳐졌다. 정말 눈 깜박하는 사이 위치가 뒤바뀌었다.

놀란 은조와 달리 저니는 아무런 일도 일어나지 않았다는 듯 평온한 표정이었다. 그러곤 방금 전 자신이 당한 그대로 은조 얼굴선을 따라 유연한 밑그림을 그리기 시작했다.

깊은 눈빛으로 옭아매고 나긋나긋한 손길로 길들이려는 듯 그렇게. 야릇한 손길로 인해 은조는 자신의 모든 감각이 예민해지고 긴장하는 걸 느꼈다. 서로가 서로의 숨결을 고스란히 느낄 수가 있었다.

저니의 거칠어지는 숨결도, 은조의 숨죽이는 가녀린 숨결도.

저니는 윤곽 분명한 입술로 그녀의 얼굴 곳곳에 감미로운 키스를 퍼부었다. 마지막 수순으로 은조의 입술을 찾은 그는 망설임 없이 입안으로 단번에 스며들었다.

키스는 시작과 다르게 거칠고 뜨거워졌다.

농익은 혀는 서투른 혀를 잡아 모든 걸 삼키려는 듯 거칠게 잡아당기고 물고 마음껏 휘저었다. 감전된 듯 저릿한 몸과 전율하는 낯선 감각에 어쩔 줄 모르던 은조는 자신도 모르게 저니의 머리채를 잡아 거친 키스에 답했다.

저니는 깊숙이 봉인된 은조의 섬세한 감각과 세포 전부를 일깨우려는 듯 보였다.

은조는 서로가 서로에게 가열돼 금방이라도 폭발할 것 같아 겁이 났다.

온몸이 뜨겁고 견딜 수 없이 소름이 돋아 몸을 가만히 둘 수가 없었다. 그 순간 저니의 뜨거운 혀가 귓불을 빨며 자극하다 유려한 목선을 핥아 내려갔다. 가슴골로 이어지는 은밀한 부분에 관능적인 키스와 짧은 입맞춤을 번갈아 하며 저니는 자신의 얼굴을 묻었다.

매혹적인 살 내음이 사내의 본능을 미치듯이 일깨우고 있었다.

생각과 다르게 자꾸 다급해지는 저니는 은조의 얇은 니트를 머리 위로 벗겨냈다. 그러자 실크 속옷에 감춰진 가슴골과 우아한 쇄골, 티 하나 없는 아름다운 상반신이 그대로 드러났다.

가슴 깊은 곳에서 터져 나오는 탄식과 한숨을 내쉬며 은조와 눈을 맞췄다.

저니는 지금 묻고 있었다. 그녀도 알았다, 더 간다면 저니가 결코 참을 수 없다는 것과 자신도 버티며 견딜 수 없다는 걸. 은조는 이 순간 자신이 알지 못하고 가보지 못한 세상이 궁금했지만, 술을 마셨다는 사실도 자각했다.

머뭇거림을 감지한 저니는 한숨을 내쉬며 은조를 꼭 안고 눈을 감았다.

"정확히 1분 후에 눈 뜰 거야. 당신은 내가 눈 감고 있는 사이 가능한 빨리 옷을 입어. 만약 그때까지도 당신이 지금 이 모습이면…… 난 이 자리에서 당신…… 한입에 다 삼켜 버릴 거야. 알았지? 1초도 늦으면 안 돼."

다소 비장하게 말한 그는 은조를 놓아주고 곧바로 눈을 감았다.

은조는 일어나 니트를 입고 눈은 감고 있지만 눈꺼풀이 연속으로 사르르 떨리고 있는 저니에게 짧게 입맞춤을 했다. 그도 알 거라 생각했다.

자신의 뜻을 존중해 준 그에게 그녀가 지금 이 순간 무척이나 안도하고 고마워한다는 걸.

부모님이 출국하시고 다시 활기와 활력을 찾은 원표는 은조에게 가려 했지만 그러지 못했다. 다음 주가 카투사 위크인 관계로 연합사 사람들이 모두 스폰서와 후원하는 기업을 찾아 인사를 돈다는 걸 알고 있었다.

"이젠 정말 다음 주네."

카투사 위크는 1년에 한 번 하는 카투사와 미군들의 우정 축제이자 체력을 단련하는 주다. 보통은 5월 중순에 하곤 했는데 날짜는 해마다 조금씩 달랐다. 일주일 동안 하루 종일 체력 단련 게임을 하거나 운동경기를 했다. 중대별로 했지만 모두 함께 하는 게 기본이다.

하이라이트는 저녁때부터 하는 특별 공연이나 장기 자랑인데, 국내 유명 연예인이나 개그맨들이 와 노래를 부르거나 흥을 돋우는 쇼도 빠지지 않았다.

원표는 요사이 왠지 소원해진 자신과 은조의 관계에 대해 생각해 보았다.

부유한 가정사도 입소문을 통해 적극 홍보했고, 번듯한 학교와 자동차디자인과라는 찬란한 미래도 제시했다. 그까짓 몇 살 차이 나지 않는 나이 때문에 그런 것 같지는 않은데 도통 호의 외에는 관심을 끌지 못했다.

후임들의 말을 들으니 저니가 1년 연장 근무를 신청했다고 한다. 그것도 조종사가 아닌 연합사령관 민정비서관으로. 아무래도 분위기가 심상치 않다.

강력한 액션을 취해야 하는 결정적 순간이자 신의 한 수가 필요한 타이밍이다.

이번 카투사 위크를 적극 활용해야겠단 생각을 했다. 이제 제대가 채 석 달도 남지 않았다.

그간 군 생활을 하면서 KSC 군무원 자녀들의 영어를 가르치며 돈도 제법 모았다. 그 돈을 다 쓰더라도 이번엔 은조의 마음을 어느 정도 잡아야 한다.

혼자 너무 앞서 가는 거 아닌가 하는 생각도 들었지만 은조 없이 미국으로 간다는 게 상상이 되지 않았다. 아직까지도 여신을 처음 본 날을 뚜렷이 기억하고 있었다.

그날 호텔은 호텔이 아니었다. 도떼기시장 그 자체였다.

외국에서 관광 온 아줌마와 할머니들로 인해 남대문시장만큼이나 붐비고 정신이 없었다.

소란스러움에 기분이 다운되었고, 어수선한 호텔 로비에서 어느 쪽으로 가야 하나 두리번거리던 중 유은조를 보았다.

일본 아줌마들의 맹공격으로 잠시 휘청거리다 이내 정신을 차리고 흐트러진 머리칼을 섹시하게 쓸어 넘기던 우아한 백조 유은조.

그 순간 원표는 그곳에 자신과 은조만이 존재함을 느꼈다. 그렇게 그녀의 갈색 눈동자에 영혼을 빼앗겼다. 별에서 온 여신이 머문 곳은 애초 그가 가려던 부관리장의 결혼식장이었다.

은조의 행동을 유심히 관찰했다. KSC 사람들과 차분히 인사하는 모습, 한쪽 벽에 서서 결혼식을 참관하는 모습, 박수를 치는 모습, 호기심과 찬사가 가득한 시선으로 자신을 바라보는 사람들의 시선에 일체 동요하지 않고 끝까지 자리를 지키는 대범함과 무심함까지.

그날 그는 8군에 날아든 냉혹한 여신 유은조의 노예가 되고 말았다.

그 힘들고 거칠다는 하우징에서 워커로 일하는 건 전혀 문제되지 않았다. 분명 무슨 이유가 있을 거라고 이해했다. 토익 만점자란 풍문에 믿음은 더욱 공고해졌다.

사실 토익이 만점이든 영어에 젬병이든 그건 하등, 전혀, 네버 상관없었다. 사랑은 두 사람의 마음과 하나 된 육체만 있으면 아무런 문제가 되지 않으니까.

여신의 비밀스런 과거가 득이 될지 실이 될지는 모르지만 그의 사랑에 장애가 되지는 않았다. 그 비밀스러움과 은밀함이 혈기 왕성한 그에겐 더없는 자극과 증폭제가 될 뿐.

차 문을 여는 소리에 정신을 차렸다.

사령관 실무비서인 행커는 유성그룹으로 가자고 했다. 시동을 켠 원표는 오늘 밤 후임들과 제대로 된 계획을 짜야겠다고 생각하며 힘 있게 액셀을 밟았다.

은조는 미간에 주름을 잡은 채 강조에 강조를 거듭했다.

"이 문제들은 꼭 외우셔야 해요."

"별표한 것들도 다?"

프린트엔 제법, 아니, 별이 난무하고 있었다. 마치 별천지처럼.

"네. 별 달고 있는 애들은 필수, 기본이죠."

"그럼 이 형광색 신호등은 뭐야?"

"난이도예요. 빨강은 70프로, 녹색은 50프로, 노란색은 30프로예요. 다 외우기 버거우시면 이 빨강이랑 녹색, 별 달고 있는 애는 100프로니까 꼭 외워오세요. 그렇다고 노란색을 처음부터 제외하고 외우시면 안 돼요."

"알았어. 애도 신경 쓸게."

"아침에 일어나서 30분, 주무시기 전에 한 시간은 무조건 기본이에요. 그 나머지 시간은 아저씨께서 잘 배분해서 반복하셔야 해요."

"그건 벌써 알아들었어."

며칠 전 드린 프린트 종이가 벌써 꽤나 닳아 있다. 아저씨의 진심이 느껴져 왠지 짠했다.

장 씨는 부서를 옮기고 싶어 했지만 영어 수업은 듣기도 싫다며 진저리쳤다. 설득했지만 아저씨는 조금도 흔들리지 않았고 막무가내로 개인 지도만 부탁했다.

시험은 백 프로 수업한 프린트물에서 나온다고 해도 완강했다. 수업은 지루하고 답답하다고 통사정했다. 그래도 딱 한 번만이라도 들어보라고 권했지만 아저씨는 묵묵부답이었다.

어쩔 수 없이 점심시간마다 그날 배운 걸 복습하며 외우기 쉬운

문제들을 하나하나 풀이해 주고 시험을 치를 테니 반드시 외워오라고 요구했다. 그럴 때마다 장 씨는,

"누구 명이라고. 걱정 마. 꼭 외워올 테니까."

이렇게 답하며 공부에 대한 압박과 부담감을 애교와 농으로 무마하곤 했다.

아저씨는 꼭 부서를 옮겨야 하는 나름의 이유가 있었다.

가을에 딸이 시집가는데 사돈댁에 자신의 잡(Job) 타이틀을 알리고 싶지 않아 했다. 보통 사람들은 이곳 8군 시스템을 전혀 알지 못한다. 아니, 상상조차 못한다. 그로 인해 장 씨의 걱정이 괜한 기우일 수 있다고 말했지만, 사람 일은 모른다며 부탁했다.

결국 시험공부를 봐주기로 했다. 그래야 할 것 같았다.

자식을 사랑하고 딸의 안위를 걱정하는 아버지를 위해.

아버지…….

아버지란 단어는 은조에게 막막함 그 자체였다.

온기도 기억도 없어 느낄 수 없고 형체조차 만져지지 않는 난해하고 공허한 단어. 부모님. 아버지. 어머니. 그런 부모님을 대신해 준 할아버지.

할아버지를 생각하니 체한 듯 명치끝이 답답했다.

복잡한 마음을 고스란히 떠안고 퇴근하니 앞집이 신경 쓰였다. 문을 닫고 안으로 들어갈 때까지도 앞집에서는 아무런 인기척이 나지 않았다.

'무슨 일이 있는 건가.'

며칠 전 미친 듯 키스를 나누고도 결국 그녀의 의사를 존중해 준 저니는 오늘 아침까지 연락이 없었다. 혹시 지금까지 기분이

상해 있는 건 아닐까 하는 걱정도 들었다.

사실 흥분한 남자가 자신을 다스리는 게 굉장히 힘들다는 건 익히 들어 알고 있었다. 아직 경험은 없지만 보고 들은 건 상당하다고 자부했다.

유학 시절 이상야릇한 책과 민망한 소리를 마구 내는 에로 비디오도 상당히 섭렵했다. 다른 피부색을 한 그들 안에서 생활해야 하는 은조의 입장에서는 동양인 특유의 내숭과 호박씨는 전혀 도움이 되지 않았다.

그들이 은조에게 붙여준 애칭은 아이스 원. 또는 에이스였다. 그 이유는 지극히 평이하고도 적절했다. 차가운 미모로 항상 과톱을 유지해 붙여진 이름이었다.

가장 친밀한 룸메이트였던 헤더는 말도 못하게 섹스광이었다. 헤더는 자신에 모든 성 경험과 화려한 스킬, 이론 등을 은조에게 반강제적으로 주입하려 무지 애썼다.

헤더는 섹스는 하늘이 인간에게 주신 가장 탁월한 본능이며, 그중에서도 여자에게 주신 가장 확실하고 유익한 헤로인이자 미용 방법이라고 생각하는 아이였다. 그녀에게 주워들은 것만으로도 야설이나 섹스 이론서를 쓰고도 남았다. 하지만 헤더는 이론은 이론일 뿐 충분한 행위와 행동이 수반되지 않으면 그건 다 사기라고 설파했다.

"사랑을 말로만 하는 사람은 진정한 인간이 아니야. 죽은 영혼이지."

이론은 이론일 뿐이라고 한 헤더의 말이 지금에서야 완전히 이해됐다.

머리를 어지럽게 하는 또 한 가지는 저니가 그녀가 속한 또 다른 세계 속 전혀 다른 모습을 봤다는 것이다. 그럼에도 불구하고 설명은 하지 않았다. 아직 결정한 것도 없고 바뀐 것도 없는 상황에서 유난스레 행동하기 싫었다. 또한 은조도 저니에 대해 전혀 알지 못했다.

그가 어떤 개인적인 스토리를 가지고 있는지.

뛰어난 조종사가 왜 대외 업무를 맡는 연합사령관의 민정비서관으로 있는지.

아직 서로의 감정조차 명확하지 않은 이상 개인사까지 다 보인다는 건 시기상조이며 상대에 대한 예의가 아니란 생각을 했다. 그러면서도 저니가 궁금하고 보고 싶었다.

보편적이지 않은 성격과 행동보다 관조하는 남다른 인성으로 인해 이렇다 할 짝사랑이나 연애는 물론, 소개팅도 제대로 해보지 못한 은조는 보통의 연애가 궁금했다.

지난 시간 침묵과 자제란 단어와 그녀 스스로를 동일시했다.

상처 주고 상처 입었다는 이유로 은둔과 고립을 자처했다.

이제는 달라지고 싶다. 그 이유와 동기가 정확히 무엇인지는 중요치 않았다.

정확한 수치와 계산에 민감했던 지난날, 그럼에도 기억되고 남은 건 하나도 없었다.

불확실하고 명료하진 않지만 저니에게 닿고 싶은 마음이 하루가 다르게 그 크기와 부피를 키우고 있었다. 어느샌가 자생된 감정의 포자는 그녀의 마음을 전부 물들이고 있었다.

흥분과 열기, 격렬한 감정과 동요에 스미듯 녹아들어 함몰되고 싶었다.

서로를 챙기고 과하다 싶을 정도로 구속하고, 소유당하고 소유하는 그런 보통의 연애가 하고 싶었다. 저니는 그렇게 그녀의 밀봉된 감정과 무딘 감성을 자꾸 일깨우고 있었다.

"저니, 당신 정말 무서운 사람이네요……."

앞으로 해결해야 할 크고 작은 일들이 산재해 있지만 지금은 다 무시하고 연애를 하고 싶었다. 보통의 감정과 생활은 물론 밀당하는 연인들이 하는 그런 유치한 것들을 전부 알고 싶었다.

그렇게 감정이 마구 일렁이는 스스로가 어색하고 낯설어 은조는 메마른 웃음이 났다.

은조가 낯선 감정에 휘둘리며 침몰하는 사이 저니는 월터의 집에 있었다. 두 남자는 한 치의 양보도 없이 서로를 주시하며 각자 계산에 빠져 있었다.

저니는 자신의 노림수에 자신이 있었다. 월터는 아까부터 TV만 보고 있었다.

문제 해결에 앞서 주위를 산만하게 만드는 월터에 오랜 습관. 타인의 정신을 쏙 빼놓고 집중력 좋은 자신은 남들보다 먼저 계산하고 한 템포 빠르게 결정하는 스타일.

월터는 지금 무언가에 빠져 있는 것이다. 하지만 더 이상은 월터에게 할애할 시간이 없었다. 이런 순간에도 저니는 은조가 그립고 달콤한 살 내음이 맡고 싶었다.

[어떤 계산을 하던 이건 월터에게 무조건 유리한 일이에요.]

월터는 TV 볼륨을 줄였다. 그리곤 여유로운 표정으로 저니를 응시했다.

[이 일은 네가 먼저 제안한 일이야. 솔직히 나에게 보고가 없는 한 그리 필요한 사항이라 볼 수 없지. 안 그러냐?]

[월터, K—16의 일을 연합사령관에게 보고하는 이는 아무도 없어요. 이 일은 현장에 있는 조종사들이나 알 수 있는 민감하고 디테일한 문제니까요. 그러니 절 믿고 한번 맡겨보세요. 제가 언제 제 입으로 전출된 조종사들 보조하는 부조종사 한다는 소리 한 적이 있었나요? 그리고 여긴 한국이에요. 그 누구보다 제가 적격자예요.]

[그러니까 네 말은 민정비서관 대신 K—16에서 비행교관을 하겠다. 그러면서도 실제 비행은 조종사만큼 하지 않겠다는 거잖아. 그 얘기는 네 시간을 많이 갖겠다는 건데, 도대체 그 시간에 뭘 하겠다는 거냐?]

[여기서 중요한 건 제가 비행교관을 한다는 거예요. 성남 K—16을 저만큼 잘 알고 있는 조종사는 없어요. K—16은 헬기만 해도 40대가 넘고 조종사만 해도 60명이 넘어요. 물론 기지 운항실에서 조종사들에게 헬기 신호와 그라운드 가이드(사람이 직접 하는 수신호)를 잘하지만, 운항실에서 매끄러운 영어로 조종사를 커버하는 사람은 한두 명뿐이라고요.]

월터는 사견을 배제하고 나름 가감 없이 저니가 하는 설명을 집중해 들었다.

[그러니 제가 미리미리 그런 일들에 대해서도 알려주고, 스케줄을 잡는 방법이나 운항실을 통해 비무장지대에 대한 운행 허가를 원활하게 받는 방법 등을 코치해 주면 비행을 하는 조종사나 운항실에 있는 KSC나 카투사가 일을 하기가 수월하다는 거죠. 물론 한국이 초행인 조종사에게 기본 숙지 사항이나 요령도 전하는 비행교관도 겸할 생각이구요.]

월터는 저니를 빤히 쳐다보았다. 저니는 까다로운 시선을 피하지 않았다.

[그래서 1년 연장은 기어이 하겠다는 거냐?]

[네. 그러니 할머니께 잘 말씀해 주세요.]

[차라리 나한테 다 털어놓는 건 어떠냐?]

월터는 의심보단 걱정스런 표정으로 물었다.

[넌 누구보다 약속을 중요하게 생각하는 사람이다. 나만큼이나 원칙에도 철저하지. 그런 네가 약속을 깨고 이런 돌발행동을 할 때에는 분명 이유가 있을 거야. 난 그게 알고 싶은 거다. 연합사령관이 아닌 널 걱정하고 염려하는 가족이자 작은아버지로서.]

저니는 오래전부터 월터를 상관이기 전에 멘토로서 믿고 따랐다.

할머니의 황당한 제안을 수용한 것도 다 월터를 믿었기에 가능한 일이었다. 하지만 은조의 마음 한 자락을 잡았을 뿐, 아무것도 확신할 수 없는 상황에서 은조 일을 알려야 하는지 고민이 됐다. 은조와 사랑을 이룬다는 건 결혼을 한다는 것이고, 그건 또 한 번 할머니와 가문 사람들에게 충격과 혼란을 줄 것이다. 어쩌면 앞으로 벌어질 할머니와의 지리한 싸움의 서막일 수도 있어 월터에게 말을 하기가 무척이나 조심스러웠다.

[알게 된 시간은 길지 않지만 제 마음 전부를 준 사람이 있어요.]

월터는 무척이나 놀란 얼굴을 했다.

사실 저니는 단 한 번도 가족들에게 여자 문제를 언급한 적이 없었다. 만나고 즐기긴 했지만 은조처럼 마음을 빼앗아간 여자는 없어 딱히 소개할 일이 없었던 것이다.

월터는 그런 그를 주시하더니 결국 한숨을 내쉬었다.

[네 할머니, 널 우리 가문과 수준이 비슷한 가문의 백인 여자와 혼인시키려고 할 거다. 네가 마음에 둔 그 사람은 결혼까지 생각하는 거냐?]

[네, 물론이에요.]

확신에 찬 목소리에 월터는 가슴을 쓸어내렸다. 저니가 우려하는 일을 월터도 아는 모양이다. 아니, 월터가 더 잘 알 것이다. 할머니의 뼛속 깊이 새겨진 핏줄에 대한 욕심과 가문에 대한 무한한 자부심을 어찌 모를 수가 있을까. 그렇게 곁에서 보고 겪었는데.

[아직 구체적으로 말할 수는 없는 거냐?]

[네.]

[그 사람을 사랑하니?]

월터는 눈을 보며 물었다. 그는 지금 저니 눈빛에서 답을 읽고 있었다. 월터에게 거짓과 우회는 절대 통하지 않았다.

[네. 그 사람을 많이 아끼고 사랑해요. 하지만 그 사람에게 제 마음을 고백하진 않았어요. 제 감정으로 인해 그 사람의 상황을 배려하지 않고 폭주하게 될까 봐 사실 무척 조심스러워요.]

저니의 고백에 월터는 충격을 받았다.

아름다운 외모에도 불구하고 조카는 무척이나 자신을 절제하며 살았다.

그 이유가 완고하고 난잡한 성생활을 천시하는 동양인 어머니의 영향인지는 모르겠으나, 여타 미국 젊은이들에 비해 여자관계가 무척이나 깔끔하고 자기관리 또한 남달랐다. 또한 옆에서 보아 온 조카는 감정을 흘리고 다니는 스타일도 아니었다. 너무나 자신을 단속하고 절제해 가족들이 걱정하기도 했다. 그런 아이에게서 오늘 들은 말은 충격 그 자체였다.

염려하는 분위기를 봐서는 상대는 한국 사람인 모양이다.

고민이 됐다. 조카가 제안한 그 1년의 시간을 받아들여야 하는지 아니면 또 다른 전쟁의 서막을 막기 위해서라도 미리 자신의 선에서 원천 차단해야 하는지.

월터에게 큰 고민을 떠안겨 준 저니는 아파트 입구에서 은조를 기다렸다.

지난번 은조와 나눈 키스로 명확히 알았다. 자신은 은조에게 전혀 제어가 되지 않는다는 걸.

은조를 알고 난 후 이제껏 잘 안다고 생각한 자신에 대해 전혀 모르고 있었다는 결론을 내렸다. 실버벨에게는 참고 기다리는 그 단순하고 기본적인 행동들이 힘겨웠다. 본능대로, 욕심대로 마음껏 은조를 탐하며 갖고 싶은 마음이 늘 머리 전체를 꽉 채우고 있어 간질거리고 전신이 저릿했다. 은조도 그에게 이런 마음일까 의문이 들었다.

다가오는 은조를 보며 나지막이 한숨을 내쉬었다.

밤은 모든 사람을 그 이상으로 미화시키고 현혹시키는 마술을 품고 있다. 밤의 힘을 빌리지 않아도 이토록 흔들리며 욕망하는 자신을 은조가 눈치챌까 두려웠다.

"왜 그런 눈빛을 해요?"

"내 눈빛이 어떤데?"

은조는 그를 가만히 올려다보며 사뭇 걱정스런 표정으로 말했다.

"잡아먹긴 해야 하는데 도대체 앨 언제 키우고 달래서 잡아먹어야 하나…… 뭐, 이런 고뇌가 가득한 늑대의 눈빛?"

저니는 웃음을 참으며 나름 진지하게 평하는 은조를 노려봤다. 나중에 자신의 딸에게는 절대 심리학 근처도 못 가게 해야겠다고 다짐했다. 그는 쿡쿡거리며 새어 나오는 웃음을 막는 얄미운 은조를 혼자 두고 뒤돌아 아파트 후문 쪽으로 걷기 시작했다.

성큼성큼 앞서 걷는데 어느새 다가온 은조가 그의 손을 감싸 쥐며 보조를 맞추었다.

마냥 걸었다. 후문 뒤 담쟁이가 우거진 자그마한 정자에 다다르자 저니는 은조를 기둥으로 밀치고 다소 거친 키스를 퍼부었다.

은조는 놀란 듯했지만 입술을 찾는 그를 막지도 저지하지도 않았다. 처음부터 입안에 숨어 있는 부드러운 혀를 찾아 자신 안으로 깊게 빨아들였다. 뒷목과 얼굴을 받치고 갈급한 욕망과 갈증을 적셨다. 호응하는 은조로 인해 더욱 깊게 타액과 숨결을 빨아들였다. 마시고 마셔도 부족했다. 빼앗고 빼앗아도 만족할 수 없었다.

자신의 채워지지 않는 적나라한 욕망을 여린 입술에 사납게 퍼부었다.

흥분해 거칠어지는 자신을 은조는 내치지 않고 힘겹게 받아주었다. 간신히 정신을 차린 저니가 은조에게서 떨어졌다. 그러곤 숨을 몰아쉬는 은조를 가슴 깊이 안았다.

“그러지 마. 내 갈망이 눈에 보이고 가슴으로 느껴져도 말로는 하지 마. 내가 안 돼. 천천히 다가가야 하는데 당신이 자극하면 도저히…… 참을 수가 없어.”

은조는 깊은 한숨을 쉬더니 끌어안고 있는 팔을 풀어 내렸다. 날뛰는 욕망을 간신히 잠재우고 있는 그의 얼굴을 손으로 더듬으며 다독이듯 소곤거렸다.

“처음엔 당신의 환한 미소에 반했는데 지금의 난 당신 전부가 좋아요.”

“…….”

“이제 시작했으니까 조금만 이해하고 참아줘요. 다음엔 내가 망설임 없이 전속력으로 달려갈게요, 당신한테. 그땐 절대 참거나 망설이면 안 돼요, 저니 맥컬리.”

수줍은 고백을 한 그녀는 순식간에 부어 오른 붉은 입술로 버드키스를 했다. 맨 처음 그가 은조에게 한 것처럼 그 모습 그대로 키스를 맛있게 쪼아댔다.

‘기다릴게. 당신이 다가올 때까지. 그때까지 내가 살아 있을지는 모르겠지만.’

주말을 거의 함께 보내다시피 한 두 사람은 서로를 알아가는 재미에, 그 과정에 푹 빠졌다.

남들은 절대 인정하지 못하는 이상한 취향. 좋아하는 브랜드와 죽어도 못 고치는 버릇, 어떤 상황에서도 양보할 수 없는 음식, 유달리 애착을 갖는 물건, 열 번 이상 본 영화나 애니메이션, 젓가락을 쥐는 나만의 방법, 잠자기 전 하는 제스처, 자고 일어나 맨 처음 하는 일, 인생의 지침이 돼버린 소중한 책과 인물, 치약을 짜는 방법 등 두 사람은 서로가 신기하고 이해가 가지 않는 것투성이였다.

그 이틀 동안 은조는 저니를, 저니는 은조를 영혼 깊숙이 흡수하며 각인시켰다.

카투사 위크가 있는 주였다.

사실 8군 내 모든 군무원은 카투사 위크를 좋아하지 않았다.

번거로운 거 싫어하며 매사 무탈하길 바라는 한국인들에게 그 소란스러움이 반가울 리 없었다. 더구나 이번 카투사 위크는 유성이란 든든한 대기업의 후원을 받아 초대 가수나 개그맨 등 무대 장치가 다른 해에 비해 화끈하다는 소문이 돌아 젊은 카투사들이 제대로 흥분하며 대책 없는 열기와 짜르르한 희열을 총망라해 불사르려 했다.

오전부터 메인포스트 안 넓은 공간과 운동장, 체육관은 젊은이들로 붐볐다.

그런 와중에도 은조는 열심히 수업을 들었다. 시험에 나온다는 말이라도 들을라 치면 눈을 반짝이며 꼼꼼하게 전부 체크했다. 강의실을 나온 그녀를 장원표가 기다리고 있었다.

"끝났어요?"

"응."

"그럼 나랑 점심 먹어요. 할 말도 있고, 아니, 부탁이라고 해야겠다."

"나중에. 오늘은 안 돼. 하우징에 일이 있어서 가봐야 해."

원표의 얼굴에 실망하는 빛이 역력했다. 미안한 마음도 들었지만 어쩔 수 없었다.

"미안. 다음에 먹어."

"할 수 없죠. 대신 부탁이 있어요."

"부탁?"

"네. 내일모레 수요일, 연합사 운전병들이랑 장기 자랑 나가는데……."

"……."

"하우징 아저씨들이랑 응원 와요. 1등 하면 상금도 있고 휴가증이랑 상품도 있어요."

"재밌겠네."

은조가 흥미로워하자 장원표는 더욱 강하게 올 것을 어필했다.

"올 거죠? 꼭 와서 응원해 줘야 우리가 1등 한단 말이에요. 안 나가면 모를까, 나간 이상 1등은 해야지 않겠어요? 그러니까 꼭 와줘요."

"그래, 갈게."

흔쾌히 답을 하자 장원표는 흥분했다.

"꼭이에요, 꼭. 약속했으니까 안 오면 안 돼요?"

"약속했는데 왜 안 가겠어. 간다니까."

은조는 안절부절못하는 원표를 보며 웃음이 났다.

"알았어. 꼭 갈게."

은조는 카투사 위크가 어떤 매뉴얼로 이루어지는지 알지 못했다.

8군에 입사한 지 1년. 남의 눈에 띄는 것을 피했기에 하우징 일이 아니면 8군 전체에서 하는 행사는 참관하지 않았다.

이번이 처음이자 마지막이란 생각을 했다. 8군에서 하는 행사나 파티를 그녀가 참석하고 즐기는 게.

어떻게 보면 장원표로 인해 입사하고 1년을 무탈하게 보낼 수 있었는지 모른다. 번거로운 적도 많았지만 결과적으로 장원표는 그녀를 지켜주는 가드 역할을 톡톡히 해주었다.

고마웠다. 그리고 그 고마운 마음을 이번에 다소나마 보상하고 싶었다.

장원표는 몇 번이나 약속을 확답받으며 꼭 시간 맞춰 하우징 사람들을 전부 데리고 오라며 신신당부했다.

장 씨는 은조의 개인지도를 열심히 그리고 성실히 따라왔다.

시험을 보면 50점을 넘기기도 했지만 결코 만족스런 점수는 아니었다. 121에 지원하기 위해서는 75점을 넘겨야 했다.

은조 입장에서는 여러모로 걱정이 될 수밖에 없었다. 다행히 며칠 사이 프린트물은 한층 더 닳아 있었고, 별도 사수하고 신호등도 접수하셨는지 돌발 질문에 바로바로 답이 나왔다.

장 아저씨의 노력이 보이고 그의 염원이 절절이 느껴지는 만큼 은조의 마음은 무섭게 가라앉고 있었다. 혹시라도 아저씨가 자신의 노력을 온전히 보상받지 못할까 겁이 나고 두려웠다.

❖ ❖ ❖

장원표의 장기 자랑이 있는 수요일.

남영동에서 아저씨들과 저녁을 먹고 부대로 돌아왔다. 장 씨와 김 씨는 나름 화려한 플래카드도 준비했다.

'8군의 얼굴! 장원표!', '네놈을 살벌하게 응원하는 하우징 엉아들이 왔다네!', '짱브라더스! 짱 먹고 상 먹고! 파이팅이이잉!!', '썸싱, 고고씽, 장원표!'

그 플래카드에서 장원표에 대한 하우징 사람들의 믿음과 애정을 한눈에 알 수가 있었다.

저녁 7시. 메인포스트 운동장은 많은 사람들로 붐볐다.

조금 일찍 도착한 은조와 일행은 뜻밖의 인물들과 조우했다.

19중대 관리장을 비롯해 부관리장, 이준성 인사처장과 혜나 김은 물론 연합사 대표로 응원을 온 저니도 볼 수 있었다.

저니는 많은 인파 속에서도 단연 눈에 띄었다. 군복을 입고 있는 그는 오랜만이었다.

큰 키에 군화까지 신어 더욱 돋보였다. 여군들도, 여자 군무원들도 모두 그에게서 눈을 떼지 못했다. 하우징 사람들도 저니를 가리키며 웅성거렸다.

"저 사람이네. 8군 남자들의 공공의 적."

"실제로 보니 완전 외국인인데?"

장 씨가 슬며시 은조에게 다가와 저니를 평가했다.

"우리 원표 놈보다 쬐금, 진짜 쬐금 잘생겼다. 그지?"

왠지 아군인 원표를 두둔하고 적군인 저니를 경계하는 듯한 장 씨의 말투에 웃음이 났다.

해가 떨어지고 울창한 나무로 둘러싸여 그런지 공기가 제법 서늘해졌다. 은조가 입고 있던 얇은 체크 남방을 감싸는데 뒤에서 따듯한 담요가 어깨에 걸쳐졌다.

"낮엔 더워도 해 떨어지면 추워요."

이준성이었다.

그는 색이 고운 담요를 걸쳐 주고는 커피를 건넸다. 고맙다고 인사한 후 시선을 돌리다 저니와 시선이 부딪쳤다. 처음부터 다 보고 있었는지 표정이 그리 좋지 않았다. 저니의 사나운 시선을 피해 서둘러 무대로 시선을 옮겼다.

저마다 숨겨진 개그 본능과 가수의 자질을 발휘했고, 구경 온 사람들도 열띤 응원과 박수를 아끼지 않았다. 사회자는 연예인 공연을 앞둔 마지막 장기 자랑이라고 흥분해 소개했다.

사회자의 비밀스런 소개와 함께 무대는 순식간에 암전됐다. 관객들은 저마다 웅성거리며 기대감을 숨기지 않았다.

밝은 빛은 암전처럼 갑자기 찾아들었다. 무대를 주시하며 웅성거리던 관객들의 시선과 숨소리가 정말이지 한순간에 고요해졌다.

무대 위.

홀로 피아노 앞에 앉은 장원표 뒤로 40인치 TV만 한 인물 사진 수십 장이 무대를 완전히 도배했다. 무대 중심에 있는 장원표 주위를 사진들이 둘러싸고 있었다.

금세 물 흐르듯 매끄러운 피아노 반주 소리가 온 운동장에 울려

퍼졌다. 피아노 소리에 어울리는 저음의 목소리가 사람들의 눈과 귀를 단숨에 사로잡았다.

무대 위의 아련한 빛을 받은 은조의 인물 사진은 너무나도 아름다웠다.

긴 머리를 하나로 묶고 있는 은조, 물을 마시는 은조, 살짝 눈을 감고 바람을 느끼는 은조, 손으로 뜨거운 햇빛을 가리는 은조, 흘러내린 머리를 손가락으로 쓸어 올리는 은조…….

일반적인 사진이 아니었다. 상대를 이해하고 충분히 관찰한 후에야 나올 수 있는 사진이었다. 사진들을 부유하듯 하면서도 감싸는 장원표의 음색은 원곡인 마이클 부블레의 노래보다 한층 더 달콤했다. 그리고 마지막 음과 이어진 한마디.

"유은조, 사랑한다."

고백을 끝맺은 장원표는 순식간에 어둠 속으로 사라졌다.

잠시 팽팽한 침묵이 흐르고 곧이어 터진 관객들의 반응은 그야말로 엄청났다.

휘파람과 괴성을 지르는가 하면 앙코르를 부르짖는 우렁찬 목소리의 미군과 카투사도 많았다. 흥분한 사람들 속에서 잠시 갈 곳을 잃은 은조는 담요가 흘러내리는 것도 잊은 채 모자를 푹 눌러쓰고 서둘러 그 자리를 피했다.

저니는 자리를 떠나는 은조를 지켜보았다.

그런 그의 시선에 또 한 명의 남자가 잡혔다. 은조 곁에 서서 마치 그녀 사람인 것처럼 자연스레 행동하던 남자. 두 남자의 차가운 시선이 부딪쳤다. 게이트 앞에서 본 기억이 났다.

은조를 열망하던 그윽한 눈빛도 모두 기억났다.

그가 자신과 은조에 대해 알고 있단 확신이 들었다. 남자의 시선이 말하고 있었다.

'다 알지만 상관없어. 나도 당신도 아직은 같은 선상에 있을 뿐이야.'

딱히 아니라고 반박할 수 없어 저니는 입안이 무척이나 썼다.

집으로 돌아온 은조는 환한 불빛 속에서도 가장 큰 불빛을 발하는 8군을 내려다보았다.

그녀가 빠져나온 자리. 축제는, 젊음은 멈춤 없이 계속되고 있었다.

마음 같아서는 내일 출근하고 싶지 않았다. 그러자니 장 씨가 걸렸다. 지금은 무엇보다 장 씨를 생각해야 한다고 스스로를 다독였다.

'중요한 것부터 생각하자. 영어 수업 듣고 장 아저씨와 복습하고…….'

그렇게 단순하게 순차적으로 생각하기로 했다.

'저니는 지금 어디서 무슨 생각을 하고 있을까.'

벨소리가 들렸다. 소리를 따라 핸드폰을 찾아 확인하니 윤 이사였다.

"네, 이사님."

할아버지를 빼닮은 듯, 규모에 비해 소박한 느낌의 평창동 집은 여전했다.

다행히 평창동 식구들은 모두 건강해 보였다. 저녁이라 수선 떨지 않고 모두들 은조의 무사 귀환에 그저 고맙고 감사한 표정들이었다.

3년 만에 보는 할아버지의 모습은 낯설었다. 집을 나가던 그때와 크게 다르지 않았지만 잠들어 계셔서 그런지 그 큰 체구가 한없이 작게 보였다.

윤 이사는 할아버지께서 그만 그녀를 불러들이라 말씀하셨고, 저녁 내내 그녀에게 연락했다고 한다. 기다리다 잠드신 모양이다. 평소 할아버지는 8시쯤이면 잠자리에 들어 새벽 4시에 일어나셨다. 집안사람들의 사이클도 할아버지 스케줄을 따라 움직였었다. 물론 은조도.

서재에서 윤 이사와 마주 앉은 은조는 그가 전하는 할아버지 말씀을 경청했다.

그 시간 저니는 은조의 집이자 자신에 집 앞에서 서성였다.

집 안에서는 아무런 인기척도 나지 않았다. 손목시계를 보니 11시가 조금 넘었다.

벨을 누를까 한참을 고민하다 결국 그의 집으로 들어갔다.

어느 정도 예상은 했지만 수업까지 지장을 줄 거라 생각 못했다.

은조는 하나둘 들어서는 사람들의 호기심 어린 시선을 따갑도록 느꼈다.

혜나 김이 들어왔다. 눈이 마주친 혜나는 은조에게 가벼운 눈인사를 했다.

수업 내내 따로 만든 노트에 문제를 뽑아 적었다. 가끔 시험 문제에 나올 문제를 콕 짚어주는 은혜로운 혜나로 인해 수업에 더욱 집중할 수밖에 없었다.

수업이 끝나자 혜나 김이 은조에게 점심을 같이하자고 했다. 점심은 개인 사정이 있어 안 되니 괜찮으면 저녁을 함께하자고 제안했다. 흔쾌히 동의했다.

장 씨의 제안으로 수업은 사우스포스트에 있는 운동장 옆 그늘진 의자에서 하기로 했다.

53점. 알파벳만 간신히 아는 장 씨가 이처럼 수업을 따라오는 건 결코 쉬운 일이 아니었다. 단어와 문장을 기억하는 방법과 요령을 알려주었다고 해도 본인의 피나는 노력 없이는 절대 불가능하다는 걸 안다.

대단해 보였다. 아버지의 사랑과 한 남자의 노력이.

채점하고 틀린 문제를 확인하는 사이 장 씨가 먼저 말을 꺼냈다.

"어제 일 있잖아, 우리 중대 사람들끼리는 그냥 좋은 구경한 걸로 했으니까 너무 신경 쓰지 마. 그 일로 유 선생이 크게 걱정할 거라 생각하지는 않지만, 그래도……."

"미스 유가 언제부터 유 선생이 됐을까요?"

콕 집어 묻자 장 씨는 어색하게 웃었다.

"공부 가르쳐 주면 선생이지 선생이 별건가."

"그냥 미스 유라고 하세요. 어색해요."

"아니야. 다른 사람한테는 몰라도 나한테는 공부 가르쳐 주니까 선생님 맞아."

장 씨가 사람 좋은 얼굴을 하고 따듯하게 웃었다.

"우리 막내가 그러는데, 이렇게 개인지도 하는 거 돈으로 따지면 엄청 비싸다고 그러더만. 나야 고맙지. 맨날 점심시간 다 날려 가면서 나이 든 학생 공부시켜 주는데. 고마워, 유 선생."

"이 수업이 끝나면 그땐 뭐라고 부르실 건데요?"

장 씨는 다소 농담조로 묻는 은조를 유심히 바라보았다.

"나…… 시험 보고 면접 볼 때까지 유 선생, 8군에 있을 거야?"

질문도 그렇지만 의아해하는 표정이 맘에 걸렸다.

"무슨 말씀이세요? 그럼 제가 여기 있지, 어딜 가요?"

장 씨는 그녀의 대답을 그리 신용하지 않는 표정을 하며 낮게 중얼거렸다.

"사람들이 유 선생 조만간 여기 나가지 않겠냐고 말하길래……."

"왜 그렇게 생각하시는데요?"

"사실 유 선생이 여기 8군이랑은 그리 어울리지 않잖아."

"아저씨……."

"무슨 사정이 있어 그렇겠지 하고 생각해, 난. 또 하우징 사람들도 유 선생을 여기 계속 있을 위인으로 생각하지 않아. 내 말이 많이 섭섭해?"

대답을 할 수 없었다. 장 씨의 말이 틀리지는 않았다.

은조는 자신의 안색을 살피는 장 씨를 보고 엷게 웃을 뿐 다른 말은 하지 않았다. 자신이 지금껏 이곳을 그저 은신처와 도피처로 이용한 것뿐일까 하는 의문이 들었다.

"그리고 이건 내 개인적인 생각인데 말이야……."

장 씨는 방금 전보다 더욱 신중한 톤으로 말을 이었다.

"원표 말이야, 그 자식이 하는 짓은 좀 날라리 같지만 애는 괜찮아 보여. 뭐, 꼭 우리한테 잘해서 그런 건 아니고, 그러니까……."

"……."

"내 생각엔 그놈이 정말 영 아니다 싶으면 원표 놈한테 넌 아니라고 빨리 말해주는 게 좋겠다 싶어. 그래야 그 자식도 마음잡고 다시 미국 가서 공부도 하고 그러지."

은조는 자신과 원표 두 사람 모두 진심으로 걱정하는 장 씨를 가만히 쳐다보았다. 고마웠다. 자신과 인연이 닿은 장 씨의 속 깊은 충고와 조언이.

"네, 그럴게요. 아저씨 말씀이 맞아요."

"고마워. 쓸데없이 잔소리한다고 생각하지 않아줘서."

"그런 말씀 마세요."

다시 수업을 시작했다.

장 씨가 말한 대로 하우징 사람들은 별다른 내색 않고 오후 일을 모두 마쳤다.

서둘러 집으로 향했다. 혜나 김과의 약속은 6시 30분. 아직 시간적인 여유가 있었다.

6월인데도 날은 무더웠다.

샤워를 마치고 나와 가운만 걸치고 머리를 말렸다. 초인종이 울리자 저니란 걸 알았다. 얼른 옷을 입고 현관문을 열었다. 군복 입은 저니가 서 있었다.

조금 뚱한 표정을 하고 선 저니를 집 안으로 이끌었지만 부동자세인 그는 현관에 선 채 은조를 쳐다볼 뿐이었다. 군화를 벗을 생각을 하지 않는 것을 보니 들어올 마음이 없어 보였다.

"끝나고 바로 온 거예요?"

"응."

"난 6시 30분에 우리 영어 수업 하는 혜나 김이랑 저녁 약속 있어요. 할 말이 있나 봐요. 이촌동에서 만나기로 했어요."

"늦게까지 있을 건가?"

계속 뚱한 상태다. 이유는 알지만 일단 모른 척했다.

"글쎄요. 잘은 모르겠지만 친구 사이도 아닌데 오래 있겠어요?"

"그럼 난 집에서 기다릴게. 끝나면 바로 전화해. 데리러 갈게."

그에 의도를 읽을 수 있었다. 저니는 자신의 존재를 제삼자에게 알리고 싶어 했다.

"알았어요. 당신 저녁은 나랑 같이 만들어요. 준비하고 집으로 갈게요."

끝까지 뚱한 표정을 한 저니는 밝게 미소 지으며 말하는 그녀를 힐끔 보더니 현관을 나섰다. 화가 단단히 나 보였다. 저 화를 어찌 풀어줘야 하나 생각하며 은조는 외출 준비를 서둘렀다.

샤워를 하고 편한 옷으로 갈아입은 저니는 저녁 생각이 없었다.

은조는 평소와 다르게 보이지 않았고, 자신이 픽업을 한다고 했을 때도 거부하지 않았다.

여태까지는 은조를 배려해 8군에서는 조심했지만 이제는 그러지 않기로 했다. 그렇다고 괜히 눈에 띄게 행동할 생각은 없지만 자연스럽게 자신들의 관계를 알릴 기회를 굳이 날릴 생각도 없었다.

이런저런 생각으로 TV를 보고 있는데 초인종이 울렸다.

집 안으로 들어서는 은조를 보니 기분이 더욱더 나빠졌다.

늘씬한 키와 긴 다리를 돋보이게 하는 누드 컬러의 펌프스에 와인색 심플한 원피스를 입은 은조는 우아하면서 아름다웠다. 아무런 액세서리도 하지 않은 게 오히려 기품을 부각시켰다. 약간 깊게 파인 가슴 선이 무척이나 신경 쓰였다.

은조는 클러치를 소파에 놓고 곧장 주방으로 향하려 했다. 그런 그녀를 잡아 세웠다.

"저녁 먹으러 호텔로 가는 것도 아닌데 이렇게 차려입은 저의가 뭐야?"

은조는 피식 웃더니 못마땅한 표정을 숨기지 않는 그의 손을 잡고 소파로 이끌었다.

"두 가지 이유가 있죠. 첫째는 다음 약속이 있음을 알리는 무언의 제스처고, 또 하나는 마중 나온 당신이랑 데이트하려고 그랬죠."

저니는 그게 정말이냔 표정으로 은조를 응시했다.

"정말이죠. 근데 저녁은 어떤 메뉴로 정했어요?"

소파에서 일어서려는 은조를 순식간에 낚아채 소파에 눕히고 몸으로 고정시켰다. 은조는 숱이 많은 긴 속눈썹을 깜박이며 그를 빤히 올려다보았다.

"옷 구겨져요."

"옷 걱정보다는 당신 자신부터 걱정해. 지금 당신이 얼마나 탐나는지 알아? 그리고 난 저녁 생각 없어."

"난 20분 있다가 나가야 해요. 그럼 우리 그때까지 뭐 할까요?"

듣기에 따라서, 또는 해석하기에 따라서 대범하면서도 도발적인 질문이다.

은조의 기묘한 말투는 마치 그를 유혹하는 것처럼 들렸다. 저니에겐 그랬다.

"지금 그 질문, 상당히 위험하면서도 은밀하게 들리는 거 알아? 20분 동안 뭘 하냐니. 당신은 뭘 하고 싶은데?"

직설적인 질문에 은조는 피식 웃으며 결박당한 팔을 풀어 그의 얼굴에 손을 올렸다.

요사이 은조가 눈에 띄게 자주 하는 행동. 아무것도 아닌 것 같으면서도 저니에게 많은 의미와 충동을 불러일으키는 행위였다.

살짝 올라온 턱수염을 얼굴 라인을 따라 부드럽게 매만졌다.

가드다란 손가락과 달콤한 숨결이 전하는 저릿한 감각에 금세 몸이 굳어졌다.

은조는 얼굴 전체를 손가락으로 훑어 내리다 벌어진 입술 선에 머물렀다. 입술을 보는 눈빛이 유혹적으로 반짝였다. 착시인지 모르나 사뭇 요염하게 보였다.

그 순간 저니는 은조의 손을 잡아 내리고 자리에서 벌떡 일어났다. 그 덕에 은조도 일어나 소파에 앉았다. 저니는 그런 그녀를 무섭게 노려봤다.

"일부러 그런 거지?"

"뭘요?"

여유 있는 은조를 보며 더욱 자신의 판단이 맞는다고 생각했다.

"내가 당신 손짓 하나에도 열렬히 반응하는 거 뻔히 알면서 당신이 먼저 만졌잖아. 그때 당신 분명 기다려 달라고 하고선 지금처럼 행동하는 저의가, 속셈이 뭐야?"

은조는 잠시 기억을 더듬는 척하더니 금세 아무렇지도 않은 얼굴로,

"난 분명 기다려 달라고 했지만 내가 당신에게 손대지 않겠다고는 안 했어요. 참, 그리고 연애하면서 알게 된 건데……."

"……."

갈색 눈을 미묘하게 반짝이며 열감 어린 목소리로 말했다.

"난 당신을 만지는 게 너무 좋아요."

기가 막혔다. 정작 시도 때도 없이 터치를 하겠다고 선언한 건 자신인데, 그걸 아무렇지도 않게 실행하고 있는 건 도리어 순진한 은조였다. 남은 정말 다방면으로 죽을힘을 다해 자제하고 있건만, 은조는 기다려 달란 말로 급브레이크를 걸어놓고 잔인하게 자신을 고문하고 있었다.

아무리 남자 몸과 신체에 무지해도 이건 안 된다. 결단코 막아야 한다.

"안 돼. 참아."

"왜요?"

"우리가 완전히 서로에게 속하게 되면 그때 만져. 그전엔 절대 안 돼. 물론 지금처럼 얼굴을 만지는 것도 안 돼. 그냥 건전하게 손만 잡아. 아니다. 손끝만 만져."

"그런 말이 어디 있어요? 우리 연인 사이 아니에요? 당신과 나 연애하기로 했잖아요."

"……."

"연인들이 서로 만지고 애무하다가 결국 서로를 완전히 소유하고 싶은 거지, 터치도 그 어떤 은밀함도 없이 어떻게 단번에 서로를 느끼고 사랑을 나눠요?"

'쳇, 말은 잘하지. 잘 알지도 못하면서 해묵은 이론은. 누군 그렇고 싶지 않은가. 자기가 만지면 난 그걸로 끝내지 못하겠으니 그게 문제지.'

남자를, 그것도 굶주린 군인의 상태를 몰라도 너무 모르는 은조를 두고 저니는 주방으로 향했다.

말로는 도무지 끝이 나지 않을 것 같았다. 뭐든 만들어야겠다고 생각했다. 아니면 이 자리에서 은조의 말대로 터치하다 그동안 수없이 억제한 욕구와 은밀한 기분에 도취돼 은조를 침대로 데리고 가 남김없이 소유할 것만 같았다.

"몰라. 하여튼 난 당신이 나한테 손을 대는 그 순간 지금처럼 보고만 있지는 않을 거야."

아직 기가 꺾이지 않은 은조에게 확실하게 못을 박았다.

"난 내 의사 표현 확실히 했으니까 당신이 선택해. 오늘은 갈 때까지 TV나 보고 있어. 저녁은 내가 알아서 할게. 20분 안에 제대로 된 음식을 만드는 건 불가능해."

저니는 은조의 계획된 행동은 꿈에도 생각지 못하고 남은 재료를 체크하기에 바빴다.

헤나와 이촌동이 아닌 스카이라운지로 유명한 호텔로 향했다.

간단한 식사와 커피는 물론 술까지 한꺼번에 해결할 수 있어 이곳으로 정한 듯 보였다.

까만색의 눈동자, 짧은 단발에 어울리는 검은색 시스루 원피스를 입은 혜나는 이 밤과 묘하게 어울리면서도 무척이나 도도해 보였다.

시간은 물론 장소가 장소여서 그런지 지금의 혜나는 8군에서와는 전혀 달랐다.

"TOP(시간, 장소, 행사 목적) 따져 입었네요."

"혜나 씨와 헤어지고 남자친구 만나기로 했거든요."

"내가 술 하자고 하면 어쩌려고요?"

"저녁 약속한 걸로 알고 있는데요."

"한국 사람들, 저녁 하자고 하면 으레 술까지 하는 걸로 알지 않나요?"

눈을 반짝이며 다소 반항 어린 말투에 은조는 미소를 지었다.

"전 아닌데요."

아님 말고 하는 표정을 한 혜나 김이 질문을 이었다.

"참, 전부터 궁금했는데, 왜 영어 수업 듣는 거죠? 보면 꽤나 열심히 듣던데."

"질문이 이상하네요."

"사실 유은조 씨 영어 실력을 알게 된 후부터는 내 수업을 열심히 듣는 유은조 씨가 이해되질 않았어요. 사람 간 보는 것 같아 불쾌하기도 하고."

"저도 8군 소속 군무원이고 공부를 한다는 건 유익한 일 아닌가요?"

"완벽 회화에 토익 만점, 보태서 죽기 살기로 하우징에서 일하기만 고집하는 사람이 굳이 내 수업을 들을 이유가 있는지를 묻는 거예요."

자신에 대해 무슨 말이든 들었다는 말이다. 관리장 조카이니 어렵지는 않겠지.

답을 하려는 순간 음식이 나왔다. 간단한 식사인지라 먹는 시간도 짧았다. 은조는 커피를 한 모금 마시고 자연스레 창밖으로 시선을 두었다.

어느 틈엔가 물기가 창문을 두드리며 비가 오고 있음을 알려주었다.

이렇게 갑자기 비가 내릴지는 생각도 못했다. 낮에만 해도 장씨와 수업을 하면서 더위에 힘겨워했는데, 굵은 빗방울을 보니 그 기억이 모두 거짓말 같았다.

"로맨틱한 프러포즈에 대해 개인적으로 무척이나 궁금한데, 혹시 해피엔딩?"

"제게 할 말이 분명 그건 아닐 것 같은데요."

"기똥차게 달달한 프러포즈를 받은 유은조 씨는 모르겠지만, 이준성 인사차장 요즘 정상이 아니에요."

정상이 아니란 말이 은조의 신경을 살짝 건드렸다.

"19중대 관리장이 힘도 없는 나를 자꾸 엮으면서 닦달하세요. 도대체 내가 그 사람한테 무슨 권한이 있다고……. 하여튼 휘청거리나 봐요, 유은조 씨 때문에."

그녀가 한 말을 전적으로 믿기는 어려웠다.

자신을 대하는 이준성을 봤을 땐 별다른 동요도 행동도 없었다. 혜나가 자신에게 원하는 게 뭔지 알기에 은조는 망설이지 않고 답을 냈다.

"인사처장님 모습이 어떤지는 모르겠지만 저와는 상관없는 일이에요. 전 그분이 감정을 키울 만한 그 어떤 행동도 하지 않았어요."

은조의 단정적이고 평이한 말투에 혜나의 표정이 살짝 일그러졌다.

"전 지금 한 사람만 보여요. 저에게는 난생처음 있는 일이죠."

"유은조 씨……."

"전 그 사람한테 집중하고 싶어요. 그러니 혜나 씨도 자신의 감정에 집중하세요. 그게 인사처장님과 당신, 그리고 제삼자인 저에게도 가장 현명하고 빠른 해결책 같으니까."

"정말이지 외모랑 많이 다르네요. 보기엔 그런 말을 해결책이라 내놓을 것 같지 않은데."

"다른 대안 있나요?"

"글쎄요. 내가 유은조 씨 같은 외모면 그동안 많이 겪어봐서 다양하고도 바람직한 의견을 내놓았을 텐데, 아쉽게도 난 그런 외모가 아닌지라 모르겠네요."

칭찬인 건 맞는데 동시에 꼬인 심정도 쉽게 캐치가 됐다.

어색한 기운이 돌아 혜나에게 실례한다고 말한 후 직원에게 전화를 할 수 있느냐고 물었다. 기다리는 저니에게 전화를 걸어 지금 있는 장소를 알려주고 자리로 돌아왔다.

비는 여전히 창을 타고 내리고 있었다. 소나기는 아니었나 보다. 다행이다 싶다.

저니와 비가 오는 거리를 걸을 수 있겠단 생각을 하니 벌써부터 기분이 좋았다. 그 사람과 이런 빗속을 걸으면 도대체 어떤 느낌일까 궁금했다.

"아까 처음이라고 했잖아요? 혹시 그 처음이란 게 연애를 말하는 거예요?"

"네."

그야말로 헉 하는 표정을 하며 혜나 김이 신기하다는 듯 쳐다봤다.

물론 저 표정이 무슨 의미인지는 안다.

결코 적지 않은 나이. 하려면 할 수도 있었지만 생각만큼 타인을 돌아볼 여유가 없었다.

태어나기도 전에 정해진 매뉴얼은 따르기도 빠듯했고, 비로소 지리한 후계자 수업을 마치고 연애를 할 나이가 되니 회사 실무를 익히기에도 바빴다. 정말 눈이 돌아갈 정도로.

"도대체 정체가 뭐예요?"

정확한 질문의 요지를 몰라 답을 하지 않았다.

"혹시 그런 건가? 어릴 적 건강상 문제로 정규 코스 무시하고 홈스쿨링으로 독학해 인간관계나 사회 경험 전혀 없는 그런……."

식겁하면서도 적나라하게 할 말을 쏟아내는 혜나를 보니 웃음이 났다.

"그렇게 웃지 말아요. 혹시 이준성 보고도 그렇게 웃었어요? 그랬다면 당신, 완전히 책임 없지는 않으니까."

가볍게 웃던 은조는 나름 진지 모드로 전환된 혜나를 응시했다.

"멋대로 만든 환상과 감정이 당신 잘못은 아니지만, 누군가 당신으로 인해 상처 입고 괴로워한다면 한 번쯤 돌아볼 필요는 있지 않나? 적어도 상처 입은 사람이 그런 당신을 이해하고 납득할 수 있는 방법으로."

"…… 홈스쿨링까지는 아니지만 사업하는 집안에서 컸어요."

어쩌면 이준성보다 앞에 앉은 혜나에게 이야기하는 게 낫겠다 싶었다.

"성장과 함께 합리적 사고와 이성적 판단, 빠른 결단력을 기본으로 최선이 아니라면 차원이 다른 차선책으로 문제를 해결하는 방법들을 배우며 자랐어요."

혜나는 은조가 하는 말을 차분히 경청했다. 그 모습에 계속 말을 하게 됐다.

"저는 제가 배우고 아는 범위 안에서 타인을 이해하려는 경향이 있어요. 제가 인사처장님을 배려하는 방법이 지탄을 받을 수도 있지만 저에게는 최선이에요."

물잔으로 입을 적신 혜나는 기가 막힌다는 표정으로 은조를 봤다.

"그동안 하우징에서 어떻게 살았어요?"

"하우징이 이 일과 무슨 상관이죠?"

"생각해 봐요. 하우징이란 곳도, 그리고 그곳에서 일하는 사람들도 은조 씨가 말한 것들과는 정반대의 상황과 유형의 사람들이잖아요."

"사업의 기본은 유연함이에요."

혜나는 마신 물을 다 뿜어낼 듯 뜨악한 표정을 지었다.

"물론 하우징 그분들이 사업의 대상은 아니에요. 제 말은 상황에 따라 유연한 대처 방법을 배우고 익혔다는 말이에요."

"만나는 분은 유은조 씨가 이런 사람인 거 알아요?"

"미리 말할 필요 있나요?"

표정은 물론 감정의 고저가 없는 대답에 혜나는 연신 기가 찬 얼굴을 했다.

"요즘 이런 말이 있던데. 대.다.나.다. 너. 딱 유은조 씨를 두고 하는 말이네요."

"일반적 의미론 칭찬인데 상황적으로 해석하면 욕 같네요."

절대 지지 않는 반박에 어이없는지 혜나가 탄식 같은 한숨을 내쉬었다.

혜나 김과 디스를 포함, 만담 같은 이야기를 하며 시간을 보내니 저니가 도착했다.

짧은 머리를 살짝 세우고 팔을 접어 올린 블랙 셔츠에 같은 컬러의 바지를 입은 저니는 그야말로 근사했다. 아니, 섹시했다. 하지만 저 복장으로 과연 이 빗속을 걸을 수 있을까 하고 걱정하는데 저니가 그녀의 볼을 살짝 잡아당기는 시늉을 했다.

"사람이 왔으면 소개부터 해야지 무슨 생각을 그렇게 하고 있어?"

"미안해요. 그렇다고 볼을 잡아당기면 어떡해요?"

투덜거리며 두 사람을 소개했다. 인사를 하자 저니가 자리에서 일어났다. 그러곤 혜나에게 정중히 양해를 구하고선 은조의 손을 잡고 라운지를 나섰다.

손을 꼭 잡은 채 라운지를 나서는 두 사람을 보며 혜나는 저니 맥컬리가 오기 전 유은조가 한 말을 다시금 떠올렸다. 그 말 중 딱 하나는 정확히 이해가 갔다.

오직 한 사람만 보인다는 그 말. 그 말의 의미는 확실하게 알 것 같았다.

❖ ❖ ❖

장원표와 약속을 잡았다.

그 아이가 조금이라도 덜 상처받는 방법이 뭘까 하는 생각을 했다. 그런 와중에도 저니에 대한 생각이 삐죽삐죽 파고들더니 어느새 그녀 안에 자리하고 있었다.

그날 결국 비를 맞지 못했다. 분명 라운지에서 창을 때리는 비를 확인했는데도 나오니 말끔히 개어 있었다. 실망한 채 다소 투덜대는 그녀를 데리고 저니는 드라이브를 했다. 그러면서 그 어떤 접촉도 시도하지 않았다. 뒤늦게 터치다운을 제재한 그와는 반대로 은조는 타인과 접촉한다는 게 무척이나 기분 좋은 행위라는 걸 알았다. 저니로 인해.

따뜻하면서도 더없이 두근거렸다. 부드러우면서도 기묘한 느낌이었다. 저니를 만지는 건.

특히 그의 얼굴 라인을 애무하듯 매만지는 게 좋았다. 이제는 버릇처럼 돼버린 파르스름한 턱수염을 만지는 것도 그렇고, 보기 좋은 팔 라인과 살짝 살갗이 스치는 것도 저릿하면서도 두근거려 좋았다.

넓은 가슴에 기대는 건 의지됨은 물론 아늑하면서도 매번 긴장이 되곤 했다.

육체적 사랑이란 게 어떤 느낌인지 모르나 상대를 사랑할수록 더욱 서로를 깊고 간절하게 갈구하고 욕망하게 된다고 했다, 섹스광 헤더는.

지금보다 더욱 저니를 원하게 되다니…….

무섭다는 생각이 들었다. 그러면서도 궁금함과 갈망은 어쩔 수 없었다.

말끔하게 옷을 입은 원표가 직원의 안내를 받아 룸 안으로 들어섰다.

원표의 표정은 그리 밝지 않았다. 더 자세히는, 긴장한 상태였다. 음료를 주문하라고 하자 원표는 차가운 얼음물을 먼저 달라고 청했다.

직원이 나가고 두 사람은 테이블을 사이에 두고 낯익은 서로의 얼굴을 살폈다. 유은조에게 고백을 하고 만 3일 만에 보는 자리다. 일단은 카투사 위크가 끝나야 했기에 원표도 굳이 먼저 찾지 않았다.

"사진은 하나도 잊지 않고 잘 챙겼어?"

은조가 사진이 마음에 걸렸는지 그것부터 물었다.

첫마디부터 예상을 빗나가는 걸 보니 유은조답다는 생각이 들면서 왠지 모르게 안심이 됐다.

"당연하죠. 팔라는 동기들도 있었는데 모두 다 소중히 소장하고 있죠."

"당연히 팔면 안 되지. 무단으로 뽑아 확대해 보는 것만으로도 초상권침해니까. 그 사진, 전부 나한테 주면 안 될까?"

원표는 그 순간 유은조의 말뜻을 헤아리기 바빴다.

"내 사진, 나 아닌 다른 사람이 소유하고 있는 거 이해 안 돼. 사실 나조차 그런 어마어마한 사진은 갖고 있지 않거든. 그런 에고는 이상하잖아."

"잘 보관할 거예요. 절대 나쁜 용도로 쓰거나 그러지 않아요."

"그래도 난 원천징수하고 싶은데."

우회가 없는 성격상 그다지 좋아할 거라 생각은 하지 않았지만, 고백한 자신에게 바로 스트레이트로 타박할 줄은 예상 못했다.

"태어나 그렇게 로맨틱한 고백은 처음이었어."

시작은 그리 나쁘지 않다. 나쁘지 않아. 제발 이대로, 이 정도로만 유은조…….

"우리 좋은 인연이라고 생각해. 하지만 그뿐이야."

표정 하나도 놓치지 않고 주시했다. 평소와 전혀 다름없는 목소리. 특유의 무덤덤한 표정. 전혀 흔들림이 없었다. 그 어떤 떨림도, 그 어떤 미안함도.

"미안하다고 생각하지는 않아. 고백했는데 미안하다고 하면 그건 거절에 의미일 뿐 다른 해석은 없잖아? 난 네가 고마워. 항상 고마웠어. 오늘 이후로 날 피하거나 욕을 하든 아니면 원망하는 마음을 가진다 해도 그건 변하지 않아."

담담하게 자신의 생각을 읊어 원표는 도대체 이게 뭔가 하는 생각뿐, 아직 다른 감정은 마음속에서 일지 않았다. 분명 고백에 대한 대답은 노라고 말하는데 실감이 안 나 분노나 절망감이 들지 않았다. 그러나 궁금하기는 했다. 내게 뭐가 그리 고마운지.

"난 당신한테 좋아한다는 내 감정을 계속 어필했을 뿐인데 뭐가 고맙다는 거지?"

"화가 나서 그런지 말이 짧네. 어용, 했어용 하는 혀 짧은 말도 안 하고. 진작 이런 자리를 만들 걸 그랬다."

유은조는 안 어울리게 농을 다 했다. 그러면서 은조가 농을 한다는 자체가 신기했다.

"8군에서 난 반 가사 상태였어."

안다, 무슨 의미인지. 원표는 숨을 삼키고 은조의 다음 말을 기다렸다.

"먹고 자고 일은 하지만 감정이 살아 있지 않았어. 그런 나에게 자꾸 소소한 감정을 느끼고 감정을 표출하게 해준 이가 너야. 하우징 사람들도 그렇지만 너랑 하는 대화를 통해 조금씩 변화하고 있었어, 내가."

원표는 숨도 쉬지 않고 은조가 계속 자신에 대해 말해주길 기다렸다.

"어디서 그러던데, 부분적 사망증후군이라고. 내가 그랬어. 부분적으로 죽어 있던 나를 네가 곁에서 자극했어. 어쩜 그래서 내가 완전히 깨어났는지도 몰라."

"……."

"난 네가 고마워. 내가 너와 같은 마음이 아닌 건 유감이지만 미안하지는 않아. 누가 뭐라고 해도 넌 나에게 첫걸음이었으니까."

여전히 담담한 유은조를 보며 원표는 자꾸 거칠어지려는 숨을 삼키며 골랐다.

"그 걸음으로…… 내게 올 수는 없어요?"

"……."

"당신을 내가 깨웠다고 했지. 당신도 깨웠어, 날."

"……."

"내 고백을 처참하게 짓밟지는 않았지만 이 정도로밖에 받아주지 않는 당신이…… 참 미워."

밉다는 말에도 유은조는 특유의 담담함으로 일관했다.

"이상하게 실감도 안 되고 절망감도 들지 않아. 당신은 언제나 그 톤, 그 표정으로 말을 하는 사람이라 그런지 우리 평소 모습 같아. 아직까지는…… 그래."

원표는 정말 지금의 상태를 뭐라 정의해야 할지 몰랐다. 유은조는 내가 아니라는데…….

"나 곧 내 자리로 돌아갈 거야."

'무슨 말이지? 원래 자리란 게 뭐야? 8군을 그만둔다는 거야?'

"내가 있어야 할 자리가 있어. 나중에 그만두는 일이 있어도 지금은 그 자리로 돌아가야 해. 이런 말을 하는 것도 처음이야. 네가 아니었다면 이런 말 절대 하지 않았을 거야. 그간 원표가 나에게 보인 진심을 알기에 나도 내 상황과 진심을 전하는 거야."

진심 어린 고백에 기분이 엄청 나쁘지도 무지 좋지도 않았다. 그 어느 쪽도 아니었다.

유은조는 나와 미국으로 갈 수 없다. 지금 명확한 건 그 사실뿐이었다.

"잘 모르겠어. 난 지금 이 순간도 당신을 많이 좋아하고 원한다는 것밖에는……."

내내 담담하다 왠지 울컥했지만 눌러 참았다. 자신의 지금 감정을 온전히 전해야 한다고 생각했기에 감정을 애써 눌러 앉혔다.

"화를 내고 매달리는 그런 행동은 하고 싶지 않아. 화가 나지 않는 건…… 당신 말이 맞아. 당신이 내 진심을 인정하고, 당신 진심을 숨기지 않고 솔직하게 말해서 그런 것 같아."

"……."

"궁금한 게 있어."

은조는 말하라는 식으로 고개를 작게 끄덕였다.

"저니 맥컬리는 당신에게 어떤 존재야?"

그가 건넨 질문의 의도를 알 것이다, 유은조는.

"저니, 1년 연장한 거 당신 때문이지? 현 연합사령관이 그치 작은아버지야. 본토로 들어가려는 조카를 잡아 6개월만 대외적인 활동, 한국인과의 까다로운 비즈니즈를 도와달라고 한 게 현 사령관이래."

유은조는 전혀 모르고 있는 표정이다.

"저니, 반쪽 한국인이잖아. 이곳에서 통한다 싶었겠지. 하여튼 간에 진저리치며 싫다고 했던 사람이 자진해서, 그것도 질색팔색하던 민정비서관으로…… 용산에 남겠다고 했대."

말을 할수록 전혀 모르는 표정이라 원표는 계속해서 말을 이었다.

"그 연장, 당신 때문이면 어떻게 할 거야? 당신이 8군에 없는데도 유능한 조종사가 일개 사령관 뒤치다꺼리하는 민정비서관으로 연장을 신청했을까?"

담담했던 유은조의 표정이 미세하게 동요하며 흔들렸다.

"연합사령관 집안, 상류층이란 말이 있어. 저니 부모님도 그렇고. 그런 사람들 감당할 수 있겠어? 그보다 당신, 저니가 어떤 인간인 줄은 알아?"

"……!"

"그 지옥 같은 아프가니스탄에서도 멀쩡히 살아 돌아온 탑 에이스야. 당신에겐 어떨지 모르지만 조종사들 사이에서는 유명하다고,

몬스터 괴물로. 그러니까 그 요물 같은 액면가만 믿어선 안 돼."

겉으로 보이는 그의 장난스런 모습에 유은조가 속을까 봐 걱정이 됐다.

이 자리에서 그의 모든 가십과 엄청난 무용담을 까발리고 싶었지만 참았다. 왜인지는 모르나 유은조가 저니에 대해 전혀 모른다고는 생각되지 않는다.

그동안 곁에서 보아온 유은조도 그리 만만한 사람이 아니니까.

"그리고……."

"밥 먹자. 배고파. 네가 화내고 뛰쳐나갈지 몰라서 빈속으로 왔어. 근데 네가 이렇게 이성적인 거 보니 배고프다. 나 위장 장애 때문에 밥 꼭 먹어야 해. 그러니까 밥 먹자."

유은조가 대답을 회피하자 원표는 더 이상 묻지 않기로 했다.

테이블 밑의 버저를 누르니 금세 직원이 들어왔다. 은조는 준비한 음식을 들이라고 했다.

"뭘 좋아하는지 몰라서 골고루 시켰어. 원표도 미국으로 돌아갈 테고 나도 내 자리로 돌아가면 지금처럼 얼굴 보기 쉽지 않을 거야. 그러니까 우리 오늘은 맛있는 거 먹고 남은 시간 웃으면서 지내, 장원표."

유은조는 환하게 웃었다. 이때까지 그가 본 미소 중에서 가장 환한 미소로.

늘 회색인처럼 개운하지 않은 미소를 짓던 사람이 지금은 그늘 없이 투명하게 웃었다.

우리 두 사람 인연에 기뻐하며, 또한 앞으로 다가올 작별을 아쉬워하며.

쓰린 감정과 상관없이 뿌듯했다. 유은조가 자신으로 인해, 자신과 함께하는 지금 저렇게 환하게 웃을 수 있다는 게.

약속을 안 그 순간부터 불안했다.

환상적인 프러포즈를 빼고 본다 해도 근 1년이란 시간 동안 그녀를 보살피고 꾸준히 자극한 인물이 장원표라고 했다. 은조는 그건 상당히 고마운 일이라고.

이런저런 소리를 들어서 그런지 더 안정이 되질 않았다. 시각을 확인하니 벌써 10시.

'그 자식, 로맨틱한 프러포즈를 또 하는 건 아니겠지? 설마 그럴까. 아니, 설마가 사람 잡는다고 했는데, 한국 속담에.'

불현듯 약속 장소에 가볼까 하는 생각을 했다.

자신이 너무도 유치하고 치졸했다. 이상하게 은조와 연관이 되는 건 모조리 그를 불안하게 만들었다. 이다지도 깊게 완전히 빠질 줄 몰랐다. 아니, 이럴 줄은 알았지만…… 그 한계를 넘어선 자신이 두렵다.

사랑이란 감정은 신기했다. 한 사람을 이렇게 완전히 불량품으로, 또한 시한폭탄을 탑재한 통제불능 상태로 만들 수 있다는 게.

발소리가 들렸다. 은조다! 특유의 발걸음 소리가 있다. 그만이 아는.

초인종이 울려 빠르게 현관문을 열었다. 은조가 다소 굳은 표정으로 서 있었다.

"할 말이 있어요. 30분 후에 우리 집으로 올 수 있어요?"

긴장한 나머지 침 넘어가는 소리가 크게 들렸다. 제대로 대답도 못하고 고개만 끄덕였다. 은조가 완전히 사라진 후에야 숨을 쉴 수 있었다. 왠지 불안했다.

'뭐지? 왜 그런 표정을 한 걸까? 설마 그 자식, 로맨틱이 아니라 처절한 자살 시도나 뭐, 그런 비슷한 행동을 하며 협박한 건 아니겠지? 정말 그런 건 아닐까?'

냉장고로 가 생수를 꺼내 마셨다. 목 안으로 물을 쏟아부었는데도 속이 탔다.

아무래도 그 뺀질뺀질하게 생긴 녀석이 두 번째 프러포즈를 한 모양이다.

은조는 아직 자신과 그 어떤 약속이나 관계를 규정짓지 않았다. 그저 서로에게 마음이 있어 사귀기로 했을 뿐. 자신은 절대 아니지만 아직까지 은조는 그랬다.

충분히 그 자식의 간절한 눈빛과 나긋나긋한 얼굴에 넘어갈 수도 있다, 은조는.

저니는 방 안을 돌기 시작했다. 자신이 거실 안을 빠르게 걷고 있다는 것도 인지하지 못한 채 뭐 마려운 강아지처럼 뱅뱅 돌고 돌았다.

샤워하고 몸을 닦던 은조는 문을 쿵쿵 두들기는 소리를 들었다. '뭐지?' 하며 가만히 귀를 기울이니 조용했다. 아닌가 하는데 또 다시 그 소리가 들렸다.

"문 좀 열어봐!"

저니가 사납게 문을 두드렸다. 더 정확히는 저번처럼 문을 차고 있었다.

급하게 몸을 닦고 가운을 걸친 채 현관문을 열었다.

"왜 그렇게 문을 차요, 무섭게?"

저니는 질문에 답도 하지 않은 채 거실로 들어왔다. 은조도 문을 닫고 거실로 갔다.

왜인지는 모르나 그는 흥분한 상태였다. 제정신이 아닌 듯 보였다. 도대체 왜 저러지?

"왜 그래요? 무슨 일 있어요?"

"당신, 왜 나한테 오라고 했어? 무슨 말 하려고?"

이게 무슨 소린지. 은조는 흘러내리는 머리를 넘기며 일단 좀 앉아 기다려 달라 말하고, 바로 욕실로 가 물기가 흥건한 머리를 수건으로 짜며 털어냈다. 소파에 불안하게 앉아 있는 저니를 스쳐보며 방으로 들어가 맥시원피스를 입고 그 위에 청 데님 남방을 걸쳤다. 머리는 빗으로 대충 빗어 넘기고 서둘러 방을 나왔다.

저니는 아직도 그 상태였다. 약간 멍한 상태, 아니면 무척이나 화가 난 상태.

"무슨 말 하려고 했어?"

"그보다 괜찮아요? 당신 불안해 보여요."

"먼저 말해. 왜 지금 보자고 했는지."

은조는 다그치는 저니를 쳐다보다 긴 숨을 쉰 후 자분자분한 목소리로 물었다.

"당신, 1년 연장 근무 신청했어요?"

저니의 얼굴 표정이 흥분 상태에서 순식간에 굳어졌다.

"뭐…… 그, 그건……. 응, 맞아. 신청…… 했어."

"K-16 조종사가 왜 연합사 민정비서로 연장을 해요? 내가 듣기론 당신 무척이나 뛰어난 조종사라고 하던데."

순간 저니는 답을 하지 못하고 우물쭈물했다. 지금까지 본 적 없는 모습이었다.

"아, 그건……. 한데 내가 연장한 건 어떻게 알았어? 혹시 그 카투사가 말한 거야?"

"나 때문이에요? 나 때문에 그런 거예요?"

은조는 저니를 응시했다. 저니의 눈동자는 그 어느 때보다 불안하게 흔들리며 요동쳤다.

"마, 맞아. 당신 곁에 있으려면 그 방법밖에는 없었어. 사실 우린 아직……."

불안감을 숨기지 못하고 횡설수설하며 당황하는 그에게 다가가 품에 안겼다.

저니의 품은 은조에게 너무도 딱 맞아 이상적이면서도 최적화된 장소였다. 이 품 안이 좋았다, 그의 체취도. 저니는 숨도 쉬지 않는 듯 그대로 굳어 있었다. 늘 여유와 장난기가 넘치던 모습은 지금 어디에도 없었다.

"……당신을 원해요. 우리 이제 손잡는 거 말고 다른 거 하면 안 돼요?"

은조는 당황스런 표정으로 자신을 내려다보는 저니의 얼굴에 조심스레 손을 대보았다.

부드러운 턱 라인을 손끝으로 따라가다 아이처럼 입술과 입술 언저리에 도장을 찍었다. 두드리듯 조심스런 입맞춤을 하고 서서히 입안으로 살며시 미끄러져 들어갔다. 경직된 혀를 천천히 리드하며 타액을 음미하던 은조는 입술을 떼고 저니를 올려다보았다.

"당신을…… 느끼고 싶어요."

붉은 입술이 유혹적으로 하는 소리를 분명히, 똑똑히 들었다.

"실버벨, 그러니까…… 지금 그 말은……."

확인하고 싶었다. 자신이 들은 말을 다시 한 번 확실하게 확인하고 싶었다.

"저니, 당신과 사랑하고 싶어……."

소리가 사라지기도 전에 입술을 집어삼켰다.

입안은 달콤하고 촉촉했다. 타액 또한 감미주처럼 달콤하고 감미로웠다.

이 순간 은조를 부숴 버리고 싶었다. 철저하게. 그와 동시에 두려운 감정이 들기도 했다.

"……안아도 괜찮아요. 안아줘요, 저니."

그 은밀한 속삭임에 한순간이나마 주저하던 감정을 모두 버렸다. 그동안 수도 없이 감추고 절제했던 욕망이 한꺼번에 다 터져 나오기 시작했다.

은조를 안아 들어 방으로 갔다. 침대 위에 눕힌 은조를 내려다보며 그는 흥분으로 인해 거칠어진 숨을 고르며 간신히, 아주 간신히 말을 토했다.

"아프게 할지도 몰라. 내가 당신 너무 많이 원해서……."

은조는 긴 머리를 늘어뜨리며 양 팔꿈치로 침대를 디디고 고개를 들어 힘겹게 키스했다.

그 키스에, 그 몸짓과 자극에 그의 모든 자제력은 깨지고 완벽하게 허물어졌다. 입술은 달고 더없이 맛있었다. 숨어 있는 혀를 잡아당기며 다급하게 빨아 물었다.

잠시 후, 긴장으로 진해진 눈빛을 하고 숨을 몰아쉬는 은조를 응시하다 속삭였다.

"다 가질 거야. 당신도 내 전부를 가져."

자신을 향한 다짐인지 은조를 향한 선언인지 모를 말과 함께 그의 혀는 턱을 핥아 내려와 목으로 이어지다 귀불을 핥고 있었다. 어느새 은조의 남방은 벗겨져 있었다.

저지 원피스에 가려진 몸매가 드러났다. 원피스를 위로 잡아 벗겼다. 그러자 미처 속옷을 다 갖추어 입지 못한 나신이 적나라하게 드러났다. 순간 두 사람은 똑같이 숨을 삼켰다.

새하얀 나신, 헝클어졌지만 길게 풀어 헤쳐진 머리, 묘한 열기와 두려움을 품은 투명한 갈색 눈동자, 떨림을 감출 수 없어 살짝 벌어진 입술은 그대로 한 폭의 그림이 되고 한 장의 사진이 되어 저니의 가슴과 눈에 치명적인 모습으로 각인되었다.

그 순간 만개한 욕망과 그보다 더한 기대감으로 자신의 존재를 알리는 남성을 강하게 느꼈다. 이 밤, 무척이나 길고도 험난한 사랑을 할 거란 생각이 들었다.

저니는 셔츠를 거칠게 벗어 던지고 침대를 내려가 바지와 속옷을 한 번에 벗어 던졌다. 자신의 나신을 보는 투명한 갈색 눈동자에 두려움이 가득 드리워지는 걸 보았지만 멈추지 않고 은조 곁으로 다가갔다.

뜨거운 입술과 함께 굴곡 있는 얼굴 라인이 그녀의 가슴에 와

닿았다. 기대감보다 놀란 감정이 먼저인 은조는 두려워 금방이라도 기절할 것 같았다.

온몸이 바들바들 떨렸다. 타인이 자신의 몸을 보고 음미하며 혀로 핥고 빨기를 반복하는 이 모든 행위가 너무나 자극적이고 무척이나 생경했다.

"벨, 나의 벨……."

뜨거운 입술과 혀로 탐미하고 음미하던 저니가 수줍은 돌기를 강하게 깨물었다.

순간 온몸에 전기 자극을 받은 것처럼 설명할 수 없는 감각이 그녀를 강타했다. 단 한 번도 상상하지 못한 행동이 주는 아찔한 감각에 소리를 지를 것 같아 입술을 깨물었다. 그는 양손으로 가슴을 잡고 입술과 혀로 긴장한 유두를 빨고 물며 쉼 없이 자극하고 희롱했다. 불같이 뜨거운 입술은 점점 밑으로 위험하게 내려가고 있었다.

배꼽 부근에 머무른 혀는 현란하고도 어지러운 춤을 계속 췄다. 그녀의 몸은 의지와는 상관없이 마구 휘어지고 꺾였다.

배꼽에서 배회하던 혀는 어느새 다리를 벌리고 깊고도 은밀한 부분을 찾아가고 있었다. 경직된 둔덕을 지나 꽃샘을 살짝 자극하며 샘 주위를 부드럽게 애무했다.

순간 지독하게 뜨거운 혀가 메마른 우물 안으로 밀고 들어왔다.

"……으흣!"

진입과 함께 몸이 반동으로 휘어져 공중으로 높이 차올랐다.

처음 맛본 우물은 아찔했다. 요동치는 남성을 간신히 다잡으며 고통스럽게 인내했다. 그러면서 좁은 샘 안으로 길을 만들고 부피를 키워 다디단 샘물이 흘러넘치길 빌고 빌었다. 더없이 자극받은 몸에서 날 선 비명이 터져 나왔다.

저니의 섬세한 손가락을 느낄 수가 있었다. 순간 징징 울리는 머리는 뒤로 젖혀지고 입에서는 끊임없이 비음 섞인 신음 소리가 새어 나왔다. 난생처음 겪는 지독한 몸살이었다.

그 모습이 너무나 색정적이고 자극적이라 저니는 몸 안에 거센 불길이 일었다.

끝없는 자극과 연이은 도발에 드디어 샘이 넘쳤다.

이윽고 곧고 긴 다리를 가르고 저니의 남성이 몸 안으로 진입했다. 아직 완전히 열리지 않은 좁은 길과 내벽은 빡빡하고 타이트했다. 은조의 하반신을 들어 바짝 끌어당기며 힘 있게 몸 안을 꿰뚫고 들어갔다.

"아악!!"

흡사 칼끝으로 난자당하는 듯한 고통에 그녀는 자신도 모르게 비명을 질렀다. 크고 단단한 남성이 너무도 무지막지하게 그녀를 반으로 갈랐다.

움직일 수도 숨을 쉴 수도 없었다. 조금만 움직여도 죽을 것처럼 온몸이 고통스러웠다.

"……벨 ……을 빼."

탁하게 갈라진 음성이 고통으로 의식을 놓으려 하는 은조를 일깨웠다.

저니는 움직이지 않은 채 힘겹게 자신을 다잡고 있었다. 은조는 몸에서 힘을 빼려 했다. 순간 그 조금의 틈을 타고 저니가 더욱 절박하게 안으로 박혀 들어왔다.

그와 동시에 온몸이 날카로운 비수에 찢기는 것 같았다. 낯선 고통은 끝도 없이 이어졌다.

분신을 쉼 없이 잡아당기며 죄어오는 강력한 내벽은 연속으로 저니를 강타했다. 여린 속살이 주는 자극과 열락은 그를 미열에 들뜬 사춘기 소년처럼 만들며 그동안 알지 못했던 탐욕스런 소유욕마저 모두 드러내게 만들었다.

가녀린 허리를 잡아 도망치는 은조 안으로 거칠게 침입해 들어갔다.

쉼 없이 몰아치며 여린 자신의 몸을 타고 요동치는 저니는 아름다우면서도 너무도 강인해 보여 감히 그를 멈추게 할 수도, 미친 듯 흔들리는 자신의 몸을 뺄 수도 없었다.

은조는 자신 안에서 무언가 고슬고슬한 감각이 터지는 것 같은 기이한 쾌감과 떨림을 느꼈다. 전기 자극처럼 찌릿하고 소름이 돋을 때처럼 순식간에 지나가는 그 낯선 감각은 그 무엇으로도 온전히 설명할 수가 없었다.

"아……."

불을 삼킨 도가니처럼 둔덕으로 내몰린 감각이 처음 접한 남성을 끊임없이 잡아당겼다. 저니는 강한 파동을 일으키는 내벽으로 인해 이성을 차릴 수가 없었다.

뇌수를 전부 녹일 것 같은 희열에 신음하며 금방이라도 숨이 넘어갈 것 같은 여린 입술을 거칠게 집어삼켰다. 그동안 의지와 상관없이 반강제적으로 억눌렀던 욕망에 철저히 굴복당한 저니는 짙은 탄성을 내지르며 은조 안에서 미친 듯이 포효했다.

"……발…… 그, 그…… 만……."

가녀린 목소리로 인해 폭주하는 마음을 다잡고 거친 숨결을 토해내며 끝을 향해 내달렸다.

"읏!"

마지막 파정조차 몸서리치게 짜릿하고 아찔했다. 마지막까지 너무도 강하게 씹어 삼키는 그로 인해 온몸이 부서지는 것 같았다. 그렇게 저니가 만든 비릿하고 몽롱한 의식 속에서 은조는 마침내 길을 잃었다.

그 밤, 거칠게 폭주하며 미친 듯 질주 본능을 불태우는 저니로 인해 은조는 참을 수 없는 고통과 결코 길들여지지 않는 시뻘건 열락 속에서 몇 번이나 정신을 놓을 수밖에 없었다.

일주일 남은 영어 수업은 시작과는 현저히 다른 인원수로 진행되고 있었다. 하나둘 빠지더니 현재는 은조를 포함해 모두 다섯 명만 남았다.

마지막까지 장 씨에게 줄 노트를 정리하다 맨 마지막으로 강의실을 나섰다. 가방을 메고 자리에서 일어나던 은조는 아직도 회복되지 않은 몸으로 인해 비명을 삼켰다.

일요일 새벽까지 은조를 침대에 칭칭 옭아맨 저니 맥컬리는 아무리 사랑이란 이름으로 용서하고 포장한다 해도 대체 불가능한 이기주의자에 호색한 그 자체였다.

폭주한 그는 은조의 절절한 호소에도 절대 놓아주지 않았다. 아니, 놓아주지 못했다. 그러면서 '많이 아파? 내가 아프지 않게 호,

해줄까?' 라는 말만 무한 반복했다. 이젠 호, 해준다는 그 정감 어린 말이 세상에서 제일 무서웠다.

그 탓에 은조는 일요일 내내 침대에서 일어나지도 못한 채 간호와 보살핌을 받았다.

사실 그조차 거절하고 싶었다. 막무가내로 자신의 의지를 관철시킨 저니는 장원표가 충고한 대로 앞뒤 안 가리는 괴물이었다. 숨겨진 본능을 밖으로 분출하게 만든 이로서 책임을 느끼고, 이토록 섹스에 방만해진 자신을 평생 책임져야 한다는 황당한 논리를 펴며 주말 내내 아픈 은조를 세뇌시키며 억지로 각성하게 만들었다.

힘겨운 몸을 이끌고 강의실을 나섰다. 당분간 저니를 피해야 한다는 강한 생존 본능만이 끝없이 적색경보를 울리고 있었다.

"휴우……."

한숨이 절로 나왔다. 오늘은 다행히 약간의 여유가 있었다. 장 씨가 집안 이사로 인해 이틀간 휴가를 신청했다. 그 모든 게 딸의 혼사와 연관 있다는 걸 짐작할 수 있었다.

"혼사, 혼사라……."

혼사라는 낯선 단어가 새삼스레 목에 걸려 따끔거렸다.

멍한 표정으로 걷고 있던 그녀 옆으로 낯선 자가용이 다가와 정차했다. 창문을 내린 혜나는 할 말이 있으니 얼른 타라고 말하고는 핸드폰을 확인했다. 더 이상 은조의 의사는 묻지도 않았다. 몸도 마음도 너무나 피곤한 은조는 반박 없이 혜나의 차에 편승했다.

"하루 종일 얼굴색이 왜 그래요? 내가 오늘 수업하면서 내내 느낀 건데 유은조 씨 얼굴 표정에 뭉크의 절규가 절로 떠오르던데,

혹시 생리통이 심한 스타일인가?"

"우리가 그런 은밀한 말을 나눌 정도로 친근한 사이던가요?"

냉랭한 말투에도 혜나는 어깨를 으쓱할 뿐 별다른 기색은 하지 않았다.

"점심 뭐 할래요?"

"용건이 그거였어요?"

"그럼, 점심시간에 점심이 용건이지 다른 일이 뭐가 있겠어요?"

혜나는 이상하다는 듯이 은조를 힐끔 보다 운전에 집중했다.

"미리 말을 하죠. 점심 생각 없어요."

은조는 게이트를 나가기 전 아무 곳에나 세워달라고 부탁했다. 그러곤 잠깐 동안 눈을 감았다. 피곤은 전혀 풀리지 않은 상태이다. 잠시 후, 몸을 바로 하고 간신히 감은 눈을 떴다. 차는 벌써 이촌동 쪽으로 신호 대기하고 있었다.

"전 내려달라고 했는데요."

은조는 다소 냉담한 톤으로 채근하듯 말했다.

"아는데, 내가 할 말이 있어요. 그러니까 점심 먹으면서 내 얘기 들어줘요. 사람 하나 살리고, 인간 하나 구제한다 생각하고."

잠시 후 들어간 고급스럽지만 아담한 술집은 아직 영업 준비를 하지 않은 상태여서 그런지 의자가 테이블에 올려져 있었다. 주위를 살피는데 안쪽에서 미소를 탑재한 젊은 남자가 걸어 나왔다.

은조는 혜나와 작은 테이블을 사이에 두고 앉았다.

테이블 위에는 요기를 할 수 있는 몇 가지 음식과 음료, 맥주와 양주까지 다양하게 세팅되어 있었다. 혜나는 제집인 양 맛이라도 보라며 음식을 권했다.

"제가 살릴 사람은 누구고, 구제할 인간은 누군데요?"

은조에 돌직구에 혜나도 망설임 없이 답했다.

"인간애로 구제할 인간은 이준성, 동료애로 살릴 사람은 바로 나."

혜나는 기막힌 답을 하곤 은조를 빤히 쳐다보았다. 거기다 한술 더 떠 한마디 보탰다.

"그리고 우리, 나이도 별 차이 안 나는데 말 편하게 하는 거 어때요?! 콜?!"

은조의 침묵은 어느새 혜나에게 동의와 수긍으로 해석되고 있었다.

"그럼 이제부터 우리 거추장스러운 존칭은 날려 버리고 편하게 가는 걸로!"

나름 만족스런 결론을 얻었는지 혜나는 무림고수처럼 여유롭게 빈 잔을 채우며 맥주를 벌컥벌컥 마셨다. 언뜻 봐도 주량이 상당해 보인다.

"나랑 술 마시고 헤어진 이준성이 주말 내내 연락도 안 되고 오늘은 무단결근까지 했어요. 그 사람, 8군 입사한 후 처음 있는 일이라고 관리장이 지금 난리도 아니에요. 아참, 우리 말 편하게 하기로 했구나. 깜박했네."

말은 오락가락하면서 맥주잔은 쉴 새 없이 비우고 채우기를 반복했다. 저 작은 몸에 그 많은 맥주가 흡수되는 게 신기할 정도였다.

"집에 가보세요. 우리 아파트에 사는 걸로 아는데."

"유은조 씨도 그 아파트 살아?"

"저 같으면 술 마신 다음날 집에 있을 것 같은데요."

퍽이나 유은조다운 답을 한다며 키득거렸다.

"그러니까 은조 씨가 한번 들여다 봐줘."

"제가 갈 사안이 아니에요."

딱 부러지는 대답에 한순간 눈을 치켜뜨던 혜나 김이 이젠 구슬리기 시작했다.

"에이, 그러지 말고 같은 아파트 살겠다, 자연스럽고 좋잖아. 사실 내가 그 사람 집 찾아가고 어쩌고 할 사이는 아니잖아. 그러니까 이 시점에서 은조 씨가 인간애와 더불어 동료애 좀 발휘해 봐."

은조는 전혀 동의도 동요도 하지 않은 채 혜나를 뚫어지게 쳐다봤다.

"같은 아파트라며? 그리 어려운 일도 아니잖아?"

"의사 표시를 한 걸로 아는데요."

칼 같은 대답에 혜나의 표정이 굳어졌다. 아니, 사나워졌다.

"의사 표현?! 그래, 그거 분명 했지. 근데 그게 뭐?! 당신 때문에 휘청거리는 사람 하나 구제하자는데 그게 그렇게 힘들고 어려운 일이야?!"

"힘들고 어렵지는 않지만 현명한 방법 같지도 않아요."

담담한 말투와 뻣뻣한 태도가 혜나의 술기운과 만만찮은 성질을 확 돋게 한 것 같았다.

"휘청거리는 사람 제자리 찾게 돕자는데 지금 현명한 방법을 논하는 거야? 사업하는 집안에서 자란 사람들은 피도 눈물도 없어?"

혜나의 목소리가 룸 안을 쩌렁쩌렁 울렸다. 저 작은 체구에서 저런 톤이 나온다는 게 신기했다.

혜나는 겁도 없이 양주잔을 채웠다. 말릴까 하다 그만두었다. 차라리 오늘 제대로 당해주는 게 낫단 생각이 들었다. 어설프게 당해주었다간 조만간 또 들이댈 것 같았다.

"당신 뜻대로 은둔형 워커 노릇 하게 해준 고마운 이준성에게 이럴 수 있어?"

독한 양주가 잘도 넘어간다. 저렇게 섞어 마시면 탈 날 텐데…….

"왜 말이 없어?! 이준성한테 삽질하는 내가 우스워?!"

술이 제대로 오른 혜나는 무섭게 은조를 노려보았다.

아무래도 이쯤에서 혜나에게 안정제를 처방해야겠다 싶었다.

"인사처장님이 절 마음에 두셨다고 했을 때, 전 그 누구에게도 주거나 받을 감정이 없었어요. 하지만 지금은 아니에요. 그 감정이란 게 비에 젖듯 주위 모든 사람을 적시나 봐요. 혜나 씨가 조금만 더 그분 곁을 지킨다면 감정은 분명 이어질 거라 생각해요. 제가 그런 것처럼."

자신의 의지와 상관없이 자꾸 주저앉는 눈을 뜨려 혜나는 안간힘을 쓰고 있었다.

"조만간 인사처장님 만나 확실하게 제 뜻을 전할 생각이에요. 그러니까 그때까지는 좀 기다려야 할 것 같네요."

그렇게 독설에 악다구니를 하던 혜나는 한곳을 응시하며 무섭도록 함구하고 있었다. 아무래도 제정신이 아닌 것 같아 차임벨을 눌러 남자를 불렀다.

거하게 취한 여자를 낯선 술집에 두기도 그렇고, 대낮부터 대리운전을 맡기기도 뭐해 할 수 없이 관리장에게 전화해 사정 얘기를 했다. 관리장은 미안하다는 말을 반복하며 혜나를 집에 데려다 주고 곧장 퇴근하길 부탁했다.

다행히 집은 가까웠다. 서빙고역 근처 아파트에 사는 혜나는 언니 가족과 함께 살았다. 완전히 정신을 놓은 혜나를 언니에게 무사히 인계하고 인사와 함께 모든 임무를 마쳤다.

술 취한 누군가를 도와 집에 데려다주고 술주정을 받아준다는 것 자체가 난생처음 있는 일이었다. 생각해 보니 8군에서의 모든 경험이 그랬다.

맨 처음 이곳 용산 8군에 숨어든 의도는 명백히 도피에 은둔이었지만, 지금은 또 다른 공간과 작은 사회를 공유한 사람들과의 진지한 소통이 되었다. 하우징 사람들, 카투사 장원표, 또 이준성과 대책 없는 주정뱅이 혜나 김까지.

은둔자이자 도망자인 자신은 분명 이들과 소통하고 있었다. 그 소통의 방향이 지금은 서로 다른 이들을 향해 있지만 그조차도 교류이자 분명한 움직임이었다. 정우와는 다른 교감이며 감정이지만, 감정은 흐르고 그들에게 반응하고 있었다.

이 모든 것과 저니는 또 다른 사안이었다. 그와의 감정은 본능 그 자체였다.

아직 그 어떤 단어로도 규명 짓고 싶지 않은 소중한 감정, 생애 처음 느끼는 설렘이자 두려움, 다시없을 것 같은 치열한 욕망이자 간절한 희망, 현재와 미래.

그 안에 저니 맥컬리란 남자가 있었다. 하지만 아직은 해결할 일이 산적해 있다.

흔들리는 회사 이미지와 주인을 잃은 위태로운 경영권, 작은아버지에게 들어야 할 진실과 정우의 유언, 할아버지의 허락과 포기, 8군과 그 안에서 만난 각각의 인연들과의 정리 등 큰 고리로 정리는 되지만 아직 해결책을 찾지 못한 일들로 인해 머릿속이 복잡했다.

❖ ❖ ❖

할 얘기가 있다고 한 장원표는 시작부터 절대 호의적이지 않았다.

결국 8군 안에 있는 클럽인 NAVY CLUB에서 7시에 만나기로 했다. 아무래도 먼저 프러포즈한 홈그라운드의 이점을 철저히 계산한 행동으로 보였다.

그동안 집에 가 은조를 보고 싶었지만 상황이 여의치 않았다. 아니, 상황보다는 은조가 이를 거절했다. 그녀는 주말 내내 침대에 누워 있어야 했던 일로 단단히 삐쳐 있었다.

오늘 아침에는 함께 출근하자는 말을 무시했다. 지금 이 순간도 온몸이 부서질 듯 아프다며 눈을 흘기는 통에 그는 기가 죽을 수밖에 없었다. 그러면서도 은조를 납치해 누구 하나가 지쳐 쓰러질 때까지 사랑을 나누고 싶었다. 도무지 컨트롤이란 걸 할 수 없었다.

짐작은 했지만 은조를 안아본 지금은 더욱더 그랬다. 평소의 그는 절대 이러지 않았다.

깊이가 다른 연애는 이어졌지만 관계에 빠져서 자신을 되돌아보거나 상대로 인해 스스로를 반성하는 이런 정도는 단언컨대 단 한 번도 없었다.

지금 이 순간에도 그의 생각을 지배하는 건 오로지 은조였다. 그를 품고 그에 품 안에서 저릿한 쾌감에 몸부림치던 은조의 형형한 표정과 그 기묘한 감각이 떠올라 몸이 뜨겁게 달아올랐다.

갈증을 느낀 저니는 이미 반쯤 비운 맥주를 단숨에 마셨다.

"뜻대로 안 돼서 답답해요?"

한국 사람들이 즐겨 쓰는 말로 꽃미남이란 단어가 있다.

개인적으로 그런 표현을 무척이나 낯간지러워하지만 그 단어에 부합되는 인물인 장원표가 고개를 빠끔히 내밀며 앞자리에 앉았다. 우중충한 군복을 마치 항공 유니폼처럼 소화하는 새하얀 피부의 장원표가 꼴 보기 싫었다.

'남자 놈이 피부 상태 하곤. 지가 한류스타도 아니고…….'

"군복을 입고 있지만 유은조를 사이에 둔 라이벌로 만난 자리니까 계급장은 떼고 얘기하죠. 이곳 사람들은 우리가 무슨 대화를 하는지도 모를 테니까."

장원표는 직원을 불러 맥주를 주문했다. 저니는 방금 전까지 자신이 마신 맥주를 주문했다.

"미리 말하는데, 오늘은 제가 만나자고 했으니까 제가 삽니다."

"마음대로."

가벼운 응대가 마음에 들지 않는지 장원표는 다소 심드렁한 표정이었다.

서빙하는 직원이 병맥주 두 병을 테이블에 놓고 가자, 각자 자신의 맥주를 들고 알아서 마셨다.

"우리 만나는 거 은조 씨 알아요?"

"아니."

"아, 그보다 우리 먼저 정확하게 짚고 시작하죠. 그쪽 지금 우리 은조 씨랑 만나요? 교제 뭐, 그런 거 하냐고요?"

우리 은조 씨라는 말이 묘하게 신경을 거슬리게 했다.

유은조, 실버벨은 머리카락 한 올에서부터 발가락 하나하나 전부 저니 맥컬리의 소유였다.

이제 그의 통제 안에, 하버링 안에 있는 인물이니 은조에게 관심 꺼라. 정말이지 마음 같아서는 이렇게 외치고 싶었지만 꾹 참았다. 지금 장원표를 도발할 수는 없었다. 언더커버인 은조를 위해서도, 제대를 코앞에 둔 이 재수 없는 장원표를 위해서도.

"비슷한 처지라고 할 수 있지. 아직은 내 쪽에서 목을 매고 있으니까."

그의 대답에 장원표는 뭐가 그리 좋은지 테이블에 앉아 처음으로 히죽거렸다. 그러더니 여유롭게 들고 있던 병맥주를 마셨다. 그 모양이 참 꼴 보기 싫었다.

"내가 은조 씨한테 프러포즈한 건 알죠?"

"대답 못 들은 걸로 아는데?"

"아뇨. 듣기는 했죠. 당신은 모르겠지만."

장원표는 그의 속을 뒤집기 위해 이 자리를 만든 것처럼 내내 이죽거렸다.

저니는 자신도 모르게 맥주병을 꽉 쥐었다. 그 모습을 보았는지 장원표는 완전히 승자의 눈길로 그를 주시하며 맥주를 홀짝였다. 유치하지만 이대로 당할 그도 아니었다.

"은조가 프러포즈를 받아들이던가?"

"솔직히 내가 원하는 답은 아니었지만 명백한 거절이라고도 볼 수 없어요. 설사 거절했다고 해도 내가 그 사람을 포기하지 않았고요. 그러니 그쪽이 우리 은조 씨 곁에서 얼쩡거리는 거 그만뒀으면 해요."

장원표는 들고 있던 맥주병을 내려놓고 진지하게 말했다.

"난 은조 씨와 결혼해서 함께 미국으로 들어갈 계획이에요. 부모님께서도 이미 반허락은 하신 상태고 나머지는 우리 하기 나름이라 생각해요."

그 유명한 말처럼 장원표는 지금 혼자 북 치고 장구 치고 있었다.

"사실 이런 얘기까지는 할 필요 없지만 말 나온 김에 할게요. 자신이 은조 씨랑 잘될 거라 생각해요? 한국 어르신들이 가장 터부시하는 것 중 하나가 바로 혼혈이에요."

저니는 장원표가 하는 말을 그저 조용히 들어주었다.

"한국 사회에서 아무리 글로벌이니 의식의 변화이니 해도 저기 웃어른들 의식은 아직 해방 전이라고요. 또 반대로 그쪽 어른들께서는 과연 은조 씨를 환영할까요?"

작정을 했는지 양쪽 집안을 다 거론하고 있었다. 아직은 너그럽게 계속 들어주었다.

"연애만 할 거니 그런 문제 없다고 할 수도 있겠지만 그렇다면 더욱더 안 돼요. 지금 은조 씨가 연애만 하다 시간 보낼 시기는 아니잖아요?"

장원표는 저니를 달래 은조에게서 완전히 털어내려는 듯 보였다. 먼지처럼.

"그러니 은조 씨 외모만 보고 혹해서 잠시잠깐 어쩌려고 하는 거면 이쯤에서 신사답고 매너 있게 그만둬 줬으면 좋겠어요."

아무래도 그의 의지와 감정을 어느 정도 드러내야 할 것 같았다. 자신과 다른 이들을 모두 편 가르며 자신만이 독보적인 존재라 믿는 장원표의 저 대단한 자만심을 더 이상은 두고 볼 수가 없었다.

"외모에 반한 건 사실이지만 난 은조의 모든 걸 원해."

모든 것이라고 말하자 장원표는 무슨 뜻이냐는 듯 쳐다봤다.

"혼혈이란 사실이 이 사회에서 마이너스란 건 알지만 그 때문에 은조를 포기할 마음은 없어. 또 같은 이유로 은조가 우리 집안에서 상처받고 겉돌 거라고도 생각하지 않아, 난."

명료한 대답에 장원표는 이제까지와는 다른 눈빛으로 차분히 말을 이었다.

"모든 게 개인의 의지와 계획대로만 된다면 나도 당신 만나 선전포고 비슷한 걸 하지 않아요. 그냥 은조 씨 하나만 보고 끝까지 밀고 나가지. 하지만 난 그러고 싶지 않아요."

장원표는 분명 자기 자신보다 은조를 걱정하고 있었다.

"충분히 배려하고 고려해서 그 사람 마음 편하게 해주고 싶어요. 난 은조 씨가 웃는 게 좋아요. 그 사람, 매일 환하게 웃게 해주고 싶어요. 그러려면 당신보다 아무런 장애와 결격 사유가 없는 내가 더 그 사람에게 어울려요."

은조를 잘 안다는 건 맞았다. 하루 이틀 보고 결정한 마음이 아니란 것도 알겠다.

꽃미남 얼굴을 한 어린 녀석이 제법 깊이 있게 은조를 배려하고 있었다.

사실 프러포즈할 때 스냅 사진들을 보면서도 느꼈다. 은조의 내밀한 표정들을 무척이나 잘 잡아냈다. 저니가 아는 은조는 잘 웃지 않았다. 하지만 한 번 미소를 보이면 그건 상대에게 완전 무장 해제를 유도하는 치명적인 무기였다.

녀석은 은조의 웃음을 지키고자 했다. 진실한 마음이란 소리다. 그렇다면 자신도 이 녀석과 동등한 입장에서 진실되게 대해야 한다고 판단했다.

"어떤 만남, 어떤 관계든 장애는 있어. 나에게는 그게 내 존재 자체라는 게 아이러니하지만, 난 그 부담을 기꺼이 떠안고서라도 은조와 함께하는 미래를 꿈꿔."

"……."

"맞아, 난 은조를 본 날이 그리 길지 않아. 외모에 혹해서 좋아하기 시작한 것도 맞고. 그렇다고 내 마음이 당신보다 덜하다고는 생각 안 해. 사랑이 어떤 기준으로 그래프를 세워 높고 낮음이나 길고 짧음으로 비교할 수는 없는 거니까."

장원표의 표정은 처음과 다르게 조금씩 눈에 띄게 어두워졌다.

"은조가 모든 장애를 뛰어넘어 내 손을 잡는다면 난 은조와 함께하는 미래를 절대 포기하지 않을 거야. 그때가 오면 은조를 향한 마음 깨끗이 접어주길 바라. 은조가 힘들지 않고 환하게 웃으며 내 손을 잡을 수 있도록. 부탁해, 장원표 병장."

은조에게 먼저 할 이야기이지만, 그간 그 나름대로 은조를 보살피고 지켜온 공을 인정함은 물론 은조가 장원표를 걱정하는 마음을 알기에 일시적으로라도 연적으로 받아들이며 정중하게 대우하는 게 맞는다고 생각했다. 그건 그렇고 아직 해결할 문제가 하나가 더 남았다.

"그리고 은조가 나, 저니 맥컬리를 택하게 되면 보관 중인 사진, 모두 나에게 넘겼으면 해."

저니의 말을 조용히 경청하던 장원표는 마지막 말에 다소 기분이 상한 듯 보였지만 그로서는 꼭 짚고 넘어갈 문제였다. 자신의 여자 사진이 다른 사람 손에 있다는 건 절대 허용할 수 없는 일이었다. 그 누구에게든 있을 수 없는 일일 것이다.

"그러죠. 하지만 그건 은조 씨가 당신을 택해야 해당되는 사항이에요."

"그야 물론이지."

이 자리에 없는 은조의 생각과 판단은 배재한 채, 적당한 타협이 아닌 나름 뚜렷한 합의를 본 두 사람은 서로가 정당한 방법과 노력으로 은조에게 어필할 것을 예상했다. 또한 그 누구든 은조가 선택한다면 그 선택을 수용해야 한다는 사실도 암묵적으로 동의했다.

두 남자는 클럽에 들어와 처음으로 서로 맥주병을 들어 건배했다.

ALCPT 마지막 수업 날. 이준성은 수업에 들어오지 않았다. 강의 전 혜나의 표정으로 그날 이후 이준성이 출근했다는 건 어렴풋이 짐작했다.

수업은 끝이 났고, 혜나는 강의를 수강한 사람들에게 고맙다는 인사와 함께 시험을 잘 보라는 말을 잊지 않았다. 몇몇 사람은 시험문제 출제 경향을 물으며 시간을 끌었다.

강의실을 나서니 장 씨가 달달거리는 애마를 끌고 기다리고 있었다.

오늘은 하우징 창고 한편에서 공부하기로 했다.

장 씨는 하루라도 빨리 시험을 봐 점수를 확보해야 했다. 그래야만 영어 인터뷰를 대비할 수 있는 시간적 여유가 생긴다.

"저…… 유 선생, 나 시험 보는 날 유 선생도 시험 보나?"

"아니요."

"저, 그날…… 우리 시험 같이 보면 안 될까?"

장 씨의 눈빛은 너무도 많은 걸 내포한 채 호소하고 있었다.

불안한 마음, 포기할 수 없는 욕심, 초라한 자존심, 지켜주고 싶은 이를 향한 조건 없는 사랑…….

그 눈빛 안에 모든 게 담겨 있었다. 장 씨에게 어떤 답을 해야 하는지 순간 혼란스러웠다.

"……그러고 싶으세요?"

시험을 같이 본다고, 아니, 옆자리에 앉아 보여주려 해도 그게 가능한 일인지 은조도, 장 씨도 알지 못한다. 불법과 편법에 능하면서도 그것이 싫어 도망친 은조에게 이 상황이 무척이나 아이러니하고 곤혹스러웠지만 장 씨의 부탁을 무시할 수는 없었다.

그는 은조의 눈을 피해 시선을 돌렸다.

시선은 다른 곳을 향해 있지만 마음 또한 그 시선 끝에 있다고 생각지 않았다.

"아니야, 유 선생. 내가 실언했네."

불안한 눈빛은 여전했지만 입은 그와 다른 말을 하고 있었다.

"우리 마지막까지 잘해보자고. 나도 정신 차릴 테니까 유 선생도 포기하지 말고 힘내.”

여전히 갈등하는 눈빛이었지만 목소리만큼은 빠르게 안정을 찾고 있었다. 더 이상 눈빛을 읽지 않았다. 그도 은조도 공부에 열중했다. 지금은 이 방법뿐이란 걸 두 사람은 너무도 잘 알고 있었다.

❖ ❖ ❖

이준성이 전화로 은조를 찾은 건 퇴근 시각이 가까워서였다.

약속 시각보다 일찍 나와 앉아 있었다.

저니는 오키나와로 출장을 간 상태이다. 다음 달에 있을 한미연합훈련에 대비해 여러 가지 일을 꼼꼼히 확인해야 한다고 했다.

‘지금 뭘 하고 있을까? 오키나와에도 이렇게 비가 내리려나. 그 좁은 헬기 안에서 보는 세상은 어떨까. 서울은 어떤 모습일까…….’

이런저런 생각에 빠진 은조는 이준성이 자신을 하염없이 보고 있단 사실도 모른 채 별다른 접점도 없는 비를 통해 저니의 빈자리를 가득가득 채우고 있었다.

잠시 후, 두 사람은 커피잔을 마주하고 앉아 있었다.

“하실 말씀 하세요.”

늘 그랬다. 언제나 예의 바르고 감정의 틈을 조금도, 어느 순간에도 보이지 않았다. 그럼에도 준성은 싹을 틔우고 꽃을 가꾸었다. 당사자인 유은조의 허락도 받지 않은 채.

명백한 반칙이니 이 모든 감정의 폭탄은 준성 혼자만의 책임이었다.

"하우징 임 반장님이 걱정하시던데요, 유은조 씨."

"저를요?"

"요즘 장 씨와 ALCPT 공부한다면서요?"

"아……."

유은조는 어정쩡한 미소를 보이며 컵을 만지작거렸다. 준성은 그녀의 모든 표정을 하나도 놓치지 않고 살폈다. 소유했다. 그리고 기억 장치 안에 고스란히 기억하려 했다.

"꼭 숙제하는 사람처럼 열심히 한다고. 숙제를 끝마치면 멀리 갈 사람 같다고. 그래요, 유은조 씨? 8군 떠날 생각이에요?"

직접적인 질문에 답을 하지 않았다. 그녀다운 그녀의 색을 입힌 깔끔한 답을, 무정한 답을 생각하고 있으리라 짐작했다. 늘 그랬듯.

"혹시 나 때문이에요?"

"아니요."

"난 왜 내 탓 같다는 생각이 들죠?"

"아시잖아요, 제가 다른 사람 고려하지 않는다는 거."

대답처럼 거침도, 주저함도 없는 단호한 눈빛을 하고 유은조가 준성을 응시했다.

"하지만 아저씨 일이 마무리되면 그만두려는 건 맞아요."

"8군이 필요 없어졌나요?"

늘 그렇듯 말을 아꼈다. 답을 생각하는 게 아닌, 말 자체를 아끼고 있었다.

"만약 장 씨가 시험에 떨어지면 붙을 때까지 8군에 있을 생각이에요? 듣기론 121에 지원하려고 준비 중이라던데.”

순간적으로 욕심이 났다. 자신에게 조금의 감정도 내어줄 수 없다면 조금이라도 유은조가 이곳 8군에 더 머물러 주었으면 했다. 아니, 꼭 그렇게 만들고 싶었다.

“121 면접, 내가 들어가는 건 알아요?”

감정 변화가 없던 유은조의 표정이 일순간 미묘하게 달라졌다.

“나로 인해 면접 결과가 달라질 수도 있다는 말이에요, 과거 유은조 씨 때처럼.”

눈빛이 변한 건 순식간이었다. 아름다운 갈색 눈동자는 그동안 내내 숨기고 있던 유리 날을 세웠다. 이제까지 한 번도 본 적이 없는 모습이다.

“이번 시험에서 121에 지원 자격이 되는 영어 점수를 얻는다 해도 면접에서 떨어질 수도 있다는 말이에요.”

“그건 저도 알고 있어요. 제가 궁금한 건 인사처장님께서 직접 제 경우를 언급하신 이유가 뭔가 하는 거예요.”

질문하는 유은조의 말투는 평소 그녀가 단답형으로 무신경하게 내뱉는 말투가 아닌 마치 상대방을 제압하려는 듯 위협적이면서도 직설적인 말투였다.

“말 그대로 내 찬성 여부가 당락에 영향을 줄 수도 있다는 말이에요.”

“면접은 121에서 두 명, 중대에서 두 명 아닌가요?”

“맞아요.”

“그럼 무슨 수로 영향을 주죠? 한미 면접관들이 사이좋게 자신들의 점수를 오픈해 공유라도 하나요?”

유은조는 마치 재미있다는 듯, 또는 어이없다는 듯이 물었다.

"그럴 수도 있어요. 과거 유은조 씨가 면접 점수에서는 제일 좋았지만 모두 당신을 반대했어요. 당신은 절대 하우징에서 일할 인물이 아니었으니까. 그때 내가 당신을 지지하지 않았다면 아무리 인터뷰 점수가 뛰어나다 해도 뽑히지 않았을 거예요."

유은조는 이제껏 본 표정 중 가장 무심하고 서늘하게 준성을 보았다. 결코 노려보거나 질린 표정조차 하지 않았지만 그 시선은 준성을 무척이나 아프게 했다.

"인사처장님이 원하는 게 뭔가요?"

숨을 삼키고 되도록 똑바로 쳐다보며 또박또박 말했다.

"내가 당신을 떠나보낼 수 있을 때까지 살아 숨 쉬는 실체로 있어줘, 당분간만이라도."

"정리하려는 사람이 그 실체를 잡는다. 그처럼 어리석은 말은 처음이네요."

잔인하게 비웃지는 않았지만 결코 동의하지 않는다는 듯 담담히 말했다.

"당신을 상대로 그리움까지 더해 싸워 나갈 자신이 없으니까, 난."

"놓을 수도 있어요."

유은조는 고저는 없지만 강단 있는 말투로 말했다.

비는 어느새 그쳐 있었다. 그리 길지 않은 마법 같은 시간.

꼭 붙잡고 싶은 마음만 가득한 순간, 유은조가 순수하게 오직 그만을 보아준 그 짧은 찰나, 준성은 이 순간을 영원히 기억하고 싶었다. 할 수만 있다면 자신 안에 가두고 싶었다.

"아니, 그러지 않을 거야. 중간에 그만둘 거였으면 처음부터 장 씨의 부탁을 들어주지도 않았을 테니까, 내가 아는 유은조란 사람은."

"……."

"난 당신과 싸울 생각도, 장 씨의 숙원을 망칠 생각도 없어. 그저 당신이 조금만 나에게 시간을 주었으면 해, 아주 조금만. 천천히 그리고 온전히 내 의지로 당신을…… 지울 수 있도록."

이런 상황에서도 그저 솔직한 것밖에는 다른 대안이 없는 준성은 처분을 기다리듯 유은조를 바라보았다. 한동안 그런 준성을 빤히 응시하던 유은조는 별다른 반박도, 동조도 하지 않은 채 창밖으로 시선을 돌렸다.

❹ Hovering

오키나와발 C—12(수송기)를 타고 K—16에 도착한 시각은 밤 10시 52분이었다.

조종사에게 시간 엄수는 매우 중요하기 때문에 정확했다.

K—16(성남비행장)에 도착한 저니는 동승했던 부조종사에게 양해를 구하고 먼저 라커룸으로 향했다. 걸으면서도 내내 발걸음은 무거웠다. 오늘 같은 기상 여건은 VFR(조종사가 모든 걸 직접 하는 비행) 수동 비행이 무리라는 걸 알지만 그럼에도 불구하고 강행했다.

규정 위반까지는 아니지만 징계를 먹을 수도 있었다, 오늘 같은 야간 비행은.

오키나와 비행은 1박을 하는 경우가 많았다. 특히 오늘처럼 기상 상황이 안 좋을 때는 더욱 그랬다. 하지만 이상하게 마음이 초조했다. 은조와 다투거나 한 것도 아닌데 불안했다.

늘 은조를 향해 안테나를 세우고 있어서 그런지 비행 내내 집중하지 못했다.

샤워를 하고 다시 군복으로 갈아입은 후 기지 운항실(미군의 모든 비행을 주관하고 도와주는 센터)에 들러 카투사에게 비행시간을 남기고 레인지로버를 끌고 빠르게 어둠 속을 질주했다.

이럴 때는 핸드폰이 있었으면 좋겠다. 늦은 시각 무작정 초인종을 눌러야 하는 상황이 그도 적잖이 당황스러웠다. 하지만 어쩔 수 없었다. 지금 꼭 봐야만 하니까.

벨을 누르자 약간의 텀을 두고 기척이 들렸다. 은조가 걱정스런 눈빛으로 문을 열었다. 이제야 숨을 쉴 것 같다. 동그란 눈을 하고 올려다보는 은조를 안고 무작정 집 안으로 들어갔다. 체향과 익숙한 숨소리를 듬뿍 맡고서야 조금 안정을 찾았다. 약간의 거리를 두고 은조를 찬찬히 눈에 새겼다. 자신의 여자는 여전히 숨 막히도록 아름다웠고, 이 순간 자신을 올려다보고 있었다. 다행이다. 정말 다행이다.

"무슨 일이에요? 내일 온다고 했잖아요?"

에스닉한 원피스에 긴 카디건을 걸친 은조는 머리가 살짝 헝클어져 더욱 야릇하게 보였다.

"말 좀 해봐요. 무슨 일이냐고요?"

집에서 그를 기다리는 자신의 여자 은조, 나의 실버벨. 난 왜 그렇게도 불안했던 걸까.

의문이 들었다. 아직 사랑한단 말을 듣지 못해서? 은조가 제자리로 돌아가면 장원표 말대로 논란이 될 수 있고 약점이 될 수도 있는 그를, 혼혈인 그를 외면할까 봐? 아니면 그녀의 완고한 가문과 가족들이 그들 사이를 극렬하게 반대할까 봐?

"저니 맥컬리, 정신 좀 차려요! 사람 걱정하게 정말 이럴 거예요?"

"이렇게 소리 높이는 거 처음 봐. 그건 날 엄청 걱정해서 그런 거지?"

"당신 정말……."

목소리는 입안으로 삼켜졌다. 저니는 여린 입술을 헤집고 들어가 숨어 있는 혀를 찾아 빨고 삼키며 자신의 존재와 은조의 존재를 아프게 확인했다.

달콤한 타액에서는 그녀의 체향 같은 은밀한 맛이 났다. 그 매혹적인 향에 갈증이 나 자꾸 도망치려는 혀를 깊게 빨아들이며 타액을 모두 찾아 남김없이 흡수했다.

의지와는 다르게 키스는 더욱 농밀해졌다. 부드러운 혀를 뜯어 물고 빨며 불안한 마음을 타액과 함께 모두 삼켜 버리고 싶었다. 아무도 빼앗아갈 수 없게끔 자신 안에 집어삼키고 싶었지만 숨조차 제대로 쉬지 못하는 은조를 보며 간신히 입술을 뗐다.

입 주위는 서로의 타액이 범벅돼 야릇하게 반짝이고 있었다. 그런 적나라한 모습에 안심했다. 안심이 됐다. 이런 자신이 한심하기도 하고 변태 같다는 생각도 들었지만 그래도 안심이 되는 것은 어쩔 수 없었다.

"도대체……."

"비행하다 갑자기 불안해서 그랬어."

예상치 않은 답에 놀랐는지 은조는 사납게 반짝이던 눈빛을 풀고 의아한 시선을 하며 올려다보았다. 그 모습에 저니도 안정을 찾고 있었다.

"왜 불안해요?"

"몰라, 그건. 오키나와에서도 내내 그랬어. 다섯 시간을 어떻게 비행했는지 기억도 안 나. 내가 이럴 줄 몰랐어. 당신이란 존재가 날 자꾸 내가 아닌 다른 사람으로 만들어."

이토록 타인에게 집착하고 동요하는 자신이 낯설고 멋쩍어 씁쓸하게 웃으며 연신 마른세수를 했다. 은조를 눈앞에서 오감으로 확인하니 비로소 천 근 같은 피곤이 몰려왔다.

"미안해. 봐야 할 것 같아서, 그래야 숨을 쉴 것 같아서 무작정 달려왔어. 놀랐다면 미안해. 이제 자. 얼굴 봤으니 나도 좀……."

"들어와요."

"……?"

"들어와서 자요. 당신 피곤해 보여. 안아줄게요, 불안하지 않게."

저니는 조금도 움직이지 않고 자리를 지켰다. 놀랍기도 하고 왠지 불안하기도 했다. 그 모습에 은조는 멀뚱히 서 있는 그의 팔을 힘껏 잡아당겼다. 그 미약한 힘으로 인해 몸이 한순간 균형을 잃었다.

은은한 조명 빛에서 보는 저니는 여자인 자신이 봐도 아름다웠다.

예술가나 학문과 학술을 기본으로 하는 탐미주의적인 시선이 아니더라도 정말 지독하게 아름다운 남자였다, 그녀의 연인은.

그녀의 침대에 누워 한 팔로 팔베개를 해주고 자는 그를 올려다보다 은조는 약간 상체를 들어 자세를 잡고 숨을 고르며 기절한 듯 자는 연인의 모습을 천천히 관찰했다.

성격이 그런지라 말로써 칭찬한 적은 없지만 늘 느끼고는 있었다.

작은 얼굴 속에는 완벽한 이목구비가 황금 비율로 잠들어 있다. 참으로 윤기 나면서도 부드러운 피부다. 은조는 천천히 얼굴 전체와 이목구비 하나하나 손으로 더듬어 매끄러운 감촉을 즐겼다. 꽉 다문 입술 라인 위로 손끝의 감각을 모두 끌어모았다.

그 순간 온몸에 오소소 소름이 돋았다. 진동이 느껴졌다.

'이상하네. 왜 이런 거지?'

마치 몸이 현란한 입술 감촉을 모두 기억하는 것 같았다. 이 입술이 얼마나 그녀의 몸을 열망하며 거칠게 탐하고 수없이 빨았는지 모든 감각이 기억하는 듯 생생히 느껴졌다.

은조의 얼굴은 어느새 열기로 붉어져 있었다. 이상했다. 또한 낯설고 두려웠다.

자신이 느끼는 이 생경한 감각과 파동으로 퍼지는 열망이 민망하고 스스로가 음탕하게 느껴졌다. 그러면서도 잠든 저니의 입술 감촉을 계속 음미하며 느껴보고 싶었다.

허공에서 헤매던 손끝을 조심스레 입술 위에 대보았다. 그러자 온몸이 또다시 전기 자극을 받은 것처럼 찌릿했다. 스스로에게 놀라 움직이던 손끝을 꼭 말아 쥐었다.

그것도 잠시, 간신히 숨을 고른 후 떨리는 손끝으로 입술과 목 주변을 훑어 내렸다. 상체가 전부 드러난 몸은 가까이서 보니 더욱 넓고 건장했다.

단단하면서도 실크처럼 매끄러운 피부는 살아 숨을 쉬는 것처럼 보였다.

고요한 얼굴과 달리 상반신은 생생한 활기가 느껴졌다. 탄탄한 가슴을 따라 내려갔다.

잔 근육으로 이뤄진 몸은 더없이 아름다웠다. 그때 또 낯선 감각이 그녀의 은밀한 부분을 자극했다. 가슴의 돌기는 물론 하반신 전체에 기이한 느낌이 감돌았다.

'내가 왜 이러지…….'

손을 내려 몸 상태를 확인했다. 조심스럽게 손끝을 따라가니 둔덕 사이로 촉촉한 물기가 흐르고 있었다.

'헉!'

얼른 손을 뗐다. 단 한 번도 상상하지 못한 일이다.

진정되지 않고 마구 뛰는 심장 소리로 인해 저니가 깰까 봐 두려웠다. 아니, 이런 자신의 몸 상태를 알게 될까 봐 그게 더 두려웠다.

'괜찮아. 저니는 지금 자고 있어. 나도 곧 괜찮아질 거야.'

두 손을 가슴 위에 올리고 쿵쿵 뛰는 가슴을 누르며 다독였다. 그러면서 두 다리를 곧게 펴 일자로 만들어 붙였다. 조금의 틈도 보이지 않게 양다리에 힘을 잔뜩 주고 두 눈을 꽉 감았다.

잠결에 이상한 감각을 느껴 억지로 눈을 떴다.

순간 붉은 스탠드 불빛이 눈 안으로 퍼져 들어왔다.

정신을 차리고 주위를 둘러보니 옆에서 자고 있어야 할 사람이 보이지 않았다. 이름을 부르려는 순간 은조는 터져 나오는 신음을 삼켰다. 침대 아래쪽에서 자신의 은밀한 곳을 반복적으로 빨아대는 능란한 혀 놀림에 이 작금의 상황을 이해했다.

은조는 노골적이면서도 음란한 저니의 행동에 숨을 삼켰다. 저니는 양손으로 은조의 다리를 제압하곤 다시금 좁고 빡빡한 샘을 깊게 빨아대고 있었다.

거침없이 내벽을 흡착하는 혀는 너무도 뜨겁고 강렬했다.

어떻게든 벗어나려 했지만 그럴수록 그는 더욱 음란하게 혀를 움직이며 잡은 다리를 바짝 끌어당겨 자신의 얼굴을 둔덕에 문대며 깊이 파묻었다.

"아악!"

날카로운 이가 둔덕 전체를 살짝 물었다. 결을 따라 움직이는 섬세한 손길은 너무도 은밀해 에로틱하기까지 했다.

은조는 양손을 겹쳐 신음을 흘리는 자신의 입을 틀어막았다.

대담한 혀 놀림은 계속 이어졌다. 부드럽게, 격하게, 아주 깊게, 매우 빠르게, 다시 부드럽게 샘을 끊임없이 선점하고 약탈하듯 공략했다.

다양한 움직임에 맞추어 신음 소리도 어느덧 리듬을 타고 있었다. 멈추고 싶었지만 절대 그럴 수 없었다. 은조는 더 이상 버틸 힘이 없어 시작도 전에 녹초가 되었다.

"……그만…… 흑!"

그녀를 침대에 엎어놓은 저니가 하얀 엉덩이를 부여잡고 노골적으로 핥기 시작했다. 수치심과 두려움에 하체에 힘을 주었다. 그러자 그는 등과 척추로 뜨거운 입술을 옮겼다. 혀는 등 전체를 부드럽게 핥으며 수많은 열꽃과 새로운 자극으로 이어갔다.

고개를 옆으로 한 은조는 양손이 잡혀 꼼짝도 할 수가 없었다.

"……아…… 악!!"

느긋하게 몸을 탐험하던 그가 단번에 안으로 밀고 들어왔다. 아니, 뚫고 들어왔다는 표현이 맞았다. 가녀린 허리를 움켜잡고 처음부터 거칠게 움직였다.

온몸에서 뜨거운 불길이 이는 것 같아 숨을 쉴 수가 없었다.

결코 짧지 않은 시간, 무섭게 몰아치며 반복되는 강력한 피스톤 운동에 등 뒤로 거친 숨소리가 들렸다. 저니는 지치지도 않는지 그녀의 부드러운 귓불을 깨물며 여린 어깨를 부여잡고 더욱 깊게 자신을 묻고 또 묻었다. 둘 사이에 조금의 틈도 허용할 수 없다는 강한 열망이 그를 자꾸 야만적이고 파괴적인 행위로 내몰고 있었다.

은조는 부끄러움도 잊은 채 고통과 쾌감에 교성을 내질렀다. 상상도 못한 아픔과 희열이 한꺼번에 덮쳐 와 베개에 얼굴을 파묻었다. 갈급한 욕망으로 성난 남성이 좁고 타이트한 샘 안으로 꾸역꾸역 밀고 들어와 끝없이 전진과 후퇴를 반복하며 여린 내벽을 긁어댔다.

하반신 전체가 이성과 따로 분리된 듯 기묘한 감각이 몽실거렸다.

저니는 땀에 젖어 자꾸 미끄러지는 몸으로 은조 위에서 끝도 없이 질주했다.

어느 순간 설명할 수 없는 기이한 열감이 차올라 하복부부터 발끝까지 오그라들게 만들었다. 은조는 상체를 들어 침대 시트를 움켜잡았다. 그렇게라도 하지 않으면 온몸이 타올라 금방이라도 죽을 것만 같았다. 미칠 것 같은 쾌감은 그녀를 고통스런 열락과 위태로운 사선으로 자꾸만 자꾸만 떠밀며 내몰았다.

느닷없이 찾아온 절정은 그녀를 어두운 나락 속으로 빠르게 이끌었다.

저니는 갈등했다. 시각은 새벽 5시로 넘어가고 있었다.

'어떡해야 하나. 이대로 보내기엔 아쉬운데…….'

새벽에 다소 거칠게 몰아붙여 은조는 아직까지 정신을 차리지 못하고 있었다.

이대로 K—16으로 복귀할 수는 없었다. 징계를 피할 수 없을지도 모르는 상황에서 단 한 번의 사랑은 도무지 성에 차지 않았다. 하지만 의식도 없는 은조를 또다시 덮칠 수는 없었다. 새벽과 똑같은 상황을 만들면 은조는 분명 거리를 두며 그를 불안하게 만들 것이다.

그때 은조가 몸을 뒤척이며 품속으로 파고들었다.

품 안의 살결은 부드러웠다. 그렇다고 힘없이 말랑말랑하기만 한 것은 아니었다.

딱 좋을 정도로 탄력이 있으면서도 매끄러워 자꾸 손을 타게 만드는 희한한 고탄력 피부였다. 그런 기특하고 고마운 살결을 배부르게 느끼고 싶었다.

지금 손을 대면 분명 끝장을 볼 것이라는 걸 안다. 한데 극도로 자제하고 있는 그의 품 안으로 은조는 자꾸만 파고들어 자신을 난처하게 만들었다. 소담한 둔덕이 남성과 맞닿았다.

'으윽!'

숨길 수 없는 희열이 전신을 타고 흘렀다. 욕심 많은 남성은 어서 자신을 해방시켜 달라며 성급하게 몸체를 키우고 과하게 부풀렸다.

얕은 잠에 빠진 은조는 부스럭거리며 들끓는 그의 몸을 스치며 매만지길 반복했다. 은조의 가늘고 긴 손가락이 그의 가슴 돌기를 스쳤다. 동시에 남성에서 윤기가 흘렀다.

정말이지, 괴로워 미칠 것 같다. 온몸의 감각이 은조를 거칠고 강하게 소유하길 원했다. 또 다른 자신을 샘 안에 깊숙이 묻어 그 절절한 감각을 느끼며 야릇한 교성을 듣고 싶어 그의 이성은 미쳐 날뛰고 있었다. 결국 침대에서 벌떡 일어났다.

더 이상 침대에 머무르면 자신을 제어할 이성이 녹아서 다 사라져 버릴 것만 같았다.

"왜…… 그래요?"

일어나는 소리에 은조가 잠이 깬 모양이다.

"아, 아니야. 좀 더…… 자."

선잠이 깬 아이처럼 은조는 연신 눈을 비비며 침대 옆에서 어정쩡하게 선 그를 올려다보았다. 그러다 놀란 표정을 하는 시선을 따라가니 더 이상 커질 수 없을 정도로 부푼 남성이 보였다. 얼른 침대 시트로 하반신을 가렸다. 그러다 침대에서 똑같은 나신으로 자신을 보고 있는 은조와 눈이 마주쳤다.

놀라고 불안한 시선으로 입술을 깨무는 모습에 저니는 방금 전까지 힘겹게 끌어모았던 자제력을 놓고 말았다. 하반신을 가린 시트를 훌훌 내던지고 침대 위에 웅크리고 있는 은조 곁으로 다가갔다.

은조는 재빨리 뒤를 돌아 베개를 찾기 시작했다. 베개를 집어 던지려는 순간, 그가 그녀를 덥석 안아 침대 헤드보드에 기대앉았다. 그러고는 은조의 다리를 자신의 몸을 중심으로 좌우로 크게 벌려 앉게 만들었다. 이런 긴박한 상황을 모른 채 분신은 거부하는 둔덕을 사정없이 노크했다. 은조는 온몸을 비틀며 그에 가슴을 두 손으로 마구 내려쳐 벗어나려 발버둥 쳤다.

"또 그러기만 해봐! 가만 안 둬!"

"날 욕하기 전에 스스로를 좀 돌아봐."

양팔까지 제압되어 결박당했음에도 은조는 벗어나려 바동거렸다.

"참고 자제하는 날 당신이 이만큼 키웠잖아. 그럼 책임을 져야지."

"내가 언제?! 난 잠을 잔 것뿐이라고요! 새벽에도 그렇고 지금도."

은조는 반성하고 자각하라는 듯 새벽을 언급해 그의 만행을 상기시켰다.

"새벽에 덮친 건 할 말 없지만 지금은 아니야. 당신이 잠결에 날 만지면서 자극했다니까. 그러니 약식으로라도 날 품어줘."

"도대체 무슨 소리 하는 거예요?"

말로는 고지식한 은조를 이해시킬 수 없단 생각이 들었다.

항의라도 하려는 입술을 날름 한입에 집어삼켜 버렸다.

농밀하게 입술을 빨며 타액을 흘려보내던 저니는 은조를 가볍게 들어 남성 위에 조심스레 맞춰 앉히려 했다. 그러자 은조는 버둥거리며 거부하듯 고개를 내저었다.

저니는 입술을 떼고 은조에 양손을 자신의 겨드랑이 사이에 끼운 채 부드러운 은조의 엉덩이를 잡아 자신의 분신 위에 천천히 앉혔다.

"아……!"

샘은 다행히 젖어 있었다. 새벽에 닦아주었는데도 두 사람의 여운이 아직 그대로 남아 있었다. 천만다행이다 싶었다. 그리 힘들이지 않고 깊숙이 진입했다. 어느 순간 두 사람은 조금의 틈도 없이 서로에게 흡착되었다. 저니는 만족스런 신음이 절로 새어 나왔지만 은조는 또다시 밀려드는 아픔에 바스락거렸다.

"……벨, 나 좀 봐봐. 응? 나 좀 봐."

그녀의 아픔이 잦아들길 바라며 양손을 잡아 깍지를 꼈다.

은조는 아직도 버거운지 온몸이 굳어 있었다. 긴장을 풀어주기 위해 뺨과 턱을 계속 핥으며 뜨거운 키스를 퍼부었다. 그러자 그녀의 몸이 조금씩 풀어졌다.

그의 시선에 탐스런 가슴이 들어왔다. 더 자세히는 수줍게 자신의 존재를 알리는 분홍빛 돌기가 시선을 사로잡았다. 고개를 내려 돌기를 입에 넣고 장난스럽게 빨고 물기를 반복했다. 그러자 머리 위로 익숙한 신음 소리가 들렸다. 그 음란한 소리에 남성에도 강하게 힘이 실렸다. 색스런 신음 소리는 어느 순간 짧게 끊기는 흐느낌이 되었다.

"부드럽게 할게. 그러니까 당신이 도와줘. 응?"

대답도 하지 못하는 은조는 자신의 몸 위에 올라앉아 끙끙 앓았다. 그 모습에 더욱 흥분이 됐다.

좁은 공간 안에서 사방으로 꽉 물려 있던 분신도 조금씩 숨을 쉴 수 있게 되었다. 잡고 있던 손을 풀어 가는 허리를 힘 있게 부여잡았다. 은조가 그에 가슴에 양손을 모으며 자리를 잡았다.

그 틈을 타 더욱 강하게 찍어 눌렀다. 이내 짧게 끊기는 색스런 교성이 터졌다.

"아…… 악!"

저니도 연신 죄어오는 내벽의 쫀쫀한 느낌에 탄성을 내질렀다.

두 사람에게서 서로 다른 톤의 탄성과 신음이 새어 나왔다. 극도로 흥분한 그가 허리를 잡고 자극적으로 문대며 거칠게 비벼댔다.

온몸의 감각이 전부 녹아내리는 것 같았다. 맞닿은 채 하나가 되어버린 두 몸체는 또다시 헤어졌다 맞붙기를 수차례, 아니, 수십 차례를 반복하며 강렬한 쾌감의 노예가 되어갔다.

이 순간 모든 감각은 행위로 인해 베어져 무뎌지고 완전히 녹아내렸다.

가녀린 육체가 주는 희열과 만족감은 늘 상상 이상이었다.

이렇게 자신에게 꼭 맞아떨어지는 육체가 있다는 게 마냥 신기하고 경이로웠다. 또한 이 속도로 계속 성장해 농염한 마녀가 될 그녀가 두렵기도 했다. 그러면서도 어서 성장하길 희망했다. 지금도 이렇게 그를 폭주하게 만드는데, 그때는 어떤 방식으로 날뛰는 욕망을 길들이며 열락의 문으로 인도할지 그 미칠 듯한 기대감에 방만하게 허리를 튕겼다.

그 강력한 진동과 파동에 은조는 숨이 끊어질 듯 헐떡이면서도 유연하게 허리를 휘는 건 물론 응답이라도 하듯 하반신을 조였다. 이에 한껏 자극받은 저니는 또다시 밀려드는 강한 애욕에서 헤어나오지 못한 채 아침까지 샘을 퍼마셨다.

아침부터 밀려드는 일감으로 부지런히 움직였다.

그 누구보다 지게차를 자유자재로 움직이는 은조는 오늘도 운반을 도맡았다.

점심시간이 되고, 은조는 되도록 식사를 거르지 않고 철저히 세끼를 지키려 했다. 언제 또다시 위가 성질을 부릴지 몰라 나름 눈치 보며 식사에 신경 썼다.

장 씨는 모처럼 하우징에서 직접 밥을 해 먹자고 제안했다.

PBO나 카펜더, 페인트, 또는 하우징 같은 낮은 급수의 워커들에게는 흔히 있는 일이었다. 매일 도시락을 싸기도 번거롭고 사 먹기도 만만치 않아, 이들은 각자 반찬을 한 가지씩 가져와 밥과 찌개는 하우징 룸 한편에서 직접 만들어 먹기도 했다.

오랜만에 한자리에 모여 푸짐한 점심을 즐기려는 그때 원표가 나타났다. 하우징에 프락치라도 심었냐고 야유하던 아저씨들도 열렬히 환영했다.

은조는 편한 이들과 오늘의 여유와 여운을 기억하리라 다짐했다.

높은 빌딩 안에서 사람보다 서류 뭉치와 수치표에 목매며 살던 유성그룹의 비밀병기 유은조가 하루하루 힘겨운 노동으로 거미줄처럼 이어진 잡념을 잊고, 사람들 사이의 피곤한 관계 맺기를 통해 전혀 다른 관점과 폭넓은 시야를 키우게 됐다.

그녀는 이곳에서 성장과 함께 인간미를 탑재하고 자신도 모르게 진화를 거듭하고 있었다. 8군이 아니었다 해도 변화의 타이밍은 있었겠지만, 은조가 찾아든 곳은 8군이었다.

새벽, 할아버지로부터 연락을 받았다.

실로 오랜만에 듣는 낮익은 저음, 탁하고 거친 음성, 그분의 지난한 시간과 세월의 궤적을 말해주는 갈라진 목소리.

주말에 집으로 오라고 말씀하셨다. 긴히 하실 말씀이 있다고.

이번 주말이 지나면 영어 시험이 있다. 시험을 치르고 면접 결과가 나오기까지 빠르면 3주 안에 8군에서의 모든 일이 마무리된다.

저니 때문에라도 더 이상 시간을 끌 수 없었다. 그는 헬기를 조종하는 조종사다. 생명과 직결되는 일을 하는 사람의 발목을 잡는 우매한 연인은 되고 싶지 않았다.

저니를 생각하니 온몸이 그를 기억하며 반응이라도 하는 것처럼 쑤셔댔다.

어제 아침 출근 시각이 다 되도록 그녀를 품 안에서 놓지 못하는 저니 때문에 결국 둘 다 지각을 했다. 그 탓에 은조는 하루 종일 약 먹은 새처럼 꾸벅꾸벅 졸았다. 장 씨는 자신의 시험 준비로 인한 스트레스 후유증이라며 살뜰히 챙겼고, 덩달아 하우징 사람들도 이에 동조하며 쉬게 해주었다. 생각지도 않은 배려와 혜택을 받자니 민망하고 낯 뜨거웠다.

밤새 과도한 색욕에 빠진 연인으로 인해 피로하단 말도 못한 채, 은조는 하우징 사람들을 줄곧 피해 다녔다. 정말이지 하루 종일 밤과 낮, 서로 다른 육체적 노동에 시달리다 보니 죽을 것 같았다. 그 대단한 저니의 체력을 어쩌면 좋을지 이젠 피로감에 머리도 안 돌았다.

그 순간이었다, 음악 소리가 피로 회복을 책임지는 타우린과 청량제처럼 느껴진 건.

원표가 이어폰을 귀에 끼워주었다. 뭐냐고 웃는 그녀에게,

"하소연."

하며 씁쓸한 미소를 지었다. 음악이 흘렀다.

널 놓아줘야겠지. 그게 내 몫일 거야.

널 바라보면서도 기억에서는 지워야겠지.

가능하겠니. 네가 나를, 내가 너를 지우는 게.

한마디만 해줘. 단 한마디만.

후회한다고, 지금 후회하고 있다고…….

애원하는 듯한 보컬 솔로가 감정을 자연스럽게 몰입시켰다. 호소력 짙은 감성과 감각적인 가사가 가슴을 건드렸다. 음악에 원표의 감정이 관통했다. 슬프기보다 안타까운 감정의 토로.

음악이 끝나고 원표는 이어폰을 빼 손에 감아 들었다.

아직도 그녀의 귓가에 안타까운 가사가 반복되어 마음 안에서 파동하고 끝없이 진동했다.

"무슨 생각을 그렇게 해요?"

하소연한 사람치곤 무척이나 담백했다. 마치 아무 일도 없었다는 것처럼.

그들이 앉은 자리는 운동장이 훤히 보이는 명당.

큰 나무 밑이라 적당한 그늘이 드리우면서도 시원한 바람이 통해 남의 시선을 반기지 않는 은조가 무척이나 즐기는 자리. 이런 소소한 것까지 장원표는 전부 다 알고 있었다. 그래서 그 누구보다 이 아이에게는 마음이 쓰이고 미안했다.

"시험 준비는 잘 했어요?"

"글쎄, 나보다는 아저씨께서 할 몫이니까."

"그러네요."

원표가 입가에 살짝 붙은 잔머리를 조심스럽게 떼어주었다.

보통은 하나로 질끈 묶었는데, 오늘은 저니가 밤새 만든 자잘한 열꽃 때문에 머리를 반만 묶어 내리고 있었다.

'……봤을까?'

차라리 이 눈치 빠른 아이가 보고 어서어서 마음을 털어내길 바랐다.

"복학 준비는 잘하고 있어? 가을 학기 수강할 수 있을 텐데."

원표는 편하게 이야기하는 그녀를 흘끗 보더니 들고 있던 캔음료를 한 모금 마셨다.

"함께 가면 모든 게 다 잘되겠죠. 나도 헤매지 않고. 그렇게 걱정되면 같이 가요. 내가 호강은 못 시켜줘도 고생은 절대 안 시킬 자신 있으니까."

사뭇 비장하게 말하는 원표가 이젠 동생처럼 믿음직스러웠다.

"이 나이가 고생 안 하는 걸로 되겠어? 이제 난 호강, 호의호식을 넘어 무척이나 호사스럽게 살 나이야. 막강한 30대잖아."

우스갯소리를 하자 원표는 무척이나 놀란 표정을 하며 그녀의 기색을 이리저리 살폈다. 꽤나 심각한 표정으로 뚫어져라 쳐다보았다.

"왜?"

"이상해서."

"뭐가?"

"8군 안에서 두세 단어 넘지 않게 말을 아끼는 사람이 너무 길게 말하니까 무슨 일 있나 해서 그러죠."

'내가 그렇게 방어만 하면서 무미건조하게 살았나.'

이 아이는 정말 나에 대해서 모르는 게 없구나. 이래저래 생각이 많아졌다.

"저니 소령 만났는데 말 안 해요?"

"안 하던데?"

"기분 나쁘네. 쭉쭉빵빵 꽃미남 라이벌이 선전포고까지 했는데 좋아하는 여자한테 경고도 안 했다는 게 날 경계해서 그런 거야, 경쟁에서 완전히 제외해서 그런 거야?"

원표는 투덜거리며 운동장 어딘가에 시선을 뒀다.

저니보다 더 싱그럽고 환하게 빛이 나는 아이인데, 난 왜 끝까지 이 아이에게 마음이 움직이지 않았는지 모르겠다. 그 거리감이 분명 나이 때문만은 아니었는데.

저니는 싱그럽기보다 자태도 자태거니와 잔향이 너무나 짙어 상대에게 부담스러웠다. 외모도 분위기도 상서롭지 않아 보기는 좋아도 소유하기는 벅찬 스페셜한 일회용.

그에 비해 장원표는 밝은 기운과 따뜻한 에너지가 느껴지는 일반인이었다. 어찌 보면 정우와도 비슷했다. 마음을 나누고 아끼는 사람이지만 절대 남녀 관계는 될 수 없는 담백하고 깔끔한 관계.

'정우는 정말 그 사실에 아파하며 절망했던 걸까.'

마음이 순식간에 얼어붙었다.

"왜 그래요? 아파요?"

장원표는 긴장한 표정으로 은조의 기색을 살폈다.

그 순간 이제까지와는 다른 마음이 꿈틀거렸다. 정말 한순간의 결정이며 판단이었다.

"괜찮아. 그보다 나중에 말이야, 나 보고 싶으면 언제라도 찾아와. 난 언제든 어떤 상황에서든 널 반가워할 테니까. 잊지 마, 장원표."

원표는 그런 은조를 보며 도대체 무슨 말을 하는지 모르겠다는 얼굴을 했다.

점심시간을 아슬아슬하게 넘기며 사무실로 들어갔다.

사실 별다른 스케줄도 없고 말년이라 원표가 할 일도 없었지만, 사무실에서 컴퓨터로 학교 소식도 찾아보고 기숙사 정보도 얻기 위해 서둘러 들어왔다. 사무실은 텅 비어 있었다.

은조와 나쁘지 않았다. 아니, 나쁘지 않는 건 둘째 치고 그 어느 때보다 좋고 친밀했다.

이유는 모르지만 하나 확실한 건 유은조가 달라졌다.

거리를 두거나 피하지도 않으면서 대화도 그 어느 때보다 진지하게 했고 무엇보다 그녀의 기운이 밝았다. 원래도 어둡거나 음침하지는 않았지만 늘 귀찮은 기색이 완연해 냉담하고 심하게 무신경했었다. 그런데 요 근래 달라졌다.

'이 모든 게 저니 맥컬리의 영향 때문일까?'

의문이 들었다. 정말 그렇다면 기회는 전혀 없다는 얘기다.

'아니라면 변화는 어디에서 온 걸까? 또 마지막으로 한 얘기는 무슨 의미지?'

이상했다. 언제든 찾아오라는 그 얘기가.

이상한 것투성이다. 알고 싶어도 물을 수도 없고, 물어본다고 말할 그녀도 아니니까.

'유은조는 저니 맥컬리에게 마음이 기울었을까? 그럼 사진들은 고스란히 그 남자 손에 들어가겠지. 그건 정말이지…… 싫은데.'

그 남자의 압승으로 끝나는 꼴은 절대로 보기 싫었다.

원표는 팔짱을 낀 채 뭐 하나 확실한 게 없는 의문들로 머리가 복잡했다.

❖ ❖ ❖

장원표를 한껏 노려본 저니는 사령관 사무실로 향했다.

그를 보자 점심시간 때 본 불쾌한 장면이 떠올랐다.

벤치에 앉아 바람을 맞는 은조와 장원표는 무척이나 보기 좋았다.

선남선녀가 서로를 향해 다정한 눈빛을 하며 오순도순 이야기하는 모습. 그 평범하고 아무것도 아닌 일을 저니는 아직 한 번도 하지 못했다.

저니와 은조는 침대 위에서만 뜨거운 연인이었지 대낮에 8군에서 즐기는 소소한 데이트는 한 번도 해본 적이 없었다. 저니는 8군을 은조와 손잡고 거닐고 싶었다.

누구든지 두 사람을 보면 사랑하는 연인들이구나 하는 걸 단박에 알 수 있게끔 그렇게 티 팍팍 내면서 동료들의 부러운 시선과 호된 야유도 받아가며 공개 연애를 하고 싶었다. 하지만 현실은 아직 공개되지 않은 그룹 후계자란 이유와 페어플레이를 약속했지만 혹시나 치기 어린 마음에 카투사가 객기를 부릴까 걱정돼 이러지도 저러지도 못하는 애매모호한 상황. 거기다 오늘처럼 다른 남자와 자아내는 그 같은 그림은 정작 연인인 그를 몹시도 초라하게 만들었다.

한편으론 자신은 그저 섹스 파트너일 뿐인가 하는 의문과 터무니없는 의심도 들었다.

은조의 상황과 군인이자 선배로서 장원표의 무사 제대를 모두 배려해야 한다는 건 알지만 섭섭한 마음이 드는 건 어쩔 수 없었다.

'당신은 지금 무슨 생각을 하는 거야…….'

한 번도 물어보지 않았지만 오늘은 정말 속 시원하게 묻고만 싶었다.

뭔가 흐릿하고 개운하지 않은 마음으로 연합사령관실 쪽으로 걸음을 옮겼다.

월터가 대낮부터 개인적인 일로 불렀다. 이런 일은 단 한 번도 없던 일이다. 개인적인 일은 언제나 그의 사저에서 의논했지 사령관 사무실에서 나누지는 않았다.

월터는 소파에 앉아 그를 기다리고 있었다. 다소 굳은 표정으로.

[앉아라.]

저니는 사령관에게 인사를 한 후 맞은편에 앉았다.

[어제 여왕님한테 연락이 왔다. 연장 근무에 대해 들으신 모양이더라. 나에게 자초지종을 물으시기에 우리가 타협 본 대로 말씀드렸다. 근데…….]

[…….]

[화를 내셨어. 그것도 엄청나게.]

[그래서 뭐라고 하셨어요?]

[뭐라고 하긴, 1년은 나도 어쩔 수 없다고 했지.]

[잘하셨어요. 그럼…….]

[그랬더니 직접 들어오신다고 하더라. 너랑 결혼할 여자 데리고!]

저니는 월터의 말을 듣고 순간 아무런 말도 하지 못했다. 전혀 생각지도 못한 상황이라 그저 말문이 막히고 어이가 없었다.

[그래서 말인데, 난 빠지련다. 너랑 타협 본 건 이미 지난 일이고 이제부터는 네가 직접 나서. 난 여왕님한테 잘못 보여서 내가 받을 그 많은 재산 홀라당 날리기 싫으니까.]

이제 와서 손 턴다는 식으로 말하는 얄미운 월터를 보면서도 저니는 이 일을 어떻게 해결할지 오로지 그 생각만 했다.

[혹시 할머니께 제가 드린 말씀 하셨어요?]

[뭐? 사랑하는 여자 있다는 거?]

[네.]

월터는 기겁하는 시늉을 하며 절레절레 고개를 저었다.

[내가 미쳤냐! 난 전혀 모르는 일이야. 너에게 들은 적도 전혀 없고.]

강하게 부정하던 월터는 저니를 응시하며 충고했다.

[잘 생각해라. 넌 분명 할머니 의견을 존중한다고 했어. 이제 와서 한국 여자랑 냉큼 결혼하겠다고 하면 잔혹한 여왕님이 가만히 지켜보고 계시겠니? 아마 너나 사랑하는 사람, 둘 다 상처받을 거야. 그러니까 이쯤에서 그만…….]

[무슨 일이 있어도, 하늘이 두 쪽 난다 해도 은조랑 결혼해요. 그 사람과 함께가 아니면 전 절대 미국으로 돌아가지 않아요.]

저니는 단호하게 말했다. 그게 사실이고 진심이니 다른 대안은 전혀 없었다.

문제는 할머니다. 재산이나 가문, 인정, 다 필요 없다. 이제껏 그런 것 없이도 잘살았고 앞으로도 그럴 것이다. 부모님을 생각해 웬만하면 할머니 뜻에 따르려고 했지만 이제는 그럴 수가 없다.

은조. 나의 실버벨이 여기 있다. 그녀를 이곳에 두고 한 발자국도 움직일 수 없다는 걸 그는 진작부터 알고 있었다.

[그 사람은 어떤 사람인 거냐? 한국 사람인 건 알겠는데.]

월터가 궁금함을 내비쳤다. 그도 그럴 것이다. 그의 반응을, 이제껏 한 번도 보지 못한 불꽃을 눈앞에서 보았으니.

[일전에 한 번 보셨어요, 월터도.]

[내가? 언제? 어디서?]

[…….]

저니는 망설여졌다. 아직 구체화된 건 아무것도 없는데 말을 해도 되는 건지, 혹시 자신의 존재로 인해 은조에게 조금이라도 피해가 가고 흠이 되지 않을까 염려되고 걱정됐다.

[저니 맥컬리!]

그럼에도 불구하고 말하고 싶었다. 자신이 사랑하는 여자를 가족들에게 보여주고 자랑하고 싶었다. 또한 가족 모두에게 인정받고 싶었다.

[일전에 파티에서 본 유성그룹 후계자 유은령이요.]

[……!!]

[그녀를 사랑해요. 그 사람 없이 전 아무것도 할 수 없어요.]

월터는 지난 파티 때 본 유은령이란 여자를 떠올렸다. 생생하게 기억한다.

서양인인 월터의 눈에도 보기 드물게 뛰어난 미인이라고 생각했다. 하지만 미모를 떠나 그 유은령이란 사람은 보통의 존재가 아니었다.

이 나라 제계 7위 안에 드는 막강한 가문의 여식도 여식이지만, 그 설명할 수 없는 미묘한 존재감은 첫 만남에서부터 그의 신경을 묘하게 건드리며 호기심을 자극했다.

어린 나이인데도 그러한데 더 성장하고 발전하면 그 누구에게든 분명 버거운 상대일 건 분명했다. 솔직히 말해 지금의 그녀도 저니에게는 어려운 상대였다.

[같은 마음인 거냐, 너랑 그 후계자?]

[잘 모르겠어요. 쉽게 속을 드러내는 사람이 아니라서요. 하지만 그 사람이 절 진심으로 대한다는 건 알아요. 그건 말하지 않아도 저절로 느껴지는 거잖아요.]

저니의 표현대로 쉽게 속을 보이는 사람이 아니란 건 공감했다. 그 파티에서도 중요 인물들 모두 그 젊은 여자를 주시하면서도 경계하는 듯 보였다. 문득 그런 생각이 들었다.

'그 젊은 여주인과 우리 여왕님이 만난다면…….'

왠지 그건 상상도 하기 싫었다. 분명 전쟁 아닌 전쟁이 일어날 것이다, 두 사람 사이엔.

[글쎄, 난 모르겠구나. 딱 한 번, 그것도 스치듯 본 사람을 뭐라고 평가하기도 그렇고.]

언뜻 잔혹한 꽃들의 전쟁이 연상돼 몸서리가 쳐졌다.

월터는 머릿속을 채우려는 영상을 재빨리 지우고 담담히 말했다.

[일단 할머니께서 들어온다고 하셨으니 넌 그 일을 어떻게 해결할지 그것부터 생각해 봐. 너랑 맞선 볼 사람, 우리 가문과도 아주 막역한 사이라고 하셨으니 대충 상대했다가는 할머니한테서 살아남기 힘들 거다.]

할머니께서 누굴 데려오던 뭘 하던 신경 쓰지 않는다.

가문이 대단하든 부자든 그건 그와 아무 상관 없다. 하지만 할머니는 다르다.

아직도 클라라에게 원색적인 원성을 듣는 어머니를 생각하면 그가 할머니 뜻을 거스른다는 건 분명 쉽지 않은 결정이다. 그 무엇보다 최우선은 은조지만 어머니와 할머니 두 분을 완전히 배제하기란 그로서도 어려운 일이다. 바로 가족이기에 그랬다.

차를 기다리는 내내 앞집 주인을 생각했다.

아침에 보긴 했지만 지금은 저니의 행방을 전혀 알 수가 없었다.

핸드폰 번호는 알고 있지만 전화해서 물어보기도 그랬다. 한번 손을 대기만 하면 워낙 진을 다 빼는 터라 어제도 못되게 굴었다. 그게 내내 마음에 걸렸다.

저니가 그녀에게 어떤 존재인지, 어떤 절대적 영향권에 있는지 연인이라고 인정하고 선언한 그때 이미 알고 있었다.

그 흔한 첫사랑조차 해본 적이 없다. 그러니 절대 모를 수가 없다.

누군가 곁에 오는 것도 어색하고 불편해하는 자신이 스스럼없이 저니를 만지고 안고 그의 체향에 안온해하며 그에 품 안에서는 항상 편하게 잠들 수 있었다. 어찌 모를 수가 있고 아닌 척할 수 있을까. 그렇게 빤히 보이는 생생한 감정을.

핸드폰이 울렸다. 차가 도착한 모양이다. 일단 할아버지를 만나 뵙고 저니를 직접 보고 안으며 이 분명하고 선명한 감정을 확인하고자 마음먹었다.

할아버지는 걱정한 것과 달리 정정해 보이셨다. 이미 70이 넘은 분을 놓고 그저 정정해서 다행이란 말을 해도 될지 모르겠지만 뵙기에는 나쁘지 않았다. 그래서 위안이 됐다.

원래도 자잘한 표현을 하지 않는 분이라 호들갑 떠는 인사는 모두 생략했다.

그저 3년 넘는 시간 동안 세상 구경 많이 했느냐고 물으셨고, 이에 그녀도 고개를 끄덕이며 가볍게 웃었다. 저녁을 간소하게 드시는 성정답게 3년 만에 함께하는 저녁 식사도 크게 다르지 않았다. 오랜만에 집안사람들과 인사를 하고 과일을 먹는데 윤 이사가 불렀다.

할아버지는 사람들에게 부를 때까지 아무도 기척하지 말라고 하셨다.

안 집사가 나가자 누런 봉투를 주시며 소파에 앉아 바로 확인하라고 말씀하셨다. 늘 우회 없이 직설적인 분이시라 말 그대로 소파에 앉아 봉투를 열어보았다. 사진이었다.

저니의 구식 레인지로버를 타는 은조, 두 사람이 서로를 보며 미소 짓는 모습, 저니가 은조의 긴 머리를 다정히 넘겨주는 모습,

은조의 어깨를 감싸며 밤거리를 걷는 저니의 아름다운 옆모습까지, 두 사람의 모습을 담은 사진 수십 장이 봉투 안에 있었다.

그 사진을 본 은조는 그동안 몰랐던 새로운 사실 한 가지를 알게 되었다. 그건 바로…….

"네 작은아버지가 주더구나. 그 물건이 왜 그걸 나에게 줬다고 생각하니?"

"……."

"그만 정리하고 집으로 들어오너라. 다음 주에 경진그룹 차남과 저녁 약속 잡았다. 한번 만나보고 이야기하자."

은조는 사진을 봉투 안에 넣고 무릎 위에 올려놓았다.

3년 만에 집에 왔다가 이런 뜻밖의 선물을 가지고 돌아가게 될 줄은 정말이지 상상도 못했다.

"8군은 한 달이면 끝나요."

"다른 사안은?"

할아버지를 찬찬히 올려다보았다. 다시 뵈니 그리 정정하신 것만은 아니었다.

다음에 뵈면 또 다르겠지. 하루하루가 다르실 거다, 이제는. 그러니 조바심도 나실 테고 더불어 여유도 없으실 테지. 다른 사람에게는 몰라도 할아버지의 또 다른 자신이자 분신인 은조에게만은 그러실 거다. 그 마음 충분히 이해한다.

"보셨으니 아시잖아요? 정리할 사람이 아니에요."

"나는 우리 집안에 혼혈 들일 생각 없다, 아가."

할아버지가 지금처럼 아가라고 부르실 때가 가끔 있었다.

오늘처럼 절대 허용할 수 없는 때나 은조 부모님 기일, 마지막

하나는 한참 잘 커가는 작은 회사들을 주식과 자금으로 공중분해해 유성그룹 산하로 흡수할 때, 그런 임무를 맡기실 땐 항상 아가라고 부르셨다. 당신께서 나름 미안한 마음을 표현하실 때 부르시는 애칭이다.

오랜만에 들으니 그리 나쁘지 않았다. 좋았다. 비로소 집에 돌아온 게 실감났다.

"결혼한다면 이 사람과 해요, 할아버지."

"그런 일은 없다. 그러니 정리해. 경진그룹 차남과 만나는 건 윤이사가 따로 연락할 테니 그렇게 알고, 오늘은 그만 일어나라. 피곤하구나."

더 이상 아무런 토도 달지 않고 인사를 하고 서재를 나왔다.

한 손에는 그들의 감정이 너무도 분명하게 묻어난 사진이 든 누런 봉투를 그러쥐고.

현관문이 열리길 기다렸다. 몇 초 되지 않아 현관문이 열리고, 저니가 서 있었다.

역시 사진보다 실물이 백배 천배는 더 잘난 남자다, 저니 맥컬리는.

손을 잡고 사뿐히 집 안으로 들어갔다.

저니 맥컬리는 키도 컸다. 170㎝인 은조가 올려다봐야 할 정도로.

손을 올려 애정하는 섹시한 턱 라인을 쓸어보았다. 약간 파르스름하게 수염이 돋아 있었다. 이 역시도 좋았다. 이 수염이 그녀의 온몸을 훑고 지나갈 때의 그 야릇한 감각과 기이한 흥분을 떠올려 보았다. 거짓말처럼 금세 온몸에 열기가 감돌았다.

'난, 나는 이렇구나. 이 사람과 있으면…….'

복숭아빛 뺨을 한 은조는 조금 더 가까이 다가가 발끝을 올리고 꽉 다문 입술에 쪽 하고 입을 맞췄다. 깊은 눈동자가 조금 더 깊어지며 눈에 띄게 파동이 일었다. 그 모습이 몹시도 흡족해 목에 팔을 감아 방금 전보다 조금 더 길게 입을 맞춘 후 혀를 이용해 부드럽게 그에 입술 라인을 훑으며 따라갔다. 그의 숨이 조금씩 거칠어졌다.

'이 사람도 나와…… 다르지 않구나.'

자신으로 인해 저니의 숨결이 거칠어지는 걸 확인하니 떨리고 흥분됐다.

조금 더 대담하게 혀를 놀려 얼굴 곳곳에 정염이 고스란히 담긴 키스를 퍼붓기 시작했다. 그러자 맞닿은 그의 남성이 점점 부피를 키우는 게 느껴졌다. 가감 없이 솔직하고 적나라한 반응에 그녀의 몸도 점차 뜨거워지기 시작했다.

저니는 은조를 가뿐히 들어 올려 엉덩이를 받쳐 밀착해 안고는 그대로 한쪽 벽으로 가 그녀를 기대게 했다. 목을 감았던 손을 풀어 그의 스트라이프 셔츠 단추를 하나씩 풀었다.

저니가 숨을 삼켰다. 침을 삼키는 소리가 크게 들렸다. 그 소리가 무척이나 색정적으로 들렸다. 입술과 혀를 움직여 저니의 가슴 안으로 순식간에 미끄러져 내렸다.

단단한 가슴에 숨은 돌기를 찾아내 입안에 품듯이 깨물었다. 그 순간 깊은 샘 안에서 익숙한 무언가가 요동치는 게 느껴졌다.

자신에게 그가 했던 그대로, 아니, 더 섬세하게 그를 자극했다. 그러자 저니가 은조의 뒷목을 잡고 성급하게 입술을 빨아 삼켰다. 두 사람은 누가 먼저랄 것도 없이 서로의 입안에서 서로의 혀를 찾아 엉망으로 엉켜들었다.

그 교묘하고 거친 키스에 은조 몸 깊숙한 곳에서 또 한 번 뜨거운 열기가 흘러넘쳤다.

이미 반쯤 벗겨진 셔츠를 잡아당겨 완전히 벗겼다. 입으로는 저니와 거친 키스를 하면서도 손으로는 단단한 가슴을 연신 애무하며 유혹하듯 부드럽게 쓸었다.

더 이상 도발을 참을 수 없는지 저니가 벨트를 풀어 바지와 팬티를 한꺼번에 내렸다. 그러곤 그녀도 한순간에 나체로 만들었다.

두 사람은 서로의 혀를 물고 빨며 서로의 타액을 생명수처럼 허겁지겁 받아 마시며 똑같이 나눠 삼켰다. 갑자기 찾아든 시뻘건 열정은 질식할 것처럼 강렬했다.

은조는 그의 뒷머리를 쓸어 잡으며 휘몰아치는 욕망과 짙은 열감을 조금이라도 삭이려 했다. 그 순간 익숙한 무언가가 예고도 없이 밀고 들어왔다.

그녀가 한껏 자극한 분신은 처음부터 맹공을 퍼부었다. 엉덩이를 잡아 자신에게 단단히 고정시킨 저니는 그녀를 벽에 기대고 하고 강하게 둔덕을 파고들었다. 단 몇 번의 자극에 고개가 스르르 뒤로 꺾였다. 밀고 올라올 때마다 아찔한 쾌감에 몸이 부르르 떨렸다.

상체를 약간 뒤로 기울인 저니는 그녀를 분신 위에 올려놓고 조금의 틈도 허용하지 않을 듯 허리를 잡아 거칠게 내려앉혔다. 은조는 아픔과 희열에 어쩔 줄 몰라 하며 울음 같은 비명을 지르다

비명 같은 교성을 내질렀다.

도저히 말로는 설명할 수 없는 날것의 생생한 감각이 세포를 파고들며 혈관으로 빠르게 흘러들었다. 허리 뒤에서부터 등까지 전류가 흐르고 머리에서 발끝까지 강렬한 쾌감과 격렬한 쾌락이 뒤범벅이 되어 하나로 이어졌다.

갑자기 뒤돌려졌다. 저니는 그녀의 두 손을 잡아 벽을 짚게 하고 남성을 거침없이 찔러 넣었다.

"악!!"

아픔은 쾌감만큼이나 강렬했다.

남성은 그 어떤 생명체보다 힘 있게, 무자비하게 여인 안에서 용틀임해 댔다. 침대에서 하는 섹스보다 더 깊고 선명하게 저니의 존재가 느껴져 기이한 탄성을 참을 수가 없었다.

가녀린 몸이 자꾸 공중으로 들려지고, 거친 신음 소리는 울분에 찬 괴성으로 변해갔다. 시간의 경계를 넘어 분과 초를 지운 반복적인 거친 행위에 몸이 점점 앞으로 기울며 결국 기역자로 꺾였다. 벽을 짚고 간신히 버텼다.

흥분한 저니가 미친 듯이 그녀 안에서 자멸하기 시작했다. 하반신 전체가 양분되고 분해되는 듯 극렬한 아픔과 절묘한 희열이 마구 교차했다. 두 사람은 평소와는 전혀 다른 인격체가 되어 탐욕스럽고도 난잡한 섹스에 정신없이 빠져들었다. 그렇게 서로를 물고 충동하며 자극하는 행위에 빠져 헤어 나오지 못했다.

거품처럼 무너져 내리는 은조를 벽에 기대게 한 그는 차츰 끝을 향해 달리고 있었다.

이성은 진작부터 집어 던진 지독하게 길고 긴 욕망의 질주였다.

"으윽!!"

저니는 자신 안에 있는 모든 열기와 진득한 애욕을 모조리 쏟아냈다.

고통을 동반한 엄청난 쾌감으로 인해 온몸을 떨고 있는 은조의 등 뒤로 강철 같은 저니도 마침내 무너져 내렸다.

잠시 후 미온수로 샤워를 한 은조는 더욱 나른해진 채 지치지도 않고 몸을 만지는 저니를 올려다보았다. 그는 귓불을 살살 씹어 깨물며 의지와 상관없이 잠들려 하는 그녀를 자극했다.

"자면 안 돼."

"……졸려요."

"안 돼. 금요일 밤이야. 연인들에게 가장 이상적인 밤이지. 가장 열렬한 밤이기도 하고."

저니는 갈색 머릿결에 입을 맞추며 느긋하게 행동했다.

마치 이 밤의 긴 시작을 알리듯 머릿결부터 시작해 모든 걸 확인하고 소유하려 했다.

"나…… 할 말 있어요."

"아파? 그럼 내가 호, 해줄까?"

호라는 말에 질색하며 눈을 동그랗게 떴다. 그러곤 잠에서 완전히 깨려는 듯 은조는 머리를 흔들며 강하게 거부했다.

"아프지 않아요. 괜찮아졌어요."

"정말 호, 하지 않아도 돼?"

"그렇다니까요. 악!"

목 주위를 배회하던 혀는 어느새 가슴 위 수줍게 고개 든 돌기를 머금고 있었다. 성난 돌기는 뜨거운 입안에서 빨리고 물리며 또다시 갖은 수난을, 고난을 당하기 시작했다.

"저, 저니, 할 말 있다니…… 읍!"

혀로는 가슴을 유린하고 손가락은 샘 안을 휘젓기 시작했다. 은조는 두 손으로 저니의 방만한 손을 저지하려 했지만 생각처럼 잘 되지 않았다.

"……8군 그만두려고…… 으응……."

신음 섞인 고백에 저니가 얼굴 가까이로 올라왔다.

"할아버지께서 돌아오길 바라세요. 그러려고요. 8군을 그만두는 건 아쉽지만 그로 인해 당신이 좀 편해졌으면 좋겠어요. 불안해하지도 말고."

은조가 달래듯이, 미안한 듯이 말하자 저니가 놀란 듯 물었다.

"나…… 때문이야?"

"그 이유가 커요."

"날 위해서라면 그만두지……."

"당신이 가장 중요해요. 난 당신이 불안해하는 것도 싫고 저번처럼 밤에 위험한 장거리 비행을 하는 건 더욱 싫어요. 지금 나에게 중요한 건 오직 저니 맥컬리뿐이에요."

예상 못한 고백에 저니는 무척이나 놀라고 당황한 표정이었다. 눈이 말하고 있었다. 당신이 그런 말을 할 줄 정말 몰랐다고.

저니는 언제나 스스로의 감정에 솔직했고, 그 벅찬 감정을 은조에게 고스란히 느끼게 해주었다. 짧은 시간 육체적 사랑이 가능했던 것도 끌림과 함께 그 진실된 감정에서 기인했다.

물론 그녀가 자초했지만 은둔으로 인해 세밀한 감정을 저당잡히고 고독보단 고립으로 인해 차츰 허물어지며 한계치를 느낄 때

은조가 반응하고 원한 사람은 저니 맥컬리였다.

"궁금한 게 많을 텐데도 묻지 않아줘서 고마워요. 곧 다 얘기할 게요."

은조는 저니로 인해 절망 이전으로, 무너지기 전으로 자연스럽게 당당하게 회귀하고 있었다.

"복귀하면 이런저런 일들이 생길 거예요. 당신이 충분히 오해하고 실망할 수도 있는 그런 일. 하지만 그때도 날 믿어줬으면 좋겠어요. 왜냐면 난 오직 저니 맥컬리에게만 반응하는 여자니까요. 저니 맥컬리만이 안을 수 있는 당신의 연인."

낮지만 유혹하는 목소리로 속삭이며 단단한 배 위에 살짝 올라탔다.

뜨거운 둔덕이 자연스레 그의 하복부에 닿았다. 그러자 둔덕의 유일한 주인이자 지배자인 남성이 다시금 맹렬히 살아나고 있었다.

오늘 밤의 실버벨은 한마디로 사악한 님프였다.

섹스는 언제나 그로부터 전이돼 시작됐다. 그가 도발하고 자극하며 언제나 그가 선두에서 지휘했다. 그러면 은조는 거절하지 못하고 수줍게 반응하곤 했다. 그랬던 은조가 오늘 밤은 달랐다. 농염한 혀 놀림도, 에로틱하게 매만지는 여린 손길도, 그의 뜨거운 사랑에 민감하게 반응하는 화학적 어울림과 속도도.

'도대체 무슨 일이 있었던 걸까.'

옷차림으로 봐서는 8군과는 상관없는 개인적인 일이라 짐작됐다.

그녀는 더 이상 그가 아무런 생각도 할 수 없도록 촉촉한 둔덕을 은밀하게 비벼댔다. 사랑을 하고 아쉬운 마음에 그가 하는 야릇하고 노골적인 행동 중 하나다. 은조는 지금 재촉하며 매달리고 있었다.

'무엇이 이토록 은조를 대범하고 뜨겁게 만드는 걸까.'

궁금했지만 묻지 않았다. 그의 궁금증이 Full Moon처럼 차오를 때면 말하겠지. 오늘처럼. 그러니 저니는 뜨겁게 사랑하며 믿고 기다리면 된다. 지금처럼.

붉디붉은 입술이 다가왔지만 저니가 먼저 시작했다.

뜻밖의 고백을 받은 이로서 상을 주고 싶었다. 그를 이토록 미치게 만드는 실버벨에게.

저니는 뜨거운 키스를 퍼붓는 동시에 충성을 맹세한 둔덕에 자신을 묻었다.

쫀쫀하게 감싸는 투명한 막으로 인해 만족스런 신음이 흘러나왔다. 가슴이 서로에게 닿았다. 느낌이 더없이 좋았다. 미완성인 자신이 완성되고 가득 채워진 느낌.

은조도 같을 거라 믿었다. 그녀는 오직 저니만이 안을 수 있는 여자니까.

"당신을 믿어."

"……고마워요"

둔덕을 가득 채운 저니로 인해 은조는 여지없이 버둥거리며 버거워했다.

"당신도 날 믿어줬으면 좋겠어."

저니는 안고 있던 팔을 풀어 쏟아져 내린 앞머리를 쓸어주며 말했다. 그 순간에도 그의 남성은 조금씩 은조의 안에서 몸피를 키우며 내벽을 강도 있게 자극했다.

"……아아……."

"조만간 미국에서 할머니께서 들어오실 거야."

"으읏……."

"평범한 분이 아니셔. 자존심이 강한 분이라 늘 문제를 만들곤 하시지. 이번에도 다르지 않을 거야. 나는 물론 당신까지 마음 상하는 일이 있을 수 있어. 그렇지만 내가 당신을 믿는 것처럼 당신도 나를 믿어주길 바라."

은조가 느끼는 긴장이 내벽에 고스란히 전해져 그의 남성을 점점 죄어왔다.

"난 말이야, 당신 닮은 공주님을 갖고 싶어. 내 꿈이 유은조와 일곱 공주님이거든. 그렇게 만들기 위해서 난 최선을 다할 거야. 그러니 당신도 내 꿈을 위해서, 아니, 우리의 미래를 위해서 최선을 다해줘."

은조는 아직 한 번도 사랑을, 영원을 말하지 않았다.

하지만 말하지 않는다고 해서 마음을 의심한다거나 믿지 않는 건 아니다.

은조는 섹스를 할 때, 사랑을 나눌 때 늘 그에게 말한다. 사랑한다고, 당신을 뜨겁게 사랑한다고 항상 온몸으로 말하고 있었다. 그러니 시간을 줄 생각이다.

나의 사악하고 영민한 님프가 언젠가 스스로의 감정을 인정하고 몸으로 말하는 것처럼 그렇게 뜨겁고 눈부시게 고백해 올 때까지.

영어 시험 당일.

몸은 일을 하면서도 정신은 영어 시험장에서 고군분투 중일 장 씨를 걱정했다. 미리 혜나 김을 구워삶아 몇 문제라도 확실히 알아올걸 하는 뒤늦은 후회도 들었다.

늘 빠르게 지나가던 시간은 오늘따라 질리도록 느리게 팔자걸음을 하고 있었다.

물건을 배달하고 오니 장 씨가 하우징 구석에서 잔뜩 굳은 표정을 하고 있었다. 선뜻 말을 걸기가 곤혹스러웠다. 그렇다고 이 궁금함을 아닌 척하고 싶지는 않았다. 장 씨는 그녀를 보자 창고 뒤쪽으로 향했다. 그만두려다 장 씨를 따라 창고 뒤편으로 갔다. 그는 땅바닥에 주저앉았다. 은조도 곁에 앉았다.

"정말 하나도 기억이 나질 않더라고. 염병."

그가 느낀 절망감이, 막막함이 그대로 느껴졌다.

"첫 문제를 보자마자 속이 울렁거려서는……."

괜찮다고 말해줘야 하나, 아직 모르니 체념하지 말라고 해야 하나 생각이 많았다.

"유 선생이 짚어준 문제가 엄청 나온 건 맞은데, 도무지 하나도 기억이 안 나고 헷갈리기만 하잖아. 무슨 놈의 대가리가 이렇게 쓸모없이 썩어빠졌는지……."

"아저씨……."

"아무래도 121은 물 건너간 것 같아. 그럼 그렇지, 내 주제에 무슨 병원이겠어. 아침에 우리 새침데기 막내가 힘내라고 응원도 해줬는데……."

말도 다 잇지 못하고 자리를 떠났다. 이번에는 따라가면 안 된다고 생각했다.

마음이 울컥했다. 예전의 그녀라면 충분히 무시할 수 있는 일이다, 이런 일쯤은.

순전히 타인의 일이고, 오랜 세월 학습이 아닌 노동으로 단련된 중년이면 누구에게나 있을 수 있는 그런 흔한 일이었다. 오늘 장씨에게 일어난 일은.

그렇게 인정하더라도 답답함과 체증은 좀처럼 삭여지지 않았다.

모처럼 여유로운 점심시간이었지만 마음은 그 어느 때보다 무거운 은조는 사우스포스트 내 US 대사관 클럽 옆에 위치한 스타벅스에서 혜나 김을 기다렸다. 커피와 샌드위치를 받아 샌드위치는 제쳐 두고 커피만 마셨다.

넓은 주차장을 초점 없이 응시하고 있는데 세미 정장을 한 혜나 김이 들어섰다. 커피를 주문하고 혜나가 테이블로 와 앉았다. 앉자마자 은조는 상체를 약간 당겨 앉았다.

자, 이제 어서 이야기해 보란 듯이.

"커피 좀 마시고 합시다. 하이에나도 아니고 사람 보자마자 달려들기는."

"……."

"왜 이럴까. 냉혈동물 유은조가 몸을 다 닳아하고. 타인의 불행은 점잖게 관세음보살로 일관하던 사람이."

은조는 분위기 파악 못하고 연신 깐족거리는 혜나 김을 차갑게 응시했다. 그러자 혜나가 움찔하며 경계의 빛을 했다.

“혹시 그 커피, 드라마에서처럼 나한테 분사…….”

“커피 받아오세요.”

헤나는 얼른 피하는 표정을 하고 자리에서 일어나 주문한 커피를 받아왔다. 은조는 헤나가 커피를 한 모금 입에 대자 먹이를 무는 하이에나처럼 물었다.

“점수는요?”

“거참, 아직 결과 안 나왔다니까 그러네.”

약을 올리는 건지 혈압을 상승시키려는 건지 암튼 헤나 김은 미적거리며 시간을 끌었다.

“왜 그렇게 보시는지……. 내가 설마 대.다.난. 유은조 씨 상대로 거짓말할까?”

“오늘 ALCPT 본 사람이 30명이 채 안 돼요. 사기 치지 말고 말하세요.”

커피를 마시던 헤나는 헉 하는 표정으로 은조를 쳐다보았다.

“우와! 고상한 사람이 그런 표현을 다 쓰고, 정말 놀랄 노 자네.”

“그 고상함의 끝판왕을 보기 전에 빨리 말씀하세요.”

낮은 톤으로 무섭게 일갈하는 은조를 쳐다보던 헤나는 다소 기가 죽은 표정을 하다 또 금세 팩 째려보며 말했다.

“내가 그때 술 취해서 진상 짓만 안 했어도 이런 불법적이고도 비윤리적인 일을 도모하지는 않았을 텐데, 젠장.”

“결과 좀 빨리 아는 게 불법이라면 불법이겠죠. 인정해요. 그래서요?”

“점수가…… 터무니없이 모자라.”

그 한마디에 긴장이 풀렸다. 혹시나 했는데 예상대로였다.

'이젠 어쩌지…….'

아침부터 계속된 긴장과 걱정이 일순간에 풀려 그런지 눈이 따끔거리고 아려왔다. 하는 수 없이 고개를 숙이고 퍽퍽하고 건조한 눈가를 지그시 문질렀다.

"지, 지금 울어?!"

"……."

"진짜 우냐고? 정말 오늘 왜 그래, 인조인간이? 그깟 시험이야 다음에……."

눈을 문지르던 은조는 어이가 없어 고개를 들어 혜나를 빤히 쳐다보았다. 멀쩡한 그녀의 모습을 확인한 혜나가 '아니네. 그럼 그렇지' 하는 샐쭉한 표정으로 커피를 홀짝였다.

"은, 은령 언니?!"

그때 놀라고 앳된 목소리에 혜나와 은조는 자신들 앞에 선 젊은 여자를 올려다보았다.

곱상한 외모에 화려한 옷차림, 거기다 화룡점정으로 악어가죽 가방까지.

"정말 은령 언니 맞네. 저예요, 주희. 꼬맹이 때부터 죽어라 언니만 따라다니던 차차차 차 조심! 차영그룹 차주희."

은조는 호들갑떨며 반가워하는 차주희를 금세 기억했다.

어릴 때 집안끼리 왕래하던 차영그룹의 금지옥엽 순둥이 막내딸, 차차차 차주희.

"그래, 주희. 반가워."

"정말 오랜만이에요. 저 귀국하고 언니 무척 찾았어요. 언니네 집에도 갔었는데 그 냉랭한 집사 아저씨가 아가씨 안 계시다고 하면서……."

"주희야……."

흥분한 차주희는 막을 틈도 주지 않고 제 말만 스피드하게 쏟아냈다.

"참, 저도 듀크대 다녀요. 우리 이제 유치원부터 대학까지 정말 완전 동문이에요. 저번에 호텔에서 유 회장님께……."

"여긴 무슨 일로 왔니?"

은조의 갑작스럽고도 냉랭한 반응에 차주희는 순간 당황하더니 이내 그러려니 하는 표정을 하고 해사한 미소로 답했다.

"아는 동생이 드래건 호텔에서 밥이나 먹자고 해서요. 오랜만에 얼굴도 볼 겸."

"그럼 일 보고 우린 나중에 따로 보자."

사무적인 은조의 말투에도 어지간히 단련이 된 듯 차주희는 끄떡도 않고 씩씩하게 답했다.

"네. 그럼 다음에는 언니가 먼저 연락 주세요. 안 그럼 제가 유성……."

"친구들 기다린다. 가봐."

차주희는 뒤돌아 친구들을 확인하고는 인사하고 아쉬운 표정을 지으며 그들 곁으로 갔다. 가면서도 차주희는 꼭 연락하란 말을 잊지 않았다. 친구들에게 다가간 차주희는 소리를 질러대며 영어로 감탄사를 연발하며 흥분했고, 주위에 있던 그녀의 친구들도 무척이나 놀란 표정을 지으며 차례로 돌아가며 은조를 훔쳐보기에 바빴다.

은조는 시선을 자연스레 돌리기 위해 손목시계를 확인했다.

"아직 널널해요."

은조가 커피만 마시며 별다른 말을 하지 않자 혜나가 먼저 물고를 텄다.

"장만동 씨 정확한 점수는 59점이에요. 이제 어떻게 할 거예요? 다음 시험은 금요일인데."

커피를 든 차주희가 다시 한 번 은조에게 손을 들어 인사하며 '언니, 꼭 전화 주세요'를 남발하며 소란스레 사라졌다. 은조는 그런 차주희는 보지도 않은 채,

"그건 아저씨가 판단할 문제죠."

담담하게 말한 은조는 커피잔을 든 채 마시지 않고 있었다.

"유은조 씨는?"

은조는 정확하게 묻는 게 뭐냐는 표정으로 볼 뿐 말은 하지 않았다.

"장 씨 떨어졌는데 이젠 계획이 어떻게 되느냐고요. 8군 바로 그만두는 거예요? 이젠 찜찜하게 발목 잡는 일도 없겠다, 손 털고 나가서 마음 편히 저니 맥컬리와 연애할 수 있잖아요?"

"그만둔다는 소문이 중대까지 돌았나 보네요?"

"헛소문은 아니지 않나?"

"아니죠."

한숨을 쉬던 은조의 눈에 테이블 위에 있는 샌드위치가 들어왔다.

오후에 마무리할 하우징 일을 생각하니 당기지 않아도 먹지 않을 수가 없었다. 무엇보다 속이 든든해야 했다. 반복되는 노동을 하려면. 그것이 이곳 8군에서 배운 노하우 중 하나였다.

비닐을 벗겨 침이 말라 빽빽한 입안으로 샌드위치를 밀어 넣어 한입 베어 물었다. 이상하게 맛을 느낄 수 없었다. 그래도 꼭꼭 씹으며 한입 더 베어 물었다. 그 기계적인 모습을 보다 못한 혜나가 커피를 마시다 말고 카운터로 가 과일 주스 병을 들고 왔다.

"하여튼 생긴 거랑 하는 짓은 영판 다르다니까. 이래서 겉모습만 보고 판단하면 안 된다고 하나 봐. 그 얼굴에 새삼 동정표가 필요한 것도 아닐 텐데 왜 그리 궁상을 떠는지……."

혜나는 연신 도리질을 하며 이해할 수 없다는 얼굴을 했다.

"이걸로 저번에 엉망으로 술 취한 혜나 씨 집까지 바래다준 거 쌤쌤해요."

농담 반 진담 반으로 고마운 마음을 아리송하게 표현했다. 그런 은조의 의도를 전혀 다르게 해석했는지 혜나는 눈을 동그랗게 치켜뜨며 따져 물었다.

"내 참, 기가 막혀서. 아, 그러세요? 우리 그럼 이걸로 쌤쌤하는 거예요?! 와, 황송해서 이 일을 어째요, 유.은.조. 씨?"

은조 스타일의 농담이 전혀 먹히질 않는다는 건 알았지만 밀고 나갔다.

"매사 합리적이고 합법적인 사람, 억지로 불법적인 일 도모하게 만들었는데 이 정도는 해야죠. 8군 동료끼리. 안 그래요?"

"정말 난 당신 진짜 정체를 모르겠어. 이왕 그만두는 김에 이제 좀 시원하게 까발릴 생각 없어요? 방금 전 내가 직접 보고 들은 것도 있는데."

혜나는 자신의 말뜻을 충분히 알면서도 모르쇠로 대응하는 유은조가 얄미웠다. 그래서 더 묻고 캐고도 싶었지만 용쓴다고 순순히 말할 유은조가 아니었다.

“젊은 사람이 늘 구닥다리 표현하는 거나 뻔뻔하게 불법 조장에 느물거리는 것까지 어쩜 그렇게 외모와 천양지차인지. 이걸 반전 미학이라고 해야 할지 정말…….”

샌드위치를 다 먹은 은조는 음료를 마저 마셨다. 입을 닦고 테이블 주위를 정리한 은조는 자신을 주시하는 혜나를 보며 담담히 말을 뱉었다.

“다음 주에 있을 KSC 밤 파티에 오세요. 중대 사람들은 매년 그 파티에 초대되고 전부 참석하잖아요. 이번에는 대기업에서 KSC 전부 후원한다고 들었어요. 그때 저도 참석하려고요. 그 자리를 빌려 8군 그만두는 거 하우징 사람들에게 말할 생각이에요.”

“장 씨가 다시 시험 본다고 하면 그땐 어쩔 거예요?”

“그렇다 해도…… 제가 시간이 없어요. 일이 생겼어요.”

“단 한 번에 커트라, 역시 매정하네.”

“어쩔 수 없어요. 저도 지키고 싶은 게 있어요. 아저씨껜 죄송한 일이지만 저에겐 그 일이 무엇보다 중요해요.”

개인적으로 장 씨가 다시 한 번 시험을 치기 바라지만 그때까지 곁에서 보좌하기엔 상황과 타이밍이 좋지 않았다. 할아버지가 움직이기 시작하셨고, 저니의 존재까지 알고 있는 마당에 손 놓고 일의 진행을 지켜보고만 있을 수는 없었다.

팽팽한 줄다리기에서 우위를 선점해야만 저니의 꿈을 이룰 수 있었다.

이미 알아본 바로는 저니의 할머니 또한 할아버지 못지않았다.

두 분 다 공통적으로 가문과 핏줄, 더 솔직히는 순수 혈통에 유별나게 집착하는 분들이었다. 안타깝게도 그런 두 분의 바람을 이뤄줄 인물이 바로 저니와 은조뿐이라는 게 유감이지만.

그 무엇보다 우선시되는 건 완고한 할아버지의 승낙을 받는 일이다. 그러니 이제는 어지럽게 돌아가는 돌림판을 바로잡아 그 판의 절대적인 주인이 되어야 할 타이밍이 되었다.

❖ ❖ ❖

유은조를 볼 수 있는 날이 앞당겨졌다는 걸 본능적으로 알 수 있었다.

혜나 김이 이렇게 확인사살하지 않아도 장 씨가 테스트를 통과하지 못했다는 말을 듣고 어렵지 않게 앞으로 전개될 상황을 예감할 수 있었다.

예기치 않은 장소에서 벼락 맞은 것 같은 기분. 유은조는 준성에게 그랬다.

의미 없는 만남, 스쳐 지나갈 사람, 그리 고맙지도 않고 결코 기억되지도 않을 평이한 인물. 유은조에게 준성은 바로 그런 인물이리라.

추억이라고 명명하며 서랍 속에 묻어두기엔 가슴이 현재진행형으로 너무나 뜨거웠다. 유은조를 향해 단 한 번도 제대로 발화하지 못한 이 불길이 이대로 강제로 사그라질 수 있을까 하는 의문과 지독한 갈망이 자꾸 그를 헤집고 있었다.

“혹시 말이에요, 1년 전 유은조가 중대에 낸 이력서나 신상 정보 중에 뭐 특별히 기억나는 거 있어요?"

혜나 김은 아까부터 혼자 무언가 골똘히 생각하고 있었다.

물론 유은조에 관한 신상 정보와 이력서는 지금 이 자리에서 정확히 복기할 수 있을 정도로 선명히 기억하고 있었다. 그녀에 관한 모든 걸.

영어를 토익 만점에 각종 특수 자격증을 소지한 고졸의 학력. 특이하다면 한없이 특이하고, 아니면 고시나 공무원 시험을 준비 중이었는지 유독 영어를 잘하는 인물로 볼 수도 있는 그런 이력이었다. 그나마 눈에 띄는 경력이라면…….

"유성그룹 산하 중소기업에서 계약직으로 4년쯤 있었다는 것 정도."

유성이라는 말에 혜나 김은 매섭게 눈을 치켜떴다.

"유성그룹이라……."

혜나는 혼자 중얼거리며 빈 소주잔을 노려보고 있다.

"유은조를 그렇게 가까이 지켜보고 1년 가까이 짝사랑하면서 한 번도 이상하다고 생각한 적 없어요?"

윤기 나는 검은 눈동자의 주인은 답답한 듯 준성을 쳐다보았다.

"영어로는 코미디도 구사할 실력으로 다른 부서도 아닌 오직 몸으로 때우는 하우징에 짱박혀 마치 누군가를, 혹은 무언가를 피해 숨어든 것 같은 느낌 받은 적 없냐고요."

의심을 갖지 않았다면 당신은 거짓말쟁이라고 말하고 있었다, 혜나 김의 눈빛은.

그런 의문을 갖는 것은 지극히 정상이다. 하물며 유은조를 늘 해바라기하는 준성이 그걸 의심하지 않을 수는 없었다. 그저 그 사실을 들추기라도 하면 유은조가 금방이라도 눈앞에서 사라질 것이 두려워 함구하고 있었을 뿐.

연락처를 자신에게 돌려놓고 같은 아파트로 이사를 할지언정 그녀 주위를 살피고 가족을 찾아볼 엄두는 내지 못했다. 그녀가 아주 사라질까 봐, 자신의 시선 끝에 닿지 않을까 봐.

"당신은 혹여 유은조가 8군을 그만두는 게 무서워 함구했겠지만……."

떨떠름한 음성으로 말하려다 말고 혜나는 술잔을 채웠다.

"뭐, 다음 주면 당신도 나도, 아니, 우리 모두 알게 되겠지. 문제의 인간 유은조가 사실은 어떤 인물이었는지, 그 인간의 적나라한 실체를."

혜나가 이런 말을 하는 의도가 뭔지, 저의가 뭔지 준성은 나름 헤아려 보려 했다.

"어쩌면…… 지울 수 있을지도 모르겠네."

혜나는 자신을 묘하게 바라보는 이준성을 보면서도 더 이상 아무런 말도 하지 않았다. 사실 말할 필요도 없었다. 유은조가 직접 말한다고 했으니.

'곧…… 모두 끝낼 거라고.'

줄곧 유은조란 인물과 스타벅스에서 본 여자와의 대화에 대해 의구심을 갖던 혜나는 그날 인터넷과 소위 증권가 찌라시 정보를 모두 검색했다. 그러다 알게 됐고, 확신했다.

유성그룹 유정남 회장의 유일한 혈육이자, 상류층과 정재계에서 어린 나이에 어울리지 않게 냉혹한 기업 킬러에 투자의 귀재이자 천재라고 불리던 인물.

근 3년 동안 대외적인 활동이 없어 사망설도 돌고 있으며, 일각에서는 실연으로 정신질환을 앓고 있다는 말도 있었다. 또한 워낙 비밀스런 인물이라 제대로 된 사진 한 장이 없으며, 자세히 알려지진 않았지만 3년 전 일신상에 큰 사건도 있었다고.

모든 게 일치했다. 그제야 유은조란 인물이 한 말이 모두 이해됐다.

그러나저러나 저니 맥컬리는 유은조의 실체를 알고나 있을까 하는 의문과 걱정이 들었다. 만일 안다면 그쪽도 그리 순탄치는 않을 거란 생각이 들었다.

'절대 순탄할 리가 없지. 헐리웃 영화나 로맨스 소설도 아니고……'

글로벌 기업을 소유한 유성그룹 후계자가 일반인도 아닌 미군에, 그것도 교포도 아닌 미국 혼혈과 사랑을 한다!

유성그룹에서 혼혈이라니, 그건 정말이지 어불성설이었다.

유은조가 말한 중요한 일이란 게 아무래도 저니 맥컬리를 말하는 것이라 짐작했다. 왜 아니겠는가. 난생처음 느끼는 감정이라며 지금 그 사람 하나밖에 안 보인다고 한 사람인데.

혜나는 앞에 앉아 심하게 얼굴을 구기고 있는 이준성을 응시했다. 이준성을 생각하니 그럼에도 불구하고 다행이란 생각이 먼저 들었다. 저니 맥컬리에게는 어불성설이지만 이준성에게도 분명 언감생심일 테니까.

유은조, 아니, 유은령 그 인간은 이 많은 죄와 업보를 어찌하려고.

❖ ❖ ❖

저니의 말대로 8군 메인포스트가 한눈에 내려다보였다.

8군 안에서도 약간 지대가 높은 고갯길에 내리막길인데다 큰 나무가 온몸으로 장막을 쳐주고 있어 숨어서 보기엔 더없이 좋은 장소였다.

그리 늦은 시각은 아니었지만 비 온 뒤 잔뜩 흐린 날씨로 인해 주위는 무척이나 스산하고 어두컴컴했다.

"이리 와. 내 무릎에 앉아."

"아니에요. 그냥 편하게 봐요."

서로 편하게 보자는 말로 들었는지 저니가 눈을 사납게 떴다.

"의자 뒤로 빼서 하나도 안 불편해. 그리고 내 차는 무지하게 넓은 게 큰 강점이야. 날 위해서라면 이리로 오는 게 최선이고."

요사이 뜸하다 했더니 다시 억지 강요를 일삼는 악동 모드로 전환됐는지 저니는 뜻을 굽히지 않았다. 강력한 요구를 서슴치 않았다.

"아무리 외졌어도 사람들 지나다닐 수도 있고 무엇보다 내가 당신 시야를 가려요. 기껏 여기까지 와서 내 뒤통수만 보고 갈 수는 없잖아요."

은조의 차분한 설명에도 저니의 쌍심지를 켠 눈빛은 풀리지 않았다.

"난 당신과 달리 작년에 봐서 그리 새삼스럽지도 않고 새롭지도 않아. 그러니까 빨리 이리로 건너오지, 유은조 양."

"그럼 뭐 하러 여기까지 보러 왔어요? 그냥 집에서 보지."

"당신 보여주려고 왔지 왜 왔겠어!"

그러면서 그녀의 손목을 잡고 무시무시한 레이저빔을 사정없이 쏘아댔다.

"알았어요, 알았어. 나중에 나 때문에 구경 못했다는 말 말아요."

"안 해. 난 지금 하늘에서 불덩이는 물론이고 대형 유성이 떨어져도 관심 없어, 당신밖에는."

이번에는 은조가 저니를 흘겨봤다. 저리로 넘어가는 순간 저니의 품에서 구경은 고사하고 생존할 수나 있을까 하는 걱정이 들었다.

은조가 몸을 일으키자 저니는 냉큼 끌어다가 자신의 무릎 앞 품 안에 단단히 가뒀다.

7월 4일 미국 독립기념일. 매년 서울 중앙에 있는 용산에서는 불꽃을 쏘아 올렸다. 올해도 8군은 어김없이 불꽃놀이를 계획했다. 기상 상태로 인해 8시 30분부터 9시까지 불꽃 쇼가 있다고 했다고 공시가 났다.

저니는 장 씨 일로 다소 침울해 있는 은조에게 바람 쐬러 가자고 제안했다. 8군으로.

그렇게 집에 있던 모습 그대로 원피스에 남방 하나 걸쳐 입은 채로 이 장소 이 자리에 맥없이 끌려왔다. 밖에서 구경하자는 제안에 저니는 시커멓고 사방으로 터지는 분진과 불꽃 잿더미 때문에 안 된다고 못을 박았다. 생각해 보니 아주 틀린 말도 아니었다.

"어때? 편하지?"

갇힌 은조보다는 가둔 저니가 더 만족스럽고 편안한 듯 보였다.

"편하고자 했으면 이 자세는 아닌 것 같은데요."

저니는 팔짱을 낀 은조의 팔을 자신의 긴 두 팔로 감싸며 귓불 가까이에 대고 속삭였다.

"아니, 금세 편해질 거야."

나긋나긋한 저니의 목소리가 아무래도 마음에 걸렸다.

"저니, 우린 지금 불.꽃.놀.이.를 보러 온 거예요. 잊지 말아요."

"당연하지. 30분 동안 이어지는 불꽃이라……. 얼마나 로맨틱하고 짜릿하겠어."

아무래도 말하는 뉘앙스가 이상했다. 묘하게 열기와 진기가 느껴진다.

"당신 정말……."

"저기, 시작한다!"

하나씩하나씩 공중의 시커먼 하늘에 다른 모습의 불꽃이 그려지고 있었다. 각양각색의 색깔과 무늬로 불꽃은 작은 성 같은 8군 안을 내려다보며 축하하고 있었다.

'작년에는 하우징에 적응하느라, 더 정확히는 장 씨에게 영문도 모른 채 당하느라 불꽃놀이는 상상도 할 수 없었는데…….'

"아앗!"

홀리는 듯한 몸짓의 불꽃에 빠져 1년 전 기억을 끄집어내는 사이 저니의 손끝은 어느새 둔덕을 파고들고 있었다.

"저…… 니……."

은조는 둔덕을 파고드는 저니의 손에 자신의 손을 겹쳐 그의 소란한 움직임을 저지하려 했다.

"30분이야. 당신은 불꽃을 봐, 난 불꽃을 터뜨릴 테니까."

은밀한 목소리에 노골적인 표현은 위협적일 만큼 자극적이었다.

"저니, 사람들 지나다니는……."

"걱정 마. 끝까지 안 가. 가지 않아. 하지만 불꽃은 보게 될 거야. 우리 둘 다."

손끝은 조금 전보다 더욱 깊게 파고들고 있었다.

"아앗!"

은조는 둔감해지려 어지럽게 터지는 불꽃에 집중하며 한 손으로 운전석 손잡이를, 다른 손으론 말아 올라간 자신의 스커트 자락을 움켜잡았다. 절대 저니는 터치하지 않았다. 하지 않으려 안간힘을 썼다.

"당신은 그렇게 냉정을 유지하고 있어. 그래야 열의가 생기니까."

또다시 귓불을 핥으며 내뱉는 은밀한 저음에 등줄기가 쭈뼛하고 소름이 돋았다. 혈 자리를 찾는 사람처럼 손끝이 예민한 살점을 건드렸다. 내벽은 훈련되어 자연스런 반응처럼 침입한 손끝을 사정없이 조였다. 그러자 손끝의 자극은 더욱 야릇해지고 대담해졌다.

"으, 으읏."

각오와 상관없이 눈앞은 점점 흐려지고 아랫배로 몰려드는 감각에 온몸이 후끈했다. 그러는 동안에도 손끝은 조여오는 미끈한 점막으로 인해 더욱 위험하게 거침없이 춤을 췄다.

안 그래도 벌어진 다리에 힘이 빠졌다. 의식적으로 다리에 힘을 주었다.

강약을 조절하는 영악한 손끝으로 인해 은조의 손은 어느새 저니의 단단한 허벅지를 이리저리 헤매고 있었다. 지지대처럼 허벅지를 움켜쥐려 해도 잡히지 않고, 다급한 마음에 은조는 핸들을 잡았다. 그럼에도 불구하고 온몸을 관통하는 짜릿한 불꽃과 노곤해지는 열기는 어쩔 수가 없었다.

그날 8군 하늘을 가득 채운 화려한 불꽃놀이는 전혀 기억나지 않았다. 하지만 또 다른 불꽃은 분명 보았다. 바로 그녀 뒤에서 연신 불꽃을 터뜨리는 기묘한 손끝 예술가 저니로 인해.

몸 안에서 터지는 크고 작은 불꽃과 연신 터져 나오는 신음 소리를 억누르며 몽롱하고 혼미한 의식 속에서 저니의 거칠어지고 흐트러진 숨소리를 들었다. 약 30분 동안이나.

투명한 소주잔을 들고 있는 장 씨는 한없이 위태로워 보였다. 생각하기조차 민망한 불꽃놀이 후 은조는 근 3일 넘게 장 씨를 졸졸 따라다녔다. 오늘도 하루 종일 자신을 피하는 장 씨를 그림자처럼 따라다녀 결국 이 참치집으로 모셔왔다.

생각해 보면 처음 하우징으로 출근했을 때 제일 많이 디스하고 무시하며 수없이 골탕 먹인 사람이 바로 앞에 앉은 장 씨였다. 뭐가 그리 꼴 보기 싫었는지 허구한 날 그녀를 못살게 굴었다. 또한 누구보다 거친 일과 버거운 노동도 많이 시켰다. 집으로 돌아오면 일과처럼 늘 끙끙 앓았다. 그로 인해 개운하지 않은 정우의 자살도, 할아버지 걱정과 회사까지 모두 잊은 척 묻어둘 수 있었다.

노동이란 신비하고도 정직한 명약에 저절로 그렇게 됐다.

하루하루가 고행이고 매 순간이 수난이었다.

그러다 지금처럼 편한 사이가 된 건 바로 장 씨의 영원한 아킬레스건인 영어 때문이었다.

'그러고 보면 아저씨랑 영어는 상극이자 천적인 모양이네.'

장 씨 혼자 하우징을 지키고 있을 때 백인 장교가 파손된 물건을 자신에게 인계했다며 직접 찾아와 있는 대로 화를 냈었다. 영어를 전혀 알아듣지 못해도 잔뜩 겁을 먹은 장 씨는 속수무책으로 당했다. 그 백인 장교가 거친 욕설을 하는지 유색 인종을 폄하하고 무시하는 말을 하는지 그는 전혀 알 수가 없었다.

그때 형편없는 싸가지 미군 장교와 싸운 게 은조였다.

거친 말과 인종 차별적인 단어를 내뱉는 미군의 음성을 장 씨의 핸드폰에 고스란히 녹음한 은조는 그를 어렵지 않게 제압했다. 장교의 위신을 떨어뜨리고 함께 일하는 한국인을 무시하는 일은 8군에서 큰 징계 사유였다. 진급을 목표로 하는 백인 장교들에게는 특히 더했다.

증거를 코앞에 들이미는 그녀에게 미군은 자신의 실수를 인정했다. 이후 그 일은 은조와 장 씨, 입을 함부로 놀린 미군 장교만 아는 절대 비밀이 되었다.

일이 덮어지고, 장 씨는 은조에게 말했다. 자신이 은조를 그토록 싫어한 이유를.

장 씨는 은조의 자리에 자신의 막냇동생을 밀고 있었다. 한데 갑자기 어디서 듣도 보도 못한 여자가 나타나 장 씨의 바람은 물 건너갔다고. 그 후로 동생은 아직까지 별 볼일 없이 지낸다고 했다.

태도가 달라진 건 그때부터였다. 하우징 사람들은 달라진 그에게 야유와 질타를 보내며 이유를 물었지만 은조도 장 씨도 고집스레 함구했다.

오늘 늘 가던 삼겹살집이 아닌 고급 참치집으로 들어서자 장 씨는 심하게 질색했다. 그런 장 씨를 룸을 잡아 앉힌 은조로 인해 그는 난색을 표하며 어리둥절해했다. 어색한 것도 잠시, 술이 들어간 장 씨는 그 어느 때보다 풀어져 위태롭게까지 보였다.

"사실 유 선생 보기가 불편했어. 유 선생이 나 시험 준비시킨다고 좀 바빴어? 노트 정리다 뭐다 날밤 새우고 나와 창고에서 조는 것도 내가 다 봤는데……."

"아저씨, 그건 그런 게 아니고……."

"아니긴. 내가 다 알아, 우리 유 선생 고생한 거. 그래서 더 떡하니 붙고 싶었는데. 미안해, 유 선생. 내가 못나서."

"아니에요. 왜 그런 말씀을 하세요. 시험 다시……."

"아니, 안 봐. 하우징에서 계속 일할 거야."

"……."

"한심하다고 해도 할 수 없어."

장담하듯 말하면서도 내심 은조의 기색을 살폈다.

"제가 왜 그런 생각을 하겠어요. 아저씨 편한 대로 하세요."

은조는 장 씨를 보며 진심으로 말했다. 빈 소주잔을 들고 있는 장 씨의 양어깨가 한없이 무겁고 힘겨워 보였다. 장 씨는 위로하듯 말하는 은조를 보다 시선을 돌려 앞에 있는 접시들을 빤히 쳐다보며 중얼거렸다.

"정말…… 그래도 될까? 나중에 우리 딸들이 나 원망하면 어쩌지? 아빠는 왜 다른 집 아빠처럼 출세하지 못해서 우리를 이렇게 창피하게 하냐고 하면 어째?"

아무런 말도 할 수가 없었다. 자식을 걱정하는 아버지의 진심 어린 마음이 전해져 가슴이 먹먹하고 딱딱해질 뿐 그 어떤 리액션도 쉽사리 할 수가 없었다.

장 씨는 한숨을 쉬며 마치 눈앞에서 벌이지는 일처럼 말했다.

"드라마 보니까 못된 시집 식구들이 간혹 그러던데. 너희 집안은 왜 그러냐? 친정아버지 직업이 그게 뭐냐? 우리 딸 시댁에서 그러면 어쩌지? 우리 딸 마음 다치면 안 되는데."

세상 모든 부모는 정말 다 이런 마음인 걸까.

"그냥 시험 한 번 더 볼까? 그래서 우리 딸 마음 편해진다면야 내가 백 번을 못 보겠어? 내가 창피당하는 건 괜찮은데……."

장 씨는 두려움과 걱정을 감추지 못하고 마음에 있는 것을 전부 꺼내고 있었다.

자식을 사랑하는 마음. 아끼고 걱정하는 투박하지만 진솔한 마음이 전부 느껴져 코끝이 맹맹하고 목 안이 갈라지듯 아렸다.

"……정말 괜찮은데……."

"아저씨."

장 씨가 고개를 들어 은조를 보았다.

"그런 일 절대 없어요. 제가 장담해요. 9월에 결혼하시는 따님분도 그렇고 다른 자녀들도 절대 그렇게 생각하지 않을 거예요. 그러니 절 믿으세요, 아저씨."

장담한다고 말하는 은조가 퍽이나 신기한지 장 씨는 한동안 넋을 놓고 바라보았다.

하우징 사람들 전부를 살필 수는 없지만 적어도 장 씨만은 지켜주고 싶었다. 아저씨를 유성그룹으로 데려온다거나 하는 만용도 유난도 떨지 않겠지만, 적어도 큰딸 결혼식에서 장 씨가 주눅 들어 걱정하는 건 막아주고 싶었다. 그동안 자신을 견디게 해주고 버티게 해준 하우징 사람들 전부를 대신해 장 씨에게 그 고마운 마음을 전하고 싶었다.

전화를 끊고 싶었지만 차마 그러지는 못했다.

살라볼 하우스에서 월터와 함께 저녁을 한 저니는 다름 달에 있을 한미군사훈련과 관련해 이런저런 얘기를 하고 있었다. 그러다 월터에게 전화를 건네받고 벌써 15분이 지나도록 할머니는 똑같은 말만 반복하고 있었다.

《[그래서 일 핑계로 그 잠깐도 들어오지 못하겠다는 거냐?]》

[핑계가 아니라니까요.]

《[내 생각엔 확실히 핑계 같구나.]》

[아니라고 말씀드렸어요, 할머니. 전 지금 교관을 겸하고 있다고 했잖아요. 그런 신분으로 어떻게 일주일을 넘게 휴가를 내겠어요?]

《[그건 월터가 충분히 해결할 수 있는 문제야. 그리고…….]》

기가 막혔다, 클라라의 이 지독한 이기심에.

[연합사령관이 무슨 동네 경찰도 아니고 그렇게 개인적인 일을 청탁하고 이용하라고 그 엄청난 자리가 있는 게 아니에요. 클라라는 지금 직권남용을 넘어서 불법적으로 권력 남용을 유도하는 거예요. 아세요?]

삐딱한 여왕님께서는 도무지 이해하거나 양보하려 들지 않았다.

《[결국 넌 잘 알지도 못하는 그 위험한 나라에 내가 꼭 가야만 한다는 말이구나.]》

돌려 말하는 것도 아닌 적나라하게 드러내 놓고 한국을 경계하는 발언이었다.

지금도 미국인들 중에는 한국을 분쟁 지역으로 인식하고 있는 이들이 꽤 많았다. 그리고 남한은 몰라도 북한은 알고 있었다. 싸이가 아무리 전 세계를 돌며 말춤을 춰도 그건 쉽게 변하지 않았다.

미군들 또한 이라크와 아프가니스탄 다음으로 위험한 나라가 한국이라고 알고 있는 이들이 적지 않았다. 역사 문제로 일본은 물론 북한과 날카로운 대립 각을 세우며 핵까지 문제가 되고 있어 사람들의 인식은 더욱더 고착화되고 있었다.

《[나야 내 아들과 손자를 보니 즐겁지만 너의 피앙세는 어떨지 모르겠구나.]》

기가 막혔다. 피앙세라니? 도대체 누가 누구의 피앙세란 말인가?

대수롭지 않게 넘어가고 무시하려 해도 이렇게 독단적인 결정에는 정말이지 치가 떨렸다.

[클라라, 약혼한 적도 없는 사람에게 피앙세라니요. 듣기 거북하니 다시는 그런 이상한 말씀 마세요. 불쾌하네요.]

《[저니, 넌 분명 내 의견에 따른다고 하지 않았니? 이제 와서 아니라고 하는 건 우리 맥컬리 가문 사람으로서 할 행동이 아니구나. 우리 가문 사람들은 약속과 신의를 목숨처럼 여기는 걸 알지 않니? 너도 가문의 한 사람으로서 그에 걸맞은 행동을 해야 하지 않겠어?]》

클라라는 일부러 그를 도발하기 위해 가문을 언급하고 있었다.

〈[또 너의 피앙세에게도 무례를 범하면 안 된다. 우리 가문과 그 애 가문은 오랜 세월 함께한 정치적 동지이자 훌륭한 사업 파트너야. 그러니 네가 더욱 그 애를 배려해야지. 피앙세 가문의 번창과 발전이 곧 우리 가문의 번창이며 미래야. 잊지 말거라.]〉

역시 클라라 여사에겐 예의를 차린 정중한 거절은 절대 통하지 않았다. 이렇게 가다가는 어느 날 갑자기 결혼식장에 서는 황당한 상황이 올 수도 있었다. 절대 그럴 수는 없었다.

[아니요. 전 할머니 의견을 존중한다고 했지 절대적으로 따른다고는 하지 않았어요. 그리고 무엇보다 이곳에는 제가 사랑하는 여자가 있어요, 클라라.]

결국 하고 말았다. 최대한 시간을 끌어 은조에게 그 어떤 피해도 가지 않게 하고 싶었지만, 억지 주장하는 클라라에게 제동을 걸기 위해서는 어쩔 수가 없었다. 또한 혼사 문제를 빌미로 클라라가 지나를 닦달하는 걸 그냥 지켜볼 수도 없었다.

어차피 모든 문제는 직접 부딪쳐 해결해야 했다. 이제껏 그런 것처럼.

〈[그게 지금 무슨 말이냐, 저니?]〉

[들으신 대로예요. 이곳에 제가 목숨처럼 사랑하는 사람이 있어요. 그러니 괜히 상관도 없는 가문의 여자를 데리고 들어오지 마세요, 클라라. 전 제가 사랑하는 여자랑 결혼해요. 당연히 그 사람이 제 피앙세이고요.]

한순간 묵음처럼 전화기 안이 조용했다. 지금쯤 숨을 돌리고 계산을 하시겠지.

《[지나처럼 한국 사람인 거냐?]》

[네. 순수 이 나라 사람이에요.]

《[연장을 한 이유가 그거였구나. 약속을 소중히 생각하는 네가 갑자기 연장을 한다고 하기에 의아하다 했더니 결국 그런 이유가 있었어. 도대체 상황이 그렇게 되도록 월터는 뭘 하고 있었는지 어이가 없구나, 정말.]》

[월터도 지금 알았어요. 제가 지금 이 자리에서 처음 말하는 거예요.]

괜한 불똥이 월터에게 날아가고 있었다. 클라라는 항상 그랬다.

《[아니, 그럴 리가 없어. 월터는 널 제 자식보다 더 아끼는 인물이야. 그런 위인이 사랑을 한다는 조카의 정신 나간 상태를 모를 리가 없어. 나를 속일 생각은 말아라, 저니 맥컬리.]》

[전 아니라고 말씀드렸어요, 할머니.]

《[아무튼 난 너의 피앙세를 데리고 들어갈 생각이니, 넌 네가 사랑한다는 여자를 데리고 오면 되겠구나. 그래서 한번 보자꾸나. 둘 중 누가 더 우리 가문에 걸맞은지. 조만간 들어갈 테니 그때 보자꾸나. 그럼 이만 끊는다. 사랑한다.]》

자신의 뜻을 전한 클라라는 조금의 망설임도 없이 전화를 끊었다.

오늘처럼 사랑하다는 말이 거짓처럼 들린 적도 없었다. 클라라는 가문과 자신의 의지를 관철시키기 위해서는 거짓도 불사할 분이다. 다 알기에 이 모든 상황이 걱정됐다.

아직 은조 집안에 인사도 한 적 없는 그가 은조를 결혼 상대자로 그의 집안에 인사를 시켜도 되는지 그 또한 생각하지 않을 수 없었다.

[그래, 할머니는 뭐라고 하시던?]

통화 내내 보이지 않던 월터가 불쑥 나타나 물었다. 저니는 소파에 앉아 긴 한숨을 쉬었다.

[뭐라고 하시긴요, 들어올 테니 단단히 준비하라고 하시죠.]

월터는 뭐가 그리 재밌는지 히죽거리며 맞은편에 앉았다.

[머지않아 역사적인 대결을 보게 될 것 같구나. 늘 있는 한미군사훈련보다 더 기대된다, 저니. 난 개인적으로 고전적인 캐릭터로 중무장한 클라라보다 네 연인의 만만치 않은 맹공이 더 볼만할 것 같구나.]

월터는 두 사람의 맞대결을 상상하는지 허공을 보며 묘한 표정을 지었다.

기가 막혔다. 자신은 어머니인 지나를 비롯해 마구 진격하는 클라라 때문에 골치가 아픈데, 월터는 이를 세기의 파워 게임으로 보고 있으니.

[월터, 할머니께서 당신이 염두에 두고 있는 가문의 여자를 데리고 들어온다는데 지금 그렇게 여유로운 상상이나 할 수 있어요?]

[그럼 내가 구경하는 것 말고 달리 할 수 있는 게 뭐가 있겠니? 클라라가 움직인다는데 기다리는 수밖에. 참, 너는 나와 다르게 바쁘겠구나. 연인에게 이 일을 숨길 수도 없고, 터놓고 얘기하자니 그쪽에서 부담스러워할 수도 있으니 말이야.]

단언컨대 월터는 지금 걱정이 아닌 이 모든 상황을 즐기고 있었다.

[난 사실 클라라보다 은조 양의 반응이 더 궁금하다. 네 연인은 만만치 않은 적을 향해 반갑게 손을 내밀 위인이지 겁먹고 네 뒤에 숨을 인물이 아니거든. 물론 이건 내 생각이고 느낌이니까 너무 믿지는 말아라, 조카야.]

[월터, 그렇게 재밌어요?]

화가 나 견딜 수가 없었다.

무작정 자신의 의지대로 밀어붙이는 클라라나 그녀의 위엄에 압도돼 자신을 지지할 조력자의 신분을 잊고 방관하듯 구경하는 월터에게나 화가 나기는 마찬가지였다.

이 모든 게 바로 가족이기에 어려웠다. 모르는 사람 같으면 무시하고 외면하면 그만이지만 가족이기에 그럴 수 없었다. 물론 이 모든 이유와 명분을 무시하더라도 은조에게 상처를 주거나 포기할 수는 없었다.

답답함에 은조가 더욱 보고 싶었다. 그녀 안에서 자멸하고 소멸하고 싶었다. 생각만으로도 몸은 달아올라 벌써부터 격하게 반응하기 시작했다.

은조를 만나기 전에는 자신이 이렇게까지 섹스에 집착하는 인물인지 몰랐다. 심지어는 가족과 친구들에게 게이가 아니냐는 터무니없는 의심도 받던 그다.

처음으로 은조와 뜨거운 밤을 보내고 실버벨에게 자신이 처음이자 유일한 남자라는 사실을 알게 된 그날 밤, 저니는 행복해 죽을 것만 같았다. 아니, 죽었다 살아났다.

사람이 행복해 죽을 수도 있다는 걸 그날 밤 처음 알았다.

첫 경험이 주는 고통과 그런 고통을 미처 배려하지 못하고 몇 번이나 품은 저니로 인해 은조는 정신을 잃었다. 은조가 기절한 사이 저니는 그가 만든 상처와 열꽃으로 엉망이 된 여린 은조의 몸을 닦으면서도 붉은 흔적에 기뻐 죽을 것만 같았다. 가슴이 벅차오르던 그 진한 감동은 지금도 생생히 기억한다.

누구는 그런 그를 속물이며 전근대적인 인물이라 욕하겠지만 상관없었다. 개의치도 않는다. 솔직히 미치게 기쁘고, 완전 행복하고, 더없이 고맙고, 죽도록 다행이라고 생각하는데 그걸 아니라 거짓으로 포장하며 위선을 떨 수는 없었다.

은조를 위해서라도 느긋하고 여유롭게 사랑을 나누고 싶었지만, 그녀에게 손만 대면 어느덧 이성적인 판단은 날아가고 본능과 저열한 욕망만이 그를 감독하고 지배했다.

'설마 섹스에 집착한다고 날 피하진 않겠지.'

엘리베이터에서 내린 저니는 은조와 자신의 집 앞에 서 있는 남자와 마주쳤다.

본 적이 있는 남자다. KSC 19중대 인사처장 이준성. 그는 저니를 보고도 놀라는 기색 없이 담담한 표정이었다.

아파트 1층에 있는 카페로 들어간 두 남자는 주문한 커피를 앞에 두고도 마시지 않고 서로를 마주하고 있었다.

저니는 자신을 뚫어지게 응시하는 이준성의 눈길을 피하지 않았다.

"내가 당신처럼 아름다웠다면 그 사람, 날 사랑했을까?"

질문이 아닌 자문하는 것처럼 보였다. 이준성의 낮은 목소리에서는 짙은 고독과 깊은 상실감이 느껴졌다. 일전에 미군 클럽에서 본 카투사 장원표와는 또 다른 느낌이었다.

“그 사람이 당신 외모만 보고 마음이 움직였다고는 생각하지 않아. 그저 핑계라도 찾고 싶었어. 이유를 찾는다면 혹시라도 마음을 돌릴 수도 있지 않을까 하고. 유은조가 8군을 그만둔다는 소문이 돌고 있어. 알고 있나?”

이준성에 말투가 무척이나 신경을 자극했지만 참기로 했다, 아직까지는.

“안면은 있지만 이야기하는 건 처음인데 말을 편하게 하시네요.”

“지금 내가 존칭을 쓰고 존대를 한다면 그게 더 우습지 않나? 지금도 난 그쪽을 죽도록 패고 싶은 마음뿐이야. 폭력으로 해결되는 게 없기 때문에 참을 뿐이지. 난 신사가 아니야. 그럴 마음도 없고. 그러니 당신도 편하게 해.”

겁도 없이 자신을 때리고 싶다는 솔직한 발언에 웃음이 났다.

이준성이 과연 자신에게 손가락 하나 댈 수 있을까. 그러지 못한다는 걸 이준성이 제일 잘 알 것이다.

“은조에게는 무척이나 예의를 지키고 조심하더니 그건 다 거짓인가?”

앞에 앉은 남자가 원하는 방식으로 말을 바꿨다. 냉정을 찾고 거리를 두려면 존대를 하는 게 낫다고 생각했지만 지금은 그러는 게 왠지 손해처럼 느껴졌다.

“내가 원하고 사랑하는 건 유은조지 그 사람이 사랑하는 당신이 아니야. 예의범절은 딴 데 가서 찾아. 말했잖아, 난 신사가 아니라고.”

딱 하나 마음에 드는 게 있다. 은조가 자신을 사랑한다고 단정한 그 부분.

새침데기 유은조가 단 한 번도 말하지 않은 사실을 이준성은 당연한 듯 내뱉고 있었다. 저니는 이 자리, 이 상황에 어울리지 않게 몹시도 흡족하고 매우 만족스러웠다.

"알아보니 당신 집안도 그리 호락호락하지 않을 것 같던데, 유은조도 알고 있나?"

'오늘은 여기저기 온통 집안과 그 빌어먹을 가문 이야기뿐이군.'

그런 것들이 자신의 사랑에 이토록 장애가 되고 걸림돌이 될 줄은 몰랐다.

기분이 순식간에 바닥을 쳤다. 아무래도 존대를 해야 할 것만 같았다. 그래야 이 팽팽한 이성의 끈을 놓지 않고 마지막까지 평정을 유지할 수 있으리라 판단했다.

"당신이란 존재, 우리나라 어느 가정에서든 인정받기 어려울 거야. 물론 당신 가문에서도 그녀를 받아들이기 쉽지 않을 테고. 그래서 난 기다릴 생각이야. 지금까지도 기다렸고 앞으로도 그건 그리 어렵지 않아. 난 머지않아 기회가 올 거라 생각해. 내가 끝까지 포기하지만 않는다면."

이준성의 바람이 부질없다는 걸 분명히 깨닫게 해주고 싶었다. 아니, 꼭 그래야 했다.

"장원표나 당신이나 똑같은 말을 하는군요. 하지만 두 사람이 모르는 게 있어요. 가문도 혈통도 은조와 나의 사랑에 걸림돌은 될 수 있어도 사랑 자체를 부정할 수는 없어요. 가문과 혈통보다는 인간의 의지가 더 강하니까."

저니는 분명히 말하고 싶었다. 아무리 흔들어도 자신과 은조는 하나로 연결된 가지처럼 절대 꺾이거나 분리되지 않는다고. 그러니 포기하라고.

"난 가문이나 혈통보다는 한국 사회에서 우선시되는 가족이란 이름의 그 단단한 결속과 결코 피할 수 없는 책임감을 믿어. 또 당신이 믿고 있는 인간의 의지가 매번 그렇게 드라마틱한 괴력을 발휘하지는 않거든."

상당히 호전적이고 삐딱한 말투다.

"그러니 저니 맥컬리, 당신 사랑을 지키기 위해 최선을 다해. 나도 내 사랑을 꽃피우기 위해 인내하며 기다릴 테니까."

이준성이 하는 말은 격려도 충고도 아닌, 악담이자 애끓은 희망사항이었다. 듣고 보니 상당히 기분 나빴다. 이런 불쾌한 기분으로 은조에게 가고 싶지는 않았다.

"사랑과 생존이 그저 기다린다고 이루어지는 거라면 인간이 이렇게 인류 역사의 맨 마지막까지 존속하기는 어려웠겠죠. 충고 고마워요. 내 사랑을 지키기 위해 최선을 다하죠. 그래야 당신도 사랑이란 게 그저 기다려서 얻어지는 게 아니란 걸 깨닫게 될 테니까."

저니와 이준성은 한 치의 양보도 없이 서로를 견제하며 상대의 기에 눌리지 않으려 애썼다.

자신이 이렇게나 철부지 장원표와 잔혹 승부사 이준성에게 공동의 적이 되어 치열하게 기 싸움 하는 걸 실버벨이 알기나 하는지 몹시도 궁금했다. 자신의 여자 사수하기가 인류 평화와 조국

안보를 지키는 것만큼 어렵다고 생각했다.

아무래도 오늘 밤은 억울해서라도 은조를 곱게 재울 수 없을 것 같았다.

늦은 밤. 저니는 이 엄청난 도발을 과연 참을 것인가 하는 중대한 기로에 섰다.

은조는 저녁부터 그에게 오기 전까지 장 씨라는 사람과 술자리를 했다면서 가득이나 참고 있는 그의 품속으로 겁도 없이 파고들었다. 은조가 그를 찾아온 건, 저니가 차가운 물에 샤워를 하고 은조에게 갈까 말까 치열하게 갈등하고 있을 때였다.

순진한 연인은 자고 싶은데 도통 잠이 오지 않는다며 그에 품을 자꾸만 파고들었다.

은조는 자주 그런 말을 했다. 그를 만지면 마음이 편해져 잠이 잘 온다고.

은조는 어느새 잠에 깊이 빠져들고 있었다. 사실 뒤척이는 은조를 확실하게 재우는 방법은 단 하나, 그녀가 지쳐 쓰러질 때까지 격렬하게 품고 몰아치는 것.

격한 사랑을 나누면 그녀는 어김없이 깊은 잠에 빠졌다. 사실 안쓰럽고 미안한 마음도 들었지만 품고 싶단 욕망과 욕심이 더 간절해 그들이 나누는 사랑의 행위는 언제나 격하고 중간이란 없었다. 무엇보다 그 자신이 혈관에 마약같이 스며드는 은조를 끊어내질 못했다.

'일단 자자. 짐승도 아니고 덮치면 절대 안 돼.'

솜털처럼 부드러우면서도 손끝을 자극하는 탱탱한 몸은 대책없이 그를 자극했지만 꾹 참고 오지 않는 잠을 청했다.

그리고 어느 순간 깜짝 놀라 잠에서 깼다. 잠에서 깨 얼른 은조부터 찾았다. 은조는 꼼짝도 않고 그에 품에서 자고 있었다. 물론 완전히 벗은 몸으로. 깜박 존 것 같은데 새벽 5시가 넘어가고 있었다.

꿈속에서 그는 은조의 손을 놓쳐 절벽으로 떨어졌다. 그런 저니를 잡으려고 몸부림치는 은조를 이준성이 부여잡고 놓아주지 않았다. 이준성은 은조를 거칠게 안아 억지로 키스를 퍼부으며 자신의 품 안에 가두었다. 은조는 소리치며 저니를 불렀다. 그러자 더욱 자극받은 이준성은 더욱 거칠게 은조를 옥죄며 그에 눈앞에서 은조를 거칠게 탐하며 가졌다.

정말 다시 생각해도 끔찍하고 기분 나쁜 꿈이었다.

일어나기에는 아직 이른 시각이지만 눈을 감아도 도무지 잠은 오지 않았다. 아무래도 아까 꾼 꿈의 위력이 너무 셌던 모양이다.

분한 마음에 멍하니 천장을 올려다보다 결국 조심스레 팔을 빼내고 자리에서 일어났다.

이불에 파묻혀 엎드려 자던 은조는 환한 빛으로 인해 억지로 정신을 차렸다.

그녀는 혼자였다. 일어나 침대에 앉은 은조는 순간 깜짝 놀랐다. 자신의 옷이 전부 벗겨진 상태였다. 이불로 몸을 칭칭 감고서 주위를 두리번거리다 결국 옷 찾기를 포기하고 일어나 거실로 나갔다.

저니는 편한 옷차림으로 부엌 테이블에서 커피를 마시며 영자 신문을 보고 있었다. 방에서 나오는 그녀를 보고 아침 햇살보다 더 환한 미소를 지어 보였다.

"아무리 찾아도 옷이 없어요."

저니는 그런 은조를 보더니 신문을 내려놓고 자신의 무릎을 탁탁 쳤다. 잠시 망설이다 결국 그에게 다가갔다. 무릎에 살짝 걸터앉은 그녀를 저니가 긴 팔로 감싸 가슴에 꼭 안았다.

"국 같은 건 끓이지 못해. 대신 해장국이랑 죽 사왔어. 아침 먹자."

"옷부터 줘요."

그녀에 요구에도 아랑곳하지 않고 저니는 이불에 폭 싸인 은조의 얼굴에 자신에 얼굴을 마구 비비며 입술에 쪽쪽 입을 맞췄다. 키스 수준은 아니었지만 강도는 장난이 아니었다.

"아직 씻기 전이에요. 그…… 만…… 해요."

"자고 일어난 얼굴이 이렇게 아름다운 사람은 세상에 당신밖에 없을 거야."

저니는 피하는 은조의 얼굴을 양손으로 잡아 고정하고서 짙은 키스를 퍼붓기 시작했다. 양치하지 않아서 안 된다고 해도 막무가내로 입안을 헤집고 들어왔다.

결국 은조는 이불을 잡고 있던 손으로 자신의 얼굴을 잡고 있는 손을 밀어 빠져나왔다.

두 사람의 시선이 동시에 그녀의 나신에 머물렀다. 은조는 황급히 이불을 잡으려고 했지만 항상 그렇듯 사악하고 민첩한 저니가 더 빨랐다.

이불을 잡아 멀리 집어 던진 저니는 창피함과 두려움에 떠는 은조를 품에 안아 들었다. 결박당한 은조는 민망함에 고개조차 들지 못했다. 그의 어깨에 얼굴을 파묻은 은조는 숨도 제대로 쉬지 못했다. 그 모습이 무척이나 귀엽고 자극적으로 보였다.

"배 많이 고파?"

"옷이 먼저예요. 내 옷부터 줘요. 안 그…… 악!"

은조는 갑자기 자리에서 일어난 저니로 인해 그의 목을 꼭 감싸 안았다. 그는 양손으로 엉덩이를 받쳐 안고는 침실로 걸어갔다. 방으로 들어온 저니는 자신의 몸에 꼭 붙어 있는 은조의 손을 풀어 침대 위에 놓고 윗옷을 벗었다. 은조는 어렵지 않게 상황을 짐작할 수 있었다.

"나 배고파…… 요. 그러니까…… 아악!"

순식간에 나체가 된 저니가 달려들었다. 얼른 침대 끝으로 도망친 은조는 베개로 자신의 민망한 몸을 가리며 저항했지만 역시나 늘 그렇듯 저니가 좀 더 빨랐다.

"나도 고파, 당신이. 마지막으로 당신을 안은 게 도대체 며칠 전인지 기억조차 안 나. 그러니까 우리 기억을 되살리기 위해서라도 서로의 체온이 필요하지 않을까?"

그를 피해 자꾸 뒤로만 가던 은조가 결국 침대에 누웠다. 저니는 은조 위로 몸을 겹쳤다. 겹쳐진 두 몸 사이로 성난 남성이 적나라하게 느껴졌다. 분신은 벌써부터 은조의 둔덕을 파고들려 만반의 준비를 하고 있었다.

둔덕을 은밀하게 비벼대는 욕심 많은 그로 인해 그녀 몸 안에서도 슬슬 야릇한 감각과 열기가 피어올랐다. 이제는 그녀의 의지와 상관없이 몸의 반응이 자동화가 되었다.

은조는 과감하게 두 다리를 들어 저니의 허리를 감싸 안았다. 손가락으로 몹시도 좋아하는 그의 턱 라인을 따라갔다.

"그럼 한 번만 해요."

"한 번이라……. 좋아, 그럼 아.주. 길.게. 한 번 하는 걸로 하지."

"또 있어요."

그녀가 머뭇거리자 무슨 말이냐며 재촉했다.

"……피임이요. 오늘부터 피임해요. 그동안은 내가 불규칙해서 괜찮았지만……."

피임이란 소리에 저니의 표정이 순식간에 빙하처럼 차가워졌다.

"피임이라니? 무슨 뜻이야?"

"저니, 우리……."

말하기가 무척이나 애매했다. 지금 자신의 상황을.

저니를 온전히 이해시키기 위해서는 모든 걸 다 처음부터 말해야 하는데 아직은 그녀 스스로 준비가 되질 않았다. 그녀의 성장과 도약이 두려워 발목을 잡는 작은아버지와 그의 자식들, 정우의 일 또한 명확하게 매듭지어지지 않았는데 무슨 말을 할 수 있을까.

잠시 후, 옷을 입은 두 사람은 거실 테이블을 사이에 두고 앉았다.

"우린 아직 양쪽 집안 어른들께 소개를 하거나 인사도 드리지 않은 상태이고, 무엇보다 난 일주일 후면 회사로 돌아가요. 좀 더 여유를 가지려고 했는데 갑자기 그렇게 됐어요. 회사에 복귀하면 지금과는 전혀 다른 생활을 해야 해요. 이렇게 당신과 보내는 시간도……."

말을 다 잇지 못하고 눈치를 살폈다. 보지 않을 수가 없었다.

"솔직하게 말할게요. 당분간은 어려울 거예요."

저니의 표정이 순식간에 험악해졌다. 늘 악동처럼 장난기와 여유가 넘치던 모습이 아니다. 그 모습에 입이 딱 붙어 쉽게 떨어지지 않았다.

"물론 시간을 만들려고 많이 노력할 거예요, 난."

그 말이 저니를 더욱 화나게 만들고 자존심을 상하게 한다는 걸 알지만 사실 그대로 말할 수밖에 없었다.

"그러니까 당신은 우리가 서로의 집안에서 인정받고 그룹이 안정될 때까지 피임을 하자는 거야? 그래, 당신 말뜻은 알겠어. 근데 만약 당신이나 우리 집안에서 터무니없는 이유로 우리 사이를 반대하면? 그럼 그때는 어쩔 거야? 그땐 이대로 끝인가? 그래?!"

"저니……."

"그렇겠네. 따지고 보면 오늘이 우리의 마지막일 수도 있겠어."

저니는 여태껏 단 한 번도 본 적 없는 냉담하고도 무서운 얼굴로 그녀를 추궁했다. 그의 마음을 충분히 이해하지만 은조도 결코 이런 상황을 바란 건 아니었다.

전부는 아닐지라도 어느 정도 이야기해 그의 이해를 바라고 또 혹시 일어날지도 모를 일을 대비해 피임을 하고자 했던 것이다.

두 사람 사이에 아이가 생기는 걸 걱정하진 않지만 지금은 적절한 시기가 아니란 것도 부정할 순 없었다.

결론적으론 저니가 말한 대로 모든 게 쉽지 않다는 말로만 귀결되고 해석됐다.

"마지막일 수도 있는 이 시간을 이렇게 보낼 수는 없지. 안 그래, 실버벨?"

"……!"

서늘한 눈빛을 한 저니가 그녀를 안아 들고 침실로 향했다.

침실은 응징을 다짐한 이의 격전지이자 응징을 당하는 이의 피가 마르는 전선이 되었다.

은조는 상당 시간 제대로 숨을 쉬지 못해 가슴이 금방이라도 터질 것만 같았다.

첫 번째 섹스는 광기에 버금가는 지독한 욕망으로 미칠 듯한 쾌감을 안겨주었고, 두 번째 섹스는 병적인 집착과 소유욕을 섹스라는 훌륭한 행동 미학으로 적나라하고 명확하게 설명했다.

그리고 지금 두 번이나 하고도 거친 테크닉과 능숙한 스킬로 저니는 은조를 영혼까지 자신의 여자로, 자신의 개인 소유물로 길들이고 있었다.

방 안은 두 사람의 거친 호흡과 잦아들지 않는 열기, 광폭한 욕망까지 합쳐져 몹시도 습하고 뜨거웠다. 은조는 오직 저니가 주는 쾌감과 쾌락에 정신이 혼미했다. 온몸의 감각은 저니와 뜨겁고 깊게 부딪치는 둔덕으로만 몰려 다른 기관은 전혀 존재하지 않았다. 장시간 계속되는 행위로 피로감은 물론 고통으로 신음하는 은조의 몸 안에서 자신의 분노를 고스란히 빼닮은 남성을 거칠게 빼낸 저니는 기진맥진한 그녀를 엎드리게 했다.

피하려 했지만 몸이 말을 듣지 않았다. 이미 무기력해질 대로 무기력해진 몸은 스스로 조절할 수 없는 번아웃(Burnout) 상태였다. 저니는 피하려는 은조를 잡아당겨 복숭아빛으로 달아오른 엉덩이 사이로 성난 분신을 무자비하게 찔러 넣었다.

"아악!!"

물리고 상처 입은 은조의 상체가 저절로 들리며 억눌린 비명이 터져 나왔다. 저니는 고통스러워하는 그녀의 허리와 어깨를 잡고 끝도 없이 집요하게 치받았다.

꺼지지 않는 분노와 잦아들지 않는 욕망은 날카로운 칼이 되어 그녀를 매섭게 공격하며 몸 안에 깊은 생채기를 내고, 자신의 절대적인 영역과 남다른 존재를 표시하고 있었다.

"저니…… 제…… 그만…… 아악!"

그조차도 거친 숨을 몰아쉬면서도 결코 놓아주지 않았다.

강인한 허리는 거칠게 몰아붙이고, 양손으로는 가슴을 주무르며 험악하게 으그러뜨렸다. 마치 상처받은 자신의 마음을 투영하는 것처럼 그렇게.

한계치를 넘은 남성은 그녀의 하반신을 갈고리처럼 잡아당기고 기기묘묘한 손끝은 상반신을 희롱하며 자신에게만 반응하도록 철저히 길들이고 있었다. 농염한 조율사 저니는 온몸으로 자신의 소유권을 주장하며 그녀의 정신과 육체를 모두 분쇄하며 초토화시켰다.

무리하게 몸을 섞은 탓인지 하반신 전체가 형용할 수 없을 정도로 쓰리고 아팠다. 잦아들지 않는 고통과 지독한 쾌감이 한데 뒤엉켜 결국 울음이 터져 나왔다. 은조는 눅눅한 침대 시트를 감아쥐며 울음을 삼키려 했지만 한 번 터진 울음은 그칠 수가 없었다.

그 모습을 목도한 저니는 마지막을 향해 질주하기 시작했다. 질주는 끝까지 거칠고 잔인했으며 모든 감각을 깊게 도륙하며 낱낱이 파헤쳤다.

"헉!"

마침내 모든 걸 토해냈다. 세 번이나 몸 안에 응축된 분노와 농축된 욕망을 모조리 쏟아내는 그를 확인하며 은조의 의식은 어둠 속으로 순식간에 곤두박질쳤다.

욕망의 잔해를 모두 은조의 몸 안으로 흘려보내고도 여전히 남성을 파묻고 있던 그는 완전히 의식을 잃은 은조를 가슴에 꼭 안고서도 내내 불안한 마음을 감출 수가 없었다.

"은조야, 은조야……."

체력을 모두 소진한 두 사람이 잠을 깬 건 늦은 저녁이었다.

얼굴을 쓰다듬는 부드러운 감촉에 눈을 떴다.

눈에 띄게 얼굴이 퀭한 은조가 그의 곁에 꼭 붙어 얼굴을 어루만지고 있었다.

여리고 가녀린 몸을 그가 잠든 내내 양팔과 다리로 이리저리 자세를 바꾸며 감고 있었던 모양이다. 자면서도 얼마나 힘이 들었을지 상상이 돼 미안했다.

기력을 소진한 그녀의 하얀 손끝이 하염없이 떨렸다. 그러면서도 은조는 그의 얼굴을 소중하게 어루만지며 연하게 웃었다. 바보처럼, 착하디착한 아이처럼. 온몸이 폭행당한 것보다 더 쑤시고 아플 텐데도 티를 내지 않고 있었다.

그런 은조를 보면서 가슴 안에서 무언가 울컥했다. 또 한없이 미안했다. 자신의 불안한 마음을 거칠게 쏟아내며 죄 없는 그녀를 숨 조였다는 걸 스스로 인정했다.

그는 자꾸 못나고 나쁜 남자가 되고 있었다. 더 솔직하게는 사랑하는 은조를 놓칠까 봐 전전긍긍하는 모자란 소년이 되고 있었다.

'왜 이렇게 불안한 걸까.'

마치 잘못이나 한 듯 눈치를 살피는 은조를 꽉 끌어안았다.

두 사람은 적지 않은 시간 서로를 마주 보고 누워 서로의 얼굴만 매만졌다.

"염치없다고 생각해도 할 수 없고, 가학적 새디스트라고 비난해도 할 수 없어. 미안하다는 말은 하지 않을 거야. 대신……."

"……."

"피임할게. 그리고 기다릴게, 당신에 대해 전부 얘기해 줄 때까지."

"저니……."

"당신도 날 위해 해줄 게 있어. 날 불안하게 만들지 마. 다른 건 다 참겠는데 그건 절대 못 참아. 내가 아까처럼 미쳐 날뛰는 게 싫다면 날 불안하게 만드는 말이나 행동은 하지 마. 그것만 약속하면 당신이 하라는 대로 다 할게."

협박이 가미된 고백을 한 후 저니는 은조의 이마에 자신의 이마를 대고 그대로 있었다. 과도한 탐미와 섹스로 지쳐 버린 두 사람은 그렇게 서로를 위로하며 상처 난 마음을 보듬었다.

"고마워요. 불안하게 하지 않을게요. 약속해요."

은조는 키스했다. 다짐을 대신한 약속과 맹세의 키스를.

키스는 생명의 의지를 가진 줄기처럼 자꾸만 저니의 입안으로 가지를 치듯 뻗어 들어왔다. 감미로운 혀는 부드러운 미풍이 되어 입안을 맴돌아 어느새 훈훈한 훈풍으로 변해 휘몰아쳤다. 그 조심스런 몸짓에 또다시 기지개를 켜는 노련한 혀로 훈풍은 서서히 열풍과 강풍으로 변해갔다. 결코 잦아들지도 않고 잡히지도 않는 강렬한 열기가 또다시 지친 두 사람의 어깨를 토닥이고 있었다.

마지막이라 생각하니 하우징 안의 모든 물건과 공간이 의미 있게 보였다.

조금 일찍 출근한 은조는 자신의 동선 안에 있는 모든 풍경을 머릿속 기억 장치 안에 저장했다. 이른 아침 파랗고 하얀 공기 속을 걸으며 1년 가까이 자신을 버티게 해준 이곳을 마음껏 소장하고 싶어 아침부터 부지런을 떨었다.

오늘도 은조의 위염을 걱정하고 챙기던 저니는 아침도 제대로 못 먹고 움직이는 그녀가 마음에 들지 않았지만 마지막이란 걸 알기에 눈감아주었다.

주말 내내 은조 곁에서 가열된 욕망의 전차이자 감성 변태의 끝을 제대로 보여준 그는 매끼 식사를 챙기며 다양한 음식을 사다 날랐다.

음식을 하겠다고 나서는 은조를 뜯어말리며 자양강장제와 핫한 보양식을 먹이며 침대에서 일어나지도 못하게 했다. 하지만 한번 바닥난 체력은 쉽사리 돌아오지 않아 그녀를 이토록 탈진하고 방전하게 만든 장본인인 저니를 애달게 했다.

그는 오늘 늦게까지 비행이 있다고 했다.

자신이 없는 동안 일찍 들어와 집에서 쉬라는 권유에 은조는 되레 저니를 걱정했다.

며칠 전 한국 공군 비행기가 추락한 기사를 본 은조는 겁이 났다. 그러자 저니는 조종사에게 위험은 항상 존재하는 거라며 대수롭지 않게 받아넘겼지만 은조는 그럴 수 없었다.

이번 사고로 인해 조종사의 실수 없이도 기체 결함이나 정비 부주의로 사고가 날 수 있다는 걸 알았다. 두 사람은 그렇게 서로를 걱정하며 하루를 시작했다.

은조 다음으로 일찍 출근한 사람은 장 씨였다.

카페 커피는 절대 마시지 않는 장 씨가 부대 안에 있는 유명 카페의 잔을 은조에게 건넸다.

121에 대한 미련을 완전히 버린 장 씨는 오히려 편안하고 안정돼 보였다.

공부하는 내내 열심히 따라왔지만 늘 초초하고 불안해 보였다. 그녀 눈에 다 보일 정도이니 본인은 얼마나 부담이 되고 고민이 됐을까.

"결혼 준비는 잘하고 계세요?"

장 씨는 들고 있던 커피를 한입 마시더니 뭔 놈의 커피가 이리 쓰냐며 투덜거렸다.

"나야 돈만 마련해 주면 되지. 나머지는 와이프랑 큰놈이 알아서 할 거야. 원래 아버지란 존재는 살림 마련할 돈이랑 결혼식장에서 손만 잡아주면 되는 거야. 뭘 더 하려고 하면 그때부터 싸움나, 그 집구석은."

초연한 듯 말하는 장 씨를 보고 피식 웃었다. 은조의 위염을 생각해 녹차라떼를 가져온 장 씨를 보며 말과 달리 그가 퍽 다정한 가장이란 걸 짐작할 수 있었다.

"전 축의금 말고 개인적으로 선물을 하고 싶은데 그래도 되죠?"

장 씨는 축의금과 선물이란 말에 질색하는 표정을 했다.

"뭔 소리야?! 내가 말했잖아. 우리 사돈댁 기죽이려면 유 선생이 와서 자리를 빛내줘야 한다고. 그럼 됐지, 선물은 무슨. 다른 건 됐고, 그날 예쁘게 차려입고 참석만 해줘. 난 정말 그거면 되니까."

"꼭 갈게요. 사람들 눈이 번쩍할 정도로 예쁘게 차려입고."

은조의 대답에 장 씨는 흐뭇하게 웃었다.

"혹시 알아? 거기서 유 선생 임자 만날지. 뭐, 원표 자식한테는 좀 미안하지만 그놈은 학교도 졸업해야 하고 일자리도 어서 옵셔 하고 기다리는 것도 아니니까 까고, 교육 잘 받고 성실한 남자 하나 물어봐."

핸드폰을 꺼내 시각을 확인한 장 씨가 하우징 쪽으로 방향을 틀었다. 은조도 같은 방향으로 걷기 시작했다. 두 사람의 발걸음이 평소보다 가벼웠다.

오전 내내 기분이 무척이나 좋은 장 씨의 제안으로 점심은 삼각지에 있는 원조 대구탕집으로 갔다. 갈 때는 차 두 대에 총 다섯 명이 함께했는데 자리를 잡고 앉으니 어느새 일곱 명이 되어 있었다. 중대 부관리장과 이준성 인사처장이 자리를 함께했다. 공교롭게도 오늘 같은 메뉴를 선택한 모양이다. KSC들의 행동반경이 다 거기서 거기란 생각에 저절로 웃음이 났다.

어수선한 분위기 속에서 수저와 젓가락을 건넨 이준성은 다소 당황한 표정을 하는 그녀를 보고 피식 웃었다. 웃음에 어색한 미소로 답한 은조는 빠르게 돌아가는 분위기에 편승해 밥을 먹었다.

늘 반주를 하는 탓에 하우징 아저씨들의 식사 시간은 무척이나 길었다. 먼저 자리를 뜬 은조는 북적거리는 가게를 나와 골목에서 주위를 둘러보고 있었다. 식비는 오기 전에 이미 장 씨가 내기로 해 별생각 않고 한낮의 여유를 즐겼다.

"먼저 가죠. 아직 한참 걸릴 것 같은데."

이준성이 서성거리는 그녀에게 다가오며 말했다.

"같이 왔는데 함께 움직여야죠."

"그게 아니라 내가 불편해서 그런 거겠죠."

대답하지 않았다. 사실대로 말하자니 이준성의 눈치를 보게 될 것 같고, 아니라고 하자니 대화가 길어질 것 같았다. 이래저래 입 다물고 있는 게 상책이리라.

"걷기 나쁘지 않아요. 좀 걸어요. 운동도 할 겸."

전쟁기념관 앞 국방부 쪽으로 향했다. 점심시간은 20분이 남아 있었다. 이 속도로는 시간 안에 부대에 도착하긴 어려웠지만 내색 않고 걸었다.

"목요일에 있을 KSC 밤에 오실 거죠?"

"왜요? 참석하게요?"

"네."

예상 못한 답이었는지 이준성의 눈이 커졌다. 늘 잔잔한 사람인데.

"왜요? 무슨 일 있어요?"

"공짜에 맛있는 것도 많다고 하던데 가야죠."

이준성이 내내 이상하단 얼굴 표정을 풀지 못했다.

"오실 거죠?"

"가야죠. 당신이…… 가는데."

다소 풀어진 이준성의 얼굴 근육을 확인하고 은조는 저 뒤에서 달려오는 택시를 잡아 세웠다.

아쉬움을 다 털어내기도 전에 목요일이 되었다.

하우징은 아침부터 분위기가 들떠 모두들 저녁에 있을 파티 이야기뿐이었다.

장 씨마저 동요돼 은조 혼자 자신의 이니셜이 새겨진 지게차를 움직여 부지런을 떨었다.

문득 처음 지게차를 운전하다 장 씨에게 모욕적인 말을 들었던 일이 떠올랐다. 그러다 지게차가 익숙해져 그 위에서 커피를 마시며 여유를 부리고, 장 씨가 운전하는 지게차에 올라타 하우징 근처를 유유히 유람하던 기억도 났다.

생각해 보니 진정한 인간관계나 힘으로 하는 노동은 전혀 모른 채, 유성그룹 안에서만 살던 그녀가 무척이나 다이내믹하고 스펙터클한 한 해를 보냈다.

아쉬운 게 있다면 직접 사직서를 제출하고 사인을 할 수 없다는 건데 그건 어쩔 수 없다고 생각했다. 8군은 반드시 자필 사인을 해야 사직이 인정되고 퇴직금 수령을 할 수 있었다. 그동안 열심히 일한 시간을 증명해 줄 퇴직금을 수령하지 못한다는 게 아쉬웠지만, 커밍아웃한 후 모두가 있는 대대에 간다는 게 가식이고 위선이란 생각이 들었다.

이러나저러나 결국은 욕을 먹을 수밖에 없다. 모두가 좋은 방법은 알지 못했다, 아직까지.

"무슨 생각을 그렇게 해요?"

왜 요즘은 잠잠하나 했더니 이렇게 나타났다, 은혜로운 장원표가.

"심심해요? 노래 들려줘요?"

원표는 자신이 좋아하는 접이식 닥터드레 헤드폰을 건넸다. 그러고 보니 이 아이와 이런 시간도 마지막이구나.

"듣자. 듣고 싶네."

흔쾌히 말하자 장원표가 곁에 앉아 애정하는 헤드폰을 씌워주었다.

진한 전자기타 소리가 전신을 울렸다.

사랑을 한 남자가 이별을 선택하고 뒤늦게 후회하는 내용의 노래였다.

헤드폰을 벗어 장원표에게 주었다.

"죽을 것만 같던 시간이 흘러갔어?"

장원표는 어린아이처럼 피하며 입을 삐죽이다 고개를 숙이며 군화로 땅을 툭툭 찼다.

"좋다…… 장.원.표."

은조의 말간 눈빛과 아련해진 목소리에 원표가 고개 들어 기색을 살폈다. 그러곤 빤히 쳐다보았다. 또 저 눈빛, 날 진심으로 걱정하는 표정. 처음엔 몰랐는데 다시 생각해 보아도 정말 좋은 인연이었다. 이 아이와 나는. 너와 나는.

"왜 그래요? 무슨 일 있어요? 그 인간, 얼굴값 하는 거 아니야?"

원표는 정말 화난 표정으로 물었다. 혼자 흥분해 일어나 치를 떨었다.

"말해봐요?! 진짜 그런 거예요? 내가 이 인간을 확!"

"아니야. 그냥 너랑 이렇게 음악 듣고 있는 게 좋아서 그래."

장원표는 긴가민가하며 기색을 살피다 그녀가 환하게 웃자 도로 자리에 주저앉았다.

"왜 그래요? 사람 걱정되게. 그냥 하던 대로 해요. 냉소적이고 무신경한 게 당신 캐릭터잖아. 혹시 나한테 미안해서 그런 거라면 지금이라도 나한테…… 오던가. 대환영이니까."

장원표는 멀리 시선을 두며 지나가듯 무심하게 말했다.

행동과 달리 지금 이 자리에서 하는 모든 말이 그의 진심이란 걸 은조는 안다.

"점심 먹자. 맛있는 거 사줄게."

원표는 부산하게 은조의 표정을 살폈다. 무척이나 신경 쓰이는 모양이다. 다른 날과 무척이나 다른 오늘의 그녀가.

"됐어요. 땜빵하느라 이따 운전해야 해요. 먹고는 싶은데 시간이 없어요. 그냥 햄버거로 때우고……."

"나도 햄버거 먹어야지."

은조는 자리에서 일어나 스낵바 쪽으로 향했다. 그러자 원표가 영 이상하단 표정으로 서둘러 뒤를 따랐다. 가는 내내 원표는 무슨 일이냐며 쉬지도 않고 닦달했다.

KSC 밤. 파티는 저녁 6시부터 시작이었다.

은조는 호텔 VIP룸에서 퍼스널 쇼퍼가 가지고 온 옷을 피팅하고 있었다.

결국 미니멀한 디자인의 칵테일 드레스를 입기로 했다. 블랙에 상반신이 시스루로 주름이 잡힌 원피스는 아찔한 등 라인이 포인트로 대체적으로 심플했다. 큰 다이아몬드 귀고리와 블랙의 크리스털로 장식된 구두로 포인트를 주기로 했다.

너무 점잖고 격식 있게 차려입어 하우징 사람들을 더 질겁하게 하고 싶지는 않았지만 김 비서가 오늘 밤 파티에 연합사령관이 온다고 해서 대충 입을 수도 없었다.

오늘 잠시 참관하는 사령관은 KSC 파티가 주목적은 아니었다. 같은 호텔에서 있는 파티에 참석하기로 해 KSC 파티에 잠시 참석한다고 했다.

용산에서 일하는 군무원 파티에 별 다섯인 연합사령관이 참석한다는 건 정말이지 대단한 사건이었다. 그런 사령관을 위해 자리를 따로 만들라고 지시했다.

그쪽에서는 은조가 오늘 참석하는 걸 알지 못했다. 물론 연합사령관의 민정비서관인 저니도 알지 못했다. 유성그룹에서 후원하는 건 알았지만 그녀가 직접 파티 호스트로 대미를 장식하는 건 알지 못했다.

이 모든 사안을 회장님이신 할아버지와 작은아버지가 알고 있다는 건 안다.

다행히 저니가 한국 기업과는 전혀 상관없는 미군이고, 연합사령관의 조카이니 개인적으론 몰라도 대외적으로 쉽게 접근하거나 홀대하지 못하리란 계산은 했다. 어차피 자신과 저니 사이를 두 분이 알고 있는데 숨기거나 은폐하기도 싫었다.

은은한 화장까지 마친 은조는 서서히 움직이기 시작했다.

저니는 파티에 도착한 이후부터 줄곧 은조를 찾았지만 그녀는 보이지 않았다.

분명 이번 주가 마지막이라 오늘 파티에 참석할 거라 예상했다. 무엇보다 이 파티를 후원하는 기업이 유성그룹이라 분명 올 거라 확신했다.

유성그룹에서는 사령관 테이블을 따로 준비하고 있었다. 다른 파티가 있어 잠시 머무는 거라 했는데도 그룹에서는 상당히 신경 쓰고 있었다.

은조는 아직까지 하우징 사람들이 모여 있는 테이블에도 모습을 보이지 않고 있었다.

'혹시 무슨 일이 있는 건가.'

그때 연단 위에서 분주하게 움직이는 호텔 직원들과 유성그룹 직원들의 움직임이 눈에 띄었다. 사회를 맡은 이가 연단 중앙에 서서 마이크를 잡았다.

"잠시 안내 말씀 드리겠습니다. 오늘 뜻 깊은 자리를 더욱 빛내기 위해 저희 유성그룹 전략기획실장님이셨고, 대 유성그룹의 차기 주인이신 유은령 이사님께서 직접 인사를 드리게 됐습니다. 여러분의 많은 박수 부탁드립니다. 모시겠습니다, 유은령 이사님!"

이런 상황을 상상도 못한 저니는 놀라 입이 벌어졌다.

그녀가 분명 이번 주까지 일을 하겠다고는 했지만 이런 방식으로 끝맺음을 할 줄은 몰랐다.

은조의 등장이 하우징 사람들에게 어떤 영향을 주는지 모르는 월터는 아무것도 모른 채 신나게 박수를 치고 있었다.

잠시 후, 여신 같은 자태로 은조가 천천히 연단 중앙으로 걸어 들어왔다. 그녀가 연단 중앙에 서서 정면을 응시하자 이곳저곳에서 웅성거리기 시작했다.

왜 아니겠는가. 퇴근 전까지 하우징에서 잡일을 하고 있었는데.

"안녕하십니까. 만나뵙게 돼서 반갑습니다. 전 유은령이라고 합니다. 몇몇 분은 이미 아시겠지만 제 또 다른 이름은 유은조입니다."

장내 분위기가 무척이나 소란스럽게 들썩였다. 은조는 이미 예상이나 한 듯 장내가 조용해지길 기다렸다. 소란이 잠잠해지자 이내 말을 이었다.

"오늘 이 자리는 분명 KSC의 밤이지만 개인적으로는 사직서를 내는 자리입니다. 보통 사람에게는 누구나 말 못할 사정이란 게 있습니다. 저 또한 그랬다고 넓은 마음으로 이해해 주시길 바랍니다. 지난 1년이 넘는 시간 동안 보살펴 주시고 애정 어린 마음으로 충고해 주신 거 절대 잊지 않겠습니다. 마지막으로 하우징 식구들, 감사합니다. 그리고 고맙습니다.”

은조는 고개 숙여 정중히 인사했다. 저니는 진심이 고스란히 느껴지는 인사라고 생각했다.

준성을 포함해 하우징 사람들을 겨냥해 인사를 마친 유은조가 연회실 제일 앞에 위치한 연합사령관 테이블로 다가갔다.

준성은 이 모든 상황을 이해하려 했지만 충격으로 뇌가 좀처럼 깨어나지 않고 있었다. 맨 앞 테이블로 유유히 걸어가는 유은조는 그가 지난 1년을 알고 지낸 사람이면서 동시에 전혀 모르는 사람이었다.

‘그랬던 거구나. 오늘 자신의 정체를 밝히기 위해 그렇게 집요하게 파티 참석 여부를 물은 거구나. 그랬구나, 당신. 그런 거구나…….’

KSC의 밤을 단독으로 후원하면서까지 하우징 사람들에게 제대로 된 인사를 하고 자신을 깔끔히 포기시키기 위해 이런 준비를 하고 있었구나, 당신이란 사람은.

기다리면 반드시 기회는 올 거라 믿었던 준성은 자신의 어리석음에 실소했다.

동요하며 술렁이는 사람들 속에서도 혜나는 오직 이준성만 보였다.

그는 웃고 있었다. 스스로를 비웃고 있었다. 가슴이 아렸다. 나를 배려라는 건 알겠는데 하나도 고맙지 않았다. 유은조, 이 나쁜 년아!

은조는 자신을 향한 비난의 소리가 들리는 것 같아 귀를 막고 싶었지만 그럴 수는 없었다.

불리한 상황일수록 당당해지고 고개를 더 꼿꼿하게 들라고 배웠다. 어린 시절부터 무수히 듣고 배운 말이다. 지금 이 순간 그 바보 같은 교훈이 무척이나 고마웠다. 그 교훈이 없었다면 지금 이렇게 초연하게 버틸 수 없었으리라.

연합사령관 테이블에 앉은 은조는 자신을 뚫어져라 바라보는 저니를 향해 고개를 돌렸다.

그는 위로하고 있었다. 자신을 보고 힘을 내라고, 이왕 하기로 했으면 미안해하지 말고 계획한 대로 하라고 말하고 있었다, 저니의 눈빛은. 그런 그가 고마워 은조는 자신도 모르게 테이블 밑에 있는 손을 찾아 잡았다. 그의 손을 잡는 순간 얼마나 위안이 되고 안심이 됐는지 저니는 절대 모를 것이다.

[바쁘신데 이렇게 찾아주셔서 감사합니다, 사령관님.]

은조의 공손한 인사에 사령관은 아니라고 고개를 내저으며 유쾌한 웃음을 보였다.

[아니에요. 나야말로 이렇게 좋은 자리에 자리를 만들어줘서 고마워요. 조카의 연인을 이렇게 빨리 보게 될 줄은 정말 몰랐어요.]

사령관은 눈웃음을 지으며 저니와 은조를 번갈아 쳐다보았다. 사령관은 그녀와 저니의 사이를 알고 있었다. 다행이란 생각이 들었다. 할아버지에게 혹시나 모를 공격을 당할지도 모르는 저니를 위해서도.

[아닙니다. 조만간 자리를 마련해 정식으로 인사드리겠습니다.]

연합사령관이 아닌 연인의 작은아버지께 하는 인사이다. 테이블 밑으로 은조의 손을 잡은 저니의 손에 힘이 실렸다. 고맙다는 인사 같아 저니를 보고 연하게 웃었다.

다른 연회장에 파티가 잡혀 있는 사령관은 은조와 인사를 나누고 파티장을 빠져나갔다.

은조가 방향을 바꿔 연회장 끝 쪽으로 향하자 김 비서는 이미 짐작했는지 건장한 세 명의 경호원을 붙였다. 거절하려 했지만 회사 복귀를 선언한 이상 유은령의 경호는 김 비서의 일이란 걸 알기에 거부 없이 받아들였다. 이미 파티 자리 배치도를 외우고 있던 은조는 하우징 사람들이 있는 끝 테이블로 이동했다. 장 씨를 비롯한 하우징 사람들은 그녀를 보자 모두 약속이나 한 듯 자리에서 벌떡 일어났다.

나만 아니면 되고 눈치와는 거리가 멀며 어느 상황에서도 무사태평하고 느긋하던 이들인데 지금은 긴장하고 있었다. 뒤에 서 있는 건장한 경호원들을 보고 더 그러리라 짐작했다.

은조는 비어 있는 자신의 자리에 앉으며 모두에게 앉을 것을 권했다. 눈치를 보던 장 씨가 먼저 착석하자 하나둘 앉더니 금세 모두 자리에 앉았다.

빠르게 모두를 훑고 장 씨와 눈을 맞추며 이야기를 시작했다.

"미리 말씀 못 드려 죄송해요. 이런 방식으로밖에 인사를 못 드리는 건 갑자기 사정이 생겨서 그래요. 그동안 정말 감사했습니다. 모두들 건강하시고 다음에 기회가 되면 다시 뵐게요. 오늘 술 너무 많이 드시지 말고 마지막까지 즐거운 시간 보내세요."

정중한 인사와 함께 자리에서 일어났다. 일어남과 동시에 옆 테이블에서 자신을 지켜보는 집요한 시선과 잠시 눈이 마주쳤지만 무시하고 앞을 향해 걸었다. 유은령의 자리로.

이제껏 진행했던 그 어떤 프로젝트보다 피곤했다. 연회장을 나오는 그 순간까지 뒤통수는 따가웠고 그로 인해 머리가 묵직했다.

김 비서를 불러 파티를 끝까지 잘 마무리하라고 지시한 은조는 소지품과 옷이 있는 VIP룸으로 향했다. 엘리베이터 바로 앞까지 케어하는 경호원들의 인사를 받고 엘리베이터 문이 열리길 기다렸다. 문이 열리고 엘리베이터를 타려던 은조는 깜짝 놀랐다.

저니가 있었다. 그것도 사복에 선글라스를 착용한 채. 알은체하지 말라는 눈짓을 하며 카메라를 가리켰다. VIP룸이 있는 층에 도착하자 은조가 먼저 내리고 뒤이어 저니가 내렸다.

방문 앞에 서서 문을 열자마자 저니가 따라 들어왔다.

룸 안으로 들어온 그는 선글라스를 벗어 던지고는 다짜고짜 은조를 안아 들어 키스를 퍼부었다. 조금의 간극도 없이 하반신이 밀착된 두 사람은 누가 먼저라고 할 것도 없이 서로의 입술을 찾아들었다. 저니는 집어삼키듯 거칠게 입안을 독점하며 선점했다.

강한 손에 힘없이 꺾인 은조의 길고 하얀 목 주변으로 뜨거운 입술이 분주히 찾아들었다. 다시 입술로 돌아가서는 타액을 흡수하며 혀를 물며 아리게 잡아당겼다.

거친 키스에 숨이 막혔지만 그의 목을 감싸며 집요한 키스에 열렬히 호응했다. 어느새 말아 올린 머리가 풀려 폭포수처럼 쏟아져 내렸다.

귓불을 찾아 핥으며 집요하게 물고 빨았다. 귀에 박힌 보석까지 남김없이 입안으로 빨아들였다. 저니는 거침없이 침대로 향하며 입안을 제 것처럼 헤집었다.

잠시 후 일어나 커튼을 치고 룸의 조도를 모두 낮추고서야 입고 있던 밤색 셔츠 단추를 하나둘 풀었다.

"어, 어떻게 온 거예요? 사령관님은요?"

"몰라. 급한 볼일이 있으니 혼자 가시라고 했어."

어느새 셔츠를 벗어 던지고 상반신을 드러낸 저니가 그녀 위에 다시 올라탔다. 그녀의 양손을 하나씩 잡아 손으로 수갑을 채우고는 하반신으로 은조의 몸 전체를 제압하고 은밀하게 짓누르기 시작했다.

"난 아직 시작도 안 했는데 어딜 가시게? 당신, 이렇게 차려입고 이런 무서운 곳을 혼자 다니면 어떡해? 지금처럼 룸 안으로 끌려 들어가면 어쩌려고?"

"카메라 있잖아요. 그리고 당신 아니면 내가 누구한테 끌려가 이렇게 결박당하겠어요?"

결박한 양손을 풀자 은조는 손을 들어 저니의 얼굴을 부드럽게 어루만지기 시작했다. 근육으로 만들어진 절묘한 하반신이 그녀의 유혹에 곧바로 반응하기 시작했다.

"집으로 가요. 집에…… 가고 싶어요."

은조의 음성은 사랑의 밀어를 속삭이듯 그렇게 은밀하고 자극적이었다. 저니는 점점 몸체를 키우는 또 다른 자신으로 인해 하반신이 팽팽하게 달아올랐다. 청하는 은조의 말을 무시하고 그녀를 품 안에 끌어안은 채 드레스 지퍼를 조심스레 내렸다.

풍성한 머릿결에 싸여 아름다운 나신을 한 은조가 다이아몬드 귀고리만 한 채 난처한 표정으로 그를 올려다보았다. 그 뇌쇄적인 모습에 하반신은 물론 뇌는 과부하가 되고 이성은 전부 녹아내렸다.

은조는 양팔로 가슴을 가린 채 다리를 끌어모으고 앉아 금방이라도 폭발할 것 같은 저니를 달래려 했다. 하지만 그 모습이 그 어떤 최음제보다 강력하게 그를 자극했다.

"여기선 안 돼요. 호텔이고…… 들려요. 더군다나 회사 사람들, 내가 이 방에 있는 거 안단 말이에요. 그러니까……."

오늘 밤 은조는 사람을 홀리는 인어 같았다. 정말 사람의 탈을 쓴 완벽한 인어.

더 이상 인어의 노래를 듣고 있다간 정신을 잃어 인어 뜻대로 따를 것 같아 말을 할 수 없게 혀를 잡아 옭아맸다. 목소리를 잃은 인어는 절절한 눈빛과 손짓으로 거부하려 했지만 늘 그렇듯 그는 모른 척했다.

포악한 약탈자의 뜨거운 상반신에 차가운 가슴이 맞닿았다.

어금니를 꽉 깨물었다. 터져 나오려는 신음은 어찌 됐건 막아야 했다. 부탁하는 듯한 얼굴을 외면하고 더 이상 아무 소리 못하게 다리를 가르고 둔덕에 갈증으로 메마른 입을 묻었다.

더 이상 말을 할 수 없는 인어는 터져 나오는 신음을 양손으로 틀어막았다.

내벽을 야금야금 핥아 들어갔다. 하얗고 긴 다리에 빳빳하게 힘이 실렸지만 아랑곳하지 않고 둔덕 주변을 희롱하며 서서히 점령하기 시작했다. 벌써부터 날뛰고 싶은 남성은 금방이라도 옷을 뚫고 나올 기세로 맹렬히 솟구쳤다.

샘은 벌써부터 주인을 환영하고 있었다. 저니는 완벽한 주인으로서 기꺼이 환영 의식을 받아들였다. 더욱 깊이 얼굴을 묻자 다리를 붙잡힌 인어는 버둥거리며 요동쳤지만 그는 자비를 베풀 생각도 부탁을 들어줄 여유도 없었다.

호텔 룸이라는 제약 속에 목소리를 저당 잡힌 인어가 어렵게 숨을 참고 있다는 걸 알았지만 결코 멈출 수도, 멈출 생각도 없었다.

유은조가 홀을 나가자 비틀거리며 호텔을 빠져나가는 이준성을 바짝 쫓은 혜나는 한남동 골목에서 결국 그를 따라잡았다. 두 사람은, 아니, 이준성은 잡으려는 혜나를 매몰차게 밀고 골목 지하에 위치한 낯선 바로 들어갔다. 그냥 지나쳐 들어가는 준성을 대신해 혜나가 주문을 하고 곧장 따라 들어갔다.

제일 안쪽 테이블에 자리를 잡은 이준성은 맞은편에 앉은 혜나를 차갑게 응시했다.

"……알고 있었지?"

"그게……."

입을 열려는 순간 직원이 술과 안주를 가지고 들어왔다. 직원이 세팅을 하고 사라지자 이준성은 혜나의 대답은 듣지도 않고 술을 따랐다.

"그래서 그랬나? 어쩌면 쉽게 잊을 수도 있다는 말, 바로 이걸 염두에 두고 한 말이었어."

"……."

"이력서를 언급했던 이유도 유성그룹이란 전적이 기재되어 있는지를 물은 거로군. 당신이 이미 알고 있는 걸 확인하기 위해서."

이준성처럼 혜나도 잔을 비우고 싶었지만 엉망으로 취할 수 있는 이준성을 책임져야 한다는 이상한 책임감에 들고 있던 잔을 죽어라 노려보기만 했다.

"유은조가…… 나에게 말하지 말라고 했나?"

자신이 좋아하는 사람의 실체를 아직도 그렇게 모르는 건가. 모르니 좋아했겠지만. 그런 인간이었으면 오늘의 이런 깜짝쇼는 없었겠지.

"그 정도로 타인에게 신경 쓰는 인간 아니에요, 유은조."

혜나의 대답에 준성이 웃었다. 마치 그녀 말을 인정이라도 하듯.

"그래, 그런 사람이 아니지. 그래도 이렇게까지 잔인한 사람인 줄은 몰랐어."

준성은 한동안 보기만 하던 빈 잔을 천천히 채웠다.

"유성그룹에서 계약직을 했다는 게 그런 계약직이었다니……."

준성은 웃기 시작했다. 피식피식 웃더니 나중에는 크게 소리 내어 웃었다. 웃음소리는 무척이나 공허해 듣고 있는 혜나의 심장을 아프게 찔렀다.

'유은조, 넌 나쁜 년이야. 그리고 난…… 너보다 더 나쁜 년이고.'

혜나는 준성의 자조적인 웃음에 술이 당겼지만 유은조와 자신을 욕하며 힘겹게 참아냈다.

저니는 그녀의 등 뒤에서 거친 숨을 쉬며 끝도 없이 추격했다.

자꾸 도망가려는 허리를 잡고 뒤에서 강하게 밀고 들어오는 저니로 인해 은조는 결국 손을 물었다. 물 수밖에 없었다. 터지는 비명을 고스란히 삼키려면.

그의 아픔은 생각할 수도 없었다. 끝도 없이 반복되는 은밀하고도 격렬한 행위로 인해 하반신 전체가 자신의 몸이 아닌 듯했다. 하루하루 애욕으로 이끄는 낯선 감각과 희열에 익숙해져 어느새 색다른 자극을 원하는 육체가 되어버린 은조는 자신도 모르게 점령당하고 빼앗긴 내벽을 강하게 조였다.

"헉!"

전혀 예상 못한 순간 지독한 쾌감에 전율한 저니는 억눌린 탄성을 내뱉었다. 분신은 또 한 번 부피를 키워 기꺼이 응답했다. 은조는 자신 안에서 더욱 그의 분신이 몸피를 키우며 거칠게 내벽을 긁어대는 통에 온몸에 소름이 돋았다.

기묘한 신음 소리에 매혹된 은조는 가뜩이나 타이트한 내벽을 또 한 번 힘 있게 조였다.

"허억!"

그 믿을 수 없는 쾌감의 연속으로 강타당한 저니는 결국 괴성을 지르며 내벽에서 남성을 간신히 빼냈다. 콘솔 위에 있던 바지주머니에서 급하게 콘돔을 꺼낸 낀 저니는 고통과 쾌락의 노예가 되어 웅크리고 있는 은조를 안아 들어 침대 머리맡에 바짝 눕혔다.

침대 헤드보드에 머리를 대고 누운 은조는 다시 그녀 위로 올라온 저니가 헤드보드를 힘주어 잡는 걸 보면서도 그 이유를 짐작하지 못했다.

저니는 단번에 밀고 들어왔다.

한순간 깊숙이 박혀와 내벽을 파고든 저니는 넓은 어깨를 펴고 드넓은 바다에 뛰어들 듯이 깊숙이 자맥질해 들어갔다. 희열과 쾌락에 들끓는 내벽은 깊은 해저 속 감춰진 신비한 늪처럼 흥분한 그를 강하게 흡수하며 뻘처럼 깊숙이 빨아들였다.

일상적인 헤드보드는 그렇게 또 다른 신세계와 강렬한 열락을 끝도 없이 선사했다.

저니의 손등 핏줄이 선명할수록 은조는 극심한 쾌감에 몸부림쳤다. 둔덕을 파고드는 고통은 순간이었지만 뇌를 마비시키는 열감과 자극은 끝도 없이 이어졌다.

한 번 치고 들어갈 때마다 무섭게 조여대는 내벽으로 인해 저니 또한 탄성을 내지르며 사납게 으르렁거렸다. 서로를 소유하는 행위에 있어 적정선과 한계치를 넘은 두 사람은 이제 자신들이 있는 곳과 타인의 시선을 신경 쓰고 계산할 이성 따윈 한 톨도 남아 있지 않았다. 서로를 탐하고 삼키며 내주고 퍼주며 공간을 잊고 시간을 잊었다.

그렇게 시작된 이기적이고도 무모한 항해는 기어이 인어의 교태 섞인 교성과 진주알 같은 눈물방울이 터지고 나서야 간신히 멈출 수 있었다.

유정남 회장은 전화기를 거칠게 내려놓았다.

애지중지 잘 키운 손녀를 미천하고 근본도 없는 놈이 들쑤시고 다니기에 내쳤는데 이번에는 혼혈이라니. 설마했는데 기가 막혔다.

몇 년 전부터 안전망을 벗어난 손녀가 이번에는 혼혈을 만난다고 했을 때 죽은 한정우라는 놈을 원망했다. 그놈을 언감생심 귀한 손녀에게 찍어 붙인 놈도.

못난 놈이 자살까지 해 귀한 손녀를 3년이나 헤매게 만들더니 급기야는 핏줄도, 가문도 모르는 혼혈 놈을 만나고 다닌다고 한다.

'게이도 부족해 혼혈이기까지 한 놈을 만난다니…… 그것도 내 손녀가.'

유정남에게 은조는 유일한 가족이자 그의 삶 전부였다. 일찍 떠난 아내의 얼굴과 병든 아들의 모습까지 전부 갖고 타고난 귀하디 귀한 손녀.

유 회장은 커가는 은조를 보면서 은애했던 아내의 모습과 병들기 전 빛이 났던 아들, 복사꽃처럼 은은했던 며늘아기의 모습까지 모두 볼 수 있어 그들이 떠나고 혼자 남은 그 지독한 삶을 놓지 않고 견뎌낼 수 있었다.

은조는 유 회장에게 그런 존재였다. 전부를 합친 단 하나.

그룹을 더 크게 키우고 더 단단하게 만들어 모든 걸 손녀에게 물려주고 싶었다.

후계자 교육을 시키면서 드러난 손녀의 자질은 그의 바람을 더욱 확고하게 만들었다. 기업인으로서 필요한 자질과 능력을 모두 타고난 은조는 최고의 인력이며 뛰어난 인재였다.

국제시장과 내수시장을 보는 본능과 직감을 타고났으며 침착성과 냉철함, 더불어 아랫사람을 지혜롭게 부리는 현명함까지, 기업인으로서 나무랄 데가 없었다.

한정우라는 근본도 모르는 놈을 만나고부터 사람과 환경에 휩쓸려 난파한 배처럼 이리저리 흔들리기 시작했다. 하지만 손녀는 그놈의 진짜 정체는 아직까지 모르는 것 같았다.

이 모든 게 양아들 유창식의 계략인 걸 알았지만 묵과했다. 그를 단번에 쳐내기 위해 유 회장은 발톱을 숨기고 있었다.

'그런데 혼혈에 미군이라니…….'

아무리 친가가 미국에서 알아주는 명문가의 자손이라 해도 핏줄과 근본을 따지는 한국 사회에서 그는 그저 입방아에 오르내리기 좋은 조건을 가진 혼혈일 뿐이었다. 유난히 인맥과 그들만의 교류가 강한 재계에서 그는 이방인에 외톨이일 뿐, 할 일 많은 손녀에게 아무런 도움도 든든한 방패막이도 되지 못한다. 그러니 무조건 잘라내야 한다.

유정남은 서랍에서 오래된 사진 한 장을 꺼내 들었다.

너무도 아름다운 외모의 아들과 그 아들만큼 환하고 따뜻하게 미소 짓는 며늘아기.

너무도 짧은 생을 살아 더욱 애달고 가슴 쓰린 내 새끼들, 내 보물들.

손끝으로 찬찬히 쓸어보았다. 아직까지도 손끝이 떨렸다. 이 소중한 이들의 얼굴을 대대손손 남기기 위해서도 미국인의 피가 섞인 혼혈을 이 집안에 들일 수는 없었다. 설사 손녀가 그 미군을 이미 마음에 담았다 하더라도.

원표는 은조의 이니셜이 적힌 지게차에 넋을 놓고 앉아 있었다.
"넌 알고 있었던 거 아니야?"
"어떻게 모를 수가 있어? 네가 좀 따라다녔어?"
"누군 좋겠네. 든든한 백그라운드가 생겨서!"
"장원표, 졸업하면 유성그룹 들어가는 거냐?"
"아니, 그보다 장 씨, 유성그룹에서 한자리하는 거 아니야? 장 씨가 미스 유랑 제일 친했잖아."
"입 조심해. 미스 유가 뭐야?!"
"맞아. 미스 유라고 부르면 안 되지, 안 돼."
"왜 안 돼?! 유은조가 먼저 우릴 속였는데……."
"글쎄 말이야. 이거 장 씨한테 잘 보여야 하는 거 아닌가 싶어."
지게차에 선명하게 적힌 유은조의 이니셜을 빤히 쳐다보았다. 원표는 하우징 사람들이 하는 말을 듣고도 전혀 실감이 나지 않았다.
유은조가 바로 유은령이었다.
대대로 갑부이던 영남 최고의 부자이자 유지인 유성그룹 유정남 회장의 하나밖에 없는 손녀이자 여의도 증권가 찌라시에서 소문만 무성했던 기업사냥꾼에 천재적인 두뇌의 소유자. 유성의 신성이자 유일무이한 후계자 유은령.
어제 파티에서 유은조가 자신의 실체를 밝혔으며, 그 자리에서 사직서를 냈다고 했다. 지금 8군 내 KSC들은 온통 어제 있었던 서프라이즈 파티에 대해 입을 모으고 있었다.
당장에라도 저니 맥컬리를 찾아 확인하고 싶었지만 그는 오늘 휴가 중이었다.

문득 언젠가 은조가 그에게 한 말이 생각났다.

"나중에 날 만나고 싶으면 언제라도 찾아와. 난 언제든 어떤 상황이든 널 반가워할 테니까. 잊지 마, 장원표."

그 말의 뜻을 이제야 이해했다. 그때는 영 이해되지 않아 궁금했는데.

이로써 이준성은 의지와 상관없이 자연스레 떨어져 나갈 테고, 저니 맥컬리는 이런 사실을 알고 있었을까. 아니, 그 누구보다 원표는 자신에게 질문을 했다.

'넌? 너는 어때? 괜찮아? 그 사람의 위선이, 그 사람의 거짓이 이해가 가?!'

은조에게 들려준 음악처럼 뭔가 있을 거란 생각은 했지만 이렇게 대단할 줄은 몰랐다. 이건 정말 8군 사람 그 누구도 예상 못한 완전한 반전이었다.

연합사 건물로 걸어가는 내내 원표는 스스로에게 묻고 또 물었다.

은조는 2층 테라스에서 바다를 내려다보았다.

태어나 안면도는 처음이다. 어딘들 처음이 아닐까. 생각해 보니 정말 그랬다.

집 나와서 경험한 모든 일은 전부 다 처음이자 새로운 경험이었다. 막막함으로 시작해 부딪치고 깨지고 어울리며 순간순간 적응해 나갔다. 하지만 이제는 돌아갈 시간이다. 집으로, 회사로.

오늘 새벽 저니는 지쳐 잠든 그녀를 깨워 여행을 제안했다.

그에 출근을 걱정하는 은조에게 오늘 대통령이 하루 종일 비무장 지역과 용인 지역 등을 돌아 미군 비행이 전면 금지됐다고 했다.

가까운 바다를 보러 가자는 제안에 회사 리조트가 생각났다.

집으로 와 대충 짐을 꾸리고 김 비서에게 연락해 객실을 잡았다. 저니는 회사와 상관없는 곳으로 가자고 했지만 은조는 일부러라도 회사를 통해 룸을 잡았다. 그래야 할아버지께 보고가 들어갈 테니까. 호텔 건도 이미 보고를 받으셨겠지. 어차피 치러야 하는 싸움이라면 속전속결이 나았다.

아침은 휴게소에서 대충 때우고 점심은 저니가 1층에서 준비 중이었다.

그날 할아버지께서 주신 봉투 안에는 그들의 사진과 함께 저니에 관한 모든 신상 정보와 기록이 들어 있었다. 이상한 건 그녀가 아는 저니와 서류 속 저니는 달랐다.

그녀가 아는 그는 장난을 좋아하며 둘이 나누는 섹스에서는 체력이 바닥을 드러낼 정도로 상대를 배려하지 않는 극도로 자제력이 필요한 사람이었지만, 서류상 기재된 저니 맥컬리는 달랐다.

우등생에 매사 모범적이며 대인관계가 무척이나 깔끔하고 모든 면에서 이성적이며 차분하고 여자관계도 깨끗했다. 졸업 후에도 크게 다르지 않았다. 비행에 관해서는 타의 추종을 불허할 정도로 타고난 조종사에 카리스마가 넘쳐 위아래 군인들이 신임하며 신참들이 롤 모델로 삼고자 하는 신출귀몰한 괴물 장교였다.

파일 내용은 전부 칭찬 일색이었지만 지금까지 보고 겪은 저니와 그녀가 알기 전의 저니는 너무 달라 이전의 그는 상상이 되지 않았다. 다 떠나서 연애와 섹스를 기피해 가족들에게 성을 의심받았다는 대목에서는 정말이지 기함하는 줄 알았다.

그녀가 알고 겪은 저니는 딱 먹이를 앞에 둔 굶주린 짐승 그 자체였다.

한 번 안으면 탈진해 쓰러질 때까지 철저히 빼앗고 마지막까지 지독하게 원했다. 처음 사랑을 나눌 때까지만 해도 처음이라 집요하게 원하는 줄 알았는데 원래 스타일이 그랬다. 쾌감에 몸서리치며 희열에 어쩔 줄 몰라 하는 그녀를 꼭 확인한 후에야 자신을 풀어놓는 남자가 성을 의심받고 가족들의 걱정을 샀다니…….

아무래도 저니는 처음 겪는 생경한 감정에 빠진 듯 보였다. 바로 그녀 자신처럼.

오랜 시간 잠자던 연애 세포의 갑작스런 출몰로 시작해 화학적 어울림으로 서로에게 미친 듯 빠져들었고, 가열된 연애 세포로 인해 지금 그들은 감정의 정점을 찍고 있었다.

'앞으로 우린 어떤 모습일까요, 저니.'

바비큐를 먹기는 부담스러운 것 같아 갖은 과일과 야채로 만든 샐러드와 연어와 소스가 주인 샌드위치, 마늘스파게티를 만들었다.

모든 세팅을 마치고 2층으로 올라온 저니는 바다를 향해 서 있는 은조의 뒷모습을 보았다. 긴 머리를 풀어 내린 채 폭이 넓은 새하얀 저지 스커트와 옅은 핑크빛 루즈한 니트가 퍽이나 잘 어울렸다. 그가 가까이 다가갈 때까지도 은조는 깊은 생각에 빠져 바다만 응시하고 있었다.

전혀 감정을 읽을 수 없는 자신의 세계 속에서의 빈틈없는 모습.

이럴 때 저니는 극도로 불안해 싫었다. 도통 무슨 생각을 하는지 알 수 없는 그녀만의 시간. 묘하게 침잠된 눈빛으로 어딘지도 모를 곳을 응시하며 생각에 빠져 있는 은조는 그에게 괴리감을 느끼게 해 싫었다. 3년 전 무슨 일이 있었는지 아직 말을 않고 있었다.

그 일로 결국 집을 나왔다고 했고, 할아버지와 자신의 자리를 되돌아보게 됐다고만 했을 뿐, 정확하게 어떤 인물과 무슨 사건이 있었는지는 말하지 않았다.

저 서늘한 눈빛을 보면 늘 불안한 마음이 대책 없이 들끓어 일상과 어우러진 소소한 연애보다, 깊이 있는 감정의 교감보다 동물처럼 즉흥적으로 은조에 몸을 갈구하며 미친 듯 탐하게만 된다.

바로 지금처럼, 말도 안 되는 이런 상황에서.

정말 순식간에 일어난 일이라 미처 피할 수도 없었다.

스커트를 올리고 단박에 옹이처럼 박혀 들어온 저니로 인해 은조는 본능적으로 테라스 난간을 부여잡았다. 등 뒤로 잔뜩 흥분한 저니의 거친 숨결이 느껴지며 농염한 혀는 그녀의 귓불을 잘근잘근 아프게도 씹었다.

특유의 장난기를 배제한 낮선 저음의 목소리가 귓가를 울렸다.

"꽉 잡고 놓치 마. 안 그럼 우리 떨어질 수 있으니까."

다중의 뜻을 내포한 은밀한 경고를 하면서 저니는 마치 화가 난 사람처럼 거칠고 강하게, 또 깊숙하면서도 밀도 있게 허리를 튕겼다.

거대한 남성은 여린 내벽과 그녀 자체를 벌주듯 강하게 긁어댔다.

하반신을 완전히 장악한 분신과 또 다르게 손가락은 스커트 안을 파고들어 둔덕을 가르고, 샘 주변을 휘젓고 어르며 아직까지 메마른 우물을 자극하고 끈질기게 도발했다.

저니의 손가락은 그녀를 들뜨게 하고 달아오르게 만드는 데 타고난 기수이며 선수였다.

"절대 놓으면 안 돼. 여행은 이제부터 시작이니까."

늘 그렇듯 고통이 버거울수록 쾌감은 그 이상으로 컸다.

허리가 강하게 요동칠 때마다 그녀의 하반신도 야릇한 쾌감에 몸부림쳤다.

눈앞으로 마구 흔들리는 바다가 보였다. 또한 어지럽게 춤추는 숲도.

"……당신 때문에 정말이지 미칠…… 것 같아……."

그녀도 미칠 것 같았다. 그가 주는 밀물 같은 희열과 썰물 같은 관능으로 인해.

위아래 조금의 틈도 없이 몰아치는 극렬한 자극에 은조는 테라스 난간을 더욱 강하게 잡아 버텼다. 버티면 버틸수록 그는 열광했고, 저니가 광란을 이어갈수록 그녀는 사그라져 갔다.

하늘행 그네를 탄 두 몸이 하늘과 가까워지고 멀어지길 끊임없이 반복했다.

두 사람이 만들어내는 에로틱한 이중주는 주위의 풍광과 더없이 잘 어울렸지만 차원이 다른 연주는 결코 관객이 봐서도 안 되고 들어서도 안 되는 농염하고도 파격적인 연주였다.

이 특별하고 아찔한 자극에 함몰되고 난파된 두 사람은 서로의 억눌린 신음과 기이한 탄성을 똑같이 나눠 삼키며 무모하고 난잡한 섹스에 속수무책으로 빠져들었다.

같은 시각, 월터는 15분 넘게 수화기를 들고 기합을 받고 있었다.

〈[이번 주말에 들어갈 테니까 호텔 예약하고, 참, 호텔은 시내 중심부로 잡도록 해라. 내가 쓸 룸은 고전적이고 클래식한 스타일로, 그렇다고 너무 어둡고 치렁치렁한 스타일은 안 된다. 또 함께 갈 케리 가문 아가씨는 세련되고 모던한 방으로. 룸은 너무 가깝게 잡지 마라. 서로 피곤하니까. 그럼 끊는다. 사랑한다.]〉

세월이 변하고 시간이 지나도 클라라는 언제나 똑같았다.

'이러니 주위에 사람이 없지.'

워낙 정재계에 아는 인물이 많아 외롭지는 않겠지만 사실 자세히 들여다보면 클라라는 상처가 많은 사람이었다. 그중에서도 그녀를 가장 상처 입힌 사람은 형 제프였다.

당시로는 전혀 알려지지 않은 작은 나라에서 온 동양 유학생에게 푹 빠져 그렇게 믿고 있던 클라라를 완벽하게 배신했다.

존 레논에게 오노 요코가 있고 앤디워홀에게 에디 세즈윅이 있었다면, 형 제프에게는 한국인 지나가 유일한 연인이자 단 하나의 뮤즈였다. 서로를 알아본 이들은 그 누구보다 행복했지만 그들의 결합을 인정하지 못한 클라라는 평생을 분노하며 늘 불행하다고 외쳤다.

그 속에서 어린 조카는 오죽 상처를 받았을까.

월터에게 저니는 특별한 존재였다. 자식들과는 또 다르게 늘 마음이 가는 아이. 그 특별한 아름다움 때문이기도 하지만 아이가 자아내는 분위기나 에너지가 그를 끌어당겼다.

그 아이가 태어나 처음으로 누군가를 가슴 저리게 원하며 사랑을 한단다.

클라라가 아니더라도 앞으로 저니는 어려운 상대를 대면해야 한다. 이 나라 10대 기업 안에 드는 유성그룹의 회장이란 사람은 무척이나 고지식하고 전통과 기본을 중시하는 팍팍한 인물이라 들었다. 그 말은 곧 미국인 혼혈에 아무리 엘리트 코스를 밟았다 해도 한국 재벌들과 아무런 연고가 없는 조카를 절대 반길 리 없다는 소리였다.

양쪽으로 시달릴 조카를 생각하니 벌써부터 걱정이 되는 건 어쩔 수 없었다.

은조는 한쪽 손을 감싸 쥔 저니를 올려다보았다.

"어떤 분이신지 충분히 알았으니까 걱정 말아요."

자유로운 한 팔을 들어 짧은 수염을 만지작거렸다.

너무도 좋아하고 즐기는 이 행동은 늘 그녀를 자극하고 만족스럽게 했다. 또 가끔 충동적으로 턱을 깨물곤 했다. 그러면 저니는 남자 턱에 페티시즘이 있느냐고 노골적으로 물었다. 아니라고 하면서도 저니의 아름다운 얼굴 중 유독 살짝 들어간 턱에 집착하며 아이처럼 좋아했다.

"아마 다음 주에 들어오실 거야. 그 보지도 못한 맞선 상대를 데리고. 당신이 내키지 않으면 꼭 나갈 필요는……."

"있어요. 어른이 보자 하시는데 당연히 봬야죠. 왜요? 나 데리고 나가기 싫어요?"

"무슨 소리야? 싫긴 왜 싫어?! 나야 좋아죽겠지. 만천하에 당신이 내 거라고 공표하는 날인데 왜 싫겠어. 그러다가도 당신 생각하면 잘하는 일인가 싶어."

저니의 갈등이 얼굴과 표정에 고스란히 드러났다.

"난 우리 가족의 불화가 부모님 대에서 완전히 끝나길 바라."

"……."

"그렇지만 그 일이 당신을 조금이라도 상처 내거나 다치게 하는 일이 된다면 난 아버지와 같은 선택을 할 거야. 외면하고 보지 않는 게 어려운 게 아니야, 끊임없이 서로 부딪치는 걸 알면서도 맞추고 노력하면서 함께 풀어 나가는 게 힘든 거지."

그가 이 상황과 그녀를 무척이나 걱정한다는 걸 알 수 있었다. 하지만 은조는 혈통에 집착하는 오만한 클라라와 조우할 자신보다, 엄격하면서도 빈틈없이 강력한 할아버지를 대면할 저니가 더 걱정됐다.

사실 많이 걱정됐다. 할아버지로 인해 그가 상처받고 떠날까 봐. 과거의 인연처럼. 하지만 이 같은 마음을 말로 담아낼 수는 없었다. 만약 떠난다면 그 또한 저니의 선택일 테니까.

은조는 잡힌 손을 풀어 다시금 까칠한 수염으로 덮인 턱을 쓰다듬었다.

진지한 대화를 하는데도 이상하게 완전히 공감하지 못했다. 걱정도 되고 우려도 되는 건 사실이지만 지금은 그랬다.

부드러우면서도 까끌까끌한 이 느낌이 그녀의 예민한 감각을 금세 달궜다. 대화는 고사하고 늘 달려드는 저니로 인해 요즘 은조의 몸은 더없이 예민하고 섬세해져 무척이나 곤란한 지경이었다. 조금만 긴장을 풀고 본능과 자극이 이끄는 대로 두면 몸은 금세 열감을 찾는 에로머신이 되곤 했다.

정말 예전의 그녀를 생각해 보면 절대 상상도 못할 경악 그 자체이다.

그 엄청난 일이 요사이 수시로 일어나고 있었다.

"걱정 말아요. 내 안에는 당신이 모르고 한 번도 보지 못한 유은조도 분명 존재하니까."

나름 자신 있게 말했는데도 걱정스런 저니의 눈빛은 그대로였다.

"그 유은조는 절대 약하지 않아요. 그 누구보다 강해요. 말했잖아요, 난 남들과는 전혀 다른 성장 과정을 겪었다고. 그 말은 많은 걸 내포하고 축약한 거예요. 그러니까 그렇게 쫄지 말라고요, 저니 맥컬리. 그런 당신은 매력 없으니까."

은조는 가라앉은 분위기를 쇄신하기 위해 일부러 시큰둥한 표정을 보이며 앞서 해변을 걸었다. 그러자 저니가 혼자 앞서 가는 은조를 잡아 거칠게 돌려 세웠다. 방금 전보다 더 깊고 어두워진 눈동자는 공격할 듯이 무섭게 반짝였다.

"다시 말해봐. 뭐가 없어?!"

"매력 없다고요. 지금 당신은 냉정한 군인 신분으로 돌아가 걱정보다는 적군을 무력화시킬 철저한 계획을 세우고 속전속결로 끝낼 전략을 짜야 한단 말이에요. 근데 당신은…… 악!! 지금 뭐 하는 거예요?!"

은조를 번쩍 안아 올려 어깨에 둘러멘 저니는 대답도 않고 펜션 쪽으로 성큼성큼 걸었다.

"내려줘요!"

자신은 그 어떤 상황이 와도 괜찮았다. 다 참을 수 있었다. 은조 할아버지에게 무슨 수모를 당하든, 그 어떤 맹공격을 당하든.

태생부터가 논란의 불씨였고 성장하는 내내 나쁘게는 멸시부터 좋게는 나쁜 호기심으로 시작해 늘 분란과 터무니없는 이유로 공격을 당하며 살았다.

가족인 클라라에게도 존재 자체를 부인당했는데 혈연도 아니고 남인 은조의 할아버지에게 당할 수 있는 공격은 저니에게는 충분히 넘어설 수 있는 일이었다. 하지만 은조에게는 그 어떤 상처도 아픔도 주고 싶지 않았다.

뼈아픈 자기연민과 뿌리 깊은 차별을 은조에게만은 절대 허락하지 않겠다고 다짐해 조바심을 치고 있는데 지금 자신의 연인은 기가 막힌 말을 하고 있다.

'뭐, 매력이 없어?! 나라고 이런 말을 하고 싶을 줄 알아! 좋아, 그럼 내가 정말로 하고 싶은 대로 할 테니 참아봐. 아니, 견뎌봐. 아무도, 아무런 거리낌 없는 이곳에서 내가 배부르고 만족할 때까

지 당신을 탐할 테니 견뎌보라고.'

펜션에 도착해 곧장 침실로 올라가 방문을 잠갔다.

입고 있던 얇은 회색 니트를 벗은 저니는 긴장한 은조를 보며 말했다.

"이번 주말이 지나면 당신과 난 바쁠 거야. 당연히 난 시간을 내 만나길 원할 거야. 또 반드시 그래야 하고. 하지만 지금처럼 느긋하게 원하는 만큼 함께하기는 힘들겠지. 당신 집안이나 우리 집안에서 반대할 게 불 보듯 뻔하니까."

"저니, 난……."

뭐가 그리 억울한지 해명하려는 그녀의 말을 저니가 잘랐다.

"내 말 마저 들어."

"……."

"난 당신에게 이 고약스런 상황에서 도망치거나 절대 날 외면하지 말아달라고 하는데 당신은 이런 내가 매력 없다고 하는군."

저니는 입고 있던 베이직한 팬츠의 지퍼를 내리며 은조에게 다가갔다.

"좋아, 그럼 내가 진짜 원하는 걸 말할게. 난 되도록 빨리 아이를 갖고 싶어. 당신이 원하는 대로 어른들 설득하고 결혼 후에 가지려고 했는데, 당신이 매력이 없다고 하니 평소 양심도 배려도 참을성도 없이 떼쓰고 섹스에 목매는 본연의 나로 돌아가려고."

저니는 단숨에 옷을 모두 벗어버리고 잔뜩 긴장한 은조 앞에 섰다. 벌써부터 하늘로 높게 고개를 든 남성을 앞세우고 완전한 나체로.

"난 당신이 너무 심각해하니까 기분 풀어주려고……."

"심각해. 난 이제 유은조란 여자 없이는 안 돼. 내 품으로 파고드는 당신이 있어야만 잠을 잘 수가 있어."

슬금슬금 뒤로 물러서는 은조를 강하게 잡아채 물빛 스트라이프 남방 단추를 풀기 시작했다.

"당신 체향을 맡아야만 불안한 마음이 진정돼."

남방이 벗겨지자 심플한 디자인의 속옷을 입은 은조가 넓은 침대 위에 덩그러니 남았다.

"사실 난 콘돔 싫어. 오래 사랑을 나눌 수는 있겠지만 난 그보다 완전한 결합을 원해. 당신 내벽의 세세한 떨림이나 빡빡한 조임, 행위 도중 수시로 긴장하고 교성을 지르는 당신을 바로바로 느낄 수 있게."

노골적인 성애 표현에 은조가 얼굴을 붉혔다.

저니는 자꾸 품 안에서 빠져나가는 그녀를 단번에 안아 들어 후크를 풀었다. 그러자 결코 작지 않은 가슴과 분홍빛으로 그를 반기는 작은 돌기가 눈에 들어왔다.

자극적인 눈요기에 하반신이 벌써부터 강하게 반응했다.

"여기 회사 리조트예요. 호텔에서도 그렇고 자꾸 이러면……. 그러니까 여기서는 기분 좋게 에너지만 충전하고……."

"나에게 에너지 충전은 당신이야. 그러니 당신이 당신으로 충전시켜 줘."

은조를 완전한 나신으로 만든 저니는 침대에 무릎을 꿇고 선 채로 은조에게 한 손을 내밀어 청하며 그녀를 원했다.

침대 시트에 몸을 숨긴 은조는 허락을 구하는 아름다운 저니를 보며 일순간 묘한 반발심과 함께 강한 호기심이 밀려들었다.

매번 저니로부터 시작하는 열정과 농염한 쾌락 지수를 이번에는 그녀가 먼저 자아내고 싶었다. 그녀로 인해 저니를 주체할 수 없는 흥분과 욕망 속으로 밀어 넣고 쾌감에 어쩔 줄 몰라 하는 그 자극적인 모습을 낱낱이 지켜보고 싶었다.

늘 그의 거칠고 노골적인 공격에 속수무책으로 당하며 감당할 수 없는 욕망에 철저히 무너져 신음을 토하던 그녀가 오늘은 저니에게서 그와 같은 모습을 이끌어내고 싶었다.

은조는 그런 새로운 욕망과 충동이 성적으로 성장하고 있다는 걸 방증한단 사실을 전혀 자각하지 못했다. 그래서 더욱 솔직할 수 있었다.

"그전에⋯⋯ 해보고 싶은 게 있어요."

덮고 있던 시트를 내리고 저니의 앞으로 다가간 은조는 조심스레 힘 있게 뻗은 그에 남성에 살짝 손끝을 대보았다. 그러자,

"으윽!"

억눌린 신음을 토한 저니가 당황하며 의문스런 표정으로 그녀를 내려다보았다.

"실, 실버벨⋯⋯."

"쉿!"

은조는 손가락을 들어 입술 위에 대고 꿈꾸는 표정으로 저니를 응시했다. 그러자 저니도 거친 숨을 삼키며 잔뜩 긴장한 채로 그녀의 행동을 주시했다.

늘 그녀의 모든 감각을 좌지우지하며 콧대 높은 자존심으로 거칠고 야만적인 행위의 피날레를 장식하는 거대한 남성을 조심스레 감싸 쥐어보았다. 저니가 바로 반응했다.

몸이 갑옷처럼 굳어지고 고른 숨이 순식간에 파고를 타며 가빠졌다. 은조는 거대한 사이즈의 남성이 신기해 두 손을 보태 전체를 부드럽게 감쌌다.

뭐가 그리 고통스러운지 저니는 야릇한 신음을 흘리며 표정을 구기고 고개를 들어 천장을 올려다보았다. 가슴 근육까지 전부 긴장한 게 고스란히 다 보였다.

감싸고 있던 손을 조심스레 푼 은조는 잠시 거대한 남성을 노려보다 혀끝으로 가볍게 핥아보았다. 그 순간 거친 숨소리가 거짓말처럼 조용해졌다.

이 같은 상황이 몹시도 흥미로워 다시 한 번 혀를 이용해 핥은 후 단번에 입안에 넣고 부드럽게 빨아보았다. 사실 욕심의 반의반도 입안을 채우지는 못했다. 입안에 느껴지는 감촉이 무척이나 보드라우면서도 단단한 힘이 느껴졌다.

고통스런 신음 소리가 귓가에 울렸다. 이상했다. 좋아할 거라고 예상했는데 아니었나.

예상 밖의 반응에 다소 긴장 모드로 전환된 은조는 이번에는 방금 전보다 더욱 신중하면서도 깊고 강력하게 빨아보았다. 그러다 다시 핥고 물기를 머금은 끝을 물고 그녀가 당한 것처럼 똑같이 자극해 보았다.

"으으악!"

지금까지 단 한 번도 들어본 적 없는 거친 포효에 깜짝 놀라 괴성을 지르는 저니를 쳐다보았다.

"미, 미안해요. 많이 아파요? 난……."

저니의 얼굴은 형용할 수 없는 고통과 흥분으로 그로테스크하게 일그러져 있었다.

"……죽일…… 셈이야?!"

목소리가 묘하게 갈라져 상당히 야릇하게 느껴졌다.

"아파요? 그럼 호, 해줄까요?"

술에 취한 사람처럼 열기로 얼굴이 벌겋게 달아오른 저니는 은조를 내려다보며 너무도 간절하게 요구했다.

"말고…… 다…… 시…… 해줘."

부탁하는 표정이 영 마음에 걸렸다. 좋은 건지 싫은 건지 도무지 가늠이 되지 않았다.

"정말 호…… 하지 않아도 돼요?"

"……묻지 말고…… 제발……."

간곡한 부탁에 잠시 망설이다 은조는 이내 터질 듯이 모든 혈관이 선 그의 남성을 물었다. 흥분으로 더욱 비대해진 남성은 아까처럼 채 반도 입안에 들어오지 않았지만 대신 부드러운 혀로 핥고 물고 빨고 흡입하길 반복했다. 그러다 자신도 모르게 깊게 빠져들어 나름 강도를 조절하며 조금씩 그 수위와 테크닉을 조절했다.

태어나 난생처음 느끼는 지독한 쾌감과 공포에 가까운 잔악하고 고통스런 희열에 저니는 금방이라도 온몸의 혈관이란 혈관이 전부 터져 버릴 것만 같았다.

난 정말 아무것도 몰라요 하는 그런 천진난만한 표정으로 그의 분신을 베어 물고 빨며 애무하는 은조는 그야말로 인간이 아닌 잔혹한 님프였다.

감정 없이 죄책감도 느끼지 못하고 손끝, 혀끝으로 무자비하게 인간을 유린하며 신의 영역에 서서 극한의 쾌락과 희열을 담보로 결국엔 생명을 빼앗는 님프.

더 이상 차가운 이성과 무쇠 같은 의지로도 욕망을 제어를 할 수 없던 저니는 은조를 번쩍 들어 눕혀 그대로 터질 것 같은 위태로운 분신을 깊게 파묻었다. 그러곤 바로 뜨거운 물을 모조리 토해냈다.

정말이지 태어나 처음 겪는 수치스럽고도 어처구니없는 경험이었다. 사춘기 소년도 아니고 첫 몽정을 한 것처럼 어이없고 얼떨떨해 무척이나 난감했다.

정말이지, 유은조라 여자는 자신에게 차원이 다른 경험과 혼란스런 감정 속으로 밀어 넣는 덴 이 지구상에 유일무이한 선수였다.

아침상에서부터 지금까지 잔뜩 굳은 표정의 유 회장을 보고 은조는 그녀가 보낸 요란하고 문란한 주말을 할아버지가 영 탐탁지 않게 생각하는 걸 알 수 있었다.

"회사는 오늘부터 출근할 생각이냐? 발령은 이미 난 상태이니 출근해도 무리는 없을 거다. 김 비서도 그렇고 전략기획팀 사람들 모두 네가 바로 부릴 수 있게 조치해 놓았다."

부리는 사람이란 말이 이제는 예전처럼 자연스럽지도 당연하지도 않게 느껴졌다.

"진성그룹 차남과의 약속은 윤 이사가 이번 주 안에 잡을 테니까 그리 알고."

이 또한 자연스럽지 않은 억지다. 모두 전해 들어 아실 텐데 굳이 그런 수고와 번거로운 약속을 할 이유가 없었다. 그 상대방은 또 얼마나 기분이 상할지.

"결혼 전 가진 자잘한 만남을 이유로 널 마다할 그런 범속한 인물이 아니다. 그러니 미리부터 아니란 생각 말고 한번 만나봐. 일전 모임에서 박 회장과 참석해 눈여겨봤는데 꽤 괜찮더구나. 인물이나 됨됨이가."

"할아버지."

유 회장은 은조가 하는 말은 일체 무시하고 당신이 하고자 하는 말만 하기로 작정한 사람처럼 전혀 빈틈을 보이지 않았다.

"난 분명히 말했다, 우리 집안에 혼혈은 안 된다고."

"……."

"말하지 않아도 그 이유는 잘 알 게다. 넌 이 집안에 하나밖에 없는 정통 핏줄이야. 그런 네가 우리 가문을 흠집 낼 생각이 아니라면 그런 일은 허락할 수 없다."

귀에 못이 박히도록 듣고 자란 말이다.

가문의 유일한 핏줄이자 부모님의 모습을 고스란히 물려받은 자신의 얼굴. 이 모습에 할아버지가 얼마나 연연해하는지 물론 잘 알고 있었다. 아직 한 번도 말하지 않았을 뿐.

분명 할아버지는 은조를 사랑하고 많이 아끼신다. 하지만 그에 못지않게 그녀의 생김에 집착하셨다. 늘 전전긍긍 애달아하셨다. 자신의 소중한 부인과 아들, 며느리 모습에 조금이라도 흠이 날까 봐.

그동안 이 모든 것을 알기에 묵과했지만 앞으로는 그럴 수 없으니 지금까지와는 다른 말과 행동으로 할아버지를 설득해야 한다. 오늘 이 자리가 그 시작이었다.

"할아버지, 제가 평생을 함께하고 싶은 사람은 저니 맥컬리예요. 할아버지도 아실 거예요. 사진 속 제 모습, 제 표정, 이미 다 봐서 아시잖아요. 절대 절 떠나지 않을 사람이고 저 또한 쉽게 포기할 수 있는 그런 감정이 아니에요."

"……."

"제가 그 사람과 결혼한다 해도 우리 가문, 제 모습, 변하는 건 없어요. 지금과는 조금 다른 모습과 방법으로 유지되고 보완되는 것뿐이에요."

"……."

"이질적인 변화가 아니라 아름다운 조합이에요. 할아버지께서 지키고 싶어 하시는 게 뭔지 저도 잘 알아요. 다시 한 번 말씀드리지만, 변형이 아닌 변화예요. 변화는 자연적인 진화인 만큼 절대 묻히거나 사라지지 않아요. 절, 할아버지 손녀 유은령을 믿으세요."

유 회장은 그 어떤 답도 하지 않았다. 성격은 물론 의지까지 너무도 똑 닮은 두 사람은 서로를 응시할 뿐 더 이상 그 어떤 말도 눈빛도 오가지 않았다.

정식 출근은 내일 하겠다고 못을 박고 서재를 나온 은조는 김 비서에게 전화를 걸어 내일 아침 일찍 전략기획실 전체 회의를 준비시켰다.

이제부터 할 일은 회사 일과 별개로 할아버지를 설득하고 이해시키는 게 가장 중요하다고 판단했다. 저니 할머니는 이번 주에 들어오신다는 연락을 받은 상태이고, 작은아버지는 처음부터 다시 털어낼 계획을 세웠다. 이미 전혀 다른 루트를 통해 지시한 상태이고, 작은아버지는 은조의 사생활을 퍼뜨려 자신에게 이익이 갈 행동을 할 수도 있으니 철저히 대비해야 했다.

당시는 생각하지 못했지만 유창식 사장을 엮을 단서는 3년 전 죽은 정우에게 있다는 확신이 들었다. 그게 무엇이든 찾아 저니의 일로 그녀를 쳐내려고 하는 그의 계산을 무용지물로 만들어야 했다.

3년이 흘렀다. 진짜 세상도, 참된 인간관계도 모른 채 주인인 척하던 애송이는 이제 없었다. 누군가 말했던 그 천재란 이름에 걸맞게 철저히 대비하고 제대로 된 주인이 되기 위해 이 모든 상황을 각성해야 했다.

날이 좋아 IFR(계기비행, 자동비행)이 아닌 VFR(수동비행)으로 오전 비행시간을 할애한 저니는 K-16에서 동료들과 커피를 마시고 있었다.

출생지만큼이나 정반대 성격 때문에 늘 티격태격했지만 일을 함에 있어서는 꽤 죽이 잘 맞는 말도라도가 연장을 포기하고 곧 제대한다는 말에 모두들 적지 않게 타격을 받았다.

호주 육군항공대 교관으로 가기로 한 말도라도는 호주 영주권이 바로 나와 퍽이나 즐거워했다. 더 이상 비자 없이도 자유롭게 호주를 드나들게 됐다며 좋아하는 말도를 보며 동료 조종사들도 동요했다. 커피를 마시는 조종사들 중 저니를 빼고 거의 모든 조종사들이 결혼을 한 상태였다. 그로 인해 가족을 생각하고 자녀들의 말도라도 교육을 걱정해 제대를 하는 이가 많았다.

이곳 8군에서 조종사들의 대우는 좋았다.

높은 페이와 부대가 아닌 외부에서 지내고자 하면 한국 사람들은 상상도 못하는 몇백만 원씩 주며 월세를 살았다. 그러면서도 모든 혜택을 누리는 장점이 있었다. 하지만 미군 신분인 이상 늘 분쟁 지역이나 다른 나라에서 근무해야 하기 때문에 가족들의 반발이 적지 않았다.

본토에 남은 가족들과 떨어져 지내다 배우자가 바람이 나거나 현지에서 외도를 해 이혼하는 경우도 많았다. 이제는 그들이 나누는 고민이 그에게도 현실로 다가왔다.

하루라도 빨리 은조와 가정을 이루고 싶은 그도 앞날에 대한 계획을 세워야 했다.

대학에서 영화 비즈니스를 공부한 저니는 그쪽으로 비즈니스 사업을 확장하고 싶었다.

군인이 되기 전 벌인 사업을 친구와 공동 창업자들에게 맡긴 상태여서 제대를 한다면 돌아갈 곳은 있었다. 지분도 있고 실질적인 사장은 그였기에 어려운 건 전혀 없었다. 하지만 은조의 의견도 중요했다. 이 나라에서 기업을 하며 그 기업의 책임을 맡고 있는 오너의 일가로서 은조가 공적인 부분에서 반드시 해야 할 몫이 있다는 건 알고 있었다.

은조를 생각하니 금세 온몸의 혈관과 세포들이 뜨겁게 반응했다.

이번 주말은 은조의 도발로 시작해 만행으로 끝난 여행이었다. 은조의 성적인 성숙이 늘 기대됐던 그였지만 이토록 빨리 그를 요리하게 될 줄은 몰랐다.

맹세코 단 한 번도 오럴섹스를 즐기지도 좋아하지도 않던 그다. 웃기지만 그만의 강직한 불문율을 단 한 번에 깨버린 신화적인 인물이 바로 은조였다.

정말이지 섹스에 전혀 연연하지 않을 것 같은 담백한 표정으로 단번에 그를 무력화시킨 은조는 주말 내내 그를 한 번도 겪어본 적 없는 희열과 아찔한 쾌락으로 초토화시켰다.

작은 입술과 앙증맞은 혀는 그의 온몸을 뜨겁게 산화시켰다. 그녀로 인해 몇 번이나 허무하게 사정을 했는지 모른다. 물론 그 과정은 에로틱하고 강렬했지만 결과는 번번이 그를 그녀 앞에서 무릎 꿇게 만들었다.

아직도 자신의 남성을 집중해서 탐색하고 과감하게 탐험하던 지독하게 아름다운 은조의 모습이 생생하다. 저니 또한 보복성 짙은 섹스와 벌주는 듯한 행위로 몇 번이나 그녀를 거칠게 안았지만 그럼에도 불구하고 주말은 완벽하게 은조의 압승이었다.

하루라도 빨리 은조를 옆에 묶어두고 싶다.

첫눈에 반했고 홀리듯 빠져들었다. 이젠 누군가 그녀를 알아보고 빼앗아 갈까 겁이 나고 두려웠다. 그렇게 단 한 번도 상상하지 못한 두려움이 강하게 그의 의식을 지배했다. 그러면서 자신의 나약한 모습이 당황스러워 저니는 두 손을 꽉 쥐어보았다.

생각지 못한 연락에 잠시 망설였지만 은조 또한 궁금한 게 사실이라 약속을 잡았다.

한쪽 테이블에서 가지각색의 칵테일을 줄지어 놓고 쇼핑하듯 골라가며 퍼마시고 있는 혜나를 발견하고 곧장 구석진 테이블로 향했다. 맞은편에 앉은 은조를 힐끗 보며 혜나가 외모와 어울리지 않는 걸걸한 목소리로 말했다.

"참, 사람이 정확해. 요즘 인간들 30분은 무조건 늦고 보던데. 그러고 보면 유은조 씨는 비인간적인 인격과 상관없이 그거 하나는 높이 사, 내가."

아무래도 시작부터가 심상치 않았다.

'이 시각에 술주정이라……. 사람 보자마자 이러기 정말 쉽지 않을 텐데.'

역시 혜나 김은 만만한 인물은 아니란 생각이 들었다.

"이렇게 인사하는 혜나 씨도 몹시 황당하네요. 벌써부터 취해 있으면 어쩌자는 거예요. 이번에는 버리고 갈 테니까 알아서 하세요."

협박에도 혜나는 동요 없이 색색대로 줄지어 놓은 칵테일을 연신 홀짝였다.

"뭐 그러던가. 유은조랑 술 마셨다고 하면 이준성 구름 타고 바람같이 날아올걸. 아니, 슈퍼보드 탄 손오공처럼. 그러니까 걱정 말고 가. 오늘은 나도 픽업할 사람 있으니까."

볼 때마다 느끼지만 혜나 김은 무척이나 흥미로운 인간형이었다. 좀처럼 타인에게 틈을 주지 않는 은조를 이렇게 직접 움직이게 하는 능력과 저런 뻔뻔한 여유까지 있으니.

"궁금하지? 하우징 사람들 반응이 어땠는지, 장 씨는 충격을 먹고 쓰러졌는지, 카투사 그 영계는 아직도 하우징을 들락거리는지. 유은조는 딱 이 세 가지가 궁금할 거야. 그지?"

흥미로운 인간형이 아닌 구타 충동을 유발하는 인간형이었다, 혜나는.

은근한 도발에 아니라고 부정할 수도 없어 앞에 놓인 물을 마셨다.

"목도 마를 거야, 인간이라면. 그렇게 엄청난 사기를 치셨는데 멀쩡하면 비정상이지. 아무리 자기가 막강한 유.성.그.룹. 후.계.자.라고 해도 말이야."

은조가 쏘는 살벌한 총천연색 레이저 빔을 피해 직원을 부른 혜나는 또 다른 칵테일을 주문했다. 은조는 과일 주스를 주문했다.

내일 새벽에 출근을 해야 하는 그녀로서는 다른 선택은 불가했다.

"그래, 이제 좀 살 만하시나? 8군 사람들은 아주 뒤집어져서 난리도 아닌데. 뭐, 사실 그것도 며칠이나 가겠어. 이제 4일 지났으니 한 3일 더 가다 말겠지."

가라앉은 유은조의 표정을 보니 약 올리며 길게 끌려던 생각이 이내 사라졌다. 어울리지 않게 꽤나 신경 쓰고 있다는 게 느껴졌다. 무시하면 그만인 걸 가지고 이렇게 이 자리에 나온 것만 봐도 은근 소심형 인간이야, 저 인간.

"하우징 사람들은 아직도 유성그룹 유은령이 8군 하우징 워커 유은조냐 아니냐 하고들 있고, 유은조가 오매불망하는 장 씨는…….”

유은조의 눈빛이 약간 더 가라앉아 보인다. 긴장한 건지 아니면 긴장한 척하는 건지.

“역시 유 선생은 남다른 사람이라고 자랑하고 다닌다고 하던데, 뭐 그건 믿거나 말거나. 마지막으로 그 얼굴 하얀 영계백숙 카투사는 멍 때리고 다닌다고 하고. 자기네 하우징 임 반장이 우리 19중대 공식 나팔수거든. 그 인간이 그러대.”

다 전해주고 나니 기운이 빠졌다. 감정 변화가 거의 없던 인간이 8군에서 볼 때보다 더 안쓰러워 보이니 뭔 조홧속인지.

‘무슨 굴지의 그룹 후계자가 저렇게 매가리가 없는 거야.’

TV나 드라마에서 보면 상류층 애들 죄다 자신감 백배에 얼굴에서 번쩍번쩍 후광이 나더만.

‘얜 역시 언더에 비주류야. 천재니 기업사냥꾼이니 하면서 증권가 찌라시에서 떠들던 거, 그거 다 사기 아니야?’

“이제 그대 얘기 좀 해보지? 애인이랑은 잘 만나고 있는 건가? 애인 때문에 꽤나 풍랑을 겪을 것 같던데. 그쪽 세계가 워낙에 스펙터클하잖아?”

직원이 놓고 간 과일 주스를 한참이나 쳐다보고 있던 유은조는 어울리지도 않게 맹탕 같은 표정으로 혜나를 보더니 피식 웃음기를 보였다.

“전 8군이 더 스펙터클했는데요.”

“그러니까 그대가 희귀종이지. 하우징이야 장난감 레고처럼 있는 짐 나르고 쌓으면 그만인데 볼거리가 뭐가 있겠어. 그놈의 뭉칫돈이랑 지분 때문에 면전에서는 못하고 백조처럼 물밑에서 백

날 천날 싸우는 그쪽 세계가 더 볼거리가 풍성하지."

비유가 퍽이나 인상 깊었는지 유은조는 정말 생각지도 않게 크게 웃었다. 저 인간을 알고 지낸 이래 처음 보는 모습이었다. 근데 웃는 모습이 징그럽게도 예뻤다. 여자인 내가 봐도 가슴 떨리게.

'정말 여러모로 짜증 나는 스타일이야, 저 가시나는.'

기분이 나빠 들고 있던 붉은색의 칵테일을 원샷했다.

"이쪽 세계를 잘 아시나 봐요? 비유가 정확하면서도 신선해요."

"왕년에 내가 그쪽 세계랑 아주 잠깐 남다른 인연이 있었거덩. 끝은 좀 새드했지만."

빈말은 아니었는지 혜나 김의 표정이 아주 잠깐 냉랭했다.

"그래서 어떻게 지내냐고. 내 정보는 다 흘렸으니까 그쪽 사설도 좀 풀어봐. 그래야 하우징 사람들한테 흘리지."

"내일부터 출근해요. 일이야 혜나 씨 말처럼 겉으로 표 안 나게 돈 버는 일을 하는 거고. 사생활적으로는 그 사람과는 잘 만나고 있어요. 그 역시 혜나 씨 예상대로 한차례 풍랑을 겪겠죠. 그 사람이 아니라 나란 존재 때문에."

기실 문제는 할아버지가 대대손손 지키고 싶은 이들의 얼굴을 고스란히 물려받은 내가 문제지, 저니가 혼혈인 게 문제가 아니다. 혼자 살 게 아닌 다음에야 그 누구와 결혼을 하든 할아버지가 유지하고 싶어 하는 이 모습은 희석되게 마련이다.

토종 한국인이든 반반 혼혈이든 완전 외국인이든. 그룹을 견고히 하기 위한 전략적인 매칭을 떠나 생각하면 그 누구와 대입하든 외모 변화는 피할 수 없는 기정사실이었다. 최종적으론 그 문제를 할아버지께 인식시키고 자연스레 받아들이게 하는 게 그녀가 할 몫이었다.

"워커에서 사무직으로 가는 초고속 LTE 버스 탔네. 그러다 멀미하는 거 아닌지 몰라."

건들건들 말하지만 혜나에게는 묘하게 핵심을 찌르는 특유의 센스가 있었다. 이제는 그 수수께끼 같은 자잘한 진심이 은조에게도 조금씩 느껴졌다.

"아닌 게 아니라 그럴 것 같아요. 벌써부터 지게차 몰던 때가 그리워요."

사실 출근이 두렵거나 낯설지는 않았다. 하우징에서 보낸 시간보다 회사에서 보낸 시간이 더 많았기에 비교한다는 것조차 우스웠다.

속내를 감추지 않는 이들과 나누는 진솔하지만 노골적인 대화가 그립고, 그들과 함께하는 힘들지만 정직한 노동이 덜 피곤할 것 같았다.

이제부터는 몸이 아닌 정신이 힘든 일을 해야 했다. 여자란 이유로 너울대는 후계자 문제와 은조와 저니를 쌍으로 대적할 작은아버지 식구들까지 몸과 진심이 아닌 오직 냉철한 머리와 한 치의 오차도 용납할 수 없는 치밀한 계산으로 풀어야 할 문제였다.

"그렇게 싫으면 올해 안에 빨리 결혼해."

"……."

"그렇게 몇 년 키우다가 한 넷만 낳아서 분담시키면 되지. 첫째는 IT랑 화학, 둘째는 뭐 금융이나 경영, 셋째는 그룹 산하 기업들, 또 막내는 백화점이나 호텔. 그럼 되지 뭐가 걱정이래? 지금부터 열심히 낳아 기르면 그 깐깐한 회장님 돌아가시기 전에 자식들이 다 물려받겠네."

칵테일 잔을 툭툭 건드리며 헤나가 별것 아니라는 투로 말을 던졌다. 나름 달관한 표정을 한 헤나 김은 복잡한 문제를 단번에 해결할 수 있는 묘책을 주었다.

'흘러가는 시간만 잡아둘 수 있다면 그만한 묘안도 없겠지.'

마지막 남은 황금색 칵테일을 홀짝이던 헤나는 슬슬 술기운이 도는지 유난히 까맣고 반짝이는 눈동자에 흐릿하게 달무리가 졌다.

외관상으로는 은조가 오기 전까지 얼마나 퍼마셨는지 전혀 가늠할 수가 없었다. 그만큼 헤나 김은 주량도 상당했고 또 마신 양에 비해 무척이나 멀쩡한 스타일이었다.

"여신을 혼자 애모 중인 그 인간을 처량 맞게 짝사랑하는 내가 문제지, 유은조가 뭐가 문제야? 둘이 열렬히 사랑하겠다. 이봐, 사람이 욕심이 너무 많으면 벽에 똥칠할 때까지 사는 사주로 저주받는다……."

아무래도 곧 테이블을 껴안을 것 같다, 헤나 김은.

"그쪽 세계 인간들은 결국 그 안에서 못 벗어나더라고. 자기가 아무리 희귀종이라 해도 완전히 그 세계를 먹거나 이탈하지 않는 이상 걸치는 건 독이 될 거야. 본인 힘든 건 잠깐이지, 상대방이 죽어 나간다니까."

테이블 위에 한 손으로 얼굴을 괴고 있던 헤나에 움직임이 조금씩 앞으로 진격해 테이블 중앙으로 다가가고 있었다.

"사랑하는 사람 상처 주기 싫으면……."

무척이나 아픈 사랑을 했나보네, 이 사람. 지금까지.

“다 버리든지 통으로 갖든지 해. 반만 걸치는 비겁한 짓 하지 말고. 이건 정말 내가 먼저 겪은 선배로서 하는 말이니까 잘 새겨들…….”

결국 할 말은 다 한 것 같았다. 단지 ‘어’ 그 한 단어만 못했을 뿐.

은조는 테이블에 넙죽 절을 한 혜나를 보다 지금까지 그녀가 한 말을 다시 한 번 곰곰이 생각해 보았다.

정말 미치고 환장하는 줄 알았다.

‘내가 언젠가 저걸 말아먹던지 해야지, 어리다고 봐주니까 이게 정말…….’

“빨리 씻어요. 대 유성그룹의 깐.깐.한. 회.장.님.을 기다리게 할 생각이에요?”

나.쁜.년. 정말 이 말이 목구멍까지 간당간당하게 차올랐지만 결코 밖으로 뱉을 수는 없었다. 유은조의 홈그라운드에서 지성인이자 교양인인 혜나는.

“우리 집도 알면서!! 꼭 이렇게 해야 했어?!”

정말이지 이 상황을 어찌해야 할지 난감했다. 그러다 이 사달을 만든 유은조를 잡아 걸고넘어지기로 했다. 그렇지 않으면 해결 방법이 없었다, 지금으로서는.

“나이 많은 동생에게 맨날 술 먹고 집에 들어가는 모습 보여주는 것보다는 친한 지인 집에서 자고 가는 게 더 낫다고 생각했어요. 전 혜나 씨 배려한 거예요. 그러니까 어서 씻고 나와요, 술 냄새 지독하니까."

유은조는 무척이나 즐거워 보였다. 아니, 그보다는 통쾌해 보였다.

"그러니까 왜 자기 집으로 날 데려오냐구! 술 냄새 진동하는 날!"

기가 막혔다. 돈 많은 인간이 돈으로 해결하면 될 것을 굳이 제 집으로 데려온 유은조가 원망스러웠다. 젠장, 집도 보통 집이냐고.

"술 마시고 짝사랑하는 남자 부르는 건 너무 노골적이잖아요. 전 나름 혜나 씨 배려……."

"시끄러! 그놈의 얼어죽을 배려는!"

머리며 얼굴이며 뭐 하나 정상인 거 없는 혜나와는 정반대로 완벽한 모습으로 세팅한 채 자신을 내려다보는 유은조가 무척이나 재수 없었다.

그동안 하우징에서 보았던 유은조는 이제 없었다. 표정부터가 전혀 다른 사람이었다. 오타쿠 분위기에 모노톤의 베이직한 작업복과 남방을 입고 머리 대충 묶은 여자는 그 어디에도 없었다. 그 대신 미모에 걸맞게 블랙과 화이트로 시크하고 모던을 주제로 차려입은 완벽한 유은조가 서 있을 뿐.

'그래, 너 참 잘났다, 유.은.조! 내가 오늘의 복수는 꼭 한다. 기대하라구!'

여유로운 미소로 자신을 내려다보는 유은조가 꼴 보기 싫어 옆에 있는 이불을 확 집어 던지고 욕실로 빠르게 들어가 버렸다.

❖ ❖ ❖

저니는 지하주차장에서 연신 고개를 돌리며 주위를 살폈다. 10분 후에 도착한다는 사람이 아직까지 도착하지 않고 있었다.

'혹시 할아버지가 못 가게 막는 건가? 아님 며칠 전 봤다는 그 맞선남이 회사로 찾아온 건가? 그것도 아니면 클라라를 만나는 오늘 이 자리가 영 어색한 건 아닌가?'

기다리는 동안 별의별 생각이 다 들었다. 꼭 일주일 만이다, 실버벨을 만나는 게.

핸드폰을 마련한 은조는 하루에 한 번 꼭 연락을 했다. 연락은 했지만 바쁜 은조로 인해 얼굴은 보지 못했다. 그 가혹한 일주일 동안 저니는 미치는 줄 알았다. 불안한 건 둘째고 보고 싶었다. 은조의 체향이 미친 듯이 맡고 싶었다. 너무나 안고 싶었다.

줄곧 은조에게 중독돼 있던 그는 이번 일주일 동안 뼈저리게 실감했다. 저니 맥컬리는 유은조를 떠나서 절대 버틸 수 없다는 걸.

클라라는 예정보다 3일을 앞당겨 서울에 도착했다.

함께 온 여자는 아직 만나지도 못했다. 클라라는 오늘 은조와 그 여자를 같이 보라고 했다. 누가 더 그에게 어울리는지. 극적인 만남과 돌발적인 상황을 만들어 저니와 은조를 당황하게 만들려는 계산 같았다. 알기에 피하려 했지만 은조는 상관없다고 했다. 자신은 클라라에게 인사를 하려는 것이니 주변인은 아무 상관 없다고 담담하게 말했다.

핸드폰을 꺼내 누르려는데 익숙하면서도 그를 욕망으로 옥죄는 청아한 목소리가 들렸다.

"저니."

10미터 앞 기둥 뒤에서 은조가 미소를 머금고 걸어오고 있었다.

한쪽 어깨를 리본으로 장식한 크림색의 미니멀한 원피스를 입은 은조는 골드 컬러의 작은 클러치를 들고 환한 미소를 지으며 그리스 신화에 나오는 여신처럼 걸어왔다.

그토록 보고 싶었던 그녀가 눈앞에 있는데도 한 발자국도 움직일 수가 없었다. 유성그룹 회장실 측근이든 적군이든 자신들을 주시하다 혹여 은조에게 해가 갈까 주차장에서조차 자신의 여자를 마음껏 안을 수도 없었다.

주춤하는 그를 은조가 먼저 다가와 안았다. 아니, 안겼다. 익숙한 체향이 그를 숨 쉬게 했다.

"보고 싶었어요."

품에 안겨온 은조를 그제야 감싸 안았다. 일주일 동안 지겹도록 그를 옥죄던 불안한 마음이 거짓말처럼 사라졌다. 그의 연인으로 인해.

"너무 그리웠어요."

은조는 하얀 손가락으로 그에 턱을 어루만졌다. 그 익숙하고도 부드러운 손길에 전신이 금세 사납게 들끓었지만 애써 침착하려 했다. 그러면서 마음속으로 맹렬히 중얼거렸다.

'난 동물이 아니다! 난 절대 동물이 될 수 없다!'

연하게 화장을 하고 연하게 웃는 은조가 너무도 소중하고 아까워 만질 수도 없었다. 그런 그를 은조는 섬세한 손길로 어루만졌다. 그 손길에 용기가 났다.

"나도, 나도 당신이 너무 그리웠어."

저니는 은조에 손을 잡아 올려 실핏줄이 선 하얀 손등에 오랫동안 입을 맞췄다.

은조는 자신에게 시선을 고정한 채 관찰하는 클라라의 시선을 피하지 않았다.

전형적인 남부 귀부인의 모습에서 한 치도 벗어나지 않고 있었다. 백발에 진주 귀고리를 하고 고급스런 의상으로 맵시를 낸 클라라는 칠순이란 나이가 무색하게 고왔다.

그녀를 응시하는 파란 눈동자가 유난히 서늘하게 보였지만 전체적으로는 인자한 인상이었다.

[반가워요. 동양인으로서는 무척이나 인상적인 외모군요.]

분명 칭찬이었지만 마냥 칭찬으로만은 들리지 않았다.

[감사합니다.]

예의를 지키는 선에서 되도록 짧게 인사했다. 태생부터가 관조적이지만 낯선 상대방을 탐색할 때 보이는 은조 특유의 고약한 버릇이다.

[월터가 그러더군요, 영어로 대화하는 데 전혀 문제가 없다고. 나로서는 무척 반가운 일이에요. 통역을 거치면 내 의사가 백 프로 전달되지 않을 수도 있으니까.]

[네, 무슨 말씀인지 잘 압니다. 말씀처럼 그런 경우도 있죠.]

은조가 담담하게 말하자 클라라는 만족스러운지 말을 이었다.

[아이들이 곧 돌아올 테니 짧게 말하죠. 난 내 손자가 순수 남부인과 결혼하길 바라요. 아가씨보다 인생을 더 산 사람으로서 한마디 할게요. 양쪽 집안에서 반대하는 결혼은 절대 하는 게 아니에요. 축복 속에서 시작한 결혼도 평생을 함께하기가 어려워요. 아가씨가 먼저 우리 아이를 포기해 주면 좋겠어요.]

충분히 어른으로서 할 수 있는 말이다. 상처될 만한 말은 전혀 아니었다.

[저도 짧게 답하겠습니다. 전 저니가 제 손을 놓지 않는 이상 손을 놓을 생각이 없습니다. 또한 저도 여건이 된다면 축복 속에서 결혼하고 싶습니다. 그러기 위해서 전 최선을 다할 생각입니다. 부디 속단하지 마시고 저희 두 사람, 지켜봐 주시길 바랍니다.]

은조는 소신을 밝히면서도 담담한 태도를 유지했다. 이에 클라라도 일절 동요하지 않으면서 노련하고도 만만찮은 내공을 내뿜었다. 순간 두 사람 사이 팽팽한 긴장감이 감돌았다.

그때 문이 열리고 저니가 뛰어 들어왔다. 자신이 자리를 비운 사이 은조가 클라라에게 상처라도 받을까 꽤나 걱정한 모양이다. 은조는 그런 저니에게 특유의 은은한 미소를 지어 보이고 다시 클라라에게 시선을 돌렸다.

얼음처럼 차가운 눈동자가 그녀를 관찰하고 있었다. 저니는 옆에 앉아 테이블 밑으로 은조에 손을 찾아 잡았다. 월터가 클라라 옆자리에 앉으며 은조의 눈치를 살폈다.

[미안해요. 오랜만에 합참의장 내외를 만나 어쩔 수 없었어요. 다음 달에 한미군사훈련도 있고 해서. 저니가 없으면 통역을 할 수 없으니……. 정말 미안해요. 우리 없는 동안 별일 없었어요? 혹

시 우리 어머니가 기분 상하게 한 건 아니죠?]

은조는 월터에게 아니라고 말하며 연하게 미소 지었다. 월터와 그녀가 자아내는 편한 분위기가 싫었는지 클라라가 불만스레 말했다.

[도대체 이 아이는 왜 안 오는 거야? 저니, 네가 나가서 헤지나 좀 찾아서 데리고 오련? 호텔 아케이드에서 잠깐 볼 게 있다고 했는데 헤매다 못 찾으면 어쩌니.]

[호텔에 묵은 지 벌써 3일이나 지났어요. 그 누구든 그 시간만큼 호텔에서 지냈으면 이 정도는 충분히 찾아올 수 있어요. 기다리세요, 어머니.]

그때 노크 소리와 함께 문이 열렸다.

모두의 시선이 문을 열고 들어선 금발 미인에게 쏠렸다. 은조는 아까부터 끈질기게 진동으로 울려대는 핸드폰 때문에 여자를 미처 확인하지 못했다. 클러치를 열어 테이블 밑으로 번호를 확인하니 역시나 집에서 온 전화였다.

할아버지 개인 서재 방 번호.

[아이스?]

생각에 빠져 미처 그 이름을 듣지 못했다. 그러자,

[아이스! 에이스 원?]

거듭되는 호명에 은조가 여자를 쳐다보았다. 은조보다 약간 작은 키에 화려한 금발, 역시나 시리도록 푸른 눈을 한 미녀는 대학 때 룸메이트였던 섹스광 헤더였다.

[헤더!]

은조를 확인한 헤더는 일어서려는 그녀에게 달려들어 덥석 끌어안았다.

[에이스! 정말 너 에이스야? 너무 반갑다. 그동안 어떻게 지냈어? 왜 지난 3년 동안 연락도 하지 않았니? 동문 파티에도 안 오고. 내가 얼마나 너한테 메일을 보냈는데. 근데 넌 여전히 징그럽게 아름답구나. 정말 반가워. 이게 도대체 몇 년 만이니?]

여전했다. 늘 오버하고 오만한 성격에 과하게 활기 넘치고, 가까운 이들에게는 한없이 다정하고 격하게 자신감 충만한 전형적인 미국 남부 백인 상류층 자녀.

딱 앞에 앉은 클라라 여사가 원하고 찾는 맞춤형 피앙세 스타일이었다.

[헤지나, 두 사람 아는 사이니?]

클라라가 흥분한 헤더를 불러 자리에 앉히고 궁금하단 표정으로 물었다.

[네. 저랑 동문이고 룸메이트였어요. 에이스는 학교에서도 유명했어요.]

저니에게 눈짓을 한 은조는 클라라와 월터에게 양해를 구했다.

[말씀 중에 죄송하지만 잠시 통화 좀 하고 오겠습니다.]

은조는 클러치를 들고 자리에서 일어났다. 그러자 헤더는 화사하게 웃으며,

[빨리 와, 에이스. 너랑 할 말이 너무 많아. 당장 페이스북에 너 찾았다고 알려야겠다. 아마 다들 반가워 기절할 거다. 너한테 그렇게 목매던 애들 중 데릭이랑 피터도 아직 싱글이야. 걔들 네 이야기하면 좋아하겠어! 우와, 신난다!]

알겠다고 대답하고 저니를 보고 한마디 했다.

"할아버지세요. 통화하고 올게요."

할아버지란 말에 저니의 표정이 굳었다. 은조는 괜찮다는 눈짓을 하고 룸을 나왔다. 창가 쪽으로 간 은조는 서둘러 전화를 걸었다.

"네, 할아버지."

〈어디냐? 이 집사도 모르고 있던데. 집에 손님 오셨다.〉

"손님이요?"

주말인 오늘 올 사람이 없는데. 혜나 김은 당연히 아닐 테고, 누구지?

〈경진그룹 차남이 과일 사 들고 왔구나. 널 보러 왔으니 네가 있어야 하지 않겠니.〉

"죄송하지만 오늘은 안 되겠어요. 미국에서 친구가 왔어요. 대학 동창인데 할아버지도 몇 번 보셨죠? 미국 오셨을 때. 룸메이트 헤더요."

〈친구야 다음에 보면 되지 않니.〉

헤더라는 존재는 할아버지께 관심 밖의 인물인 듯했다.

"오늘 약속은 미리부터 선약이 되어 있던 약속이에요. 그리고 경진그룹 차남에 대해서는 전 분명하게 말씀드렸어요, 아니라고. 기억하시죠?"

〈알았다. 그럼 오늘은 나와 바둑이나 둬야겠구나. 끊는다.〉

전화를 끊은 은조는 여전히 창밖에 시선을 두었다.

결정을 해야 할 것 같았다. 이런 미진하고 평이한 방법으론 할아버지의 고집을 꺾을 수 없었다. 집에 돌아온 지 고작 일주일. 회사도 할아버지도 천천히 해결하고 싶었다. 급하게 서두른다고 해결될 일이 아니기에 여유를 갖고 싶었다.

특히 할아버지는 시간이 아닌 진심을 보이며 함께 풀어가려 했는데 그런 바람은 아무래도 힘들 것 같다는 생각이 들었다. 또한 클라라도 쉽게 은조를 받아들이지 않을 것처럼 보였다.

그러나저러나 클라라가 미는 저니의 짝이 섹스광 헤더라니. 은근 기분이 상했다.

헤더는 대학 때부터 섹스에 관해서는 이론으로나 경험으로나 은조와는 전혀 비교도 되지 않는 마이스터에 베테랑이었다. 둘을 놓고 본다면 은조는 이제 걸음마를 배우는 아이에 불과했다.

그런 그녀가 저니와 함께 침대에 있는 상상을 하니 기분이 더없이 불쾌했다.

"실버벨?"

저니가 근심 가득한 표정으로 그녀 옆에 서 있었다.

"왜 나왔어요?"

목소리가 좋게 나오지 않았다. 그녀의 미세한 변화를 눈치채지 못한 저니는 고개를 내저으며 이해할 수 없다는 표정을 하며 흥분했다.

"시끄러워서 앉아 있을 수가 있어야지. 저 여자 당신 팬클럽 회원이나 뭐, 친위대쯤 되나? 난 본척만척하고 순전히 당신 얘기만 하고 있어. 혹시 레즈비언 아니야?"

하! 헤더 질리안이 레즈비언이라니, 기도 안 막혔다. 출중한 양성애자라면 몰라도.

헤더의 화려한 섹스 라이프스타일은 섹스 앤 더 시티의 미란다를 능가하는 능력자였다.

"당신 본척만척하니까 기분 나빠요? 난 그런 말을 하는 당신이 더 기분 나빠요."

왠지 기분이 저조하고 다운돼 저니를 복도에 혼자 두고 룸으로 향했다.

아우라는 물론 존재감이 남다른 헤더가 은조에게 벌써부터 상당한 영향을 끼치는 것 같아 기분이 상했다.

순간 팔을 거칠게 잡아당긴 저니가 형형한 눈빛으로 그녀를 구석으로 몰았다. 그러다 복도에 설치된 CCTV 때문에 영 안 되겠는지 결국 비상계단으로 끌고 들어갔다.

저니는 은조를 차가운 벽과 가슴 안에 가두고 사나운 눈빛으로 응시하더니 그녀에 얼굴을 잡아당겨 억지로 그를 보게 했다.

"지금 무슨 말을 하는 거야? 난 저 여자가 레즈비언이란 정체성을 숨기고 당신을 욕심낼까 봐 걱정한 건데, 당신 눈엔 내가 저 푸석푸석한 노란 머리를 한 시끄러운 여자한테 관심 있는 것처럼 보여? 정말 그래?!"

아무래도 그녀만 아는 헤더의 화려한 전적이 은조를 내심 긴장시킨 모양이다. 분노를 내뿜는 저니를 올려다보며 한숨을 쉬었다.

"미안해요. 난 당신이…… 으…… 읍!"

분노로 거칠게 무장한 혀가 순식간에 입안으로 밀고 들어왔다.

강력한 힘은 물론 유연함으로 특화된 혀는 숨을 모조리 끊을 듯 아프게 입안을 장악하며 미약한 숨을 뺏고 또 빼앗길 반복했다. 서로의 타액을 교환하고 삼키며 저니는 그동안 풀지 못해 미쳐 날뛰는 욕망을 고스란히 은조의 입안에 쏟아내었다. 그러면서 하반신을 강하게 밀착해 비벼대던 저니는 거친 숨을 삭이며 고통스러워하는 은조를 간신히 놓아주었다.

"오늘 밤 같이 있어. 나에게 조금이라도 미안하면 그렇게 해."

대답도 듣지 않은 채 저니는 거친 숨을 내뱉으며 여린 귓불을 물고 빨았다. 하반신을 거칠게 비벼대는 저니로 인해 은조는 순식간에 몸속에서 불길이 일었다.

통제되지 않는 혀가 입안으로 거칠게 파고들었다.

농익은 키스는 지금 이 순간 그 어떤 애무보다 짜릿하고 어떤 섹스보다 강력한 힘을 발휘했다.

동시에 그의 한 손이 스커트 안으로 들어와 익숙한 길을 찾고 있었다. 순식간에 팬티 안으로 들어온 긴 손가락은 그대로 둔덕 안으로 빨려 들어갔다. 그러면서 오늘도 여지없이 막강한 이성을 무너뜨렸다. 좁고 타이트한 내벽을 거칠게 자극하며 긁어대는 통에 온몸에 오소소 소름이 돋았다. 열기를 무시하려 해도 익숙하고도 숙련된 감각이 미친 듯 아우성쳐 댔다.

벌써부터 하반신이 불덩이에 덴 것처럼 얼얼했다. 도저히 이대로는 지탱할 수 없었다.

"그…… 만……."

"오늘 밤 같이 지내. 몇 시간이라도 좋아."

저니는 거친 숨을 헐떡이면서 현란한 움직임으로 집요하게 유혹했다. 온몸의 감각이 미친 듯이 둔덕으로 모이고 있었다. 이성에 반하는 뜨거운 불길에 울음이 터질 것처럼 고통스러웠다. 위험한 상황 속 찰나의 쾌감이 그녀를 집어삼키고 있었다.

저니의 손이 소리치는 그녀에 입을 막았다. 결국 저니의 손을 물었다. 하반신은 이미 저니에게 무참히 짓밟히고 소리 없이 유린

당하고 있었다.

"제발…… 실버벨……."

결국 강하게 어필하는 욕망에 굴복했다.

이 자리에서 거친 사랑도 불사하려는 저니를 일단 막아야 했다. 또한 그와 나누는 강렬한 섹스를 미친 듯이 원하는 그녀 자신의 절절한 욕망도 당장 끊어내야 했다.

잠시 후, 저니가 먼저 룸으로 들어서고 약간의 시간차를 두고 은조가 입실했다.

수다쟁이 헤더까지 포함해 모두 함께 이른 저녁 식사를 하고 7시에 헤어졌다.

무작정 잡고 늘어지는 헤더에게 그녀가 기피하는 할아버지를 언급하며 내일을 기약하고 클라라와 월터에게 공손히 인사를 한 은조는 배웅한다는 저니의 차를 타고 그의 집으로 향했다.

생각과 이성적인 판단은 딱 거기까지만 할 수 있었다. 침실로 채 들어가지도 못했다.

온몸이 지독한 욕망과 갈증으로 타들어가는 것 같아 제어할 수가 없었다. 일단은 갈급한 욕망부터 잠재워야 했다. 거부하지는 않았지만 주춤하는 은조의 옷을 저니는 순식간에 모두 벗겼다. 그에게서 절대 벗어나지 못하도록 옷을 시야 밖으로 던져 버렸다.

입술과 혀는 은조의 입안을 상처 내며 개인 소유지처럼 휘젓고 호흡과 타액 전부를 빼앗아 무자비하게 강탈했다. 저니에게 은조는 채워지지 않는 절대적인 갈망이자 다스려지지 않는 야생의 본능이었다.

일말에 주저함도 없이 밀고 들어가 미친 듯이 부피를 키워 내벽을 채웠다.

맞춤처럼 딱 들어맞은 두 개의 숲은 미친 듯이 서로를 끌어당기며 강한 마찰을 일으켰다.

은조는 사지가 정신없이 흔들리며 파고드는 힘에 의해 자꾸만 위로 밀려 올라갔다.

둘 사이에 그 어떤 간극과 틈도 용납할 수 없었다. 그는 은조와 양면의 종이처럼 철저히 한 몸이고 싶었다. 블랙 카펫 위에 누운 은조에게 소파 다리를 손에 쥐어주고 가녀린 허리를 잡은 저니는 난폭하게 폭주하며 그만의 익숙한 길을 만들기 시작했다.

그 순간 그는 아무것도 보이지 않고 아무 소리도 들리지 않았다. 오직 은조를 그란 존재로 채우고 그녀로 인해 그의 존재를 확인하고 싶었다. 그는 자신에게 지독한 결핍을 안겨준 은조를 삼키고 또 삼켰다. 베고 또 베었다. 형체도 향기도 없는 지독한 갈망과 갈증은 끝이 보이지 않았다.

주인을 잃은 채 일주일 동안 켜켜이 쌓인 비정상적인 욕망은 드디어 막혔던 출구를 찾은 듯 그녀를 무지막지하게 흠집 내고 상처 입혔다.

“악! 아악! 으응…… 아악!”

그토록 듣길 열망하던 색스런 교성과 가느다란 신음이 번갈아 교차해 가며 그를 더욱 흥분시키고 초인적인 힘으로 내달리게 만들었다.

그로부터 얼마만큼의 시간이 지났는지, 어느 정도의 힘으로 은조를 강탈하고 압박했는지 전혀 가늠할 수 없었다. 상황을 판단하고 조율하는 이성이 지금 그에겐 전혀 존재하지 않았다.

"제…… 저…… 니…… 그……."

간절한 애원도 오늘은 전혀 힘을 발휘하지 못했다.

뜨겁게 조이는 좁은 내벽을 처절하게 허물어뜨리고 싶었다. 그에게서 절대 벗어나지 못하게 남김없이 파열시켜 주저앉히고 싶었다. 그 하나의 목표를 향해 저니는 무섭도록 치받았다. 지금 이 순간 타이트한 내벽이 그에게는 목숨줄 같았다.

온몸의 진한 여운이 은조에게 순식간에 빨려 들어갔다. 그 어떤 단어로도 형용할 수 없는 희열과 충만감이 그를 휩쓸었다. 욕망과 갈망이 만들어낸 뜨거운 결정체를 전부 쏟아낸 후 이미 반쯤 정신을 잃은 은조 위로 조심스레 몸을 겹쳤다.

그를 가혹하게 옥죄었던 공백이 이제 막 채워지기 시작했다. 아주 조금씩.

일주일. 저니는 아무것도 할 수 없는 그 7일이 자신을 엄청난 공포로 위협했다고 했다.

저니와 감정을 나눈 후부터는 언제나 함께했다. 늘 서로의 품속에 갇혀 8군과 아파트를 벗어나지 않았다. 그 짧은 시간 동안 은조와 저니는 서로에게 자석처럼 당겨지고 각자의 영혼 속에 깊숙이 박혀 각인되었단 사실을 잊고 있었다. 둘이란 단어가 너무도 자연스러워 전혀 자각하지 못했었다.

은조는 할아버지와 대치할 생각이 없었다. 그저 약간의 이해를 바랄 뿐.

진실을 깔고 앉은 작은아버지의 기를 꺾고 할아버지 인정하에 클라라에게 허락에 상응하는 묵인을 받으려면 아직 갈 길이 험난

했다. 이제 그 모든 걸 저니와 함께할 생각이다.

가혹한 주인의 허락 없이 아주 잠깐 궤도에서 이탈한 은조는 또다시 위험할 정도로 넘실거리는 육체의 향연에 속절없이 삼켜졌다.

❖ ❖ ❖

한참을 떠들던 헤지나는 드디어 청계천 밤거리를 구경한다며 서둘러 룸을 나갔다. 끝까지 붙잡힌 월터만이 클라라의 레이더망에서 벗어나지 못하고 있었다. 호텔에서 제공한 향이 좋은 차를 마시며 월터는 일찌감치 내뺀 저니를 원망하고 있었다.

[나한테 얘기 안 한 게 뭐냐?]

저니 놈은 있지도 않은 비행을 핑계로 지금까지도 들어오지 않고 있었다. 망할 조카 녀석.

[말씀 안 드린 거라니요?]

클라라는 파란 눈을 번뜩이면서 내내 인자한 말투를 유지하고 있었다.

[저니가 데리고 온 아이스, 아니, 은조. 발음하기 힘드니 우리도 그냥 아이스라고 하자. 그 아가씨 집안, 이 나라에서 알아주는 집안인 거냐? 너도 헤지나 말을 다 들었으니 내가 무슨 말을 하는지 알 거 아니니?]

하여튼 눈치도 빠르시지. 그 눈치로 교제나 허락하시지. 어머니 아니어도 충분히 힘들 아이들.

[제대로 말 안 할 거면 내가 알아봐도 되고.]

숨긴다고 숨길 수 있는 일도 아니다. 클라라가 쓸데없는 것까지 알아내 더 강력하게 반대하는 일은 막아야 했다. 근데 어느 정도로 말을 해야 하는 건지…….

[이 나라에서 TOP 10위 안에 드는 대기업이고, 지금 이 호텔도 그 기업 소유 호텔이에요. 정확히는 아이스, 아니, 은조 양 소유구요, 어머니.]

클라라는 들고 있던 잔을 내려놓으며 역시 그랬구나 하며 의외로 가볍게 받아넘겼다.

'도통 무슨 생각을 하시는지. 분명 좋아하지는 않을 테고.'

클라라는 차고 있던 진주 목걸이를 만지작거리며 무척이나 여유로운 모습이었다.

[그럼 굳이 내가 반대하지 않아도 결국은 알아서들 헤어지겠구나. 다행이다, 이번에는 내가 직접 나서지 않아도 된다니.]

[어머니!]

화가 났다. 하나밖에 없는 손자는 힘겨운 싸움을 할 수도 있는데 이 상황을 기회로 생각하는 클라라가 어이없고 또 더없이 실망스러웠다. 늘 실망을 안겨주는 분이지만 그래도 어린 손자를 상대로 이처럼 감정을 조절하지 못하는 그녀가 비겁해 보였다.

클라라는 화를 내는 월터를 응시하며 너무도 당연하다는 듯이 말했다.

[내가 틀린 말을 한 건 아니지 않니. 나도 다 알아보고 하는 소리다. 이 나라, 가문과 핏줄을 유난히 챙기는 나라더구나. 어느 나라가 안 그러겠냐마는 특히 이 지구상에서도 유별나게 따지는 나라야. 네가 말한 것처럼 그렇게 대단한 가문이라면 어렵지 않

겠니?]

분명 어려울 테니 아무 걱정 없다는 투로 들렸다, 월터에게는.

[나도 내 손자, 그런 대우 받는 것 싫다. 이걸로 됐어. 난 예정대로 다음 주에 들어가야겠다. 내 반대가 아니더라도 그 아이들, 절대 불가능해.]

[클라라!]

정말이지 화가 나 참을 수가 없었다. 너무도 간단하게 자신 위주의 답을 내고 인정해 버리는 클라라가 실망스러웠다. 또한 과거 한없이 여리고 어린 지나에게 한 것과는 너무도 다른 처사가 지금 월터를 더욱 분노하게 만들었다.

신분과 대상에 따라 180도 달라지는 태도가 너무도 값싸고 추악하게 느껴졌다.

[과거 지나에게 한 것처럼 하지 않는다니 그건 정말 다행이네요. 고아인 지나는 그렇게도 힘들게 하시더니 은조 양 집안은 너무 대단해 바로 태도를 바꾸시는군요. 역시 현명하세요. 이번에는 끝까지 다르게 행동하시면 안 돼요? 저니가 저렇게 사랑한다는데 한 번쯤은 힘이 되어주시면 안 돼요?]

클라라는 월터를 향해 냉소적인 표정을 지으면서도 끝까지 우아하게 말을 이었다.

[내가 돕는다고 한들 그 집안에서 받아줄 것 같니? 내가 이래서 지나를 그렇게 반대한 거야. 모르겠니?]

클라라의 눈빛은 열기와 분노로 짙어져 점점 더 파란빛을 띠고 있었다.

[감히 우리 가문, 우리 핏줄을 평가해?! 건방진 것들! 그래서 내

가 그렇게 우리와 동류인 백인 상류층과 결혼하라고 했는데. 저니가 우리와 같은 완벽한 핏줄이라면 감히 그 집안에서 내 손자를 홀대하고 반대하겠어?]

[무슨 말씀하시는 거예요? 지금 그 문제가 아니잖아요?]

월터는 테이블을 주먹으로 내려쳤다. 어머니는 정말이지 지난날과 너무도 똑같았다.

[난 싫어! 내 손자 거부할 게 뻔한 그 집안도 꼴 보기 싫고 내 핏줄이 그런 대우를 받는 것도 싫다, 난! 그러니 더는 아무 말 하지 마. 그냥 두면 돼. 그럼 곧 끝날 일이야. 피곤하구나. 너도 가거라. 난 쉬어야겠다.]

월터는 클라라가 침실로 들어간 후에도 한참이나 그 자리를 지켰다.

12시 안으로 가야 한다는 그녀를 저니는 내내 놓지 못하고 있었다. 은조 자신도 거부하지 않고 그 어느 날보다 강하게 저니를 자극하고 원했다. 벌써 두 시간이 넘도록 서로에게서 떨어지지 못하고 있었다.

저니는 첫 번째 행위 이후 급하게 몰아치지 않고 스스로 완급 조절을 했다. 한계를 느끼면 은조 안에서 빠져나와 호흡을 조절하며 그녀의 감각이 사그라지는 걸 막기 위해 날렵한 혀와 기민한 입술을 동원해 불붙은 정염을 달구고 미칠 듯한 쾌감을 유지하게 만들었다. 대단한 절제이자 감탄스런 조절 능력이었다. 스스로 진정이 되면 다시 그녀 안에 박혀 들어와 뜨거운 불꽃이 되어 그녀의 심지에 불을 붙였다.

오늘 밤 은조의 몸은 절대 그녀의 것이 아니었다.

그는 일체의 반항과 거부 없이 굴복만을 바라는 극악무도한 주인이었고, 그녀는 혼돈 속에서 욕망에 굴복당한 채 울부짖는 미아였다.

두 사람은 깊게 서로에게 물린 채 눈을 맞추고 키스로 갈급한 숨을 골랐다.

템포를 조절한 저니가 느리고 깊게 밀고 들어와 지친 그녀의 얼굴을 매만졌다.

"할머니가 뭐라고 하셨어?"

힘이 빠져 손가락도 움직이기 힘든 은조는 간신히 손을 들어 약간 파릇한 수염을 쓰다듬었다. 이 수염은 늘 함께할 때만 볼 수 있었다. 그전 8군 내에서는 한 번도 본 적이 없었다.

'미군은 콧수염은 인정해도 턱수염은 불허한다고 했던가.'

입안이 마르는 건 기본이고 온몸이 지독히도 아프고 노곤했다. 조금만 긴장을 풀면 바로 의식을 놓을 것만 같았다. 은조의 대답을 채근하듯 저니가 다시 한 번 깊게 내벽을 훑으며 거대한 부피로 그녀를 압박했다.

"으음……."

강한 몸짓 후에는 어김없이 야릇하게 비벼댔다. 장시간 이어진 섹스로 부어오를 대로 부은 둔덕은 아픔으로 인해 느끼는 감각을 더욱 배가시켰다.

"헤어지라고 하셨나? 응? 그래서 당신은 뭐라고 했는데?"

저니는 답을 기다리지도 않고 가슴으로 입술을 내려 역시 잔뜩 부어오른 돌기를 입안에 머금고 혀로 살살 돌려댔다. 하반신과 또 다르게 가슴 부분이 저릿하게 아려왔다.

"응?"

돌기를 희롱하던 저니는 순간 강하게 물어 당겼다.

"당신…… 손…… 놓지 아…… 으응…… 않는다고……."

대답이 상당히 만족스러운지 마치 상을 주듯 내벽을 뚫을 듯 깊숙이 치고 들어왔다.

주도권을 잡은 저니는 은조와 달리 너무도 멀쩡히 자신의 페이스를 유지하고 있었다.

"선본 남자든 그 시끄러운 노란머리가 말한 데릭인지 피넛이든 절대 연락하면 안 돼. 그들한테 오는 연락은 절대 받으면 안 돼. 알겠지?"

도저히 더 이상은 그의 남성을 물고 버터내기가 힘들었다.

"대답해! 그 누구든 안 돼! 절대!"

분신이 깊숙이 박힌 상태로 익숙한 손가락이 어느새 틈을 만들어 파고들었다. 도저히 이 터질 것 같은 쾌감을 유지할 수 없었다. 이제 그만 이 위태로운 풍선을 터뜨리고 싶었다.

"그만……."

"대답해! 당신은 오직 나만의 것이지?!"

두 개의 각기 다른 모양의 흉기가 벌써 몇 시간째 얇은 숨도 허락하지 않으며 그녀를 극한의 한계치로 내몰고 있었다.

"당신 안에 박혀 들어와 이처럼 아름다운 소리를 내게 만드는 사람이 누구지?! 응?"

머리가 꺾였다. 저니는 더욱 강하게 허리를 튕기며 손가락을 분주히 움직였다.

마치 두 개의 전혀 다른 악기가 단 한 사람을 위해 한 소리를 내고 있는 것 같았다.

"……저…… 니!!"

"그래, 당신을 이렇게 소리 내게 할 수 있는 건 이 세상에 오직 나 저니 맥컬리뿐이야. 절대 잊지 마, 실버벨. 절대."

마침내 풍선을 터뜨리기 위해 그는 전열을 가다듬었다.

잔혹한 농간을 버티기 위해 침대 시트를 강하게 움켜쥐고 있던 새하얀 은조의 손을 잡은 그는 열 손가락 모두로 깊숙이 깍지 꼈다. 그의 입술은 은조에 부드러운 혀를 찾아 물고 마지막을 위해 폭풍 같은 위력으로 침대에 묶인 은조를 뒤흔들기 시작했다.

이 밤 저니는 인간이 아닌, 무색, 무취, 무향의 미물이었다. 그러면서도 세상 끝 나락처럼 깊었고, 새벽 미명처럼 차가웠으며, 한낮 태양처럼 강렬했다.

한참 후, 태풍이 지나간 자리에는 모든 걸 빼앗기고 허물어진 은조가 눈도 뜨지 못한 채 탄탄한 복근 위에서 간헐적인 숨을 내쉬고 있었다. 그녀와는 전혀 다르게 이제야 활력과 생기를 되찾은 저니는 패잔병처럼 널브러진 은조의 나신을 무척이나 만족스러운 표정으로 내려다보며 헝클어진 갈색 머리를 커다란 손으로 부드럽게 쓸어주었다.

배부른 포식자의 여유를 그는 이 순간 제대로 만끽하고 있었다.

아침부터 연락을 해 약속을 잡은 헤더는 점심시간에 회사 앞으로 찾아왔다.

헤더를 데리고 한남동 퓨전 한정식집으로 간 은조는 음식이 전부 세팅될 때까지 헤더의 수다를 고스란히 들어야 했다.

[정말 클라라랑 대결 구도로 갈 거야?]

은조는 흥분한 헤더의 질문은 무시하고 이런 방식으로 음식을 먹으라고 시연을 보이며 앞접시에 놓인 구절판을 입안에 넣었다. 대학 때부터 중국 음식과 태국 음식으로 제법 젓가락질이 능숙했던 헤더는 금세 구절판 하나를 보기 좋게 완성해 먹었다. 연신 굿이라고 외치는 그녀를 보며 은조는 다른 음식 설명을 짧게 했다.

[지금 음식이 문제야? 너 클라라가 얼마나 고순지 몰라서 그래. 우리 동네에서 저니 할머니한테 찍혀서 쥐 죽은 듯이 사는 귀부인들이 얼마나 많은지 알아?]

헤더는 은조가 걱정되는지 흥분한 상태로 식식거렸다.

[그러니까 넌 저니랑 헤어질 마음이 없다는 건데, 그러면 이거 전면전이란 거잖아. 아, 신난다! 너 곧 우리 동네로 오겠다! 클라라 3일 후에 미국 들어간다고 했어. 홈그라운드의 이점을 살리겠다는 거잖아. 역시 클라라는 적으로 돌리기엔 상당히 껄끄러운 상대야.]

헤더는 어깨를 으쓱하며 은조가 가리키는 잡채를 한 젓가락 집어 먹었다. 누들과는 전혀 다른 맛이라며 헤더는 잡채가 든 접시를 자신 앞으로 당겼다.

[넌 어쩔 건데? 그 유부남 기다릴 거야?]

[당연하지. 내가 선사하는 쾌락에 빠져 정신 못 차리고 있어. 곧 이혼한다고 했어. 물론 그 말을 전부 믿는 건 아니야. 눈치 보다 말하겠지. 아니면 내가 직접 말하게 만들 거야. 지금은 그 사람에게 시간을 주는 거고. 내 성격 알잖아?]

물론 잘 알고 있다. 그 포악하고 이기적인 성격을 장장 4년을 봐왔으니.

은조는 젓가락을 내려놓고 물을 마셨다. 더 이상 음식이 목으로 넘어가지 않았다. 저니와 격렬하게 사랑을 나눈 다음날이면 이상하게 입맛이 없었다. 이론적으로 생각하면 바닥난 체력 보충을 위해 더 잘 먹어야 하지만 너무 기를 빨려서 그런지 물과 단 과일만 조금 당길 뿐 기름진 음식은 부담스러웠다.

그녀와 다르게 헤더는 이것저것 가리지 않고 맛을 보며 퓨전 한식을 즐겼다.

[넌 왜, 싫어? 클라라는 널 저니 짝으로 밀고 있는데.]

헤더는 안 그래도 큰 눈을 크게 뜨며 그게 당연하다는 듯이 말했다.

[그거야 우리 가문이랑 클라라 가문이 사업적 동지이자 파트너니까 장기 보험 차원에서 날 미는 거고, 내 입장에서는 나보다 잘나고 아름다운 남자는 질색이야. 난 주연이 적성에 맞아. 저니랑 다니면 난 언제나 조연일 뿐이야. 우리 남부에 나만 한 인물은 어렵지 않게 찾을 수 있어. 하지만 저니는 달라. 저니 같은 이국적인 미모는 드물지.]

솔직한 건지 아님 계산적인 건지 헤더의 본심이 가늠되지 않았다.

[참, 그리고 말이야, 이 말을 해야 할지 하지 말아야 할지 모르겠지만 사실 옛날부터 저니를 따라다니는 해괴한 소문, 아니, 루머가 있어. 그건…….]

눈치를 살피는 헤더에게 괜찮으니 말하라는 표정을 지었다. 그러자 헤더는 '그래, 너도 알 건 알아야지' 하며 젓가락을 내려놓고는 폭탄을 터뜨리는 표정을 하고는,

[저니 맥컬리는 게이다!]

이미 예상한 말이라 그리 놀랍지는 않았다. 그에 대한 소문은 고향에서 상당히 진실인 것처럼 퍼져 있는 듯했다. 은조는 새삼 저니의 진짜 얼굴을 모르겠단 생각이 들었다. 그렇게도 뜨겁고 거칠게 사랑을 탐닉하는 탐욕스런 남자가 왜 그런 오해를 받는 건지.

[아직 저니랑 한 적 없지? 넌 무척 금욕적인 애잖아. 혹시 말이야, 아직까지 버진 아니야? 그래서 너 저니랑 사귀는 거니?]

은조는 하도 어이가 없고 기도 안 막혀 묵묵부답으로 일관했다.

'게이에 금욕주의자라…….'

저니가 그렇다면 도대체 헤더는 과연 어떤 인물군일까 하는 생각이 들었다. 또한 거칠고 강압적인 저니에게만 조련되고 길들여진 자신은 어떤 유인지도 심히 궁금했다.

[아이스, 잘 생각해. 연인이든 부부든 섹스가 단절되면 그 순간 모든 게 끝장이야. 내 경험엔 사랑의 기본은 섹스야. 만족스런 섹스 없이는 완벽한 사랑도 없어.]

헤더는 여전히 섹스 신봉자 그대로였다.

섹스가 결코 전부는 아닐 거라고 말하고 싶었지만 농익은 고난

위도 섹스에 철저히 길들여진 은조가 할 말은 아닌 것 같아 참았다.

[그러니까 결혼 전에 꼭 한 번 자봐. 발기는 되는지, 얼마 만에 발기가 되는지, 또 발기되고도 얼마나 어떤 강도로 지속 가능한지, 그리고 하룻밤에 몇 번이나 널 녹다운시킬 수 있는지……]

참 듣기도 민망한 말을 헤더는 논문인 양 냉철히 분석하고 있었다.

[아니다. 다 그만두고 게이인지 아닌지 그건 정말 명확히 짚고 갈 필요가 있어. 나중에 크게 후회하지 않으려면.]

헤더는 입에 젓가락을 물고 은조의 두 손을 잡고 당부에 당부를 거듭했다.

후회는 진작부터 하고 있었다. 한 번 안길 때마다 늘 열탕 같은 지옥과 냉탕 같은 천국을 한꺼번에 경험한다.

'이럴 줄 알았다면 겁도 없이 먼저 섹스를 종용하는 게 아니었는데…….'

[알았어. 넌 어쩔 거야?]

[어쩌긴, 그 사람 이혼할 때까지 클라라를 이용해 시간을 벌어야지. 나보다 넌 어쩔 거야? 클라라가 반대하는데 정말 결혼할 거야? 그렇게 저니가 좋아? 뭐, 얼굴이랑 바디만 보면 올킬이지만 정체성과 섹스 능력이 아직 확인이 안 된 상태라……]

헤더는 오락가락하는 것 같았다. 순전히 친구인 은조를 걱정해서.

[그래, 그건 네가 결정한 문제고, 하여튼 결혼한다고 하면 난 네 편이야. 언제든 내 도움이 필요하면 말해.]

헤더는 환하게 웃어 보이곤 상 위에 놓인 모든 음식을 나름 진지하게 품평하며 분주히 젓가락을 움직였다. 헤더가 출국하는 날 다시 만나기로 하고 회사로 돌아왔다.

사무실엔 권 실장을 비롯한 여섯 명의 인원이 대기하고 있었다.

은조는 그들에게 내린 비밀 프로젝트의 중간 점검과 은밀하게 지시한 감사에 대한 답을 기다렸다. 회사에 돌아와 제일 먼저 확인한 사항이 지난 3년간의 리스크 관리였다.

지금의 경기는 3년 전보다 더욱 실적이 좋지 않으면서도 고도화되어, 몸집 불리기식 전략보다 리스크 관리와 지속 가능한 경영체제 구축이 무엇보다 중요했다.

근래 몇 년 중국 경제의 성장률 둔화와 일본 엔화의 약세, 미국의 양적완화 축소는 물론 유럽발 재정 위기를 겪으면서 이해 불확실성이 커진 탓에 국내 10대 그룹 상장사들의 유동 자산이 증가하고 있었다.

이름만큼이나 튼튼한 기업들은 일단 돈을 쌓아두고 사태를 관망하고 있다는 것이다.

이런 상황에서는 리스크가 적게 발생하는 회사가 그룹을 공고히 할 수 있다고 판단했다.

알아본 바로는 유창식 회장과 그 일가가 경영하는 해성그룹이 유성보다 훨씬 많은 리스크가 발생하고 있었다. 또한 지속적으로 국세청에 탈세 혐의를 의심받고 있으며 분식회계 및 차명 재산 보유 혐의도 동시에 의심받고 있었다. 그녀가 아는 사실을 유창식 일가가 모를 리는 없지만 그룹 전체를 아우르도록 훈련받은 은조로서는 더욱 신경이 쓰였다.

모든 자료를 확인하고 검토한 은조는 더욱 철저한 조사와 완벽한 은폐를 지시했다.

해성그룹 측에서 그녀가 회사에 출근한 이후 모든 분야에서 촉각을 곤두세우고 있다는 걸 알고 있었다. 알고 있으라고 제스처를 취한 것도 그녀의 계산이었다. 유창식과 그의 장남 유재환 사장이 안 좋은 내수 경기를 틈타 또 다른 문제를 야기하길 기다리고 있었다.

은조 입장에서는 만약에 있을지도 모르는 모든 비상 상황을 충분히 계산하고 있어야 했다.

직원들이 나가고 홀로 남은 은조는 주말에 있을 할아버지와 저니의 대면에 대해 생각했다.

이미 할아버지께 저니가 인사 온다는 걸 알린 상태인지라 집안 분위기가 그리 좋지는 않았다. 모든 사항에 대해 일일이 반색하는 분이 아니지만 이번 일에 대해서는 더욱 감정 표현을 하지 않으셨다. 그로 인해 이번 주말에 오갈 신경전이 전혀 짐작되지 않았다.

늘 대비하고 준비하는 게 원칙처럼 굳어진 그녀로서는 이번 주말 할아버지께서 저니에게 무슨 말씀을 어느 정도 하실지 알 수 없기에 불안하지 않을 수 없었다.

드디어 끝났다고 저니는 쾌재를 불렀다.

휴가를 신청하고 이틀 연속 클라라와 헤지나를 데리고 서울 구석구석을 둘러본 저니는 가이드를 마친 지금 온몸이 땀으로 범벅이 돼 한시라도 빨리 집으로 가 씻고 싶었다.

헤지나는 저녁이 되자 저니가 개인적으로 부탁한 말년 카투사의 가이드를 받으며 야밤 홍대 투어에 나섰다. 어수선한 헤지나가 사라지자 한숨을 돌린 저니는 클라라의 저지로 거실에서 그녀를 기다리고 있었다. 샤워에 몸단장까지 완벽하게 마치고 나온 클라라는 레몬 향이 느껴지는 향긋한 차를 권하며 맞은편에 앉았다.

[이 차는 호텔에서 나에게 준 특별한 차란다. 마셔봐라. 색도 은은하고 향도 좋고 맛도 진하지 않아 더 좋구나.]

에어컨으로 인해 불같은 열기는 가셨지만 아직 샤워 전이라 몸이 개운하지 않은 저니는 찻잔을 받아 그대로 테이블에 내려놓았다.

[헤지나는 보이는 게 다가 아닌 아이다. 똑똑하고 앞을 내다보는 혜안도 가지고 있어. 내조나 조력자로서 전혀 손색이 없는 아이지. 또한 네가 힘들 때 너에게 활력도 줄 수 있는 파트너다. 이번 여행으로 뭔가를 바로 기대한 건 아니니까 천천히 생각해 보도록 해라.]

저니는 클라라를 유심히 쳐다보았다. 할머니는 은조를 전혀 염두에 두지 않고 있었다.

[저에게는 은조가 있어요. 클라라가 말한 그 모든 것은 은조가 할 거예요.]

[글쎄, 과연 그럴까? 그 애 집안에 인사는 했니?]

클라라는 인자한 모습을 연출하며 제법 걱정스런 목소리로 물었다.

[이번 주말에 인사 가기로 했어요.]

[그렇구나. 그렇다고 해도 헤지나를 완전히 배제하지는 말거라. 원래 인생 계획이란 늘 우리가 계획하고 원하는 대로 되지는 않아. 그러니 만약을 위해서라도 헤지나에게 너무 그렇게 덤덤하게 대하지 말고…….]

[그게 무슨 말씀이에요? 전 주말에 은조 집에 인사하러 가요. 그 자리에서 교제 허락 받으면 전 바로 결혼할 생각이에요. 그런 저에게 왜 굳이 헤지나를 염두하고 있으란 말씀을 하세요?]

차를 한입 마신 클라라는 우아하게 찻잔을 내려놓으며 말을 이었다.

[말했잖니, 만약을 위해 준비하는 보험 차원에서 완전히 배제하지는 말라고.]

클라라의 의도를 알 수 있었다. 만약이 아닌 기정사실이라 말하고 있었다.

[제 인생에서 사랑은 은조 하나예요. 그 말뜻은 무슨 일이 있어도 전 은조와 헤어지지 않는다는 말이에요. 그러니 다른 계산 마세요.]

[넌 그런지 몰라도 그 집안에서는 다를 거다. 그렇지 않겠니? 은조 양 집안, 이 나라에서 열 손가락 안에 드는 대기업이라 하더구나. 거기다 아끼는 자손은 은조 양 단 한 명뿐이지. 당연히 나처럼 핏줄에 연연해하지 않겠니? 난 그 이야기를 한 것뿐이다.]

[저란 존재가 그 집안에서 결코 환영받지 못할 거란 말씀이군요. 동시에 클라라도 같은 이유로 은조를 받아들이지 않겠다는 말씀이고요.]

클라라는 부정도 긍정도 하지 않고 담담한 표정으로 말을 아꼈다.

할머니는 지금 말하고 있었다. 만약 은조와 헤어진다면 그건 저니가 그 집안에서 거부당해서 그런 거라고. 결코 그녀의 개입이나 반대로 만들어진 상황이 아니란 것을 못 박고 있었다. 미리 배수진을 치고 있었다. 역시 노련했다.

[은조 집안에서 절 받아들이면 클라라도 은조를 반대하지 않으실 건가요?]

지금은 양쪽 중 어느 한쪽이라도 확답이 필요했다.

[글쎄, 그 집안에서 과연 널 받아들일까?]

절대 그런 일은 없을 거란 확신 어린 표정으로 그를 자극하고 있었다.

[은조 집안과 상관없이 전 할머니의 의견을 묻는 거예요. 은조를 허락해 주세요. 전 제 부모님처럼 살고 싶지 않아요.]

클라라는 꼿꼿한 자세로 저니의 말을 듣고 있었다.

[절 믿고 제가 사랑하는 은조를 받아들여 주세요. 저보다 백배는 뛰어나고 그 존재만으로도 우리 가문을 빛낼 사람이에요. 클라라가 원하는 남부 백인은 아니지만 그보다 더 몇백 년 유서 깊은 하이클래스 가문이에요. 이미 다 알아보셨잖아요.]

저니는 진심을 꺼내 보였다. 오직 자신의 진심만이 오만하고 저 자존심 강한 클라라를 움직일 수 있단 걸 알고 있었다.

클라라는 한층 더 시리고 푸른빛을 발하는 눈빛으로 저니를 응시했다. 저니도 그녀의 시린 눈빛을 피하지 않고 똑바로 응수했다.

[일단 네가 그 집안에서 허락을 받는다면 그때 다시 생각해 보자.]

단서를 달고 절대 온전한 허락은 아니었지만 그래도 여지가 있고 가능성이 있다는 데 만족했다. 양쪽 집안 모두 이제부터 시작이란 걸 안다.

시작이 미비하다고 해서 그 끝 또한 시시하다고는 절대 생각지 않았다.

자신 곁엔 언제나 은조가 있다는 걸 알기에 그는 불안하지도 두렵지도 않았다.

클라라와 푸석푸석한 머리의 주인 혜지나가 출국하는 날 은조는 같이하지 못했다. 건강이 좋지 않은 유 회장을 대신해 비공식으로 치러지는 전경련 모임에 참석해야 했다.

할머니는 곧 다시 보자고 말씀하곤 게이트 안으로 들어갔고, 혜지나는 저니에게 키스를 날리고 그 뒤를 따랐다.

불안하고 두렵지는 않았지만 처음 인사를 드리는 날이라 다소 긴장은 되었다.

건강이 안 좋다는 말이 무색하게 유정남 회장은 큰 키에 눈빛이 무척이나 형형한 분이었다.

점심 식사는 전형적인 한식으로 차려져 적당한 양과 서로 간에 적정 거리를 유지하며 알맞게 세팅되어 있었다. 유 회장이 먼저 수저를 들어 저니도 뒤이어 수저를 들었다. 유 회장은 밥 먹는 동안 그 어떤 말도 하지 않았다. 그저 저니를 챙기는 은조를 가만히 바라볼 뿐 질문도 대화도 일절 하지 않았다. 식사를 마치고 세 사람은 거실로 향했다.

마시던 찻잔을 내려놓은 유정남 회장은 저니를 응시하며 물었다.

"앞으로 어떤 계획을 가지고 있나?"

"1년 연장 근무가 끝나면 미국으로 돌아가 입대 전에 하던 사업을 계속할 계획입니다. 영화 마케팅과 판매 비즈니스를 하는 회사입니다."

유정남 회장은 그를 관찰하는 날카로운 시선을 거두지 않았다. 곁에 앉은 은조는 조용히 그의 말을 경청하고 있었다.

"자네 가문에서 하는 가업이나 사업은 어쩌고?"

그에 대해 이미 다 알고 있으리라 생각하고 있었는데 역시 그랬다.

"아직 가업을 승계할 생각도, 계획도 없습니다. 전역을 앞두고 계신 작은아버지도 계시고 아직은 할머니께서 정정하셔서 염두에 두고 있지 않습니다."

"결국은 자네가 다 떠맡지 않겠나? 자네는 유일한 손자이자 자네 부친의 외아들 아닌가? 그 자린 피하고 멀리한다고 해서 달라지지 않는 자리지. 그건 내 손녀도 마찬가지네. 난 은조가 유성그룹을 온전히 승계하길 바라네. 그러려면 늘 옆에서 지지하고 힘이 되어줄 조력자가 필요하지. 그런 면에서 난 자네가 마땅치 않아."

"은조도 회장님과 같은 생각입니까?"

유정남 회장의 눈빛이 순식간에 가라앉고 냉기가 흘렀다.

"가업을 잇는 것에 있어 개인의 판단과 생각은 중요하지 않네. 받아들이고 더욱 단단하게 키울 생각을 할 뿐 다른 생각은 필요치 않아."

"아니요. 전 그렇게 생각하지 않습니다. 은조는 분명 뛰어난 능력과 자질을 갖춘 사람이지만, 그녀 스스로의 생각과 결단 없이는 그 모든 건 무의미할 뿐 물려받은 사업체를 유지하기도 버거울 겁니다."

유정남 회장에 서늘한 시선에도 위축됨 없이 저니는 자신의 생각과 의견을 막힘없이 쏟아냈다.

"은조에게 자신의 미래를 계획하고 결정할 시간과 기회를 주십시오. 대안이 없고 대처할 인물이 없어 가업을 승계하는 것이 아닌 은조 자신이 온전히 판단하고 선택할 수 있도록 충분한 믿음과 여유를 주십시오. 부탁드립니다."

저니의 도발적인 제안에 유정남 회장의 표정이 일그러졌다.

"가족 관계에도 책임이란 게 있네. 난 내 손녀가 그걸 피할 거라고는 생각지 않아. 또 내가 그리 키우지도 않았고. 내 할 일은 은조가 기업을 승계할 수 있도록 쓰레기와 먼지를 치우고, 우리 아이를 도와 외조해 줄 든든한 시댁과 믿음직한 남편을 이어주면 되네. 그러니 자네는 은조 옆에서 비켜나 주게나. 내 손녀를 조금이라도 아끼고 위한다면 말이야."

결국 유 회장이 하고자 한 말은 은조 앞길을 막지 말란 것이었다. 하지만 그럴 수는 없었다. 은조의 일이 그의 일이었다. 은조를 만난 그 순간부터.

"회장님, 제가 군인이 되기 전 아버지께서 꼭 읽어보라고 하신

책 중에 이런 문구가 있었습니다. 한번 들어보십시오.”

저니의 목소리에는 막힘이나 긴장하는 기색이 전혀 없었다.

“경영을 하는 사람은 인재를 알아보는 능력과 우주의 섭리를 깨쳐야 한다.”

“…….”

“대기업 총수들은 자녀에게 지분이나 가업을 물려줄 게 아니라 기업의 존재 목적이나 운영 철학, 또한 기업가로서 당연히 가져야 할 가치관과 삶의 분명한 목표를 물려줘야 한다고요. 그렇지 않으면 경영에 나선 자녀들이 고통스런 기업가의 길을 결코 견뎌내지 못한다고 했습니다.”

유정남 회장은 저니를 똑바로 볼 뿐 그 어떤 반응도 하지 않았다.

“분명 은조는 뛰어난 자질을 갖춘 경영자입니다. 하지만 그 결정과 선택이 은조의 의지가 아니라면 그 자리는 유지할 수 없습니다. 은조가 3년 전 자신을 숨긴 이유 중의 하나가 그 때문이라 알고 있습니다.”

“…….”

“시간을 주십시오. 또한 저에게도 기회를 주십시오. 제 피부색이나 핏줄의 근원보다는 제가 가진 자질이나 역량이 은조에게 어울리는 남자인지 아닌지 지켜봐 주시고 은조와 결혼을 전제로 한 교재를 허락해 주십시오.”

하고자 하는 말을 전부 조목조목 쏟아낸 저니는 유 회장과 눈을 부딪쳤다. 두 사람은 한 치의 물러섬도 없이 서로를 응시하고 서로의 기를 받아내고 있었다.

담담하게 자신의 의지를 표한 저니와 달리 은조는 두 사람이 자아내는 비장한 분위기에 조마조마했다. 오늘 본 저니는 이제껏 본 모습과는 전혀 달랐다.

도대체 저니 맥컬리는 몇 개의 얼굴을 한 사람인지 짐작이 되지 않았다. 능청맞고 쾌활한 단순한 미동의 모습, 욕망에 따라 인정사정없이 거칠게 내달리는 쾌남의 모습, 냉정하고 차가운 이성으로 상대를 자극하는 차도남의 모습.

그녀의 사악하고 짓궂은 연인은 너무도 다각적이고 다면적인 모습을 하고 있었다.

할아버지는 저니가 기다리는 답을 하지 않은 채 약기운에 몰려드는 오수로 인해 자리를 떴다. 긴장해 속까지 안 좋은 은조와 달리 여유 만만한 저니는 그녀의 방을 구경시켜 달라고 졸랐다. 그의 전매특허 미소에 아무 생각 없이 그의 제안을 받아들인 은조는 방 안으로 들어서자마자 자신의 무모한 처신을 급 후회했다.

방문을 잠근 저니는 방 안에 있는 뱅 엔 올룹슨 시디를 자동으로 선택해 놓고 은조를 침대에 눕혀서는 하얀 원피스 안에 숨은 팬티를 벗겼다. 기겁하는 은조의 입을 틀어막고 실크 행커치프로 손목을 부드럽게 묶었다.

그와 같은 도발적이고 자극적인 행위가 은조를 더욱 긴장하고 흥분하게 만들었다.

블랙 재킷을 벗은 저니는 묶은 은조의 손을 위로 끌어당겨 잡고는 은밀하고도 깊은 키스를 즐기기 시작했다. 집 안에서, 그것도 할아버지가 계신 공간에서 이런 행동을 할 거라고는 상상도 못한 은조는 달려드는 그를 저지하기에 바빴다.

"길게 안 해. 딱 15분."

저니는 은조의 몸 위로 몸을 겹치며 잔뜩 커진 하반신을 미묘하게 비벼댔다. 그 단순한 행동과 자극에 의지와 상관없는 신음 소리가 새어 나왔다. 너무도 즉각적이고 적나라한 반응에 은조는 자신이 수치스러웠다. 왜 이렇게 금방 느끼게 되는 걸까.

"안 돼요. 할아버지 금방 일어나실 거예요. 그전에 거실로 내려가야 해요."

"그러니까 조용히 하고 지금부터 내가 하는 말 잘 들어봐."

낯익은 입술은 부드럽게 입안으로 스며들어 버티려는 혀를 찾아 집요하게 빨아 당겼다. 감각적인 키스로 인해 하반신에는 벌써부터 이슬이 내려앉았다. 야릇한 신음 소리에 저니는 바지 버클을 풀고 꼿꼿하게 선 남성을 꺼내 둔덕을 부드럽게 헤매다 순식간에 깊숙이 파고들었다.

부드러운 시작과는 다르게 거칠게 움직였다.

평상시보다는 낮은 강도였지만 결코 만만치 않은 열정으로 내벽을 강타했다.

의지와 상관없이 비음 섞은 신음이라도 나오려 하면 입술로 교성을 삼키며 더욱 거칠게 허리를 튕겼다. 묶은 두 손으로 인해 낯섦과 두려움이 뒤섞인 그녀의 육체는 평소보다 몇 배는 더욱 민감해 그만큼 느끼는 감도 또한 상상 이상이었다.

갑자기 돌려진 그녀는 침대 사이드에 엎드린 채 저니의 지독한 욕망과 단 15분이란 한계가 주는 함축적인 힘의 언어를 고스란히 받아내야 했다. 언제 들이닥칠지 모르는 타인의 시선과 제한된 공간이 주는 은밀함이 더욱 두 사람의 감각을 예민하게 만들었다.

제어되지 않는 기묘한 감각이 순식간에 덮쳐 자제하려는 그녀를 더욱 요동치게 만들었다.

감은 눈을 뜨자 방 안 한쪽 구석에 등을 대고 있었다.

감당할 수 없는 쾌락으로 이미 한계점을 넘어 이성을 잃은 은조는 절절히 타들어가는 욕망에 하반신을 강하게 조였다. 절대 저니가 빠져나가지 못하게, 그녀의 거미줄 같은 올가미를 벗어나지 못하게끔 그렇게 옥죄고 또 죄었다.

저니는 마법 같은 변주가 주는 극렬한 쾌감과 희열로 인해 터져 나오는 탄성을 속으로 삼키며 내벽을 끊임없이 상처 내며 강하게 파고들었다.

너무도 짜릿한 15분간의 난잡하고 격렬한 섹스였다.

그날 오수를 즐긴다고 침실로 들어간 할아버지는 결국 저니가 갈 때까지 침실을 나오지 않으셨다. 할아버지의 어른답지 않은 행동에 실망했지만 저니는 자신이 할 말은 다 전했다며 도리어 풀 죽은 그녀를 위로했다.

왠지 모를 아쉬움으로 대문 앞에서 한 치도 떨어지지 못하고 있던 저니와 은조는 갑자기 나타난 유창식 회장과 유재현의 출현으로 인해 갑작스럽게 작별을 고해야 했다. 저니가 유창식에게 정중히 인사를 하자 유창식 또한 저니를 알은체하며 인사를 받았다.

두 남자가 집으로 들어간 모습을 확인한 저니는 짧지만 얼얼한 딥키스를 마지막으로 애마 레인지로버에 올라탔다.

"말한 대로 다음 주 내내 훈련이야. 평택에서 텐트 치고 하는 합동훈련이라 연락하기 힘들 거야."

"알아요."

"알아요가 아니라 문자 꼬박꼬박 남겨."

"알았어요."

은조가 해사하게 미소 지으며 고개를 끄덕이자 저니는 왠지 못마땅한 표정을 하더니 다소 낮은 목소리로 한마디 덧붙였다.

"밖에서는 그런 미소 절대 안 돼."

은조는 피식 웃었다.

"네."

그래도 영 믿음직스럽지가 못하다는 표정으로 못을 박는다.

"한눈팔지 말고."

"한눈은 무슨, 당신이나 예쁜 미군한테 한눈팔지 말아요."

은조가 새침하게 말하자 저니는 그 모습이 만족스러운지 방금 전과는 전혀 다르게 아이처럼 눈웃음까지 지으며 말했다.

"그런 말도 할 줄 알아?"

기가 막힌 은조가 눈을 게슴츠레 뜨며 말을 이었다.

"당연하죠. 금발의 예쁜 여군한테 한눈팔면 혼날 줄 알아요."

"정말? 엄청 혼나고 싶은데, 그럼 한눈팔아야겠네?"

여유로운 모습에 살짝 화가 난 은조는 저니를 능가하는 여유를 부렸다.

"알았어요. 그럼 나도 당신 화나는 거 보고 싶어서 두 눈 다 팔아야겠어요. 이제부터 유은조 바쁘겠다. 기대해요."

그러자 금세 서릿발 날리는 냉랭한 표정을 한 저니의 살벌한 공격이 이어졌다.

"그러기만 해. 침대에 묶어놓고 일주일 내내 거칠게 파고들 테니까. 아주 나 없인 걷지도 못하게 할 거야. 그때 가서 애걸해도 소용없어. 그런 강한 자극을 원한다면 한번 해봐. 나야 그런 극적인 연출 몹시 바라는 바니까."

진담인지 농담인지 모를 애매모호한 표정을 한 그는 치명적인 윙크까지 날리며 차에 시동을 걸어 출발했다. 골목을 돌아 완전히 사라진 저니를 확인한 후에도 은조는 한동안 대문 앞에 서서 그가 사라진 쪽을 응시했다. 이상하게 깔끔하지 못한 작별 인사가 마음에 걸렸다. 하지만 전화를 걸어 다시 보자고 하기도 모호한 설명할 수 없는 감정이었다.

다소 다운된 기분으로 대문을 지나 마당으로 들어선 은조는 순간 현기증을 느껴 정원 계단에 주저앉았다. 저니와 대면한 내내 경직된 분위기를 자아낸 할아버지로 인한 긴장감과 다그치는 듯한 격렬한 섹스로 인한 부작용인지 온몸의 피가 순간 빠르게 역류하는 느낌이 들었다.

잠시 그대로 주저앉아 호흡을 가다듬고 천천히 자리에서 일어났다.

거실에 들어서자 할아버지를 기다리던 부자는 은조가 나타나자 반색했다.

"할아버지께서 네 애인 만나긴 하셨니?"

유창식은 뭐가 그리 즐거운지 내내 유쾌한 표정이었다.

"네. 함께 식사하고 오수 드셨어요."

"그래? 그럼 잘하면 내가 미군 혼혈 조카사위를 보게 되겠구나. 니들이 결혼해 아이를 낳으면 작품 하나 나오겠다. 자알 되길 기대하마, 이 작은아버지가."

잘되길 바란다고 하면서도 미군과 혼혈이란 말에 힘을 실어 가

당치도 않다는 뜻을 전면에 내비쳤다.

"그렇다면 저도 작은아버지 안녕과 안위를 위해 오늘부터 더욱 힘을 써야겠네요."

가만히 있을 은조가 아니었다. 그녀에 말뜻 안에 내포된 미묘한 뉘앙스를 캐치한 유창식이 날카로운 눈빛으로 그녀를 응시했다.

"왔으면 곧바로 날 찾지 않고."

때마침 유정남 회장이 거실 한쪽에서 걸어 나왔다.

거실 중앙 소파에 앉은 유정남 회장은 차를 준비하라고 지시한 후 의자에 깊이 몸을 기댔다. 그러자 몇 시간 전 자신 앞에서 일말의 두려움도 없는 당당함으로 손녀에 대해 자신의 소신을 밝히던 저니 맥컬리란 인물이 떠올랐다.

서류에 기재된 내용과 똑같은 인물이었다.

자신이 사랑하고 허용한 가족을 제외하고는 그 누구에게도 만만하거나 절대 쉬운 인물이 아니었다, 저니 맥컬리란 사내는.

눈빛도 의지도 차돌처럼 단단하고 무엇보다 은조를 사랑하고 위하는 마음에 거짓이 없었다. 그렇다 하더라도 태생이 걸렸다. 국내에 기반을 둔 기업 가문이 아니란 건 어쩔 수 없다 쳐도, 혈혈단신 고아인 어머니와 그들의 세계에서는 결국 논란일 수밖에 없는 혼혈이라는 그 이유가 그의 심중에 깊이 박혀 그 어떤 가능성도 배제하게 만들었다.

원표는 오늘의 만남이 마지막이란 걸 알았다.

자신이 흠모하고 동경한 여인이 그리 대단한 여인인 줄은 몰랐다. 아름다워서 흠모했고, 흠모하니 늘 함께하고 싶은 사람이었다, 8군의 여신 유은조는.

오키나와 미 해병대와 연계한 일주일간의 훈련으로 평택 캠프 험프리에 내려간 저니 맥컬리를 통해 간신히 연락을 한 원표는 오늘 이 자리에서 유은조를 만나기로 했다.

오늘 만나 자신이 소장하고 있던 그녀의 스냅사진을 저니 맥컬리에게 진짜 넘겨야 하는지 명확히 물어보고 싶었다. 사실 물어보나마나겠지만 확실히 하고 싶었다.

노크 소리와 함께 문이 열리고 건장한 체격의 낯선 남자 둘이 먼저 들어왔다. 뒤이어 유은조가 들어왔다. 원표가 자리에서 일어나자 건장한 체격의 남자들은 인사를 하고 룸을 나갔다. 은조가 자리에 앉자 원표도 의자를 당겨 앉았다.

전혀 다른 사람이었다, 유은조는. 8군에서 그 비싼 웃음 한 번을 보여주지 않던 사람이 오늘은 그를 보고 먼저 환하게 웃고 있었다.

"오랜만이다. 이제 제대 한 달도 안 남았나?"

"네. 다음 달에 제대해요."

유난히 하얀 얼굴이 돋보이는 은은한 화장에 촘촘히 다이아가 박힌 장미 모양의 귀고리를 한 여신은 화사한 꽃처럼 활짝 피어 있었다. 8군에서 오직 자신만이 즐겨찾기하던 비밀스런 유은조는 이제 정말 볼 수가 없단 생각에 마음이 씁쓸했다.

"미안해. 난 나름 인사를 했는데 그건 내 방식의 인사여서 마음이 무거웠어. 이렇게 얼굴 보면서 제대로 인사할 수 있게 해줘서 고마워.”

“아니에요. 그때는 무슨 뜻인지 몰랐는데 하우징 아저씨들 말 듣고는 바로 알겠더라고요. 그래서 왔어요, 기다릴 것 같아서.”

또 연하게 웃었다. 정말 연한 밀크커피처럼.

“맞아. 기다렸어. 지은 죄가 있어서 먼저 만나자고 할 수는 없더라. 장원표가 이렇게 날 만나러 와주길 기다리는 수밖에. 오늘 이렇게 찾아와 줘서 정말 고마워.”

“내가 고맙죠. 남들은 얼굴 한 번 보기 어려운 당신을 난 전화 한 통에 이렇게 가까이서 볼 수 있으니까요.”

그랬다. 생각해 보면 분할 것도 억울할 것도 없었다. 무언가를 약속하거나 기약한 사이도 아니고 채무로 빚을 진 사이도 아니다. 그저 자신이 좋아해 내내 따라다녔을 뿐.

그런 그녀를 이준성과 자신이, 그리고 저니 맥컬리가 운명처럼 알아봤다.

지나치지 못하고, 흘려보내지 못하고 스스로 마음 안에 각자 담았을 뿐이다.

2년의 군복무 기간 중 근 1년 동안 매일매일 행복했다.

선임에게 잔소리를 듣고 주의를 받아도 숙소에서 일어나는 게 즐거웠고, 용산 8군에서 일할 수 있어 행운이라 생각하며 살았다. 그 모든 이유가 앞에 있는 유은조 때문이었다.

“원래 하던 일이라고 해도 몇 년 동안 공백이 있었는데 회사 사무실에서 일하는 거 재밌어요? 8군에서는 현장 근무만 했잖아요.”

이렇게 편해지자. 아쉽고 다시 한 번 매달려 보고도 싶고 완전히 포기도 안 되지만 이렇게 이 정도로 편해지는 게 최선이었다. 나쁘게 헤어지는 것도 아니고 다시 볼 수 없는 것도 절대 아니니까.

"글쎄. 편하지가 않다고 해야 하나. 8군에서는 힘에는 부쳤지만 마음이 편했어. 늘 지금 당장 하는 일 그 하나만 생각하면 됐으니까. 많은 이윤과 부가가치를 내는 거대 프로젝트를 계획하지 않아도 되고, 누군가 힘들게 만든 기술을 탐내지 않아도 되니까."

내심 유은조의 스페셜한 위치나 1%의 선택받은 신분이 부러워 동경했는데 저 얼굴, 저런 표정으로 저런 말을 할 줄은 몰랐다.

표정이 많은 말을 대신했다. 지금 한 말보다 더 많은 감정을 보여주고 있었다.

그녀의 말처럼 아름다운 나의 여신은 지금 결코 편해 보이지가 않았다.

"기업을 유지하고 키워 나간다는 건 여러모로 참…… 곤혹스러운 일이 많아. 장원표도 졸업하면 직장을 갖겠지? 그때가 되면 내 말 이해될 거야. 그때까지 많이 배우고 최대한 즐겁게 지내. 연애도 많이 하고."

유은조가 저런 멘토성 짙은 말을 하니까 이상했다. 사회 선배로서 충고와 조언과는 거리가 먼 늘 어딘가 멘탈을 두고 멘붕인 상태로 대충 자신의 말에 응수하던 사람이었는데.

"그럴게요. 성공한 선배 말씀인데 잘 새겨들어야지. 참, 하우징 아저씨들은 잘 지내요. 장 씨 아저씨를 비롯해서 다들 똑같아요. 장 씨 아저씨는 요사이 맨날 돈타령이구. 시집보내는 데 돈이 너무 많이 든대요."

장 씨 아저씨와 하우징 사람들 이야기에 그녀의 표정이 밝아졌다, 눈에 띌 정도로.

“또 대대 사람들도 잘 지내고. 참, 그 혜나 김인가 그분은 웨스트 포인트 나온 미군 엘리트 장교가 좋다고 따라다닌다고 하던데요. 그분, 미군들이 좋아하는 타입이잖아요. 몸집도 작고 눈동자도 까맣고 동양적인 미인형. 그분 성격이야 잘 모르지만.”

“그렇구나. 혜나 김이 매력이 있지. 그것도 치명적인 매력이.”

“인사처장도 잘 지내요. 그 사람은 늘 한결같으니까. 근데 정말 저니 맥컬리랑 사귀는 거 맞아요? 나 그건 분명히 짚고 넘어가야 하거든요. 그 사람과 뭐 약속 비슷한 걸 해가지고…….”

상당히 불만스럽게 말하는 원표를 보며 유은조는 피식 웃었다.

“맞아, 사귀는 거.”

참 유은조다운 간결하고 명료한 대답이었다.

“그렇게 생긴 사람이랑 사귀면 안 불안하나? 사실 당신이 몰라서 그렇지 저니 맥컬리가 얼마나 유명한 사람인데. 8군에서 그 사람 때문에 울고 나간 여자 숱하게 많아요.”

발끈은 아니더라도 새침한 기색이라도 하나 싶었는데 아니다.

“고마워. 유용한 정보야.”

“그게 뭐예요? 유용한 정보라니. 내가 생생정보통인가? 사실 당신은 얼굴 믿고 너무 애교가 없어. 목소리도 냉랭하고 감정 표현도 약하고 자주 웃지도 않고. 또 남자 기분 맞춰주는 타입도 아니고.”

한번 터뜨리니 신기하게도 그동안 아껴둔 말이 줄줄 나왔다.

“뭐야, 예전처럼 자주 얼굴 보지 못한다고 세게 나오네?”

“세긴, 솔직하게 말하는 건데. 당신은 너무 뻣뻣해요. 그러니까 변신 좀 해봐요. 아무리 예뻐도 남자들은 그래야 좋아한다고요. 이건 내가 진심으로 충고하는 건데, 그러다 잘난 애인 애교 많고 나긋나긋한 보통 여자한테 뺏기지 말고 잘 생각해 봐요.”

유은조는 ‘알았어. 참고할게’ 하더니 원표를 보고 또 해사하게 웃었다.

늘 웃는 둥 마는 둥 그렇게도 표정 없던 사람이 오늘은 참 많이도 웃었다. 처음엔 어색해 보이기만 하던 웃음이 지금은 유은조 자체인 것처럼 보기 좋았다.

캠프 험프리(평택 기지) 오후 10시.

일본 오키나와에 주둔한 미 해병대와 연계한 훈련은 늘 긴장의 연속이었다. 작년 현 연합사령관의 엉뚱한 제의로 태국에서 강행한 훈련과는 또 차원이 달랐다.

일본의 자위대 파병을 골자로 한 끈질긴 외교적 요구와 동아시아에서 강대국으로 부상한 중국을 견제하고 싶은 미국의 계산과 전력이 보태져 한국에 주둔한 미군들의 훈련이 더욱 바빠지고 고강도로 높아지고 있었다. 그러면서 모든 종류의 헬기를 조종하고 완전히 숙달되기까지 필요한 시간이 더욱 짧아져 있었다.

더욱이 일본은 한국보다 기상 변화가 심하고 태풍도 많아 이 노선이 초행인 조종사들은 두 나라를 왕복하는 걸 상당히 부담스러워하며 꺼리는 건 사실이었다. 물론 주어진 일이라 맡은바 훈련과 비행시간을 채우지만 어쨌든 힘든 비행인 건 사실이었다. 더욱이 이번 훈련은 아직 4일이나 더 남아 있었다.

텐트로 돌아온 저니는 샤워로 나른해진 몸을 간신히 챙겨 야전 침대에 누웠다.

무거운 눈꺼풀을 감으니 은조가 그에 머릿속에 자동으로 장착되었다. 이젠 너무도 자연스런 현상이라 나름 즐기고 기대하게 된다.

3일 전에 본 은조의 모습이 아른거렸다. 따듯하고 환한 미소가 흐릿한 정신 속에서도 미소 짓게 했다. 여군을 조심하란 엉뚱한 말엔 웃음이 나왔다.

'얼굴값도 못하는 바보 유은조. 당신을 가슴에 품고 그 어떤 사람이 눈에 찰까.'

보고 싶다. 사랑한다고, 미칠 듯이 사랑한다고 말하고 싶다.

당신으로 인해 광기 어린 섹스 머신으로 업그레이드된 나를 내치지 않고 그 작은 몸으로 보듬어주는 당신이 너무나 좋아서 행복하다고 말하고 싶었다.

이번 훈련이 끝나면 모든 미군에게 3일의 휴가가 주어진다.

개인적으로 휴가를 보태 은조와 짧게라도 미국 집에 다녀와야겠단 생각을 했다. 하루라도 빨리 은조를 부모님께 보여 드리고 싶었다.

자신의 여자가 얼마나 현명하고 아름다운지 어머니께 자랑하고 싶었다.

평생 어머니밖에 모르는 지독한 외골수 아버지도 은조를 보면 무척이나 놀라시겠지. 한국 여자 중에서 어머니가 가장 아름답다고 생각하시는 아버지께서 은조를 보면 뭐라고 하실까.

생각만 해도 벌써부터 마음이 흐뭇해졌다. 입가에 연신 미소가 걸린 저니는 스르르 감기는 눈꺼풀의 무게를 견디지 못하고 쾌속선처럼 깊은 잠에 빠져들었다.

❺ Landing

은조는 아침부터 경제면 1면을 도배한 기사를 주시하고 있었다.

—유성그룹의 형제 그룹인 해성그룹의 주력 기업 ㈜해성, 수천억 원대 탈세 혐의로 수사! 서울지방국세청은 조세법칙 조사심의위원회를 열어 해성에 대한 탈루 세금 추징과 검찰 고발 확정! 또한 세무조사를 조세범칙 조사로 전환하면서 해성은 탈세 규모가 크고 고의성이 짙어 그룹 내 회장 일가 등 대주주 세 명을 포함해 총 여덟 명을 출국금지 조처했다.

그 출국금지를 당한 인물 중에는 터무니없게도 은조도 포함되어 있었다.

해성의 대주주라는 사실을 떠나 지난 3년간 유성그룹은 물론 해성그룹의 대주주인 은조는 공식적으로는 자리를 비우지 않은 상태였다. 그럼에도 불구하고 은조의 대리인으로 직인과 도장을 멋대로 위조해 유창식 회장의 아들 유재현이 불법 대출 등 이사회 의사록에 날인한 혐의도 드러났다. 이 같은 사실을 은조는 이미 다 알고 있었다.

그녀의 지난 행적을 할아버지가 모두 알고도 은조의 넓은 시각은 물론 내면적인 성장과 인간관계의 발전을 위해 묵과하고 기다린 것처럼, 은조도 유창식 회장 일가의 차명 주식 등 1,500억 원대 차명 재산에 대해 알고도 묵인하고 때를 기다렸다.

유창식 회장은 3년 동안 매년 일정 금액씩 나눠서 털어내는 수법으로 분식회계를 저지르고 법인세를 탈루한 혐의도 있었다. 또한 계열 금융사인 캐피탈에서 자신들 라인인 회사 임원들 명의로 수십억 원의 차명 대출을 받은 것도 금융감독원 당국에 적발되었다.

하루아침에 그룹은 핵폭탄급 쓰나미를 맞았고, 유창식 일가는 그 중심에 있었다.

은조는 출국 정지를 당한 건 마음에 걸렸지만 이 사태를 완전히 해결하고 개인적인 일까지 마무리하기 위해선 감수해야 할 일이라 생각했다.

오전 내내 해성그룹의 탈세 수사로 뒤숭숭하던 회사는 해성그룹의 상황을 강 건너 불구경하듯 보이는 전략기획실장이자 그룹의 후계자 유은조의 확고하고 투명한 의사 표명으로 조금씩 잦아들고 있었다.

하루 종일 전략기획실에서 업무를 본 은조는 장원표에게 급하게 연락이 왔다는 비서의 보고에 퇴근을 준비하며 전화를 받았다.

〈혹시 오늘 새벽에 뜬 기사 확인했어요?〉

"기사? 우리 회사와 관련된 그 기사? 그건……."

〈아니요. 어젯밤 미군 헬기 사고요.〉

장원표의 목소리가 묘하게 텀을 두며 미세하게 떨리고 있었다.

순간 가슴이 철렁했다. 사고. 헬기 사고. 헬기 사고라니? 무슨……?

"무슨 사곤데? 혹시 그 사람이 탄 헬기는 아니지? 확인했어?"

헬기 사고란 말에 너울대는 가슴을 누르고 담담히 물었다.

〈저, 그게…… 사고 헬기가 저니 소령이 탄 헬기예요. 지금 저니 소령, 일원동에 있는 종합병원 중환자실에 있어요. 저, 은조 씨, 내 말 듣고 있어요? 은조 씨!〉

소리도 공기도 아무것도 느낄 수가 없었다. 아무런 생각도 할 수 없고 아무것도 보이지가 않았다. 머리는 차가울 정도로 하얘지고 온몸을 바닥에서 잡아당기는 듯해 주저앉을 것만 같았다. 그러다 마침내 물속으로 빨려 들어가는 것처럼 전신이 무기력해졌다.

간신히 데스크에 몸을 기댄 은조는 어떡해든 정신을 차리려 했다. 지금은 그 무엇보다 정신줄을 잡고 사고 난 저니에게, 자신의 남자에게 가야만 했다.

'내 사람이, 내 연인이 지금 중환자실에 있다는데…….'

도저히 몸이 움직여지지가 않아 간신히 버튼을 눌러 김 비서를 불렀다.

병원으로 가는 내내 기사를 찾아 읽었다. 눈에 들어오지는 않았지만 알아야 하고, 그래야만 대처한다는 생각에 정신을 집중하고 기사를 읽었다.

—4일 저녁 9시 9분쯤 평택 전차부대 사격장에서 훈련 중이던 미군 수송 헬기 CH—53E(슈퍼 스텔리온) 한 대가 착륙 과정에서 추락했다. 미군 열일곱 명이 탑승하고 있었으나 전원 비상 탈출했으며, 이 과정에서 두 명은 가벼운 경상을 입고 부조종사 한 명은 바람에 휩쓸려 트럭과 부딪쳐 치명상을 입었다. 사고 직후 이들은 용산 미군 병원으로 이송되었고, 사고 현장은 미군들이 철저히 통제하고…….

노트북을 덮고 떨리는 가슴을 진정시키려 눈을 감았다.

'그 사람은 괜찮아. 괜찮을 거야. 그러니까 정신 차려, 유은조. 넌 지금 정신 차려야 해. 회사도 저니도 모두 네가 정신을 차리고 있어야 해.'

"이사님, 괜찮으십니까?"

'그래, 난 괜찮아. 저니를 봐야 해. 내 사람. 내 남자.'

"괜찮아요. 그보다 최대한 빨리 가줘요."

중환자실 앞은 철저히 통제되어 있었지만 월터가 사전에 지시를 해놓아 은조는 거침없이 통과할 수 있었다. 그 안에서 굳은 표정의 연합사령관이 보였다.

사령관은 빠른 걸음으로 다가오는 은조를 걱정스레 쳐다보았다. 그런 월터의 시선 끝에 그녀의 연인 저니가 형편없이 부서진 모습으로 누워 있었다.

너무도 낯선 모습에 비틀거리는 은조를 사령관과 김 비서가 동시에 붙들었다. 은조는 간신히 중심을 잡고 그들에게 양해를 구하며 면회 금지라는 글자 앞에 섰다.

[오늘 아침 일찍 연락하려고 했는데 행정비서관이 은조 씨 그룹에 일어난 기사를 알려줘 연락하지 않았어요. 미안해요.]

[저 사람, 어떤가요?]

[흉상에 팔, 무엇보다 다리뼈가 많이 부서지고 가슴뼈 안 내상이 깊어서 일단 지켜봐야 한대요. 머리를 다치긴 했는데…….]

[생명은, 생명엔 이상 없다고 하나요?]

[괜찮아요. 부상이 크고 시간이 걸려서 그렇지 생명엔 이상 없어요.]

생명에는 이상 없다는 말에 은조는 벽을 지지대 삼아 자꾸 떨리는 몸을 지탱했다.

[그럼…… 됐어요, 생명에 이상만 없으면…….]

눈가에 눈물이 흐르고 있다. 자신도 의식하지 못하는 사이 눈물이 얼굴을 흥건히 적시고 있었다. 무섭고 두려워 오는 동안 내내 속이 녹아내리는 듯 아팠다.

할아버지를 빼고 단 한 사람, 은조에게 너무도 소중한 사람의 자리가 소리 없이 허물어질까 봐 내내 무섭고 두려웠다. 태어나 이토록 무섭고 절망스런 순간은 단 한 번도 없었다.

정우가 자살했다는 사실을 알았을 때도 이렇지는 않았다. 그때는 어린 나이에 그룹을 이어받고 그룹의 이익을 위해 냉정하게 현실과 타협하고 불의와도 도모해야 하는 자신의 위치가 원망스럽고 정우의 죽음을 인정할 수 없어 답답하고 곁에서 도와주지 못해 미안한 마음이었다.

단적으로 일어난 일보다 그걸 받아들였던 그녀가 너무나 어리고 나약했다. 그땐 큰일에 대한 충분한 경험치와 마일리지가 쌓이지 않아 모든 게 버거웠다.

저니는 정우와는 완전히 달랐다.

아무런 생각도 들지 않고 그저 생생한 공포감에 무서웠다. 저니가 없는 그녀는 전혀 상상이 되지 않았다. 저니란 이름만으로도 은조의 심장은 타들어가는 것처럼 고통스러웠다.

[은조 양, 저…….]

정신을 차리고 월터를 보았다. 아니, 시선을 맞추려 해도 자꾸 눈앞이 흐릿해 잘 보이지 않아 난감했다. 쉼 없이 흐르는 눈물을 대충 닦고 월터를 쳐다보았다.

[클라라, 아니, 어머니께서 저니를 미국으로 데려오라 성화세요. 이곳 병원 의사들의 소견을 듣고 이삼 일 내에 전용기로 미국으로 가려고 해요. 아무래도 어머니께서 연세도 있고 저니 부모님도 굉장히 걱정하고 있어요.]

그렇구나. 그렇겠지. 그 대단한 집안의 하나밖에 없는 손자요 외아들인데. 아무리 저니 어머님이 마음에 차지 않아도 가문의 유일한 후계자를 감히 누가 대신할까.

그에 비해 자신은 아직 이 사람에게 그 어떤 지분도, 영향력도, 서류상 관계도 명시되어 있지 않으니 의견 같은 건 피력할 수도 욕심낼 수도 없었다.

'그렇구나. 우린 그러네요, 저니. 우리 사이는…… 참 아무것도 아닌 거네요.'

그렇게 치열할 정도로 몸을 나누고 서로에게 인이 박이도록 서로를 소유하고 각인시켰는데도 지금 보니 우리는 그 어떤 접점도 없는 완벽한 남남이네요.

[하지만 아직 몸 상태가 저렇게…….]

말을 다 이을 수가 없었다. 저니를 따라가고 싶지만 지금은 그룹에 일어난 일도 있어 도저히 함께할 수 없었다. 더욱이 그녀는 해성그룹 건으로 지금 출국 정지를 당한 상태였다.

[알아요, 은조 양 상황. 다 아니까 너무 힘들어하지 말아요. 다 해결되면 그때 와요. 미국으로 가 저니가 은조 양을 찾으면 내가 다 설명할 테니까, 걱정 말고 병원에 있는 그날까지 들여다보고 그 이후는 우리에게 맡겨요.]

정황상 월터 말이 다 맞았지만 선뜻 고맙다거나 그러겠다는 말이 나오지를 않았다.

무엇보다 저렇게 상처 입어 아픈 사람을 서둘러 비행기에 태워 본국으로 데리고 간다는 사실이 마음 아팠다. 꼭 그렇게까지 해야 하는지. 제 곁에 두고 지키고 싶다고, 이미 내 사람이고 내 남자이니 그러고 싶다고 말하고 싶었지만 그럴 수가 없어 은조는 또 한 번 가슴이, 온 마음이 무너져 내렸다.

다음날, 출근 전에 병원을 들르려면 일찍 집을 나서야 해 할아버지께 아침 일찍 문안 인사를 드리고 저니의 몸 상태와 앞으로의 일정을 말씀드렸다. 할아버지는 아무런 말씀도 하지 않으셨다. 늘 그렇듯 최대한 말씀을 아끼셨다.

아침 7시에 병원에 도착해 중환자실 밖에서 누워 있는 저니를 내내 지켜봤다.

다른 사람들 다 먼저 비상 탈출시키고 교관과 부조종사를 겸한 저니가 제일 마지막으로 헬기를 탈출했다고 한다. 그때 마침 바람이 분 것 같다고 월터는 얘기했다.

그래도 다행이다 싶었다. 저 성격에 다른 누군가가 다쳤다면 저 사람, 그 마음의 짐 때문에 더 힘들었을 테니까. 온몸이 하얀 붕대로 칭칭 감겨 퉁퉁 부은 얼굴만 조금 보였다.

'당신, 그 상태로 비행기 탈 수 있겠어요? 말 좀 해봐요. 당신이 죽고 못 사는 내 곁에 있겠다고. 당신, 내 말 안 들려? 나, 한눈팔 거야, 당신 떠나면. 그러니까 제발 눈 좀 뜨고 나 좀 봐줘요, 저니. 나 무서워요. 무서워 죽겠어.'

은조는 흐르는 눈물을 미처 닦지도 못하고 뿌연 창문에 얼굴을 기댔다.

지친 그녀를 기다리는 건 유창식이었다.

따로 지시할 때까지 사무실 출입을 삼가하고 전화 연결도 연결하지 말라고 한 은조는 굳은 표정의 유창식을 응시했다. 이 일을 작은아버지가 전부 지시하고 개입했다고는 생각지 않았다. 알아본 바도 그렇고 그의 부족한 세 아들이 벌인 일을 유창식이 기꺼이 떠안았으리라.

그토록 애지중지하는 혈육이며 또 다른 자신이자 분신일 테니까.

"도와주었으면 한다."

애원은 아니지만 분명한 요청이었다.

"이미 유재환 사장이 분식회계 및 차명 재산 보유 혐의를 인정했는데 제가 무얼 도와드릴 수 있겠어요. 더구나 국세청과 검찰

둘 다 그토록 벼르던 해성에게 칼을 빼 들었는데. 제가 알아본 바로는 국세청이 해성을 주시한 지가 꽤 되었더군요. 그 시점이 제가 자취를 감춘 딱 그때던데요."

"……."

며칠 사이 유창식의 얼굴이 많이 까칠해져 있었다. 왜 아니겠는가. 대담하게도 회사 이사진을 속이고 그녀의 직인을 가짜로 만들어 그 많은 회사 돈을 개인이 챙겼는데.

유창식은 간절함이 배어나는 얼굴로 재차 도움을 요청했다.

"내 아들들의 지분과 현 경영권을 지켜주었으면 한다. 유성은 물론 해성그룹의 대주주도 너잖니. 당연히 회사 돈은 채워 넣겠지만 일이 모두 매듭지어지면 이사회에서 경영권을 보장해 주었으면, 아니, 이 자리에서 약속해 주면 좋겠다."

유창식의 말투에는 아직도 고고한 자존심과 결코 내놓고 싶어하지 않고 내놓을 수도 없는 경영권에 대한 야욕이 팽배했다. 모체인 유성그룹을 생각해 적당한 타협은 물론 자신의 일가를 전부 쳐내지는 않을 거란 유창식의 계산을 읽을 수 있었다.

"일이 모두 수습되고 작은아버지 아들 중 그 누구도 형사처분을 받지 않고 감옥에 가지 않는다면 한번 생각해 보죠."

유창식은 안도하며 결국 그럴 줄 알았다는 얼굴을 했다. 하지만 그건 분명한 오산이었다.

이제껏 할아버지와 척을 진 종친들의 지분은 물론, 그들의 지지와 희생으로 그룹을 제 밥그릇처럼 다룬 그를 은조는 전혀 용서할 생각이 없었다.

"단, 그동안 빼돌린 회사 돈은 물론 꾸준히 준비하신 비자금과

정재계에 로비한 장부까지 전부 다 내놓으세요. 그럼 한 번 더 생각해 보죠."

생각지도 못한 반격과 모조리 다 원하는 그녀의 결연한 요구에 유창식의 얼굴이 하얗게 질렸다.

"만약 작은아버지 일가가 토해내는 시늉만 한다면……."

일상적이고도 나지막한 목소리에 유창식은 그녀의 기색을 살폈다.

"저를 포함해 검찰은 작은아버지는 물론 제 이름을 도용한 자제분들이 바닥을 전부 드러낼 때까지 파헤칠 거예요. 또 하나 재밌는 건 유은령의 공백을 검찰은 아직까지 전혀 모르고 있더군요. 아시잖아요, 제가 그동안 어디서 뭘 했는지."

"……!"

"가지고 있는 해성 지분 절반도 내놓으셔야 할 거예요."

구구절절 요구만 하는 그녀에게 유창식은 질린 표정을 했다.

"마지막으로 한 가지 더 있어요."

그녀가 내민 마지막이란 단어의 뉘앙스에 유창식은 잔뜩 긴장한 표정을 지었다. 그도 알고 있으리라. 지금 그녀가 마지막으로 바라는 게 뭔지.

"말씀해 보세요, 정우가 자살한 이유. 작은아버지와 무슨 관련이 있는지."

드디어 올 게 왔다는 표정의 유창식은 창백한 얼굴빛과는 다르게 몹시 답답하다는 표정으로 은조를 주시하며 물었다.

"지금 너에겐 사랑하는 사람이 있는데 지금에 와서 그 일이 뭐가 그렇게 중요한 거냐? 넌 지금 다쳐서 누워 있는 사람한테 미안하지도 않니? 아니면 지금 누워 있는 놈도 그 정우란 놈처럼 그렇게 죽을 것…….”

“유창식 회장님!!”

은조는 급기야 핏발이 선 눈으로 막말을 하는 유창식을 차갑게 응시했다. 그녀의 눈빛은 날카로운 칼날도 벨 것처럼 그렇게 차갑게 얼어붙어 있었다. 그 모습에 움찔한 유창식은 미안하다고 하며 고개를 돌렸다.

“더 이상 길게 말하지 않겠어요. 제가 원하는 걸 말씀하시든지 자리를 내놓고 나가시든지 하세요. 제가 한 가지 더 말씀드릴까요? 할아버지께선 이미 작은아버지가 숨기시는 일 전부를 알고 계셨어요. 그 말은 제가 할아버지를 커버하지 않으면, 그렇게 놓지 못하는 경영권은 물론 그룹에서 완전히 설 자리를 잃는다는 거예요. 그러니 감히 저를 상대로 어설픈 타협이나 딜을 하려고는 하지 마세요.”

콧대 높은 유창식은 할아버지가 이미 다 알고 있다는 사실에 절망한 듯 보였다.

사실 은조도 놀라긴 마찬가지였다.

지난 3년에 가까운 시간 동안 은조의 거취와 정우의 자살 이유, 작은아버지와의 관계를 모두 알고 계시고도 함구하신 이유를 묻는 그녀에게 할아버지는 유성의 하나뿐인 후계자 유은령을 상처내지 않고 온전히 지키기 위해서였다고 말씀하셨다.

그 말은 정우의 일이 은조에게 단지 충동적으로 자살을 선택한 친구로 조용히 잊히길 바라셨다는 말이다.

어릴 때부터 할아버지는 참으로 많은 것을 주입하면서도 차단

시키며 당신 스스로 무정한 커터 날이 되고 든든한 보호막이 되어 주셨다. 늘 그 사실이 견딜 수 없이 답답했다. 할아버지가 만들고 세팅한 일방적인 울타리 안에서만 사는 자신이 정신적 미숙아 같아 반항심 가득한 채 마침 적절하게 터진 정우의 일을 핑계로 곁을 떠났다.

이 모든 일련의 사건에 대해 할아버지는 다 그녀가 그룹의 리더로서 성장하기 위한 밑거름이요, 발판이라 생각하셨단다. 그러니 지난 3년의 시간이 결코 외롭기만 한 것은 아니었다고 말씀하셨다. 할아버지의 지난한 고독과 희생으로 성장한 자신이 이제는 피하거나 숨지 않고 모든 사안을 현명하게 판단하고 그녀 스스로 해결해야 한다는 결론을 내렸다.

그동안 체증처럼 답답하게 했던 진실을 꺼내 다 털어내고 싶었다. 그래야 저니와 미래를 계획하고 저니에 대해 아직도 묵묵부답이신 할아버지를 설득할 수 있을 테니까.

"그놈은…… 내가 널 엎어뜨릴 생각에 꽂은 놈이었다."

"알아요."

꽤나 놀란 표정을 한 유창식은 모두 다 체념한 듯 한숨을 쉬며 마른세수를 연거푸 했다. 그렇게도 당당하던 사내가 지금 이 순간 무척이나 불안해 보였다.

"스폰서를 해주다 사랑하게 된 여자가 있었다. 나에겐 무척이나 젊은 여자였지. 그녀는 이미 다른 남자에게 미쳐 있었다. 호스트바에서 만난 정우란 놈한테."

유창식은 상처 입은 얼굴로 메마른 두 손을 자꾸 만지작거렸다.

"넌 몰랐겠지만 그놈은 심각한 양극성 장애를 겪고 있었어. 네가 그놈 곁에 있을 땐 조증이고, 출장으로 국내에 없거나 눈앞에 보이지 않으면 울증에 빠져 널 기만했다는 죄책감과 자살이란 유혹에서 빠져나오지 못했어."

유창식은 정우의 매력으로 은조의 견고한 세계를 뒤흔들어 주길 주문했다. 그렇게만 해주면 죽고 못 사는 향정신성 의약품과 대마초를 살 루트와 평생 먹고살 돈을 제공하겠다며 미끼를 던졌다고 한다. 결코 인정받지 못하는 게이라는 자신의 정체성으로 더욱 괴로워하던 정우는 약 없이는 일상을 유지하기가 어려워 그의 제안을 선뜻 받아들였고, 마침내는 맨 처음 목표대로 공고하게 다져진 은조의 일상을 뒤흔들었다. 하지만 그 누구도 예상 못한 변수가 생겼다.

정우가 은조를 마음을 나누는 진정한 친구로 인정했고, 자신을 약과 비밀스런 협약으로 옭아맨 유창식을 은조와는 전혀 다른 감정으로 보게 된 것이다. 결국 정우는 솔메이트 겸 베프가 된 은조를 배신할 수도 없었고, 비정상적인 상황이라 인정하면서도 마음에 둔 유창식을 저버릴 수도 없어 스스로를 놓아버린 것이다.

"마지막에 그러더구나. 널 곤경에 처하게 하거나 네가 회사에서 자리를 잃었단 말이 세상에 공공연히 돌게 된다면 자신이 가지고 있는 모든 증거 사진과 나와 나눈 녹취록이 세상에 공개될 거라고. 그러니 널 가만히 두라고."

"……."

"죽기 전에 누군가에게 맡겨둔 모양이더라. 그 녀석이 남긴 증거를 찾으려 백방으로 수소문했는데, 여러 인물이 물리고 물려 있어 그 누구에게 어떤 방식으로 증거물을 맡겼는지 답이 나오지 않더구나."

그녀가 유럽으로 출장을 간 그 일주일 동안 정우는 극도의 우울증에 빠졌다. 결국 터무니없는 마음이라 인정하면서도 자신의 감정에 솔직하기로 한 정우는 유창식을 마지막으로 대면한 후 자신의 결계를 넘어 자유를 허락했다.

짐작은 하고 있었지만 이 모든 일의 사달이 작은아버지의 개인적인 욕망과 그토록 갖고자 했던 그룹과 치정 문제에서 비롯되었다는 게 허탈했다.

함께일 때 정우는 늘 스스로를 특별하게 생각했고 생기와 활력이 넘쳤다. 그로 인해 그룹과 할아버지의 사육과 강압에 반감을 가지며 부유하는 은조에게 생이 얼마나 즐겁고 특별한지 깨우쳐 주곤 했었다.

자꾸만 과거로 파고드는 그녀의 의식을 깨운 건 월터였다.

하루 단 15분. 면회 시간이 잡혔으니 올 수 있으면 지금 당장 오라는 메시지였다.

급하게 일어나는데 순간 현기증을 느껴 소파에 다시 주저앉았다. 요 며칠 이런저런 일들이 터져 신경을 썼더니 몸에 무리가 갔는지 지금처럼 어지럼증이 수시로 반복되었다. 주저앉고 싶은 마음을 힘겹게 갈무리하고 자리에서 일어났다.

병원에 도착해 중환자실 앞에 서 있는 월터를 보고 옅은 미소로 인사를 했다. 그러자 월터는 다소 무거운 표정으로 저니의 상태와 이동에 관한 이야기를 꺼냈다.

중환자실에 입실한 은조는 저니를 바로 보기조차 힘들었다.

얼굴은 온통 멍이 들어 파랗고 은조가 페티시즘으로 집착한다는 관능적인 턱은 붕대로 완전히 감춰져 있었다. 링거를 꽂은 손만이 간신히 접촉할 수 있는 상태였다.

가능하면 저니의 모든 모습을 눈에 담으려 했다. 오늘 이후 언제 볼지 알 수 없었다.

아직 검찰 조사가 진행되고 있어 출국 정지 조처가 언제 풀릴지도 알 수 없고, 또 풀린다 해도 그녀가 맡아 진행해야 하는 회사 일이 켜켜이 쌓여 있었다.

형제 그룹의 회장 일가가 개인적으로 부정 축재한 일에 그룹 총수인 할아버지가 직접 나서는 건 대외적인 그룹 이미지도 그렇고 여러모로 모양새가 좋지 않다는 결론을 내린 이사진은 은조가 선두에 서서 유창식 일가의 천억대 차명 재산과 거액의 법인세와 소득세를 탈루한 혐의 모두를 깨끗이 마무리 짓길 바라고 있었다.

그녀 입장에서도 3년 만에 나타나 또다시 개인적인 이유로 할아버지와 그룹을 모른 척할 수는 없었다. 하지만 지금 만신창이가 되어 누워 있는 연인을 보고 있자니 그 모든 의미와 명분이 무거운 짐처럼, 갑옷처럼 느껴졌다.

흐느끼듯 떨리는 손으로 저니의 손을 잡아 익숙한 체온을 느꼈다.

"내 말 들리죠? 당신 오늘 미국 집으로 갈 거예요. 당신 할머니랑 부모님께서 걱정하셔서 더는 이곳에 머물 수가 없대요."

잡고 싶었다. 저니 없이 그에 대한 걱정과 그리움을 안고 버티며 혼자 이 모든 상황을 헤쳐 나가야 한다는 게 무서웠다. 두려움으로 잡은 저니의 손을 놓고 싶지 않았다.

이미 너무도 절대적인 존재가 돼버린 연인의 강한 기운과 눈물 나도록 따뜻한 품이 그리웠다. 슬픔과 두려움에 목 놓아 울고 싶은 은조는 간신히 자신을 다잡았다.

"그러니까 당신, 내가 갈 때까지 꼭 건강하게 있어야 해요. 나도 되도록 빨리 가도록 노력할게. 우리 다시 만날 그날까지 건강하기로 해요."

'가지 말아요. 여기 이렇게라도 있어줘. 당신이 내 곁에 있었으면 좋겠어. 저니, 제발.'

가슴에서 우러나는 진심을 입 밖으로 내뱉을 수는 없었다. 그 대신 저니의 손을 어루만졌다.

늘 든든한 안전벨트가 되어주고 부모 품이 뭔지 모르는 그녀에게 포근한 포대기가 되어 감싸주던 내 연인의 손. 이 생 마지막까지 절대 놓고 싶지 않은 손과 이 손의 주인.

너무도 많은 의미를 내포하고 있는 커다란 손을 잡고 일어나 저니의 얼굴 가까이 다가간 은조는 붕대에 감춰진 귀에 대고 간절히 속삭이며 상처 가득한 얼굴에 조심스레 키스를 했다.

미국 남부 텍사스 주 오스틴, 맥컬리 가 저택.

저니는 휠체어에 앉아 움직이지 않는 자신의 다리를 내려다보았다.

부서진 뼈는 모두 붙었고 온몸의 기관도 제자리를 찾아 멀쩡해 보였지만, 의지대로 움직여지는 건 하나도 없었다. 무엇보다 빨리 움직여야 하는 팔과 다리가 무쇠팔, 무쇠다리처럼 무겁고 닳아 내버려진 고철인 양 무기력하기만 했다.

집으로 돌아온 후부터 그는 홀로 별채를 쓰고 있었다.

물리치료사와 개인 트레이너가 하루에 한 번씩 그가 머무는 별채로 와 근육 운동을 시키고, 근육을 마사지하며 재활훈련을 시작한 게 채 일주일이 되지 않았다.

미국으로 돌아오고 한 달 반. 은조에게서는 아무런 연락도 기별도 없었다.

클라라는 그가 의식이 없을 때 유성그룹 내에 큰일이 있었고, 그 후로 연락이 되지 않고 있다고 했다. 해성그룹을 강타한 분식회계 기사는 인터넷으로 찾아보았다. 아니, 매일 한국 기사란 기사는 전부 스크랩하듯 유심히 살펴보고 있었다.

검찰의 표적이 된 해성그룹의 형제 그룹이자 모 기업인 유성그룹의 신성 유은령 이사가 그룹 전체를 총괄하는 사장으로 발탁됐으며, 해성그룹의 일을 그녀가 모두 떠안았다는 기사도 확인했다. 또한 아직 매스컴에 그 모습을 드러내지 않은 유성의 실세에 대해 많은 루머와 증권가 찌라시가 돌고 있다는 기사도 접했다.

대한민국 상위 1% 그룹에서 유성의 젊은 피이자 신 경영의 선두 주자라고 불리는 유은령과 사돈을 맺기 위해 물밑작전을 치열하게 벌인다는 기사도 적잖이 읽을 수 있었다.

그는 이 모든 이유를 떠나 은조가 아직까지 연락이 없다는 게 도무지 이해가 되지 않았다.

그만 아는 개인 핸드폰은 없는 번호라는 말만 되풀이되고 있었다. 그러다 결국 그런 생각까지 했다. 검찰의 타깃이 되어 흔들리는 회사를 위해서도 그렇고, 가뜩이나 자신을 반대하는 유정남 회장이 몸까지 망가진 그를 잊으라고 다그쳐 잠시 숨죽이고 있다고.

그렇다 해도 은조의 위치에서 개인적으로 그에게 그 어떤 기별도 제스처도 없다는 게 이상했다. 월터에게 연락을 해 물어도 별다른 말을 들을 수가 없었다.

월터는 여전히 8군에 있었다. 저니가 떠난 이후 은조는 그를 만나러 오지도 않았고 그 어떤 연락도 없다고 했다. 이 모든 상황을 유추하면 이별이란 소리다.

'우리가 헤어진다. 헤어졌다, 나와 은조가. 그녀가 떠난다. 실버벨이 날 떠난다. 아니, 이미 떠났다. 실버벨이 나를…….'

도무지 말이 되지 않았지만 지금 현재의 상황으론 반박할 수 없는 사실처럼 느껴졌다.

당장에라도 그 거지 같은 말을 뒤집기 위해 한국으로 가고 싶었지만 그는 아직 서는 것조차 불가능했다. 무엇보다 이 상태론 클라라가 한국으로 가는 모든 루트를 막을 것이다.

은조가 올 수 없다면 자신이 움직여 돌아가면 그만이라고 판단한 저니는 이를 악물고 참았다. 지금은 무엇보다 그를 절망케 하는 불길한 생각을 모두 덮고 몸을 추슬러야 할 때였다. 이렇게 허물어진 모습을 보이고픈 생각은 전혀 없었다. 하루라도 빨리 스스로 움직일 수 있도록 근육의 힘을 길러야 한다.

오직 이 하나의 생각으로 저니는 은조를 향한 미칠 듯한 목마름과 갈증을 견디고 있었다.

공항에 도착한 은조는 가드의 안내를 받으며 건물 안으로 들어갔다.

길게 늘어뜨린 갈색 머리에 심플한 다이아 귀고리를 하고 과감한 옆트임이 있는 타이트한 블랙 원피스를 입은 은조는 무척이나 고혹적이었다.

오늘 스케줄은 몇 달 만에 처음으로 갖는 개인적인 행사였다.

예식장은 벌써 유성그룹 사장실과 회장실에서 보낸 거대하고 화려한 화환들로 무척이나 소란스러웠다. 또한 재계에서도 모습을 드러내지 않는 걸로 유명한 유성그룹의 후계자 유은령이 나타나자 하나둘 알아본 사람들이 동요하며 술렁이기 시작했다.

김 비서와 세 보디가드의 안내를 받아 장 씨 앞에 선 은조는 잔뜩 긴장한 얼굴에 얼이 빠진 장 씨를 향해 은은한 미소를 보이며 반갑게 인사했다.

"아저씨, 축하드려요."

장 씨 내외는 그녀에 출현이 도무지 믿어지지 않는다는 표정으로 엉거주춤하며 두 손을 내밀었다. 은조는 주춤하는 장 씨의 손을 단단히 잡았다.

"그…… 그래…… 요. 근데 어쩐 일로 이렇게 왔어…… 요?"

자꾸 말이 왔다 갔다 하는 그를 보며 은조가 환하게 웃었다.

"말씀 편하게 하세요. 아저씨가 그러시면 제가 불편해요. 참, 결혼 선물은 받으셨죠?"

장 씨는 무척이나 황송해하며 그녀의 손을 두 손으로 잡고 유난스레 흔들었다.

"받았지, 그럼. 근데 비행기 티켓부터 시작해서 어마어마한 풀 코스에 칠성급 호텔까지……. 우리 딸이 아주 기절할 뻔했지, 믿어지지가 않아서."

정말 놀란 표정을 한 장 씨는 딸을 흉내 내며 그녀를 웃음 짓게 했다.

"그래요? 잘됐네요. 참, 인사시켜 주셔야죠. 옆에 계신 분이 사모님이시죠?"

유은조는 장 씨 부인과도 반갑게 인사를 나누었다.

장 씨 부인은 유은조의 얼굴에서 눈을 떼지 못하고 있었다, 지금의 준성처럼.

근 석 달 만에 보는 그녀는 여전히 한숨이 나올 정도로 아름다웠다. 마지막 자신의 존재를 커밍아웃할 때 본 그날보다 더욱 빛이 나 도통 실재하는 사람 같지가 않았다. 큰일을 연달아 겪고 있어 내심 걱정을 했는데 오늘 본 유은조는 준성의 걱정이 괜한 기우였다고 느껴질 만큼 너무도 환하게 활짝 피어 있었다.

저니 맥컬리가 본토로 돌아간 건 알고 있었다. 사고 이틀 후 연합사령관의 전용기를 타고 본토로 갔다고 8군 사람들이 하는 소리를 들었다.

유은조가 그에게 다녀왔는지, 그들이 양쪽 어른들에게 허락을 받았는지 모든 게 궁금하면서도 그 모든 게 이젠 부질없다는 생각을 했다.

유은조와 그는 이제 너무도 다른 세계에 사는 완전한 타인.

이렇게 가까이 보고 있어도 결코 가까이할 수 없는 완벽한 타인.

지난 석 달 동안 준성은 지옥 속에서 살았다.

마치 중독된 것처럼 섹스에만 빠져 살았다. 이름도 얼굴도 모르는 여자를 품에 안고 야만적으로 포효했을 때 준성은 스스로에게 절망했다. 미안함과 치욕스러움, 절망감과 허탈함에 몸부림쳤지만 결국 이름도 모르는 낯선 여자가 주는 쾌락과 희열에 걷잡을 수 없이 속수무책으로 빠져들었다.

누군가 왜 술도 도박도 아닌 하필 비겁하고 졸렬하게 여자냐고 물으면 뚜렷하게 답할 수는 없었다. 그저 섹스를 하는 동안 환상에 빠져 현실에서는 결코 욕심내지 못한 유은조를 갖기도 하고 버리기도 하며 욕망에 굴복당하며 지옥과 천국을 헤맸다.

한데 그토록 갖길 바라던 유은조가 지금 앞에 서 있었다.

원표는 그녀에게 자꾸만 다가가는 이준성을 막기 위해 얼른 유은조를 불렀다. 이준성과 정반대 방향에 있던 그는 손을 들어 여신의 시선을 훔쳤다.

솔직히 이게 무슨 감정인지는 모르겠지만 저니 맥컬리의 여자인 유은조를 지켜주고 싶었다.

유은조는 전혀 생각지 못했다는 표정으로 그에게 다가왔다.

“어쩐 일이야? 복학하지 않았어?”

늘 그렇듯 차분하면서도 고요한 목소리는 원표의 심장을 울렸다.

“그렇게 됐어요. 저쪽으로 가요. 곧 예식 시작이에요.”

예식장 맨 뒤 한편에 선 그들은 사람들의 시선을 완전히 무시할 수는 없었으나 건장한 세 명의 보디가드가 병풍처럼 막아서 있어 제법 오붓하게 이야기를 나눌 수 있었다.

그의 여신은 여전히 본질 그대로 냉 미녀 그 이상도 이하도 아니었다.

저니 소령의 일과 해성그룹의 일이 연이어 터져 그냥 미국으로 갈 수가 없었다.

걱정이 돼 유은조를 꼭 한 번은 봐야 했지만 언제쯤 볼까 생각하다 장 씨의 큰딸 결혼식이 생각났다. 그날은 꼭 참석한다는 확신이 있었다. 어떤 모습이건 오긴 올 거란 생각에 미국으로 가지 않았다. 그러면서 그동안 알바해서 모은 돈으로 유럽 여행을 계획했다.

지금껏 깨끗하게 털어내지 못한 미련도 털어내고 처음부터 다시 시작하고 싶었다.

오랜만에 보는 유은조는 반짝반짝 빛이 났다. 궁금했지만 차마 저니의 일은 물을 수가 없었다. 결코 이들의 관계가 쉽지 않을 거라 짐작하기에 더욱 물을 수 없었다.

왜인지는 모르나 식이 시작하지 않아 유은조가 입을 가리고 작은 소리로 물었다.

"왜 복학하지 않았어?"

"그냥 좀 여기저기 여행 좀 하다 복학하려고요."

"그래, 그것도 좋겠다. 디자인 전공이니까 여러 곳을 보면서 감각도 익히고 색다른 디자인에 자극받는 것도 좋을 거야. 부럽네. 마음대로…… 떠날 수 있어서."

화사한 눈웃음을 짓는 유은조를 보는데도 이상하게 마음이 아렸다. 분명이 웃고 있고 원표와 눈을 맞추는데도 어딘가 불안정하게 보였다.

“언제 갈 건데?”

“다음 주에 떠나요.”

‘그렇구나. 부럽다. 조심해’ 하며 낮은 목소리로 안전에 대해 몇 번이나 주의를 줬다.

그렇게 원표가 유은조의 기운과 눈치를 살피는 사이 식이 시작됐다.

큰딸의 손을 잡고 바들바들 떨면서 버진로드를 걷는 장 씨는 잔뜩 긴장한 모습이었다. 그 모습에 은조와 원표는 웃음을 참느라 연신 고개를 숙이고 키득거렸다.

장 씨가 신랑에게 신부를 인계할 때도, 신랑 신부가 다정히 주례 앞에 선 뒷모습을 볼 때도, 또 신랑 신부가 장 씨 내외에게 인사를 할 때도 유은조는 아련한 눈빛으로 미소 지었다. 근데 그 모습이 아름다우면서도 무지하게 짠하고 슬퍼 보였다.

‘젠장, 도대체 무슨 일이 있느냐며 묻고 싶지만 괜한 오지랖 같아 묻지는 못하겠고…….’

식이 모두 끝나자 원표는 은조와 함께 장 씨에게 인사하러 갔다.

장 씨는 딸 내외를 데리고 와 인사시켰다. 그러자 신랑 신부는 연신 감사하다는 인사와 함께 호들갑을 떨며 황홀한 표정으로 은조를 해바라기했다. 옆에 있던 두 딸에게도 인사를 시키자 두 딸은 넋 나간 표정으로 격하게 반겼다. 마지막으로 장 씨 가족 모두와 인사를 한 유은조는 두 딸에게 아버지는 8군에서 일하는 동안 자신을 도와주고 이끌어주신 훌륭한 분이라고 감사와 존경하는 마음을 아끼지 않고 표했다. 그러자 어린 두 딸은 아빠의 팔짱을 끼며 무척이나 자랑스러운 미소를 지었다.

원표는 장 씨의 체면과 위엄을 치켜세우는 유은조를 보며 얼굴만큼 마음씀씀이도 아름다운 사람을 난 열망하고 좋아했구나 하고 스스로의 안목을 칭찬했다.

뜨거운 청춘의 중간쯤에서 만나 그의 시간을 찬란하게 빛내준 여신에게 새삼 고마운 마음이 들었다. 자신으로 인해 생을 다시 각성하는 계기가 됐다는 그 대단한 찬사가 아직도 가슴을 간질거리며 뛰게 하지만 이젠 깨끗이 접어야 한다는 걸 안다.

못내 아쉽지만 유은조가 있었기에 특별했던 그 시간에 작별을 고했다.

가족사진을 찍는다는 사진기사 요청에 은조는 서둘러 식장을 빠져나왔다. 원표에게 여행 다녀와서 꼭 연락하라는 인사를 하고 차에 올라탄 은조는 반갑다고 할 수 있는 인물에게 받은 전화에 김 비서에게 변경된 목적지를 알려주었다.

호텔 라운지에는 유은조가 벌써 자리하고 있었다.

'인간이 한 번도 약속에 늦거나 시간을 어기질 않아요. 참 주구장창 재수가 없어요.'

혜나는 유은조가 앉아 있는 창가 테이블로 가 맞은편에 앉았다.

오늘도 어김없이 과일 주스를 앞에 놓고 앉아 있다. 뭐 얼마나 더 예뻐지려고 이딴 장소에서까지 과일 주스를 마시는 거야. 예식장에서 잠깐 봤지만 하여튼 옷발도 어지간히 좋아요.

'얼굴이 좀 상한 것 같은데 가까이 보니까 많이 피곤해 보이네. 괜히 짠하게시리…….'

"다시는 안 볼 것처럼 가시더니 연락하셨네요?"

말하는 모양새 하고는. 내가 모처럼 동정표 좀 남발하려 했더니만.

"그랬지. 근데……."

말간 눈동자로 빤히 바라보는 유은조를 보니 괜스레 말문이 막혀왔다.

"사실 유은조 씨, 만만한 친구도 그렇고 막역한 지인도 한 명 없잖아. 그 구름 상층부에 사는 나 잘난 인간들과도 특별히 인맥이나 학연 쌓는 스타일도 아닌 것 같고. 그래서 내가 숨통 좀 틔어주려고 연락했지."

말하고 나니 민망했지만 모른 척하고 마침 다가온 직원에게 언더 락을 주문했다.

유은조는 별다른 반박도 없이 그러냐는 얼굴로 과일 주스 잔을 들었다. 그런데 주스 잔을 입으로 가져가던 유은조가 표정을 살짝 찡그리더니 도로 잔을 내려놓았다.

그 모습에 머리를 번쩍하고 스쳐 지나가는 것이 있었다. 아닐 거야.

"호, 혹시……."

역시나 잘난 그녀답게 조금의 망설임도 없이 고개를 끄덕였다.

분명 일어날 수 있는 일이지만 이 시점에서 결코 일어나서는 안 되는 대사건!

'헉! 임신을 했다고라! 처녀가, 그것도 유성의 여신이자 잘나가는 후계자 유은령이 지금 한낱 미군 연인의 아이를 가졌다는 거야?! 와! 정말 노래처럼 판타스틱 베이비네!'

"저…… 니 맥컬리는 알고?"

유은조는 앞에 놓인 잔을 빤히 응시하더니 고개를 저었다.

'헉! 몰라? 아니, 아비가 이 사실을 모르면 어쩌자는 거야?!'

"이건 내가 지극히 개인적으로 궁금해서 그러는데, 그 사람이랑은 연락하고 있어?"

유은조는 살랑살랑 봄 아지랑이처럼 그렇게 고개를 저었다.

'아니, 도대체 이게 무슨 개풀 뜯어 먹는 소리야?! 임신을 했는데 왜 연락을 안 하고 앉았어?! 혹시 그 아기, 지울 건가? 아니면 결국 신분 차이 극복 못하고 헤어졌나?'

"정말 혹시나 해서 묻는 건데…… 헤어졌어?"

"아니요."

"헤어지지도 않았는데 왜 그런 엄청난 사실을 숨기고 있는 건데? 그럼 헤어질 생각이야?"

"아니요."

아씨, 답답하게 왜 자꾸 단답형 아니면 고개만 젓고 앉았어!

"답답하게 그러지 말고 속 시원하게 말해봐. 내가 어디 가서 나발 불 스타일도 아니고. 그런 일은 절대 없으니까 걱정 말고."

자화자찬 비슷한 회유에 유은조는 피식 웃었다. 지금은 절대 웃을 타임이 아닌데.

"처녀가, 그것도 그쪽 위치에서 응응 했는데 웃음이 나와? 내가 정말 기가 막혀서. 그보다 왜 미국엔 안 가는데? 아니면 벌써 갔다 왔어?"

"못…… 갔어요."

못 갔다는 그 한마디에 백 가지 표정과 천 가지 마음이 읽혀졌다.

정말 회사 때문인 거야, 아님 둘이 싸운 거야? 아니다. 그 범표 회장님이 끝내 반대하시는 거다.

아무래도 말을 할 것 같지는 않았다. 그래, 유은조가 임신을 했다는 사실보다 엄청난 게 뭐가 있겠어, 지금 이 상황에서.

"금세 티 날 텐데 도대체 무슨 생각인지……."

또 피식 웃었다. 미치겠네, 정말. 웃음이 나온다 이거지, 지금.

"임신한 적 있으세요? 잘 아시네요?"

겁도 없이 임신을 입에 올리는 유은조 때문에 혜나는 순간 경기로 인해 산소마스크를 쓸 뻔했다. 서둘러 주위를 살핀 혜나는 큰일 날 소리를 한다며 입단속시키고 작은 목소리로 꾸짖듯 말했다.

"누굴 호적에도 없는 미혼모로 만들어? 그리고 응응이라고 해야지, 누가 듣기라고 하면 어쩌려고. 인간이 왜 그렇게 요령이 없어?"

걱정 어린 마음에 연신 주위를 살피는데 유은조가 기습적으로 물었다.

"인사처장님이랑은 잘돼가세요?"

그동안 자신조차 잊고 있던 이준성의 이름이 나오자 그만 맥이 탁 풀렸다. 사실 딱히 할 말이 없었다. 뭐, 얼굴을 보든지 말을 섞었어야 뭔 말을 하지.

"포기할까 봐. 나한테 관심이 없어, 관심이. 인간이 격하게 눈만 높아서는."

그러면서 유은조를 쏘아봤다. 너같이 CG의 비현실적인 인물을 오매불망하다가 극 추락 버전인 나에게 바로 눈길이나 주겠냐.

"끝까지…… 포기하지 마세요."

지금 3일 밤낮으로 제 걱정을 해도 모자란 판에 해사하게 웃으며 진심이 뚝뚝 묻어나는 목소리로 말했다. 어울리지 않게 오지랖은.

"남 걱정 말고 본인이나 챙겨. 우리나라 사람이면 다 아는 아가씨가 응응 해가지고 도대체 어쩌려고……. 내가 정말 동생 같아서 하는 말인데 제발 정신 차려."

진짜 손 붙들고 어디 절이라도 가서 백일기도하고 싶은 심정이다.

"말 많은 그 동네에서 소문이라도 돌면 어쩌려고 그래? 얼른 현실을 직시하고 해결책부터 모색해. 이건 정말 만약인데, 혹시 아주 은밀하고 비밀스럽게 병원 갈 일이라도 생기면 망설이지 말고……."

"이번 크리스마스이브에 시간 있으세요?"

유은조는 해맑다 못해 다소 맹한 표정으로 물었다.

'이게 무슨 봉창 두드리는 소리야! 이 타임에 웬 크리스마스?'

정말 얘는 내 평범한 이성과 감성으론 전혀 케어가 안 되는 별종이 맞나 봐. 역시 난 천재라 불리는 것들이랑은 상극이야.

"그건 왜 물어? 아니, 그보다 지금 그게 궁금하냐?"

당사자를 대신에 걱정의 도가니에 빠진 혜나를 보며 유은조가 물었다.

"별일 없으시면 그날 제가 주최하는 크리스마스 파티에 오세요. 어때요? 콜?"

'콜이란다. 얘가 지금 제정신이 맞는 거야? 넌 도대체 어느 별에서 왔니?'

크리스마스라……. 하긴, 내가 무슨 일이 있겠어. 생일에도 별일이 없는 난데. 쟤도 가는데 나라고 못 갈까. 그래, 가자. 12월에 있을 파티, 지금 못 간다고 미리 튕기는 것도 웃기고.

"그래, 콜하지, 뭐. 응응한 여자도 가는데 육체적으로나 합법적으로 싱글인 내가 못 갈까. 가. 간다고, 크리스마스 파티."

혜나는 연인과 어정쩡한 채로 임신까지 해서는 크리스마스 파티를 구상하는 이 대책 없는 임산부를 보며 기가 막혔다. 그러면서도 재계를 들었다 놨다 하는 요물에 천하에 둘도 없는 천재라는데 뭐, 저도 나름 끗발 날리는 생각이 있겠지 하고 걱정스런 마음을 애써, 정말 애써 무시했다.

❻ Parking and Shutdown

미국 텍사스 주 오스틴, 맥컬리 가 저택.

물리치료사의 만류에도 벽에 고정된 바를 잡고 단독으로 걸었다. 한 걸음.

결과는 창피할 정도로 순식간에 주저앉았다. 여전히 주저앉아 있는 그를 잡아 일으키려는 물리치료사의 도움을 거칠게 밀어낸 저니는 스스로 일어나려 했지만 그러질 못했다.

이상하게 시간이 갈수록 팔과 다리 어느 하나도 제대로 움직여지지 않았다.

재활을 시작하고 이제 한 달이 지났으니 욕심내지 말고 꾸준히 근력을 키우라는 가족들의 진심 어린 조언에도 그는 전혀 말을 듣지 않고 있었다. 아무런 이상이 없다는데도 몸은 힘도 근력도 생기지 않고 지지부진한 상태였다.

헤어지고 두 달 반. 은조에게는 아직까지도 소식이 없다.

그룹을 도맡아 바쁘고 힘들다 해도 개인 시간이 있을 테고, 그를 인정하지 않는 할아버지의 눈치를 본다 해도 마음이 있다면 불가능한 것도 아닐 텐데 아무런 기별이 없다. 하물며 그 흔하고 편한 트위터나 페이스북에도 다녀간 흔적이 없었다.

몸 상태로 인해 먼저 액션을 취할 수 없는 입장에서 오지도 않는 연락을 기다리며 저니의 정신과 의지는 하루가 다르게 허물어지고 있었다. 맨 처음 가진 전투적인 의욕은 전부 어디로 갔는지 지금의 그는 운동의 필요성은 물론이거니와 지금 이 순간조차 버텨내지 못할 정도로 정신이 피폐해져 있었다.

대대로 맥컬리 가의 주치의를 맡은 의사는 클라라와 가족들에게 이유는 모르나 지금 저니가 느끼는 절망감과 두려움이 그를 더욱 주저앉게 만들고 있다고 했다.

이에 대노한 클라라는 한국에 있는 존재는 깨끗이 잊으라고 했다.

저니는 이미 은조에게 철저히 잊힌 존재이며, 맥컬리 가의 일원으로서 구차하게 변심한 연인에게 사랑을 강요하지도, 절대 구걸하지도 말라고 충고했다. 정말로 사랑한다면 그녀를 놓아주라고. 만약 유은조가 조금이라도 진심으로 그를 사랑했다면 그 어떤 상황이든 이유든 간에 지금 이 자리에 있어야 하는 게 아니냐며 가족들과 저니를 한껏 동요하게 만들었다.

그의 느린 회복에 클라라가 불안해 그런 것이라며 가족들은 격려하고 다독였지만 한편으론 클라라의 독설을 완전히 부정하지도 못했다.

클라라가 인사처럼 내뱉는 날카로운 독침은 은조와의 현실을 인정하고 싶지 않은 저니를 더욱 아프게 헤집으며 믿음을 차츰 퇴색하게 만들었다. 그러면서 집에 자주 드나드는 천방지축 헤지나를 은근히 찍어 붙이며 마음을 다잡으라고 진심 어린 충고를 했다.

맥컬리 가문이 하는 여러 가지 사업의 오래된 파트너 가문의 장녀인 헤지나는 시간만 나면 그를 보러 오곤 했다. 잊기를 바라는 클라라와 다르게 헤지나는 매번 올 때마다 대학 때 은조와 자신이 벌인 화려한 일화를 떠벌리며 칭찬을 했다 비난을 했다 하며 제 기분대로 한참 떠들다 가곤 했다.

인터넷에 뜬 유성그룹의 대표 전화 번호를 한참 동안 응시하던 저니는 결국 노트북을 외면하고 휠체어를 돌려 강가가 보이는 창가로 갔다.

그가 머물고 있는 저택은 콜로라도 리버를 끼고 있는 오스틴의 대표적인 부촌으로 가을만 돼도 주위는 겨울 못지않게 스산했다. 앞으로 큰 강이 흐르고 뒤로는 웅장한 태를 발하는 마운틴 보넬이 있어 공기가 차갑지만 햇볕이 들면 대체로 따뜻했다.

저니는 한 면 전체가 통유리로 된 거실 안에서 휠체어에 앉아 콜로라도 강가를 내려다보았다. 강가에 묶인 화려한 요트에 저절로 시선이 갔다.

근 3년, 서울만이 간직한 독특한 향토와 습도, 강렬한 추위에 익숙해진 그로서는 오스틴의 가을이 익숙지 않아 더욱 삭막하게 느껴졌다. 고향이 아무리 미국에서 가장 살기 좋은 도시로 손꼽히고 친환경적인 도시로 유명하다 해도, 한국인의 피가 섞이고 뜨거운 한국적인 정서가 흐르는 그에게는 서울, 은조가 있는 그곳과는 비교조차 할 수 없었다.

어릴 때부터 남부의 보석이라 불리는 이곳 오스틴이 편치 않았다.

클라라의 절대적인 홈그라운드라 자주 다니고 많은 시간을 보냈지만 결코 편한 곳은 아니었다. 많이 희석되고 유입된 타 민족들과 자연스럽게 융화되었다고 해도 오스틴은 예로부터 백인 우월주의가 팽배한 도시다. 또한 단순한 자본의 축적에 따른 생활상보다 품위 있는 귀족적 생활 습관을 중요시했다. 그들 중심에 고집스런 리더, 할머니 클라라가 있었다.

유일한 후계자이자 손자라고 해도 저니는 순수 백인이 아니었고 그의 어머니 또한 클라라에게 인정받지 못해 이 도시에서 느끼는 정서적 불안과 적대감은 적지 않았다.

그 모든 불완전한 시간을 지나 은조를 만나고 첫눈에 사랑을 느낀 저니는 지금 부서진 몸과 바닥까지 피폐해진 마음으로 휠체어에 앉아 있었다.

하루에도 수십 번씩 밀려드는 불안한 마음을 모두 지우고 서둘러 몸을 만들어 서울로 돌아가면 그만이라고 생각하다가도 만약 은조가 그를 거부한다면? 오지 않기를 진심으로 바란다면? 그룹의 안정과 비상을 꿈꾸는 은조를 위해 아무런 도움도 주지 못하는 그가 결국엔 욕심을 접어야 하는 건 아닐까? 아니, 벌써 오래전 그가 사고를 당한 그때 우리의 관계는 이미 끝난 건 아닐까 하는 막막함과 두려움이 끈질기게 그를 옥죄었다.

휠체어에 앉아 내려다보던 손에 힘을 주었다. 주먹을 쥐자 핏줄이 섰다. 그가 가하는 힘의 백 프로는 아니지만 분명 반응하고 있었다. 손을 제자리로 한 저니는 이번에는 한쪽 발에 힘을 주었다. 그러자 미약하지만 발도 역시 반응했다. 분명 조금씩 나아지고는 있었다. 하지만 지금이라도 당장 서울로 날아가고픈 그에게 이 정도 가벼운 미동은 확실한 동기 부여가 되지 않았다.

저니는 지금 자신이 은조의 배신을 두려워하는 것인지 아님 그녀가 없는 자신의 현재와 미래를 두려워하는지 전혀 가늠할 수 없을 정도로 혼란에 빠져 있었다.

본질에 반하여 묶여 있는 요트와 현재 휠체어에 몸을 의탁하고 있는 자신 사이에서 절망 어린 마음은 심하게 요동쳤다.

어깨 밑으로 풍성하게 물결치는 갈색 머리를 살짝 손으로 넘기며 VIP를 위한 소규모 파티가 있는 연회장 입구로 들어서던 은조는 누군가를 의식하는지 환하다 못해 사뭇 빛이 나는 화려한 용태를 뽐내며 연단 앞까지 걸어갔다.

이젠 사람들의 적나라한 관심과 뜨거운 눈길에 제법 익숙해져 마이크를 들고 연단 중앙에 섰다. 마이크를 잡자 홀 안의 소음이 금세 잠잠해지면서 모두의 시선이 유은령에게로 쏠렸다.

"오늘 이 자리에 참석해 주신 모든 분들께 감사드립니다. 이 자리는 지난 두 달여 동안 저희 유성그룹 및 해성기업의 모든 사태를 지켜보며 걱정과 조언을 아끼지 않으셨던 지인분들과 각 그룹의 어르신들을 대신해 이 자리를 빛내주신 자제분들에게 처음으로 유은령이 인사를 하는 자리입니다."

은조는 일일이 시선을 마주하듯 장내에 있는 사람들과 시선을 맞췄다.

“그동안 제가 개인 사정으로 여러분과의 돈독한 관계를 유지하지 못해 서운한 마음을 다소나마 풀어보고자 마련한 특별한 자리이니, 편하게 이야기하시면서 마음껏 즐기시기 바랍니다.”

재계에서 쟁쟁한 그룹의 몇몇 자제들만 엄선해 초청한 오늘의 파티는 초대된 게스트는 물론이고 오늘의 파티를 주관한 호스트 은조를 더욱 돋보이게 했다.

해성을 겨냥한 검찰의 끝장조사는 계속되고 있었다. 그와 동시에 유성그룹의 사장으로 발탁돼 대담한 인사 개편으로 재계에 관심과 인정을 한 몸에 받은 은조는 특유의 부드러운 카리스마로 주위 막강한 가문의 자제들을 자연스레 그녀의 울타리 안으로 끌어들였다.

유은령은 자자한 명성에 비해 그 모습을 확인한 이가 몇 없어 소문만 무성했지만 오늘 이 파티에 참석한 이들 모두 확실하게 확인할 수 있었다.

결코 화려하지 않은 누드 톤의 비즈로 장식된 드레스를 입은 그녀는 옆에서 보는 이로 하여금 절로 감탄하게 만들었다. 홀 중앙을 중심으로 상대방과 눈을 맞추며 정중하면서도 자연스런 움직임과 청아한 목소리 톤으로 사람들과 인사를 나누는 그녀를 반갑게 불러 세운 이는 차영그룹에 막내 차차차 조심 차주희였다.

“언니, 오늘 너무 아름답다! 역시 내 롤 모델다워요!”

차주희는 팔짱을 끼며 자신의 무리로 자연스레 그녀를 이끌었다. 은조에게 매달려 어리광을 부리던 주희는 은조를 탐색하듯 바라보는 한 남자를 그녀에게 소개했다.

"언니, 이쪽은 우리 사촌 오빠 차성민. 전도유망한 건축가야. 오빠, 이쪽은 내가 사랑하고 존경하는 학교 선배이자 나에 롤 모델 유은령 사.장.님."

사장님이란 말에 힘을 주어 소개한 차주희는 뭐가 그리 좋은지 연신 싱글벙글했다.

은조는 차성민이 내민 손을 살짝 잡으며 인사를 나눴다. 남자는 후덕한 몸집에 푸근하게 생긴 호남형으로 인형처럼 생긴 차주희와는 전혀 다른 인상이었다.

"반갑습니다. 차성민이라고 합니다. 우리 주희가 그렇게 노래를 부르던 분을 오늘에서야 이렇게 만나뵙는군요. 근데 주희가 큰 실수를 했는데요?"

무슨 뜻이냐는 표정을 하자 차성민은 빙그레 웃으며 넉살 좋게 말을 이었다.

"미인이라고 했는데 오늘 보니 어마어마한 여신급 미인이십니다. 전 아까 연단에 서 계실 때 미의 여신 비너스가 조개에서 나와 주문을 거는 줄 알고 정신 바짝 차리려고 무진장 애먹었습니다. 하하하!"

호탕하면서도 수줍은 차성민의 립 서비스에 옆에 있던 주희가 더 민망한 듯 웃었다.

"표현 한번 촌스럽고 궁색하네. 언니가 이해해. 오빠가 여직 죽어라 일만 해서 대화에 별다른 스킬이 없어요. 사실 투박하고 솔직한 게 우리 오빠 매력이지만."

"우리 주희 말이 맞습니다. 제가 현장에서 노가다만 해서 아직 고급스런 물에서 노는 하이 라벨의 스킬이 부족합니다. 그러니 부디 여신께서 이해하세요. 대신 제가 나중에 주희랑 유은령 씨께 탁 트인 공간에서 거하게 저녁 한번 쏘겠습니다."

차성민의 익숙한 말투에서 하우징 사람들이 연상됐다.

노가다란 익숙한 말과 함께 탁 트인 공간, 거하게 쏜다는 그 투박하고 호방한 말투까지 전부 8군에서 매일 듣던 말이었다.

'그래, 지금 이곳과는 전혀 다른 물이지.'

차주희의 사촌 오빠는 덩치만큼이나 따듯하고 호탕한 기운이 느껴지는 사람이었다. 순간적으로 혜나 김이 생각났다. 왜인지는 모르겠지만 사람 좋은 웃음을 짓는 그를 보니 자연스레 작고 귀여우면서도 살벌하게 사나운 혜나가 그와 매치됐다. 둘을 놓고 보니 참 어울리지 않으면서도 무척이나 어울리는 조합이란 생각이 들어 은조는 차성민을 보며 오랜만에 아주 환하게 웃었다.

파티는 예상보다 길어지고 있었다.

이런 형태의 파티는 처음이라 이러다 날 새는 거 아닌가 하는 걱정이 들었다.

"그렇게 온갖 음료든 사업적 제휴든 시큰둥해하면 여기 모인 사람들이 유은령 씨 성격이나 상태에 대해 수군거리면서 오해할 텐데요."

고개를 돌리니 할아버지가 그렇게도 미는 진성그룹의 차남 현재원이 서 있었다.

할아버지와 윤 이사의 계획하에 난생처음 선이란 걸 본 그날도 그랬지만 남자의 눈빛은 예리하면서도 날카로워 상대를 주눅 들게 만드는 타고난 무기이자 스스로를 방어하는 보호색처럼 느껴졌다.

"다행히 제가 터무니없는 오해와 뜬소문에는 무던한 부류라서요."

"농담에 여유까지 즐기는 미인이라. 유은령 씨는 정말 사업하는 남편에게 매우 적합한 아내상이자 사업적 파트너로서 손색이 없는 스타일입니다."

"그런가요? 아쉽네요. 전 사업하는 남자에게 관심이 없어서."

그녀의 대답이 마음에 들지 않는지 현재원의 눈빛이 아주 잠깐 예리하게 빛났다.

"유성의 주인 유은령 씨 입에서 사업하는 남자에게 관심이 없다는 말을 듣다니 좀 의외네요. 그럼 은령 씨는 개인적으로 어떤 직업군을 가진 남성에게 매력을 느끼나요?"

아주 오늘 단단히 작정을 한 모양이다. 아님 할아버지가 시키셨던지.

"글쎄요. 생각해 보지는 않았는데 굳이 예를 들자면 좀 전에 만난 건축가나 전문직 종사자가 좋겠어요. 제가 모르는 분야에 대해서 알게 되는 계기도 되고 즐길 수 있는 기회도 될 수 있으니까요."

은조는 대충 생각나는 대로 말했다. 성의 있게 대답하기에는 현재 너무도 피곤했다.

"우리같이 기업하는 사람들은 서로의 장점과 단점을 속속들이 알고 폭 넓게 이해해 줄 수 있는 동종 업계의 파트너가 더 힘이 되지 않을까요? 또한 둘이 만들어내는 사업적인 시너지 효과와 부수적으로 따라오는 것들도 무시할 수 없을 텐데요."

형에게 제대로 견제당하는 차남이라고 하더니 이런 야심 때문이구나.

살벌한 눈빛과는 다르게 너무 속을 내보인다는 생각이 들었다. 아님 이 또한 은조를 자극하는 방법인지도 모르겠지만 그러기엔 그녀가 너무도 많이 변했다. 과거의 은조가 앞도 뒤도 보지 않고 무조건 사육사가 이끄는 대로 내달리는 경주마였다면, 지금은 야성의 본능이 이끄는 대로 저 푸른 초원을 내달리고픈 야생마였다. 또한 연인으로 인해 새롭게 조련되었다. 뛰어난 색마에게 아주 색스럽게.

"그게 뭐든 별 메리트가 없긴 마찬가지네요. 그럼 이만 실례하겠습니다. 이런 파티가 처음이라 무척 피곤하네요."

상대가 쭉 찢어진 눈을 사납게 치켜뜨든 매섭게 노려보든 전혀 상관없었다. 지금은 이 지루하고 재미없는 그들만의 사적인 유희에서 빠지고만 싶었다.

농염함에 야릇함을 더한 키스는 섹스만큼이나 그를 흥분시켰다. 농밀한 혀는 입안에서 나긋나긋 절제되어 관능적인 춤을 추었다. 어찌나 빠르고 뜨거운지 여자의 혀는 금세 남성을 한껏 부풀리고 사납게 만들었다.

더 이상 유혹을 참을 수 없어 여자를 침대에 내던지고 위에 올라탔다.

하얗고 탄력 넘치는 매끈한 몸이 저니를 한없이 흥분시켰다. 애무도 키스도 없이 순식간에 여자의 팍팍한 몸속으로 난입해 거칠게 자맥질을 시작했다. 여자는 침대에 묶여 그 어떤 반항도 허락되질 않았다. 거칠게 내벽을 치고 내달리자 여자는 거대한 분신을 옥죄었다. 강렬한 쾌감에 소름이 돋았다. 자극받은 그는 허리를 부여잡고 기이한 탄성을 내지르며 무섭게 내달렸다. 달리고 달려도 무언가 부족하고 아쉬워 내내 갈증을 삼켰다.

마시고 삼켜도 도통 해갈되지 않는 갈증은 그를 더욱 날뛰게 만들었다.

두 남녀는 부둥켜안고 서로의 기운을 전부 빼앗을 듯 배려 없는 난폭하고 가학적인 섹스를 즐겼다. 여자는 연신 내벽을 조였다. 절대 그를 물고 놓지 않겠다는 듯.

저니도 이에 반응하듯 여자의 다리를 어깨에 걸치고 깊게 자신을 묻고 빼기를 반복했다. 여자는 헐떡이는 숨을 그의 입안에 전부 토해냈다. 그러곤 혀를 단단히 잡아 물며 거친 애무와도 같은 기묘한 자극으로 그를 비정상적인 흥분 상태로 만들었다.

더 이상 참을 수 없어 그는 마지막을 향해 사나운 몸짓을 반복하며 괴성을 내질렀다.

폭력에 가까운 섹스는 이성을 집어삼키고 철저히 욕망에 무릎 꿇게 했다.

쏟아낸 욕망의 잔재가 하반신을 흥건히 적셨다. 이를 보는 저니의 눈빛에 오랜만에 만족스러움이 가득했다. 여자가 속삭였다.

"사랑해요. 사랑해요, 저니."

열기와 희열로 인해 홍조 띤 은조의 얼굴을 확인한 저니는 자리에서 벌떡 일어났다.

반복되는 꿈속의 여자는 은조였다.

늘 눈가리개를 하고 있거나 아름다운 육체와 다르게 얼굴은 흐릿해 누군지 알 수 없었는데, 꿈속에서 늘 그와 뜨겁고 난잡한 섹스를 즐긴 이는 은조였다.

꿈속에서 은조는 늘 사랑을 말했다. 현실에서는 단 한 번도 입 밖으로 내뱉은 적이 없는 말. 저니는 늘 원하고 기다렸지만 은조는 늘 아끼고 감췄던 그 말.

밤과 낮, 낮과 밤. 유은조는 한 치의 물러섬도 없이 그의 의식을 장악했다.

매일 반복되는 꿈 이후 늘 그랬듯 잠에서 깬 저니는 그 길로 지하 수영장으로 가 몸을 날렸다. 차가운 물이 혼미한 그의 정신을 일시에 깨워 버렸다.

저니는 노트북을 사납게 밀쳐 버렸다.

데스크에서 떨어진 기계는 산산조각이 나 매끈한 대리석 바닥을 어지럽혔다.

분노로 인해 온몸이 부들부들 떨렸다.

인터넷 경제면과 연예면은 온통 유은조의 이야기로 도배되어 있었다.

경제면 한쪽을 도배하듯 난 기사에는 드디어 모습을 보인 재계의 여신 유은령이란 제목으로 큼지막한 은조의 사진이 실려 있었다. 비즈로 장식된 누드 톤의 아름다운 드레스에 활짝 웃고 있는 은조는 연주회에서 국내 손꼽히는 그룹의 장남과 인사하는 개인적인 모습도 보였다. 또한 유성그룹 산하 공장을 방문해 직원들과 즐겁게 식사하는 모습과 영화제를 후원하는 기업의 대표로 블랙 드레스에 시크하면서도 단아한 모습의 유은조가 유명 남자 배우들과 인사를 하는 모습까지 더해져 연예란을 요란하게 장식하고 있었다.

어느 경제 전문가는 유성그룹의 후계자를 잡는 재계의 행운아가 곧 나타날 거란 조심스런 전망도 하고, 증권가 찌라시에는 재계 순위 2위인 기업의 차남과 이미 사귀고 있다는 말도 있었다. 국내 가장 섹시한 싱글 배우인 J씨와 은밀하게 만남을 가진다는 기사도 실렸다.

이 모든 건 은조의 모습이 아니었다.

은조의 미소는 세상 단 한 사람, 저니에게만 허용되는 특별한 선물이었다.

아무런 연락도 없고 그 어떤 루트로도 연락이 되지 않던 실버벨이 지금 저니를 비웃는 듯 황홀한 자태와 더없이 아름다운 미소로 세상 전면에 모습을 드러내고 있었다.

그동안 말하지 못하는 이유가 있어 그런 걸 거라 애써 이해하고 부인하며 피하던 저니는 오늘에서야 그 이유를 확실히, 너무도 분명히 알 수 있었다. 유은조는 그가 아닌 그룹과 유일한 혈육인 할아버지를 택했다.

혼혈이란 그 절대적인 명제에서 결코 벗어날 수 없는 그에게 냉혹한 심판자의 칼을 든 할아버지의 뜻에 따라 그는 철저하게 배신당했다. 그토록 사랑하고 믿었던 실버벨에게.

그의 생애 유일하게 사랑했던 연인에게 너무도 빠르고 완벽하게 잊혀졌다.

헬기 사고 후 지난 3개월이 넘는 시간 동안 그 가혹했던 무기력과 싸우며 믿고 기다리던 자신이 한순간에 바보가 된 것 같았다. 마지막까지 극렬하게 거부했던 배신을 인정하자 미칠 듯이 분노가 들끓었다. 한 번 모습을 드러낸 분노는 너무도 격렬하게 그를 압도했다.

목발에 몸을 의지하던 저니는 자신의 어그러진 모습에 화가 나 목발을 집어 던졌다. 그러다 들고 있던 다른 목발로 눈에 보이는 모든 걸 부수기 시작했다.

은조의 미소, 그를 어루만지던 은조, 침대에서 장난을 치던 그들, 기생하듯 서로에게 붙어 소유하고 웃음을 나누던 모습, 뜨거운 몸짓으로 그를 황홀하게 만들던 은조…….

깨고 부수고 내던지며 저니는 은조를 향한 분노와 치 떨리는 배신감으로 인해 폭주하는 자신과 처절히 마주했다. 싸움은 그렇게 맹렬히 이어졌다. 며칠 동안이나.

클라라는 3일 전부터 별채에서 꼼짝도 안 하는 저니로 인해 입술이 타들어갔다.

자신이 믿었던 모든 가치와 믿음이 부서지고, 망가진 환경에서 물 한 모금도 먹지 않은 채 손자는 홀로 버티고 있었다. 모든 마음의 문을 걸어 잠근 채 저니는 믿음의 또 다른 이름인 배신이 안겨다 준 고통에 사로잡혀 몸부림치고 있었다.

이 모든 게 그 잘난 한국인 여자 때문이었다.

'배신을 해도 어찌 그렇게 잔인하게 하는지…….'

클라라를 비롯한 맥컬리 가의 모든 가족들은 이제 동양인 여자라면 아주 치가 떨렸다.

아름다운 조카이자 하나밖에 없는 삼촌을 저토록 고통스럽게 하는 그 얼굴도 모르는 여자가 너무도 미워 가족들은 한동안 저니의 부모인 지나조차 보기가 껄끄러웠다.

저니는 어둠 속에서조차 너무도 선명하게 그려지는 모습을 애써 지워 버리려 했지만 지우려 할수록 그 모습은 더욱 크고 가깝게 다가와 그를 통째로 집어삼켰다.

끝이 보이지 않는 지옥은 그렇게 시작되고 반복됐다.

넋 놓고 달력을 보던 은조는 노크 소리에 정신을 차렸다. 김 비서는 일정과 오늘 밤에 있을 파티에 대해 브리핑을 하기 시작했다.

"이거, 아마 사장님 댁 집 주소를 몰라 회사로 보낸 것 같습니다."

창가에 서서 브리핑을 듣던 은조는 뒤돌아 김 비서가 주는 사진을 한 장 건네받았다. 받고 보니 사진이 아니라 사진 엽서였다. 배낭여행 중인 장원표가 보낸 엽서.

엽서를 쓸 때 영국에 있었던 모양이다. 엽서를 돌려 내용을 확인했다.

—잘 지내죠? 난 아주 좋아요. 영국은 당신과 참 많이 닮았어요. 자존심 강하고 건조하고 재미없고. 근데 히스토리가 길어 볼 건 많아요. 그러니 딱 당신이죠. 건강 조심하고 아무쪼록 잘 지내요. 영국과 닮은 당신이 많이 보고 싶은 장원표가.

그 어떤 문장보다 '잘 지내죠?' 라는 그 간결한 문장이 내내 눈길을 사로잡았다.

'당신도 잘 지내죠? 그러길 바라요.'

은조는 의미 없는 질문을 던지며 창밖으로 시선을 돌렸다.

호텔에 도착했다는 소리에 은조는 감고 있던 눈을 떴다. 벨보이가 차 문을 열어주자 어깨에 블랙 블레이저를 걸치고 차에서 내렸다. 초저녁인데도 주위는 깜깜했다. 뭔가 이상해 눈을 뜨니 낯선 남자 품에 안겨 있었다.

남자는 걱정스런 표정으로 그녀를 응시했다. 놀란 은조가 남자 품에서 빠져나와 주위를 둘러보자 김 비서가 곁에서 부축했다.

"사장님께서 몇 초 동안 정신을 잃으신 것 같습니다. 이분은 차에서 내려 몇 걸음 걸으시다 정신을 잃으신 사장님을 부축해 주신 분입니다."

은조는 자신이 호텔 로비에 서 있다는 걸 그제야 인식하고 옆에 선 남자에게 짤막하지만 정중히 인사했다. 남자에게 인사를 하고 뒤돌아 엘리베이터 쪽으로 향했다. 앞서는 은조를 김 비서가 부지런히 따라붙었다. 엘리베이터를 기다리던 은조는 아직도 다소 무딘 감각을 일깨우려 고개를 조심스럽게 돌리며 크게 심호흡을 했다.

"안녕하세요, 유은령 씨."

소리가 들린 쪽을 보자 방금 전 자신을 도와준 남자가 보였다. 은조가 응시하자 남자가 그녀 곁으로 다가왔다. 분명 오늘 처음 보는 사람이었다.

"기억 못하시는군요."

내가 이 사람을 어디선가 만난 적이 있나 하는데 김 비서가 다가와 속삭였다.

"영화배우 이현이에요."

그렇구나. 영화배우라 내가 당연히 자기를 안다고 생각했구나.

"안녕하세요."

낮은 목소리로 인사를 한 은조는 엘리베이터 문이 열리는 소리가 들려 올라탔다. 흘러내린 머리를 넘기며 문이 닫히길 기다리는데 방금 전 들은 목소리가 다시 들렸다.

"우린 인사도 나누고 같은 테이블에서 저녁도 함께했는데 전혀 기억을 못하시는군요."

은조는 옆에 선 남자를 응시했다.

180㎝에 가까운 키에 잘생기고 특히나 저음의 목소리가 상당히 듣기 좋은 남자였다. 하지만 도무지 만난 기억은 떠오르지 않았다. 또한 당연히 옆에 있어야 할 김 비서가 보이지 않았다.

"찾으시는 분은 엘리베이터를 타지 못했습니다. 그분이 타기 전에 문이 닫혔거든요."

어지럼증이 계속돼 눈을 감았다. 잠시 후, 엘리베이터 문이 열려 눈을 떴다. 그러자 옆에 서 있던 남자가 어느새 바로 앞에 서 있었다.

"천재란 말이 무색하게 기억력이 나쁘시네요."

남자는 미동도 않고 은조 앞에 서서 시비를 걸 듯 말했다. 그의 눈빛은 어서 은조가 반응하길 바라는 눈치였다. 하지만 그럴 마음이 없었다.

"그럼 전 이번 층에 내려야 해서."

남자를 살짝 비켜 내리려던 은조는 갑자기 엘리베이터 문이 닫혀 놀랐다.

"이런, 그새 1층에서 눌렀나 보네요. 안타깝게도 우린 다시 내려가야겠는데요?"

은조는 장난기가 잔뜩 묻어나는 목소리에 지금까지와는 전혀 다른 표정으로 뒤에 선 남자를 차갑게 응시했다. 그녀의 크고 맑은 갈색 눈은 불쾌한 감정에 유리알처럼 투명하게 빛났다.

"아무래도 전 다음번에도 그쪽을 전혀 기억하지 못할 것 같네요. 원래 사람이란 불쾌한 감정이나 유쾌하지 않은 순간은 잊으려고 하는 보호본능이 강해서요."

적절한 타이밍에 문이 열려 은조는 인사를 하고 서둘러 엘리베이터에서 내렸다.

파티는 여전히 혼란이란 단어와 일맥상통하는 낯선 이미지였다. 더욱이 이처럼 소란하고 요란한 파티는 딱 질색이었다.

이번 파티는 유성그룹의 임원이 아닌 개인적인 초청으로 이루어진 매우 드문 경우였다.

김 비서의 안내로 파티의 주인공과 인사를 하게 된 은조는 깜짝 놀랐다. 파티의 주인공은 방금 전에 본 그 영화배우였다. 그제야 파티의 이름이 생각났다.

'영화배우 이현과 함께하는 색다른 자선 행사.'

소아암에 걸린 아이들을 돕기 위한 자선 행사란 타이틀도 언뜻 생각이 났다.

이현은 은조의 이름이 놓인 테이블로 그녀를 이끌었다.

은조는 의자를 빼주는 이현을 쳐다보다 착석했다.

이현은 그녀에게 오렌지 주스를 마시라고 권하고는 사회자가 부르는 소리에 자리에서 일어났다. 생각했던 것보다 자선 행사의 규모는 꽤 컸다. 각계각층의 예술인들이 기증한 작품을 경매에 붙여 낙찰을 받으면 그 돈을 소아암 센터에 전부 기증한다는 행사였다.

일찌감치 마음에 드는 작품을 확보한 은조는 서둘러 자리에서 일어났다.

자신들의 만족과 즐거움에 장식처럼 의미까지 부여하는 이런 자리는 거북했다. 또한 넓은 아량으로 봐주고 견디는 인내심도 은조에게는 없었다.

도움과 기부라면 늘 어릴 때부터 자연스레 몸에 밴 일이다. 하지만 이런 축제나 놀이 같은 분위기에서 행해지는 기부라면 사양이었다.

어쨌든 그들의 기분에 달하는 기부든 인사든 충분히 했으니 더 이상 자리를 지키는 수고는 하고 싶지 않았다. 더군다나 잠시 후부터는 성공적인 경매를 축하하는 요란한 파티가 열린 예정이라 했다. 엘리베이터를 기다리던 은조는 자신 앞에 선 구두코를 보고 고개를 들었다. 예상대로 그녀 앞에는 이현이란 배우가 서 있었다.

"더 붙들고 싶지만 유은령 씨 안색이 나빠 오늘은 이만 하죠. 하지만 곧 만나게 될 겁니다. 우린 반드시 만나야 하는 인연이니까요."

두 사람은 한동안 서로를 응시하며 그렇게 서 있었다.

❖ ❖ ❖

미국 텍사스 주 오스틴, 맥컬리 가 저택.

테이블 위에는 새로 산 듯 보이는 노트북이 펼쳐져 있었다.

노트북에는 어김없이 재계의 이슈 메이커이자 기품 있는 아름다움과는 정반대로 공격적으로 기업을 이끄는 유은령의 기사가 가득했다. 이른바 같은 로열패밀리의 자제들과 호텔에서 브런치를 즐기는 모습, 재계 어른들과 조용히 담소를 즐기며 환하게 웃는 모습, 그러면서 찌라시와 특급 연예인들의 열애를 터뜨리는 걸로 유명한 인터넷 신문사에서도 이번 크리스마스에 영화배우 이현과 유은령이 은밀하게 약혼식을 한다는 기사가 기정사실로 나돌고 있었다. 기사에는 근사한 사진도 첨부되어 실려 있었다.

삼청동 카페에서 커피를 마시며 이야기를 하는 모습과 늦은 밤 한남동 근처를 나란히 걷는 모습, 또 기자의 사진 촬영에 놀란 듯 보이는 모습까지 세 장의 사진이 연이어 실려 있었다.

저니는 온몸이 땀에 젖은 상태로 다리 근육 강화 운동을 했다.

팔과 손의 근육은 90프로 회복한 상태였다. 또한 다리 근육도 거의 끌어올렸다. 하지만 격렬하게 운동을 하는 얼굴에는 표정이란 걸 전혀 찾아볼 수 없었다.

은조가 떠났다는 걸 인정한 날, 아니, 받아들인 날 자유인 저니는 묻고 가문에 종속된 저니 맥컬리로 다시 태어났다. 그토록 거부하고 싶었던 성을 결국 받아들였다.

아이러니했다. 한때는 은조를 위해 버리려 했던 성을 은조로 인해 되찾았다는 게.

그 누구보다 클라라는 대환영하고 두 팔 벌려 반겼지만 다른 가족들은 변한 눈빛의 그를 마냥 반기지 않았다. 그럼에도 불구하고 저니는 클라라의 충직한 손자가 되었다.

클라라는 조종사 저니가 아닌 맥컬리 가의 젊은 주인으로 새로 이미지 업한 그에게 본격적으로 가업에 대해 설명하기 시작했다. 아직 빠르다는 가족들의 걱정 어린 원성에 클라라는 이제 자신도 쉬고 싶다는 말로 그들에 의견을 묵살했다. 또한 그녀는 일주일에 한두 번 헤지나를 집으로 초대해 함께 시간을 갖도록 유도했다.

클라라는 혹시라도 저니의 마음이 변해 그가 사장으로 있는 회사로 돌아갈까 서둘러 그에게 가능한 한 모든 부와 권한을 부여하려는 듯 보였다. 저니는 미국 전역에 매장을 보유한 유기농 마트의 투자 현황을 물으며 클라라의 기대에 철저히 부응하는 모습을 보였다.

그럴수록 클라라는 만족했고 가족들은 불안해했다.

저니는 전혀 다른 계산을 하고 있었다.

그들 만의 약혼식이 있다는 12월 24일까지 아직 한 달이란 시간이 남았다.

부단히 몸을 만드는 건 바로 그 이유에서였다. 실버벨을 결코 용서할 수 없었다.

용서란 말 자체가 무의미했다. 모든 건 처음 그대로. 그는 다시 재건되었고, 자신의 소유물을 찾아 그 앞에 무릎을 꿇려야 했다. 그래야만 모든 게 제자리를 찾는다. 그의 이 암흑 같은 세상도, 지옥 같은 마음도.

가족들 앞에서는 이젠 모두 잊은 듯 태연한 척했지만 유은조란 여자는 그의 인생에서 절대 빼내거나 삭제는 물론 도려낼 수 있는 그런 인물이 아니었다.

이제 말 한마디에 꼬리를 흔들며 미소를 날리던 충성스런 애인은 사라졌지만 아직도 유은조를 지독하게 원했다. 더 신랄하게 말하면 그의 상처 난 영혼과 몸은 오직 유은조만 원했다. 꿈속이건 현실이건 그에 몸은 유은조가 아니면 절대 반응하지 않았다.

지금도 모든 혈관이 뜨겁게 유은조의 전부를 갖길 원했다. 모조리 다 소유하기로 했다. 만약 거부한다면 죽여서라도 가져야 했다. 유은조의 처음도 그였으니 당연히 마지막도 그여야 했다.

샤워를 하고 나온 저니는 옷을 갈아입고 본가로 건너갔다.

다이닝룸에는 벌써부터 저녁 준비가 완벽하게 세팅되어 있었다. 클라라와 저니, 그리고 손님인 헤지나까지 세 명이 먹기엔 다소 거하다 싶을 정도로 저녁은 만찬이었다. 가끔씩 저니를 위해 한국 음식을 선보이기도 하고 사오기도 하던 주방의 대장 켈리는 언제부턴가 그를 위한 특별식을 전혀 선보이지 않았다.

아무래도 한국이 떠오르는 건 모두 치우라고 클라라가 지시한 모양이다.

웃음이 났다. 클라라가 피하고 숨긴다고 해서 그 안에 흐르는 피가 바뀌거나 전혀 다르게 둔갑할 수는 없다. 은조가 저니와의 일을 모두 덮고 다른 이와 인연을 맺었다고 해도 절대 그를 벗어날 수 없는 것처럼 절대 되돌릴 수 없는 일도 세상엔 분명히 존재한다.

[사고 전의 저니로 컴백한 거 축하해요. 이젠 그 덥수룩한 수염

만 깎으면 완벽한 미남 저니로의 귀환이네요.]

헤지나는 환한 미소로 그의 빠른 귀환을 축하했다.

[작지만 컴백을 축하하는 선물을 가져왔어요. 자, 이거.]

큰 리본으로 장식된 작은 상자를 그에게 건넸다. 고맙다는 인사와 함께 선물 상자를 받았다. 어서 풀어보라는 헤지나의 성화에 클라라가 힘을 실었다.

상자 안의 물건을 보고 순간 저니의 표정이 굳어졌다.

상자 안에는 그가 한국에서 즐겨 쓰던 브랜드와 동일한 자동 면도기와 에프터쉐이브 밤이 선물용 세트로 비닐 포장돼 있었다. 면도기와 밤 모두 은조가 지나치게 좋아해 그녀가 직접 고른 것이다. 유난히 그의 턱에 집착하는 은조로 인해 저니는 언제나 그녀를 만나면 파르스름한 턱을 유지하려 했다. 그의 살 내음과 쉐이브 밤이 뒤섞인 향을 좋아했다, 유은조는.

지금은 덥수룩하게 가려져 있지만 분명 수염을 자르면 은조가 집착하며 좋아 어루만지던 소중한 기억과 추억이 숨어 있었다.

[난 그 스킨 향 별로지만 당신한텐 잘 어울릴 것 같아 골랐어요. 왜, 사람마다 어울리는 색이랑 향이 다르잖아요. 저니는 왠지 그 향이 맞을 것 같아요. 어때요?]

헤지나는 그의 반응을 확인하려는 듯했지만 저니는 선물에 대한 인사만 했다.

[고마워.]

[그래, 저니. 이제는 그 보기 싫은 수염도 싹 밀어버리려무나. 아름다운 얼굴을 반 넘게 가리잖니. 다음 주부터는 이 할미와 네가 맡아 관리할 모든 것을 눈으로 직접 보며 확인해 보자꾸나. 너

와 다닐 생각을 하니 난 벌써부터 가슴이 뛴다.]

저녁 식사 분위기는 좋았다. 좋다고 느끼게끔 클라라의 기분을 모두 맞춰주었다.

눈치를 볼 생각은 없지만 이제부터는 그 어떤 자극이든 어떤 사람이든 구분하지 않고 강해질 필요가 있었다.

우연인지 모르나 선물 받은 면도기와 스킨으로 인해 더욱 은조의 살 내음과 그를 미칠 듯이 옥죄이던 관능적인 감각이 되살아났다. 그동안 현실에선 숨죽이고 있던 온몸의 기관이 한 번 각성하기 시작하자 감각은 순식간에 불타올라 사나운 사내의 욕망을 일깨웠다.

저니는 스멀스멀 꿈틀거리는 욕망을 다잡고 의식을 치르듯이 차분한 마음으로 지저분한 수염을 전부 밀어버렸다. 잠시 후, 거울 속에는 유은조가 그토록 물고 빨던 그의 날렵한 턱 라인이 되살아났다.

그녀는 늘 그의 턱을 어루만지며 그의 모든 세포를 뜨겁게 달궜다. 은조의 부드러운 손길과 다디단 숨소리에 매번 천국과 지옥을 오갔다.

이 약간의 기다림이 그 오랜 갈증을 풀어주리라 그는 믿어 의심치 않았다.

'이제 한 달. 이 시간이 지나면…… 만날 수 있다.'

아까와는 전혀 다른 모습으로 욕실에서 나온 저니는 2층으로 올라갔다.

2층 복도 끝, 굳게 잠긴 방 안으로 키를 따고 들어갔다. 서늘한 기운이 도는 방 안은 어두웠다. 창을 통해 들어온 달빛만이 서늘한 방 안의 온기를 흘려보냈다. 한쪽 벽에 세워진 스탠드를 켜자 넓은 방 안을 온통 도배하고 있는 이미지가 한눈에 들어왔다. 수십 장에 달하는 은조에 스틸 사진.

지난여름 장원표가 은조에게 프러포즈할 때 무대를 장식한 사진들. 눈물을 머금고 그와 은조의 사이를 인정한 장원표가 미군 군사우편을 통해 맥컬리 가 저택으로 보낸 것이다.

일반 우편으로 보냈다면 지금쯤 클라라의 손에 들어가 모두 폐기 처분되었을 사진들.

무슨 생각이었는지 장원표는 현명하게도 8군 안 저니와 각별했던 조종사의 아이디를 빌려 군사우편으로 보내 무사히 그의 손에 들어올 수 있었다.

사진 속 은조는 하나같이 아름다웠다. 거친 사랑을 나누고 늘어진 은조를 보며 어루만지던 갈색 긴 머리도, 길고 짙은 눈썹에 둘러싸인 크고 투명한 갈색 눈동자와 오뚝하게 솟은 이지적인 콧날도, 트레이드마크가 된 냉랭하고 무심한 표정까지.

'사진 속 당신은 여전하군. 그래, 이 모습이 당신과 어울려.'

사진 속 그녀처럼 늘 무심한 표정으로 세상사를 언더와 무관심으로 일관하던 유은조가 인터넷 속에서는 너무도 환하게 웃고 있었다. 그 웃음은 이 세상에서 딱 한 사람, 저니만이 보고 함께 공유할 수 있는 웃음이었다. 그런 웃음을 유은조가 지금 남발하고 있었다.

절대 인정할 수 없고 허용할 수도 없는 일이 벌어지고 있었다.

한땐 배신이란 광기에 내몰려 유은조를 죽이고도 싶었다, 아주 잔인하게. 그러다 생각했다.

유리병 안에 박제해 놓는 한이 있더라도 저니 혼자만 보겠노라고.

❖ ❖ ❖

12월 12일. 달력을 보고 있었다.

이젠 달력을 보고 날짜를 확인하는 게 버릇이 돼 늘 캘린더를 끼고 살았다. 손목에 찬 작은 시계 안에 홀로 선 날짜로는 도통 성에 차지 않았다. 큼지막한 숫자로 검은색과 빨간색이 선명하게 알려주는 날짜와 요일이 좋았다. 안도감을 주었다.

24란 숫자에 빠져 한참을 쳐다보는데 개인 핸드폰이 울렸다.

'이현' 이란 이름을 확인하고 잠시 망설였지만 결국은 받아야 하는 전화였다.

"네."

〈나야. 아직 점심 전이지? 점심 같이 하자. 지금 회사 밑 지하주차장이야.〉

"잠시만 기다려요."

〈괜찮아. 천천히 와. 난 기다리는 시간도 즐거운 사람이니까. 참, 주차는 당신이 마련해 준 자리에 했으니까 저번처럼 헤매지 말고 찾아와. 천재란 이름에 걸맞게.〉

전화는 이현이 먼저 끊었다. 김 비서에게 점심 약속을 알리고 사무실을 나왔다.

어느 순간부터 지하주차장에서는 일 초도 숨을 쉴 수가 없었다. 이젠 하루하루가 버거웠다.

이현은 차 밖으로 나와 그녀를 기다리고 있었다. 그녀의 파리한 안색을 확인한 이현이 은조에게 다가왔다. 그녀 이마에 손을 올리려다 잠시 머뭇거리더니 그만두었다.

"괜찮아? 점심 먹지 말까?"

걱정이 되는지 꽤나 안절부절못했다.

"아니에요. 가요."

은조는 걱정스레 쳐다보는 이현을 지나 차에 올라탔다.

식당은 예전에도 그랬듯 예약제로 이뤄져 편하게 룸으로 이동할 수 있었다. 또한 부탁하면 이처럼 미리 풀 세팅이 되어 있어 더욱 이곳을 즐겼다. 낯선 사람들이 번거롭게 드나드는 게 싫었다. 안내해 준 직원이 나가자 늘 그렇듯 이현이 따뜻한 물을 따라주었다. 수건으로 손을 닦은 은조는 앞에 놓인 음식을 바라보았다.

된장에 박은 깻잎과 간장게장이 맨 먼저 눈에 들어왔다.

'변하지 않는 메뉴구나, 너희 둘은. 서로가 별 연관성도 없으면서…….'

"우리 약혼 준비를 모두 당신이 하니까 편하긴 한데 좀 서운해."

시선은 아직도 반찬 접시를 응시한 채 은조가 영혼 없이 대꾸했다.

"괜찮아요."

피식 비웃는 소리에 고개를 들어 이현을 보았다.

"참, 표정이나 말투가 참 일관되게 성의가 없어."

"……."

명백한 비난이지만 반박할 수 없는 말이었다. 전부 사실이니까.

젓가락을 든 은조는 앞접시에 놓인 오색잡채를 조금 덜어 맛을 보았다. 그가 좋아하는 음식이다. 아니, 웬만한 미국인들이 다 좋아하는 음식이라 말하는 게 맞겠지.

"할아버지는 아직도 반대하셔, 우리 약혼?"

"……."

"약혼, 후회해?"

영 음식이 당기지 않아 결국 젓가락을 내려놓은 은조가 이현을 쳐다보았다.

이 사람은 늘 내뱉는 말이 모두 부정형이다. 그래도 말이 길지 않아 좋았다.

"내가 하자고 한 약혼이에요. 잊었어요?"

"아니. 근데 언제까지 그런 말투로 말할 거야? 나 정말 닭살 돋고 불편하단 말이야."

이현은 저번부터 은조 말투를 트집 잡았다.

"참아요. 다른 사람들 시선도 있고 무엇보다 내가 기억을 완전히 다 찾을 때까지."

이현이 컵에 물을 채워주었다. 컵을 두 손으로 감싸 쥐어보았다. 따듯했다. 꼭 그의 품처럼. 그녀에게 최적화된 넓은 가슴처럼 그렇게.

"천재라면서 실생활에서는 전혀 티가 나지 않는 게 이상하단 말이야. 정말 사기다, 사기, 그 우아하고 스마트한 이미지는. 천재는 무슨, 나같이 잘생긴 인물도 기억 못하는 멍청한 애가……."

"내 입으로 천재라고 한 적 없어. 어디서 주워듣고 와서 늘 확인하려는 거지? 그러니까 그만 좀 해. 나 천재 아니야. 보면 몰라?

내가 천재라면 얼굴은 박색에 지적 수준 떨어지는 너와 이런 어이없는 일을 벌였겠어?"

즉각적이고 적나라한 언어 내려놓음에 이현의 얼굴이 현격하게 밝아졌다. 존중하는 말투에는 버럭 화를 내고 자신을 깎아내라는 듯한 저렴한 말투에 저렇게 좋아하는 인물은 이현이 처음이지 싶었다. 한마디로 변태 기질이 다분했다.

이현은 조악한 얼굴을 은조에게 들이밀며 고양이처럼 눈을 반짝였다.

"뭐야? 기억 다 하고도 여태 모른 척한 거야?"

순간 기대 가득하고 웃음꽃 만발한 이현의 얼굴을 무참히 깨주고 싶었다.

"아니. 그쪽이 하도 날 씹어대서 열받아서 그랬어. 어울리지도 않게 예쁜 척 그만하고 빨리 밥이나 먹어. 나 곧 회사 들어가 봐야 해."

은조의 돌변에 이현은 눈을 묘하게 뜨며 한참을 노려보았다.

"그래, 넌 그 옛날에도 계집애가 겁나게 차갑고 허벌나게 못되고 야박했어. 지금도 아주 똑같아. 정신적, 이성적 성장 없이 인간이 기럭지만 긴 케이스야, 넌."

저런 인격과 저리도 저렴한 말주변으로 어떻게 배우가 됐는지 무척이나 궁금했다.

이 모든 백치미를 무마할 정도로 얜 정말 그렇게 연기를 잘하는 걸까. 영화를 찾아본다고 하면서도 아직까지 한 편도 보지 못했다.

"기억이 제대로 안 나서 반박은 안 하겠지만 내가 기억해서 사실과 다르면 넌 바로 아웃이야."

이상하게 이현과 이야기를 하면 할수록 유치해졌다. 이현의 말처럼 순수한 시절 순수한 영혼끼리 쌓은 우정이라 그런 걸까. 그보단 솔직히 이현에게 말리는 느낌이다.

"설사 기억이 난다 해도 넌 크리스마스까지 아웃은 고사하고 연인으로 또 약혼자로 짝지어진 이 몸 비위를 제대로 맞춰야 할 거다. 떠나간 네 애인 자극해 확실히 잡으려면."

기가 막혔다. 자신이 이런 사람과 어릴 때 단짝이었다니 도저히 믿어지지가 않았다. 백 프로 사기는 아니란 걸 알기에 두고 보고 있지만 정말 갈수록 가관이었다.

반드시 만나야 하는 인연이라고 했을 때는 그게 무슨 소린가 했다.

아주 아기 때부터 유성그룹은 유아원과 영아원에 많은 기부를 하며 따로 운영을 했다. 먼 기억 속 할아버지의 손을 잡고 간 유아원에서 제일 처음 만난 여자아이가 있었다. 그 아이는 착한 만큼 얼굴도 무척이나 예쁜 여자아이였는데, 20년이 넘고 보니 그 아이가 사실은 상남자란다. 바로 영화배우 이현. 여덟 살 때 미국 부잣집으로 입양을 갔다가 한국에서 배우 하겠다고 온 아이가 이 모자라고 저렴한 이현이라니.

은조는 그때 이현이 아니라 '이연아, 이연아, 나랑 놀자. 그네 타자'라고 한 기억은 어렴풋이 기억하고 있었다. 그때 그 아이가 성장한 지금 나름 유명한 배우라고 해서 배우란 신분과 명연기 덕 좀 보려 했는데, 이건 정말 아니란 생각이 든 건 이미 거짓 약혼 기사를 언론에 흘린 뒤라서 무르지도 못하고 지금 이 자리에 앉아

이 소모적이고 황당한 대화를 나누고 있었다.

'저 인간을 한입에 잡아먹을 천적이 내 주위에 있던가.'

준성은 기사를 보고도 믿어지지가 않아 결국 혜나를 찾았다. 아직도 유은령이란 이름에 이토록 동요하는 자신에게 화도 났지만 아직은 완전히 무시도 잊지도 못하고 있었다. 그러기엔 품었던 감정이 너무나 깊고 간절했다.

벌써 4개월째 한 여자와 섹스를 하고 있었다. 이제는 그 사람과의 찐득하고 격한 섹스가 없으면 도통 잠을 이룰 수가 없었다. 도대체 이 감정이 뭔지 모르겠다.

유은조를 놓치고, 아니, 놓을 수밖에 없는 현실에 분노하며 안은 여자.

처음부터 그 어떤 배려도 없이 안고 또 안았다. 반쯤 기절한 여자를 거친 애무로 깨워 다시 품기를 반복하며 시작된 한없이 비틀어지고 어그러진 관계.

'도대체 이 감정의 정체는 무얼까. 그 여자와 난 지금 무얼 하고 있는 거지.'

"지금 바쁜 사람 불러놓고 10분 넘게 묵언수행해요?"

혜나 김은 어느 순간부터 그를 편하게 대하고 있었다.

잠시 그에게 품었던 감정을 모두 털어낸 듯 보였다. 아니면 처음부터 그건 감정이 아니라 탈출이고 누군가에게 하는 반항이었는지 모른다, 그녀조차 모르는.

혜나는 아까부터 이준성을 지켜보고 있었다. 요사이 이준성은 유은조가 커밍아웃했을 때와는 또 달랐다. '뭐가?' 라고 물으면 달리 할 말은 없지만 지금의 이준성에게는 그때와 같은 감정의 혼란과 격노는 없어 보였다. 지금은 왠지 광증을 겪는 사람처럼 보였다. 현재 이준성에게 무슨 일이 벌어지고 있는 건 분명했다.

'지금 이렇게 남 걱정할 때가 아닌데.'

이젠 이준성을 봐도 시큰둥했다. 소 닭 보듯 별 감흥이 일지 않았다. 정말 큰일이다. 삶에 재미가 없어도 요즈음은 너무 없었다.

"기사 봤죠? 무슨 일 있어요?"

'있긴 있지. 함부로 발설할 수는 없지만…….'

"나도 기사 보고 놀라긴 마찬가지예요. 아주 여자 카사노바던데요. 역시 남자나 여자나 인물값한다는 옛말이 하나 안 틀리죠? 참 신기하다니까."

비아냥거림에 이준성의 표정이 티 나게 굳어졌다.

저를 거들떠도 안 보고 간 여자가 뭐가 그리 걱정된다고 이리 유난은. 빙신!

"미국으로 간 저니 맥컬리와는 어떻게 된 건지 혜나 씨도 몰라요? 가끔 만나는 언니, 동생 사이 아니에요, 두 사람?"

개뿔, 언니 동생은 무슨! 콩쥐 팥쥐에 물어뜯는 견원지간이라면 몰라도.

"나 사이 무지 좋은 우리 친언니 있거든요. 그리고 이제 관심 접어요. 그 사람이 재벌을 만나든 유명 배우와 약혼을 하고 데이트를 하든 간에 완전히 잘라내라고요, 이제 그만."

"본인도 못하는 걸 나한테 하라고 하네요?"

이준성의 다 안다는 듯한 시선이 무지 기분 나빴다.

"난 나와 인연 없는 사람 기사에 이준성 씨 같은 절절한 감정 없어요."

혜나는 앞에 놓인 와인을 따라 벌컥벌컥 마셨다. 와인은 썼다. 그것도 몹시. 이 비싼 와인이 이다지도 쓰기만 하다니……. 젠장.

이준성은 잠시 모호한 표정으로 혜나를 보다 빈 잔을 채워주었다.

"모든 게 서툰 사람이에요. 사업적으론 천잰지 모르지만 내가 본 유은조는 모든 게 서툴고 아슬아슬한 사람이었어요. 그래서 더 눈길이 가는."

포장하기는. 그렇게 그럴싸하게 포장해도 늘 결론은 하나다.

"됐어요. 그 사람 잡는 격한 미모에 혹하고서는 쓸데없이 핑계는."

날 선 핀잔에 준성이 피식 웃었다. 그러면서 자신의 빈 잔도 채웠다.

"그 사람의 그 엄청난 미모에 반하긴 했죠. 그래요, 그랬어요. 너무 아름다워서 도무지 실재하는 사람 같지가 않아 첫눈에 사로잡혔죠."

혜나가 이준성을 비워냈듯 이준성도 유은조에 대한 감정을 털어내려는 듯 보였다.

털어내야지 어쩌겠는가. 아니라는데. 내가 죽어라 원하는 상대는 내가 절대 아니라는데.

"그렇게 지독하게 아름다운 사람은…… 난생처음이었으니까."

이준성은 뿌연 표정으로 옅게 웃고 있었다.

저렇게 아리고 아쉬울까. 역시 이루지 못한 짝사랑은 무참히 깨진 감정보다 힘이 세구나. 여운도 길고. 어쩜 저렇게 포장된 채로 박제돼 한쪽 가슴에서 평생을 부유하고 생존하겠지. 가끔 연인 모르게 꺼내 보면서. 그래야 했다. 나도, 그 사람도.

"이러다 어느 날부터는 나 자신도 모르게 잊고 살겠죠. 지금 당장은 아니더라도."

그래야 산다. 누구나 그렇게 잊고 먹고 마시고 다시 사랑하고 그렇게 순리에 따라.

"이제 나와는 상관없는 사람이지만 혜나 씨는 그 사람에 대한 호감과 관심 접지 말고 언니처럼 잘 돌봐줘요. 내가 느끼기에 그 사람, 혜나 씨한테 남다른 감정 있으니까."

끝까지 걱정하고 챙기는 모습이 근사해 보이면서도 꼴 보기 싫었다. 하지만 난 분명 이 사람의 반듯하고 차가운 외모와 다르게 이런 쓸쓸하고 호젓한 분위기에 끌렸다.

유은조가 아니었다면 우리의 인연은 하나의 선으로 맞닿았을까. 그건 또 아니지 싶다. 이전에도 이후도 아닌 건 아니니까.

"됐어요. 그쪽이 잘 몰라서 그러는데 그 인간, 독종에 얼마나 치밀한데요. 매가리 없이 생긴 청아한 외모는 다 페이크고 사실은 잔인한 서스펜스 스릴러에 완전 반전이라구요. 그 모자라고 부실한 인간이."

다소 적나라한 비난과 편파적 표현에 이준성은 쿡쿡거리며 웃었다.

이준성이 이 정도로 편하게 웃는 건 8군 들어와 처음 봤다. 조금씩 변하고 있었다, 이준성은. 무슨 이유인지는 모르나 분명 변화는 시작되었고 혜나는 그걸 느낄 수 있었다. 그래서 아주 조금 아까웠다. 아니, 안타까웠다.

반복되는 얄궂은 꿈으로 잠자리가 어지러워 결국 자리를 털고 일어났다. 긴 시간 아침 수영을 하고 나와 모니터 앞에 앉아 주식 현황을 체크했다. 복잡하게 진을 치고 있던 창을 내리자 어김없이 한국 연예란이 떠올랐다.

부유한 집안 출신의 영화배우로는 드물게 뉴욕대 경영학과를 나온 알아주는 냉미남 이현과 그를 사로잡은 재계의 여신으로 불리는 유은령의 행적을 보여주는 사진들이 올라와 있었다. 그러면서 기사는 유은령에게 지금 한참 미국과 유럽에서 알아주는 소셜라이트란 이름도 부여했다. 엄친딸과 재벌 상속녀를 뛰어넘어 사회적인 영향력까지 갖춘 최상류층을 부르는 명칭인 소셜라이트란 의미에 재계의 여신 유은령이 매우 적합하며, 한국에도 그에 걸맞은 인물이 마침내 등장했다며 요란을 떨었다.

다른 건 다 그만두더라도 기사처럼 유은조는 점점 빛이 나고 실제인가 하는 의심을 할 정도로 아름다워지고 있었다. 조금 마른 것도 같지만 시선을 사로잡는 청초한 미모는 여전했다. 윤기 나는 머리는 더욱 길어 인어처럼 보이고 님프처럼도 보였다.

며칠 전 혜지나는 유은조에게 크리스마스 파티 때 꼭 오라는 연락을 받았다고 지나가듯이 말했다. 크리스마스 파티라는 건 명목상 이유이고 뭔가 다른 이유가 있는 것 같은데 잘 모르겠다는 뜻을 내비치기도 했다. 혜지나는 하루에도 수십 번 한국 기사를 확인하는 그와는 다르니 자세히 모르는 게 너무도 당연했다.

가족들은 그의 은밀한 계획을 전혀 알지 못했다.

그가 연인에게 무참히 배신당하고 그 변심한 연인을 잊기 위해 미친 듯이 몸을 재활하고 일하며 마침내 클라라의 맞춤형 수족이 되었다고 비난 아닌 비난을 해댔다.

서울로 출장을 떠나면 자연스레 알게 되겠지만 지금은 아니다.

막대한 투자를 기본으로 한 유성그룹 식품 사업부와는 이미 물밑작업이 된 상태였고, 크리스마스이브 파티에도 초대받았다. 명목상 파티의 이름은 선천성 안면 기형 어린이를 위한 바자회였지만 그건 모두 핑계라 생각했다.

모두를 속이고 바자회 형식을 빌린 은조와 영화배우란 놈의 간소하고 오붓한 약혼식, 아니면 유은조가 미국에서 혹시나 소식을 들을 저니를 생각해 이렇듯 눈속임을 하는 건지도 모를 일이다. 그가 당장에라도 달려가 그간 그들 사이를 오픈하고 기사를 흘릴까 봐.

그는 그런 유치한 행동은 하지 않을 것이다. 모두가 떠받들고 인정하는 재계의 여신 그 모습, 그 위치 그대로 그만의 여자. 그만이 안을 수 있고 그녀 안에 오직 그만을 품어야 하는 맞춤형 수제 인형으로 만들 생각이었다.

그녀를 안을 생각에 벌써부터 온몸의 피가 역류하는 기묘한 기운을 느꼈다.

밤마다 절정을 느끼고 격한 행위에 만족감을 느끼면서도 꿈속에서 안는 것으론 전혀 만족이 되지 않았다. 꿈속에서는 그동안 억눌러 온 분노와 배신감으로 온갖 기이한 체위로 은조를 인형처럼 다뤘지만 꿈에서 깨어나면 두 사람의 진득한 욕망으로 뜨거웠던 침대는 너무도 차가웠다. 다시는 그런 냉기를 느끼지 않으리라고 다짐했다.

지금의 그는 그렇고 그런 혼혈 미군이 아닌 미국 남부 최고 재벌 맥컬리 가문의 유일한 후계자 저니 맥컬리이기에 충분히 가능했다.

앞으로 7일이면 그가 온다.

은조는 이제 생활을 넘어 숨 쉬는 것만큼이나 자연스레 달력을 보았다.

'얼마나 이를 갈고 원망했을까. 또 얼마나 스스로를 괴롭히고 아파했을까.'

상상만으로도 너무 아파 은조는 금세 생각을 접었다.

그녀가 느끼는 불안과 공포를 아기가 고스란히 느낀다는 걸 알기에 아기를 위해 그만두어야 했다. 저니가 그토록 기다리던 두 사람의 소중한 아기를 위해.

처음 임신을 알았을 때 기분이 무척 묘했다.

쉼 없이 지식을 쌓고 부단히 지혜를 익혔다고 생각했는데도 인간에게 더욱이 여자에게 가장 기본적이고도 경이로운 체험인 임신에 관해서는 그 어떤 단어와 비유로도 감정을 제대로 설명할 수가 없었다. 더욱이 제한된 환경과 극소수의 인맥으로 인해 가까이

서 아이를 본 적도 드물고 어린아이를 안아본 적도 없었다. 그래서 더욱 임신이 생소하면서도 낯설었다.

외골수에 관조적이며 드러내 놓는 감정 표현에 인색한 할아버지의 미니미 격인 은조는 맨 처음 임신 사실을 알고 어리둥절해 말을 잇지 못했다.

친모가 고아에 혼혈이란 이유로 저니를 반대하고 그토록 국내 순수 혈통에 민감하시던 할아버지도 태동하는 아이의 힘찬 기운에 놀라 몸을 떠셨다. 태어날 때부터 병약했던 아들을 허무하게 잃으셨던 할아버지에게 30년 만에 친 혈육이 포태한 아이의 힘찬 태동은 과연 어떤 의미일까 궁금했다.

아기가 힘이 천하장사란 말에 할아버지는 결국 고개를 돌리시며 모든 걸 그녀에게 맡겼다. 허락이라기보다 모든 욕심과 명분을 내려놓고 아이를 가문의 일원으로 받아들이셨다.

기쁨도 잠시, 상황은 여러모로 좋지 않았다.

아직도 해성에 대한 조사는 계속되는 중이고, 비자금 추적도 지리하게 계속되고 있었다. 은조는 무혐의 처리됐지만 그녀는 유성과 해성의 대주주였고, 할아버지를 대신해 추락한 회사의 이미지를 바로 세워야 했다. 엎친 데 덮친 격으로 몸 상태도 그리 좋지 않았다.

주치의는 장기 여행은 절대 불가하다고 했다.

임신 중독은 아니지만 계속 하혈도 있었고, 그녀의 몸이 아기를 안전하게 보호하기에는 무리가 있다고 판단한 주치의는 출국 조치가 풀린다 해도 자제하길 당부했다.

제일 큰 난관은 우려했던 클라라였다.

저니가 연합사령관의 전용기를 타고 본국으로 떠난 직후 클라라에게서 직접 연락이 왔다. 절대 저니를 먼저 찾지 말라고. 그 뒤는 자신이 알아서 할 테니 절대 그녀가 먼저 연락을 하지 말라고 신신당부했다. 자신은 한국인, 그것도 한 나라의 재계를 좌지우지하는 그런 대단한 그룹의 손자며느리는 원치 않는다고도 했다. 그저 맥컬리 가문을 굳건하게 해주고 빛내줄 남부 출신의 백인 손녀며느리를 원한다고 단단히 못을 박았다.

만약 찾는다면 저니는 물론 월터와 저니의 부모님 그 누구에게도 재산을 상속하지 않으며 저니의 어머니인 지나를 더욱 압박할 것이라고 위협하기도 했다. 그녀를 더욱 힘겹게 해 이혼을 종용하도록 할 것이며, 은조에게 호의를 베푼 월터의 재산도 모두 사회에 환원할 것이라고 했다.

그 모든 걸 무시할 순 없었다. 그들에게 물어 자신이 그에 상응하는 걸 해줄 테니 자신을 이해해 달라 할 수도 없었다. 그들의 당연한 권리와 자유의사를 멋대로 무시할 수는 없었다.

그런 클라라에게 하나의 조건을 걸었다.

무슨 일이 있어도 그녀가 먼저 저니에게 연락하지는 않겠지만 만약 그럼에도 불구하고 저니가 그녀를 찾아온다면 그땐 절대 손을 놓지 않겠다고 선언했다. 그것까지는 클라라가 막을 수 없다고. 그러니 전력을 다해 최선을 다해 저니를 막으라고.

그때까지만 해도 뱃속에 아이가 있는 줄은 몰랐다. 알았다면, 아니, 알았어도 그렇게 말할 수 있었는지는 지금도 장담할 수 없다.

그녀가 갈 수 없다면 그를 이곳으로 불러들이는 방법밖에는 없다고 판단했다.

그래서 선택한 게 재계와 방송 매체, 각종 가십이란 이름으로 사람들 입에 오르내리는 것이었다. 가능한 많은 사람들의 입과 눈에 띄어 미국에 있는 저니에게 적나라하게 그를 잊고도 너무도 행복하고 화려하게 사는 은조의 모습을 반복적으로 노출했다.

대학 동창인 데릭을 통해 헤지나에게 팁을 주고 그녀의 생각에서 절대 벗어나지 못하도록 그들의 추억이 밴 물건을 사게 하고 은조 이야기를 하도록 종용했다. 장원표에게는 그녀의 스냅사진을 미군 군사우편으로 보내길 부탁했다. 클라라가 먼저 보면 어쩔 수 없지만 혹시나 하는 마음에 군사우편으로 보내라고 당부했다.

은조가 자신을 배신하고 사고당한 그를 내쳤다고 생각하면서 그가 미친 듯이 분노하길 바랐다. 그래야만 저니가 망가진 몸과 상처받은 마음을 다잡고 복수를 위해 그녀에게, 그의 아기에게 돌아올 테니까.

아무도 이해할 수 없겠지만 은조는 믿었다. 저니를 그리고 그들의 사랑을.

저니를 알고 그로 인해 알게 된 사랑을 믿기에 무모한 듯 보이는 도박을 감행할 수가 있었다. 이제 일주일 후면 돌아올 그에게 이 모든 걸 어떻게 설명해야 할지 난감했다.

그녀에게 분노하고 격노한 것을 알기에 시퍼렇게 날 선 감성을 어찌 다스리고 무마해 감격에 젖은 해후를 할지 걱정이 됐다. 그와 동시에 잠자고 있던 온몸의 감각과 신경이 자연스레 봉인 해제돼 저니가 안겨주던 아찔한 쾌감과 희열이 떠올라 벌써부터 은밀한 둔부는 물론 발가락 끝부터 머리카락 한 올까지 전부 저릿저릿했다.

❖ ❖ ❖

혜나는 맹렬히 불타오르는 화기를 꾹 참았다.

'내 인생에 절대 만나지 말아야 할 인간, 아니, 눈길은 물론 관심조차 두지 말아야 할 인간을 만나 지금 이렇게 개고생을 하다니…….'

절대 먼저 만나자고 하는 일이 없는 그 인간이 호출할 때 낌새를 차리고 거절했어야 했다.

이준성이 그렇게 절절하게 부탁만 하지 않았어도. 임신만 하지 않았어도, 아니, 애 아빠랑 그렇게 생이별한 것만 몰랐어도 얼마나 좋았을까. 그때 외면하는 건데, 이런 십장생.

이틀 전 이촌동에서 유은조를 만났다. 그것도 영화 제목처럼 겁나 은밀하게.

와인 바에서 혜나를 기다리던 유은조는 혼자가 아니었다.

영화 보디가드처럼 영화배우 이현과 함께였다. 하지만 그날 혜나는 이현이든 이소룡이든 간에 전혀 눈에 들어오지 않았다. 눈에 들어오지 않는 게 너무나 당연했다.

유은조를 만나러 오기 전 이준성을 웃게 만든 그 의문의 여인을 드디어 봤다.

처음엔 소년인 줄 알았다. 키가 크고 무척이나 예쁘장한 소년. 긴 목선과 그에 어울리는 하얀 입김을 뿜으며 이준성의 차로 조심스레 다가오던 여자. 여자를 보고 이준성도 무척이나 놀란 표정을 했다. 두 사람은 마치 자기들만의 세상에 저희 둘만 있는 것처럼 그렇게 행동했다.

유명 드라마에서처럼 찰떡궁합에 케미가 포텐하지는 않았지만 묘하게 서로가 서로에게만 속한 사람들처럼 그렇게 보였다.

그럴 거란 짐작만 했을 뿐이었는데 실제로 이준성이 만나는 여자를 보니 기분이 묘했다.

여자는 누구만큼이나 존재감이 남다른 사람이었다. 없는 듯 있는 듯 그렇게 한없이 가벼운 느낌이랄까. 머무름 없이 금방이라도 자신의 세계로 날아갈 듯이 보였다. 보면 이준성도 어쩔 수 없는 인간이다. 어쩜 그렇게도 좌편향적인 취향을 타는지.

"혜나 씨!"

다소 톤 높은 부름에 간신히 정신을 차렸다.

"응. 왜? 근데 이렇게 돌아다녀도 되는 거야?"

"괜찮아요. 무슨 문제 있어요?"

유은조가 살짝 근심스런 표정으로 혜나를 주시했다.

"없어. 자기야말로 무슨 일이야? 여신이 여기까지 왕림을 다 하고."

"부탁이 있어요."

목소리는 평상시와 같았지만 표정은 그렇지가 않았다.

유은조에게 무슨 일이 있는 건 확실했다. 혜나는 부러 비비 꼰 투로 말했다.

"뭐야, 부탁 맞아? 명령이나 지령 뭐, 그런 거 아니고?"

특유의 삐딱선에 유은조가 피식 웃었다. 웃는 걸 보니 왠지 마음이 놓였다. 하지만 웃는 유은조와 달리 혜나는 전혀 웃음이 나지 않았다. 자꾸 아까 본 염장 커플이 떠올랐다. 자신을 찬 이준성과 그런 이준성을 채간 그 말간 소년 같은 여자가.

'두 사람, 도대체 어떻게 만날 걸까? 광증의 원인이 바로 그 사람이었나?'

혜나는 자신도 모르게 테이블 위 손가락 끝을 톡톡 치며 하얀 벽을 응시했다.

"야, 너 꼭 이 정신 빠진 아줌마가 있어야겠어?"

버럭 소리를 지르는 통에 벽을 응시하던 시선을 거두고 앞에 앉은 남자를 보았다.

이현이란 남자는 퉁퉁 부은 얼굴로 혜나를 과하게 째리며 노려봤다.

'저게 지금 날 야리는 거야? 아니, 왜? 내가 저한테 뭘 어쨌다고…….'

"미안해요. 얘가 보시다시피 좀 똘기가 남달라요."

생각지도 못한 격한 표현에 혜나는 멍하니 유은조를 쳐다봤다. 그러자 유은조가 아무것도 아니라는 듯 어깨를 으쓱하며 대수롭지 않게 말했다.

"당황하셨어요? 이상하게 이 친구랑 있으면 이렇게 돼요. 어릴 적 친구예요. 아직 기억은 다 안 나지만 유감스럽게도 친구인 건 확실해요."

이현은 유은조를 노려봤다. 그러거나 말거나 유은조는 혜나를 보며,

"크리스마스이브에…… 그 사람이 와요. 저 대신 파티를 처음부터 끝까지 끌고 갈 사람이 필요해요. 제가 사라지고 난 후에 같

이 상황을 정리할 사람도."

유은조의 시선은 그 진행 요원과 동시에 상황 종료할 사람으로 혜나를 지목하고 있었다. 그 사람 잡는 아련하고 크리미한 눈빛으로.

"매체나 찌라시에서 떠도는 루머는 다 거짓이고, 사실은 크리스마스파티도 그 사람을 한국으로 유인하는 표면적인 방편이에요."

"표현도 참 유은조다워, 신랄하고 살벌한 게. 근데 난 그런 무시무시한 음모가 난무하는 파티라면 일단 거부권 행사할래."

"전에 물었을 때 오신다고 했잖아요?"

"그래. YOU 말대로 그건 몇 달 전 얘기잖아. 지금은 싫어. 싫다고. 더군다나 그렇게 심오하고 의미심장한 파티라면 더더욱."

유은조는 한동안 혜나를 가만히 쳐다보다 앞에 놓인 잔에 와인을 따라 마셨다. 그것도 한 번에 원 샷으로다가.

'저 인간이 지금 나랑 뭐 하자는 거야?'

혜나가 기겁을 하는데 유은조가 또다시 빈 잔을 채우기 시작했다.

"뭐 하는 거야?!"

"와인 마셔요."

유은조가 와인잔을 들어 마시려는 찰나 혜나가 잔을 가로챘다. 은조가 다시 잔을 빼앗으려 하자 혜나는 빛의 속도로 와인잔을 비웠다. 두 여자의 시선이 허공에서 부딪쳤다.

'너, 정말 이럴 거야! 아기 생각해!'

'그렇게 걱정해 주시는 분이 제가 태어나 처음 하는 부탁도 안

들어줘요?'

'그러세요?! 지금 너 하이 퀄리티라고 자랑질이냐?!'

'아뇨.'

'그럼 지금 뭐 하는 거야?! 나 협박해?!'

'아니요. 아기한테 안 좋은 와인 마셔요.'

'야! 너 정말!'

기 센 두 여자의 소리 없는 함성과 팽팽한 신경전을 이현은 기가 막힌 표정으로 구경하고 있었다. 유은조가 옆에 있는 이현의 잔을 들어 마시려 하자 혜나가 또다시 억지 흑기사가 됐다. 빈속에 두 잔을 연달아 마시자 순간 머리가 핑 돌았다. 그사이 유은조가 또 와인 병을 집어 들었다. 결국 혜나가 소리를 질렀다.

"너 정말!!"

"너무 잘 드셔서 따라주려고요."

어이가 없었다. 이 상황에 그걸 농이라고 치는 저 인간의 뻔뻔함이.

냉랭한 표정으로 노려보자 유은조가 나사 빠진 애처럼 해사한 미소를 지으며 실실 웃었다. 나 참, 저게 진짜 하다하다 별…….

"이젠 나한테까지 미인계 쓰냐?"

"웃으면 복이 온다잖아요. 저한테 지금 복 줄 수 있는 사람, 혜나 씨밖에 없어요."

내가 애랑 말싸움을 어찌 할까. 저 인간이 어떤 인간인데. 시간은 남아돌고 임산부는 매달리고. 그래, 하자. 이렇게 인심 쓰는데 하늘에서 옜다, 하고 선물 주실지도 모르고.

그렇게 보시하는 마음으로 가볍게 생각했는데 지금 이 모양 이 꼴로 이 염병할 놈이랑.

"절대 내 옆에서 떨어지지 말고 혹처럼 꼭 붙어 있어요. 그 훌렁 벗은 차림으로 아까처럼 꼴사납게 앞으로 엎어지지 말고."

이 인간이랑 있으면 말이 원색적으로 된다는 말을 이제야 이해할 수 있었다.

배우란 놈이 어쩌면 말도 이토록 저렴하고 무매너에 비매너로 남발하는지. 그래, 참자. 유은조 뱃속의 아기를 생각해서라도. 아니, 거룩하신 아기 예수님 탄생을 기념해서 오늘은 참자.

"이제 바자회도 끝났는데 이만 철수할까요?"

혜나의 조심스런 의견에 이현은 그 큰 눈을 부라리며 낮은 목소리로 지껄였다.

"오늘 중요한 건 바자회가 아니라 유은조가 저니 맥컬리를 완벽하게 납치하는 건데, 그러려면 가능한 한 시간 끌면서 이목을 집중시켜야 하잖아요. 그런데 지금 바자회 하나 끝났다고 손을 놓는다는 겁니까?"

"우리에게 지령을 내리신 주인이자 주인공이신 유은조는 아까 바자회 시작 전부터 전혀 보이지 않았잖아요. 그 애긴 벌써 납치든 연행이든 끝났다고 보면 되는 거 아니에요? 파티야 주인이든 객이든 지들 마음대로 즐기면 그만인데, 굳이 우리가 이렇게 지키고 있을 필요가 있느냐 그 말이죠, 내 말은."

호텔 연회장은 그야말로 연말연시 교통 체증 저리 가라 할 만큼 정신 사나웠다.

온갖 파티 문화를 일찍부터 접한 혜나에게도 오늘의 파티는 과하다 싶을 정도로 규모가 크고 빽적지근하고 요란했다. 시선을 끌기 위해 일부러 그런다는 건 알겠는데 유명 힙합 그룹 공연과 전문적인 디제이는 물론 매체에서 파티라면 절대 빠지지 않는다는 가십거리 패티들과 어중이떠중이 연예인까지 떼거리로 몰려들어 정말 판이 크고 화려했다.

그 섬세하면서도 진중한 성격에 얼마나 세세히 공을 들였는지 한눈에 봐도 잘 알 수 있었다. 그렇다 해도 오늘은 유은조를 전혀 볼 수가 없었다. 혜나에게 완벽하게 파티 매뉴얼을 인지시켰다 해도 이건 이상했다.

저니 맥컬리를 언제 어디에서 만나 사라진 건지 전혀 가늠할 수가 없을 정도로 아무런 흔적도 기별도 없었다. 옆에 선 이 자식은 아까부터 요로고 노려보며 히스테리만 부리고 앉았고, 유은조가 소개시켜 준다던 호남형의 남자는 도대체 어디에 숨었는지 눈을 씻고 찾아봐도 코빼기도 보이지 않았다.

'성질 더럽게 생긴 이놈 보고 내뺀 거 아니야. 아놔, 짜증 나서 정말.'

"이틀 전에 분명 파티 끝까지 나랑 한 몸처럼 움직이라고 하지 않았나?"

이젠 말까지 짧아지고 앉았네. 지가 영화배우면 배우지, 이게 어디서…….

"그 홀라당 벗은 가슴 좀 가릴 수 없어? 사람들이 헬렐레한 표정으로 당신 가슴만 미어지게 쳐다보는 거 안 보여?!"

말은 그따위로 하면서도 이현의 시선은 혜나의 가슴팍에 고정된 듯 머물고 있었다.

"사람들이 날 보겠어요? 스크린 안에서 늘 의미 없이 먹방만 하다 발연기하던 배우가 이렇게 떡하니 스캔들의 주역으로 서 있으니 당신 쳐다보는 거지! 그리고 이게 어디 훌러덩이야? 그럼 저기서 춤추며 부비부비하는 언니들은 전부 올 누드에 나첸가?!"

"뭐! 먹방에 발연기?! 내가 TV 배우도 아니고 버젓이 세금 붙은 돈 내고 보는 영화배우한테 발연기?! 당신, 내 연기 한 번이라도 보기나 하고 그런 소리 해?!"

이현은 눈을 하얗게 하고는 혜나를 죽일 듯이 몰아붙였다.

그러거나 말거나 내가 널 오늘 보고 또 보겠냐, 이 재수 없는 먹방 전문 배우야!

"돈 안 내고도 얼마든지 보는 방법 있거든. 그리고 내가 당신이 하는 발연기를 왜 내 돈 내고 봐? 클릭 한 번에 쏟아지는 게 드라마요, 덤비는 게 영환데."

불법을 당연하다는 듯이 말하는 혜나에게 이현은 질린다는 표정으로 쏘아붙였다.

"당신, 교포에 더군다나 가르치는 직업이라면서 어떻게 그런 막말을 해?! 뭐, 공짜로 받아봐?! 그런 비양심으로 나한테 발연기란 평을 한단 말이지, 당신이!"

무시무시한 큰 키로 자그마한 혜나를 압사시키려는지 이현은 몸을 막무가내로 밀며 독기를 내뿜었다. 흥! 그런다고 내가 기죽을까 봐서.

"뭐 나만 그랬나?! 저번에 출현한 영화 평 보니까 대문짝만 하게 쓰여 있더만."

혜나는 씩씩거리면서 이현을 들이밀며 고개를 빳빳이 세우고 대미를 장식했다.

"쟁쟁한 연기파 배우들의 각기 다른 개성과 매력 케미스트리로 관객들의 니즈를 충족시켜 줬다. 하.지.만. 배우 이현은 늘 그렇듯 화려하고 스타일리시한 액션 신으로 자신의 존재감을 나타냈다, 라고. 이래도 나만 비평했냐?! 사람 눈은 다 똑같거든, 이 스타일리시한 액션배우 이현아!"

서로에게 한 치의 양보도 예의도 없는 두 사람이 눈을 부라리고 서로를 죽일 듯 노려보는 사이 필 충만한 총천연색 크리스마스 파티는 요란하게 무르익고 있었다.

다소 멍한 상태에서 눈을 뜬 은조는 천장을 응시했다.

천장은 높고 중앙에 달린 조명도 무척이나 화려했다.

간신히 정신을 차리고 침대에서 일어나려 하자마자 그 반동에 다시 침대로 쓰러졌다. 아! 손목이 아파 위를 보니 그녀의 두 손은 각기 다른 방향으로 결백당한 상태였다.

침대에 누운 은조는 잠시 잃었던 기억을 더듬어보았다.

스타일리스트가 완벽하게 세팅해 준 모습으로 VIP룸에서 아직도 해결의 기미가 보이지 않은 채 지지부진한 해성의 검찰 서류를 검토하던 은조는 미국에서 들어온 투자자가 윤 이사와 펜트하우스에서 미팅 중이라는 말을 전해 들었다. 그러다 비서 수행을 받지 않은 윤 이사의 도움을 요청하는 전화를 받고 김 비서와 펜트하우스로 올라갔다.

‘지금 오고 있는 걸까? 우리 호텔에 묵어도 좋았을 것을. 그 정도로 내가 보기 싫은 건가? 분명 공항에 알아본 바로는 입국했는데. 도대체 어느 호텔에 묵는 거지?’

다른 행동, 다른 일을 하고 있어도 생각은 온통 저니로 가득 차 있었다.

24층 전체를 모두 빌린 고객은 본토에서 함께 들어온 풍채 좋은 가드를 룸 앞 곳곳에 세우고 있었다. 이상했다. 펜트하우스를 사용할 고객이 굳이 모든 룸 앞에 가드를 세운다는 게.

김 비서에게 시각을 확인한 은조는 한 시간 후에 있을 파티를 총점검하라고 앞서 보내고 혼자 펜트하우스로 향했다. 선글라스 쓴 가드들을 지나 룸 앞에 서서 노크를 하고 기다리던 순간 문이 열리면서 그대로 정신을 잃었다. 거기까지 기억이 났다.

은조는 묶인 손을 풀어보려 나름 손목을 움직여 보았지만 별 소득이 없었다.

‘도대체 뭐지? 아니, 그보다 누굴까? 조금 있으면 저니가 파티장에 도착할 텐데. 아닌가? 지금이 몇 시지? 분명 그 사람, 차가운 얼굴로 지금쯤 날 찾을 텐데. 어쩌지? 작은아버지인가, 아니면 재현 오빠? 하지만 그들이 무슨 이유로?’

“일어났나?”

순간 너무도 익숙한 목소리. 너무도 그리워 온 밤을 눈물과 고통으로 몸부림치게 했던 이의 목소리가 들렸다.

몸이 대답을 하듯 미세하게 떨리는 사이 저니의 얼굴이 누워 있는 그녀의 얼굴 위로 보였다. 저니였다. 저니 맥컬리. 5개월 만에 보는 연인의 얼굴.

"……여전히 아름답군."

머리에 물기가 가득한 저니가 샤워가운을 입고 그녀가 누운 침대에 걸터앉았다. 익숙한 긴 손가락으로 그는 은조의 선 고운 얼굴을 하나하나 천천히 훑었다. 그의 손이 지나가는 자리마다 두려움과 긴장감으로 가슴이 터질 것 같아 그녀는 숨도 쉬지 못했다. 저니가 그녀의 얼굴을 면밀히 검토하는 사이 은조도 그의 얼굴을 살폈다.

분명 그녀가 아는 저니의 얼굴이었지만 얼굴엔 표정이나 감정이 전혀 실려 있지 않았다. 그토록 환한 웃음과 아름다운 미소로 늘 그녀를 웃게 만들고 꿈꾸게 만든 그의 얼굴은 너무도 냉랭한 모습으로 갑옷처럼 단단한 얼굴 근육만 가득했다.

"깨지 않아서 걱정했어."

"저…… 니……."

그녀를 내려다보는 저니의 눈빛이 순간 광기를 품은 듯 기이하게 번뜩였다.

"그래, 이런 당신 목소리가 듣고 싶었어. 내 이름을 부르는 당신의 그 쉰 목소리. 우리가 사랑을 나눌 때면 늘 당신은 숨이 끊어질 듯 가느다란 목소리로 연신 내 이름을 불렀지. 바로 지금처럼 섹시하게. 오랜만에 들으니 더 흥분되는데?"

아무래도 심상치가 않았다. 가라앉은 눈빛, 갈라진 목소리, 저 음침한 분위기까지 전부 다. 그녀가 익히 알고 있던 순수 악동 저니의 모습이 아니었다.

짐작은 했지만 상상한 것보다 더 상처받은 얼굴을 하고 있었다.

은조는 결백당한 손을 풀어보려 손에 힘을 주었지만 그녀가 힘을 줄수록 끈은 손목을 조이고 희고 여린 피부에 고스란히 상처를 남겼다.

"그러지 마. 그러다 고운 손목에 상처 나겠어. 난 내 물건에 상처 나는 거 싫어. 당신 몸에 상처를 낼 수 있는 사람은 오직 나뿐이야. 내가 아니면 그 누구도 허락하지 않아. 설령 그 사람이 당신 자신이라도. 알겠어, 실.버.벨?"

"……!"

"우선 갈증이 어느 정도 해갈되면 그때 풀어줄 거야. 그러니까 당신, 내 물건에 상처 내지 말고 기다려. 말로 상대해 주는 건 그 다음에."

저니의 낯선 눈빛과 잠긴 목소리만으로도 그가 지금 무슨 말을 하는지, 무얼 계획하는지 은조는 단박에 알 수 있었다.

"저, 저니, 우선 내 말 좀 들어봐요. 당신 오해하는 거 알지만 내가 다 말할게. 사실 나, 지금 우리 아……."

더 이상 그 어떤 말도 할 수 없었다.

어둡고 음산한 분위기를 물씬 풍기는 저니는 은조의 입을 흰 천으로 둘러맸다. 매끄럽고 하얀 천은 그녀가 간신히 호흡할 만큼의 틈만 허용했다. 예상하지 못한 그의 행동에 은조는 경악했다.

"지금은 아무 말도 하지 마. 그 입으로 핑계뿐 아니라 거짓을 말한다면 지금 이 자리에서 당신을 목 졸라 죽일 것 같거든. 난 이제 무서운 게 없어. 그러니까 욕구만 풀고 천천히 얘기하자고. 그땐 내가 기꺼이 당신 변명 들어줄 테니까."

순식간에 가운을 벗어 던지고 나체가 된 저니가 그녀 다리 아래로 모습을 감췄다.

그렇게 갑작스레 지옥의 모습을 한 천국이, 절대 천국일 수 없는 지옥의 문이 열렸다.

은조는 소리를 지르며 강하게 거부했지만 은밀한 샘을 가르는 단 한 번의 날카로운 입맞춤에 그녀의 소리 없는 아우성은 맥없이 허물어졌다.

오랜만에 맛보는 샘은 그 자체로 너무도 달았다.

밤마다 꿈속에서 미친 듯이 여체를 탐닉하며 모조리 빨아댔지만 결코 한 번도 만족하지 못했다. 그런데 지금 이 한 번의 짜릿한 흡입에 그는 전부 다 용서할 수 있을 것만 같았다. 그만큼 유은조는 그에게 절대적인 존재였다. 그래서 더욱 배신을 용서할 수가 없었다.

오랜만에 맛보는 여체에 저니는 시작도 전에 온몸이 저려왔다.

상처와 배신으로 뒤틀린 마음보다 황홀한 섹스를 기대하는 그의 몸이 먼저 은조를 갈구했다. 미친 듯이 두근대는 심장을 간신히 억누르며 아직 완벽히 모습을 드러내지 않은 샘 주변을 농익은 혀로 잔인하게 흠집 내기 시작했다.

그러다 다시 도톰한 살집을 거칠게 물고 핥고 빨며 진정한 주인의 귀환과 복귀를 모든 감각과 오감에 알렸다.

"으…… 으…… 응……."

바이올렛 색의 풍성한 드레스에 숨어 있는 아름다운 여체가 심하게 요동쳤다.

그녀의 몸도 각성했는지 굳었던 몸이 풀리기 시작했다. 자극적이고 폭압적인 혀 놀림이 깊이를 더해갈수록 그동안 숨죽이고 있던 그의 분신이 기지개를 켜는 것을 넘어 무섭게 살아나 자신의 빛나는 자존감을 발산하고 있었다.

은조의 거친 반항과 이슬 맺힌 아련한 눈빛도 눈에 들어오지 않았다.

지금 이 순간은 그동안 의지와 상관없이 짙은 어둠 속에서 죽은 듯이 침묵하던 그의 분노한 남성을 놓아주어야 한단 그 하나의 생각뿐, 그 어떤 생각도 할 수가 없었다.

아직 온전히 젖지 않았지만 이미 그의 복귀를 알린 만큼 그는 제어할 수 없는 욕망에 압도된 남성을 단번에 몸속 깊숙이 박았다.

"아…… 악!!"

거친 삽입이 주는 강렬한 쾌감에 순간적으로 상체와 고개가 뒤로 젖혀졌다. 그 어떤 단어와 감탄사로도 지금의 이 지독하고도 저릿한 희열을 설명할 수는 없었다.

유은조만이 가능케 하는 이 미친 듯한 압박과 직조처럼 촘촘한 조임이 그리웠다.

이 충만하고 절대적인 안식이 끝내 저니를 이 파괴적인 여인 앞으로 이끌었다. 이제야 막힌 숨을 쉴 수가 있었다.

배신을 인정한 이후 단 한 번도 제대로 숨을 쉰 적이 없었다. 늘 가슴이 옥죄고 심장에 서늘한 바람이 불어 시리고 매 순간 지독하게 아렸다.

그만큼 유은조란 존재는 언젠가부터 그에게 삶을 가능하게 하는 원형이자 표상이 되었다. 다른 이들에게는 비웃음을 받을지언정 그 거창한 이름들이 그에게는 불변의 진실이었다.

이제는 달려야 한다. 숨을 쉬게 됐으니 이젠 마음껏 욕망에 굴복할 일만 남았다.

오랜만에 죄어오는 강력한 내벽을 적으로 인식한 남성은 사방을 그의 흔적으로 뜨겁게 태웠다. 가녀린 허리를 잡고 몸부림치는 여자를 제압하고 쉴 새 없이 허리를 튕겼다.

순간 모두 쏟아내고자 하는 강렬한 욕구가 덮쳤지만 한 템포 쉬는 것으로 간신히 위기를 넘긴 저니는 다시 정신을 무장하고 강하게 치고 빠지고 맹렬히 진격하며 오래된 갈증을 전부 이 자리, 이 순간에 폭발시키려 했다.

육체를 모조리 음미하기 위해서는 입술이 필요했다. 이 거친 섹스에 방점을 찍고 끝점을 채우기 위해서는 끊어질 듯 반복되는 야릇한 교성과 신음이 필요했다.

욕망에 불을 당기고 쾌감을 한층 더하는 효과음이 필요한 저니는 단단하게 조여놓은 입마개를 풀었다. 그때까지 고통과 견딜 수 없는 쾌감에 몸부림치던 은조가 미처 숨을 다 토하기도 전에 헐떡이는 날숨을 남김없이 빨아마셨다.

은조의 뜨거운 숨결은 여전히 그에게 완벽한 최음제였다.

지독한 최음제에 중독된 저니는 은조의 상태는 돌보지 않은 채 밀려드는 쾌락에 잠식당한 채 욕망과 잦아들지 않는 욕구를 충실히 채워 나갔다.

은조 입안의 모든 타액과 불규칙한 숨결을 모두 빨아들이며 일시적인 끝을 향해 폭주했다. 처연한 바이올렛 드레스를 우악스레 부여잡고 그동안 억눌리고 봉인됐던 뜨거운 열기를 마침내 모두 토해냈다.

모든 걸 쏟아낸 후에도 하반신을 격하게 비벼대는 행동을 그는 잊지 않았다. 그 행위는 절대 잊을 수 없는 그만의 특별한 의식이기에 더욱 그랬다.

의식을 잃은 은조를 확인한 후 저니는 그 지독한 불면의 밤들은 까마득히 잊은 듯 스르르 잠에 빠져들었다. 자신의 품으로 다시 돌아온 실버벨을 가슴에 꼭 안고서.

환한 불빛에 눈이 부셔 눈이 떠졌다.

그렇게 또 침대에서 눈을 뜬 은조는 자신의 몸을 꽁꽁 감싸 안은 저니의 품 안에 있는 자신을 확인하고는 순간 안도했다. 하지만 정신을 차리자 이내 아랫배에서 묵직함이 느껴졌다.

의사는 격한 행위가 아니면 안정기에 접어들어 섹스도 가능하다고 했다. 그렇다 해도 이처럼 격렬하게 섹스를 해 불안했다. 두 손을 아랫배에 올려놓고 은조는 놀랐을 아기를 감쌌다. 아직은 작고 약한 존재, 보호해야 할 우리의 소중한 아기.

'아가, 너 괜찮은 거지? 이번만 좀 참아줘. 절대 아프면 안 돼. 꼭 엄마 품에 있어야 한다. 이젠 안전할 거야. 너도 아빠 냄새도 맡고 목소리도 좀 들어봐. 엄마가 이 세상에서 가장 좋아하는 자리가 아빠 옆, 바로 지금 이 자리란다. 사랑한다, 아가.'

잠시 동안 배를 포근히 감싸 안은 은조는 고개를 들어 핼쑥한 얼굴로 잠든 저니를 보았다.

근 5개월 만에 보는 얼굴. 5개월 만에 만져 보는 내 사람. 그녀가 병적으로 집착하는 내 연인의 섹시한 턱. 그 모든 게 지금 그녀 앞에 있었다.

손을 들어 잠든 저니 얼굴을 가느다란 손으로 세밀하게 더듬어갔다.

이 온기, 이 느낌, 이 까칠함, 이 감촉, 이 모든 감각에 완벽히 중독돼 저니가 떠난 이후 단 하루도 편히 잠든 날이 없었다. 그녀의 밤은 늘 불면과 불안의 연속이었다.

"잘생겼지? 너도 금방 엄마만큼 아빠를 사랑하게 될 거야."

은조는 눈물이 그렁그렁한 채로 배를 감싸 안고 작게 소곤거렸다. 오직 아기만 들을 수 있게. 아기와 자신만이 이 특별한 공감대를 공유할 수 있도록 은밀하게 속삭였다.

"뭐 하는 거야?"

고개를 드니 저니가 여전히 냉담한 눈빛으로 그녀를 내려다보고 있었다. 은조가 기억하는 것보다 훨씬 마르고 까칠한 얼굴과 그녀가 그토록 애정하는 파르스름한 수염을 하고.

이제 그의 질문에 답을 한다면 놀라겠지. 아니, 절망할까, 이 사람?

"얘기하고 있었어요, 아기랑."

무심히 내뱉은 말의 파급 효과는 실로 대단했다. 어둡게 침잠된 눈빛이 혼란스러움으로 순식간에 지옥 불처럼 들끓기 시작했다. 더 이상 지켜볼 수 없었다, 저니의 생생한 고통을.

"…… 5개월 됐어요."

분노와 배신감으로 들끓던 저니의 눈빛이 순간 설명할 수 없는 미묘한 혼란과 당황스러움으로 초점을 잃고 풍랑에 흔들리는 돛처럼 사정없이 이리저리 흔들리기 시작했다. 그 모습이 무척이나 가슴 아팠다.

"당신…… 닮았나 봐. 건강하대."

두 사람은 호흡을 멈춘 듯 서로를 응시했다.

저니는 묻고 있었다. 은조는 그의 물음에 눈빛으로 모두 답했다.

절망감, 분노, 배신감, 당혹감, 의구심, 이 모든 감정을 지나 혼란스런 눈빛이 숨길 수 없는 감동과 두려움으로 촉촉이 젖어들었다.

"갈 수가 없었어. 하루에도 수십 번 가고 싶었는데……."

결국 파리하게 질린 채 떨고 있는 그를 은조는 온몸으로 감싸 안았다.

충격으로 몸이 굳은 저니는 아무런 말도 못하고 그녀 품 안에서 떨고 있었다.

상처 입은 독수리는 아파도 절대 울 수 없었으리라. 그녀를 되찾겠다는 그 절실한 이유 하나로 그 수많은 밤을 결코 울 수도 잠들 수도 없었으리라. 차가운 콜로라도 강가에 몸이 묶인 외로운 독수리는 홀로 그 수많은 날을 삭이고 삭였으리라.

"돌아와 줘서 고마워요. 사랑해요, 저니."

이제껏 단 한 번도 고백하지 못한 말을 드디어 했다.

아직도 웅크리며 떨고 있는 저니에게 쉼 없이, 끊임없이 속삭이듯 계속계속 고백했다.

당신을 사랑한다고. 항상 사랑했다고. 유은조는 저니 맥컬리를 사랑한다고.

새벽에서 아침으로 이어지는 그 아련한 시간 속에서 은조는 여전히 그녀 품 안에서 웅크린 채 떨고 있는 연인에게 쉬지 않고 속삭였다.

그들의 아기와 그녀가 얼마나 그를, 아빠를 기다리며 사랑하는지.

올해 크리스마스에도 눈은 없었다.

도심은 메마른 입술처럼 건조했고 차가운 바람만이 도심을 휘감았다.

낭만도, 운치도, 여운도 없는 밋밋한 크리스마스에 은조의 마음은 그 어느 크리스마스보다 충만한 기운에 더없이 행복하고 따듯했다. 하지만 그녀와 달리 저니는 아까부터 안절부절못하고 넓은 룸 안을 왔다 갔다 어지럽게 서성거렸다.

은조의 고해성사와 같은 쓰나미급 폭풍 고백과 핵폭탄급 자백을 들은 후로 저니는 얼굴을 잔뜩 구기고 룸 안을 한참 동안 배회했다. 그러다 룸 끝 쪽에 있는 욕실로 가 물을 받는 듯하더니 한동안 정말 온갖 괴성과 거칠고 원색적인 욕설이란 욕설을 다 퍼붓고는 한참 후 아무렇지 않은 얼굴로 되돌아왔다.

저니를 만나 이후 처음 본 격한 분노의 표출이었다.

섹스를 할 때 빼고는 저니가 일상생활에서 이토록 분노하며 광분하는 모습을 본 적이 없었다. 그만큼 저니는 클라라에게서 받은 배신에 격노한 감정을 드러냈다.

바이올렛 드레스는 온데간데없이 침대에 나신으로 누운 은조와 달리 저니는 완벽한 블랙 의상에 블레이저까지 차려입고 있었다. 물론 깔 맞춤한 구두도 빼놓지 않고.

"나 옷 입고 싶어요."

"왜? 아파? 병원 갈까? 그러니까 아까 내가 가자고 할 때 갔으면 좋았잖아!"

저니는 불퉁한 얼굴로 은조에게 버럭 화까지 냈다.

"그게 아니라 당신은 그렇게 제대로 옷 갖춰 입고 나만 이런 모습으로 있잖아요. 그것도 벌써 30분 넘게."

저니는 투덜거리는 그녀 옆으로 와 침대에 살짝 걸터앉았다. 그러곤 조심스럽게 이불을 들춰 수십 번도 더한 행동을 했다. 살짝 부푼 배를 어루만지고 괜찮은가 눈으로 주도면밀히 확인하기. 아까는 그렇게도 거칠고 야만적으로 사냥하듯 안더니만 지금은 옆에 앉는 것조차 무척이나 조심하고 있었다.

"아무래도 병원을 가는 게…… 안심도 되고 여러모로 좋지 않을까?"

살벌한 눈빛을 빛내는 은조의 눈치를 보며 저니가 무한 반복하던 말을 또다시 고장 난 테이프처럼 반복했다.

"이번이 마지막이니까 듣고 잘 기억해요. 오늘은 국경일, 빨간 날이에요. 25일이고 크리스마스죠. 모든 병원은 응급실 빼고 다 휴무고 제 주치의는 가족 여행 갔어요."

조목조목 설명을 하는데도 저니를 장악한 불안한 기색은 가실 줄을 몰랐다.

"아기는 괜찮아요. 5개월 넘으면 안정권이라고 했고 튼튼하대요. 또 섹스가 아기한테 나쁘단 소리도 못 들었어요. 사실 우리 아기는 아빠랑 너무 오래 떨어져 지내서 지금은 병원보다 긴밀한 대화와 접촉이 더 필요한 상태라구요. 이제 다 입력했죠?"

은조에 매몰찬 표정과 프로다운 완벽한 브리핑에 잔뜩 위축된 표정을 짓던 저니는 잠시 생각에 빠진 모습을 하더니 이내 주섬주

섬 옷을 벗기 시작했다. 벗은 옷가지를 콘솔 위에 놓고 침대에 누운 은조 옆으로 와 찰싹 몸을 붙여 그녀를 품 안으로 이끌었다.

뭐지? 하는 표정으로 바라보는 그녀를 향해 저니는 살짝 음흉한 표정을 짓더니 입술을 머금기 시작했다. 이 같은 행동은 그녀를 잡아먹기 전 늘 저니가 하는 애피타이저 같은 행동이었다. 낌새를 차린 은조는 은근슬쩍 덮치려는 저니를 밀치며 아름다운 갈색 눈을 크게 번득이며 그의 야릇한 행동을 제지했다.

"뭐 하는 거예요?"

"당신이 그랬잖아. 아기가 아빠 품을 그리워한다고. 그래서 우리 아기 좀 품으려고."

저니는 은조가 애정하는 특유의 악동 같은 미소를 지으며 몸에 손을 댔다.

찰싹. 손을 대기 무섭게 손을 쳐냈다. 놀란 표정을 하는 저니를 보며 은조는 야멸친 표정으로 무섭게 노려보았다.

"욕망으로 품을 생각 말고 아기한테 멋있는 아빠로서 해줄 수 있는 것들을 생각해 보라고요, 이제."

"알아. 그래서 당신을 품는 거야. 물론 난 당신이 아니라 우리 아기를 품으려는 거고. 이렇게 어렵게 아빠랑 첫 만남을 가졌는데 확실히 나란 존재를 인식시켜야지 않겠어?"

저니는 눈을 반짝이며 은조에게 자신의 평이한 이론을 이해시키기에 바빴다.

"그러니까 당신은 내가 하는 대로 따라오기만 하면 돼. 거칠게 하지 않으면 상관없다고 의사가 말했다며? 난 지금 우리 아기한테 나란 존재를 확실하게 각인시키려는 거야. 이젠 우리 세 식구, 절대 헤어지지 말자고. 언더 스탠?"

참으로 설득력 없는 조악한 변명에 웃음이 났지만 억지로 참으며 저니를 견제했다.

"당신, 지금 이럴 때가 아니잖아요. 이제 우리 두 사람 어떻게 할지 그걸 생각해야지 침대에 누워서 당신 욕심만 채울 생각을 해요?"

그녀의 신랄한 비난에도 저니는 여유 있는 표정과 목소리로 일관했다.

"이제 그런 걱정은 나한테 맡겨. 당신은 지금처럼 아기 잘 지키면서 내가 하는 대로 따라오면 돼. 그리고 지금은 아기와 아빠가 최대한 가깝게 접촉하는 게 중요하니까 당신은 이렇게……."

"악!"

침대 헤드보드에 상반신을 기대고 누운 저니는 은조를 번쩍 들어 자신의 배 위에 올려놓았다. 아니, 배 위라기보다는 그의 두둑한 남성 위에 절묘하게 내려앉혔다.

"거칠게 안 해. 그러니까 도망가지 마."

그의 눈빛은 벌써 진한 열감에 젖어 목소리까지 젖어 있었다. 너무도 유혹적으로.

"그동안 내가 보낸 그 수많은 불면의 밤을 모두 잊고 상처받은 지난 시간을 깨끗이 치유하는 방법은 단 하나야. 바로 당신."

거칠게 시작한 처음과는 전혀 다른 부드러운 손길로 저니는 은조의 얼굴을 소중히 어루만지며 온화한 목소리로 고백을 이어갔다.

"재활하는 내내 이 손으로 다시 당신을 만질 수 없게 될까 봐 그게 제일 괴로웠어. 당신을 든든하게 지탱해 줄 두 다리도 더 이상 쓸모없게 될까 두려웠지. 그러니까 지금 당신을 온전하게 느끼게 해줘. 내 손과 내 다리가 이젠 완벽하게 당신을 사랑할 수 있다는 걸 내가 직접 눈으로 확인할 수 있게 당신이 날 좀 품어줘."

얼굴을 쓰다듬다 부드럽게 귓불로 이어지던 손가락이 길고 하얀 목선에 그림을 그리듯 하더니 붉은 입술 안으로 살며시 밀고 들어왔다. 붉은 입술을 조심스럽게 쓸던 손가락은 그녀의 고른 치아를 훑고는 금세 입안으로 스며들었다.

저니의 욕망의 크기와 크게 다르지 않은 은조는 조금의 망설임과 부끄러움 없이 입안에 스며든 손가락을 잡고 하나하나 정성스레 빨기 시작했다. 기대했던 것보다 더욱 에로틱한 행위에 그의 눈빛이 금세 짙어졌다.

입술만큼 붉은 혀는 그의 남성을 축소해 놓은 듯 보이는 손가락을 절묘하게 농락하며 이내 흥건히 적셨다. 은조의 거침없고 대담한 행동에 그의 남성이 감정을 실은 것처럼 하늘을 향해 치솟았다. 눈은 여전히 그에게 고정한 채 손가락을 입에 머금고 탄력 있는 엉덩이를 들어 남성을 둔덕 깊이 담았다. 그 순간 두 사람 입에서 탄성이 흘렀다.

아기를 보호해야 한단 생각도 지금 이 순간 잠시 미뤄뒀다.

지금은 고통과 불신으로 점철된 지난 시간을 견디고 그녀에게 돌아와 준 그를 위로해 주고 싶었다. 또한 온몸과 마음으로 뜨겁게 품어 서로의 애욕을 가감 없이 나누고도 싶었다.

은조는 연신 빨아대던 손가락을 내리고 그의 양손을 지지대로 삼아 조금씩 수줍은 엉덩이를 움직였다. 그러자 그가 달뜬 신음과 꽉 잠긴 숨소리를 내며 그녀 몸 안에 든 또 다른 자신을 키워 낭창낭창한 움직임에 힘을 보탰다.

그녀의 수줍은 표정과 대비되는 열정적이고도 아찔한 몸짓에 남성은 믿을 수 없을 정도로 몸체를 키워 좁은 내벽을 가득 채웠다. 이에 더욱 탄력받은 그녀는 한 번도 보지 못한 농염한 여신의 미소를 지은 채 그렇지 않아도 타이트한 내벽을 강하게 조이고 풀길 반복하며 그를 반겼다.

금방이라도 터질 듯 억눌린 쾌감에 사로잡힌 저니는 그동안 한 번도 듣지 못했던 괴성을 내지르며 은조를 번쩍 들어 침대에 눕혔다.

연인의 갈급한 행동에 만족한 은조가 가느다란 손끝으로 그의 턱을 교묘하게 자극하다 상체를 일으켜 날렵한 턱을 붉은 혀로 날름날름 핥았다. 오랜만에 사악한 님프 버전으로 업그레이드된 그녀는 허를 찌르는 대담하고도 낯선 행동을 계속 이어갔다. 야하다 못해 고통스럽기까지 한 가혹한 행위에 저니는 숨을 쉴 수가 없었다. 오스틴에서 재활을 하면서 느낀 것과는 전혀 색이 다른 고통이자 고문이었다.

"당신, 정말……."

저니가 은조의 도발에 몹시도 당황스런 표정을 하자 그와는 다르게 무척이나 여유로운 표정의 은조가 그에 가슴팍 작은 돌기를 손끝으로 긁어댔다.

"왜요? 당신에게 배우고 길들여진 그대로 하는데."

이에 멈추지 않고 살짝 벌어진 붉은 입술로 그의 입안으로 스며들어 혀를 옭아매고는 강하게 빨아들이며 이제껏 숨겨온 에로틱한 테크닉의 진수를 선보였다. 그 순간 저니의 눈에 강렬한 불꽃이 튀었다.

"당신이 시작한 거야."

"……앗!"

깊숙이 밀고 들어온 저니는 거친 숨을 내쉬며 도리어 은조의 혀를 강하게 빨아 삼켰다.

아기를 배려해 이전처럼 광폭하고 무모할 정도로 힘을 가하지는 않았지만 한 번 치고 들어올 때마다 묵직한 파워와 자신감으로 그녀 내벽을 완전히 장악했다.

배려라는 이름으로 시작된 섹스 공방은 그 순수한 의미가 퇴색되어 서로가 서로를 철저히 갖고자 하는 욕망에 취해 뺏고 빼앗기는 치열하고 원색적인 행위가 되었다. 메마른 세상과는 다르게 저니와 은조는 그동안 억눌린 서로의 욕망을 깡그리 쏟아낼 듯 그렇게 녹진하게 서로의 품 안에서 완벽하게 녹아들었다.

헤어졌던 시간을 보상이라도 하듯이 서로에게 완전히 미쳐 암수한몸처럼 격하게 얽혀들던 두 사람이 침대에서 벗어난 시각은 크리스마스 당일 늦은 저녁이었다.

이제 네 시간 남은 크리스마스가 다가기 전 저니는 은조의 손을 잡고 드디어 8군으로 입성했다.

8군은 크리스마스 한 달 전부터 부대 전체에 화려한 트리 장식을 하는 것으로 유명했다.

크리스마스에 본토에 있는 가족이 그리워도 함께할 수 없는 장교들과 십대 후반의 어린 미군들의 입장을 배려한 것인지는 모르나, 8군 전체 트리 장식은 그로 인해 더욱 화려하고 다양한 모양으로 사람들의 시선을 사로잡았다.

이제는 상이군인의 신분이 된 저니가 은조의 손을 꼭 잡고 익숙한 부대 안을 걸었다.

월터는 크리스마스 휴가로 본토에 간 상태였다. 은조는 월터까지 완벽히 속여야 해 마음이 많이 아팠다고 했다. 하지만 주저앉은 그를 불러들이기 위해서는 어쩔 수 없었다고.

저니는 은조의 모든 행동을 이해했다. 이해하지 않으면 어쩌겠는가, 그가 그토록 소원하던 자신의 아이를 가졌다는데.

미국에서 함께 들어온 비서진에게 내일 아침 일찍 한국의 주요 신문 매체에 그들의 관계와 약혼을 알리는 기사를 내라고 지시했다. 물론 은조도 김 비서에게 그녀가 사전에 준비한 자료를 넘기며 언론에 그들의 관계를 공표하라고 일렀다. 이젠 거칠 것이 없었다.

무엇보다 뱃속에 있는 그들의 소중한 아이를 숨기고 감춰야 하는 그런 비밀스런 존재로 두기 싫었다. 아직 클라라와의 일대 접전이 남은 건 알지만 앞으로 그녀가 치러야 하는 과정이 무엇이든 저니와 아이가 함께하는 이상 두렵지 않았다.

호사가들의 질타와 만약에 있을지 모를 거대 괴물 같은 여론의 시선 또한 무섭지 않았다. 그 어떤 것도 저니를 볼 수 없는 그 막막함보다 고통스럽지 않으리란 걸 그녀는 이미 충분히 경험으로 알고 있기에 두려움이란 없었다.

호텔에서 모든 기운을 뺀 은조를 고려해 곧바로 타운하우스로 들어간 저니는 그녀를 히터가 나오는 테이블 옆에 앉히고 따뜻한 코코아를 비롯해 이것저것을 사왔다.

타운하우스 안 음식을 먹을 수 있는 테이블은 이미 미군과 그들의 가족들로 북적였다.

저니는 저들 속에서 자신의 아기를 가진 은조와 공공연히 이 평범하고도 소박한 데이트를 할 수 있단 사실에 마음 깊이 감사했다. 늘 소원하고 희망했던 모습 그대로 은조와 함께하는 이 시간이 더할 수 없이 행복해 그의 얼굴엔 연신 미소가 떠나지 않았다.

그때 저니의 행복한 시간을 더욱 빛내줄 K-16 소속 동료 조종사 한 명이 다가와 반갑게 인사를 했다. 사고 후 처음 대하는 동료였다.

인사를 한 조종사는 복숭아빛 뺨에 크고 투명한 갈색 눈을 반짝이는 은조를 소개해 달라고 청했다. 저니는 기다리기라도 한 것처럼 은조를 소개했다. 더불어 사랑하는 약혼녀란 말과 함께 자신의 아기를 가졌노라고 자랑스럽게 이야기했다. 수줍은 표정의 은조와 달리 저니는 지금껏 살아온 그 어떤 날, 어느 시간보다 행복한 미소를 지어 보였다.

7
Termination

각종 일간지와 유명 매체는 유성그룹 후계자의 약혼 소식으로 도배되다시피 했다.

더 정확히는 공공연히 나돌던 약혼식보다 뜬금없이 나타나 재계 서열 7위에 빛나는 그룹의 여신을 강탈한 의문의 상대에게 포커스가 맞춰졌다는 게 맞았다.

부시 가문과 맞먹는 엄청난 재력에 케네디 가문에 버금가는 정치 명문 가문의 후계자로 예일대를 나와 아프가니스탄과 K-16에서 미군 조종사로 복무한 특이한 이력을 가진 인물로 유은령의 약혼자 저니 맥컬리는 세상에 소개되었다.

더불어 발 빠른 재계에서는 유성그룹이 미국 내 유통과 석유 사업 등으로 이름이 난 명문 가문과 사업적인 도모는 물론 가문끼리 혈맹을 맺고 글로벌한 기업으로의 도약을 시작했다고 연일 요란하게 보도하고 있었다. 한편, 연예인들의 비밀스런 데이트 사진을 팡팡 터뜨리는 걸로 유명한 인터넷 뉴스에서는 전문가다운 신속함으로 이들이 데이트를 즐기는 모습을 실어 이목을 끌었다.

소셜라이트로 인정받은 유은령의 약혼자 사진을 접한 누리꾼들은 놀라움에 입을 다물지 못했다. 그들이 익히 아는 혼혈의 외모이긴 했지만 더욱 섹시하고 깊이 있는 눈매에 미드에 나오는 배우들조차 기죽이는 미모로 인해 인터넷이든 유명 월간지든 너도나도 저니 맥컬리의 사진과 기사를 퍼 나르고 있었다.

이렇게 두 연인의 기사로 서울의 온도가 들끓을 때, 미국 텍사스주 오스틴 내 맥컬리 가문의 대저택에서는 차디찬 냉기류가 흐르고 있었다.

유명 정치인과 학자들의 초상화가 걸린 서재는 마치 박물관을 방불케 하는 규모로 보는 이를 압도할 정도다. 그들이 감시와 냉정한 비평의 눈으로 지켜보는 듯한 장소에서 클라라는 월터가 보여준 코리아헤럴드 기사를 확인하고 분노 어린 시선으로 그를 쏘아보았다.

[넌 이런 사실을 다 알고도 나에게 말을 하지 않은 거니? 그렇게 싫다는데도 네 형 때문에 받은 그 수모를 내가 또다시 당해야겠어? 도대체 니들은 뭐가 그렇게 좋은 건데? 응? 우리 가문에 이렇게 먹칠을 하면서까지 그렇게 좋은 이유가 도대체 뭐냐고?!]

그 어떤 상황과 순간에도 늘 고고함과 품격을 유지하며 자존심 강한 남부 백인의 우아한 콘셉트를 모토로 삼던 클라라가 지금 그 모든 것을 잊고 배신감과 절망감에 목청 높여 소리치고 있었다.

월터는 아무런 대답도 해명도 하지 않았다. 결코 답을 할 수 있는 질문이 아니었다. 지금 클라라는 질문이 아닌 못내 포기하지 못하는 자신의 이기심과 욕심을 쏟아내고 있었다.

이럴 땐 토해내는 감정을 조용히 들어주는 것이 최선이었다.

[월터! 어떻게 네가 이 어미에게 이럴 수가 있니?!]

[…….]

클라라의 얼굴엔 짙은 패배감과 허탈함이 묻어 있었다.

[네 형도 모자라 이젠 너까지 날 기만하고 배신하겠다는 거냐? 그래?!]

맥컬리 가문에서 배출한 그 어떤 인물보다 뛰어난 형에게 받은 상처를 어머니는 그에게 보상받으며, 그를 당신의 자존심을 지키는 수단과 그녀의 영역을 공고히 하는 보호막으로 이용했다.

[제가 미리 알았다면 말씀드렸겠죠, 좀 다른 루트와 전혀 다른 장소에서.]

월터의 대답에도 클라라는 사나운 기운을 풀지 않고 여전히 그를 노려보았다.

[어찌 됐건 이젠 어머니가 포기하세요. 사진 좀 보세요. 사고 이후, 아니, 철들고 지금까지 저니의 이런 표정, 이런 미소로 웃는 거 한 번이라도 본 적 있으세요?]

한 번도 본 적이 없는 황홀할 정도로 아름다운 미소였다. 사고 이후 미소는 고사하고 조카 얼굴에는 표정이 전혀 없었다.

가족들은 손발이 제대로 움직이지 않는 것보다 감정을 상실한 채 가문의 수장인 어머니의 꼭두각시가 된 그를 더 걱정했다. 믿었던 연인에 대한 분노와 배신감으로 이전보다 더욱 냉랭한, 인간

미까지 상실한 듯 보이는 조카로 인해 가족들은 그야말로 공포 그 자체였다. 그런데 그 가면이 벗겨졌다. 이 모든 게 그의 연인 때문이란 걸 월터는 안다.

[전 사실 은조 양이 그렇게까지 저니에게 연락하지 않은 건 어머니가 중간에서 막아서 그랬다고 생각해요. 그 생각은 지금도 변함없어요.]

순간적으로 클라라의 눈 주위가 떨렸다. 그 행동 하나로도 답은 충분했다.

[그렇게 짐작을, 아니, 확신을 하면서도 알리지 않은 건 그 아이의 의지를 시험하고 싶어서였어요. 의지가 어느 정도인지, 우리 가문 전부를 맡길 만큼 강인한 정신력과 남다른 투지를 갖추었는지 확인하고 싶었어요. 결국엔 제 예상한 대로 훌륭하게 이겨냈네요.]

[…….]

클라라의 팍팍한 시선은 이미 그를 피하고 있었다.

[어머니가 벌이신 일, 절대 말하지 않을 겁니다.]

[……!]

[하지만 제가 아니라도 두 사람 저렇게 손잡은 거 보면 오해를 풀었단 말이겠죠. 안 그래요?]

오해가 풀렸단 말에 클라라의 표정이 그야말로 화석처럼 굳어졌다.

월터는 그 표정으로 확신했다. 클라라가 은조 양에게 가했을 그 엄청난 압박과 저니의 불안한 위치를 담보로 가한 강제적인 선택을. 지난날 그 누구도 모르게 마음 전부를 내주었던 작고 아름다운 형수 지나에게 한 것처럼 그렇게 은조 양을 옭아맸으리라는 걸 짐작했다. 하지만 이번에도 클라라는 그들의 사랑에 졌다. 형이 그런 것처럼, 아니, 형보다 더 현명한 방법으로 저니와 은조는 자신들의 사랑을 지켜냈다.

[저니는 곧 들어올 테고, 곧바로 어머니를 추궁하겠죠. 어쩌면 형보다 더 무서운 결단을 내릴지도 모를 아입니다. 늘 상대와 주위를 배려해 장난스러움으로 일관하지만 형의 비상한 머리와 어머니의 계산적인 면도 분명 닮았으니까요.]

담담하지만 핵심을 찌른 평가에 클라라의 눈빛이 불안하게 흔들렸다. 지금 하는 말이 얼마나 자신을 옥죌 줄 알면서도 이 순간 월터는 할 수밖에 없었다.

[만약 그때가 온다면…… 제가 어머니 방패막이 되어드리죠.]

클라라는 놀라면서도 무척이나 의아한 표정을 했다.

[그러니 그 애들이 무얼 하던 이젠 반대하지 마세요.]

월터의 못을 박는 말에 클라라의 눈 주위가 미세하게 떨렸다.

[기쁘게 축복하지 못하겠으면 오늘 이후 침묵하세요. 그럼 어머니는 맥컬리 가문의 최고 어른으로서 품위도, 존귀한 자존심도 모두 지키실 수 있어요. 물론 자랑스러운 가문을 이을 사랑하는 손자와 어쩌면 저니를 빼닮을 증손자까지 다요.]

한마디 할 때마다 클라라의 표정이 흔들리고 있었다.

월터는 확실하냐고 되묻는 클라라에게 고개를 끄덕였다. 결코 겉으로 드러내거나 아주 잠깐이라도 꺼내볼 수는 없지만 분명 그가 사랑하는 여인의 아들이자 늘 자신을 아버지와 같은 동경과 존경의 시선으로 보아준 조카를 위해 그는 여태껏 그런 것처럼 클라라의 충실한 수족이 되기로 했다.

후회는 없다. 아니, 후회하지 않는다.

형에 대한 배신인 줄 알면서도 지나를 사랑한 마음과 당신의 양 어깨에 짊어진 가문의 영광과 자존심에 목숨을 거는 독선적인 어머니의 곁을 지키는 것도 모두 다.

8개월 후.

저니는 잠자고 있는 유진을 한참이나 지켜보다 영 이상하단 얼굴로 늘 하는 말을 오늘도 어김없이 중얼거렸다.

"이상해. 아무래도 이상하단 말이야."

수긍할 수 없단 얼굴로 불만스런 마음을 토로하는 저니가 은조는 기가 막혔다.

시간은 너무도 빨리 흘러갔다. 불도저 버금가는 인물이 돌아온 후론 더욱 그랬다.

약혼식 발표 후 저니의 말도 안 되는 밀어붙이기와 굳히기에 떠밀려 한 달 만에 결혼식을 올렸다. 불러온 배로 인해 대대로 맥컬리 가문에 전해 내려오는 엠파이어 웨딩드레스를 입고 극소수의 가까운 친지와 지인들만 초대해 8군 안에 있는 드래건 호텔에서 간소하게 결혼식을 올리고 마침내 부부가 됐다.

각종 매체는 물론 재계의 뜨거운 관심으로부터 벗어나고자 했을 때 그는 8군 안에 있는 드래건 호텔을 거론했다. 8군은 신분 확인도 철저하지만 디켈(차량 출입증)이 없는 외부인이면 자동차등록증을 제출하고 며칠 전에 확인받아야 자가용 출입이 가능했다. 그 얘기는 미리 사전 통보 없이는 출입이 전혀 불가능하단 말이었다.

그렇게 8군 호텔에서 식을 올리기로 하고 그가 모든 준비를 했다.

극심하게 반대할 거라 예상했던 클라라는 무슨 이윤지 결혼에 대해 함구했다. 다만 한국에서 은조의 스타일대로 수수한 결혼식을 올렸으니 아이를 낳고 미국에서 다시 한 번 제대로 식을 올리자는 말만 했을 뿐. 그로 인해 은조는 클라라에게 서슬 퍼런 감정의 날을 세우는 저니를 단박에 잠재울 수 있었다. 그 오만한 클라라의 침묵이 내포하고 있는 많은 의미와 복잡한 이해관계를 짐작하기에 그녀의 의견을 순순히 받아들였다.

한국 이름 유진, 영어 이름 유진 맥컬리 주니어 2세란 엄청난 이름으로 태어난 그들의 아이는 저니의 바람과는 영 다르게 은조가 아닌 저니를 쏙 빼닮은 아름다운 사내아이였다.

할아버지는 그런 유진을 보며 은조의 아버지를 닮았다고 하셨다.

모습이나 생김은 저니를 그대로 빼닮았지만 타고난 분위기와 언뜻 나타나는 여러 가지 표정이 그녀의 아버지를 닮았다고 내내 말씀하셨다.

유진이 태어난 지 석 달. 은조는 이제 막 산후 조리와 몸매 관리를 끝마치고 출산 전과 같은 모습으로 일상생활을 하고 있었다. 그동안 저니는 두세 번 더 미국을 다녀왔다. 그가 맡은 가업에 대해 클라라와 나눌 얘기도 있었고, 무엇보다 그가 지내던 별채를 새로이 리모델링하기로 했다. 저니는 세 식구가 맥컬리 가문에서 지내는 건 찬성했지만 따로 떨어진 별채에서 지내겠다고 못을 박았다. 그래야 그의 부모님도 유진을 보기 위해 자유로이 다닐 수 있다고 했다.

국내에 있는 은조도 여러모로 바쁜 나날을 보냈다.

회사는 간신히 수습된 해성그룹의 일을 필두로 막강한 이사진의 투표와 은조의 적극적인 개입과 추천으로 윤 이사가 사장 직에 올랐다.

한시적이라 해도 은조가 모든 일에서 손을 놓은 건 할아버지 때문이었다. 가능한 한 할아버지와 많은 시간을 보내고 싶었다.

3년이란 공백과 그동안 후계자란 이름에 갇혀 한 번도 살갑게 지내지 못한 그녀와 할아버지의 관계를 유진이와 더불어 모두 새로이 만들어가고 싶었다. 할아버지가 안 계실 먼 미래를 생각해 크고 작은 기억과 추억을 많이 소장하고 싶었다. 그 같은 계획의 일환으로 할아버지 집 바로 옆 부지를 사들여 그들이 살 별채를 새로이 지었다. 유진을 비롯해 저니와 그녀가 한국에서 머물 땐 늘 할아버지와 함께하기 위해 계획한 일이다.

"당신, 도대체 무슨 짓을 한 거야?!"

저니는 평소 벌벌 떨 정도로 아들을 예뻐하다가도 마지막엔 유진이 아들인 걸 아쉬워했다. 늘 은조 닮은 칠 공주를 갖길 희망한 그의 계획에 자신을 닮은 아들은 없었다며 잠든 아이의 볼을 악동처럼 잡아당기기도 했다.

유진이 울면 '누가 그랬어? 아빠가 혼내줄게' 하다가도 유진을 빤히 보며 '야, 근데 너 정말 나랑 똑같이 생겼다!' 하면서 애매한 마음을 고스란히 나타내는 표정을 하곤 했다.

"무슨 짓을 하긴 무슨 짓을 해요? 당신 아들이 당신 닮는 건 당연하죠. 지금 그게 불만이에요?"

"그래도 그렇지. 아무리 내 아들이라도 왜 당신은 하나도 안 닮은 건데?! 난 당신 닮은 우리 아이들이 좋단 말이야. 당신 혹시 유진이 뱃속에 있을 때 내 욕 엄청 한 거 아니야? 욕하는 사람 닮는다는 말이 있던데, 한국엔."

기가 막혔다. 아들이 자기 닮은 게 불만인 아빠라니.

"욕까진 아니고 엄마를 열정적으로 사랑해 주는 아빠가 너무 그립고 보고 싶다고, 그러니까 열심히 재활해서 빨리 우리 곁으로 와달라고 늘 그렇게 기도하듯 말해서 유진이가 당신만 닮았나 보죠. 내가 매일같이 당신 이름 부르고 당신 생각만 해서."

솔직한 고백에 저니는 금세 싱글벙글했다. 그러면서 슬금슬금 곁으로 다가와 이제껏 눈물을 머금고 참고 버틴 시간만큼 기나긴 애욕의 밤을 예고하듯 음흉한 눈빛을 노골적으로 쏘아대며 얇은 가운 속으로 비치는 은조의 몸매를 흐뭇하게 감상했다.

다음 주 저니와 유진을 비롯해 은조네 세 식구는 미국으로 갈 예정이었다. 그다음은 클라라의 고집스런 바람대로 다시 한 번 결혼식을 올려야 한다. 그녀가 원하고 추구하는 대로 미국 남부 최고 상류층 스타일에 어울리는 아주 화려하고 긴 예식을. 대충 그려지는 그림만으로도 벌써부터 골치가 아팠다.

아직 이른 시각이란 것도 잊고 손을 뻗던 저니의 행동을 저지한 건 그의 데칼코마니 유진의 울음소리가 아닌 전화벨 소리였다.

불러놓고 말을 않고 있는 혜나로 인해 은조는 답답했다.

갑작스런 혜나의 구원 요청에 불같이 화를 내는 저니를 간신히 달래고 집 앞 커피숍으로 들어선 지 벌써 30분이 넘고 있었다.

"금방 들어가야 해요."

그 한마디에 혜나가 사납게 노려보았다.

"노려보셔도 할 수 없어요. 저니가 지금 혜나 씨보다 백배는 더 무서운 얼굴로 절 노려보면서 빨리 들어오라고 협박했단 말이에요. 안 그럼 자기 옆에 묶어둔다고."

혜나는 은조의 자랑 아닌 자랑질에 기분이 상한 얼굴을 하더니 또 금세 심각한 표정으로 장고에 들어갔다.

"혜나……."

"그 인간이랑 잤어."

자신이 내뱉고도 놀랐는지 무안해하며 땅이 꺼져라 깊은 한숨을 쉬었다.

"몇 번이나 잤는데요?"

은조의 질문에 혜나가 입을 벌리고는 기가 막힌 듯 쳐다보았다.

"누구랑 잤는지 물어야 하는 게 순서 아니야?"

"당연히 이현이랑 잤겠죠."

"……!!"

혜나는 귀신을 코앞에서 본 것 같은 표정을 하다 이내 얼굴을 붉혔다.

"어, 어떻게 알았어?!"

"결혼식에서 둘이 아옹다옹하며 으르렁거리는 거 보고 알았죠. 아마 둘 사이 저니도 짐작했을걸요. 사람들이 있거나 없거나 신경도 안 쓰고 티 나게 행동하기에 저 두 사람 뭔가 있는 썸커플이구나 하고."

"썸커플은 무슨, 쌈커플이라면 몰라도. 그리고 뭘 그렇게 티 나게 행동했다고 그래? 그 인간이 늘 나만 보면 시비를 거니까 그러지. 무슨 한류스타가 그렇게 입이 저렴하고 일관되게 매너가 없는지. 거기다……."

"그래서 몇 번이나 잤는데요?"

말을 끊고 야릇한 질문을 하는 그녀를 혜나가 얄밉게 쏘아보았다.

"몰라. 그보다 그 인간, 자기 결혼식 들러리로 절대 초대하지 마. 나랑 그 여자 있잖아. 헤지난가 헤레난가 하는 그 여자. 사실 우리 둘만 있어도 되잖아. 그러니까 그 인간 미국으로 절대 부르지 말라고. 난 이제 그 먹방 배우 절대로 보고 싶지 않아!"

혜나는 아이처럼 앙앙댔다. 이건 전형적인 사랑싸움이다.

"이현이는 제가 초대한 게 아니라 자진해서 온다고 한 거예요. 저니도 이현이 절대 반기지 않아요. 그런데도 꿋꿋하게 온대요. 남부식 결혼식도 참관하고 미국 집에도 들러 오랜만에 가족들도 만난다고."

혜나는 난감하다 못해 아주 절망적인 표정을 했다.

"이씨……."

서른 넘는 여자의 하는 양이 귀엽고 우스워 은조는 불난 집에 부채질을 하고 싶어졌다.

"이미 아시겠지만 이현이 걔…… 고집 세요."

적시타를 넘은 결정타에 혜나는 거의 기절 직전이었다.

"하여튼 난 그 인간 오면 자기 결혼식에 안 갈 거야! 알아서 해!

이건 정말 진짜야!"

두 사람은 온 동네방네 소문나게 연애를 하고 있었다. 본인들만 모르는, 아니면 앞에 앉은 순진한 초딩녀 김혜나만 모르는 그런 연애를.

몇 달 전 혜나에게 차주희의 사촌 오빠를 소개시켜 주었다. 한데 그 자리에 공교롭게도 스케줄이 텅 비고 머리도 생각도 텅 빈 이현이 함께했다. 아마 그때부터인 것 같다, 무뇌아 이현이 순수한 초딩녀 혜나를 마음에 둔 건. 아니면 혜나가 이현에 대해 거친 욕을 늘어놓던 그 크리스마스 파티 때였나. 영 어울릴 것 같지 않은 조합이라 생각했는데 결국 그렇게 됐구나. 한편으론 다행이란 생각을 했다.

늘 씩씩해 보이면서도 어딘가 쓸쓸해 보여 마음이 쓰이는 사람이었다, 혜나는.

나이로는 언니지만 하는 행동이나 말하는 게 늘 동생 같은 느낌이었다.

혜나는 8군에서 만난 소중한 인연이다. 물론 그 시간을 함께한 저니가 늘 곁에 있지만 그녀가 그곳에 있었다는 걸 여실히 증명하고 기억하게 해주는 사람이자 같은 19중대 소속의 동료였다. 소속도 동료애도 모르던 은조에게 소속감과 사람들 간의 교류를 알려준 이들을 잊지 않고 기억하게 해주는 사람, 그 사람이 혜나였다.

그렇게 신경 쓰던 이준성과는 결국 잘되지 않았다. 그녀 말대로라면 인사처장도 연애를 하는 것 같다고 했다. 그러던 차에 혜나에게 관심을 보이는 이현을 보면서 걱정도 했지만 기대도 했다. 그런데 결국 그렇게 됐구나.

같이 잘 정도로 좋은 거면 절대 이 기회를 놓치지 말아야겠단 생각을 했다.

"몇 번이나 잤는지는 모르지만 딱 열 번만 더 자보세요. 그럼 지금처럼 불안하고 복잡한 마음, 어느 쪽으로든 답이 나지 않겠어요?"

은조의 기막힌 발언에 충격을 먹었는지 혜나는 한동안 얼빠진 표정을 하더니 몹시 복잡하고도 답답한 심정을 얼굴에 표하곤 풀 죽은 목소리로 중얼거렸다.

"열 번을 잔들 상대 마음을 어찌 알겠어."

"궁금한 게 혜나 씨 마음이 아니라 이현이 마음이었어요?"

"……잘 모르겠어. 누구 마음이 궁금한 건지. 난지 그 작잔지."

모르면 확인하면 된다, 용기를 내서. 온 마음과 온몸으로. 저니와 나처럼.

"그럼 잘됐네요. 여긴 이현이 위치도 있고 보는 눈도 있으니까 미국에서 둘이 진지하게 몸과 마음을 열고 열과 성을 다해 대화해 보세요. 장소는 제가 제공할게요. 그림 같은 경관에 방음 엄청 잘되고 핸드폰도 안 터지면서 인적 몹시 드문 곳으로."

멀쩡한 얼굴로 불장난 같은 낯 뜨거운 밀애를 아무렇지도 않게 조장하는 그녀가 혜나는 어이가 없는지 뜨악한 표정으로 한참을 쳐다보더니,

"유진 아빠, 당신한테 이런 드라마틱한 반전 있는 거 모르지?"

"말씀드렸잖아요. 그런 비극은 차차 알아가는 거라고. 그게 삶이라고."

"그러고 보면 자기 참 무서워. 그렇게 비현실적인 외모를 하고

서 현실적이다 못해 독설 가득한 돌직구를 수시로 뻔질나게 날리는 거 보면."

"그럼 전 예정대로 다 같이 미국 가는 걸로 알고 준비할게요. 물론 혜나 씨랑 이현이가 묵을 고립무원한 장소도 알아볼 테니까 걱정 말고 근력 운동 좀 열심히 하세요. 답을 내려면 체력 유지해야 하니까. 그리고 동서양 가리지 말고 신음 소리 나오는 비디오 보면서 쓸 만한 스킬도 꼼꼼히 공부하시고요. 그럼 저 먼저 가요."

"그, 그게…… 무슨 소리야, 유은조?!"

은조는 몹시도 황당한 표정으로 다급하게 그녀의 팔을 잡으려고 하는 혜나를 뒤로하고 서둘러 카페를 빠져나왔다.

저니는 잠자는 숲 속의 공주 같은 아들 유진 맥컬리 주니어 2세를 애틋하게 바라보며 아무도 모르게 고해성사를 하고 있었다.

"고맙다, 아들. 아무 탈 없이 건강하게 태어나 줘서."

유진의 풍성한 갈색 머리카락을 쓰다듬으며 흐뭇한 미소를 지었다.

"아빠가 엄마 다시 만나자마자 심하게 굴어서 너 잘못됐을까봐 무척 걱정했거든. 무슨 얘긴지는 크면 다 알 거야. 네가 내 아들이니까 너도 만만치는 않을 거다, 아마."

음흉하면서도 악동 같은 미소를 짓던 저니는 '흠흠' 하며 정색을 했다.

"사실 엄청 좋아. 근데도 툴툴거리는 건 너 뱃속에 있을 때 엄마가 혼자 힘들었거든. 그런데 네가 아빠만 닮아 나와서 섭섭해할까 봐 그랬지. 이해하지? 근데 엄마, 정말 아빠 많이 보고 싶었나 봐. 네가 이렇게 날 꼭 빼닮은 거 보면. 아빤 그 사실이 정말 너무 행복하다, 아들."

꿈꾸듯 환하던 저니의 얼굴이 금세 흐려졌다.

"이건 정말 일급비밀인데 말이야, 아빠가 미국에서 죽을 것처럼 아팠거든. 이러다 죽는구나 하고 생각할 정도로. 엄마 냄새가 그리워서 하루도 깊이 잠을 못 잤어."

그때의 잔혹한 기억이 떠올라 저니는 자신도 모르게 고개를 저었다.

"그런데 지금은 그 기억들이 다 거짓말 같아. 우리 세 식구 이렇게 같이 있다는 게 아빤 너무너무 행복하고 매일매일 꿈만 같아."

"나도…… 매일매일 꿈 같아."

언제 왔는지 은조가 뒤에서 그를 온몸으로 끌어안았다. 은조 특유의 은은하면서도 고혹적인 체향이 코끝과 오감을 자극했다.

아들에게 하는 서정적인 고백이 무색할 정도로 은조의 커진 가슴이 등에 와 닿는 순간 저니는 욕망과 기대감에 전율했다.

유진과 은조의 체향이 뒤섞인 듯한 냄새가 한없이 좋았다. 은조를 안으면 유진을 같이 안는 것 같아 든든하고, 아들 유진을 안으면 은조를 품는 것 같아 더없이 행복했다.

백허그한 채로 은조의 손이 얇은 남방 안으로 순식간에 파고들어 와 탄탄한 가슴과 작은 돌기를 긁으며 묘하게 감성을 자극했다. 은조의 손놀림은 마치 현악기를 연주하는 악사처럼 그의 몸 위에서 자유롭고도 현란하게 움직였다.

그들이 재회한 후 가장 놀란 건 이전과는 다르게 사랑을 나눌 때 무척이나 대범하고 야릇해진 은조의 고난위도의 테크닉이었다.

"으음……."

저니의 입에서 저절로 신음 소리가 새어 나왔다. 그러다 어느 순간,

"헉!"

억눌린 탄성이 터져 나왔다.

가슴을 애무하던 가느다란 손이 실내복 안에서 숨죽이고 있던 남성을 찾은 건 그때였다.

너무도 오랜만에 여리고 부드러운 주인의 손길을 알아본 그의 분신은 마치 하늘을 뚫을 것 같은 당당한 기세로 순식간에 흉기로 돌변해 은조의 손길을 격하게 반겼다.

거친 숨을 가다듬는 사이 은조가 앞으로 와 그의 발등 위에 섰다.

아름다운 갈색 눈동자는 젖어 있었다. 아마 그의 수줍은 고백을 다 들은 모양이다. 양손을 들어 작은 얼굴을 감쌌다. 갈색 눈동자는 물기로 인해 더욱 신비롭게 보였다.

저니는 살짝 벌어진 붉은 입술 안으로 순식간에 녹아들어 갔다. 절절한 욕망과 구애의 첫 단추인 키스는 한순간에 용광로처럼 뜨겁게 달아올라 서로의 혀를 간절히 갈구하며 서로의 타액을 남김없이 교환하고 모조리 빨아 흡수했다.

저니는 은조를 들어 넓은 침대에 눕혔다.

얇은 골드 컬러의 시스루 슬립은 긴 갈색 머리와 눈동자에 너무도 잘 어울렸다.

"사랑해. 유진을 낳아준 것도 고맙고. 클라라가 당신한테 한 무례한 행동도 모두 덮어줘서 고마워. 생각해 보니 한 번도 제대로 된 고백을 한 적이 없는 것 같아. 난 늘 당신에게 몸으로만 요란하게 고백을 해서."

짓궂은 듯하면서도 그만이 할 수 있는 솔직한 고백에 갈색 눈동자의 주인이 환하게 웃었다. 요사이 은조는 눈에 띄게 웃음과 미소가 많아졌다.

8군 안에서의 유은조는 기이할 정도로 아름다운 사람이었지만 웃음과는 전혀 거리가 멀었었다. 그 시절의 은조도 빛이 났지만 지금처럼 환한 웃음과 해사한 미소를 되찾은 은조는 더할 수 없이 빛이 나 반짝거렸다.

"그렇게 웃게 해줄게. 당신이 늘 미소를 지으며 살 수 있게 부단히 노력할게. 당신은 우리 두 사람 닮은 아이들을 낳아줘. 내가 당신한테 바라는 건 그뿐이야."

은조가 침대에 누워 그의 얼굴을 손끝으로 더듬으며 말했다.

"나도 당신이 지금처럼 웃을 수 있게 항상 노력할게요. 아이는 당신이 노력해 봐요. 난 당신만 따라갈 테니까. 늘 말하지만 유진과 내 곁에 이렇게 건강하게 돌아와 줘서 고맙고 감사해요. 사랑해요, 저니 맥컬리."

은조가 고개를 들어 그의 입술에 살짝 입맞춤을 했다.

"아직 못한 말이 있어요. 내가 지금처럼 성장할 수 있도록 밑거름이 되어준 친구 이야기예요. 그 친구로 인해 8군에 입사했고, 그로 인해 당신을 만났다고 생각해요, 난. 우리에겐 무척이나 고마운 친구죠. 나중에 당신이 그 친구 이야길 들어줘요."

"왜 나중이야? 지금 이야기하면 되잖아?"

잘 모르겠다는 표정을 하는 저니에게 은조는 새침하고도 야릇한 표정을 하더니 상체를 들어 그에 귓불을 깨물며 수줍게 속삭였다.

"아니요. 지금은 안 돼요. 지금은 당신이 늘 하는 것처럼 몸으로 요란하게 사랑 고백 해줘요. 난 지금 그 고백이 무척이나 듣고 싶어요."

그러면서 그의 목에 두 팔을 감고서 쪽쪽거리며 버드키스를 퍼부었다. 마치 어서 빨리 시작하라고 재촉하는 것처럼 그렇게.

귀엽고도 사악한 도발에 한껏 자극받은 저니는 다른 스타일로 도발에 응했다. 입은 건지 가린 건지 경계가 불분명해 더욱 감질나는 황금빛 시스루 슬립을 벗겨낸 후 자신이 입고 있던 얇은 저지 티로 은조의 하얗고 가는 손목을 잡아 묶은 저니는 놀라 버둥거리는 그녀를 음흉한 눈빛으로 바라보았다.

"그건 걱정 마. 그 종목은 남들은 절대 모르는 내 특허된 전문분야니까."

"풀어줘요! 난 고백을 원했지 가학적인 섹스를 원하는 게 아니에요."

"무슨 소리야? 난 가학적인 섹스 할 생각 없어. 그저 우리의 요란한 사랑에 유진이 깰까 봐 미리 예방 차원에서 준비하는 것뿐이야."

저니는 부당한 처사에 항변하는 은조에게 매력적인 윙크를 날렸다.

"그럼 입을 막아야지 왜 손을 묶어요?!"

"일전에서 느낀 건데, 당신 교성 없이 만족스런 사랑은 없더라고. 그래서 손을 묶었지. 오늘 밤 당신과 밤새도록 사랑하고 싶어, 실버벨. 난 무려 4개월 넘게 굶주렸다고. 그 해묵은 욕망을 풀려면 일주일, 아니, 한 달도 모자라."

"내 손이 무슨 짓을 한다고 그러는 거예요?"

"당신은 당신 손이 하는 일을 너무 모르는군."

"그러니까……."

"가느다란 손이 내 가슴을 만지면 흥분해서 미칠 것 같아. 또 내 분신에 닿으면 금세 불타올라. 그러다 흥분한 당신이 내 머리라도 감싸며 숨을 내뱉으면 저릿해서 금방이라도 쏟아내고 싶단 말이야. 난 오늘 당신과 길고 긴 사랑을 나눌 거야. 그러니 제발 그 인정사정없는 손은 좀 참아줘. 우선은 이 죽을 것 같은 갈증 먼저 풀고."

"악!"

은조는 순간적으로 소리치다 유진을 떠올렸는지 금세 입을 닫았다.

그 찰나의 순간을 놓치지 않은 저니는 은조 위에 올라타 양 가슴을 차례로 물고 강렬하게 빨았다. 맞닿은 하반신으로 인해 흥분과 욕망으로 굳어진 몸은 급속도로 열기가 차오르고 있었다. 그의 남성은 진작부터 흥분한 상태라 당장에라도 둔덕을 깊숙이 파고들 태세였다. 간신히 충동을 자제한 저니는 한참 동안 가슴을 지분거린 후 입술을 지나 귓불을 애무하고 가느다란 목에 얼굴을 박고는 매혹적인 체향을 깊이 빨아들였다.

어느새 둔덕에 도달한 침입자는 단숨에 갈라진 틈을 가르고 난

입해 이미 촉촉해진 샘 주위의 물기를 탐욕스럽게 빨아마셨다.

"으읏!"

늘 느끼지만 은조 몸에서 발생하고 파생되는 모든 것은 달았다. 사랑을 나눌 때마다 각기 다른 향과 색깔로 그를 자극시키고 충전시켰다.

배려 없는 색정적이고도 교묘한 혀 놀림에 은조가 버둥거리며 이슬을 흘렸다.

"…… 저니…… 그…… 만……."

"그러다 유진이 깬다."

지극히 현실적인 경고에 화가 났는지 은조가 골이 난 표정으로 그를 한껏 노려보았다. 그 표정이 어찌나 유혹적이고 색정적인지 당장에라도 남성을 풀어 그녀 안을 장악하고 싶었다. 하지만 그러기엔 그동안의 기다림이 너무도 길고 고통스러웠다. 그는 여전히 희열과 고통에 몸부림치는 긴 다리를 벌려 안으로 파헤쳐 들어갔다.

"…… 지금…… 제…… 발……."

매사 시크한 나머지 무심함으로 무장한 여신 유은조가 지금 절대 하지 않을 것 같은 애원의 목소리로 그를 갈망하고 있었다. 이에 사정을 두지 않고 내벽으로 거칠게 입성했다.

"아악!"

둔덕 안은 상상도 하지 못할 만큼 뜨거웠다. 녹아내릴 정도로 강렬한 열기와 음기로 가득한 내벽은 그의 남성을 비틀어 잡아당기며 사슬처럼 죄어왔다.

그동안 살인적인 목마름으로 몸부림치던 그의 갈증을 단번에 해갈시킬 만큼 지독한 희열에 억눌렸던 탄성을 내질렀다. 은조는 실로 오랜만에 경험하는 날 선 통증과 야릇한 쾌감에 뒤범벅이 된 상태였다. 묶인 손 때문에 반항도 할 수 없어 그녀를 강타한 쾌감은 더욱 치명적이었다.

두 사람은 약속된 끝을 위해 달리지 않고 마지막을 기약하지도 않은 채 지독히도 샘솟는 욕망에 도취되어 서로의 몸 안에서 쉴 새 없이 닳고 부서지며 녹아들었다.

실오라기 하나 걸치지 않은 완벽한 나체로 서로에게 사슬처럼 묶인 두 연인은 관능적인 움직임으로 서로에게 깊숙이 못 박혀 서로의 몸을 미친 듯이 탐하고 갈구했다.

이 정도로는 도무지 만족할 수 없는지 저니가 은조를 번쩍 들어 침대 밑으로 내려와 섰다. 그러고는 그녀를 들어 자신에 하복부에 강하게 내려앉혔다.

"읏!"

"아악!"

동시에 탄성 같은 비명이 흘렀다. 이를 시작으로 체위를 바꾼 저니는 결코 충족되지 않는 갈급한 욕구를 야금야금 채워 나갔다. 그야말로 무서운 색욕이자 병적인 소유욕이었다.

격렬한 몸짓으로 풀어진 매듭은 이미 종적을 감춘 지 오래고 압박이 풀려 자유를 찾은 은조는 저니의 머리를 감싸 안고는 대책 없이 흐트러진 호흡을 그의 머리에 전부 쏟아냈다.

하반신과 둔부가, 또 내벽이 금세라도 파열될 듯 아파왔다.

"니…… 이제…… 그만…… 못 견딜 것…… 아악!"

의지와 상관없이 더는 견뎌낼 수 없는 그녀의 감각과 흐트러진 이성이 괴물처럼 난립하고 폭주하는 저니에게 힘없이 애원했다.

중간중간 위기를 느끼면서도 무서운 의지로 스스로를 컨트롤하던 저니는 간절한 애원에 간신히 이성을 차리고 그녀를 침대에 쓰러뜨렸다. 은조가 정신을 차리기도 전에 엎드리게 한 후 그대로 내벽을 강하게 파고들었다.

기이하고 절묘한 희열에 자지러질 것 같았다.

그동안 의지와 상관없이 금욕과 절제로 몸을 사릴 수밖에 없었던 저니는 등 뒤에서 지독하게 파고들길 반복하며 포효하길 멈추지 않았다.

서로에게 흡수되고 중독된 두 사람은 한마음으로 완벽한 절정을 향해 비상했다.

결국 거대한 욕망에 압도되어 터져 버린 은조의 울음과 함께 결코 끝이 보이지 않을 것 같던 살인적인 질주 끝에 저니가 뜨거운 갈망을 모두 쏟아냈다. 그 거칠고 고된 질주 끝에서도 은조와 이어진 채로 야릇하게 몸을 비벼대는 색스런 행위를 절대로 잊지 않았다.

일시적이지만 만족감에 빠진 저니가 은조의 쌉싸래한 물기를 혀로 모두 핥았다.

그렇게 길고 길었던 탐욕스런 섹스에서 가까스로 이탈한 이들은 서로의 몸에 기대어 한껏 늘어진 채 누가 먼저랄 것도 없이 어둠 속으로 빠져들었다.

먼저 눈을 뜬 건 은조였다.

자신과 똑같이 나체인 저니에게 시트를 덮어준 은조는 슬립에 가운을 입고 고맙게도 아직까지 잠들어 있는 유진에게 다가갔다. 잠든 아들의 볼과 이마에 키스를 한 은조는 미안한 마음에 탐스런 고수머리를 만지작거렸다.

"너무 요란했지? 미안해. 아빠가 엄마 때문에 오래 금욕해서 그래. 근데 큰일이다. 네 아빠 일어나면 또 달려들 텐데. 유진아, 지금은 자고 조금 이따 아빠 일어나면 너도 꼭 일어나야 한다? 일어나서 안아달라고 앙앙 의사 표현 안 하면 엄마 탈진해서 죽을지도 몰라. 그러니까 꼭 엄마 살려줘야 해. 너만 믿는다, 아들?"

유진에게 부탁 아닌 부탁을 한 은조는 어느새 똑같은 포즈로 잠든 두 남자를 행복하게 내려다보다 창가로 가 섰다. 아직은 후덥지근하다기보다 따뜻한 바람이 불었다.

생각해 보니 이맘때쯤 저니를 만났다, 용산 8군에서.

8군에서 초콜릿만큼이나 흔한 오렌지를 선물하던 미군. 그렇게 시작됐다.

정우가 세상을 떠난 후 정교한 결계이면서 동시에 든든한 울타리였던 회사까지 나온 상황에서 일대일로 대치한 세상은 힘겹고 버거웠다. 결코 만만치 않았다.

그로 인해 숨어든 8군에서 가슴을 파고드는 인물들과 만나 난생처음 타인에 대해 일정한 거리를 유지하며 사유하고 관조하는 것이 아닌, 행동하고 부딪치고 깨지고 기대는 일련의 감정들을 배우면서 저니를 만났다.

저니는 그녀의 인생에서 전혀 예상 못한 변칙이자 변수였다.

늘 안전지대에서 약속된 세 가지의 불빛을 따라 수동적으로 움직이며 예측 가능한 일만 행하던 은조에게 저니는 위태로운 공중 그네처럼 보기조차 부담스럽고 위험천만한 인물이었다.

국익에 보탬이 되는 대기업이란 명분과 거대 자본으로 누군가에게는 생명만큼 소중한 아이디어와 땀을 빼앗고자 하는 기업사냥꾼 은조와 누구에게나 조건 없이, 계산 없이 열려 있는 드넓은 하늘을 여유와 탐험의 개념으로 생각하는 자유여행가 저니는 서로의 색과 톤이 달랐다. 그 차이와 갭을 따지지 않고 경계를 넘어 그녀에게 올인한 사람이 저니다. 그로 인해 은조가 얼마나 변화하고 진화했는지 스스로 생각해도 신기할 정도였다.

이제는 그녀가 받은 그 모든 걸 저니와 유진을 위해 올인할 순간이 왔다.

이틀 후면 저니의 고향이자 미국 남부의 보석이라 불리는 오스틴으로 간다.

가진 자와 있는 자들의 자존감이 드높고 유색 인종에 대한 차별이 그 어느 곳보다 심한 곳.

오랜 시간 공고해지고 단단해진 차별로 인해 겁을 먹거나 위축될 그녀는 아니지만 앞으로 대면할 곳이 결코 만만치 않은 세상이란 건 안다. 하지만 낯선 8군에서 사람들을 만나고 저니를 만났듯, 오스틴 그곳에서도 그런 소중한 만남과 따뜻한 관계를 갖길 바라본다.

결국 어느 장소든 사람을 살게 하는 건 사람이고, 소통이며, 사람들 간의 따뜻한 온기다.

이 모든 것을 삶의 또 다른 현장인 8군에서 배웠다.

어떤 이들에게는 힘의 논리에 의해 점령된 불쾌한 역사적 공간이고 낯선 경계일 뿐이며 그들만의 규칙과 원칙으로 결집된 또 다른 세상이지만, 그녀 인생에서 제일 포기하고 달아나고 싶은 순간 가장 값지고 멋진 선물을 준 곳.

가족이란 큰 명제와 복잡한 생의 의미. 풀어지지 않는 인생의 수식들에 갇혀 헤맬 때 결국엔 사람이 방패막이 되어주고 치유해 주며 힐링하는 존재란 걸 일깨워 준 곳.

그 무엇보다 사랑이라는 말을 할 수 있게 해준 내 연인이자 반려인 저니를 만난 곳.

깊은 감사와 함께 지금처럼, 또 지금만큼만 이렇게 벅찬 가슴으로 살 수 있길 희망한다.

분명 은근하면서도 치열하게 대립할 여지가 충분히 있는 오만한 남부 여인 클라라가 있고 스코빌 지수처럼 매운 타국살이가 될 수도 있겠지만, 앞으로 지낼 곳이 마냥 웃음과 미소가 난무하는 신세계가 아님을 이미 알기에 그리 두렵지도 경계하지도 않는다.

저니가 각고의 노력으로 만들어준 든든한 울타리 안에서 첫 아들 유진은 물론 앞으로 태어날 아이들과 꼭 지금처럼 격렬한 사랑 끝에 오는 이 안온함과 평온함에 깊이 감사하며 그 울타리를 더욱 견고히 하기 위해 최선을 다해 노력할 것을 스스로에게 약속하고 다짐했다.

가족이란 무형의 탄환과 든든한 방탄복이 있기에 결코 다가올 미래가 두렵지 않았다.

"……벨, 당신 어디 있어?"

하지만 지금은 그 무엇보다 아들 유진이 깨기만을 소원한다.

"이리…… 와. 빨.리."

은조는 자신을 애타게 찾는 몬스터가 있는 침대로 가기 전 숲 속의 공주처럼 잠들어 있는 아들 유진의 발끝을 툭 쳤다. 아니, 세게 쳤다.

"깼어요? 피곤할 텐데 좀……."

유진, 빨리빨리! 지금이야! 이 타이밍을 놓치면 절대 안 돼!

"아…… 아…… 앙!!"

The End

작가 후기

작가 후기를 보내달라는 말에 한참을 고민했습니다.

그러다 피실피실 웃었지요. 아, 마침내 책이 나오는구나 하고요.

처음 출판사에 투고했을 때만 해도 이 같은 성과는 기대하지 못했습니다. 그저 쫄지 말고, 기죽지 말고, 도망치지 말고 도전하자고 한 게 시작이었습니다.

솔직히 책에 대한 평가는 모르겠습니다. 평점, 별점도 모르겠고요. 하지만 이 한 가지는 명확하게 압니다. 제가 지금 제 오래된 꿈을 위해 무릎이 시리도록 전력질주를 하고 있단 걸요.

쓰는 내내 불안하고 하찮은 필력에 좌절도 했지만, 그럼에도 불구하고 전 오늘도 오래된 자판을 두드립니다. 이 소리가 좋거든요. 스타카토로 짧게 끊기는 마찰의 묘미가요.

오랜 시간 디자인을 하며 삶의 의미를 채워 나갔습니다.

이젠 사람과 사랑, 가족에 대한 탐구로 제 자신을 채우려 합니다. 또한 여러분과 공감할 수 있는 다양한 이야기로 다가올 미래를 준비하려 합니다.

마지막으로 제가 온갖 구실과 잡다한 핑계를 대며 뒷걸음질 칠 때 다시 한 번 정신 무장해 이처럼 글을 쓸 수 있게 도와준 남편에게 이 말을 전합니다.

짧은 다리 김 씨, 고맙습니다. 감사합니다. 격하게 존경합니다.

다음 이야기는 또 다른 현대물과 제가 너무도 애정하는 대한민국의 전신 대한제국 황실에 대한 이야기입니다. 남다른 주인공들의 파격적인 행보를 기대해 주세요.